LINDA HOWARD
Dämmerung der Leidenschaft

Buch

Webb Tallant wußte schon immer, was er wollte. Jahrelang war Davenport, der alte Landsitz seiner Familie, den er einmal erben sollte, sein einziger Lebensinhalt gewesen. Inzwischen aber bevorzugt Webb ein Leben in Freiheit und ohne die Fesseln von Familientraditionen. Zu tief sitzt noch die Enttäuschung, daß nicht einmal seine eigene Familie zu ihm hielt, als er verdächtigt wurde, schuld am Tod seiner eigenen Frau zu haben. Nur eine hielt zu ihm – Roanna Davenport, damals noch ein wildes, ungezähmtes Mädchen. Jetzt aber steht Roanna als eine kühle, selbstbeherrschte und verheißungsvolle Schönheit vor ihm und bittet ihn zurückzukommen, um Davenport aus der Krise zu helfen. Aber Webb will sich die bittere Rückkehr nach Davenport versüßen lassen. Er macht Roanna ein unmoralisches – und durch und durch unwiderstehliches – Angebot ...

Autorin

Linda Howard erhielt für ihre historischen und modernen Liebesromane bereits viele Auszeichnungen. Weltweit haben ihre Bücher eine Gesamtauflage von über fünf Millionen Exemplaren erreicht.

Von Linda Howard bereits im Programm

Heißkalte Glut. Roman (43862)
Süße Hölle. Roman (43625)
Wie Tau auf meiner Haut. Roman (35036)

LINDA HOWARD
Dämmerung der Leidenschaft

Roman

Aus dem Amerikanischen
von Gertrud Wittich

BLANVALET

Die Originalausgabe erschien 1996 unter dem Titel
»Shades of Twilight« bei Pocket Books, New York

Umwelthinweis:
Alle bedruckten Materialien dieses Taschenbuches
sind chlorfrei und umweltschonend.
Das Papier enthält Recycling-Anteile.

Blanvalet Taschenbücher erscheinen im Goldmann Verlag,
einem Unternehmen der Verlagsgruppe Bertelsmann GmbH.

Deutsche Erstveröffentlichung März 1999
Copyright © der Originalausgabe 1996 by Linda Howington
Copyright © der deutschsprachigen Ausgabe 1999
by Wilhelm Goldmann Verlag, München,
in der Verlagsgruppe Bertelsmann GmbH
Umschlaggestaltung: Design Team München
Umschlagillustration: Schlück/Daeni
Satz: deutsch-türkischer fotosatz, Berlin
Druck: Elsnerdruck, Berlin
Verlagsnummer: 35078
Lektorat: Maria Dürig
Redaktion: Barbara Gernet
Herstellung: Heidrun Nawrot
Made in Germany
ISBN 3-442-35078-6

1 3 5 7 9 10 8 6 4 2

Prolog

Sie hörte sich selbst aufschreien, aber die überwältigende Lust, die in ihr tobte, fegte alles andere beiseite; das einzige, was zählte, war sein heißer Zauber, das, was er mit ihr machte. Die Mittagssonne bohrte sich sengend durch das Blätterdach über ihr, und sie schloß die Augen, während sie sich ihm wild entgegenbäumte.

Er ging nicht sanft mit ihr um, behandelte sie nicht wie eine Porzellanfigur, so wie die anderen Jungen. Bis sie ihn traf, hatte sie gar nicht gewußt, wie langweilig es war, immer die Prinzessin abzugeben. Für die anderen war sie, dank ihres bekannten Namens, nämlich der Davenports, ein Hauptgewinn, den es zu erringen, aber auf keinen Fall zu beschmutzen galt; ihm jedoch erschien sie einfach eine blühende, junge Frau.

Obwohl sie bereits neunzehn war, wurde sie von ihrer Familie immer noch wie ein Kind behandelt. Das Behütetsein hatte sie bis jetzt nie gestört, bis vor zwei Wochen jedenfalls nicht, als sie ihm zum ersten Mal begegnet war.

Sie mochte zwar unschuldig und naiv sein, dumm jedoch war sie nicht. Bereits als er sich vorstellte, wußte sie, daß er und seine Familie zu den sogenannten »Proleten« gehörten und daß *ihre* Familie entsetzt sein würde über ihren Umgang mit ihm. Aber sein Anblick, wie sich sein hautenges T-Shirt über seinen muskulösen Oberkörper spannte, raubte ihr den Atem, und die prahlerische Männlichkeit seines Gangs brachte ihren Magen zum Flattern. In die Stimme legte er ein verführerisches Timbre, als er sie ansprach, und seinen blauen Augen entströmten alle möglichen Versprechungen. Da hatte sie erfaßt, daß er sich nicht aufs Händchenhalten und Anbeten beschränken würde. Natürlich wollte er mehr. Aber die wilde, ungezügelte Reaktion ihres Körpers war etwas völlig Neues und Machtvolles für sie, und als er sie fragte, was sie von einem Rendezvous hielte, hatte sie sofort eingewilligt.

Abends konnte sie unmöglich aus dem Haus, ohne daß gleich jedermann ihr Verschwinden bemerkte, doch tagsüber war es nicht schwer, sich für einen Ausritt loszueisen, und noch leichter, einen Treffpunkt zu vereinbaren. Er hatte sie ohne lange Umstände beim ersten Mal verführt, hatte ihr unter genau dieser Eiche die Kleider vom Leib gerissen – nein, hier konnte man beim besten Willen nicht von einer Verführung sprechen. Sie hatte vorher gewußt, was sie erwartete, und war mehr als willig. Auch wenn es das erste Mal ziemlich weh getan hatte, so lernte sie durch ihn eine Leidenschaft kennen, die selbst ihre kühnsten Träume in den Schatten stellte. Und jeden Tag trieb ihre Unersättlichkeit sie wieder her.

Manchmal benahm er sich richtig grob und provokativ, doch selbst das erregte sie. Er war stolz darauf, derjenige zu sein, der sie »geknackt« hatte, wie er sich ausdrückte. Oder er ließ sich in verächtlichem Ton darüber aus, daß ein Neeley es mit einer Davenport trieb. Ihre Familie stände Kopf, wenn sie es erführe. Doch sie träumte unentwegt davon, wie gut er wohl in einem Anzug und mit einem ordentlichen Haarschnitt aussehen würde. Was für ein schönes Paar sie doch abgäben, wenn sie, in hochoffizieller Kleidung, ihren Familien mitteilen würden, daß sie vorhatten zu heiraten! Sie genösse es, daß er in eines der Familienunternehmen einsteigen und jedermann zeigen würde, mit welcher Smartheit er ans Werk zu gehen verstand. In der Öffentlichkeit wäre er ganz der Gentleman, doch zu Hause würde er sich mit ihr im Bett wälzen und lauter herrlich verbotene Dinge mit ihr tun. In dieser Beziehung brauchte er sich überhaupt nicht zu ändern, ganz im Gegenteil.

Er keuchte und grunzte geräuschvoll, während er zum Orgasmus kam, dann rollte er sofort von ihr herunter. Sie wünschte, er würde sie noch einen Augenblick lang halten, bevor er sich aus ihr zurückzog – aber bei dieser Hitze hatte er keine Lust zum Kuscheln. Auf dem Rücken ausgestreckt, ließ er seinen nackten Körper von der Sonne verwöhnen. Schon in der nächsten Sekunde war er eingedöst. Das machte ihr nichts aus. Die letzten beiden Wochen hatten sie gelehrt, daß er sehr bald wieder aufwachen und bereit sein würde, sie erneut zu lieben. Inzwischen begnügte sie sich damit, ihn einfach zu betrachten.

Er sah so aufregend aus, daß ihr der Atem stockte. Sie stützte sich auf den Ellbogen und zeichnete sanft mit dem Finger sein Kinngrübchen nach. Seine Mundwinkel zuckten, doch er erwachte nicht.

Wahrscheinlich würde ihre Sippschaft einen gemeinschaftlichen Aufstand veranstalten! Ja, die liebe Familie! Sie seufzte. Die Zugehörigkeit zu dem Davenport-Clan bestimmte vom ersten Augenblick an ihr Leben. Freilich gab es nicht nur Nachteile. Sie liebte die teuren Kleider und den Schmuck, liebte Davenport, das luxuriöse Herrenhaus, die teuren Privatschulen, ja, den schieren Snobismus des Ganzen. Aber die strengen Anstandsregeln nervten sie schon. Manchmal verspürte sie den unwiderstehlichen Drang, etwas Wildes, Zügelloses zu tun; einfach so, nur zum Spaß. Sie wollte mit dem Auto ungebremst losjagen, mit ihrem Pferd hohe Zäune überspringen, wollte ... das hier. Rauh, gefährlich und verboten. Sie liebte es, wie er ihre seidene Unterwäsche zerriß in seiner Hast, sich ihrer zu bemächtigen. Das symbolisierte genau das, was sie sich im Leben wünschte: Luxus *und* Gefahr.

Aber das hatte nichts mit ihrer vorgeschriebenen Zukunft zu tun. Man ging schlichtweg davon aus, daß sie den Erben, wie sie ihn insgeheim bezeichnete, heiraten und den ihr gebührenden Platz in der feinen Gesellschaft von Colbert

County einnehmen würde, einschließlich all der Lunches im Jachtclub, endloser Dinnerparties für Geschäftsfreunde und Politiker sowie der ordnungsgemäßen Geburt zweier Nachkommen.

Aber sie wollte den Erben nicht heiraten. Statt dessen wollte sie das hier, diese heiße, hemmungslose Lust, das Abenteuer des Verbotenen.

Sie strich mit der Hand über seinen Körper und grub ihre Finger in sein dichtes Schamhaar. Wie erwartet begann er sich zu regen, ebenso wie sein Geschlecht. Er stieß ein rauhes, kurzes Lachen aus, fuhr hoch und rollte sich auf sie.

»Du bist die unersättlichste kleine Schlampe, die ich je gefickt habe«, sagte er und rammte sich hart in sie hinein.

Sie zuckte zusammen, aber mehr aufgrund der absichtlichen Gossensprache als der heftigen Art seines Eindringens. Da sie noch feucht vom letzten Mal war, nahm ihn ihr Körper ohne große Schwierigkeiten auf. Es gefiel ihm immer wieder, Dinge zu sagen, die sie natürlich äußerst unangenehm berührten. Er beobachtete sie mit zusammengekniffenen Augen. Voller Verständnis verzieh sie ihm. Sie wußte, daß er sich in der Rolle als ihr Liebhaber wegen der sozialen Kluft zwischen ihnen nicht ganz wohlfühlte und sie auf diese Weise seinem Herkunftsniveau näherbringen wollte. Aber er muß mich nicht zu sich herabziehen, dachte sie; sie würde ihn zu sich emporholen.

Sie preßte ihre Oberschenkel zusammen, um seine Stöße zu verlangsamen und ihre Gedanken zu äußern, bevor die Hitze in ihren Lenden sie überwältigte und sie alles andere vergaß. »Laß uns nächste Woche heiraten. Es muß ja keine große Hochzeit sein, oder sogar eine heimliche, wenn ...«

Er hielt inne und durchbohrte sie mit seinem hellblauen Blick. »Hochzeit?« fragte er und lachte. »Wie kommst du denn auf diese blöde Idee? Ich bin schon verheiratet.« Ungerührt nahm er seine Tätigkeit wieder auf. Sie lag wie betäubt unter ihm. Eine leichte Brise regte sich in den Baumwipfeln und die Sonne strahlte durch die Blätter und blendete sie. *Verheiratet?* Zugegeben, sie wußte nicht viel über ihn oder seine Familie, außer daß sie halt kleine Leute waren, aber eine Ehefrau?

Blind vor Wut und Schmerzen holte sie aus und versetzte ihm eine schallende Ohrfeige. Sofort schlug er zurück und packte sie bei den Handgelenken, drückte sie zu beiden Seiten ihres Kopfs auf den Boden. »Verdammt noch mal, was fällt dir denn ein?« zischte er mit zornglühenden Augen.

Sie bäumte sich unter ihm auf, versuchte ihn abzuwerfen, aber er war viel zu schwer für sie. Tränen brannten in ihren Augen und rannen ihr über die Schläfen. Auf einmal konnte sie ihn nicht mehr in sich ertragen; jeder Stoß fühlte sich an, als führe eine rostige Feile in sie. Ihre Schmerzgrenze war endgültig erreicht. »Du Lügner!« kreischte sie und versuchte, ihre Hände freizubekommen. »Betrüger! Los, runter von mir! Hau ab – geh und fick deine *Frau*!«

»Sie läßt mich nicht«, ächzte er, und sein Gesichtsausdruck, während er sich weiter in sie drängte, verriet ihr deutlich, daß ihm ihre heftige Gegenwehr Freude machte. »Sie hat gerade ein Kind gekriegt.«

Das gnädige Fräulein schrie vor Wut und befreite schließlich eine Hand, mit der sie ihm das Gesicht zerkratzte, bevor er sie sich wieder schnappte. Fluchend versetzte er ihr noch eine Ohrfeige, dann zog er sich aus ihr zurück und warf sie mit einer raschen Drehung auf den Bauch. Bevor sie wegkriechen konnte, war er schon wieder über ihr, und sie schrie laut auf, als er sich von hinten Zugang verschaffte. Sie war vollkommen hilflos, sein Gewicht drückte sie zu Boden, und weder mit den Beinen noch mit den Armen wurde sie ihn los. Er benutzte sie, tat ihr absichtlich weh. Noch vor fünf Minuten hatte sie seine rauhe Art erregt, doch nun war ihr so übel, daß sie die Zähne zusammenbeißen mußte, um sich nicht zu übergeben.

Mit dem Gesicht in die Decke gepreßt, wünschte sie sich zu ersticken, auf alle Fälle dieser unerträglichen Situation zu entfliehen. Aber noch schlimmer als der brennende Schmerz seines Betrugs war die bittere Erkenntnis, sich das alles selber zuschreiben zu müssen. Sie hatte sich ihm eifrig genug ergeben und nicht nur zugelassen, daß er sie wie ein Stück Dreck behandelte, sondern es sogar noch genossen! Wie unglaublich dumm sie doch gewesen war, von Liebe und Heirat zu träumen, um ihren Ausflug in verbotene Gefilde zu rechtfertigen.

Mit unbeschreiblichen Geräuschen kam er zum Ende, zog sich dann aus ihr zurück und fiel schweratmend seitlich auf die Decke. Sie blieb regungslos liegen und versuchte verzweifelt, sich zu fassen, ihre Würde zurückzugewinnen. Blind vor Wut schwor sie Rache. Mit ihren zerrissenen Sachen, den Abdrücken seiner Hand auf ihrer Wange, konnte sie ohne weiteres nach Hause eilen und Vergewaltigung schreien. Dieses Stigma würde er nie mehr los, das wußte sie; immerhin war sie eine Davenport.

Aber so dreist wollte sie nicht lügen. Der Fehler, die Schwäche, lag bei ihr. Sie hatte ihn in ihrem Körper willkommen geheißen. Diese letzten paar Minuten Qual waren eine mehr als verdiente Strafe für ihre monumentale Blödheit. Solch eine Lektion würde sie nie vergessen; die Erniedrigung, die Erfahrung der Wertlosigkeit begleiteten sie sicherlich für den Rest ihres Lebens.

Die Schuldgefühle erstickten sie beinahe. Sie hatte diesen Weg freiwillig eingeschlagen, doch nun reichte es ihr. Sie würde den Erben heiraten, so wie es jeder von ihr erwartete und hinfort eine pflichtbewußte Davenport sein.

Schweigend setzte sich sich auf und begann sich anzuziehen. Seine eisblauen Augen beobachteten sie mit Geringschätzung. »Was ist denn los?« höhnte er. »Hast du etwa geglaubt, was Besonderes zu sein? Da steck ich dir mal ein Licht auf, Baby: Ein Fick ist ein Fick, und dein Name ändert daran auch nichts. Was ich von dir gekriegt habe, krieg ich mit links von jeder anderen Schlampe.«

Sie zog ihre Schuhe an und stand auf. Seine Worte verletzten sie zutiefst, aber sie ließ sich nichts anmerken. Statt dessen sagte sie nur: »Ich werde nicht mehr wiederkommen.«

»Sicher wirst du«, erwiderte er träge, streckte sich und kratzte sich den Bauch. »Denn das, was du von mir kriegst, kriegst du von keinem anderen.«

Ohne einen Blick zurückzuwerfen, schritt sie zu ihrem Pferd und schwang sich schwerfällig in den Sattel. Der Gedanke, zurückzukommen, um sich weiter wie eine Hure benutzen zu lassen, ließ ihren Mageninhalt erneut scharf und bitter hochsteigen; am liebsten hätte sie ihm einen Tritt versetzt für seine bösartige, unglaubliche Arroganz. Sie würde die heiße, seelenzerstörende Leidenschaft, die sie mit ihm erlebt hatte, vergessen und sich mit dem ihr zugedachten Dasein zufriedengeben. Es gab für sie absolut nichts Schlimmeres, als zu ihm zurückzukriechen und den Triumph in seinen Augen zu lesen, wenn er sie nahm.

Nein, dachte sie, während sie davongaloppierte, *ich werde nicht mehr zurückkommen. Lieber sterbe ich, als nochmal Harper Neeleys Hure zu spielen.*

Erster Teil

Ein Ende und ein neuer Anfang

1

»Was sollen wir bloß mit ihr anfangen?«

»Also *wir* können sie beim besten Willen nicht nehmen.«

Die Unterhaltung wurde leise geführt, aber Roanna verstand trotzdem jedes Wort und wußte, daß alle über sie sprachen. Sie zog ihre Knie an die Brust, rollte ihren kleinen, mageren Körper zu einer noch festeren Kugel zusammen und starrte reglos aus dem Fenster auf den gepflegten Rasen von Davenport, dem Haus ihrer Großmutter. Andere Leute hatten Vorgärten, doch ihre Großmutter besaß einen englischen Rasen. Das Gras bildete eine saftig grüne Decke, und sie liebte es, barfuß darauf herumzulaufen, wie auf einem Freilandteppich. Jetzt jedoch war ihr gar nicht danach zumute, rauszulaufen und zu spielen. Sie wollte einfach nur hier sitzen, am großen Panoramafenster des Wohnzimmers, dem Fenster, das sie insgeheim als ihr »Träumfenster« bezeichnete, und so tun, als ob nichts geschehen wäre ... als ob Mama und Daddy nicht gestorben wären und sie sie bald wiedersehen würde.

»Mit Jessamine sieht das ganz anders aus«, fuhr die erste Stimme fort. »Sie ist eine junge Dame und kein Kind mehr – wie Roanna. Wir sind einfach zu alt, um uns noch um die Kleine kümmern zu können.«

Sie wollten also ihre Cousine Jessie, aber nicht *sie*. Roanna blinzelte störrisch ihre Tränen weg, während sie weiter zuhörte, wie ihre Tanten und Onkel das Problem, was sie mit ihr »tun« sollten, diskutierten; jeder von ihnen würde gerne Jessie aufnehmen, mit Roanna wäre es hingegen einfach zu schwierig.

»Ich werde ganz brav sein!« hätte sie am liebsten geheult, hielt die Worte jedoch ebenso in ihrem Innern verschlossen wie ihre Tränen. Was hatte sie bloß Schreckliches angestellt, daß keiner sie wollte? Sie versuchte immer lieb zu sein, sagte artig »Ma'am« und »Sir«, wenn sie mit Erwachsenen sprach. Lag es daran, daß sie heimlich versucht hatte, Thunderbolt zu reiten? Niemand hätte je etwas davon erfahren, wenn sie nicht runtergefallen wäre und sich das neue Kleid zerrissen hätte, obendrein am Ostersonntag! Mama hatte sie nach Hause bringen und ihr eins der alten Kleider anziehen müssen, mit dem sie dann in der Kirche erschien. Nun, eigentlich handelte es sich halt um eins ihrer normalen Sonntagskleider, anstatt um ihr tolles neues Festgewand. Eins der anderen Mädchen in der Kirche hatte sie gefragt, warum sie kein Osterkleid anhatte, und Jessie hatte verkündet, weil sie in einen Haufen Pferdeäpfel gefallen wäre. Bloß, daß Jessie es nicht so ausgedrückt, sondern das schlimme Wort benutzt hatte, und einige der Jungen lachten grölend, und bald wußte jeder Kirchenbesucher, daß Roanna Davenport in einen Scheißhaufen gefallen war.

Großmutter hatte ihr wieder diesen mißbilligenden Blick zugeworfen, und Tante Glorias Mund verzog sich, als beiße sie soeben in eine Zitrone. Tante Janet hatte sie bloß angesehen und den Kopf geschüttelt. Aber Daddy fand es lustig und sagte, daß ein bißchen Pferdedreck gar nichts schaden könne. Außerdem bräuchte sein kleiner Spatz sowieso ein wenig Dünger, um zu wachsen.

Daddy. Der Knoten in ihrer Brust wurde so groß, daß sie kaum mehr Luft bekam. Daddy und Mama waren für immer fort, ebenso wie Tante Janet. Roanna hatte Tante Janet gemocht, auch wenn sie immer ein wenig traurig wirkte und man nie auf ihren Schoß durfte. Aber sie war viel netter als Tante Gloria gewesen.

Tante Janet war Jessies Mama. Roanna fragte sich, ob es Jessie wohl auch so weh tat wie ihr, ob sie auch so viel weinte, bis sich das Innere ihrer Augen wie Sandpapier anfühlte? Vielleicht. Aus Jessie wurde man einfach nicht schlau. Sie hielt jedenfalls ein schmutziges kleines Ding wie Roanna nicht ihrer Beachtung wert; das Cousinchen hatte sie das selbst mal sagen hören.

Während Roanna starr aus dem Fenster blickte, sah sie, wie Jessie und ihr Cousin Webb auftauchten, als ob sie sie mit ihren Gedanken herbeigerufen hätte. Sie schlenderten langsam über den Rasen zu einer riesigen alten Eiche und der hölzernen Gartenschaukel, die von einem ihrer mächtigen Äste hing. Jessie sieht wunderschön aus, dachte Roanna mit all der unkritischen Bewunderung einer Siebenjährigen. Sie war schlank und anmutig wie Cinderella auf dem Ball – mit ihrem eleganten schwarzen Nackenknoten und dem feinen Hals, der sich schwanengleich aus dem Kragen ihres dunkelblauen Kleids erhob. Die Kluft zwischen sieben und dreizehn klaffte unüberwindbar zwischen ihnen; in Roannas Augen war Jessie eine *Erwachsene*, ein Mitglied jener mysteriösen Gruppe von Menschen, die die Macht hatten, Befehle zu erteilen. So lagen die Dinge jedoch erst seit dem letzten Jahr, zuvor war Jessie immer als »großes Mädchen« bezeichnet worden, im Gegensatz zu Roanna, die das »kleine Mädchen« hieß. Jessie hatte bis dahin auch mit Puppen gespielt und gelegentlich sogar Verstecken. Das war allerdings vorbei. Jetzt rümpfte Jessie die Nase über jedes Spiel außer Monopoly und verbrachte eine Menge Zeit damit, ihr Haar herzurichten und Tante Janet um Schminksachen anzubetteln.

Webb hatte sich ebenfalls verändert. Roanna mochte ihn deshalb so gern, weil er immer bereit war, sich mit ihr herumzubalgen oder ihr den Schläger zu halten, damit sie den Softball treffen konnte. Webb liebte Pferde genauso wie sie und ließ sich gelegentlich dazu überreden, sie zum Reiten mitzunehmen ... obwohl er dann meistens ungeduldig wurde, denn man erlaubte ihr nur, ihr altes, lahmes Pony zu benutzen. Seit einiger Zeit jedoch wollte Webb überhaupt nichts mehr mit ihr machen; er wäre zu beschäftigt mit anderen Dingen, sagte er, aber er schien eine Unmenge Zeit für Jessie zu haben. Das war der Grund, warum sie sich am Ostersonntag auf Thunderbolt geschwungen hatte, um ihrem Daddy zu zeigen, daß sie alt genug für ein richtiges Pferd war.

Roanna sah zu, wie Webb und Jessie händchenhaltend zur Schaukel marschierten. Webb war im letzten Jahr ganz schön gewachsen; Jessie sah richtig klein aus, wie sie so neben ihm saß. Er spielte jetzt Football, und seine Schultern waren doppelt so breit wie Jessies. Großmutter, so hatte sie eine der Tanten sagen hören, sei ganz hingerissen von dem Jungen. Webb und seine Mama, Tante Yvonne, wohnten hier auf Davenport bei Großmutter, weil Webbs Daddy auch nicht mehr lebte.

Webb hieß Tallant, nach der großmütterlichen Seite der Familie; sie war seine Großtante. Trotz ihrer sieben Jahre kannte Roanna all die komplizierten Verwandtschaftsverhältnisse in- und auswendig, hatte sie praktisch mit der Muttermilch aufgesogen und wurde nicht müde, den Erwachsenen zuzuhören, wie sie über die Familie sprachen. Großmutter stammte aus der Familie der Tallants und wurde durch ihre Hochzeit eine Davenport. Webbs Großvater, der ebenfalls Webb hieß, war Großmutters Lieblingsbruder gewesen. Sie hatte ihn ganz toll liebgehabt, so wie sie auch dessen Sohn liebgehabt hatte, der Webbs Vater gewesen war. Jetzt gab es nur noch Webb, und sie tat auch für ihn einfach alles.

Webb war Roannas Cousin zweiten Grades, Jessie dagegen eine Cousine ersten Grades, also viel enger mit ihr verwandt. Roanna wünschte, es wäre andersherum, denn sie zog Webb Jessie unbedingt vor. Cousins und Cousinen zweiten Grades waren nichts weiter als Bussi-Verwandte, das hatte Tante Gloria jedenfalls mal gesagt. Diese Äußerung fand Roanna so interessant, daß sie beim nächsten Familientreffen ganz genau aufgepaßt hatte, wer wen küßte, damit sie nachher wußte, wer ein echter Verwandter war und wer nicht. Jedenfalls küßten sich die Verwandten, die sich nur einmal im Jahr bei besonderen Gelegenheiten sahen, am meisten. Da fühlte sie sich gleich besser. Sie sah Webb die ganze Zeit, und er küßte sie nicht, also waren sie enger miteinander verwandt als bloße Bussi-Verwandte.

»Macht euch nicht lächerlich«, unterbrach Großmutter soeben mit scharfer Stimme die leise Diskussion darüber, wer nun am Ende Roanna auf dem Hals haben würde, und lenkte Roannas Aufmerksamkeit wieder auf das Gespräch zurück, das sie belauschte. »Jessie und Roanna sind beide Davenports. Sie werden natürlich hier aufwachsen.«

Auf Davenport bleiben! Roanna war hin- und hergerissen zwischen Schrecken und Erleichterung. Erleichterung darüber, daß sie am Ende doch jemand wollte und sie nicht ins Waisenhaus mußte, wie Jessie behauptet hatte. Den anderen Schrecken dagegen verursachte die Aussicht, den ganzen Tag, ein Leben lang, unter der strengen Fuchtel ihrer Großmutter verbringen zu müssen. Roanna liebte ihre Granny, aber sie hatte auch ein wenig Angst vor ihr, denn sie entsprach niemals ganz ihren hohen Erwartungen. Immer machte sie sich irgendwie schmutzig, zerriß ihre Röcke oder zerbrach etwas. Das Essen fiel ihr häufig von der Gabel und auf den Schoß; manchmal vergaß sie auch aufzupassen, wenn sie nach ihrer Milch langte, und stieß das Glas um. Jessie sagte, sie wäre ein ungeschickter Trampel.

Roanna seufzte. Sie kam sich selber so linkisch vor, war oft nervös und fahrig unter Großmutters Adlerauge. Nur wenn sie auf einem Pferd saß, fühlte sie sich sicher. Zugegeben, sie war von Thunderbolt runtergefallen; aber das lag nur daran, daß sie bisher ihr kleines Pony ritt, und Thunderbolt war viel zu breit um die Mitte für ihre Beinchen. Normalerweise jedoch klebte sie im Sattel wie eine Klette – das behauptete

Loyal jedenfalls immer, der sich um Großmutters Pferde kümmerte, also mußte er es ja wissen. Roanna liebte das Reiten fast ebensosehr, wie sie ihre Mama und ihren Daddy geliebt hatte. Mit ihrem Oberkörper flog sie dann dahin, während sie mit den Beinen die Kraft und Muskeln des Pferdes spürte, ganz als ob *sie selbst* so stark wäre. Das gehörte zu den guten Dingen, die das Leben bei Großmutter mit sich brachte; sie konnte jeden Tag reiten, und Loyal würde ihr beibringen, von den größeren Pferden nicht runterzufallen.

Aber am meisten freute es sie, daß Webb und seine Mama auch hier wohnten, und sie sähe ihn dann jeden Tag.

Auf einmal hüpfte sie wie aus der Pistole geschossen von ihrem Platz am Fenster hoch und rannte durchs Haus. Sie vergaß dabei ganz, daß sie ihre Sonntagsschuhe anhatte mit den glatten Sohlen und nicht die festen Stiefel, so daß sie über den Parkettboden schlitterte und beinahe in einen Tisch gekracht wäre. Tante Glorias scharfe Ermahnung verklang hinter ihr, doch Roanna, die sich nicht weiter darum kümmerte, kämpfte bereits mit der schweren Haustür, wobei sie sich mit ihrem Fliegengewicht dazwischenklemmen mußte, um sie überhaupt weit genug aufzubekommen. Dann rannte sie über den Rasen auf Webb und Jessie zu, und ihre spitzen Knie schubsten dabei ständig ihren Rock nach vorn.

Auf halbem Weg platzte auf einmal der Knoten, den sie so lange in ihrer Brust verborgen hatte, und die Tränen begannen zu fließen. Webb sah sie herankommen, und sein Gesichtsausdruck veränderte sich. Er ließ Jessies Hand los und breitete die Arme aus. Roanna warf sich auf seinen Schoß und brachte die Schaukel aus dem Rhythmus. Jessie sagte in schneidendem Ton: »Du rotzt ja alles voll, Roanna. Los, putz dir die Nase.«

Aber Webb sagte: »Da hast du mein Taschentuch!« und er wischte Roanna über die Wangen. Dann hielt er sie einfach nur fest. Sie vergrub das Gesicht an seiner Schulter und schluchzte so herzzerreißend, daß es ihren ganzen kleinen Körper nur so schüttelte.

»O Gott«, sagte Jessie angewidert.

»Halt den Mund«, meinte Webb und drückte Roanna liebevoll an sich. »Sie hat ihre Eltern verloren.«

»Nun, ich hab auch meine Mama verloren«, erwiderte Jessie. »Und siehst du mich vielleicht jaulen und heulen?«

»Sie ist erst sieben«, erläuterte Webb, während er über Roannas verstrubbelte Mähne strich. Die meiste Zeit war sie die reinste Plage, immer klebte sie ihren älteren Cousins und Cousinen an den Fersen; aber für so ein Kind hätte Jessie seiner Meinung nach schon ein wenig Mitleid aufbringen können. Die späte Nachmittagssonne fiel schräg über den Rasen und durch die Bäume, verfing sich in Roannas Haar und ließ die dichte, kastanienbraune Mähne in satten Gold- und Rottönen schimmern. Am frühen Nachmittag hatten sie drei Mitglieder der Familie begraben, Roannas Eltern und Jessies Mutter. Tante Lucinda litt am meisten, denn sie hatte ihre beiden Kinder auf einmal verloren: David, Roannas Daddy, und Janet, Jessies Mama. Ihr immenser Kummer hatte sie in den letzten drei Tagen zwar gebeugt, aber nicht zerbrochen. Sie war nach wie vor das Rückgrat und die Stütze der Familie.

Roanna beruhigte sich langsam, und ihr Schluchzen verwandelte sich in einen Schluckauf. Ihr kleiner runder Kopf bumste gegen sein Schlüsselbein, als sie sich, ohne aufzublicken, mit seinem Taschentuch das Gesicht trockenrubbelte. Sie fühlte sich fast zerbrechlich an in seinen starken jungen Armen; ihre Knochen waren nicht viel dicker als Streichhölzer und ihr Rücken nur gut zwanzig Zentimeter breit. Roanna bestand aus einem mageren Körper, staksigen Armen und Beinen und war klein für ihr Alter. Er fuhr fort, ihr beruhigend über die Schultern zu streichen, und Jessie seufzte ungeduldig. Schließlich blinzelte ein tränennasses Auge an dieser tröstlichen Schulter vorbei.

»Großmutter hat gesagt, daß Jessie und ich auch hier wohnen werden«, schniefte sie.

»Das ist doch wohl klar«, fertigte Jessie sie ab, als ob jeder andere Ort inakzeptabel wäre. »Wo sollte ich sonst hin? Aber wenn ich die wäre, würde ich dich ins Waisenhaus stecken.«

Wieder quollen Tränen aus dem einen Auge, das zu sehen war, und Roanna vergrub prompt ihren Kopf an Webbs Sportlerbrust. Er funkelte Jessie zornig an, so daß sie rot wurde und zur Seite blickte. Jessie war verzogen. In letzter Zeit hatte er ziemlich oft das Gefühl, daß ihr einmal ordentlich der Hintern versohlt gehörte. Noch öfter jedoch war er absolut fasziniert von den neuen Rundungen, die ihr Körper auf einmal aufwies. Und sie wußte es. Einmal, diesen Sommer, als sie schwimmen waren, hatte sie einen Träger ihres Badeanzugs von ihrer Schulter rutschen lassen und eine ihrer Brüste fast bis zur Brustwarze entblößt. Webbs Körper reagierte heftig mit der schmerzlichen Intensität eines Teenagers darauf – er hatte den Blick einfach nicht mehr abwenden können. Blutübergossen stand er da und dankte Gott dafür, daß ihm das Wasser bis zu den Hüften ging. Seine Röte entstammte teils seiner Verlegenheit, teils auch der Erregung sowie der Frustration.

Aber sie war schön, Himmel, diese Jessie! Sie sah aus wie eine Prinzessin, mit ihrem glatten, dichten, schwarzen Haar und den dunkelblauen Augen. An ihren perfekten Gesichtszügen, ihrer makellosen Haut gab es nichts auszusetzen. Und jetzt würde sie hier auf Davenport mit Tante Lucinda leben ... und mit ihm.

Er richtete seine Aufmerksamkeit wieder auf Roanna und puffte sie aufmunternd. »Hör nicht auf Jessie«, sagte er. »Sie redet, ohne zu wissen, wovon. Du wirst nirgendwo hingeschickt. Ich glaube gar nicht, daß es überhaupt noch Waisenhäuser gibt.«

Wieder riskierte sie einen scheuen Blick. Ihre Augen waren

braun, beinahe kastanienbraun, so wie ihr Haar, bloß ohne den Rotschimmer. Sie war die einzige, sowohl auf Seiten der Davenports als auch der Tallants, die braune Augen besaß; alle anderen hatten entweder blaue oder grüne Augen oder eine Mischung aus beidem. Jessie hatte sie einmal gehänselt, hatte ihr gesagt, daß sie keine richtige Davenport wäre mit ihrer komischen Augenfarbe und wahrscheinlich adoptiert worden sei. Roanna war in Tränen aufgelöst gewesen, bis Webb der Sache ein Ende gemacht hatte, indem er sie auf dieses Erbteil ihrer Mutter hinwies; überdies war sie eine Davenport, denn er konnte sich noch erinnern, sie im Krankenhaus besucht zu haben, kurz nachdem sie auf die Welt gekommen war.

»Hat Jessie bloß Spaß gemacht?« fragte sie jetzt.

»Genau. Sie hat bloß Spaß gemacht«, beschwichtigte er sie.

Roanna drehte nicht den Kopf, um Jessie anzusehen, aber eine kleine Faust schoß auf einmal hervor, versetzte Jessie einen kräftigen Hieb und schnellte dann ebenso blitzartig wieder in die Sicherheit von Webbs Umarmung zurück.

Der mußte ein Lachen unterdrücken, aber Jessie explodierte vor Wut. »Sie hat mich geschlagen!« kreischte sie und hob die Hand, um Roanna eine Ohrfeige zu versetzen.

Webb packte Jessies Handgelenk. »O nein, das wirst du nicht«, sagte er. »Das hast du verdient, für die blöde Bemerkung.«

Sie versuchte sich loszureißen, aber Webb hielt sie fest, sein Griff verstärkte sich und seine dunkler werdenden Augen verrieten Jessie, daß er es ernst meinte. Erbost funkelte sie ihn an, doch weder sein eiserner Wille noch sein eiserner Griff lockerten sich auch nur einen Deut, und nach ein paar Sekunden gab sie sich widerwillig geschlagen. Er ließ ihr Handgelenk los, und sie rieb es wehleidig. Natürlich hatte er ihr nichts getan, und er ließ sich keine Schuldgefühle einimpfen, wie sie es beabsichtigt hatte. Jessie war sehr gut darin, andere zu manipulieren, aber Webb hatte sie schon vor langer Zeit durchschaut. Da er wußte, was für ein Biest sie sein konnte, empfand er es als um so befriedigender, sie zum Nachgeben gezwungen zu haben.

Er wurde rot, als er merkte, wie er auf einmal steif wurde, und rückte Roanna ein wenig von sich ab. Sein Herz hämmerte schneller, und Erregung, gemischt mit Triumph, erfüllten ihn. Es war im Handumdrehen geschehen, aber auf einmal wußte er, daß er mit Jessie fertigwerden konnte. Diese wenigen Sekunden hatten ihre Beziehung völlig verändert, die lockeren Bande der Verwandtschaft und einer gemeinsamen Kindheit gehörten plötzlich der Vergangenheit an, und die komplizierteren, explosiveren Leidenschaften von Mann und Frau waren an ihre Stelle getreten. Der Prozeß hatte sich über den ganzen Sommer hingezogen, doch nun war er abgeschlossen. Er sah Jessie an, sah den schmollenden Ausdruck auf ihrem Gesicht, ihre volle Unterlippe, die sie mürrisch vorgeschoben hatte. Vielleicht verstand sie es ja noch nicht ganz, aber er schon.

Jessie würde ihm gehören, mitsamt ihrer Verzogenheit und ihren unberechenbaren Launen. Er bräuchte eine Menge Energie und Geschick, um die Oberhand über sie zu behalten; aber eines Tages würde er sein Ziel erreichen, sowohl physisch als auch geistig. Zwei Trümpfe besaß er, von denen Jessie bis jetzt noch nichts ahnte: die Macht des Geschlechts und Davenport. Tante Lucinda – so nannte er sie seinerzeit – hatte in der Nacht das tödlichen Autounfalls sehr lange mit ihm gesprochen. Sie waren allein zusammengesessen, und Tante Lucinda hatte sich verzweifelt hin und hergewiegt und lautlos geweint, während sie mit dem Tod ihrer Kinder haderte; und schließlich hatte Webb genug Mut aufgebracht, um zu ihr zu gehen und sie in die Arme zu nehmen. Daraufhin war sie vollkommen zusammengebrochen, hatte geschluchzt, als ob ihr das Herz bräche – es war das einzige Mal, daß sie ihrem unsäglichen Leid freien Lauf ließ.

Doch dann fing sie sich wieder, und sie waren bis in den frühen Morgen zusammengesessen im Gespräch. Tante Lucinda besaß ein großes Reservoir an Kraft, und sie hatte daraus geschöpft, während sie sich an die Aufgabe machte, die Zukunft von Davenport zu sichern. Ihr geliebter David, der Erbe von Davenport, war tot. Und Janet, ihre einzige Tochter, die sie genauso geliebt hatte, wäre auch weder geneigt noch geeignet gewesen, die enorme Verantwortung, die so ein Erbe mit sich brachte, zu übernehmen. Janet hatte ein stilles, in sich gekehrtes Dasein geführt, in den Augen immer einen Ausdruck stummen Schmerzes, der nie ganz verschwand. Webb vermutete, daß das an Jessies Vater lag – wer immer er auch sein mochte. Jessie war unehelich, und Janet hatte nie verraten, wer sie gezeugt hatte. Von seiner Mutter wußte er, daß es seinerzeit einen Riesenskandal gab; aber die Davenports waren zusammengerückt, und die Elite von Tuscumbia war gezwungen gewesen, sowohl Mutter als auch Kind zu akzeptieren oder sich den Zorn der Davenports zuzuziehen. Da die Davenports als die reichste Familie im Nordwesten von Alabama galten, hatten sie sich selbstverständlich durchgesetzt.

Doch jetzt, wo ihre beiden Kinder tot waren, mußte Lucinda als Oberhaupt den Fortbestand ihres Vermögens und der Unternehmen sichern. Es ging nicht nur um Davenport, dieses kostbare Anwesen, sondern auch um Aktien und Anleihen, Immobilien, Fabriken, Grund und Boden, Rechte am Abbau von Mineralien – ja sogar Banken und Restaurants besaßen sie. Die riesigen, weitverzweigten Davenport-Transaktionen erforderten ein kluges Hirn und darüber hinaus eine unerschütterliche Durchsetzungskraft, wenn man alles zusammenhalten und weiter florieren lassen wollte.

Webb war erst vierzehn, doch an dem Morgen nach dem nächtlichen Gespräch mit Tante Lucinda hatte sie den Anwalt der Familie ins Arbeitszimmer gebeten, die Tür zugemacht und Webb als künftigen Erben bestimmt. Er war ein Tallant, kein Davenport, aber eben der Enkelsohn ihres heißgeliebten Bruders, und sie selbst stammte aus der Familie der Tallants – also war das in ihren Augen kein Hindernis. Vielleicht weil Jessie einen so schweren Start im Leben gehabt hatte, hatte Lucinda Jessie der Nachzüglerin Roanna immer vorgezogen, aber ihre Liebe war nicht blind. So sehr sie es ihr gegönnt hätte, wußte sie doch, daß Jessie viel zu unberechenbar war für die Zügel eines solchen Imperiums; wenn man ihr freie Hand ließ, dann hätte sie die Familie innerhalb kürzester Frist ab ihrer Volljährigkeit in den Bankrott gewirtschaftet.

Roanna, die nächste direkte Verwandte, wurde nicht einmal in Betracht gezogen. Zum einen war sie erst sieben und zum anderen viel zu unbändig. Man konnte sie nicht als wirklich ungehorsam bezeichnen; aber sie besaß ganz eindeutig das Talent, sich ständig in Schwierigkeiten zu bringen. Wenn es innerhalb von einer Viertelmeile eine Pfütze gab, dann schaffte Roanna es unweigerlich hineinzufallen – aber nur, wenn sie ihr bestes Kleid trug, natürlich. Wenn sie neue Schuhe anhatte, trat sie aus Versehen in Pferdeäpfel. Sie stolperte andauernd, ließ irgendwelche Dinge fallen, verschüttete, was immer sie in der Hand trug, oder stieß um, was in Reichweite war. Das einzige Talent, das sie zu besitzen schien, beschränkte sich auf den Umgang mit Pferden – in Lucindas Augen ein großes Plus, da auch sie die Tiere liebte; aber unglücklicherweise reichte das für die Führung der Familiengeschäfte nicht aus.

Davenport würde ihm gehören, Davenport und alles, was dazugehörte. Webb blickte zu dem imposanten weißen Haus auf, das wie ein Luxusdampfer in der Mitte des saftigen grünen Rasens lag. Eine breite, schattige Veranda zog sich um das gesamte Gebäude herum, sowohl im Erdgeschoß als auch im ersten Stock. Die Geländer bestanden aus reich verziertem, schwarzem Schmiedeeisen, und sechs stattliche weiße Säulen erhoben sich an der Vorderseite, wo die Veranda sich zum Eingangsrondell weitete. Das Haus wirkte anmutig und gleichzeitig behäbig, die breiten Loggien versprachen eine herrliche Kühle, und die luftige Architektur wurde noch durch gewaltige Fenster unterstrichen. Doppelte Balkontüren zierten jedes der Schlafzimmer im oberen Stockwerk, und ein großes, bogenförmiges Panoramafenster umrahmte das Eingangsportal.

Davenport war hundertzwanzig Jahre alt und noch vor dem Sezessionskrieg erbaut worden. Von damals her rührte auch die elegant geschwungene Außentreppe ins obere Stockwerk; sie bildete einen diskreten Eingang für die ledigen jungen Männer der Familie, deren Schlafräume sich seinerzeit noch in einem separaten Flügel des Hauses befanden. Auf Davenport war das der linke Trakt gewesen. Nach zahlreichen Umbauten im vergangenen Jahrhundert verschwanden die separaten Schlafzimmer schließlich, aber der Außenaufgang zum ersten Stock war geblieben. In letzter Zeit hatte Webb ihn selbst das eine oder andere Mal benutzt.

Und das alles würde ihm gehören.

Gewissensbisse, als Haupterbe auserwählt zu sein, beeinträchtigten ihn nicht. Schon mit seinen vierzehn Jahren war sich Webb seines brennenden Ehrgeizes bewußt. Er *wünschte* sich den Druck der Verantwortung, wünschte sich all die Macht, die Davenport mit sich brachte. Es wäre wie das Reiten auf dem wildesten Hengst der Welt – allein durch die Kraft seines Willens.

Jessie und Roanna hatte er damit ja nicht ausgebootet, ganz im Gegenteil. Beide würden reich sein, wenn sie volljährig wurden. Aber die Mehrheit der Aktien, der Hauptanteil der Macht – und alle Verantwortung –, würde an ihn gehen. Webb schüchterte die Aussicht auf Jahre harter Arbeit, die noch vor ihm lagen, nicht ein; sondern vielmehr erfüllte ihn dabei überschwengliche Freude. Nicht nur, daß ihm Davenport gehören würde, Jessie kam überdies als Dreingabe. Ihre Großmutter, Tante Lucinda, hatte es angedeutet, aber erst vor wenigen Momenten war ihm klargeworden, was es wirklich bedeutete.

Sie wollte, daß er Jessie heiratete.

Beinahe hätte er vor Triumph laut aufgelacht. Oh, er kannte seine Jessie, und das tat auch Lucinda. Wenn sie von seiner Davenport-Erbschaft erfuhr, würde Jessie ohnehin sofort beschließen, ihn zu erwählen. Es machte ihm nichts aus; er wußte, wie er mit ihr fertig wurde und gab sich keinen Illusionen über sie hin. Der Großteil von Jessies schlechten Eigenschaften ließ sich auf die enorme Last zurückführen, die auf ihren Schultern lag; der Makel ihrer Geburt. Sie haßte Roanna dafür, daß sie legitim war, und benahm sich ihr gegenüber deshalb auch so abscheulich. Doch das wird sich ändern, wenn sie mich heiratet, dachte er. Dafür würde er unbedingt sorgen, denn jetzt kannte er Jessies Masche.

Lucinda Davenport ignorierte das Geschnatter der anderen. Sie stand am Fenster und beobachtete die drei jungen Leute auf der Schaukel. Sie gehörten zu ihr, ihr Blut floß in allen dreien, was Hoffnung und Zukunft für Davenport bedeutete.

Als sie von dem Autounfall erfuhr, war sie ein paar dunkle Stunden lang wie zerbrochen gewesen; ihr Kummer wollte sie schier verschlingen, sie nicht mehr weiterleben, nicht mehr weiterlieben lassen. Sie hatte immer noch das Gefühl, als fehlten einige Stücke ihres Herzens, wo nun eine riesige, unheilbare Wunde klaffte. Ihre Namen hallten in ihrem Mutterherzen wider. *David. Janet.* Erinnerungen glitten an ihrem geistigen Auge vorbei, und sie sah sie als Säuglinge an ihrer Brust, als herumtollende Kinder, als linkische Teenager und wundervolle Erwachsene. Sie war dreiundsechzig und hatte viele ihrer Lieben verloren, aber dieser letzte Schicksalsschlag übertraf alle bisherigen Verluste. Eine Mutter sollte ihre Kinder nicht überleben.

Aber in ihrer dunkelsten Stunde war Webb dagewesen und

hatte sie stumm getröstet. Trotz seiner vierzehn Jahre nahm doch der Mann in ihm bereits Gestalt an. Er erinnerte sie sehr an ihren Bruder, den ersten Webb; der besaß denselben stahlharten, fast rücksichtslosen Kern, dieselbe Stärke und innere Reife, die ihn weit älter als seine Jahre wirken ließen. Der Junge war nicht vor ihrer Verzweiflung zurückgeschreckt, sondern hatte sie mit ihr geteilt, hatte ihr seine wahre Teilnahme geschenkt. In jener dunklen Stunde erblickte sie auf einmal das Licht am Ende des Tunnels und wußte, was sie zu tun hatte. Als sie ihm gegenüber dann den Gedanken äußerte, daß er ein Studium absolvieren solle, um die Leitung der Davenport-Unternehmungen zu übernehmen und später auch Davenport selbst zu bewohnen, schreckte er keineswegs zurück. Vielmehr hatten seine tiefgrünen Augen zu funkeln begonnen angesichts der Herausforderung, die sich ihm da bot.

Sie hatte eine gute Wahl getroffen. Einige Familienmitglieder würden laut aufheulen: Gloria und ihre Brut zum Beispiel, wenn sie erfuhren, daß sie Webb den Ameses vorgezogen hatte, wo sie doch im selben Verwandtschaftsgrad zu Lucinda standen. Jessie würde ebenfalls Grund haben, zornig zu sein, denn sie war eine Davenport und direkte Verwandte; aber so sehr sie das Mädchen auch liebte, so wußte Lucinda, daß sie ihr Davenport nicht überlassen durfte. Webb war die beste Wahl, und er würde sich auch um Jessie kümmern.

Schweigend beobachtete sie das kleine Drama, das sich auf der Schaukel abspielte, und erkannte, daß Webb diese Schlacht gewonnen hatte. Der Junge besaß bereits die Instinkte eines Mannes, und zwar einer wahren Autorität. Jessie schmollte, aber er ließ sich nicht von ihr erweichen. Er fuhr fort, Roanna zu trösten, die es wie üblich geschafft hatte, irgendwelche Probleme zu verursachen.

Roanna. Lucinda seufzte. Sie fühlte sich nicht mehr jung genug, um sich der Erziehung einer Siebenjährigen zu widmen, aber das Kind war Davids Tochter, und niemals würde sie sie im Stich lassen. Schon aus Fairneß hatte sie sich um sie zu kümmern, aber lieben konnte sie Roanna einfach nicht so wie Jessie oder Webb, der nicht mal ihr Enkel war, sondern ein Großneffe.

Obwohl sie ihrer Tochter Janet jede erdenkliche Unterstützung gewährte, als deren Schwangerschaft bekannt wurde, hatte Lucinda bestenfalls erwartet, das Baby tolerieren zu können, sobald es einmal da war. Eigentlich hegte sie eine stattliche Menge Vorurteile wegen der Schande, die es repräsentierte. Statt dessen hatte sie einen Blick auf das winzige, wunderschöne Gesichtchen ihrer Enkelin geworfen und sich auf der Stelle in sie verliebt. Oh, Jessie war ziemlich temperamentvoll und alles andere als fehlerlos, aber Lucindas Liebe hatte nie auch nur einen Moment lang gewankt. Jessie *brauchte* Liebe, unendlich viel davon, sie saugte jedes bißchen Zuwendung und Lob in sich auf. Nicht, daß sie in dieser Beziehung irgendwie zu kurz gekommen wäre, ganz im Gegenteil. Vom Augenblick ihrer Geburt an war sie geknuddelt, geküßt und nach Strich und Faden verwöhnt worden, aber trotzdem konnte sie nie genug bekommen. Kinder spüren schon sehr früh, wenn etwas in ihrem Leben nicht stimmt, und Jessie war ganz besonders helle; mit zwei Jahren fing sie bereits an zu fragen, warum *sie* keinen Daddy habe.

Und dann gab es da noch Roanna. Wieder seufzte Lucinda. Es hatte sich als ebenso schwierig herausgestellt, Roanna zu lieben, wie es ihr bei Jessie leichtgefallen war. Die beiden Cousinen könnten nicht gegensätzlicher sein. Roanna hielt nie lange genug still, als daß man sie hätte an sich drücken können. Sobald man sie hochnahm, um sie ein wenig zu hätscheln, zappelte sie auch schon, weil sie wieder runtergelassen werden wollte. Und sie war auch nicht so hübsch wie Jessie. Roannas eigenartig unausgewogene Gesichtszüge paßten einfach nicht in ihr kleines Antlitz. Ihre Nase war zu lang, ihr Mund zu breit, die Augen zu eng beisammen, die Augenwinkel leicht schräg. Ihr Haar, mit dem für Davenports so untypischen Rotschimmer, wirkte ewig zerzaust. Egal, was sie anhatte, sie brauchte keine fünf Minuten, um die Sachen zu ruinieren. Natürlich schlug sie der Familie ihrer Mutter nach und war eindeutig ein Unkraut im gepflegten Garten der Davenports. Lucinda hatte wirklich genau hingesehen, aber beim besten Willen keine Ähnlichkeit mit David bei dem Kind gefunden: jetzt wäre eine solche Ähnlichkeit doppelt kostbar gewesen, hätte sie denn existiert.

Aber sie würde, was Roanna betraf, ihre Pflicht erfüllen und sich bemühen, sie in ein halbwegs zivilisiertes Wesen zu verwandeln, einen Menschen, dessen sich die Davenports nicht zu schämen brauchten.

Ihre Hoffnungen jedoch – und die Zukunft – lagen bei Jessie und Webb.

2

Lucinda, die in Janets Schlafzimmer saß und langsam die persönliche Habe ihrer Tochter verpackte, wischte sich die Tränen aus dem Gesicht. Sowohl Yvonne als auch Sandra hatten angeboten, das für sie zu übernehmen, was aber keinesfalls in Frage kam. Es wäre ihr peinlich, wenn jemand ihre Tränen, ihren Kummer sähe; und nur sie konnte wissen, welche Erinnerungsstücke sie aufbewahren oder wegwerfen wollte. Dasselbe hatte sie bereits in Davids Haus erledigt, hatte zärtlich seine Hemden zusammengefaltet, Hemden, die noch einen Hauch seines Rasierwassers trugen. Auch um ihre Schwiegertochter weinte sie; Karen war sehr beliebt gewesen, eine fröhliche, liebevolle junge Frau, die David sehr glücklich gemacht hatte. Ihre Sachen waren in Kisten verpackt und auf Davenport verstaut worden, damit Roanna sie zu gegebener Zeit übernähme.

Der Unfall lag jetzt einen Monat zurück. Die rechtlichen Formalitäten waren ebenfalls geregelt, so daß Jessie und Roanna nun ganz offiziell auf Davenport lebten, mit Lucinda als Vormund. Jessie hatte sich natürlich sofort und ohne Schwierigkeiten zurechtgefunden, das hübscheste Zimmer ausgesucht und Lucinda dazu bewegt, es nach ihren Wünschen neu herrichten zu lassen. Lucinda mußte zugeben, daß es nicht viel Überredung gebraucht hatte, denn sie verstand Jessies starkes Bedürfnis, die Kontrolle über ihr Leben zurückzugewinnen, wieder Ordnung in ihr Dasein zu bringen. Das Zimmer war nur ein Symbol. Sie hatte Jessie deutlich zu verstehen gegeben, daß sie, obwohl ihre Mutter tot war, immer noch eine Familie hatte, die sie liebte und unterstützte – daß ihre Welt nach wie vor sicher war.

Roanna dagegen hatte sich ganz und gar nicht eingelebt. Lucinda seufzte und hielt sich eine von Janets Blusen an die Wange, während sie über Davids Tochter nachdachte. Man kam einfach nicht an das Kind heran. Roanna hatte sich allen Bemühungen, sie zur Wahl eines Zimmers zu bewegen, widersetzt, so daß Lucinda schließlich selbst eins für sie bestimmt hatte. Gerechtigkeitshalber mußte es selbstverständlich genauso groß sein, wie Jessies – aber das kleine Mädchen wirkte darin völlig verloren und verlassen. In der ersten Nacht hatte sie brav darin geschlafen. In der zweiten Nacht schlief sie in einem der anderen Räume, wobei sie ihre Bettdecke mit sich zerrte und sich einfach auf die blanke Matratze legte. In der dritten Nacht war es wieder ein anderer Unterschlupf und abermals eine blanke Matratze. Sie hatte in einem Sessel auf dem Speicher geschlafen, auf dem Teppich in der Bibliothek, ja sogar auf dem Fliesenfußboden eines der Badezimmer. Ihr rastloses kleines Herz fahndete nach einem Ort, der ihr gehörte. Lucinda nahm an, daß das Kind mittlerweile in jeder

Nische des Hauses, außer dort, wo die anderen wohnten, geschlafen hatte.

Immer wenn Webb am Morgen aufstand, machte er sich zunächst einmal auf die Suche nach Roanna. Egal in welchem Winkel und in welcher Ecke sie sich für die Nacht verkrochen hatte, er spürte sie auf und lockte sie aus ihrem Deckenkokon. Sie war finster und verschlossen, außer bei ihrem Cousin, und interessierte sich für nichts außer Pferde. Frustriert und ratlos gewährte ihr Lucinda unbegrenzten Zugang zu den Ställen, zumindest für diesen Sommer. Loyal paßte auf das Kind auf, und Roanna zeigte sich überraschend geschickt im Umgang mit den Tieren.

Lucinda legte die Bluse zusammen – es war die letzte – und packte sie fort. Nur das Nachtkästchen war noch auszuräumen, und sie zögerte, bevor sie die Schubladen öffnete. Gleich hätte sie es geschafft; das Stadthaus würde ausgeräumt, verschlossen und verkauft werden. Sämtliche Spuren von Janet wären dann beseitigt.

Bis auf Jessie hatte Janet herzlich wenig hinterlassen. Nachdem sie schwanger geworden war, hatte sie kaum mehr gelacht, und aus ihren Augen wich niemals die Traurigkeit. Obwohl sie sich weigerte, Jessies Erzeuger preiszugeben, hatte Lucinda immer auf Dwight, den ältesten Leath-Jungen, getippt. Er und Janet waren eine Zeitlang miteinander gegangen, bis er sich mit seinem Vater zerstritten und freiwillig zum Militär gemeldet hatte, woraufhin er prompt in Vietnam landete. Der Krieg dort hatte erst begonnen, und er schaffte es doch tatsächlich, innerhalb von zwei Wochen, nachdem er den Fuß in das ferne Land gesetzt hatte, zu fallen. Über die Jahre hinweg hatte Lucinda oft in Jessies Gesicht nach einer Ähnlichkeit zu den Leaths geforscht, doch statt dessen nur pure Davenport-Schönheit gefunden. Falls Dwight wirklich Janets Liebhaber gewesen war, dann hatte sie ihm bis zu ihrem Tod nachgetrauert; denn nach Jessies Geburt war sie nie wieder mit einem Mann ausgegangen. Das lag keineswegs an mangelnder Gelegenheit, denn trotz der Peinlichkeit von Jessies Illegitimität war Janet immer noch eine Davenport; natürlich bewarben sich etliche junge Männer um sie. Aber mit dieser Spezies wollte sie nichts mehr zu tun haben.

Lucinda hatte sich mehr für ihre Tochter erhofft. Sie selbst hatte eine tiefe Liebe für Marshall Davenport empfunden und hätte ihren Kindern von Herzen dasselbe gewünscht. David fand mit Karen sein Glück; Janet jedoch hatte nur Leid und Enttäuschung erfahren. Lucinda gab es nicht gerne zu, aber Janet hatte ihr gegenüber immer eine gewisse Zurückhaltung an den Tag gelegt, als ob sie sich schämte ... was viel eher bei Lucinda der Fall hätte sein sollen. Statt dessen wünschte die Mutter sehnlichst, Janet käme über ihr Leid hinweg, aber das war nicht geschehen.

Nun, so eine unangenehme Aufgabe hinauszuschieben machte sie nicht weniger unangenehm, wie Lucinda dachte, und sie richtete sich auf. Sie konnte den ganzen Tag herumsitzen und sich den Kopf über die Widrigkeiten und Überraschungen des Lebens zerbrechen oder energisch weitermachen. Lucinda Tallant Davenport gehörte nicht zu denen, die sich mit Jammern aufhielten; ob falsch oder richtig, sie packte die Dinge bei den Hörnern.

Als sie den wohlgeordneten Inhalt der obersten Schublade des Nachtkästchens erblickte, traten ihr wieder Tränen in die Augen. Das war Janet, durch und durch sorgfältig. Da lag das Buch, in dem sie zuletzt gelesen hatte, eine kleine Taschenlampe, eine Packung Tempotaschentücher, eine dekorative Dose mit ihren Lieblingsbonbons, Pfefferminzdrops, und ein verräterischer Lederband. Der Stift steckte noch zwischen den Seiten. Neugierig wischte sich Lucinda die Tränen aus den Augen und nahm das Tagebuch heraus. Sie hatte gar nicht gewußt, daß Janet eins führte.

Sie strich mit der Hand darüber und war sich sehr genau bewußt, welche Information die Seiten unter Umständen enthielten. Es konnten private Anmerkungen zu ihrem alltäglichen Leben sein – aber es bestand auch die Möglichkeit, daß Janet hier das Geheimnis enthüllt hatte, das sie mit in ihr unvorhergesehenes Grab genommen hatte. Und spielte es jetzt noch eine Rolle, wer Jessies Vater war?

Nicht wirklich, dachte Lucinda. Sie liebte Jessie, egal wessen Blut sie in sich trug.

Und dennoch, nach so vielen Jahren des Rätselns und der Ungewißheit war die Versuchung unwiderstehlich. Sie schlug die erste Seite auf und begann zu lesen.

Eine halbe Stunde später tupfte sie sich die Tränen aus den Augenwinkeln und klappte das Buch langsam wieder zu. Dann legte sie es auf den noch übrigen Kleiderhaufen. Es stand nicht allzuviel darin: mehrere schmerzerfüllte Seiten, die sie vor vierzehn Jahren geschrieben hatte, und danach nur mehr sehr wenig. Janet hatte ein paar Eintragungen gemacht, Jessies ersten Zahn, ihre ersten Schritte, ihren ersten Schultag; aber der Großteil der Seiten war weiß geblieben. Irgendwie hatte Janet schon vor vierzehn Jahren aufgehört zu leben, nicht erst vor einem Monat. Armes Mädchen, sie hatte sich so viel erhofft und mit so wenig zufriedengegeben.

Lucinda strich mit der Hand über den Ledereinband. Nun, jetzt wußte sie es! Und tatsächlich änderte es überhaupt nichts.

Sie nahm das Klebeband zur Hand und klebte entschlossen auch den letzten Karton zu.

Zweiter Teil

Der Riß

3

Es war noch ganz früh am Morgen, Roanna sprang rasch aus dem Bett und rannte ins Bad, um sich die Zähne zu putzen. Dann fuhr sie eilig mit den Fingern durchs Haar und kämpfte sich in Jeans und ein T-Shirt. Sie packte noch ihre Stiefel und Socken, um dann barfuß die Treppe hinunterzufliegen. Webb fuhr heute nach Nashville, und sie wollte ihn unbedingt sehen, bevor er ging. Es gab keinen bestimmten Grund dafür, sie ergriff eben nur jede Gelegenheit, um ein paar Minuten mit ihm allein zu verbringen, kostbare Augenblicke, in denen sein Lächeln, seine Aufmerksamkeit ausschließlich ihr galten.

Es war erst fünf Uhr morgens, doch Großmutter würde dennoch schon beim Frühstück im Morgenzimmer sitzen; Roanna fiel es indessen überhaupt nicht ein, auf dem Weg zur Küche dort hineinzuschauen. Webb, der den Reichtum, der ihm zur Verfügung stand, zwar durchaus genoß, scherte sich kein bißchen um Äußerlichkeiten. Er würde in der Küche sein und sich sein Frühstück selbst zubereiten, da Tansy nicht vor sechs Uhr zur Arbeit kam, und dann würde er es gleich am Küchentisch verspeisen.

Sie platzte durch die Tür und entdeckte ihn wie erwartet. Er hatte sich nicht mal die Mühe gemacht, sich hinzusetzen, sondern lehnte statt dessen an einem Küchenschrank und kaute seinen Marmeladentoast. Eine Tasse heißer Kaffee stand neben ihm auf der Anrichte. Sobald er sie sah, drehte er sich um und ließ noch eine Scheibe Brot in den Toaster fallen.

»Ich hab keinen Hunger«, sagte sie und steckte, auf der Suche nach dem Orangensaft, den Kopf in den einladenden doppeltürigen Kühlschrank.

»Das hast du nie«, erwiderte er gelassen. »Iß trotzdem.« Aufgrund ihres mangelnden Appetits war sie mit siebzehn immer noch klapperdürr und kaum entwickelt. Außerdem *ging* Roanna nie irgendwo bloß hin. Sie rannte normalerweise, hüpfte, schlitterte und schlug gelegentlich sogar das eine oder andere Rad. Wenigstens hatte sie sich über die Jahre so weit eingelebt, daß sie ihre Nächte nun in demselben Bett verbrachte und er nicht mehr jeden Morgen nach ihr das Haus durchstöbern mußte.

Weil Webb den Toast gemacht hatte, aß sie ihn, wenn auch ohne Marmelade. Er goß noch eine Tasse Kaffee für sie ein, und dann stand sie neben ihm, knabberte an ihrem trockenen Brot, schlürfte abwechselnd Orangensaft und Kaffee. Sie fühlte, wie sich allmählich Wärme in ihrem Bauch breitmachte. Roanna war wunschlos glücklich: mit Webb allein! Und mit der Aussicht auf einen erfreulichen Ritt.

Vorsichtig atmete sie ein, sog den köstlichen Duft seines unaufdringlichen Rasierwassers und den seiner Haut, die nach Seife und ganz leicht nach Moschus duftete, in die Nase, alles vermischt mit dem Aroma des Kaffees. Seine Gegenwart erfüllte sie beinahe schmerzlich, aber sie lebte für diese Momente.

Sie beäugte ihn über den Rand ihrer Tasse, und ihre whiskeybraunen Augen funkelten schalkhaft. »Daß du ausgerechnet jetzt nach Nashville fahren mußt, kommt mir mehr als verdächtig vor«, meinte sie neckend. »Ich glaube, du willst einfach nur von hier weg!«

Er grinste, und ihr Herz schlug einen kleinen Purzelbaum. Dieses jungenhafte Grinsen sah sie nur noch selten; er war jetzt immer so beschäftigt, daß er fast seine ganze Zeit mit Arbeiten verbrachte, wie sich Jessie andauernd und unermüdlich beschwerte. Seine kühlen grünen Augen wurden wärmer, wenn er lächelte, und der lässige Charme seiner gehobenen Mundwinkel hätte einen Verkehrsunfall verursachen können. Die Lässigkeit täuschte jedoch; Webb arbeitete so hart und lange, wie es die meisten Männer völlig überfordert hätte.

»Ich hab es nicht so geplant«, protestierte er, räumte dann jedoch ein, »aber ich hab die Gelegenheit mit Freuden ergriffen. Und du wirst wohl den ganzen Tag über in den Ställen bleiben, vermute ich?«

Sie nickte. Großmutters Schwester und ihr Mann, Tante Gloria und Onkel Harlan, würden heute einziehen, und Roanna wollte sich so weit wie möglich fernhalten. Gloria mochte sie am allerwenigsten von all ihren Tanten, und auf Onkel Harlan war sie auch nicht gerade versessen.

»Er weiß immer alles besser«, brummte sie. »Und sie ist die reinste Land...«

»Ro«, sagte er warnend und dehnte dabei die einzelne Silbe. Nur er nannte sie je so. Es war ein Band mehr, wenn auch dünn, das sie mit ihm einte und das sie wie eine Kostbarkeit hütete, denn im Geiste bezeichnete sie sich selbst auch als Ro. Roanna war die magere, unattraktive, unbeholfene und linkische Bohnenstange. Ro repräsentierte den Teil von ihr, der reiten konnte wie ein Wirbelwind, deren Körper mit dem des Pferdes verschmolz; das Mädchen, das im Stall nie eine falsche oder ungeschickte Bewegung machte. Wenn es nach ihr gegangen wäre, hätte sie in den Boxen *gelebt*.

»Nun, sie ist eben nicht mein Typ«, meinte Roanna mit einem so bekümmerten Gesichtsausdruck, daß Webb lachen mußte. »Wenn Davenport mal dir gehört, wirst du sie dann wieder rauswerfen?«

»Natürlich nicht, du Fratz! Sie gehören doch zur Familie.«

»Nun, es ist ja nicht so, daß sie keine eigene Wohnung besitzen. Warum bleiben sie nicht in ihrem Haus?«

»Seit Onkel Harlan im Ruhestand ist, kommen sie nicht mehr so gut über die Runden. Wir haben hier jede Menge

Platz, also ist es nur logisch, daß sie hier einziehen, auch wenn es dir nicht gefällt.« Er verwuschelte ihr ungekämmtes Haar.

Sie seufzte. Es stimmte, Davenport beherbergte zehn Schlafzimmer, und da Jessie und Webb inzwischen geheiratet hatten, bewohnten sie eine gemeinsame Suite. Tante Yvonne war im letzten Jahr ausgezogen, weil sie lieber ungebunden sein wollte, was bedeutete, daß nun sieben Zimmer leerstanden. Trotzdem, ihr gefiel das Ganze nicht. »Und was ist, wenn du und Jessie Kinder bekommen? Dann braucht ihr die anderen Zimmer.«

»Aber wohl kaum sieben«, erwiderte er trocken, und ein grimmiger Ausdruck trat auf sein Gesicht. »Außerdem werden wir vielleicht gar keine Kinder haben.«

Ihr Herz machte einen Satz bei diesen Worten. Sie war am Boden zerstört, als er und Jessie vor zwei Jahren heirateten; aber der Gedanke, daß Jessie irgendwann Babys von ihm bekommen würde, verschlimmerte die Situation noch erheblich. Irgendwie hätte das den Todesstoß für ein Herz bedeutet, das ohnehin nie viel Hoffnung gehabt hatte; sie wußte, daß sie nie eine Chance bei Webb gehabt hatte oder je haben würde, und dennoch glimmte hartnäckig ein unentwegtes Hoffnungsflämmchen. So lange er und Jessie keine Kinder hatten, gehörte er ihr noch nicht ganz, nicht vollständig. Für Webb wären Kinder ein unzerreißbares Band. So lange es keine Babys gab, bestand eine Chance, egal wie minimal sie auch sein mochte.

Die ganze Familie wußte, daß es in ihrer Ehe kriselte. Jessie machte nie ein Geheimnis daraus, wenn sie unglücklich war. Vielmehr bemühte sie sich redlich, ihrem Umfeld dann ihre jeweilige Not vorzuführen.

Da sie Jessie kannte, und Roanna kannte sie sehr gut, vermutete sie, daß Jessie wohl geplant hatte, Webb nach ihrer Heirat mit Sex unter die Fuchtel zu bekommen. Roanna wäre überrascht gewesen, wenn Jessie Webb erlaubt hätte, vor der

Heirat mit ihr zu schlafen. Na ja, einmal vielleicht, um sein Interesse aufrechtzuerhalten. Keiner von ihnen unterschätzte Jessies Heimtücke. Webb komischerweise ebensowenig, und Jessies Strategie war demzufolge nicht aufgegangen. Egal, was für Tricks sie auch versuchte, Webb änderte nur selten eine einmal gefaßte Meinung, und wenn er es dennoch tat, dann aus eigener Überzeugung. Nein, Jessie war ganz und gar nicht glücklich.

Roanna schon ... zumindest hinsichtlich dieser Tatsache. Sie verstand die Beziehung zwischen den beiden zwar nicht mal ansatzweise, aber Jessie schien einfach nicht zu kapieren, was für eine Art Mann Webb war. Er ließ sich mit Logik überzeugen, aber mit Manipulation erreichte man bei ihm nichts. Roanna hatte über die Jahre insgeheim so manchen Moment genossen, in dem Jessie versuchte, ihn mit ihren weiblichen Tricks herumzukriegen – nur um dann in hysterische Anfälle zu verfallen, wenn es nicht funktionierte. Jessie konnte es einfach nicht begreifen; schließlich klappte es doch bei allen anderen.

Webb warf einen Blick auf seine Armbanduhr. »Ich muß gehen.« Er trank seinen Kaffee aus und beugte sich dann herab, um ihr einen Kuß auf die Stirn zu drücken. »Halt dich ein bißchen zurück heute, damit es nicht wieder Ärger gibt.«

»Ich werde es versuchen«, versprach sie und fügte dann verdrießlich hinzu, »wie *immer*!« Doch es wollte ihr nie so recht gelingen. Trotz all ihrer Mühen und ihres guten Willens schien sie immer etwas zu bewerkstelligen, was Großmutter mißfiel.

Webb grinste ihr mitleidig zu, bevor er zur Tür ging. Ihre Blicke begegneten sich einen Augenblick lang, als wären sie zwei Verschwörer. Dann war er fort, die Tür fiel hinter ihm zu und mit einem Seufzer setzte sie sich auf einen Küchenstuhl, um sich Socken und Stiefel anzuziehen. Der Morgen hatte mit seinem Abschied ein wenig an Glanz verloren.

Irgendwie, so dachte sie, waren sie tatsächlich zwei Verschwörer. Bei Webb fühlte sie sich so entspannt und sicher wie bei keinem anderen Familienmitglied, und in seinen Augen las sie nie Tadel, wenn er sie ansah. Webb akzeptierte sie so, wie sie war, und versuchte nicht, sie auf Teufel komm raus zu ändern.

Doch es gab noch einen anderen Ort, wo sie Zustimmung fand, und mit etwas leichterem Herzen rannte sie zu den Ställen hinaus.

Als der Umzugslaster um halb neun Uhr vormittags vorfuhr, bemerkte Roanna ihn kaum. Sie und Loyal waren mit einem temperamentvollen Jährling beschäftigt und machten geduldig das Fohlen mit den Menschen vertraut. Er hatte keine Angst, aber wollte lieber spielen, als etwas Neues dazuzulernen, und die sanften Lektionen erforderten eine Menge Langmut.

»Du machst mich fix und fertig«, keuchte sie und streichelte dem Tier liebevoll über den schweißglänzenden Hals. Der kleine Hengst schubste sie zur Antwort kräftig mit dem Kopf, so daß sie mehrere Schritte zurücktaumelte. »Vielleicht gibt es einen besseren Weg«, sagte sie zu Loyal, der auf dem Zaun saß und ihr Anweisungen gab; er grinste, als er das Fohlen herumhüpfen sah wie einen zu groß geratenen Hund.

»Welchen denn zum Beispiel?« fragte er. Er war immer bereit, sich Roannas Ideen anzuhören.

»Warum fangen wir nicht einfach an mit ihnen zu arbeiten, sobald sie geboren sind? Dann wären sie noch zu klein, um mich über die ganze Koppel zu jagen«, mäkelte sie. »Am Anfang gewöhnen sie sich leichter an uns und an das, was wir mit ihnen vorhaben.«

»Tja.« Loyal strich sich übers Kinn und dachte darüber nach. Er war dürr und hager, Anfang fünfzig und schon seit fast dreißig Jahren als Pferdetrainer auf Davenport angestellt. Die langen Stunden im Freien hatten sein Gesicht braun und lederhart werden lassen, und ein Netzwerk von Runzeln durchfurchte es. Er aß, lebte und atmete mit den Tieren und konnte sich nicht vorstellen, irgendeinen anderen Beruf auszuüben. Bloß weil jedermann mit dem Training wartete, bis die Fohlen ein Jahr alt waren, mußte es ja nicht immer dabei bleiben. Roanna war da auf gar keine so schlechte Idee verfallen. Die Pferde sollten sich daran gewöhnen, daß die Menschen ihre Mäuler und Hufe bearbeiteten; am Ende war es für Mensch und Tier wirklich leichter, wenn man gleich nach ihrer Geburt damit begann, anstatt sie ein Jahr lang ungebändigt herumlaufen zu lassen. Das dürfte die Nervosität und Unruhe der Fohlen ganz sicher mindern und auch das Leben der Hufschmiede und Tierärzte erleichtern.

»Ich will dir was sagen«, meinte er. »Das nächste Fohlen kommt erst im März, wenn Lightness ihres wirft. Wir werden mit dem anfangen und sehen, was dabei herauskommt.«

Roannas Gesicht erhellte sich, und ihre braunen Augen funkelten beinahe golden vor Entzücken – und einen Moment lang war Loyal sprachlos, wie hübsch sie aussah. Es überraschte ihn maßlos, denn Roanna war wirklich ein unscheinbares kleines Ding mit ihren derben, fast maskulinen Zügen in dem schmalen Gesicht; aber einen flüchtigen Augenblick lang hatte er sie so wahrgenommen, wie sie bald als Erwachsene aussehen würde. Nie würde sie die Schönheit werden, die Miss Jessie war, dachte er realistisch, aber in ein paar Jahren konnte sie bestimmt ein paar Leute beeindrucken. Der Gedanke machte ihn glücklich, denn Roanna mochte er am liebsten. Miss Jessie war zwar keine schlechte Reiterin, aber sie liebte seine Babys nicht so wie Roanna und kümmerte sich deshalb auch nicht so um das Wohlergehen ihres Reittiers, wie sie es hätte sollen. In Loyals Augen war das eine unverzeihliche Nachlässigkeit.

Um halb zwölf kehrte Roanna widerwillig ins Haus zurück, da es bald Mittagessen gab. Sie hätte die Mahlzeit am liebsten ausgelassen, aber Großmutter würde jemanden hinter ihr herschicken, wenn sie nicht auftauchte; also konnte sie ihnen allen die Mühe von vornherein ersparen. Aber sie hatte – wie üblich – zu spät Schluß gemacht, so daß ihr nicht mehr viel Zeit blieb, als sich rasch zu duschen und umzuziehen. Sie fuhr eilig mit dem Kamm durch ihr nasses Haar und rannte dann die Treppe hinunter. Kurz vor der Tür zum Eßzimmer kam sie schließlich atemlos zum Halten. Dann öffnete sie sie und trat in einem etwas würdevolleren Tempo ein.

Alle saßen bereits am Tisch. Tante Gloria blickte bei Roannas Eintreten auf und preßte wie gewohnt mißbilligend die Lippen zusammen. Großmutter warf einen Blick auf Roannas nasses Haar und seufzte, sagte aber nichts. Onkel Harlan schenkte ihr sein verlogenes Gebrauchtwarenhändlerlächeln; aber zumindest schimpfte er nie mit ihr, also verzieh ihm Roanna, daß er die emotionale Tiefe einer Bratpfanne besaß. Jessie jedoch ging sofort zum Angriff über.

»Du hättest dir zumindest die Zeit nehmen können, deine Haare zu fönen«, meinte sie gedehnt. »Obwohl wir wahrscheinlich dankbar sein müssen, daß du geduscht hast und nicht mit deinen Stalldüften zum Essen kommst.«

Roanna glitt auf ihren Sitz und heftete den Blick auf ihren Teller. Sie machte sich gar nicht die Mühe, auf Jessies Sticheleien zu reagieren. Das zog nur noch mehr Bosheiten nach sich, und Tante Gloria würde es als Gelegenheit auffassen, auch noch ihren Senf dazuzugeben. Die kleine Cousine war an Jessies Gift gewöhnt; aber Glorias und Harlans Einzug auf Davenport bedauerte sie außerordentlich, und sie hatte das Gefühl, eine Bemerkung von Tante Gloria würde ihr zur Gänze den Magen zuschnüren.

Tansy servierte den ersten Gang, kalte Gurkensuppe. Roanna haßte Gurkensuppe und rührte lediglich mit dem Löffel darin um, versuchte, die kleinen grünen Kräuterstücke, die auf der Oberfläche schwammen, zu versenken. Immerhin knabberte sie an einer von Tansys selbstgebackenen Mohnsemmeln und händigte dann nur zu bereitwillig ihren Teller aus, um den nächsten Gang in Empfang zu nehmen, mit Thunfisch gefüllte Tomaten. Sie mochte gefüllte Tomaten. Die ersten paar Minuten verbrachte sie damit, peinlich genau alle Sellerie- und Zwiebelstückchen aus der Thunfisch-Füllung auszusortieren und zu einem kleinen Häufchen am Tellerrand zusammenzuschieben.

»Deine Manieren sind wirklich beklagenswert«, schalt Tante Gloria und nahm geziert einen Bissen Thunfisch auf die Gabel. »Um Himmels willen, Roanna, du bist siebzehn, also wirklich alt genug, um aufzuhören, mit deinem Essen herumzuspielen wie eine Zweijährige.«

Roannas ohnehin karger Appetit erstarb völlig, sie spürte den vertrauten Knoten im Magen und die Übelkeit, die ihn begleitete. Die Tante erntete einen haßerfüllten Blick.

»Ach, das tut sie immer«, meinte Jessie hochmütig. »Sie ißt wie ein Ferkel, das im Trog nach den besten Stücken wühlt.«

Bloß um ihnen zu zeigen, daß es ihr egal war, zwang sich Roanna zu zwei Bissen Thunfisch, die sie mit dem Großteil ihres Eistees herunterspülte, damit sie nicht irgendwo auf halbem Weg in der Speiseröhre steckenblieben.

Sie bezweifelte, daß er es aus Taktgefühl tat, war aber dennoch froh, als Onkel Harlan in diesem Moment über die Reparaturen zu sprechen begann, die an seinem Auto fällig wurden, oder ob es wohl ratsam wäre, gleich ein neues zu kaufen. Wenn sie sich einen Wagen leisten konnten, dachte Roanna, dann hätten sie es sich ja wohl auch leisten können, in ihrem Haus zu bleiben – was ihr die tägliche Tante Gloria erspart hätte. Jessie meinte, sie hätte auch gerne ein neues Auto; der sperrige, viertürige Mercedes, von dessen Kauf sich Webb nicht hatte abbringen lassen, langweile sie. Dabei hatte sie ihm doch mindestens tausendmal gesagt, daß sie sich einen Sportwagen wünschte, irgendwas mit Pfeffer.

Jessie hatte ihren ersten Wagen mit sechzehn bekommen.

Roanna dagegen besaß kein Auto. Sie war eine furchtbare Fahrerin, dauernd verfiel sie ins Träumen, und Großmutter hatte verkündet, daß es bestimmt im Interesse der Sicherheit aller Bürger von Colbert County lag, wenn Roanna nicht auf die Straßen losgelassen würde. Es machte ihr nicht besonders viel aus, da sie ohnehin lieber ritt als fuhr; aber nun juckte sie auf einmal eines ihrer vielen kleinen Teufelchen.

»Wißt ihr, was ich neulich gelesen habe«, sagte sie – die ersten Worte, die sie seit ihrem Eintritt ins Speisezimmer äußerte – und zwar mit Unschuldsmiene. »Protzige Autos sind oft bloß eine Penisverlängerung für ...« Sie wurde knallrot, als ihr auf einmal klar wurde, was sie damit angerichtet hatte.

Tante Glorias Augen weiteten sich entsetzt, und ihre Gabel fiel scheppernd auf den Teller. Onkel Harlan verschluckte sich beinahe an seinem Thunfisch und wurde ebenfalls knallrot.

»Junge Dame!« Großmutter schlug mit der flachen Hand auf den Tisch, und Roanna zuckte schuldbewußt zusammen. »Dein Verhalten ist unmöglich«, fuhr Lucinda eisig fort, und ihre blauen Augen blitzten. »Verlasse sofort den Raum. Wir sprechen uns später.«

Roanna rutschte mit vor Verlegenheit glühenden Wangen von ihrem Stuhl. »Es tut mir leid«, flüsterte sie und rannte aus dem Speisezimmer. Sie war jedoch nicht schnell genug, um Jessies bösartigen Kommentar zu verpassen:

»Glaubt ihr, sie wird sich *je* zivilisiert genug benehmen, um mit *Menschen* essen zu können?«

»Ich bin auch viel lieber bei den Pferden«, murmelte Roanna, während sie die Haustür hinter sich zuschlug. Sie wußte, daß sie nach oben gehen und die Schuhe wechseln sollte; aber ihr Bedürfnis, sich in den Stall zu retten, wo sie sich nie unzulänglich vorkam, siegte über die Vernunft.

Loyal aß gerade seinen eigenen Lunch in seinem Büro und las eins der dreißig Pferdemagazine, die er jeden Monat erhielt, als er sie in den Stall schlüpfen sah. Er schüttelte resigniert den Kopf. Entweder sie hatte gar nichts gegessen, was ihn nicht weiter überraschte, oder sie hatte ihre Familie wieder vor den Kopf gestoßen, was ebenfalls sein konnte. Wahrscheinlich beides. Die arme Roanna war ein kantiges kleines Ding, das sich einfach nicht in eine normale Form pressen ließ. Unter der Last permanenter Mißbilligung kauerte sie sich einfach zusammen und ertrug es, bis ihre Frustration zu mächtig wurde, um sich noch länger unterdrücken zu lassen; dann wehrte sie sich, aber leider gewöhnlich auf eine Weise, die noch mehr Unannehmlichkeiten nach sich zog. Wenn sie nur halb so viel Gemeinheit wie Miss Jessie besäße, dann ginge sie hinterrücks vor und zwänge die anderen, sie so zu akzeptieren, wie sie war. Aber Roanna hatte nicht einen bösartigen Knochen im Leib, weshalb wahrscheinlich auch Tiere sie so liebten. Allerdings steckte sie voller Schalk, wodurch sie sich dann jegliche Sympathien verscherzte.

Er sah zu, wie sie von Box zu Box ging und die Finger über das glatte Holz gleiten ließ. Nur ein Pferd befand sich im Stall, Mrs. Davenports Lieblingstier, ein grauer Wallach, der sich am rechten Vorderbein verletzt hatte. Loyal hielt ihn für heute mit kalten Packungen ruhig, um die Schwellung zum Abklingen zu bringen. Er hörte Roannas sanfte Stimme und sah, wie sie den Kopf des Tiers streichelte. Er mußte lächeln, als er den beinahe ekstatischen Ausdruck des Pferdes sah. Wenn ihre Familie sie nur halb so akzeptieren würde wie die Pferde, dachte er, dann würde sie aufhören, sie ständig herauszufordern, in das Leben hineinwachsen, für das sie geboren war.

Jessie kam nach dem Lunch herüber und befahl einem der Knechte, ein Pferd für sie zu satteln. Roanna verdrehte die Augen, als sie Jessies hochmütige Befehle hörte; sie fing und sattelte sich ihr Pferd immer selbst, und es hätte Jessie keinen Zacken aus der Krone gebrochen, dasselbe zu tun. Um ehrlich zu sein, kamen bei ihr die Tiere fast von allein angetrabt, doch

Jessie hatte den Bogen einfach nicht raus. Was zeigt, wie klug Pferde doch sind, ging es Roanna durch den Kopf.

Jessie fing den Gesichtsausdruck aus den Augenwinkeln auf und musterte ihre Cousine mit einem kühlen Blick. »Großmutter ist wütend auf dich. Es war ihr wichtig, daß wir Tante Gloria willkommen heißen; statt dessen ziehst du so eine Show ab.« Sie machte eine kunstvolle Pause und maß Roanna abfällig. »Falls es eine Show *war*!« Nach diesem Stich, der scharf und ungehindert in Roannas Brust fuhr, lächelte sie zuckersüß und ging davon. Zurück blieb lediglich der aufdringliche Geruch ihres teuren Parfüms.

»Abscheuliche Hexe«, murmelte Roanna und wedelte mit der Hand, um den penetranten Duft zu vertreiben.

Haßerfüllt starrte sie dem schlanken, elegant geschwungenen Rücken ihrer Cousine nach. Es war nicht fair, daß Jessie alle Schönheit für sich gepachtet hatte, sich so perfekt zu benehmen wußte, Großmutters Liebling war und noch dazu Webb hatte. Unfairer ging es gar nicht!

Nicht nur Roanna hegte Haßgefühle. Jessie schäumte förmlich vor Wut, während sie aus Davenports Hof ritt. *Zur Hölle mit Webb!* Sie wünschte, sie hätte ihn nie geheiratet, auch wenn das seit ihren Teenagertagen ihr erklärtes Ziel gewesen war und es jedermann für selbstverständlich gehalten hatte. Doch er war so widerwärtig arrogant und selbstsicher – immer schon –, daß sie ihn manchmal am liebsten geohrfeigt hätte. Zwei Gründe hinderten sie jedoch daran: Zum einen wollte sie nichts tun, um ihre Chancen zu gefährden, die Herrin von Davenport zu werden, wenn Lucinda einmal tot war; zum zweiten hatte sie das ungute Gefühl, daß Webb es nicht wie ein Gentleman aufnehmen würde. Nein, es war mehr als nur ein ungutes Gefühl. Allen anderen mochte er ja Sand in die Augen streuen, aber sie kannte diesen rücksichtslosen Bastard besser!

Es war wirklich dumm von ihr gewesen, ihn zu heiraten. Sicher hätte sie Großmutter dazu bewegen können, ihr Testament zu ändern und Davenport ihr zu hinterlassen statt Webb. Immerhin war ja *sie* eine Davenport und Webb nicht. Von Rechts wegen stand ihr das Erbe zu. Statt dessen hatte sie den verdammten Tyrannen heiraten müssen und damit einen unverzeihlichen Fehler begangen. Grimmig mußte sie zugeben, daß sie ihren Charme und seine Manipulierbarkeit überschätzt hatte. Sie dachte, sie wäre so clever gewesen, vor der Heirat nicht mit ihm zu schlafen; der Gedanke, ihn zu frustrieren, hatte ihr gefallen und auch das Bild, wie er hinter ihr herhechelte wie ein geiler Hund. Es war nie wirklich so gewesen, dennoch hatte ihr die Vorstellung große Freude bereitet. Und dann erfuhr sie zu ihrem Leidwesen, daß das Scheusal, statt zu leiden, weil er sie nicht haben konnte, mit anderen Frauen schlief – während er darauf bestand, daß sie ihm treu war!

Nun, sie hatte es ihm gezeigt. Er war noch dümmer als sie, wenn er wirklich glaubte, sie hätte sich all die Jahre für ihn »aufgehoben«, während er es mit all den Schlampen auf dem College oder im Büro trieb. Natürlich versaute sie sich nicht ihren eigenen Spielplatz; aber sobald sie es schaffte, sich für einen Tag oder ein Wochenende zu absentieren, hatte sie immer auch gleich einen willigen Typen gefunden, um ein wenig Dampf abzulassen, sozusagen. Männer aufzureißen schaffte sie mühelos – man brauchte ihnen bloß einen Wink zu geben, und schon kamen sie gerannt. Zum ersten Mal hatte sie es mit sechzehn praktiziert und es sofort als eine köstliche Methode, Macht über Männer auszuüben, erkannt. Oh, freilich hatte sie so getan als ob, als sie und Webb endlich heirateten, hatte gewimmert und sogar die eine oder andere Träne herausgequetscht, damit er dachte, sein großer böser Schwanz würde ihrer armen *jungfräulichen* Muschi tatsächlich wehtun – aber innerlich verhöhnte sie ihn, daß er sich so leicht täuschen ließ.

Und sie hatte triumphiert, denn nun würde endlich sie die

Macht in ihrer Beziehung übernehmen. Nach Jahren, in denen sie immer schön Kotau vor ihm hatte machen müssen, dachte sie, an der Reihe zu sein. Früher nahm sie törichterweise immer an, ihn besser manipulieren zu können, wenn sie einmal verheiratet waren und sie ihn jede Nacht in ihrem Bett hatte. Der Himmel wußte, daß die meisten Männer das Hirn in der Hose trugen. All ihre diskreten Affären hatten sie gelehrt, daß sie die Männer fertigmachte, sie total auspowerte; und alle hatten es mit einem breiten Grinsen eingeräumt. Jessie war stolz darauf, einen Mann bis zur totalen Erschöpfung bumsen zu können. Sie hatte alles so gründlich geplant: bumse Webb jede Nacht bis zur Bewußtlosigkeit, dann ist er tagsüber wie Wachs in deinen Händen.

Aber weit gefehlt! Ihre Wangen brannten vor Demütigung, während sie ihr Pferd über einen seichten Bach lenkte, wobei sie darauf achtete, daß ihre frisch polierten Stiefel nicht mit Schlamm bespritzt wurden. Zum einen war oft genug sie diejenige, die die Grenzen der Erschöpfung erreichte. Webb konnte es stundenlang treiben, und seine Augen, mit denen er sie wachsam beobachtete, blieben immer kühl, egal wie heftig sie sich aufbäumte und mit den Hüften kreiste und ihn durcharbeitete – als ob er das Ganze als einen Wettbewerb betrachtete und sie um gar keinen Preis gewinnen ließe. Sie hatte nicht lange gebraucht, um zu merken, daß er ausdauernder war als sie und daß sie diejenige war, die völlig fertig und mit wund pochendem Schoß auf den zerwühlten Laken liegenblieb. Und egal wie heiß der Sex war, egal wie sehr sie auch saugte oder rieb oder sonstwas machte, unmittelbar danach stieg Webb aus dem Bett und wandte sich seinen Geschäften zu, als ob nichts geschehen wäre. Sie konnte schauen, wo sie dabei blieb. Nun, sie wollte verdammt sein, wenn sie sich das gefallen ließ!

Ihre größte Waffe, Sex, hatte sich bei ihm als wirkungslos erwiesen, und sie hätte am liebsten laut geschrien vor

Empörung. Er behandelte sie mehr wie ein ungezogenes Kind als wie eine Erwachsene und Ehefrau. Zu dieser Göre, Roanna, war er netter als zu ihr. Sie hatte es einfach satt, immer zu Hause zurückgelassen zu werden, während er in alle Landesteile jettete, elender Mistbock! Er behauptete, es wäre geschäftlich, aber sie war sicher, daß er mindestens die Hälfte seiner »dringenden Geschäftsreisen« nur im letzten Moment erfand, damit sie ja keinen Spaß hatte. Erst letzten Monat war er an dem Tag, an dem sie eigentlich einen Urlaub auf den Bahamas antreten wollten, nach Chicago geflogen. Und dann dieser Trip nach New York, vorige Woche. Er war drei Tage fort gewesen. Sie hatte ihn angefleht, sie mitzunehmen, war bei dem Gedanken an all die Geschäfte, die Theater und Restaurants vor Aufregung fast gestorben; doch er hatte ihr erklärt, keine Zeit für sie zu haben, und war ohne sie abgezogen. Einfach so. Der arrogante Bastard; wahrscheinlich trieb er es mit einer albernen Sekretärin und wollte sich den Spaß nicht durch seine Frau verderben lassen.

Aber sie hatte sich gerächt. Ein Lächeln breitete sich auf ihren Zügen aus, während sie ihr Pferd anhielt und den Mann ansah, der sich bereits auf einer Decke unter dem großen Baum in der versteckten kleinen Lichtung ausgestreckt hatte. Es war die köstlichste Rache, die sich ein Mensch vorstellen konnte, und ihre überwältigende Reaktion auf ihn machte die Sache nur um so süßer. Manchmal erschreckte es sie, daß sie ihn so wild und heftig begehrte. Er war ein Tier, vollkommen amoralisch und auf seine Weise ebenso rücksichtslos wie Webb, wenn ihm auch dessen kühler, präziser Intellekt fehlte.

Sie erinnerte sich an ihre erste Begegnung. Das war nicht lange nach Mamas Begräbnis gewesen, als sie nach Davenport gezogen und Großmutter dazu überredet hatte, ihr Zimmer vollkommen neu einzurichten. Sie und Lucinda waren in die Stadt gefahren, um Stoffe und Muster auszusuchen; aber Großmutter hatte im Stoffladen eine alte Freundin getroffen, und Jessie war es ziemlich schnell langweilig geworden. Sie hatte ihre Wahl längst getroffen, also gab es keinen Grund, hier noch länger herumzuhängen und den beiden alten Schachteln beim Tratschen zuzuhören. Lucinda gab sie Bescheid, daß sie ins Restaurant nebenan gehen und sich eine Cola kaufen würde, und machte sich dann aus dem Staub.

Jessie war auch wirklich dort eingekehrt; sie hatte schon sehr früh gelernt, daß man ihr viel mehr durchgehen ließ, wenn sie das, was sie wirklich vorhatte, verschob auf *hinterher*. Auf diese Weise konnte man ihr nicht vorwerfen, daß sie *log*, um Gottes willen. Und die Leute wußten, wie impulsiv Teenager waren. Also hatte sich Jessie anschließend, das eiskalte Cola in der Hand, zu dem Zeitungsstand verdrückt, wo auch schmutzige Zeitschriften verkauft wurden.

Es war nicht wirklich ein Kiosk, sondern vielmehr ein chaotischer kleiner Laden, in dem man Hobbywerkzeug, ein paar Make-up- und Toilettenartikel, darunter »Hygieneartikel« wie Gummis, zusammen mit einer Riesenauswahl an Zeitschriften, Taschenbüchern und auch Zeitungen erwerben konnte. *Newsweek* und *Good Housekeeping* standen da mit all den anderen »anständigen« Magazinen in erster Reihe, aber die verbotenen gab es in einem Regal im Rückteil des Ladens, das hinter einem Tresen verborgen lag, und zweifellos hatten Kinder dort nichts zu suchen. Aber der alte McElroy litt unter schlimmer Arthritis und verbrachte die meiste Zeit auf einem Stuhl hinter der Ladenkasse. Er konnte nicht sehen, was in seinem Rücken vorging, außer, wenn er aufstand, und das tat er nur sehr selten.

Jessie lächelte den alten McElroy entwaffnend an und schlenderte dann zur Kosmetikabteilung, wo sie in aller Ruhe ein paar Lippenstifte inspizierte und schließlich ein rosa Lipgloss auswählte, ihr Alibi, falls sie erwischt wurde. Als ein Kunde seine Aufmerksamkeit in Anspruch nahm, duckte sie sich rasch und schlüpfte in den hinteren Teil des Ladens.

Nackte Frauen räkelten sich auf diversen Covers, aber Jessie gönnte ihnen lediglich einen verächtlichen Blick. Wenn sie eine nackte Frau sehen wollte, dann brauchte sie sich bloß auszuziehen. Was ihr gefiel, waren die Nudistenmagazine, in denen nackte Männer posierten. Meistens waren ihre Schwänze klein und schrumpelig, aber manchmal gab es auch den einen oder anderen Kerl mit einem schönen fetten. Die Nudisten behaupteten, daß nichts Erotisches daran war, nackt herumzulaufen, aber nach Jessies Meinung logen sie. Warum sonst wurden diese Männer so hart wie Großmutters Hengst, bevor er eine Stute bestieg? Sie schlich sich, so oft sie konnte, in den Stall, um dabei zuzusehen, auch wenn alle entsetzt gewesen wären über ihre Neugier.

Jessie grinste hämisch. Aber sie wußten eben nichts und würden es auch nie erfahren. Sie war viel zu schlau für sie mit ihren zwei vollkommen unterschiedlichen Gesichtern, wovon die Leute nicht die geringste Ahnung hatten. Da gab es die Jessie, die alle kannten, die Kronprinzessin von Davenport, das beliebteste Mädchen in der Schule, das jedermann mit ihrer Fröhlichkeit bezauberte und sich strikt weigerte, Alkohol und Zigaretten zu konsumieren wie die anderen Kids. Und dann gab es die wahre Jessie, die die Pornos unter ihre Bluse schob und mit einem süßen Lächeln für Mr. McElroy aus dem Laden marschierte. Die wahre Jessie stahl Geld aus der Brieftasche ihrer Großmutter, nicht weil sie etwas Bestimmtes gebraucht hätte, sondern einfach aus Spaß und Spannung.

Die wahre Jessie liebte es, die kleine Göre Roanna zu quälen, liebte es, sie zu kneifen, wenn niemand hinsah, liebte es, sie zum Heulen zu bringen. Roanna war eine ungefährliche Zielscheibe, da sie ohnehin keiner richtig mochte und alle sowieso eher Jessie glaubten als ihr, falls sie petzte. Seit einiger Zeit haßte Jessie die Gans richtig, anstatt sie nur lästig zu finden. Webb schlug sich aus irgendeinem Grund immer auf ihre

Seite, und das machte Jessie rasend. Wie konnte er es wagen, Roannas Partei zu ergreifen statt ihre?

Eine genüßliche Zuversicht malte sich auf ihren Zügen. Sie würde ihm schon zeigen, wer der Boß war. Vor kurzem hatte sie eine neue Waffe entdeckt, eine Waffe, die mit dem Wachstum und den Veränderungen ihres Körpers zu tun hatte. Sex faszinierte sie schon seit Jahren, aber nun begann sie sich ihrer Frühreife auch physisch anzupassen. Alles was sie tun mußte, war tief Luft zu holen und ihre Brüste zu recken – schon starrte Webb sie derart fixiert an, daß sie sich kaum das Lachen verbeißen konnte. Er hatte sie auch geküßt, und als sie ihre Brüste an ihm rieb, hatte er auf einmal angefangen zu Keuchen, und sein Schwanz war ganz hart geworden. Sie hatte erwogen, es ihn tun zu lassen, aber ihre angeborene Schläue hielt sie davon ab. Sie und Webb lebten im selben Haus; das Risiko einer Entdeckung wäre zu groß und würde außerdem möglicherweise das Bild trüben, das er von ihr hatte.

Gerade streckte sie die Hand nach einem Nudistenmagazin aus, als auf einmal die tiefe, heisere Stimme eines Mannes hinter ihr ertönte. »Was hat denn ein hübsches Mädchen wie du hier zu suchen?«

Erschrocken zog Jessie die Hand zurück und wirbelte zu ihm herum. Sie paßte immer so gut auf, daß niemand sie in dieser Abteilung erwischte, aber ihn hatte sie nicht kommen hören. Mit weit aufgerissenen, überraschten Augen starrte sie zu ihm auf, während sie sich fieberhaft auf ihre Rolle als unschuldiges junges Mädchen besann, das aus Versehen in diese Abteilung geraten war. Was sie jedoch in diesen heißen, unglaublich blauen Augen, die sie so durchdringend musterten, sah, ließ sie zögern. Diesen Mann konnte sie nicht so leicht hinters Licht führen.

»Du bist Janet Davenports Kleine, stimmt's?« fragte er, immer noch mit gesenkter Stimme.

Langsam nickte Jessie. Jetzt, da sie ihn genauer im Blickfeld hatte, überrann sie ein kleiner Schauder. Er war wahrscheinlich Mitte Dreißig, also viel zu alt! Aber außerdem war er echt muskulös, und der Ausdruck in diesen blitzenden Augen brachte sie auf den Gedanken, daß er ein paar wirklich häßliche Dinge drauf haben mußte.

Er grunzte. »Dacht' ich es mir doch. Tut mir leid wegen deiner Mama.« Während er diese Höflichkeitsfloskel von sich gab, hatte Jessie das Gefühl, das Unglück anderer sei ihm mehr als gleichgültig. Er musterte sie von oben bis unten, und zwar auf eine Weise, als ob sie ihm gehörte.

»Wer sind Sie?« flüsterte sie und warf einen vorsichtigen Blick über die Schulter.

Ein wölfisches Grinsen breitete sich auf seinen Zügen aus und entblößte eine Reihe weißer Zähne. »Mein Name ist Harper Neeley, kleiner Schatz. Schon mal gehört?«

Sie hielt den Atem an, denn den Namen kannte sie. Immerhin durchwühlte sie regelmäßig Mamas Sachen. »Ja«, erwiderte sie so aufgeregt, daß sie kaum noch stillstehen konnte. »Sie sind mein Daddy!«

Ihre Kenntnis hatte ihn überrascht, dachte sie jetzt, als sie beobachtete, wie er sich faul unter dem Baum räkelte und auf sie wartete. Aber wie sehr diese Begegnung sie auch verwirrte, hatte es ihn im Grunde nicht die Bohne gekümmert, daß sie seine Tochter war. Harper Neeley nannte einen ganzen Haufen Kinder sein eigen, mindestens die Hälfte davon Bastarde. Eine mehr, selbst eine aus dem Hause Davenport, bedeutete ihm nicht das geringste. Er hatte sich nur so, aus Spaß, an sie herangemacht, nicht weil er wirklich etwas für sie empfand.

Irgendwie kam ihr auch das unheimlich aufregend vor. Auf einmal traf sie die geheime Jessie, die da im Körper ihres Vaters herumlief.

Er faszinierte sie. Sie sorgte dafür, im Lauf der Jahre immer mal wieder seinen Weg zu kreuzen. Bei seiner Grobheit und Selbstsucht hatte sie oft das Gefühl, er würde sich über sie lustig machen. Das erbitterte sie; aber bei seinem Anblick verspürte sie jedesmal dieselbe, elektrisierende Erregung. Diese Gemeinheit, dieser Mensch aus der Gosse, der vollkommen unannehmbar für ihre Kreise war ... und der ihr gehörte ...

Jessie konnte sich nicht genau an den Moment erinnern, an dem ihre Erregung umschlug in Sex. Vielleicht war es ja von Anfang an so gewesen, bloß daß sie es noch nicht gleich akzeptieren wollte. Sie war so darauf konzentriert gewesen, Webb unter ihre Fuchtel zu bekommen, so übervorsichtig, sich nur in der Ferne von Davenport zu amüsieren, daß ihr der Gedanke nie klar geworden war.

Aber eines Tages, vor etwa einem Jahr, als sie ihn sah, hatte sich die übliche Aufregung auf einmal verschärft, brannte förmlich in ihrer Intensität. Sie war wütend auf Webb gewesen – wie so oft in letzter Zeit –, und da kam ihr Harper gerade recht; sein muskulöser Körper reizte sie, und seine heißen blauen Augen hatten sie gemustert, wie kein Vater je seine Tochter ansehen sollte.

Sie hatte ihn umarmt, sich an ihn gekuschelt, »Daddy« geflötet – und die ganze Zeit hatte sie ihre Brüste an ihm gerieben und ihre Hüften an seine Lenden gedrängt. Das war alles. Mehr hatte es nicht gebraucht. Er hatte gelacht und ihr dann grob zwischen die Beine gefaßt, sie zu Boden gestoßen, wo sie wie die Tiere übereinander hergefallen waren.

Er brachte all ihre Willenskräfte zum Schweigen. Sie wollte ihn abwehren, wußte, wie gefährlich er war und daß sie ihn nicht beherrschen konnte – aber er zog sie an wie ein Magnet. Mit ihm konnte sie keine Spielchen spielen, denn er kannte ihre wahre Natur. Es gab nichts, das er ihr geben konnte, und nichts, das sie von ihm wollte, außer wahnsinnigen, hemmungslosen Sex. Keiner hatte sie je so hergenommen wie ihr Daddy. Mit ihm mußte sie nicht auf jede ihrer Reaktionen achten oder versuchen, die seinen zu manipulieren; einzig hineinzustürzen hatte sie sich in den Taumel der Lüste mit ihm. Was immer er auch mit ihr machen wollte, sie willigte ein. Er war Abschaum, die Niedertracht in Person, und sie liebte es – denn er war die beste Rache, die sie sich je hätte ausdenken können. Wenn Webb nachts zu ihr ins Bett kam, dann geschah es ihm recht, daß er mit einer Frau schlief, die nur Stunden zuvor troff und klebte von Harper Neeleys Säften.

4

Roanna starrte Jessie nach, wie sie den Hof verließ und hinauf zu dem hügeligen Teil der Davenport-Ländereien ritt. Jessie bevorzugte gewöhnlich eine weniger anstrengende Route, über flache Felder oder Wiesen. Warum machte sie diesmal eine Ausnahme? Jetzt, wo sie daran dachte, fiel ihr auch ein, daß sie zuvor schon ein paarmal diesen Weg eingeschlagen hatte, und Roanna war zwar stutzig geworden, aber der Sache nicht weiter nachgegangen. Aus irgendeinem Grund kam ihr diesmal jedoch dabei etwas anders vor.

Vielleicht lag es ja daran, daß sie Jessie immer noch böse war wegen ihrer letzten gemeinen Bemerkung, obwohl sie schon schlimmere Angriffe auf ihr ohnehin zerbrechliches Selbstbewußtsein hatte ertragen müssen. Oder sie erwartete einfach grundsätzlich, im Gegensatz zu allen anderen, daß Jessie nichts Gutes im Schilde führte. Es konnte auch dieses verdammte Parfüm sein, beim Mittagessen hatte sie es noch nicht drangehabt. Ein so starker Geruch wäre ihr aufgefallen. Warum hatte sie sich also mit Parfüm überschüttet, bevor sie zu einem Alleinritt aufbrach?

Die Antwort dämmerte ihr mit blendender Klarheit. »Sie hat einen Liebhaber!« flüsterte sie zutiefst bestürzt. Jessie schlich hinter Webbs Rücken davon, um sich mit einem anderen Mann zu treffen! Roanna erstickte fast an ihrer

Empörung. Wie konnte jemand, selbst Jessie, nur so bescheuert sein, eine Ehe mit *Webb* zu gefährden?

Rasch sattelte sie Buckley, ihr derzeitiges Lieblingspferd, und ritt in dieselbe Richtung, in der Jessie verschwunden war. Der große Wallach besaß einen langen, etwas unebenen Schritt, der einen weniger erfahrenen Reiter gehörig durchgeschüttelt hätte, aber man kam sehr schnell mit ihm voran. Roanna war an seinen Schritt gewöhnt und paßte sich seinem Rhythmus an, verschmolz mühelos mit seinen Bewegungen, während sie den Blick auf den Boden geheftet hielt, wo sie den frischen Spuren von Jessies Pferd folgte.

Ein Teil von ihr wollte nicht glauben, daß Jessie ein Verhältnis hatte – es wäre einfach zu schön, um wahr zu sein, und außerdem war Jessie viel zu gerissen, um ihr Brot mit der Butterseite nach unten fallen zu lassen –, aber sie konnte der erregenden Illusion, vielleicht doch recht zu haben, einfach nicht widerstehen. Voller Schadenfreude begann sie vage Rachepläne zu schmieden wegen all der Jahre, in denen Jessie sie malträtiert und gequält hatte, obwohl sie im Grunde mehr Verwirrung empfand als Vergeltungsgelüste. Eher würde sie Jessie eins auf die Nase geben, als sich irgendeinen raffinierten Verrat auszudenken und gar durchzuführen. Ersteres versprach außerdem ein gewisses Vergnügen. Und sie konnte sich die Gelegenheit, Jessie bei etwas Verbotenem zu ertappen, keinesfalls entgehen lassen; gewöhnlich war es nämlich sie, die Mist baute, und Jessie diejenige, die sie verpetzte.

Sie wollte die Cousine nicht zu rasch einholen, also zügelte sie Buckley zum Schritt. Die Julisonne brannte derart heiß und gnadenlos, daß sie eigentlich die Farbe der Bäume hätte auswaschen müssen, was freilich nur so aussah. Ihre Kopfhaut schwitzte vor Hitze. Gewöhnlich setzte sie sich eine Baseballmütze auf; aber sie hatte immer noch ihre feine Hose und die Bluse an, die sie zum Lunch getragen hatte, und die Baseballmütze lag, ebenso wie ihre Stiefel, in ihrem Zimmer.

Herumzutrödeln war nicht schwer bei diesen Temperaturen. Sie hielt an und ließ Buckley aus einem kleinen Bach saufen, dann setzten sie ihren gemütlichen Ritt fort. Eine leichte Brise strich ihr übers Gesicht, und das war auch der Grund, warum Buckley den Geruch von Jessies Pferd auffing und sie mit einem leisen Wiehern warnte. Sie ließ ihn sofort zurückgehen, da sie nicht wollte, daß das andere Pferd Jessie auf sie aufmerksam machte.

Nachdem sie Buckley an einer kleinen Tanne festgemacht hatte, schlich sie sich leise durch die Bäume und eine kleine Anhöhe hinauf. Mit ihren dünnen Sandalen rutschte sie auf den Tannennadeln aus und kickte sie ungeduldig von den Füßen, um den Rest des Wegs bis zur Spitze barfuß zurückzulegen.

Jessies Reittier befand sich etwa vierzig Meter links unter ihr und knabberte seelenruhig an einem kleinen Grasflecken. Ein großer, moosüberwucherter Felsblock überragte die Spitze der Anhöhe, und Roanna kroch dorthin, um sich dahinter zu verstecken. Vorsichtig spähte sie um den Felsen herum in der Erwartung, Jessie irgendwo zu entdecken. Sie hörte Stimmen, aber die Laute waren irgendwie komisch, keine richtigen Worte.

Dann sah sie sie, fast direkt unterhalb, und sank betroffen gegen den heißen Stein. Ihr Herz hämmerte wie eine Buschtrommel. Sie hatte erwartet, Jessie bei einem heimlichen Stelldichein mit einem Freund aus dem Country Club zu erwischen beim harmlosen Knutschen, aber doch nicht *das* hier. Sie war derart unerfahren und naiv, daß sie sich das Bild, das sich ihr bot, nicht einmal im Traum hätte vorstellen können.

Teilweise waren sie hinter einem Busch verborgen, aber sie konnte dennoch die Decke erkennen und Jessies weißen, schlanken Körper und den dunkleren, muskulöseren des Mannes, der auf ihr lag. Beide hatten nichts an, er bewegte sich und sie umklammerte ihn, während beide Laute ausstießen, die Roanna zusammenzucken ließen. Sie konnte nicht sagen, wer er war, erblickte lediglich den oberen Teil seines Rückens und den Kopf mit den schwarzen Haaren. Doch dann glitt er von Jessie herunter, kniete sich hin, und Roanna starrte ihn mit weit aufgerissenen Augen an. Sie hatte noch nie einen nackten Mann gesehen, und diese Szene traf sie wie ein Dolchstoß. Er zog Jessie hoch, so daß sie auf Händen und Knien lag, schlug ihr dann klatschend aufs Hinterteil, wobei er rauh auflachte über den erstickten, kehligen Laut, den sie dabei ausstieß; dann rammte er sich wieder in sie hinein und trieb es mit ihr, wie Roanna es einmal bei Pferden beobachtet hatte. Und die feine, hochnäsige Jessie krallte sich in die Decke, machte einen Katzbuckel und rotierte ihren Hintern.

Roanna wurde speiübel, sie duckte sich hinter den Felsen und preßte ihre Wange an den Granit. Sie kniff die Augen zusammen und kämpfte mit dem Brechreiz. Wie betäubt und krank vor Verzweiflung, fragte sie sich, was Webb tun würde?

Sie war Jessie aus dem schadenfrohen Wunsch heraus gefolgt, ihre verhaßte Cousine in Schwierigkeiten zu bringen, aber sie hatte etwas viel Harmloseres erwartet: ein paar Küsse, falls überhaupt ein Mann in die Sache verwickelt war, vielleicht ein Treffen mit Freunden, um sich in einer Bar zu amüsieren. Vor Jahren, als sie und Jessie auf Davenport eingezogen waren, hatte Webb Jessies Boshaftigkeit strengstens Einhalt geboten, indem er ihr drohte, ihr den Hintern zu versohlen, wenn sie nicht aufhörte, Roanna zu quälen. Diese Drohung fand Roanna so herrlich, daß sie Tage damit zubrachte, Jessie zu provozieren, bloß um zu erleben, wie ihre Cousine den Allerwertesten poliert bekam. Belustigt hatte Webb sie schließlich beiseite genommen und ihr warnend mitgeteilt, daß die Strafe auch nach hinten, in ihre Richtung also, losgehen konnte, wenn sie keine Ruhe gab. Derselbe ungezogene Impuls hatte sie auch diesmal getrieben, doch was sie hier vorfand, überstieg bei weitem ihre Fassungskraft.

Roannas Hals war wie zugeschnürt vor ohnmächtiger Wut, und sie schluckte krampfhaft. So sehr sie ihre Cousine auch haßte und verabscheute, sie hätte nie geglaubt, daß Jessie ihre Existenz aufs Spiel setzen würde.

Wieder kam ihr der Magen hoch, und sie drehte sich rasch um, schlang die Arme um ihre angezogenen Knie und legte den Kopf darauf. Mit ihrer raschen Bewegung lösten sich ein paar Steinchen, aber sie war viel zu weit weg, als daß das leise Geräusch zu ihnen hätte dringen können, und im Moment war ihr außerdem viel zu schlecht, um sich darum zu kümmern. Im übrigen merkten die beiden ohnehin nicht, was um sie herum vorging. Sie waren viel zu sehr mit Ächzen und Stöhnen beschäftigt. Lieber Himmel, wie blöd das aussah ... und wie unmöglich. Gut, daß sie nicht noch näher dran war und daß der Busch sie zumindest teilweise verbarg ...

Sie hätte Jessie dafür *umbringen* können, daß sie Webb das antat.

Wenn Webb das erfuhr, würde er Jessie vielleicht selbst an den Kragen gehen, dachte Roanna, und ein kalter Schauder überlief sie. Obwohl er sich normalerweise in der Hand hatte, so wußte doch jeder, der Webb kannte, daß er ganz schön aufbrausen konnte, und vermied es wohlweislich, ihn zu reizen. Jessie aber war dumm, eingebildet und bösartig.

Aber vermutlich wiegte sie sich in Sicherheit, da Webb nicht vor heute abend aus Nashville zurückkehren würde. Bis dahin, dachte Roanna angeekelt, würde Jessie frisch geduscht und parfümiert sein, ihn mit einem hübschen Kleid und einem hübschen Lächeln erwarten und sich insgeheim über seine Ahnungslosigkeit lustig machen.

Webb verdiente das nicht, niemals! Aber sie konnte es ihm nicht sagen ... niemandem! Denn wenn sie es tat, dann würde sich Jessie aller Wahrscheinlichkeit nach mit Lügen herausreden und behaupten, daß Roanna bloß eifersüchtig war und Unruhe stiften wollte; jeder würde ihr glauben, da sie ja *wirk-*

lich eifersüchtig war, was alle wußten. Und dann wären sowohl Webb als auch Großmutter zornig auf sie statt auf Jessie. Großmutter grollte ihr sowieso schon die meiste Zeit aus dem einen oder anderen Grund, aber sie könnte es nicht ertragen, wenn auch noch Webb auf sie böse wäre.

Andererseits glaubte Webb ihr am Ende doch. Dann könnte er Jessie möglicherweise wirklich umbringen und geriete in furchtbare Schwierigkeiten. Diese Vorstellung erdrückte sie fast – vielleicht fand er es ja auf andere Weise heraus, und dagegen war sie machtlos. Ihr blieb nichts anderes übrig, als den Mund zu halten und zu beten, daß er gegebenenfalls nichts tat, das ihn mit dem Gesetz in Konflikt brachte.

Roanna schlich sich aus ihrem Versteck hinter dem Felsblock und eilte rasch über den Hügel hinunter zu dem kleinen Tannenwäldchen zurück, wo Buckley gemütlich graste. Er blies sie sanft zur Begrüßung an und stubste sie mit den Nüstern. Gehorsam streichelte sie seinen großen Kopf und kraulte ihn hinter den Ohren, aber mit den Gedanken war sie ganz woanders. Sie stieg auf und entfernte sich leise von dem Ort, an dem Jessie Ehebruch begangen hatte. Mit hängenden Schultern ritt sie zurück zum Stall.

Sie verstand einfach nicht, was sie gesehen hatte. Wie konnte eine Frau, selbst Jessie, mit Webb nicht zufrieden sein? Roannas kindliche Heldenverehrung hatte sich in den letzten zehn Jahren, seit sie auf Davenport lebte, noch intensiviert. Mit siebzehn war sie sich nur zu schmerzlich bewußt, wie andere Frauen auf ihn reagierten; also wußte sie, daß sie mit ihrer Anbetung nicht allein dastand. Die Frauen starrten Webb mit unbewußter oder vielleicht gar nicht so unbewußter Sehnsucht an. Roanna vermied es, ihn so anzusehen, aber sie wußte, daß ihr das nicht immer gelang; denn Jessie sagte manchmal etwas in scharfem Ton darüber, daß sie Webb anhimmelte und sich wie eine Pest benahm. Aber sie konnte einfach nicht anders. Jedesmal, wenn sie ihn erblickte, machte ihr

Herz einen großen Satz, bevor es anfing so heftig zu pochen, daß sie bisweilen gar keine Luft mehr bekam, und dann wurde ihr immer warm und kribbelig. Sauerstoffmangel, das mußte es sein. Liebe konnte ja nicht kribbeln.

Nichtsdestotrotz liebte sie ihn, liebte ihn mit einer Inbrunst, wie Jessie es nie können oder wollen würde.

Webb! Sein schwarzes Haar und die kühlen grünen Augen, das träge Grinsen, das sie ganz schwindlig machte vor Glück. Sein hochgewachsener, muskulöser Körper jagte ihr sowohl kalte als auch heiße Schauder über den Rücken, als ob sie Fieber hätte; diese ganz bestimmte Reaktion auf ihn plagte sie nun schon seit Jahren, und es wurde schlimmer, wenn sie ihm beim Schwimmen zusah und er nur eine enge Badehose anhatte. Ach, seine tiefe, lässige Stimme und die Art, wie er jeden grimmig ansah, bevor er sich nicht mit seiner morgendlichen Tasse Kaffee gestärkt hatte … Er war erst vierundzwanzig, aber leitete Davenport uneingeschränkt, selbst Großmutter hörte auf ihn. Wenn er über irgend etwas ungehalten war, dann wurden seine grünen Augen ganz kalt, so kalt wie Gletscher, die Lässigkeit verschwand aus seiner Stimme, und seine Worte wurden mit einem Mal messerscharf.

Sie kannte seine verschiedenen Stimmungen, wußte, wie er aussah, wenn er müde war, wie er seine Hemden haben wollte. Roanna registrierte aufmerksam, welche Farben er am liebsten mochte, welche Sportmannschaften er favorisierte und was ihn zum Lachen brachte, was ihn ärgerte. Auch seine Lektüre verfolgte sie, seine politischen Interessen. Zehn Jahre lang hatte sie jedes kleinste Detail in sich aufgesaugt, hatte sich ihm zugewandt wie ein scheues Veilchen, das sich dem Licht entgegenreckt. Seit ihre Eltern tot waren, nahm Webb sowohl den Platz ihres Beschützers als auch ihres Vertrauten ein. Ihm hatte sie all ihre kindlichen Ängste gebeichtet, er hatte sie getröstet, wenn sie aus einem Alptraum erwachte oder wenn sie sich so schrecklich einsam und verloren fühlte.

Doch trotz all ihrer Liebe hätte sie nie eine Chance bei ihm gehabt, und das wußte sie. Es war immer Jessie gewesen. Allerdings tat es schrecklich weh, daß sie sich ihm mit Leib und Seele anbot und er dennoch Jessie geheiratet hatte. Jessie, die ihn manchmal sogar zu hassen schien. Jessie, die ihm untreu war!

Tränen brannten in Roannas Augen, und sie wischte sie unwillig fort. Weinen nutzte überhaupt nichts, doch sie konnte nicht anders, als Ohnmacht zu empfinden.

Von dem Tag an, als Jessie und sie auf Davenport einzogen, hatte Webb Jessie mit einem kühlen, besitzergreifenden Blick beobachtet. Jessie war auch mit anderen Jungs ausgegangen und er mit anderen Mädchen; aber er gestand ihr nur eine gewisse Länge an freier Leine zu und wenn sie das Ende erreicht hatte, zog er sie mit einem kräftigen Ruck wieder zurück. Von Anfang an besaß er die Oberhand in ihrer Beziehung. Webb war der einzige Mann, den Jessie nie hatte um den kleinen Finger wickeln oder mit ihren Wutanfällen einschüchtern können. Ein einziges Wort von ihm und sie parierte, etwas, das nicht einmal Großmutter fertigbrachte.

Roanna nährte die heimliche Hoffnung, daß Jessie ihn vielleicht doch nicht heiraten wollte; aber die Hoffnung war so schwach, daß sie kaum existiert hatte. Als Großmutter seinerzeit verkündete, daß Webb sowohl Davenport als auch ihren Geschäftsanteil am Unternehmen erben würde, was ganze fünfzig Prozent ausmachte, stand für alle Jessies Hochzeit mit Webb bombenfest – selbst wenn er der gemeinste, häßlichste Mann auf der Welt gewesen wäre, was ja keineswegs zutraf. Jessie hatte Janets fünfundzwanzig Prozent geerbt und Roanna die fünfundzwanzig Prozent ihres Vaters. Jessie hielt sich selbst für die Kronprinzessin von Davenport, mit der Aussicht, durch ihre Heirat einmal Königin zu werden. Niemals hätte sie einen darunterliegenden Status hingenommen, indem sie sich mit einem Fremden einließ.

Aber auch Jessie war durchaus fasziniert von Webb. Die Tatsache, daß sie ihn nicht beherrschen konnte so wie die anderen Jungen, ärgerte und provozierte sie, weshalb sie partout nicht aufhören konnte, um seine Flamme und nach seiner Pfeife zu tanzen. Sie war eitel genug, sich einzubilden, daß sie ihn, sobald sie einmal verheiratet waren, mit Sex würde beherrschen können, indem sie ihm ihre Gunst je nach Laune zuwandte oder entzog.

Wenn die Dinge so lagen, dann war sie jedenfalls ziemlich enttäuscht worden. Roanna wußte, daß es in ihrer Ehe kriselte, und hatte sich insgeheim darüber gefreut. Auf einmal jedoch schämte sie sich zutiefst, denn Webb verdiente es, glücklich zu sein, auch wenn es Jessie nicht zustand.

Aber welch diebische Genugtuung bereitete es ihr stets, wenn Jessie nicht ihren Willen bekam! Sie wußte immer Bescheid, denn auch wenn Webb seinen Zorn unter Kontrolle hielt, so machte sich Jessie nie diese Mühe. Wenn sie wütend war, dann tobte sie, schmollte und grollte. In den zwei Jahren ihrer Ehe hatten sie begonnen, sich immer häufiger zu streiten, wobei Jessie, sehr zu Großmutters Kummer, regelmäßig das ganze Haus zusammenbrüllte.

Nichts, was Jessie tat, konnte Webb jedoch von einer einmal gefällten Entscheidung abbringen. Sie stritten beinahe andauernd, und Webb mußte obendrein Davenport leiten und das Unternehmen nach bestem Vermögen in Gang halten, eine Aufgabe, die knochenhart war und ihn oft bis zu achtzehn Stunden am Tag beanspruchte. In Roannas Augen war Webb offensichtlich erwachsen und fähig, die Verantwortung zu tragen; dennoch war er erst vierundzwanzig und hatte ihr einmal anvertraut, daß er einigermaßen damit zu tun hatte, den älteren, etablierteren Geschäftsleitern zu beweisen, daß er seiner Aufgabe gewachsen war. Danach strebte er in erster Linie, und sie liebte ihn dafür.

Ein arbeitssüchtiger Ehemann war jedoch nicht das, was

Jessie sich vom Leben wünschte. Sie wollte Europa bereisen, aber er hatte dauernd irgendwelche Geschäftstermine. Sie wollte zum Höhepunkt der Skisaison nach Aspen; er hielt das für reine Zeit- und Geldverschwendung, da sie weder skifahren konnte noch Interesse daran hatte, es zu lernen. Ihr lag vor allem daran, zu sehen und gesehen zu werden. Als sie innerhalb von sechs Monaten vier Strafzettel wegen zu schnellen Fahrens bekam und deshalb ihren Führerschein verlor, wäre sie ungerührt weitergefahren, im Vertrauen auf den Einfluß der Davenports, der sie schon aus jeglichen Schwierigkeiten herausholen würde. Aber Webb konfiszierte einfach all ihre Wagenschlüssel und verbot den andern, ihr deren Autos zu leihen; und dann ließ er sie einen Monat lang zu Hause herumsitzen, bevor er einen Chauffeur für sie anheuerte. Am meisten in Rage hatte sie gebracht, daß sie selbst einen Chauffeur engagieren wollte: das hingegen hatte Webb vorausgesehen und entsprechende Vorkehrungen getroffen. Es gab nämlich in der Gegend nicht viele Firmen, die Limousinen vermieteten, und keine, die es sich mit ihm verscherzen wollte. Nur Großmutter war während dieses höllischen Monats Jessies messerscharfer Zunge entgangen, einem Monat, in dem sie wie ein rebellischer Teenager, der unter Hausarrest stand, rumhing.

Vielleicht ist mit anderen Männern zu schlafen ja Jessies Art, sich an Webb dafür zu rächen, daß er ihr nicht ihren Willen läßt, dachte Roanna. Bei ihrem selbstsüchtigen Wesen war ihr das durchaus zuzutrauen.

Bitter erkannte Roanna, daß sie Webb eine viel bessere Frau gewesen wäre als Jessie; aber keiner hatte das je in Betracht gezogen, am wenigsten Webb. Roanna besaß eine ungewöhnlich scharfe Beobachtungsgabe, einen Charakterzug, den sie entwickelt hatte, weil sie ihr Leben lang die zweite Geige spielen mußte. Sie liebte Webb, aber unterschätzte auch nicht seinen Ehrgeiz. Wenn Großmutter beispielsweise Roanna für ihre

Nachfolge im Sinn gehabt hätte, so wie Jessie damals, dann wäre aller Wahrscheinlichkeit nach sie mit Webb verlobt worden. Zugegeben, Webb hätte sie nie so angesehen wie ihre Cousine, aber sie war ja bis dahin ein Kind gewesen. Mit Davenport in der Waagschale würde er wahrscheinlich sie gewählt haben, das wußte sie ganz genau. Es wäre ihr egal gewesen, bloß als Mittel zum Zweck zu dienen. Sie hätte Webb unter jeder Bedingung geheiratet und wäre dankbar für jegliches bißchen Zuneigung gewesen. Warum hatte es nicht sie sein können? Warum Jessie?

Weil Jessie bildschön und immer schon Großmutters Liebling gewesen war. Roanna hatte sich anfangs nach besten Kräften bemüht, es aber nie geschafft, auch nur annähernd so graziös und unterhaltsam zu sein wie Jessie, hatte nie deren guten Geschmack, was Kleidung und Einrichtung betraf, erreicht. Ganz sicher würde sie nie so hübsch werden. Roannas Spiegel war nicht mit Rosen überhaucht; sie sah ihr glattes, dichtes, unordentliches Haar, das mehr ins Bräunliche als Rote ging, nur allzu deutlich, und auch ihre leicht schrägstehenden braunen Augen, den Huckel auf ihrer langen Nase und ihren übergroßen Mund. Dazu kamen ihre Zaunlattenfigur sowie diese peinliche Ungeschicklichkeit. Mit wachsender Verzweiflung erkannte sie, daß keiner, ganz besonders kein Mann, *sie* Jessie vorziehen würde. Mit siebzehn war Jessie der Star der Schule gewesen, während Roanna im selben Alter keine einzige richtige Verabredung vorweisen konnte. Großmutter hatte bei diversen Anlässen, die zu besuchen Roanna gezwungen war, für eine männliche Begleitung gesorgt; aber die Jungen waren offensichtlich von ihren Müttern zu der Aufgabe verdonnert worden, und Roanna schämte sich jedesmal gräßlich und tappte stumm nebenher. Keiner der Zwangsverpflichteten hatte sich je um ein zweites Treffen mit ihr bemüht.

Aber seit Webbs Heirat gab sich Roanna immer weniger Mühe, sich in die passende Form pressen zu lassen, die die

Großmutter für sie vorgesehen hatte, die Form der Davenports. Wozu auch? Webb war für sie verloren. Sie hatte angefangen, sich zurückzuziehen und so viel Zeit, wie sie nur konnte, mit den Pferden zu verbringen. Bei den Tieren war sie so entspannt, wie sie es in Gegenwart von Menschen nie sein konnte; den Pferden war es egal, wie sie aussah oder ob sie beim Abendessen wieder einmal ein Glas umgestoßen hatte. Die Rösser reagierten auf ihre sanfte leichte Hand, auf ihre ganz besondere Stimme, mit der sie zu ihnen sprach, reagierten auf die Liebe und Fürsorge, die sie ihnen entgegenbrachte. Auf einem Pferd fühlte sie sich nie unbeholfen. Irgendwie paßte sich ihr dünner Körper dann immer dem Rhythmus des mächtigen Tiers unter ihr an, und sie verschmolz mit seiner Stärke und Grazie. Loyal hatte gesagt, daß niemand so eine gute Figur beim Reiten mache wie sie, nicht einmal Mr. Webb, und der ritt, als ob er im Sattel geboren wäre. Ihr Talent als Reiterin war das einzige an ihr, was Großmutter je lobte.

Aber sie würde die Gäule mit Freuden aufgeben, wenn sie Webb dafür bekäme. Jetzt bot sich eine Chance, seine Ehe zerbrechen zu lassen – sie konnte sie jedoch nicht ergreifen, traute sich nicht. Sie brachte es einfach nicht über sich, ihm derart wehzutun, und wollte auf keinen Fall, daß er die Beherrschung verlor und einen nicht wiedergutzumachenden Fehler beging.

Buckley fühlte ihre Unruhe, das war bei Pferden so, und begann nervös hin- und herzutänzeln. Roanna lenkte ihre Gedanken in die Gegenwart zurück und versuchte, ihn zu beruhigen, klopfte ihm den Hals und murmelte freundlichen Unsinn, doch ihre Gedanken wanderten rasch wieder ab. Trotz der Hitze rannen ihr kalte Schauder über den Rücken, und erneut hatte sie das Gefühl, sich gleich übergeben zu müssen.

Loyal besaß normalerweise mehr Einfühlungsvermögen für Pferde als für Menschen; doch er runzelte die Stirn, als er ihr Gesicht sah, und kam zu ihr, um Buckleys Zügel zu übernehmen, während sie sich aus dem Sattel schwang. »Was ist los?« fragte er ohne Umschweife.

»Nichts«, erwiderte sie, dann wischte sie sich zitternd den Schweiß von der Stirn. »Ich glaube, mir ist einfach zu heiß geworden, das ist alles. Leider hatte ich meine Mütze vergessen.«

»Du solltest es wirklich besser wissen«, schimpfte er. »Geh ins Haus und trink ein Glas kalte Limonade, dann ruh dich ein bißchen aus, während ich mich um Buck kümmere.«

»Du hast gesagt, man soll sich immer selbst um sein Pferd kümmern«, protestierte sie, aber er unterbrach sie mit einer ungeduldigen Handbewegung.

»Und jetzt sag ich, daß du gehen sollst. Los, ab mit dir. Wenn du nicht genug Verstand besitzt, um auf dich selbst zu achten, dann kannst du dich auch nicht um Buck kümmern.«

»Okay. Danke!« Sie zwang sich zu einem schwachen Lächeln, denn sie wußte, daß sie wirklich krank aussehen mußte, wenn Loyal mal eine Ausnahme machte, und sie wollte ihn nicht verärgern. Tatsächlich fühlte sie sich krank, im Herzen, und so voll ohnmächtiger Wut, daß sie glaubte, jeden Moment zu explodieren. Sie *haßte*, was sie gesehen hatte, haßte Jessie, daß sie es tat, haßte Webb dafür, daß er solch eine Situation – wenn auch unwissentlich – zuließ.

Nein, dachte sie, während sie zum Haus eilte, schon der Gedanke war unerträglich. Sie haßte Webb nicht, das würde sie nie können. Es wäre besser für sie, wenn sie ihn nicht lieben würde – aber das konnte sie genausowenig abstellen, wie sie die Sonne daran hindern konnte, an jedem Morgen aufzugehen.

Keiner sah sie, als sie durch die Vordertür huschte. In der prächtigen Eingangshalle hielt sich niemand auf, doch Tansys Gesang drang aus der Küche, und in einem der Zimmer lief ein Fernseher. Wahrscheinlich schaute Onkel Harlan eine seiner Game-Shows an, die er so liebte. Roanna ging auf Zehenspitzen die Treppe hinauf, denn im Moment wollte sie niemandem begegnen.

Großmutters Suite lag nach vorne, zur Auffahrt hin; es war die erste Tür auf der rechten Seite. Jessies und Webbs Suite befand sich links davon. Über die Jahre hatte sich Roanna schließlich in einem der hinteren Räume eingerichtet, weit weg von allen anderen; aber zu ihrem Verdruß nisteten sich Tante Gloria und Onkel Harlan in der mittleren Suite auf der rechten Seite des Hauses ein; die Tür stand offen, und sie konnte Großmutter und Tante Gloria drinnen sprechen hören. Als sie noch aufmerksamer lauschte, hörte sie auch die Stimme von Bessie, der Haushälterin, die wohl die Koffer auspackte. Da sie vor allem Tante Gloria fürchtete, wendete sie sich in die andere Richtung und eilte durch die doppelte Glastür auf den Balkon hinaus, der das erste Stockwerk vollständig umspannte. Dann schritt sie entgegengesetzt ringsherum, bis sie ihre eigene Balkontür erreichte und rasch in ihr Zimmer schlüpfte.

Sie wußte nicht, ob sie Jessie je wieder in die Augen blicken könnte, ohne zu schreien und ihr albernes Lärvchen zu ohrfeigen. Tränen liefen ihr über die Wangen, und sie wischte sie zornig beiseite. Weinen hatte noch nie geholfen; es hatte Mom und Daddy nicht zurückgebracht, keiner mochte sie deswegen lieber, und es hatte schon gar nicht Webb davon abgehalten, Jessie zu heiraten. Seit langer Zeit kämpfte sie bereits ihre Tränen zurück und tat, als ob ihr nichts wirklich etwas ausmachte – selbst wenn sie an ihrem inneren Schmerz und dem Gefühl der Erniedrigung oft beinahe erstickte.

Aber es war ein solcher Schock gewesen, Jessie und den Mann zu sehen, wie sie sich tatsächlich vereinten. Sie war nicht dumm und schon öfter in Filmen für Erwachsene gewesen; aber dort sah man nie wirklich was, außer die Titten von der Frau, und alles war mit Softfilter geschönt und romantischer Musik untermalt. Und einmal hatte sie die Pferde dabei beobachtet, doch eigentlich nicht richtig, da sie sich zwar zu diesem Zweck in den Stall geschlichen, aber keinen guten Beobachtungsposten gefunden hatte. Die Laute jagten ihr Angst und Schrecken ein, und seitdem hatte sie es nie wieder versucht.

Doch die menschliche Realität war ziemlich anders und mitnichten romantisch. Hier war sie Roheit und Brutalität begegnet, die sie am liebsten aus ihrem Gedächtnis gelöscht hätte.

Sie nahm noch schnell eine Dusche, dann fiel sie physisch und emotional vollkommen erschöpft aufs Bett. Vielleicht würde sie ein wenig vor sich hin dösen; auf einmal war es dann viel dunkler im Zimmer, und draußen brach die Dämmerung herein, also hatte sie wohl das Abendessen verpaßt. Noch ein Minuspunkt auf dem Konto, dachte sie und seufzte.

Sie war jetzt ruhiger, fühlte sich ein wenig benommen. Zu ihrer Überraschung hatte sie sogar Hunger. Mit ein paar sauberen Sachen angetan, trottete sie die Hintertreppe zur Küche hinunter. Tansy hatte das Geschirr bereits abgewaschen und war heimgegangen; aber in dem enormen Kühlschrank aus Edelstahl gab es immer jede Menge Überbleibsel von den Mahlzeiten.

Während sie an einem kalten Hühnerbein und einer Semmel nagte, mit einem Glas Tee neben dem Ellbogen, ging auf einmal die Küchentür auf, und Webb spazierte herein. Er sah müde aus und hatte sowohl Jackett als auch Krawatte abgenommen. Das Jackett hatte er sich über die Schulter geworfen, wo es von einem abgewinkelten Finger baumelte. Die zwei obersten Knöpfe seines Hemds standen offen. Roannas Herz machte den üblichen Satz, als sie ihn erblickte. Selbst in diesem zerknitterten Zustand sah er himmlisch aus. Ihr wurde wieder ganz flau, als sie daran dachte, was Jessie ihm antat.

»Ißt du noch immer?« fragte er in gespieltem Erstaunen, und seine grünen Augen funkelten.

»Darf doch nicht vom Fleisch fallen«, gab sie zurück, um einen leichten Ton bemüht, der ihr jedoch nicht ganz gelang.

In ihrer Stimme schwang ein Ernst, den sie nicht vollständig verbergen konnte, und Webb warf ihr einen scharfen Blick zu.

»Was hast du jetzt schon wieder angestellt?« erkundigte er sich, nahm ein Glas aus dem Schrank, öffnete den Kühlschrank und goß sich Eistee ein.

»Nichts Besonderes«, versicherte sie ihm und brachte sogar ein schiefes Lächeln zustande. »Ich hab beim Mittagessen meine große Klappe aufgerissen, und jetzt sind Großmutter und auch Tante Gloria stinksauer auf mich.«

»Also, was war es diesmal?«

»Wir haben uns über Autos unterhalten, und ich sagte, ich hätte neulich gelesen, daß protzige Autos oft bloß eine Penisverlängerung für den Eigentümer bedeuten.«

Seine breiten Schultern zuckten, während er versuchte, einen Lachanfall zu unterdrücken, der schließlich in einem Husten endete. Er ließ sich in den Stuhl neben ihr fallen. »Mein Gott, Ro!«

»Ich weiß.« Sie seufzte. »Es ist mir einfach so herausgerutscht. Tante Gloria hatte eine ihrer bissigen Bemerkungen über meine Tischmanieren gemacht, und da wollte ich ihnen eins auswischen.« Sie hielt inne. »Es hat funktioniert.«

»Und Lucinda?«

»Sie hat mich vom Tisch gewiesen. Ich hab sie seitdem nicht gesehen.«

Sie rupfte an ihrer Semmel herum, bis sie nur noch aus einem Haufen Brösel bestand; doch auf einmal legte sich Webbs starke Hand über ihre und machte ihrer Nervosität damit ein Ende.

»Hast du überhaupt etwas gegessen, bevor du rausgegangen bist?« fragte er, und in seiner Stimme lag ein strenger Ton.

Sie verzog das Gesicht, da sie wußte, was nun kommen würde. »Sicher – eine Semmel und etwas Thunfisch!«

»Eine ganze Semmel? Wieviel Thunfisch?«

»Nun, vielleicht nicht eine ganze.«

»Mehr, als du von der hier verspeist hast?«

Angestrengt beäugte sie das demolierte Brötchen auf ihrem Teller, so als ob sie jeden Krümel gewissenhaft in Betracht zöge. Sie war erleichtert, sagen zu können, daß es mehr war.

Nicht viel mehr, aber immerhin. Sein Gesichtsausdruck verriet ihr, daß er sich nicht von ihr täuschen ließ, doch für den Moment gab er sich zufrieden. »Na schön. Wieviel Thunfisch? Wieviele Bissen?«

»Ich hab sie doch nicht *gezählt*!«

»Mehr als zwei?«

Langsam arbeitete sie sich durch ihr Gedächtnis. Es waren einige Bissen, um Tante Gloria zu zeigen, daß ihre scharfe Bemerkung sie nicht getroffen hatte. Sie konnte versuchen, der Wahrheit auszuweichen, doch Webb direkt anzulügen, brachte sie nicht fertig; da er das wußte, würde er fortfahren, sie mit seinen Fragen festzunageln. Leise seufzend gab sie zu: »Es werden wohl so zwei gewesen sein.«

»Hast du danach noch irgendwas gegessen? Bis jetzt, meine ich?«

Sie schüttelte den Kopf.

»Ro.« Er drehte seinen Stuhl so, daß er ihr zugewandt war, legte den Arm um ihre schmalen Schultern und drückte sie an sich. Seine Hitze und seine Stärke umhüllten sie, wie es immer der Fall war. Roanna barg ihren ungekämmten Haarschopf an seiner breiten Brust. Ein seliges Glücksgefühl stieg in ihr hoch. Als sie noch jünger gewesen war, hatten Webbs Umarmungen eine Zuflucht für ein zutiefst verstörtes, verängstigtes und ungeliebtes kleines Mädchen dargestellt. Jetzt war sie älter, und die Freude, die sie dabei empfand, hatte sich gewandelt. Seine Haut strömte einen verwirrenden, leicht moschusähnlichen Duft aus, bei dem ihr Herz immer zu holpern und zu rasen begann; gleichzeitig verspürte sie das überwältigende Bedürfnis, sich an ihn zu schmiegen und an ihm festzuhalten.

»Du mußt einfach essen, Baby«, drängte er sanft, aber mit

einem unnachgiebigen Unterton. »Ich weiß, daß du dich aufregst und dann den Appetit verlierst – aber du hast eindeutig noch mehr Gewicht verloren. Du wirst noch deiner Gesundheit schaden, wenn du dich nicht vernünftiger ernährst.«

»Ich weiß, was du denkst«, warf sie ihm vor und hob den Kopf, um ihn aufgebracht zu mustern. »Aber ich bring mich nicht zum Übergeben oder sowas.«

»Mein Gott, wie könntest du auch? Du hast ja nie genug im Magen, um spucken zu können. Wenn du nicht mehr ißt, dann wirst du bald keine Kraft mehr haben, auf ein Pferd zu steigen. Ist es das, was du willst?«

»Nein!«

»Dann iß!«

Sie betrachtete das Hühnerbein mit einem zweifelnden Gesichtsausdruck. »Ich versuche es ja, aber die meisten Sachen schmecken mir einfach nicht, und alle mäkeln immer an mir herum, wie ich esse – und dann krieg ich diesen Knoten im Magen und kann einfach nichts mehr schlucken.«

»Du hast heute morgen Toast mit mir gegessen, und den schienst du ganz gut runterzukriegen.«

»Weil du mich ja auch nicht anschreist oder dich über mich lustig machst«, murmelte sie.

Er streichelte ihr Haar, strich die kastanienbraunen Strähnen aus ihrem Gesicht. Arme kleine Ro. Sie hungerte nach Tante Lucindas Anerkennung, war aber zu rebellisch, um ihr Verhalten entsprechend zu ändern. Vielleicht tat man ihr wirklich unrecht: sie war doch keine vorsätzliche Missetäterin oder etwas in der Art. Roanna kam ihm einfach wie ein wildes Blümchen vor, das inmitten eines wohlgepflegten und geordneten Rosengartens wuchs, und keiner konnte etwas mit ihr anfangen. Sie sollte wirklich nicht betteln müssen um die Liebe und die Anerkennung ihrer Familie; Tante Lucinda müßte sie so lieben, wie sie war. Aber für Tante Lucinda war ihre andere Enkelin, Jessie, der Inbegriff von Perfektion, und sie hatte nie ein Geheimnis daraus gemacht, daß Roanna ihr in keiner Hinsicht das Wasser reichen konnte. Webb preßte den Mund zusammen. Seiner Ansicht nach war Jessie alles andere als perfekt, und höchstwahrscheinlich würde sie nie aus ihrem Egoismus und ihrer Selbstsucht herauswachsen.

Jessies Haltung hatte ebenfalls viel mit Roannas Unfähigkeit, richtig zu essen, zu tun. Jahrelang fand nun schon dieses Gekabbel statt, während er sich der monumentalen Aufgabe widmete, das Management von Davenport und all der Davenport-Unternehmungen zu lernen. Er hatte vier Jahre College in dreien absolviert und dann seinen Doktor in Wirtschaft gemacht; doch es war unbestreitbar, daß sich die Situation *nicht* von allein lösen würde. Um Roannas willen mußte er intervenieren, und zwar bei Lucinda ebenso wie bei Jessie.

Roanna brauchte eine ruhige, friedliche Umgebung, wo sich ihre Nerven beruhigen und ihr Magen entspannen konnte. Wenn Großmutter und Jessie – und jetzt noch Tante Gloria – nicht damit aufhören konnten, andauernd an Roanna herumzukritisieren, dann würde er Roanna eben nicht mehr mit ihnen essen lassen. Lucinda bestand darauf, daß alle gemeinsam bei Tisch saßen, daß Roanna sich den gesellschaftlichen Gepflogenheiten beugte, aber in diesem Punkt würde er sie überstimmen. Wenn es ihr besser schmeckte in der friedvollen Umgebung ihres Zimmers oder sogar draußen im Stall, dann würde sie eben dort essen. Sollte sie sich allerdings durch die Trennung von den anderen noch ausgestoßener fühlen – statt erleichtert, wie er hoffte –, dann würde er eben mit ihr im Stall essen. So konnte es einfach nicht weitergehen, denn Roanna hungerte sich noch zu Tode.

Impulsiv hob er sie auf seinen Schoß, wie er es in ihren Kindertagen zu tun pflegte. Sie war jetzt etwa einsdreiundsiebzig, aber nicht viel schwerer, und sein Magen krampfte sich angstvoll zusammen, als er ihre erschreckend dünnen Handgelenke mit seinen langen Fingern umschloß. Seine kleine Cousine appellierte seit jeher an seinen Beschützerinstinkt; und ganz besonders hatte ihm immer ihr Mut, ihre Bereitschaft, sich zu wehren ohne Rücksicht auf die Folgen, gefallen. Sie steckte voller Schabernack und Ausgelassenheit; wenn doch Lady Davenport bloß aufhören wollte, eben jene Seiten an ihr auszuradieren!

Schon immer hatte sie sich wie ein Kätzchen an ihn geschmiegt, und das tat sie jetzt auch ganz automatisch und rieb ihre Wange an seinem Hemd. Ein leichtes Gefühl der Erregung durchzuckte ihn, verwirrt runzelte er die Stirn.

Er blickte zu ihr hinunter. Roanna war beklagenswert unterentwickelt für ihr Alter und konnte sich weder normal mit ihren Altersgenossen unterhalten, noch sich gegen ihre verbalen Übergriffe wehren.

Angesichts von Mißbilligung und Zurückweisung sowohl zu Hause als auch in der Schule, reagierte Roanna mit Rückzug, so daß sie nie gelernt hatte, mit anderen Siebzehnjährigen umzugehen. Aus diesem Grund hatte er sie unbewußt weiterhin für ein Kind gehalten, das seinen Schutz brauchte, und vielleicht brauchte sie ihn ja wirklich. Aber auch wenn sie noch nicht ganz erwachsen sein mochte, so war sie doch kein Kind mehr.

Webb konnte den sanften Schwung ihrer Wange sehen, die langen, schwarzen Wimpern, die fast durchsichtige Haut an ihren Schläfen, wo sich zarte blaue Venen ahnen ließen. Ihre Haut schimmerte und besaß einen warmen, weiblichen Duft. Ihre Brüste waren sehr klein, aber auch sehr fest, und er konnte eine Brustwarze fühlen, die sich hart wie eine Radiergummispitze an ihn drängte. Seine leichte Erregung wurde ganz plötzlich zu einem spürbaren Pochen in seinen Lenden, und mit einem Mal bemerkte er, wie rund ihre Pobacken waren und wie süß sie sich auf seinen Schenkeln anfühlten.

Mühsam unterdrückte er ein Stöhnen und rückte sie ein wenig von sich ab, bloß soviel, daß ihre Hüfte nicht mehr an seinen schwellenden Penis stieß. Roanna war erstaunlich unschuldig für ihr Alter, hatte noch nie einen Freund gehabt; er zweifelte, ob sie je geküßt worden war. Sie hatte keine Vorstellung, was sie mit ihm anstellte, und er wollte sie nicht in Verlegenheit bringen. Aber seine brüderlichen Kontakte kamen nicht mehr in Frage. Von jetzt an mußte er einfach vorsichtiger sein, obwohl es sich hier wahrscheinlich nur um einen Ausrutscher handelte. Seit über vier Monaten hatte er nicht mehr mit Jessie geschlafen, weil er es einfach so verdammt satt hatte, wie sie immer noch versuchte, ihn mit ihrem Körper zu manipulieren. Bei ihren Begegnungen ging es nicht um Liebe, sondern schlicht um Machtkämpfe. Teufel nochmal, er bezweifelte, daß Jessie überhaupt begriff, was es hieß, sich zu lieben und aus Liebe intim zu werden, sich gegenseitig Lust und Freude zu schenken. Aber er war jung und gesund, und nach vier Monaten Abstinenz neigte er zur Reizbarkeit, daß sogar Roannas dürrer kleiner Körper ihn erregen konnte.

Er zwang sich, sich wieder auf das vorliegende Thema zu konzentrieren. »Ich will dir mal was sagen«, leitete er seine kleine Ansprache ein. »Ab sofort wird niemand mehr etwas über deine Tischmanieren sagen; falls es doch jemand tut, dann gib mir Bescheid, und ich kümmere mich darum. Du, meine Süße, wirst anfangen, regelmäßig zu essen. Mir zuliebe. Versprich es mir.«

Sie blickte zu ihm auf, und in ihre whiskeybraunen Augen trat der sanfte, bewundernde Glanz, der nur für ihn reserviert war. »Also gut«, flüsterte sie. »Dir zuliebe.« Bevor er auch nur ahnen konnte, was sie vorhatte, schlang sie den Arm um seinen Nacken und preßte ihren weichen, unschuldigen Mund auf den seinen.

Von dem Augenblick an, in dem er sie auf seinen Schoß genommen hatte, konnte Roanna beinahe nicht mehr atmen vor Sehnsucht und überwältigender Erregung. Ihre Liebe zu ihm wallte in ihr auf, und sie hätte am liebsten gestöhnt vor Glück über die Art, wie er sie berührte, wie er sie festhielt. Sie rieb ihre Wange an seinem Hemd und fühlte die Hitze und Festigkeit seiner Muskeln unter dem Stoff. Ihre Brustwarzen pochten, und sie preßte sich hemmungslos an ihn. Das Gefühl, das sie dabei durchfuhr, war so intensiv, daß es ihr wie ein Blitzschlag zwischen die Beine schoß und sie die Schenkel zusammenkneifen mußte, so heiß wurde ihr.

Dann spürte sie sie, die plötzliche Härte an ihrer Hüfte, und mit einem aufgeregten Kribbeln erkannte sie, was es war. Heute nachmittag hatte sie zum ersten Mal in ihrem Leben einen nackten Mann gesehen, und die Szene, derer sie Zeuge geworden war, hatte sie zutiefst schockiert und angewidert – aber das hier war Webb! Und es bedeutete, daß er sie wollte.

Sie war ganz benommen vor Glück und konnte nicht mehr denken. Er rückte sie ein wenig von sich ab, um einen Sicherheitsabstand zu schaffen, und er redete. Währenddessen studierte sie seinen wunderschönen Mund, ja hörte kaum, was er sagte. Er wollte, daß sie aß, ihm zuliebe.

»Also gut«, flüsterte sie. »Dir zuliebe.« Alles würde sie für ihn tun. Dann wurde ihre Sehnsucht so groß, daß sie sich einfach nicht mehr zurückhalten konnte – denn ihr ganzes bisheriges Leben hatte sie davon geträumt. Sie schlang den Arm um seinen Nacken und küßte ihn.

Seine Lippen waren sehr männlich und wiesen einen so köstlichen Geschmack auf, daß sie vor Verlangen erbebte. Da er heftig zusammenzuckte, war er offenbar erschrocken, und seine Hände schlossen sich um ihre Taille, als ob er sie von sich fortschieben wollte. »Nein«, schluchzte sie und hatte auf einmal schreckliche Angst, ihn wieder zu verlieren. »Webb, bitte. Halt mich!« Und sie schlang den Arm fester um ihn und küßte ihn noch stürmischer, ja wagte sogar, scheu über seine Lippen zu lecken, wie sie es einmal in einem Film gesehen hatte.

Er erbebte, ein langer Schauder überlief seinen muskulösen Körper, und seine Hände krampften sich um sie. »Ro ...«, begann er, und ihre Zunge glitt zwischen seine geöffneten Lippen.

Ein tiefes Stöhnen entrang sich ihm, und sein ganzer Körper verkrampfte sich. Dann, auf einmal, öffnete sich sein Mund und bewegte sich, und er übernahm die Initiative. Seine Arme schlossen sich um sie, ganz fest, und seine Zunge glitt in ihren Mund. Roannas Kopf fiel zurück unter der Heftigkeit seiner Umarmung; ihr schwanden beinahe die Sinne. Sie hatte viel übers Küssen nachgedacht, ja, es sogar nachts das eine oder andere Mal auf ihrem Kissen geübt; aber sie hätte nie gedacht, daß ein Kuß einen so aus dem Gleichgewicht werfen, so himmlisch schmecken oder eine so unsägliche Sehnsucht erwecken könnte. Sie wand sich auf seinem Schoß, wollte ihn noch enger spüren, und er drehte sie stürmisch zu sich herum, so daß nun beide Brüste an ihn gepreßt waren.

»Du hinterlistiger Bastard!«

Die kreischende Stimme traf wie ein Pfeil in Roannas Ohr. Sie schnellte von Webbs Schoß herunter und wirbelte mit kreidebleichem Gesicht zu ihrer Cousine herum. Jessie stand mit verzerrter Miene im Türrahmen und schleuderte Zornesblitze auf die beiden. Ihre Hände hatte sie zu Fäusten geballt, die Knöchel traten weiß hervor.

Webb erhob sich. Rote Flecken standen auf seinen Wangen, aber er musterte seine Frau mit distanziertem Blick. »Beruhige dich«, sagte er in gelassenem Ton. »Ich kann alles erklären.«

»Und wie du das kannst!« höhnte sie. »Ich bin richtig gespannt. Kein Wunder, daß du mich nicht mehr wolltest! Du hast es die ganze Zeit mit dieser heuchlerischen Schlampe getrieben!«

Roter Nebel ließ Roannas Blick verschwimmen. Nach allem, was Jessie heute nachmittag gemacht hatte, wagte sie es immer noch, Webb wegen eines einzigen Kusses so anzuschreien! Ohne es richtig zu merken, stand sie auf einmal vor Jessie und stieß sie an die Wand. Jessies Kopf flog dröhnend dagegen.

»Roanna, hör sofort auf!« sagte Webb scharf, packte sie grob und zog sie beiseite.

Jessie richtete sich auf und wischte sich die Haare aus den Augen. Geschmeidig wie eine Katze sprang sie an Webb vorbei und schlug Roanna mit aller Kraft die flache Hand ins Gesicht. Webb ergriff sie und schwang sie zur Seite, wobei er sie mit festem Griff am Kragen ihrer Bluse packte, während er mit der anderen Hand Roanna am Nacken festhielt.

»Das reicht, verdammt nochmal«, zischte er mit zusammengebissenen Zähnen. Webb fluchte normalerweise nicht vor Frauen, und die Tatsache, daß er es diesmal tat, enthüllte sein Stimmungsbarometer. »Jessie, es hat keinen Sinn, das ganze Haus mit hineinzuziehen. Wir reden oben darüber.«

»... oben darüber«, äffte sie ihn nach. »Wir reden gleich hier darüber, du elender Wichser! Du willst, daß es niemand erfährt? Vergiß es! Morgen abend wird jeder in Tuscumbia wissen, daß du eine Schwäche für Kinderärsche hast, denn ich werde es an jeder Straßenecke herausschreien!«

»Halt den Mund«, knurrte Roanna, ohne auf ihre brennende Wange zu achten, und fixierte Jessie haßerfüllt. Sie versuchte, sich aus Webbs grausamem Griff zu befreien, aber der packte nur noch fester zu.

Jessie spuckte sie an. »Du bist schon immer hinter ihm hergewesen, du Luder«, zischte sie. »Du hast es geplant, daß ich euch beide so finde, nicht wahr? Du wußtest, daß ich in die Küche runterkommen würde. Es hat dir nicht genügt, ihn hinter meinem Rücken zu bumsen, du wolltest es mir ein für allemal unter die Nase reiben.«

Roanna war fassungslos über die Unverfrorenheit ihrer Attacke. Sie warf Webb einen raschen Blick zu und sah das plötzlich aufkeimende Mißtrauen, sah den verächtlichen Blick, mit dem er sie maß. »Haltet den Mund, ihr Schreihälse«, knurrte er, und seine Stimme war so leise und eisig, daß ihr ein kalter Schauder über den Rücken lief. »Jessie! Ab nach oben. Sofort!« Er ließ Roanna los und steuerte Jessie am Kragen zur Tür. Dort hielt er kurz inne und streifte Roanna mit einem derart kalten Blick, daß sie zusammenzuckte, als hätte sie eine Peitsche getroffen. »Um dich kümmere ich mich später!«

Die Tür schwang hinter den beiden zu. Roanna sank mit zitternden Knien gegen einen Küchenschrank und schlug die Hände vors Gesicht. O Gott, so etwas hatte sie ganz bestimmt nicht gewollt. Jetzt haßte Webb sie, und sie glaubte nicht, daß sie das ertragen konnte. Ein brennender Schmerz breitete sich in ihrer Brust aus und schnürte ihr die Kehle zu, ja, erstickte sie fast. Jessies Raffinesse und Bosheit war sie noch nie gewachsen gewesen, und das hatte die Ältere soeben wieder bewiesen; mühelos spie sie genau die Lüge aus, die Webb gegen sie aufbrachte. Jetzt glaubte er, sie hätte das alles absichtlich inszeniert. Jetzt würde er sie nie, niemals mehr mögen.

Auch Großmutter würde ihr das alles keinesfalls verzeihen. Sie wiegte sich zutiefst verzweifelt hin und her, und fragte sich, ob man sie jetzt wohl fortschickte. Jessie versuchte Lucinda schon seit einiger Zeit dazu zu bewegen, Roanna in einem Mädchenpensionat irgendwo im Norden der Vereinigten Staaten anzumelden. Aber bis jetzt hatte Roanna sich standhaft geweigert, und Webb hatte sie unterstützt – doch nun bezweifelte sie, daß Webb auch nur einen Finger rühren würde, und wenn sie sie in die Wüste Gobi verbannten. Sie hatte ihn in so große Schwierigkeiten gebracht, daß er ihr wohl nie verzieh, sollte sie ihn auch davon überzeugen können, daß Jessie gelogen hatte. Allerdings war ihrer Erfahrung nach die Cousine sowieso immer die glaubwürdigere.

Innerhalb weniger Minuten lag ihre Welt in Scherben vor

ihr. Sie war so glücklich gewesen, diese paar wunderschönen, süßen Augenblicke lang, in denen sie in seinen Armen lag; jedoch im Handumdrehen verwandelte sich alles in eine Hölle. Bestimmt mußte sie fort und verlor Webb für immer.

Genau genommen lag der Schwarze Peter natürlich bei Jessie. Aber Roanna wagte es nicht, das zu sagen, egal was auch passierte. Sie hatte gar keine Chance, sich gegen die abscheulichen Lügen zu wehren, die Jessie jetzt, in diesem Augenblick, über sie ausspie.

»Ich hasse dich«, flüsterte sie leise, womit natürlich ihre Cousine gemeint war. Roanna kauerte sich nieder und kuschelte sich wie ein ängstliches kleines Tierchen an die Küchenschränke. Ihr Herz zerriß ihr mit seinem Hämmern schier die Brust, so daß sie einer Ohnmacht nahe war. »Ich wünschte, du wärst tot.«

5

Roanna lag fest zusammengerollt in ihrem Bett. Ihr war eiskalt vor Grauen, trotz der schwülen Sommernacht, und Schlaf lag ihr noch genau so fern wie zu dem Zeitpunkt, als sie es endlich geschafft hatte, sich nach oben in ihr Zimmer zu flüchten.

Die Stunden, seit Jessie mitten in ihren Kuß hereinplatzte, hatten den reinsten Alptraum heraufbeschworen. Der Aufruhr sprengte natürlich alle aus den Zimmern. Fragen erübrigten sich, denn Jessie kreischte ihre Anschuldigungen und wüsten Beschimpfungen durchs ganze Haus, während Webb sie die Treppe hinaufzerrte; aber sowohl Großmutter als auch Tante Gloria hatten dennoch Roanna mit endlosen Fragen und Anschuldigungen bombardiert.

»Wie *konntest* du es nur wagen, so weit zu gehen?« hatte

Großmutter gebellt und Roanna mit einem ebenso kalten Blick gemessen wie zuvor Webb, aber Roanna war stumm geblieben. Was sollte sie auch sagen? Sie hätte ihn nicht küssen dürfen, das wußte sie. Daß sie ihn liebte, war keine Entschuldigung, zumindest keine, die etwas an der einhelligen Verurteilung durch sämtliche Anwesende ändern würde

Genausowenig kam es in Frage, sich zu verteidigen, indem sie auf Jessies Verhalten hinwies. Webb mochte sie jetzt ja hassen, aber dennoch würde sie nichts verraten, das ihn zu etwas Unüberlegtem veranlassen könnte. Lieber nahm sie alle Schuld auf sich, als daß er sich in Gefahr begäbe. Und im Grunde entschuldigte Jessies Verhalten auch nicht das ihre. Webb war ein verheirateter Mann; sie hätte ihn auf keinen Fall küssen dürfen. Innerlich wand sie sich vor Scham über ihr unglaubliches, impulsives Verhalten.

Die Schlacht, die oben tobte, war die ganze Zeit über für jedermann hörbar. Mit Jessie konnte kein Mensch vernünftig reden, wenn sie nicht ihren Willen bekam, vor allem in Sachen Eitelkeit. Ihr Gekreische zerschnitt das tiefe Brummen von Webbs Stimme. Sie schleuderte ihm die wüstesten Beschimpfungen um die Ohren, Worte, die Roanna noch nie zuvor laut ausgesprochen gehört hatte. Großmutter war gewöhnlich bereit, alles zu entschuldigen, was Jessie tat; aber selbst sie zuckte bei den Obszönitäten zusammen, die dort oben fielen. Roanna mußte sich gefallen lassen, wie sie als Hure, als pferdegesichtiges Weibsbild und dumme Kuh bezeichnet wurde, die nur für einen Fick im Stall gut war. Jessie drohte, Großmutter dazu zu bringen, daß sie Webb aus ihrem Testament strich – Roanna warf Lucinda bei diesen Worten einen erschrockenen Blick zu, lieber wäre sie gestorben, als Webb um sein Erbe zu bringen; aber die alte Lady zog angesichts dieses Ausbruchs lediglich überrascht eine ihrer eleganten Brauen hoch –, und daß sie Webb wegen Verführung Minderjähriger verhaften lassen würde.

Natürlich glaubten Lucinda und ihre Schwester unbesehen, daß sie also mit Webb geschlafen hatte, und fielen deshalb sofort wieder mit ihren Anschuldigungen über sie her. Nur Onkel Harlan zog seine dichten grauen Augenbrauen hoch und sah ein wenig belustigt drein. Zutiefst beschämt und verzweifelt, schüttelte Roanna lediglich den Kopf, da sie nicht wußte, wie sie sich hätte verteidigen, die Familie hätte überzeugen können.

Webb war nicht der Mann, der Drohungen tatenlos hinnahm. Bis dahin tobte er lediglich verbal, hatte sein Temperament unter Kontrolle gehalten. Doch nun gab es einen lauten Krach, man hörte das Splittern von Glas, und dann brüllte er: »Dann laß dich doch scheiden, verdammt nochmal! Ich werde alles tun, um dich endlich loszuwerden!«

Anschließend polterte er die Treppe herunter, mit steinernem Gesicht, die grünen Augen kalt glimmend. Sein flammender Blick streifte Roanna und seine Augen verengten sich, so daß sie erschauerte, aber er blieb nicht stehen. »Webb, warte«, sagte Großmutter und streckte die Hand nach ihm aus, um ihn aufzuhalten. Er ignorierte sie und warf die Haustür krachend hinter sich zu. Einen Moment später sahen sie, wie die Scheinwerfer seines Autos über den Rasen jagten.

Roanna wußte nicht, ob er inzwischen nach Hause gekommen war, da ins Innere nur sehr laute Motorengeräusche drangen. Mit brennenden Augen starrte sie zur Decke; die Dunkelheit erdrückte, ja erstickte sie.

Am allerwehesten tat ihr Webbs Mißtrauen; daß er, obwohl er Jessie kannte, ihre Lügen akzeptierte. Wie konnte er auch nur für eine Sekunde glauben, daß sie ihn absichtlich und öffentlich bloßstellen würde? Webb war der Mittelpunkt ihres Universums, ihr Held, der einzige, den sie je gehabt hatte; wenn er sich nun von ihr abwandte, dann verlor sie den Boden unter den Füßen, dann gab es für sie keine Zukunft mehr.

Aber aus seiner Miene hatte sie Wut und Abscheu gelesen, als er sich angewidert von ihr abwandte. Roanna umklammerte ihre Knie und wimmerte, so weh tat es. Von diesem Schmerz würde sie sich nie wieder erholen. Sie liebte ihn und stünde immer zu ihm, egal was er tat. Aber er hatte sich von ihr abgewandt, und sie schrumpfte in sich zusammen, als ihr klar wurde, was das bedeutete: sie war ihm im Weg. Alles schmerzte, als ob ihr Körper überall blaue Flecken bekommen hätte bei ihrem heftigen Zusammenprall mit der Realität. Er mochte sie vage, war amüsiert, fühlte vielleicht auch eine gewisse familiäre Verbundenheit mit ihr; aber er liebte sie nicht, wie sie es ersehnte. Mit plötzlicher, bitterer Klarheit erkannte sie, daß er die ganze Zeit nur Mitleid mit ihr gehabt hatte, und diese Demütigung zerriß sie fast. Mitleid hatte sie nie gewollt, weder von Webb noch von irgend jemandem sonst.

Sie hatte ihn verloren. Selbst wenn er ihr die Chance gab, sich zu verteidigen, und ihr glaubte, würde es trotzdem nie wieder so sein wie früher. Er dachte, sie hätte ihn provoziert, und sein Mangel an Vertrauen war ein Verrat! Diese Gewißheit würde sie immer im Herzen tragen, ein stechender Dorn, der sie nie vergessen ließe, was sie verloren hatte.

Sie hatte sich immer wie eine Ertrinkende an Davenport und Webb geklammert, hatte jedem Versuch getrotzt, sie zu entfernen. Jetzt jedoch, zum ersten Mal, faßte sie einen Abschied ins Auge. Es gab nichts mehr, was sie hier noch hielt – und da konnte sie ebensogut gleich aufs College gehen, wie es alle von ihr wollten, und ganz neu anfangen, an einem Ort, an dem die Leute ihr keine Vorschriften machten, wie sie auszusehen und sich zu verhalten hätte. Zuvor hatte sie bereits der Gedanke, Davenport verlassen zu müssen, in Panik versetzt, doch nun verspürte sie nur noch Erleichterung. Jawohl, sie wollte dringend auf und davon.

Aber zuvor würde sie die Dinge für Webb in Ordnung

bringen. Als letzte Liebesgeste, und dann würde sie alles hinter sich lassen und allein weitergehen.

Sie warf einen Blick auf ihre Uhr und schwang sich aus dem Bett. Es war nach zwei; im Haus herrschte Stille. Jessie schlief wahrscheinlich längst, aber Roanna war das ehrlich gesagt piepegal. Wenigstens einmal konnte sie aufwachen und zuhören, was Roanna ihr zu sagen hatte.

Sie wußte nicht, was sie tun würde, wenn Webb da wäre, aber das konnte eigentlich nicht sein. Er war derart aufgebracht gewesen, als er aus dem Haus stürmte, daß er sicher noch in der Stadt herumhing; aber auch andernfalls würde er wohl kaum zu Jessie ins Bett kriechen. Entweder würde er unten im Arbeitszimmer schlafen oder sonstwo.

Licht brauchte sie nicht; sie hatte Davenport so oft des Nachts durchgeistert, daß sie all seine Winkel kannte. Leise glitt sie den Gang entlang und sah in ihrem langen weißen Nachthemd wirklich ein wenig aus wie ein Geist. Jedenfalls *fühlte* sie sich so; als ob niemand sie so richtig sähe ...

Vor der Tür zu Webbs und Jessies Suite blieb sie stehen und lauschte. Drinnen war alles still. Roanna beschloß, nicht zu klopfen, und drehte den Türknauf. »Jessie, bist du wach?« fragte sie leise. »Ich muß mit dir reden.«

Der schrille Schrei zerriß den dünnen Schleier der Nacht, ein grausiger Schrei, der endlos anzudauern schien, der höher und höher wurde, bis er schließlich erstickt abbrach. Lichter gingen in sämtlichen Räumen an, ja selbst unten bei den Ställen, wo Loyal sein Quartier hatte. Verschlafene Stimmen sprachen wirr durcheinander, Fragen flogen hin und her, und man hörte das dumpfe Tappen rennender Füße.

Onkel Harlan war der erste, der die Suite erreichte. Er sagte: »Allmächtiger Gott!« und zum ersten Mal war der glatte Ton falscher Freundlichkeit aus seiner Stimme verschwunden.

Die Hände in den Mund gestopft, als ob sie verhindern wollte, daß ihr noch ein Schrei entfuhr, wich Roanna langsam von Jessies leblosem Körper zurück. Ihre braunen Augen waren weit aufgerissen und starr, als ob sie blind geworden sei.

Tante Gloria stürmte trotz Onkel Harlans verspätetem Versuch, sie aufzuhalten, ins Zimmer, Lucinda dicht auf den Fersen. Beide Frauen blieben abrupt stehen und nahmen voller Entsetzen und Fassungslosigkeit die schaurige Szene in sich auf. Lucinda starrte das Bild an, das ihre beiden Enkelinnen boten, und wurde totenbleich. Sie begann zu zittern.

Tante Gloria legte den Arm um ihre Schwester und starrte Roanna mit wildem Blick an. »Mein Gott, du hast sie umgebracht«, blubberte sie und klang mit jedem Wort hysterischer. »Harlan, ruf den Sheriff!«

In der Auffahrt und dem Vorhof parkten kreuz und quer die Fahrzeuge, und an der willkürlichen Anordnung und den teilweise noch brennenden Scheinwerfern, die unheimliche Strahlen in die dunkle Nacht sandten, sah man die Eile, in der die Gesetzeshüter angebraust gekommen waren. Hinter allen Fenstern des großen Hauses brannte Licht, und drinnen wimmelte es nur so von Leuten, die meisten davon in den braunen Uniformen der Polizei, einige Sanitäter in Weiß.

Die ganze Familie war, bis auf Webb, im geräumigen Wohnzimmer versammelt. Großmutter saß mit hängenden Schultern da, weinte leise vor sich hin und knetete mit gramverzerrten Zügen ein Spitzentaschentuch. Tante Gloria saß neben ihr, streichelte sie und sprach ihr leise Trostworte zu. Onkel Harlan stand hinter ihnen und wippte auf den Zehenspitzen vor und zurück, während er wichtigtuerisch Fragen beantwortete und zu jeder Theorie und jedem Detail hilfreich seine Meinung kundtat. Er genoß die Aufmerksamkeit, die ihm ob seines Glücks, als erster auf der Bildfläche erschienen zu sein, zuteil wurde – natürlich abgesehen von Roanna.

Roanna saß ganz für sich allein, am anderen Ende des Raums. Ein Hilfssheriff stand bei ihr. Sie war sich dumpf bewußt, daß er als Wache fungierte, doch das berührte sie nicht.

Sie saß vollkommen still da, die Augen wie dunkle Seen in einem kalkweißen Gesicht. Ihr Blick schien nichts wahrzunehmen und gleichzeitig alles zu erfassen, während sie, ohne zu blinzeln, ihre Familie anstarrte.

Sheriff Samuel »Booley« Watts blieb im Türrahmen stehen und beobachtete sie, wobei er ein wenig unbehaglich überlegte, was wohl in ihr vorgehen mochte, wie sie sich fühlen mußte, angesichts dieser stummen aber unmißverständlichen Anprangerung. Er musterte ihre dünnen nackten Ärmchen, sah, wie zart und zerbrechlich sie in ihrem weißen Nachthemd aussah, das nicht viel weißer war als ihr Gesicht. Ihr Puls schlug deutlich sichtbar in ihrer Halsschlagader, doch er war viel zu schnell und zu schwach. Mit seiner dreißigjährigen Erfahrung als Polizist wendete er sich an einen seiner Deputies und sagte leise: »Einer der Notärzte soll herkommen und sich das Mädchen mal ansehen. Sieht aus, als ob sie unter Schock steht.« Sie mußte unbedingt bei klarem Verstand und Bewußtsein sein, um seine Fragen beantworten zu können.

Der Sheriff kannte Lucinda fast sein ganzes Leben lang. Die Davenports waren seit jeher wichtige Geldgeber, wenn es um seine Wiederwahl als Sheriff ging. Da Politik nun mal Politik war, hatte er der Familie über die Jahre hinweg mehr als einen Gefallen erwiesen, doch abgesehen davon beruhte ihre langjährige Beziehung auf echter Zuneigung. Marshall Davenport war ein harter, schlauer Hundesohn gewesen, aber auch ein ehrlicher. Booley empfand nichts als Hochachtung für Lucinda, für ihre innere Stärke, für die Art, wie sie sich weigerte, ihre hohen Moralvorstellungen einer Zeit zunehmender Nachlässigkeit und Korruption anzupassen; außerdem bewunderte er ihre Nase für Geschäfte. In den langen Jahren nach Davids Tod, bis Webb alt genug war, um ihr ein wenig von der Verantwortung abzunehmen, hatte sie ganz allein ein Imperium beherrscht, das riesige Anwesen geleitet und dazu noch zwei verwaiste Enkelinnen großgezogen. Zugegeben, es stand ihr ein unanständiger Haufen Geld zur Verfügung, um ihr ihre Aufgabe ein wenig zu erleichtern, aber die emotionale Bürde lastete auf ihr wie auf jedem anderen.

Lucinda hat einfach zuviele ihrer Lieben verloren, dachte er. Sowohl die Davenports als auch die Tallants hatten frühe, plötzliche Verluste einstecken müssen, viel zu junge Familienmitglieder verloren. Lucindas geliebter Bruder, der erste Webb, war erst Anfang vierzig gewesen, als ein Stier ihn auf die Hörner nahm. Sein Sohn Hunter war einunddreißigjährig mit seinem kleinen Sportflugzeug in einem schrecklichen Sturm in Tennessee abgestürzt. Marshall Davenport starb mit sechzig an einem durchgebrochenen Blinddarm, er hatte ihn ignoriert, weil er ihn für eine Darmverstimmung hielt, bis die Entzündung dann so schlimm geworden war, daß sein Körper kapitulierte. Schließlich setzte dieser Autounfall vor zehn Jahren Davids und Janets und Karens Leben ein Ende. Das hätte Lucinda damals beinahe zerbrochen – doch sie hatte sich aufgerichtet, das Kinn gereckt und weitergemacht.

Und jetzt das hier; er wußte nicht, ob sie diesen neuerlichen Verlust würde verkraften können. Sie hatte Jessie immer von Herzen geliebt, und das Mädel war ringsum hofiert worden von der feinen Gesellschaft des Countys, obwohl er, Booley, so seine Zweifel in bezug auf sie gehabt hatte. Manchmal war ihr Gesichtsausdruck direkt kaltblütig gewesen, wie bei einigen Killern, die ihm über den Weg liefen. Nicht, daß er je Schwierigkeiten mit ihr gehabt hätte. Nie war er gerufen worden, um irgendwelche Skandale zu vertuschen. Was immer Jessie auch für ein Mensch gewesen sein mochte, unter ihrer fröhlichen, charmanten Fassade und ihren vorzüglichen Manieren hatte sie durchaus ihre Weste weiß gehalten. Jessie und Webb galten als Lucindas Augäpfel, und die alte Dame war beinahe geplatzt vor Stolz, als die beiden Kinder vor ein paar Jahren geheiratet hatten. Booley haßte das, was er nun tun mußte; es war schlimm genug, daß sie Jessie verloren hatte, ohne Webb auch noch hineinziehen zu müssen, aber es gehörte nun mal zu seinem Job. Politik oder nicht, das hier ließ sich nicht unter den Teppich kehren.

Turkey MacInnis, ein bulliger Notarzt, betrat den Raum und ging zu Roanna hinüber. Er kauerte vor ihr nieder. Turkey, also »Truthahn«, wurde deshalb so genannt, weil er den Ruf eines Truthahns täuschend imitieren konnte. Er war einer der besseren Ärzte im County. Booley lauschte seiner sachlichen Stimme, mit der er dem Mädchen ein paar Fragen stellte, um ihr Reaktionsvermögen zu testen. Mit einer winzigen Lampe leuchtete er ihr in die Augen und prüfte sodann Puls und Blutdruck. Roanna beantwortete die Fragen mit ausdrucksloser, beinahe unhörbarer Stimme, als ob ihr das Sprechen furchtbar schwerfiele. Sie betrachtete den Arzt, der vor ihr kniete, vollkommen gleichgültig.

Man holte eine Decke und wickelte sie darin ein, dann drängte Turkey sie, sich auf das Sofa zu legen. Anschließend brachte er ihr eine Tasse Kaffee, die, wie Booley annahm, wahrscheinlich jede Menge Zucker enthielt, und flößte sie ihr ein.

Booley seufzte. Nun, da er wußte, daß für Roanna gesorgt war, konnte er seine verhaßte Pflicht nicht länger aufschieben. Er rieb sich den Hinterkopf und schritt zu der kleinen Gruppe am anderen Ende des Raums. Harlan Ames erzählte gerade zum zehnten Mal die Ereignisse des Abends aus seiner Sicht, und Booley hatte die schmierige, überlaute Stimme allmählich mehr als satt.

Er setzte sich neben Lucinda. »Hat man Webb schon gefunden?« fragte sie in ersticktem Ton, während ihr Tränen über die Wangen liefen. Zum ersten Mal, dachte Booley, sieht man Lucinda ihre dreiundsiebzig Jahre an. Sie hatte immer vital, gepflegt und stark gewirkt, als wäre sie aus rostfreiem Stahl; doch nun sah sie direkt eingefallen aus, wie sie so dasaß in ihrem Nachthemd und Morgenmantel.

»Noch nicht«, erwiderte er unbehaglich. »Wir suchen nach ihm.« Das war eine gewaltige Untertreibung.

Es gab eine leichte Unruhe an der Tür, und Booley drehte sich stirnrunzelnd um, entspannte sich jedoch, als Yvonne Tallant, Webbs Mutter, eilig den Raum betrat. Theoretisch hätte sie nicht hereingelassen werden dürfen; aber Yvonne gehörte zur Familie, auch wenn sie sich vor ein paar Jahren von ihr distanziert hatte, indem sie ausgezogen war in ein kleines Häuschen jenseits des Flusses in Florence. Yvonne war eine ziemlich unabhängige Frau. Gerade jetzt jedoch wünschte Booley, sie wäre nicht aufgetaucht, und er fragte sich, wie sie wohl von dem Mord erfahren haben mochte. Ach, zum Teufel, es hatte keinen Zweck, sich im Moment darüber den Kopf zu zerbrechen. Das war das Problem mit Kleinstädten. Irgendeiner der Beteiligten, ein Bote vielleicht, hatte zu Hause angerufen und einem Familienmitglied etwas erzählt, der dann wiederum mit einem Freund oder einer Freundin telefonierte, der es einer Verwandten steckte, die zufällig Yvonne persönlich kannte und es auf sich nahm, ihr die Hiobsbotschaft mitzuteilen. So lief es in der Regel.

Yvonnes grüne Augen überflogen den Raum. Sie war eine große, schlanke Frau mit dunklem, leicht ergrauendem Haar, der Typ, der eher gutaussehend als schön ist. Selbst um diese Stunde war sie tadellos gekleidet: maßgeschneiderte Hosen und eine frisch gebügelte weiße Bluse. Ihr Blick blieb auf Booley haften. »Ist es wahr?« fragte sie und ihre Stimme brach ein wenig. »Das mit Jessie?« Trotz Booleys Argwohn, was Jessie betraf, schien sie mit ihrer Schwiegermutter gut ausgekommen zu sein. Im übrigen standen sich die Davenports und Tallants so nahe, daß Yvonne Jessie schon von der Wiege her gekannt hatte.

Neben ihm versuchte Lucinda mühsam, ein Schluchzen zu unterdrücken, wobei es sie am ganzen Körper schüttelte. Booley nickte als Antwort, und Yvonne schloß die Augen gegen die aufsteigenden Tränen.

»Roanna hat es getan«, zischte Gloria und wies angeekelt auf die kleine, in die Decke gehüllte Gestalt auf dem Sofa.

Yvonne hob den Kopf und warf Gloria einen ungläubigen Blick zu. »Mach dich doch nicht lächerlich«, schnauzte sie und schritt entschlossen hinüber zu Roanna, wo sie in die Knie ging und ihr das zerzauste Haar mit leisen Trostworten aus dem kalkweißen Gesicht strich. Booleys Meinung von Yvonne stieg beträchtlich, obwohl er bezweifelte, daß Gloria sie teilte, wie aus ihrer Miene zu schließen war.

Lucinda ließ den Kopf hängen, als ob sie es nicht über sich brächte, ihre andere Enkelin anzusehen. »Werden Sie sie verhaften?« flüsterte sie.

Booley nahm eine ihrer Hände in die seinen und kam sich dabei ungeschickt und linkisch wie ein Ochse vor, während sich seine Pranken um ihre kalten, schlanken Finger schlossen. »Nein, das werde ich nicht«, winkte er ab.

Lucinda erschauerte leicht und entspannte sich ein wenig. »Gott sei Dank«, flüsterte sie und kniff die Augen zu.

»Ich würde gern wissen, warum nicht!« tönte Gloria mit schriller Stimme von Lucindas anderer Seite und fuhr auf wie eine nasse Henne. Booley hatte Gloria nie auch nur annähernd so gerne gemocht wie Lucinda. Sie war zwar die Hübschere gewesen, aber immerhin hatte Lucinda Marshall Davenports Aufmerksamkeit erregt, und sie war es, die den reichsten Mann von Nordwest-Alabama geheiratet hatte, während Gloria fast rotierte vor Neid.

»Weil ich nicht glaube, daß sie es getan hat«, erwiderte er unwirsch.

»Wir haben sie aber direkt bei der Leiche stehen sehen! Ja, sie stand sogar in ihrem Blut!«

Verärgert fragte sich Booley, was das mit dem Ganzen zu tun hatte. Doch er beherrschte sich. »Soweit ich weiß, war Jessie schon ein paar Stunden lang tot, als Roanna sie fand.« Er ließ sich nicht über die technischen Details wie das Fortschreiten der Leichenstarre aus, da er der Meinung war, daß Lucinda das nicht unbedingt hören mußte. Es war unmöglich, die genaue Todeszeit festzustellen, außer mittels eines Zeugen, natürlich; aber Jessie mußte mindestens ein paar Stunden vor Mitternacht gestorben sein. Er wußte nicht, warum Roanna ihrer Cousine um zwei Uhr morgens einen Besuch abgestattet hatte – und das würde er definitiv herausfinden –, doch da war Jessie bereits tot gewesen.

Das kleine Grüppchen erstarrte und stierte ihn an, als ob sie diese letzte Wendung der Ereignisse nicht ganz begreifen könnten. Er fischte sein kleines Notizbuch aus der Tasche. Normalerweise hätte einer der Detectives des Counties die Befragung durchgeführt, aber hier handelte es sich um die Davenports, und der Fall verdiente seine persönliche Aufmerksamkeit.

»Mr. Ames sagt, daß Webb und Jessie heute abend einen furchtbaren Streit hatten«, begann er und fing den scharfen Blick auf, den Lucinda ihrem Schwager zuwarf.

Dann holte sie tief Luft und straffte ihre Schultern, während sie sich mit ihrem durchnäßten Taschentuch das Gesicht abwischte. »Sie haben sich gestritten, das stimmt.«

»Weswegen?«

Lucinda zögerte, und Gloria sprang in die Bresche. »Jessie hat Webb und Roanna dabei erwischt, wie sie es in der Küche trieben.«

Booleys graue Brauen schossen in die Höhe. Es gab nicht viel, das ihn noch überraschen konnte, aber bei dieser Behauptung empfand er mildes Erstaunen. Zweifelnd betrachtete er das zerbrechliche, zusammengesunkene Wesen am anderen Ende des Raums. Roanna kam ihm, wenn auch nicht kindisch, so doch einigermaßen kindlich vor, und er hätte Webb nicht für einen Mann gehalten, den so etwas anmachte. »Wie ›getrieben‹?«

»Sie haben es *getrieben*, so wie ich sage«, tönte Gloria mit schriller werdender Stimme. »Mein Gott, Booley, möchten Sie, daß ich Ihnen eine Zeichnung mache?«

Der Gedanke, daß Webb in der Küche Sex mit Roanna hatte, kam ihm über die Maßen unwahrscheinlich vor. Die abgrundtiefe Blödheit mancher angeblich intelligenten Menschen überraschte ihn nie, aber das hier schlug dem Faß den Boden aus. Komisch, daß er sich Webb durchaus als Mörder, aber nicht als Verführer seiner kleinen Cousine vorstellen konnte.

Nun, er würde die Wahrheit über die Episode in der Küche von Roanna erfahren. Von diesen dreien hier wollte er etwas anderes. »Also, sie hatten Streit. Ist er in Gewalt ausgeartet?«

»Aber sicher«, erwiderte Harlan, der nur zu gierig die Gelegenheit ergriff, sich wieder ins Rampenlicht zu setzen. »Sie waren oben, aber Jessie kreischte so laut, daß wir jedes Wort verstehen konnten. Dann brüllte Webb, sie solle sich doch scheiden lassen, daß er alles tun würde, um sie loszuwerden, und dann hörten wir Glas splittern. Anschließend kam Webb die Treppe runtergestürmt und raste aus dem Haus.«

»Hat einer von Ihnen Jessie danach noch gesehen oder gehört, im Badezimmer vielleicht?«

»Nö, nicht die Spur«, sagte Harlan und Gloria schüttelte den Kopf. Keiner hatte versucht, mit Jessie zu reden, da man ihr erfahrungsgemäß Zeit lassen mußte, ein wenig abzukühlen, wenn man nicht selber Ziel ihres Zorns werden wollte. Auf Lucindas Zügen malten sich Fassungslosigkeit und Entsetzen, als ihr klar wurde, wohin Booleys Fragen führten.

»Nein«, brauste sie wild entschlossen auf. »Booley, nein! Sie können nicht Webb verdächtigen!«

»Das muß ich leider«, erwiderte er und sprach es so sanft wie möglich aus. »Sie hatten einen heftigen Streit. Nun, wir wissen alle, daß Webb ganz schön wütend werden kann, wenn er richtig gereizt wird. Keiner hat Jessie gesehen oder nur einen Laut von ihr gehört, nachdem er fort war. Bedauerlicherweise wird in so einem Fall eine Frau meistens vom Ehemann oder Liebhaber getötet. Es tut mir aufrichtig leid, Lucinda, aber tatsächlich ist Webb der Hauptverdächtige.«

Sie schüttelte immer noch den Kopf, und wieder rannen ihre Tränen über die runzligen Wangen. »Das könnte er nicht. Nicht Webb!« Es klang flehentlich.

»Das hoffe ich auch nicht, aber ich muß es überprüfen. Also, um welche Zeit ist Webb gegangen? Bitte überlegen Sie genau.«

Lucinda schwieg. Harlan und Gloria sahen einander an.

»Acht Uhr?« meinte Gloria schließlich unschlüssig.

»Ja, ungefähr acht«, bestätigte Harlan. »Der Film, den ich mir ansehen wollte, hatte gerade begonnen.«

Acht Uhr. Booley dachte ein wenig darüber nach, wobei er auf seiner Unterlippe kaute. Clyde O'Dell, der Leichenbeschauer, verrichtete seinen Job schon ungefähr genauso lange wie Booley, und er war verdammt gut, wenn es darum ging, die Todeszeit zu schätzen. Er besaß sowohl die Erfahrung als auch das Talent, den Grad der Leichenstarre mit der Körpertemperatur zu vergleichen und so zu einem ziemlich akkuraten Ergebnis zu gelangen. Clyde hatte Jessies Todeszeit mit »um die zehn Uhr« angegeben, wobei er seine rechte Hand hin und herwiegte, was bedeutete, daß es auch ein wenig früher oder später gewesen sein konnte. Acht Uhr war ein bißchen arg früh, und obwohl es hätte sein können, warf diese Feststellung doch einen kleinen Zweifel auf Webbs Schuld. Der Fall mußte wasserdicht sein, bevor er ihn dem Bezirksstaatsanwalt vorlegte; denn der alte Simmons war ein viel zu gerissener Politiker, als daß er einen Fall vor Gericht gebracht hätte, in den die Davenports und die Tallants verwickelt waren, ohne sich ziemlich sicher zu sein, ihn auch im Griff zu haben. »Hat irgend jemand später noch ein Auto gehört? Ist Webb vielleicht nochmal zurückgekommen?«

»Ich hab nichts gehört«, verneinte Harlan.

»Und ich auch nicht«, echote Gloria. »Hier drinnen hört man höchstens einen Drei-Tonnen-Laster, außer man liegt im Bett und die Balkontüren stehen offen.«

Lucinda rieb sich die Augen. Booley hatte den Eindruck, als wünschte sie, ihre Schwester und ihr Schwager würden endlich die verdammte Klappe halten. »Normalerweise hört man wirklich nicht, wenn jemand vorfährt«, sagte sie. »Das Haus ist sehr gut isoliert, und das Gebüsch schirmt zusätzlich Geräusche ab.«

»Also hätte er durchaus zurückkommen können, ohne daß es jemand bemerkt hätte.«

Lucinda machte den Mund auf, schloß ihn jedoch wieder, ohne zu antworten. Die Fakten lagen auf der Hand. Der Balkon, der sich um den gesamten ersten Stock des eleganten alten Hauses zog, war über die Außentreppe erreichbar, und diese befand sich auf Webbs und Jessies Zimmerseite. Außerdem besaß jeder Raum doppelte Balkontüren; es wäre geradezu lächerlich einfach für jedermann, die Treppe zu erklimmen und ungesehen ins Schlafzimmer zu gelangen. Vom Standpunkt der Sicherheit aus gesehen, stellte Davenport einen reinen Alptraum dar.

Nun, vielleicht hatte Loyal ja etwas gehört. Seine Wohnung neben den Ställen war vielleicht nicht so schalldicht wie das massive Hauptgebäude.

Yvonne verließ Roanna und trat direkt vor Booley. »Ich habe gehört, was Sie gesagt haben«, sagte sie in sehr ruhigem Ton, obwohl ihre grünen Augen ein Loch in ihn brannten. »Sie bellen den falschen Baum an, Booley Watts. Mein Sohn hat Jessie nicht umgebracht. Egal, wie wütend er auch war, wehgetan hätte er ihr nie.«

»Unter normalen Umständen würde ich Ihnen beipflichten«, stimmte Booley zu. »Aber sie drohte, Lucinda dazu zu bringen, ihn aus ihrem Testament zu streichen, und wir alle wissen, was Davenport für ihn bedeutet ...«

»Bullshit«, meinte Yvonne aus tiefstem Herzen und ignorierte Glorias mißbilligend zusammengekniffenen Mund. »Webb hätte das nicht eine Sekunde lang geglaubt. Jessie hat bei ihren Tobsuchtsanfällen immer übertrieben.«

Booley blickte Lucinda an. Sie wischte sich über die Augen und bestätigte schwach: »Nein, ich hätte ihn nie enterbt.«

»Nicht mal im Fall einer Scheidung?« drängte er.

Ihre Lippen zitterten. »Nein. Davenport braucht ihn.«

Nun, so geht ein prima Motiv den Bach runter, überlegte Booley. Nicht, daß er es allzusehr bedauerte. Es wäre kein Spaß, Webb Tallant verhaften zu müssen. Er würde es tun, wenn die Beweise ausreichten, aber nur äußerst ungern.

In diesem Moment ertönte ein Gewirr von Stimmen an der Eingangstür, und alle erkannten Webbs tiefes Organ, mit dem er etwas Barsches zu einem der Deputies sagte. Jeder Kopf im Raum, außer dem von Roanna, wendete sich ihm zu, während er, von zwei Beamten flankiert, ins Zimmer marschierte. »Ich will sie sehen«, befahl er in scharfem Ton. »Ich will meine Frau sehen.«

Booley erhob sich. »Tut mir leid, Webb,« sagte er, und seine Stimme klang so müde, wie er sich fühlte. »Aber wir müssen Ihnen erst ein paar Fragen stellen.«

6

Jessie war tot.

Man hatte ihm nicht erlaubt, sie noch einmal zu sehen, obwohl er das verzweifelt gebraucht hätte; denn erst, wenn Webb sich mit eigenen Augen überzeugte, könnte er wirklich glauben, was geschehen war. Ihm dröhnte der Schädel, er schaffte es nicht, seine Gefühle und Gedanken zu ordnen, denn sie waren so widersprüchlich. Als Jessie ihn anschrie, daß sie die Scheidung wolle, hatte er nichts wie Erleichterung empfunden bei der Aussicht, sie endlich los zu werden, aber ... tot? Jessie? Die verwöhnte, temperamentvolle, lebenslustige Jessie? Sie hatten fast jeden Tag ihres Lebens gemeinsam verbracht. Zusammen waren sie aufgewachsen, als Cousins und Spielkameraden, dann hatte sie das Fieber der Pubertät in einem endlosen Ringen um Dominanz verwoben. Sie zu heiraten war ein Fehler gewesen – aber sie auf diese Weise zu verlieren kam einer Amputation nahe. Kummer und Erleichterung stritten sich in ihm, ja rissen ihn beinahe in Stücke.

Und Schuldgefühle. Berge von Schuldgefühlen. Das vor allem. Schuldgefühle darüber, daß er überhaupt Erleichterung empfinden konnte – auch wenn sie in den letzten zwei Jahren alles getan hatte, ihm das Leben zur Hölle zu machen, auch wenn sie systematisch jedes Gefühl, das er für sie empfand, zerstört hatte in ihrer gnadenlosen Unersättlichkeit nach der Bewunderung und Anbetung, die ihr ihrer Meinung nach zustanden.

Dazu kamen die Schuldgefühle hinsichtlich Roanna.

Er hätte sie nicht küssen dürfen. Sie war erst siebzehn und noch unreif für ihr Alter. Wie konnte er sie nur auf seinen Schoß nehmen? Als sie auf einmal ihre Arme um seinen Hals warf und ihn küßte, hätte er sie sanft abweisen müssen, doch das hatte er nicht getan. Statt dessen hatte er ihren weichen, scheuen Mund unter dem seinen aufblühen gefühlt, und allein ihre Unschuld brachte ihn auf Hochtouren. Teufel, er war ja schon erregt gewesen, sobald er ihren runden Po auf seinem Schoß spürte. Statt den Kuß abzubrechen, hatte er ihn vertieft, hatte die Zügel in die Hand genommen und seine Zunge in ihren Mund gestoßen, ein ausgesprochen erotischer Kuß.

Er hatte sie umgedreht, weil er ihre kleinen, zarten Brüste fühlen wollte. Wenn Jessie nicht hereingekommen wäre, hätte er wahrscheinlich im nächsten Moment seine Hände auf diesen Brüsten gehabt und seinen Mund über den süßen, harten Warzen. Roanna war ebenfalls erregt gewesen. Er hatte zuerst gedacht, sie wäre zu unschuldig, um zu wissen, was sie tat; doch nun sah er die Dinge ein wenig anders. Unerfahrenheit war nicht dasselbe wie Unschuld.

Egal, was er getan hätte, er bezweifelte, daß Roanna auch nur einen Finger gerührt oder einen Pieps getan hätte, um ihn aufzuhalten. Er hätte sie hier und jetzt haben können, gleich auf dem Küchentisch oder mit gespreizten Beinen auf seinem Schoß, und sie hätte ihn gelassen.

Es gab nichts, das Roanna nicht für ihn tun würde. Er wußte es. Und das war das Schrecklichste überhaupt.

Hatte Roanna Jessie getötet?

Er war fuchsteufelswild auf beide gewesen und auch auf die eigene Unbesonnenheit. Jessie hatte ihm ihre wüsten Beschimpfungen ins Gesicht geschleudert, und auf einmal widerte sie ihn an, hatte er sie so satt gehabt, daß er diese Ehe um jeden Preis auflösen wollte. Und Roanna – nun, er hätte sie nie für raffiniert genug gehalten, den Vorfall in der Küche zu inszenieren; doch er hatte nicht das erwartete Entsetzen auf Roannas allzu offenem, ausdrucksvollen kleinen Gesicht gesehen; sie hatte schuldbewußt dreingeblickt. Vielleicht war sie ja ebenso verzweifelt und zerknirscht gewesen wie er, weil sie einander nicht hätten küssen dürfen, aber vielleicht … vielleicht steckte doch mehr dahinter. Einen Augenblick lang glaubte er sogar, etwas anderes gesehen zu haben: Haß.

Die ganze Familie wußte, daß Roanna und Jessie einander nicht ausstehen konnten, doch seit geraumer Zeit war ihm klar, daß die Abneigung von Seiten Roannas mehr als bitter war. Der Grund dafür lag ebenfalls auf der Hand; nur ein blinder Trottel hätte übersehen können, wie sehr Roanna ihn anhimmelte. Er hatte äußerlich gesehen nichts getan, um sie zu ermuntern; doch er hatte sie auch nicht entmutigt. Er mochte die kleine Göre, und ihr kritikloses Anhimmeln hatte seinem Ego ganz sicher gutgetan, besonders nach diesen endlosen Krächen mit Jess. Teufel, wahrscheinlich liebte er Ro sogar, aber nicht so, wie sie es sich wünschte; er liebte sie mit der amüsierten Langmut eines älteren Bruders, sorgte sich wegen ihres mangelnden Appetits; obendrein tat sie ihm leid, wenn sie sich wegen ihrer Ungeschicklichkeit und linkischen Art im Umgang mit anderen blamierte. Es war nicht leicht für sie, immer das häßliche kleine Entlein zu sein und Jessie, den wunderschönen Schwan, vor Augen haben zu müssen.

Konnte es möglich sein, daß sie Jessies lächerliche Drohung, ihn durch Tante Lucinda enterben zu lassen, geglaubt hatte? Er wußte, daß es Unsinn war, aber hatte Roanna es gewußt? Was hätte sie getan, um ihn zu beschützen? Wäre sie zu Jessie gegangen, mit der Absicht, sie umzustimmen? Natürlich wäre es Zeitverschwendung gewesen, zu versuchen, vernünftig mit Jessie zu reden. Sie hätte sich auf Roanna gestürzt wie eine Hyäne auf frisches Aas, hätte noch mehr Abscheulichkeiten und wüste Drohungen ausgestoßen. Wäre Roanna so weit gegangen, um Jess in die Parade zu fahren? Vor dem Vorfall in der Küche hätte er gesagt, nie im Leben, aber dann hatte er den Ausdruck auf Roannas Gesicht gesehen, als Jessie hereinplatzte, und jetzt war er sich da nicht mehr so sicher.

Man hatte ihm mitgeteilt, daß sie diejenige war, die Jessies Leiche gefunden hatte. Seine Frau war tot, ermordet. Jemand hatte ihr mit einem Feuerhaken aus dem Kamin in ihrer Suite den Schädel eingeschlagen. War es Roanna gewesen? Konnte sie so etwas vorsätzlich ausführen? Alles, was er über sie wußte, sprach dagegen, zumindest gegen die zweite Überlegung. Roanna war nicht kaltblütig. Aber wenn Jessie sie gequält und gereizt, sich über ihr Aussehen und ihre Gefühle für ihn lustig gemacht hatte, wenn sie noch mehr törichte Drohungen ausgestoßen hatte, dann hätte sie schon die Beherrschung verlieren und sich auf Jessie stürzen können.

Er saß allein in Booleys Büro, hatte sich auf dem Stuhl vorgebeugt und den Kopf in die Hände gelegt. Irgendwie mußte er Ordnung ins Chaos seiner Gedanken bringen. Offenbar war er der Hauptverdächtige. Nach dem Streit, den er und Jessie gehabt haben, war das wohl logisch, wie er annahm. Es machte ihn so wütend, daß er am liebsten um sich gedroschen hätte – doch die Logik blieb.

Man hatte ihn nicht verhaftet, und er machte sich auch keine allzu großen Sorgen, nicht deswegen jedenfalls. Er hatte Jessie nicht umgebracht; also wenn man keine falschen Beweise gegen ihn zimmerte, konnten sie ihn auch nicht überführen. Er wurde zu Hause gebraucht, damit er sich um alles kümmerte. Nach dem kurzen Blick zu schließen, den er auf Tante Lucinda hatte werfen können, war sie vollkommen am Boden zerstört; sie würde nicht in der Lage sein, die Beerdigung zu organisieren. Und Jess war seine Frau; diesen letzten Dienst wollte er ihr erweisen, wollte um sie trauern, um das Mädchen, das sie einmal gewesen war, die Frau, die er sich erhofft hatte. Es klappte nicht zwischen ihnen, aber so einen Tod hatte sie trotzdem nicht verdient.

Tränen brannten in seinen Augen und tropften durch seine Finger. Jess. Wunderschöne, unglückliche Jess! Er hätte sich gewünscht, daß sie mehr eine Lebensgefährtin als ein Parasit gewesen wäre, der immer mehr und mehr verlangte; aber sie hatte es einfach nicht in sich gehabt, auch zu geben. Keine Liebe der Welt schaffte es, sie zufriedenzustellen, und am Ende hatte er es schließlich aufgegeben.

Sie war von ihm gegangen. Er konnte sie nicht mehr zurückholen, sie nicht mehr beschützen.

Aber was sollte er von Roanna halten?

Hatte sie seine Frau umgebracht?

Was stand ihm jetzt bevor? Booley von seinem Verdacht erzählen? Roanna den Wölfen vorwerfen?

Das kam nicht in Frage. Er konnte und wollte nicht glauben, daß Roanna Jessie absichtlich getötet haben könnte. Sie geschlagen, vielleicht ... Sie konnte den Schlag gut und gerne in Notwehr ausgeführt haben, denn Jessie wäre sehr wohl fähig gewesen, Roanna physisch zu attackieren. Ro war erst siebzehn, eine Minderjährige; wenn man sie verhaftete, anklagte und für schuldig befand, würde ihre Strafe im Verhältnis zum Verbrechen milde ausfallen. Doch auch milde Umstände wären ein Todesurteil für sie. Webb wußte ebenso sicher, wie er hier saß, daß Roanna nicht mal ein Jahr in einer Jugendstrafanstalt überleben würde. Sie war viel zu zart, viel zu verwundbar. Sie würde einfach endgültig aufhören zu essen.

Er mußte an die Szene denken, die sich ihm im Haus geboten hatte. Man hatte ihn rausgeführt, bevor er noch mit jemandem reden konnte, obwohl seine Mutter es versucht hatte. Aber was er in jenem kurzen Moment gesehen hatte, prägte sich ihm unauslöschlich in sein Gedächtnis: Yvonne, die Krallen gezückt und bereit, für ihn zu kämpfen, doch etwas anderes hätte er von seiner tapferen Mutter auch nicht erwartet; Tante Lucinda, die ihn wie betäubt vor Kummer anstarrte; Tante Gloria und Onkel Harlan mit einem Ausdruck entsetzter, faszinierter Anklage auf den Gesichtern. Kein Zweifel, sie dachten, er hätte es getan, zum Teufel mit ihnen! Und Roanna, bleich und regungslos, vollkommen isoliert auf der anderen Seite des Raums. Sie hatte nicht mal den Kopf gehoben, um ihn anzusehen.

Seit zehn Jahren beschützte er sie nun; es war ihm zur zweiten Natur geworden. Selbst jetzt, wütend wie er war, konnte er nicht anders, als sich vor sie zu stellen. Bestünde auch nur der leiseste Verdacht der Vorsätzlichkeit, lägen die Dinge etwas anders, aber diesen Argwohn wies er von sich. Also saß er da und schützte mit seinem Schweigen das Mädchen, das in

Notwehr seine Frau umgebracht haben könnte – die Bitterkeit seiner Lage preßte sein Innerstes wie mit Eisenfäusten zusammen.

Die Bürotür hinter ihm öffnete sich, und er richtete sich auf, wischte sich brüsk die Tränen aus den Augen. Booley ging um seinen Schreibtisch herum und sank schwerfällig in den ächzenden Ledersessel. Seine schlauen Augen musterten Webbs Gesicht und registrierten die Tränenspuren. »Das alles tut mir sehr leid, Webb. Ich weiß, es ist ein ziemlicher Schock.«

»Sicher.« Seine Stimme klang rauh.

»Aber ich muß meinen Job machen. Man hat gehört, wie Sie sagten, daß Sie alles tun würden, um Jessie loszuwerden.«

Der beste Weg durch dieses Minenfeld, überlegte Webb, war, die Wahrheit zu sagen – bis zu dem Punkt, an dem es besser war zu schweigen. »Ja, das hab ich gesagt. Gleich nachdem ich ihr die Scheidung vorschlug. Ich meinte, ich wäre mit jeder Regelung einverstanden.«

»Selbst damit, Davenport aufzugeben?«

»Das kann ich gar nicht. Das obliegt meiner Großmutter. Es wäre ihre Entscheidung, nicht meine.«

»Jessie drohte, Lucinda dazu zu bringen, Sie zu enterben.«

Webb schüttelte abrupt den Kopf. »Die alte Lady würde so etwas nie tun, bloß wegen einer Trennung.«

Booley verschränkte die Arme hinter dem Kopf und bettete seinen Schädel in seine Pranken. Er studierte den jungen Mann, der vor ihm saß. Webb war groß und stark, ein geborener Athlet; er besaß die Kraft, um Jessie mit einem Schlag den Schädel einzuschlagen – aber hatte er es auch getan? Umgehend wechselte er das Thema. »Angeblich hatte Jessie Sie und Roanna bei einem Geplänkel in der Küche erwischt. Möchten Sie mir etwas darüber erzählen?«

Webbs Augen blitzten auf, und einen Moment lang sah Booley die kalte, unheimliche Wut, die er in sich verschlossen hielt. »Ich war Jessie nie untreu«, erwiderte er kurzangebunden.

»Nie?« Booley ließ ein wenig Zweifel in seinen Ton einfließen. »Was hat Jessie dann eigentlich gesehen, das sie so hätte aufbringen können?«

»Einen Kuß.« Sollte Booley doch ruhig die schlichte Wahrheit hören.

»Sie haben Roanna geküßt? Um Himmels willen, Webb, wissen Sie denn nicht, daß sie ein ganz kleines bißchen zu jung für Sie ist?«

»Verdammt nochmal, natürlich ist sie zu jung!« schnauzte Webb. »So war es ja auch nicht.«

»Wie war es dann? Was läuft da zwischen Ihnen beiden?«

»Gar nichts läuft zwischen uns.« Unfähig, länger stillzuhalten, sprang Webb auf die Füße, was Booley zusammenzucken und automatisch an seinen Pistolengürtel fahren ließ; doch er entspannte sich, als Webb begann, das Büro mit langen Schritten zu durchmessen.

»Warum haben Sie sie dann geküßt?«

»Das hab ich nicht. Sie hat mich geküßt.« Anfangs jedenfalls. Doch den Rest brauchte Booley ja nicht zu wissen.

»Warum hätte sie das tun sollen?«

Webb rieb sich den Nacken. »Roanna ist wie eine kleine Schwester für mich. Sie war aufgeregt und durcheinander ...«

»Warum?«

»Tante Gloria und Onkel Harlan sind heute eingezogen. Sie kommt nicht sehr gut mit Tante Gloria aus.«

Booley grunzte, als ob er das verstehen könnte. »Und Sie haben sie ... getröstet?«

»Ja. Und ich hab versucht, sie zum Essen zu bewegen. Immer wenn sie sich aufregt oder nervös ist, bringt sie nichts mehr runter, und deswegen hab ich mir Sorgen gemacht.«

»Sie glauben, sie ist – wie heißt das noch – anorektisch oder so ähnlich? Sie hungert sich zu Tode?«

»Anorexisch, magersüchtig. Vielleicht. Was weiß ich? Ich hab ihr gesagt, ich würde mit Tante Lucinda reden und ihr die anderen vom Leib halten, wenn sie mir ein paar Bissen verspricht. Auf einmal ist sie mir um den Hals gefallen und hat mich geküßt. Jessie kam rein und die Hölle brach los.«

»War das das erste Mal, daß Roanna Sie geküßt hat?«

»Bis auf den einen oder anderen Kuß auf die Wange, ja.«

»Dann läuft also keine Romanze zwischen euch?«

»Nein«, sagte Webb kurzangebunden.

»Ich hab gehört, sie ist verknallt in Sie. Ein süßes junges Ding ist sie, da geraten eine Menge Männer in Versuchung.«

»Sie verläßt sich auf mich, seit ihre Eltern tot sind. Das ist kein Geheimnis.«

»War Jessie eifersüchtig auf Roanna?«

»Nicht, daß ich wüßte. Sie hatte keinen Grund dazu.«

»Obwohl Sie so gut mit Roanna auskommen? Nach den allgemeinen Aussagen haben Sie sich mit Jessie überhaupt nicht mehr gut verstanden. Vielleicht war sie ja deswegen eifersüchtig.«

»Sie haben da offenbar allerhand mitgekriegt, Booley«, erwiderte Webb müde. »Jessie war nicht eifersüchtig. Sie hat losgetobt, sobald sie nicht ihren Willen bekam. Sie war stocksauer auf mich, weil ich heute morgen ohne sie nach Nashville gefahren bin; als sie sah, wie Roanna mich küßte, war das ein guter Vorwand, die Fetzen fliegen zu lassen.«

»Es kam zu Handgreiflichkeiten, nicht wahr?«

»Ich hab ein Glas zerbrochen.«

»Haben Sie Jessie geschlagen?«

»Nein.«

»Haben Sie sie je geschlagen?«

»Nein.« Er hielt inne. »Ich hab ihr mal den Arsch versohlt, als sie sechzehn war – wenn das zählt.«

Booley unterdrückte ein Grinsen. Jetzt war nicht die Zeit für Fröhlichkeit, aber das hätte er nur zu gerne gesehen, wie

Jessie ihr Hinterteil angewärmt bekam. Eine Menge Kids heutzutage, Jungs und Mädchen, würden seiner Meinung nach von einer solchen Behandlung profitieren. Webb war damals auch erst siebzehn, aber schon immer reif für sein Alter gewesen.

»Was passierte dann?«

»Jessie geriet ständig mehr außer sich. Ich hab mich auf die Socken gemacht, bevor es ausuferte.«

»Wann sind Sie gegangen?«

»Teufel, weiß ich nicht. So acht, halb neun.«

»Sind Sie nochmal zurückgekommen?«

»Nein.«

»Wo sind Sie hingefahren?«

»Eine Weile durch die Gegend, schließlich rüber nach Florence.«

»Hat Sie jemand gesehen, der das bestätigen könnte?«

»Keine Ahnung.«

»Was haben Sie gemacht? Nur so rumgefahren?«

»'Ne Zeitlang, wie ich sagte. Dann bin ich ins Waffle Hut am Jackson Highway gegangen.«

»Wann sind Sie etwa dort angekommen?«

»Zehn Uhr vielleicht.«

»Bis wann geblieben?«

»Bis nach zwei. Ich wollte nicht nach Hause, bevor ich mich abgekühlt hatte.«

»Sie hielten sich also ungefähr drei Stunden lang dort auf? Ich nehme an, die Kellnerin kann das bestätigen, oder?«

Webb antwortete nicht. Das war selbstverständlich, denn sie hatte mehrmals versucht, mit ihm ins Gespräch zu kommen; doch er war nicht in Stimmung für einen Plausch gewesen. Booley würde es überprüfen, die Kellnerin würde seine Anwesenheit bestätigen, und das wäre dann das Ende. Aber wen würde sich Booley danach als Verdächtigen vorknöpfen? Roanna?

»Für heute genügt das«, sagte Booley nach einer Minute. »Muß Ihnen wohl nicht erst nahelegen, in der Nähe zu bleiben! Keine Geschäftsreisen oder Ähnliches. Sie dürfen die Stadt nicht verlassen.«

Webbs Blick war kalt und hart. »Ich werde wohl kaum eine Geschäftsreise machen, wenn ich meine Frau zu beerdigen habe.«

»Also, wenn wir schon davon sprechen. Angesichts der Art ihres Todes wird eine Autopsie durchgeführt werden. Normalerweise verzögert sich dadurch die Beerdigung nur um ein bis zwei Tage, aber manchmal kann es auch länger dauern. Ich laß es Sie wissen.« Booley lehnte sich vor. Auf seinen freundlichen Zügen zeigte sich ungewöhnlicher Ernst. »Webb, mein Sohn, um ganz offen zu sein, ich werd' nicht ganz schlau aus dieser Sache. Es ist eine traurige Tatsache, daß bei der Ermordung einer Frau in der Regel der Ehemann oder der Liebhaber verantwortlich sind. Zwar sind Sie mir nie als der Typ, der zu sowas fähig wäre, vorgekommen, doch das war auch bei vielen anderen der Fall, die ich am Ende festnehmen mußte. Der Verdacht bleibt bestehen, und ich muß alles überprüfen. Andererseits, falls Sie irgend jemanden im Auge haben, wäre ich Ihnen dankbar, wenn Sie es mir sagen könnten. Familien bewahren immer kleine Geheimnisse. Ja, Ihre Leute waren sogar sicher, daß Roanna Jessie getötet hat, und sie haben sie wie eine Aussätzige oder sowas behandelt, bis ich dem einen Riegel vorschob.«

Booley war ein einfacher, ehrlicher Landpolizist, aber er war schon sehr lange bei dem Verein und daher ein ausgezeichneter Menschenkenner. Auf seine Weise benutzte er dieselbe Taktik wie Colombo im Fernsehen: Er schlich um den heißen Brei, machte höflich Konversation und fügte dabei ein Teilchen ans andere. Webb widerstand der Versuchung, sich dem Sheriff anzuvertrauen, und sagte statt dessen: »Kann ich jetzt gehen?«

Booley schwenkte eine fleischige Hand. »Sicher. Aber wie gesagt, halten Sie sich in der Nähe auf.« Er hievte seinen massigen Leib aus dem Stuhl. »Kann Sie ebenso gut gleich selbst nach Haus fahren. Ist ja bereits morgen, und ich krieg sowieso keinen Schlaf mehr.«

Roanna versteckte sich, nicht so wie in ihrer Kinderzeit, indem sie unter Stühle und Tische kroch oder sich in einen Kleiderschrank quetschte; doch sie hatte sich nichtsdestotrotz von den grimmig-verhuschten Aktivitäten im Haus distanziert. Leise hatte sie sich ans große Panoramafenster im Wohnzimmer zurückgezogen, wo sie einst gesessen und Webb und Jessie auf der Gartenschaukel beobachtet hatte, während hinter ihr der Rest der Familie über ihr Schicksal entschied. Sie war immer noch in die Decke gewickelt, die ihr der Arzt um die Schultern gelegt hatte, und hielt die Enden mit kalten, blutleeren Fingern zusammen. Sie saß da und betrachtete den langsam heraufdämmernden Morgen. Auf das Stimmengewirr hinter ihr achtete sie nicht, sie schloß alles aus.

Eigentlich wollte sie nicht an Jessie denken, aber das blutige Bild ließ sich nicht aus ihrem Gedächtnis verdrängen, auch wenn sie sich noch so sehr mühte. Sie mußte nicht einmal aktiv daran *denken*, es war einfach da, so wie das Fenster. Der Tod hatte Jessie so sehr verändert, daß Roanna anfangs einfach nur dagestanden und die Leiche angestarrt hatte, ohne wirklich zu begreifen, was vorgefallen war, oder ihre Cousine auch nur zu erkennen. In ihrem Kopf klaffte eine riesige offene Wunde, wo ihr Schädel buchstäblich aufgeschlagen worden war. Sie lag seltsam verdreht, mit verbogenem Hals da, und ihr Kopf ruhte auf dem erhöhten Absatz des Kamins.

Roanna hatte das Licht angeschaltet, als sie den Raum betrat, und geblinzelt, um ihre Augen an das grelle Licht zu gewöhnen. Dann war sie um das Sofa herumgegangen, auf dem Weg ins Schlafzimmer, wo sie Jessie aufwecken wollte, um mit ihr zu reden. Sie war buchstäblich über Jessies ausgestreckte Beine gestolpert, hatte sie einen endlosen Augenblick lang fassungslos angestarrt, bis ihr schließlich klar wurde, was sie da sah, und zu schreien begann.

Erst viel später merkte sie, daß sie auf dem blutdurchtränkten Teppich stand und ihre nackten Fußsohlen voller Blut waren. Sie konnte sich nicht erinnern, wie sie sauber wurden, ob sie sie selbst gewaschen hatte oder jemand anderer.

Im Fenster spiegelte sich die Szenerie hinter ihr, das Kommen und Gehen all der Menschen. Der Rest der Familie war im Lauf der Nacht und des frühen Morgens einer nach dem anderen, allein oder in Grüppchen, aufgetaucht, und sie hatten dem allgemeinen Durcheinander ihre Fragen und Tränen hinzugefügt.

Da war Sandra, Webbs Tante väterlicherseits, was sie zu Großmutters Nichte machte. Tante Sandra war eine große, dunkelhaarige Frau mit dem gutgeschnittenen Gesicht der Tallants. Sie hatte nie geheiratet, sondern Physik studiert, und arbeitete nun für die NASA in Huntsville.

Tante Glorias Tochter und ihr Mann, Lanette und Greg Spence, trafen mit ihren zwei heranwachsenden Kindern, Brock und Corliss, ein. Corliss war in Roannas Alter, sie kamen aber nie besonders miteinander aus. Kaum, daß sie angekommen waren, hatte sich Corliss an Roanna herangeschlichen und geflüstert: »Bist du wirklich in ihrem Blut gestanden? Wie hat sie ausgesehen? Ich hab gehört, wie Mama zu Daddy sagte, ihr Kopf wäre aufgeplatzt gewesen wie eine Wassermelone.«

Roanna hatte die aufgeregte, unverschämte Stimme einfach ignoriert und weiterhin aus dem Fenster gestarrt. »Na los, sag es mir!« zischte Corliss. Ein brennender Schmerz war Roanna in den Arm gefahren und trieb ihr die Tränen in die Augen; das Mädchen hatte sie heftig in den Oberarm gekniffen. Doch sie reagierte nicht und ignorierte ihre Cousine eisern.

Schließlich gab Corliss auf und ging, um jemand anderen wegen der blutigen Einzelheiten zu nerven, auf die sie so versessen war.

Tante Glorias Sohn Baron lebte in Charlotte; er und seine Frau und seine drei Kinder wurden im Lauf des Tages ebenfalls erwartet. Selbst ohne sie bedeutete das, daß bereits zehn Familienmitglieder im Wohnzimmer versammelt waren oder sich in der Küche um eine tröstliche Kanne Kaffee gruppierten. Es war ein ständiges Hin und Her zwischen Wohnzimmer und Küche, sie wisperten, tuschelten und tauschten wilde Vermutungen aus.

Noch durfte niemand den ersten Stock betreten, obwohl man Jessie längst weggebracht hatte; aber die Polizei war noch mit der Spurensicherung und dem Fotografieren des Tatorts beschäftigt. Mit all den Polizeibeamten und anderen Rechtspersonen wimmelte es in dem großen Haus nur so von Menschen; Roanna schaffte es trotzdem, sich total auszuklinken. In ihr herrschte eine eigenartige Kälte, die jede Zelle ihres Körpers erfüllte und sie in eine Art Schutzzustand versetzte, der sie ein- und alle anderen ausschloß.

Der Sheriff hatte Webb mitgenommen, und sie wäre beinahe erstickt an ihrer Reue. Das war alles ihre Schuld. Wenn sie ihn doch bloß nicht geküßt hätte! Natürlich hatte sie es nicht absichtlich getan, doch nichts von dem, was sie dauernd anrichtete, geschah bewußt.

Er hatte Jessie nicht getötet. Das stand fest. Sie hätte die anderen am liebsten angeschrien, warum sie so etwas Häßliches überhaupt von ihm glauben konnten. Und jetzt redeten Tante Gloria und Onkel Harlan überhaupt nichts anderes mehr, wie schockierend es doch war, als ob er bereits hinter Gittern säße. Nur wenige Stunden zuvor waren sie ebenso überzeugt gewesen von Roannas Gewissenlosigkeit.

Webb mordete nicht! Er konnte töten; irgendwie wußte Roanna, daß Webb alles tun würde, was notwendig war, um seine Lieben zu beschützen; aber unter solchen Umständen zu töten war nicht dasselbe wie ein Mord. Egal, wie widerlich Jessie sich auch aufführte, egal, was sie gesagt hatte, ja selbst wenn sie ihn mit einem Eisen oder sonstwas angegriffen hätte, hätte er ihr nie wehgetan. Roanna hatte gesehen, wie sanft und zärtlich er einem kleinen Fohlen ins Leben half, wie er nächtelang bei einem kranken Tier wachte, wie er stundenlang abwechselnd mit Loyal ein unter Koliken leidendes Pferd hin- und herführte. Webb sorgte für die Seinen.

Jessies Tod war nicht direkt ihre Schuld, aber weil Roanna Webb liebte und ihre dummen Sehnsüchte nicht unterdrückte, hatte sie eine Kette von Ereignissen in Gang gesetzt, die nun dazu führten, daß man Webb des Mordes an Jessie beschuldigte. Sie hatte keine Ahnung, wer die junge Frau getötet hatte, so weit waren ihre Gedanken noch nicht vorgedrungen; jedenfalls er konnte es nicht getan haben, und alles andere war ihre Schuld, was er ihr nie verzeihen würde.

Als Sheriff Watts Webb zum Verhör mitnahm, war Roanna wie gelähmt vor Scham gewesen. Sie hatte nicht mal den Kopf heben und ihn ansehen können, weil sie von ihm nichts als Haß und Verachtung erwartete, falls er zufällig aufgeblickt hätte – und dann wäre sie wirklich zusammengebrochen.

Noch nie hatte sie sich so allein gefühlt, als ob sie in einer unsichtbaren Kugel säße, die alle davon abhielt, ihr nahezukommen. Sie konnte Großmutter hören, wie sie vor sich hin wimmerte, und Tante Glorias gemurmelte Tröstungsversuche; doch das alles berührte sie kaum. Und wo Onkel Harlan geblieben war, scherte sie auch nicht. Immerhin hatten sie sie beschuldigt, Jessie ermordet zu haben, woraufhin sie dann vor ihr zurückgewichen waren, als ob sie die Pest hätte. Selbst als Sheriff Watts sagte, er glaubte nicht an Roanna als Täterin, war keiner von ihnen zu ihr gekommen, um sich bei ihr zu entschuldigen ... nicht mal Großmutter, obwohl Roanna ihre leise Erleichterung »Gott sei Dank« vernommen hatte.

Ihr ganzes Leben lang hatte sie sich so sehr bemüht, die Zuneigung dieser Menschen zu gewinnen, brav zu sein, sich gut zu benehmen, doch vergebens. Nie hatte sie es geschafft, den Ansprüchen der Davenports und Tallants gerecht zu werden. Sie war nicht hübsch, ja nicht mal präsentabel, und in ihrer Ungeschicklichkeit sagte sie obendrein die schlimmsten Dinge zum unpassendsten Zeitpunkt.

Tief in ihrem Innern hatte etwas aufgegeben. Diese Menschen hatten sie nie geliebt und würden sie auch nie lieben. Bloß Webb lag etwas an ihr, und jetzt hatte sie auch das verpfuscht. In ihrer grenzenlosen Einsamkeit tat sich eine große, schwarze Leere in ihr auf, ein unerträglicher Schmerz. Der Gedanke, daß es niemandem wirklich etwas ausmachen würde, wenn sie einfach aufstehen, das Haus verlassen und nie wiederkommen würde, besaß etwas Vernichtendes. Die Verzweiflung, die sie zuvor übermannt hatte, als sie erkannte, daß Webb sie nicht liebte und ihr auch nicht vertraute, war einem Gefühl stummer Resignation gewichen.

Nun, dann liebten sie sie eben nicht; das hieß jedoch keineswegs, daß sie nichts zu geben hatte. Sie liebte Webb mit jeder Faser ihres Seins, und das würde sich nie ändern, egal, was er von ihr hielt. Sie empfand auch Liebe für Großmutter, obwohl sie Jessie immer vorgezogen hatte; denn schließlich war es Lucinda gewesen, die gesagt hatte, »Roanna wird natürlich hier leben«, und damit das Entsetzen einer Siebenjährigen, die soeben alles verloren hatte, ein wenig linderte. Obwohl sie häufiger die Mißbilligung als die Billigung ihrer Großmutter fand, empfand sie dennoch großen Respekt und Zuneigung für die unbeugsame alte Frau. Sie hoffte, eines Tages ebenso stark sein zu können wie diese, statt der stotternden, ungeliebten Närrin, die sie jetzt war.

Die beiden Menschen, die Roanna am meisten am Herzen lagen, hatten eine ihnen nahestehende Person verloren. Nun, sie mochte Jessie ja gehaßt haben, aber Großmutter und Webb hatten das nicht. Es war nicht ihre Schuld, daß Jessie tot war; aber wenn man Webb die Untat in die Schuhe schob, dann war das ihre Schuld, wegen dieses Kusses. Wer hatte nun wirklich Jessie getötet? Der einzige, der ihr dabei in den Sinn kam, war der Mann, den sie mit Jess am Tag zuvor gesehen hatte; aber wer mochte das wohl sein, und sie war auch nicht sicher, ihn beschreiben oder gar identifizieren zu können, wenn er ihr begegnete. Sie war so geschockt gewesen, daß sie kaum auf sein Gesicht geachtet hatte. Und wenn sie zuvor schon beschlossen hatte, den Mund über das Gesehene zu halten, dann wogen ihre Gründe dafür nun sogar noch schwerer. Fände Sheriff Watts heraus, daß Jessie eine Affäre gehabt hatte, würde er das bestimmt als Motiv für Webb auffassen, sie umzubringen. Nein, argumentierte Roanna wie betäubt, sie würde Webb nur schaden, wenn sie verriet, was Jessie getrieben hatte.

Ein Mörder käme vielleicht ungeschoren davon ... Roanna dachte sehr wohl daran, doch sie hielt Folgendes dagegen: es dem Sheriff zu verraten war auch keine Garantie dafür, daß der Mörder gefaßt wurde, da sie ihm kaum etwas über den Unbekannten sagen konnte, und Webb würde es auf alle Fälle schaden. Ihr stellte sich die Frage nach Wahrheit und Gerechtigkeit gar nicht, und sie war zu jung und unwissend, wenn es um solche Spitzfindigkeiten ging. Das einzige, was für sie zählte, war, Webb zu schützen. Falsch oder richtig, sie würde den Mund halten.

Sie beobachtete, wie ein Polizeiwagen geräuschlos über die Auffahrt zum Haus rollte und stehenblieb. Webb und Sheriff Watts stiegen aus und gingen auf den Eingang zu. Roanna beobachtete Webb; ihr Blick hing an ihm, wie ein Magnet an Stahl. Er hatte immer noch die Sachen an, die er gestern getragen hatte, und sah erschöpft aus; seine Züge waren von Müdigkeit und einem deutlichen Bartschatten gezeichnet. Wenigstens ist er wieder daheim, dachte sie aufatmend, und er ist nicht in Handschellen. Das bedeutete wohl, daß der Sheriff nicht vorhatte, ihn zu verhaften.

Als die beiden Männer den halbkreisförmigen roten Ziegelweg heraufkamen, blickte Webb nach oben, wo Roanna an dem großen Wohnzimmerfenster saß, vom Licht der zahlreichen Lampen im Raum hinter ihr beschienen. Obwohl es noch nicht ganz hell war, sah Roanna, wie sich seine Züge verhärteten und er unbarmherzig den Blick von ihr abwendete.

Sie lauschte dem flatternden Durcheinander der Familie, als Webb die Diele betrat. Die meisten sprachen nicht mit ihm, sondern versuchten statt dessen, ganz beiläufig miteinander zu plaudern. Unter den gegebenen Umständen war das jedoch lächerlich und klang lediglich gekünstelt. Nur Yvonne und Sandra eilten zu ihm und wurden von seinen starken Armen umfangen. Im Fenster konnte Roanna sehen, wie er seinen dunklen Kopf zu ihnen hinunterbeugte.

Er ließ sie los und wendete sich an Sheriff Watts. »Ich muß mich duschen und rasieren«, sagte er.

»Das obere Stockwerk ist noch nicht wieder zugänglich«, erklärte der Sheriff.

»Neben der Küche haben wir eine Dusche. Könnten Sie einen Beamten bitten, mir ein paar saubere Sachen zu bringen?«

»Sicher.« Das Nötige wurde veranlaßt, und Webb ging sich frisch machen. Die Stimmen hinter ihr nahmen wieder einen normalen Tonfall an. Roanna, die die beiden beobachtete, konnte sehen, daß Tante Yvonne und Tante Sandra wütend auf die anderen waren.

Dann wurde ihre Sicht in den Raum plötzlich blockiert, denn Sheriff Watts war direkt hinter ihr aufgetaucht. »Roanna, fühlst du dich in der Lage, mir ein paar Fragen zu beantworten?« fragte er in so einem sanften Ton, daß es beinahe komisch wirkte bei einem so bulligen Mann.

Sie umfaßte die Decke noch fester und drehte sich schweigend zu ihm um.

Seine fleischige Pranke schloß sich um ihren Ellbogen »Wir wollen irgendwo hingehen, wo es ruhiger ist«, sagte er und half ihr vom Fensterbrett herunter. Er war nicht ganz so groß wie Webb, aber mindestens doppelt so breit. Seine Statur ähnelte derjenigen eines Ringers, mit einem enormen Brustkasten und einem stattlichen Faßbauch.

Er führte sie in Webbs Arbeitszimmer, wo er sie auf das Sofa setzte statt in einen der großen, ledernen Ohrenbackensessel, und nahm dann neben ihr Platz.

»Ich weiß, es ist nicht leicht für dich, darüber zu reden; aber ich muß wissen, was am Abend und in dieser Nacht geschehen ist.«

Sie nickte.

»Webb und Jessie hatten einen Streit«, sagte Sheriff Watts und musterte sie aufmerksam. »Weißt du, warum ...«

»Es war meine Schuld«, unterbrach Roanna ihn mit ausdrucksloser, hohler Stimme. Ihre braunen Augen, die sonst so lebhaft und voll goldener Funken waren, blickten ihn leer und traurig an. »Ich war in der Küche und hab versucht, was zu essen, als Webb von Nashville zurückkam. Das Abendessen hatte ich nämlich verpaßt, und ich war durcheinander ... j-jedenfalls hab ich ihn geküßt und Jessie kam rein.«

»Du hast ihn geküßt? Nicht er dich?«

Roanna nickte niedergeschlagen. Es spielte keine Rolle, daß Webb sie nach ein paar Sekunden ganz fest gehalten und ihren Kuß erwidert hatte. Sie hatte damit angefangen.

»Hat Webb dich je geküßt?«

»Manchmal. Meistens zaust er mir nur den Kopf.«

Die Lippen des Sheriffs zuckten. »Ich meine, auf den Mund?«

»Nein.«

»Bist du in ihn verknallt, Roanna?«

Steif und stumm wandte sie sich ab. Dann straffte sie ihre schmalen Schultern und sah ihn mit einer solch nackten Verzweiflung an, daß er schlucken mußte. »Nein«, sagte sie mit erbarmungswürdigem Stolz, »ich liebe ihn.« Und fuhr tapfer fort: »Aber er liebt mich nicht. Nicht so.«

»Hast du ihn deshalb geküßt?«

Sie begann vor und zurück zu schaukeln, nur ganz leicht, wie um ihren Schmerz zu betäuben. »Ich weiß, ich hätte es nicht tun dürfen«, flüsterte sie. »Sofort wußte ich es. Ich würde mir nie so etwas ausdenken, um Webb zu kompromittieren. Jessie sagte, ich hätte es absichtlich in dem Moment getan, wo sie runterkommen würde, aber das stimmt nicht. Ich schwöre es, ich wußte es nicht. Er war so lieb zu mir, und plötzlich konnte ich nicht mehr anders. Ich hab ihn einfach gepackt, ohne ihm eine Wahl zu lassen.«

»Was hat Jessie getan?«

»Sie hat angefangen zu schreien. Hat mir alle möglichen Beschimpfungen an den Kopf geworfen und Webb auch. Es ging um ... Sie wissen schon. Webb wollte ihr sagen, daß es anders war – aber Jessie hat nie zugehört, wenn sie einen ihrer Anfälle bekam.«

Der Sheriff tätschelte ihr die Hand. »Roanna, ich muß dir diese Frage stellen, und ich möchte, daß du mir die Wahrheit sagst. Bist du sicher, daß da nichts zwischen dir und Webb ist? Hast du je Sex mit ihm gehabt? Das ist eine sehr ernste Sache, Kleine, und du mußt die Wahrheit sagen.«

Verständnislos blickte sie ihn an, dann schoß heiße Röte in ihre leichenblassen Wangen. »N...n... nein!« stotterte sie und wurde noch röter. »Ich hab nie – mit niemandem! Also ...«

Erneut tätschelte er ihr die Hand und unterbrach damit rücksichtsvoll ihre verhaspelte Auskunft. »Kein Grund, verlegen zu werden«, sagte er freundlich. »Du machst das schon richtig, so wie du dich verhältst.«

Elend dachte Roanna, daß sie überhaupt keine eigenen Prinzipien hatte; Webb bräuchte zu jeder Zeit nur mit dem Finger zu schnippen und sie käme ohne jeglichen Stolz angerannt – und er könnte mit ihr machen, was immer er wollte. Sie war nur deshalb noch unschuldig, weil er kein Interesse an ihr hatte, nicht aus irgendwelcher Tugendhaftigkeit.

»Was ist dann passiert?« fragte er.

»Sie gingen nach oben, wobei sie sich weiterstritten. Oder besser gesagt, Jessie machte Theater. Sie schrie ihn an, und Webb hat versucht, sie zu beruhigen; natürlich ließ sie ihn nicht zu Wort kommen.«

»Hat sie gedroht, Lucinda dazu zu bringen, ihn zu enterben?«

Roanna nickte. »Aber das erstaunte Großmutter bloß. Ich war so erleichtert – denn ich hätte es nicht ertragen, wenn Webb meinetwegen Davenport verlöre.«

»Hast du gehört, ob es in ihrem Zimmer zu irgendwelchen Handgreiflichkeiten kam?«

»Zuerst zersplitterte Glas, dann hat Webb gebrüllt, daß sie sich doch scheiden lassen soll, und verschwand.«

»Hat er gesagt, daß er alles tun würde, um sie loszuwerden?«

»Ich glaube schon«, antwortete Roanna bereitwillig, da ihrer Annahme nach die anderen das höchstwahrscheinlich bereits bestätigt hatten. »Man kann es ihm nicht vorwerfen. Ich hätte auch noch meinen Anteil nachgeworfen, wenn es was geholfen hätte.«

Wieder zuckten die Lippen des Sheriffs. »Du hast Jessie nicht gemocht?«

Sie schüttelte den Kopf. »Sie war immer scheußlich zu mir.«

»Bist du eifersüchtig auf sie gewesen?«

Roannas Lippen zitterten. »Sie hatte Webb. Aber selbst wenn sie ihn nicht gehabt hätte, wäre er nicht an mir interessiert gewesen, das weiß ich genau. Nachdem sie ein solches Theater veranstaltet hatte – an dem *ich* schuld war –, hab ich beschlossen, ich könnte ebensogut irgendwo auf ein College gehen, wie sie es die ganze Zeit schon wollen. Vielleicht würde ich dort ein paar Freunde finden.«

»Hast du irgendwas aus ihrem Zimmer gehört, nachdem Webb weg war?«

Roanna erschauerte, und das Bild von Jessie, wie sie zuletzt ausgesehen hatte, kam ihr in den Sinn. Sie schluckte. »Ich weiß nicht. Alle waren böse auf mich, sogar Webb. In meiner Traurigkeit ging ich auf mein Zimmer. Es liegt ganz hinten.«

»Also gut, Roanna, ich möchte, daß du jetzt sehr genau überlegst. Wenn du die Treppe hochgehst, dann liegen ihre Räume auf der linken Seite des Gangs. Brennt Licht, so sieht man das unter der Tür. Ich habe es selbst nachgeprüft. Als du also in dein Zimmer gingst, hast du da in diese Richtung geschaut?«

Daran erinnerte sie sich sehr gut. Sie hatte einen ängstlichen Blick auf Jessies Tür geworfen, da sie fürchtete, sie würde wie die böse Hexe aus dem »Märchenwald« hervorgestürmt kommen, und war auf Zehenspitzen gegangen, damit Jessie sie nicht hörte. Sie nickte.

»Brannte noch Licht?«

»Ja.« Das konnte sie beschwören, denn sonst hätte sie angenommen, Jessie wäre bereits in den angrenzenden Schlafraum gegangen, was für Roanna Sicherheit bedeutet hätte.

»Also gut, dann erzähl da weiter, wo du sie gefunden hast. Um welche Zeit war das?«

»Nach zwei. Ich konnte nicht schlafen, hab immer nur gedacht, was ich angerichtet und Webb aufgehalst hatte.«

»Du warst die ganze Zeit wach?« fragte der Sheriff scharf. »Hast du irgendwas gehört?«

Sie schüttelte den Kopf. »Wie gesagt, mein Zimmer liegt ganz hinten, weit weg von den anderen. Es ist ziemlich ruhig da hinten. So mag ich es auch.«

»Kannst du sagen, wann die anderen schlafen gegangen sind?«

»Ich hab Tante Gloria so um halb zehn gehört, aber meine Tür war zu, daher konnte ich nicht verstehen, was sie sagte.«

»Harlan behauptet, er hätte so um acht angefangen, sich einen Film anzusehen. Damit kann um halb zehn noch nicht Schluß gewesen sein.«

»Vielleicht hat er ihn ja auf ihrem Zimmer zu Ende angeschaut. Ich weiß, daß sie einen Fernseher da drin haben, weil Großmutter eine Leitung legen ließ, bevor sie einzogen.«

Er zog einen Notizblock heraus und kritzelte ein paar Worte darauf, dann sagte er: »Okay, laß uns nochmal zu dem Zeitpunkt zurückkehren, als du Jessies Zimmer betreten hast. Brannte da noch das Licht?«

»Nein. Ich hab es angemacht, als ich reinging. Ich dachte, Jessie wäre im Bett, und wollte sie aufwecken, um mit ihr zu reden. Das Licht blendete mich, und ich konnte ein paar Sekunden lang nicht richtig sehen, da ... da bin ich über s-sie gestolpert.«

Wieder erschauerte sie und fing augenblicklich regelrecht zu schlottern an. Die momentane Röte wich aus ihrem Gesicht und hinterließ eine neuerliche Leichenblässe.

»Warum wolltest du mit ihr reden?«

»Ich wollte ihr sagen, daß es nicht Webbs Schuld war, daß er nichts Falsches gemacht hat, daß ich es war – daß ich mich mal wieder dumm benommen hab«, erklärte sie dumpf. »Niemals wollte ich ihm so etwas antun.«

»Warum hast du nicht bis zum Morgen gewartet?«

»Weil ich dachte, ich bringe es lieber gleich in Ordnung.«

»Warum hast du dann nicht mit ihr geredet, bevor du zu Bett gingst?«

»Aus Feigheit!« Watts erntete einen beschämten Blick. »Sie wissen nicht, wie gemein Jessie sein konnte.«

»Ich glaube überhaupt nicht, daß du feige bist, Liebes. Es braucht schon jede Menge Mut zuzugeben, daß man an etwas die Schuld trägt. Viele Erwachsene bringen das nie zustande.«

Wieder wiegte sie sich vor und zurück, und wieder trat diese Hoffnungslosigkeit in ihre Augen. »Ich wollte nicht, daß Jessie etwas Schlimmes zustößt, nicht sowas Schlimmes wie das! Es hätte genügt, wenn ihr zum Beispiel die Haare ausgefallen wären. Aber als ich ihren Kopf sah ... und all das Blut ... Anfangs hab ich sie gar nicht erkannt. Sie war immer so schön.«

Ihre Stimme verklang, und Booley saß schweigend neben ihr und überlegte fieberhaft. Roanna hatte gesagt, sie hätte das Licht angeschaltet. Von sämtlichen Türklinken und Schaltern waren bereits Fingerabdrücke genommen worden; daher müßten sich ihre Abdrücke auf diesem Schalter befinden, was sich leicht nachprüfen ließ. Wenn das Licht wirklich gebrannt hatte, als sie in ihr Zimmer ging, und nicht mehr, als sie Jessie später aufsuchte, dann bedeutete das, daß Jessie entweder selbst das Licht gelöscht hatte nach Webbs zornigem Aufbruch oder jemand anderer. In jedem Fall war Jessie noch am Leben gewesen, als Webb das Haus verließ.

Das bedeutete jedoch nicht, daß er nicht später zurückkommen und über die Außentreppe ins Zimmer hätte gelangen können. Wenn sich sein Alibi, im Waffle Hut gewesen zu sein, jedoch bestätigte, dann hatten sie höchstwahrscheinlich nicht genügend Beweise für eine Anklage gegen ihn in der Hand. Teufel, es gab ja nicht mal ein Motiv. Er hatte kein Verhältnis mit Roanna, nicht daß Booley dem überhaupt viel Beachtung geschenkt hätte. Es war ein Schuß ins Dunkle gewesen, nicht mehr. Die nackten Tatsachen besagten, daß Webb und Jessie wegen einer Sache Krach hatten, an der Roanna sich die Schuld gab, während sie gleichzeitig Webb von jeder Schuld freisprach. Jessie hatte ihm mit dem Verlust von Davenport gedroht, aber das war ohnehin völlig absurd. In einem Wutanfall hatte Webb sie angebrüllt, sich doch scheiden zu lassen, und war dann aus dem Haus gestürmt. Jessie lebte zu diesem Zeitpunkt noch, ein Faktum, das sowohl durch Roannas Aussage als auch durch die vom Leichenbeschauer geschätzte Todeszeit untermauert wurde. Keiner hatte etwas gesehen oder gehört. Webb hielt sich zur ungefähren Tatzeit im

Waffle Hut auf. Nun, es handelte sich hier um keine großen Entfernungen, nichts, das sich nicht in fünfzehn bis zwanzig Minuten hätte zurücklegen lassen; also konnte es durchaus möglich sein, daß er zurückgekehrt war, ihr eins über den Schädel gegeben hatte und dann wieder seelenruhig ins Waffle Hut zurückgefahren war, um sich ein Alibi zu verschaffen. Aber die Chancen, eine Jury von dieser Version zu überzeugen, waren ziemlich gering. Und verdammt, noch weniger Aussichten bestanden, den Bezirksstaatsanwalt dazu zu bewegen, auf dieser Basis Anklage zu erheben.

Jemand hatte Jessie Davenport-Tallant ermordet. Nicht Roanna. Das Mädchen war so verdammt ehrlich und offen, daß sie vermutlich gar nicht lügen konnte. Außerdem hätte er gewettet, daß sie viel zu schwach war, den Feuerhaken, einen der schwersten, die er je gesehen hatte, hochzuheben; er war speziell für die großen Kamine hier auf Davenport angefertigt worden. Jemand mit viel Kraft mußte Jessie getötet haben, was auf einen Mann hinwies. Die zwei anderen vorhandenen Männer, Harlan Ames und der Pferdetrainer, Loyal Wise, hatten kein Motiv.

Also war der Killer entweder Webb – und wenn Webb nicht gestand, ließ sich das nicht beweisen, das wußte Booley – oder ein Fremder. Es gab keine Spuren eines gewaltsamen Einbruchs; zu seinem Erstaunen hatte er festgestellt, daß hier keiner der Bewohner die Balkontüren abschloß, also wäre ein gewaltsames Eindringen gar nicht nötig gewesen. Und es fehlten auch keine Gegenstände, was ihnen Raub als mögliches Motiv geboten hätte. Schrecklicherweise sah es so aus, als wäre Jessie scheinbar grundlos ermordet worden – und es war verdammt hart, mit einer Mordanklage durchzukommen, wenn die Jury kein Motiv hatte, an das sie sich halten konnte.

Dieses Verbrechen würde wahrscheinlich nicht aufgeklärt werden, das spürte er in den Knochen, und es machte ihn ganz krank. Er haßte es, wenn kriminelles Ungeziefer ungestraft davonkam, selbst wenn es nur um ein Päckchen Kaugummi ging, ganz zu schweigen von einem Mord. Es spielte keine Rolle, daß Jessie offenbar ein Biest schlimmster Sorte gewesen war; auch einem Biest schlug man nicht einfach den Schädel ein.

Nun, er würde sich den Fall von allen Seiten ansehen, würde Webbs Alibi gründlich untersuchen und seine Ergebnisse Simmons vorlegen; aber er wußte jetzt schon, daß sie dem Staatsanwalt für eine Anklage wohl nicht ausreichten.

Seufzend erhob er sich und blickte auf die jämmerliche Gestalt hinunter, die zusammengesunken auf dem Sofa hockte. Es drängte ihn, ihr irgendwie Trost zu spenden. »Ich glaube, du machst dich viel zu schlecht, Kleines. Du bist nicht dumm und feige erst recht nicht. Du bist ein liebes, kluges Mädchen, und ich mag dich sehr.«

Darauf sagte sie nichts, und er fragte sich, ob sie ihn überhaupt gehört hatte. Sie hatte in den letzten zwölf Stunden so viel durchgemacht, es war ein Wunder, daß sie nicht durchgedreht war. Er tätschelte sanft ihre Schulter und ging leise aus dem Zimmer, wo er sie mit ihren Schuldgefühlen und den Horrorbildern im Kopf allein zurückließ.

7

Die nächsten Tage waren das reinste Inferno.

In der ganzen Gegend, also hauptsächlich den vier Städten Tuscumbia, Muscle Shoals, Sheffield und Florence, die sich, dort wo die beiden Landkreise Colbert und Lauderdale County aneinandergrenzten, am Tennessee River gruppierten, rumorte es. Die Nachricht vom blutigen Mord an einem Mitglied einer der prominentesten Familien von Colbert County war wie eine Bombe geplatzt, und daß man den Ehemann dieses Mordes verdächtigte, setzte dem Ganzen noch die Krone auf. Webb war wohlbekannt, wenn auch noch nicht so geachtet wie früher Marshall Davenport, und natürlich hatte jeder Jessie gekannt, den Star der örtlichen High Society. Die Gerüchteküche brodelte. Webb war nicht verhaftet worden, und Sheriff Watts verriet nicht mehr, als daß man ihn verhört und wieder freigelassen hatte; aber nach der öffentlichen Meinung war das bereits ein Schuldspruch.

Nun, man brauchte sich doch nur anzuschauen, wie seine eigene Familie ihn behandelte. Lucinda brach jedesmal in Tränen aus, wenn sie ihn sah, und hatte sich bis jetzt auch noch nicht zu einer Aussprache mit ihm durchringen können. Gloria und Harlan Ames waren sicher, daß Webb Jessie getötet hatte, auch wenn sie es nicht lauthals äußerten; die Bemerkungen, die sie einigen ihrer engsten Freunde gegenüber fallenließen – von der »das-bleibt-aber-unter-uns-Sorte« –, sprachen jedoch für sich. Die etwas gewissenhafteren Seelen verwahrten sich zwar tapfer gegen den Tratsch, der jedoch breitete sich trotzdem aus wie eine Heuschreckenplage.

Die zwei Kinder von Gloria und Harlan, Baron und Lanette, hielten ihre jeweiligen Familien so weit fern von Webb, wie sie nur konnten.

Einzig Webbs Mutter, Yvonne, und seine Tante Sandra schienen von seiner Unschuld überzeugt zu sein, aber das war ja wohl selbstverständlich. Sandra hatte ihn von Anfang an zu ihrem Liebling auserkoren, wohingegen sie Glorias Enkel praktisch links liegenließ. Ein deutlicher Riß hatte sich aufgetan. Und was Roanna betraf, die die Leiche entdeckt hatte, sollte sie sich, so hörte man, so gut wie vollkommen zurückgezogen haben. Immer war sie Webb wie ein Hündchen auf den Fersen gewesen, doch selbst sie wollte nichts mehr mit ihm zu tun haben. Man behauptete, sie hätten seit jener Tragödie kein Wort mehr gewechselt.

Böse Zungen verbreiteten das Gerücht, Jessie sei vor ihrer

Ermordung brutal verprügelt worden; andere tuschelten etwas von Verstümmelung. Man habe Webb *in flagranti* mit Roanna, seiner kleinen Cousine, erwischt, hieß es; doch das glaubten die meisten nun auch wieder nicht. Vielleicht war er ja mit einer erwischt worden, aber mit *Roanna*? Die war doch dürr wie ein Besenstiel, total unattraktiv und hatte überdies keine Ahnung, wie man sich einen Mann angelte.

Nun, jedenfalls sollte eine Dame mit im Spiel gewesen sein, und man spekulierte hitzig, um welche Person es sich wohl handeln mochte.

Die Autopsie von Jessies Leiche war abgeschlossen, aber die Ergebnisse würden erst nach Abschluß der polizeilichen Untersuchungen freigegeben. Vorbereitungen für die Beerdigung wurden getroffen, und es kamen so viele Trauergäste, daß gar nicht alle in der Kirche Platz fanden. Selbst Leute, die sie nicht persönlich kannten, nahmen aus Neugier teil. Webb stand vollkommen alleine, eine Insel in einem Meer von Menschen, die um ihn herumwogten, ihn jedoch nicht ansprachen. Nur der Pfarrer drückte ihm sein Beileid aus.

Am Friedhof zeigte sich so ziemlich dasselbe Bild. Lucinda war vollkommen am Boden zerstört und weinte herzzerreißend, während sie Jessies blumenbedeckten Sarg über dem gähnenden Loch der vorbereiteten Grube anstarrte. Die Sonne brannte an diesem Sommertag, nicht ein Wölkchen stand am stahlblauen Himmel, und in der kochenden Atmosphäre rann der Schweiß in Strömen. Stoff- und Papiertücher wurden vor schweißglänzenden Gesichtern gewedelt.

Webb saß an einem Ende der ersten Reihe von Klappstühlen, die für die engste Familie aufgestellt worden waren. Yvonne, die fest seine Hand hielt, saß neben ihm, und dann kam Sandra. Der Rest der Familie hatte auf den anderen Stühlen Platz genommen, doch niemand schien so recht erpicht darauf zu sein, den Stuhl direkt hinter Webb zu besetzen. Schließlich schlüpfte Roanna dorthin, eine schmale, fast unwirkliche Erscheinung, die in den Tagen seit Jessies Ermordung sogar noch durchsichtiger geworden war. Diesmal stolperte sie nicht und ließ auch nichts fallen. Sie war bleich, ihr Gesichtsausdruck beinahe unbeteiligt. Ihr dichtes, kastanienbraunes Haar, normalerweise immer zerzaust, hatte sie zu einem festen Nackenknoten verschlungen und mit einem schwarzen Haarband festgemacht. Sie war zeit ihres Lebens herumgehüpft, als ob sie zuviel überschüssige Energie hätte, doch nun erschien sie seltsam starr. Mehrere Leute warfen ihr eigenartige Blicke zu, als ob sie sie kaum erkannten. Ihre zu große Nase, Augen und Mund, normalerweise unpassend in dem schmalen Gesichtchen, wirkten irgendwie passender zu der beinahe erhabenen Stille, die sie verströmte. Direkt hübsch war sie zwar immer noch nicht, aber doch ungewöhnlich ...

Man sprach die Gebete, und dann zogen sich die Trauergäste diskret zurück, damit der Sarg heruntergelassen und das Grab mit Erde gefüllt werden konnte. Keiner verließ jedoch den Friedhof, bis auf einige wenige, die zurückeilten in ihre Geschäfte. Der Rest ging herum, drückte Lucinda die Hand und küßte sie auf die Wange. Keiner näherte sich Webb. Er stand abseits, so wie in der Kirche, und sein Gesichtsausdruck war hart und verschlossen.

Roanna ertrug es eine Weile lang. Sie war ihm aus dem Weg gegangen, da sie wußte, wie sehr er sie hassen mußte – aber wie die Leute ihn jetzt behandelten, das zerriß ihr das Herz. Sie trat zu ihm und schob ihre kleine, kalte Hand in seine große warme. Er blickte sie an, und in seinen grünen Augen stand eine Kälte, die sie erschaudern ließ.

»Es tut mir leid«, flüsterte sie, so daß nur er sie hören konnte. Überdeutlich war sie sich all der Augen bewußt, die sich, angesichts ihrer Geste, spekulativ auf sie gerichtet hatten. »Es ist meine Schuld, daß die Leute dich so behandeln.« Tränen schossen ihr in die Augen und verschleierten ihre Sicht auf ihn, als sie nun zu ihm aufblickte. »Du sollst bloß wissen, daß ich nicht ... daß ich es nicht absichtlich getan habe. Ich wußte nicht, daß Jessie runterkommen würde. Ich hatte seit dem Mittagessen nicht mehr mit ihr gesprochen.«

Etwas flackerte kurz in seinen Augen auf, dann holte er langsam und tief Luft. »Das spielt gar keine Rolle mehr«, sagte er und löste seine Hand sanft, aber unnachgiebig aus der ihren.

Seine Unnahbarkeit war wie eine Ohrfeige für Roanna. Sie schwankte kurz, und nackte Verzweiflung spiegelte sich auf ihrem Gesicht. Webb stieß einen unterdrückten Fluch aus und streckte die Hand aus, um sie zu stützen, aber Roanna wich einen Schritt zurück. »Ich verstehe«, flüsterte sie. »Also störe ich dich nicht länger.« Dann verschwand sie, so leise und geräuschlos wie ein in Schwarz gehüllter Geist.

Irgendwie schaffte sie es, ihre Beherrschung aufrechtzuerhalten. Es war jetzt leichter, als ob die Eisschicht, die sie umgab, ihre Gefühle in Schach hielte. Webbs Verhalten hätte das Eis brechen können, doch war die Schicht nach diesem neuerlichen Schlag nur noch ein Stückchen gewachsen. Es mußte so sein, anders konnte sie nicht überleben. Die Sonne brannte auf sie hernieder, doch Roanna fragte sich, ob ihr je wieder warm werden würde.

Sie hatte kaum geschlafen seit der Nacht, in der sie Jessies Leiche gefunden hatte. Jedesmal, wenn sie die Augen schloß, sah sie die blutige Szene, wie eine Wunde in ihrem Hirn, vor sich. Aus lauter Elend und Schuldgefühlen brachte sie kaum einen Bissen herunter, so daß sie noch mehr an Gewicht verlor. Die Familie war jetzt netter zu ihr, vielleicht weil sie ja das Gewissen plagte wegen der Art, wie sie sie nach dem Auffinden von Jessies Leiche behandelt hatten – als sie alle annahmen, sie, Roanna, hätte ihre Cousine umgebracht –, aber das tat jetzt auch nichts mehr zur Sache. Es war zu wenig und kam zu spät. Roanna hatte sich innerlich so sehr von ihnen distanziert, daß sie manchmal sogar meinte, überhaupt nicht mehr richtig da zu sein.

Nachdem das Grab mit Erde gefüllt und ein Meer von Blumen auf dem frisch aufgeschütteten Hügel verteilt worden war, machte sich die ganze Verwandtschaft und eine nicht geringe Anzahl Freunde auf den Rückweg nach Davenport. Das obere Stockwerk durfte zwei Tage von niemandem betreten werden; doch dann versiegelte Sheriff Watts einfach den Tatort und gab das übrige Stockwerk wieder zur Benutzung frei, obwohl anfangs jeder diese Räumlichkeiten weiterhin mied. Aber nur Cousin Baron und seine Familie übernachteten im Haus, da die andere Verwandtschaft ohnehin in der Nähe wohnte. Webb hatte seit Jessies Ermordung eine andere Unterkunft. Tagsüber erschien er zwar auf Davenport, doch die Nächte verbrachte er in einem Motel. Tante Gloria konnte nicht umhin zu bemerken, wie erleichtert sie sei, da sie sich mit ihm im Haus nachts nicht sicher gefühlt hätte, und Roanna wäre ihr dafür am liebsten an die Gurgel gesprungen. Nur das Bedürfnis, Großmutter nicht noch mehr Kummer zu bereiten, hielt sie davon ab.

Tansy hatte einen Berg Essen vorbereitet, um die erwartete Menschenmenge zu versorgen, und war froh, sich nützlich machen zu können. Die Leute schlenderten ins Wohnzimmer, wo das Büffet aufgebaut war, bedienten sich und bildeten dann mit gefüllten Tellern kleine Grüppchen in Haus und Garten, wo sie sich leise über das Vorgefallene unterhielten.

Webb schloß sich in seinem Arbeitszimmer ein. Roanna ging zu ihren Lieblingen, stellte sich an die Koppel und fand Trost, indem sie den Pferden beim Grasen zusah. Buckley erspähte sie und kam zu ihr herübergetrottet. Er streckte seinen Kopf über den Zaun, weil er gestreichelt werden wollte. Roanna war seit Jessies Tod nicht mehr geritten; tatsächlich ließ sie sich hier heute zum ersten Mal wieder blicken. Sie kraulte Buckley hinter den Ohren und sprach mit leiser, singender Stimme auf ihn ein; doch mit den Gedanken war sie ganz woanders, ihre Worte kamen einfach automatisch. Ihm schien das nichts weiter auszumachen; seine Augen waren halb geschlossen, und er schnaubte selig.

»Du hast ihm gefehlt«, sagte Loyal, der hinter sie trat. Er hatte den feinen Anzug, den er zur Beerdigung getragen hatte, wieder vertauscht mit der üblichen Khakihose und den Stiefeln.

»Ich habe ihn auch vermißt.«

Loyal stützte seine Arme auf den Zaun und ließ den Blick über sein Reich schweifen. Er erwärmte sich sichtlich beim Anblick der anmutigen, lebensfrohen Tiere, die er so über alles liebte. »Dein Befinden kann nicht besonders gut sein«, sagte er offen. »Du mußt besser auf dich achten. Die Pferde brauchen dich.«

»Es war eine harte Zeit«, sagte sie mit ausdrucksloser Stimme.

»Sicher war es das«, pflichtete er ihr bei. »Kommt mir immer noch ganz unwirklich vor. Und es ist 'ne Schande, wie die Leute Mr. Webb behandeln. Himmel, er hat doch Miss Jessie genauso wenig getötet wie ich. Jeder, der ihn nur ein bißchen kennt, sollte das wissen.« Loyal war minutiös über die Mordnacht befragt worden. Auch er hatte Webb davonrasen sehen und meinte, wie die anderen, daß es so zwischen acht und halb neun gewesen sein mußte. Danach hatte er jedoch keinen Wagen mehr gehört, bis der Sheriff gerufen worden und mit seinen Deputies auf der Bildfläche erschienen war. Roannas schriller Schrei hatte ihn aus einem tiefen Schlaf gerissen, ein Schrei, bei dem es ihm immer noch kalt über den Rücken lief, wenn er nur daran dachte.

»Die Leute kapieren das, was sie kapieren wollen«, murmelte Roanna. »Onkel Harlan hört sich gern reden, und Tante Gloria ist ein wenig töricht.«

»Wie glaubst du, geht es nun weiter? Jetzt, wo die hier leben, meine ich ...«

»Ich weiß nicht.«

»Wie nimmt Miss Lucinda das alles auf?«

Roanna schüttelte den Kopf. »Dr. Graves hält sie unter leichten Beruhigungsmitteln. Sie hat Jessie sehr geliebt und weint ununterbrochen.« Lucinda war durch Jessies Tod erschreckend zusammengeschrumpft, als ob dies ein Schlag zuviel für ihre so robuste Natur gewesen wäre. Sie hatte all ihre Hoffnungen auf Webb und Jessie gesetzt, und jetzt, wo Jessie tot und Webb des Mordes verdächtig war, sah es so aus, als ob all ihre Pläne zunichte seien. Roanna wartete und wartete darauf, daß Großmutter zu Webb hinging und ihn umarmte, daß sie ihm ihr Vertrauen aussprach. Aber aus irgendeinem Grund, vielleicht weil Großmutter einfach zu gelähmt war vor Kummer oder vielleicht weil sie ja sogar *glaubte*, daß Webb Jessie getötet hatte, geschah absolut nichts. Konnte Lucinda denn nicht sehen, wie sehr Webb sie brauchte? Oder machte ihr eigener Schmerz sie so blind, daß sie seinen nicht mehr wahrnahm?

Roanna dachte mit Grauen an die kommenden Tage.

»Wir haben die Autopsieergebnisse zurückbekommen«, sagte Booley am Tag nach der Beerdigung zu Webb. Sie befanden sich wieder in Booleys Büro. Webb hatte das Gefühl, seit Jessies Tod dort mehr Zeit verbracht zu haben als irgendwo anders.

Der anfängliche Schock war verflogen, doch Zorn und Kummer wüteten immer noch in seinem Innern, und zwar um so stärker, weil er sie nicht zeigen durfte. Er wagte nicht, seine Beherrschung auch nur für eine Sekunde zu lockern, da er fürchtete, sonst zu explodieren und alle in der Luft zu zerreißen: seine sogenannten Freunde, die ihm aus dem Weg gingen, als ob er Lepra hätte, seine Geschäftspartner, von denen einige sich insgeheim sogar die Hände rieben, diese Halunken, angesichts der Schwierigkeiten, in denen er steckte, und am allermeisten seine liebe Familie, die ihn offenbar einhellig für einen Mörder hielt. Nur Roanna war zu ihm gekommen und hatte gesagt, daß es ihr leid tat. Weil sie selbst Jessie aus Versehen getötet hatte und sich fürchtete, es zuzugeben? Er konnte es nicht mit Sicherheit sagen, egal, was er vermutete. Was er jedoch genau wußte, war, daß sie ihm ebenso aus dem Weg ging wie die anderen – Roanna, die immer so bemüht gewesen war, sich an seine Person zu heften, und die sich jetzt wegen irgend etwas schuldig fühlte.

Er konnte einfach nicht aufhören, sich Sorgen um sie zu machen. Es war offensichtlich, daß sie kaum mehr aß, und sie welkte förmlich dahin. Auch auf andere, subtilere Weise hatte sie sich verändert; doch er konnte sich keinen rechten Reim darauf machen, da er selbst immer noch viel zu aufgebracht war, um sich auf Nuancen konzentrieren zu können.

»Wußten Sie, daß Jessie schwanger war?« fragte Booley.

Wenn Webb nicht bereits gesessen wäre, dann hätten jetzt die Knie unter ihm nachgegeben. Er starrte Booley fassungslos an.

»Offensichtlich nicht«, meinte Booley dann. Verdammt, dieser Fall war das reinste Labyrinth, lauter unerwartete Wendungen. Er würde nach wie vor auf Webb als Jessies Mörder wetten, was nicht allzuviel besagte, denn es gab einfach keine echten Anhaltspunkte. Überhaupt fehlten Beweise, Zeugen, ausreichende Motive. Mit dem, was er sagte, konnte er nicht mal einen Schwachkopf überzeugen. Webbs Alibi hatte sich als dicht erwiesen, laut Roannas Aussage war Jessie noch am Leben gewesen, als Webb aus dem Haus stürmte – lediglich eine Leiche war da. Eine schwangere Leiche, wie sich herausstellte.

»Sie war ungefähr im zweiten Monat, hat man nachgewiesen. Hat sie sich denn übergeben oder so?«

Webb schüttelte den Kopf. Sein Mund fühlte sich ganz taub an. Zwei Monate. Das Baby war nicht von ihm. Jessie hatte ihn betrogen. Er schluckte den Kloß, der in seiner Kehle saß, herunter und überlegte, was das bedeutete. Nichts hatte darauf hingewiesen, daß sie ihm untreu war, und es gab auch keinen Tratsch; in einer Kleinstadt sprach sich alles in Windeseile herum, und Booleys Untersuchungen hätten gewiß etwas zutage gefördert. Wenn er Booley nun gestand, daß das Baby nicht von ihm war, dann würde dies endgültig als glaubhaftes Motiv für den Mord an ihr aufgefaßt werden. Aber wenn es nun ihr Liebhaber war, der sie getötet hatte? Ohne den leisesten Hinweis auf die Identität dieses Mannes war es unmöglich, ihn zu finden, vorausgesetzt, Booley glaubte ihm überhaupt.

Er hatte den Mund gehalten, als er Roanna verdächtigte, und nun befand er sich in einer neuen Zwickmühle. Zuerst hatte er es einfach nicht fertiggebracht, Ro kaputtzumachen, und nun machte ihn die Tatsache, daß Jessies Baby nicht seins war, nur noch verdächtiger – der Mord an seiner Frau würde in jedem Fall ungesühnt bleiben. Wieder wallte ohnmächtige Wut in ihm auf und drohte, ihn zu zerfressen wie Säure; Wut auf Jessie, auf Roanna, auf jeden, am meisten jedoch auf sich selbst.

»Auch wenn sie es wußte«, sagte er schließlich mit heiserer Stimme, »mitgeteilt hat sie es mir jedenfalls nicht!«

»Nun, manche Frauen wissen es gleich, andere nicht. Meine Frau hat bei unserm ersten vier Monate lang weiter pünktlich ihre Periode bekommen; wir hatten nicht die blasseste Ahnung, warum sie die ganze Zeit spuckte. Weiß auch nicht, warum man das als morgendliche Übelkeit bezeichnet, denn Bethalyn hat Tag und Nacht gereihert. Wir wußten nie, wann und warum es losgehen würde. Aber dann, bei den anderen, hat sie es ziemlich schnell geschnallt. Hat wohl gelernt, die Anzeichen zu lesen oder sowas. Nun, das alles tut mir jedenfalls sehr leid, Webb. Wegen des Babys und all dem. Und, äh, wir werden den Fall offenhalten, aber ehrlich gesagt, haben wir keinen blassen Schimmer.«

Webb saß einen Augenblick lang da und starrte auf die weiß hervortretenden Knöchel seiner Fäuste, mit denen er die Stuhllehnen umklammerte. »Heißt das, ich stehe nicht länger unter Verdacht?«

»Denk schon.«

»Ich kann die Stadt verlassen?«

»... werde Sie nicht davon abhalten.«

Webb erhob sich. Er war kalkweiß. An der Tür hielt er inne und drehte sich zu Booley um. »Ich hab sie nicht getötet«, sagte er.

Booley seufzte. »In Frage wären Sie schon gekommen. Ich mußte der Sache nachgehen.«

»Klar.«

»Mir wäre es recht, ich könnte den Mörder für Sie finden, aber es sieht nicht gut aus.«

»Alles klar«, wiederholte Webb und schloß leise die Tür hinter sich.

Irgendwann während der Fahrt zum Motel fiel seine Entscheidung.

Er packte seine Sachen, beglich seine Rechnung und fuhr nach Davenport zurück. Mit Bitterkeit glitt sein Blick über das große alte Haus, das so anmutig und elegant, mit seinen ausladenden Flügeln gleichsam willkommenheißend, auf der Anhöhe thronte. Er liebte diesen Ort, wie ein Prinz sein Königreich. Eines Tages hätte es ihm gehören sollen, und er war bereit gewesen, sich für dieses, sein Königreich, bis zur Erschöpfung abzurackern. Dann hatte er die Prinzessin geheiratet. Teufel, er war ganz scharf darauf gewesen, sie zu heiraten. Jessie gehörte ihm, seit jenem lang zurückliegenden Tag auf der Schaukel unter der großen alten Eiche, als sie ihren ersten Kampf um Vorherrschaft ausfochten.

Hatte er sie aus purer Eitelkeit geheiratet, weil er ihr beweisen wollte, daß ihre Tricks und Spielchen bei ihm nicht funktionierten? Wenn er ehrlich war, dann traf das teilweise leider zu. Aber der andere Teil war Liebe, eine seltsame Liebe, die sich zur Hälfte aus einer gemeinsamen Kindheit zusammensetzte, einer gemeinsamen Rolle im Leben, und aus der sexuellen Faszination, die seit der Teenagerzeit zwischen ihnen bestanden hatte. Nicht gerade eine stabile Basis für eine Ehe, das wußte er jetzt. Der Sex hatte verdammt schnell seine Faszination verloren, und ihre alten Bande waren nicht stark genug gewesen, um sie über Krisen hinweg zusammenzuhalten.

Jessie hatte also mit einem anderen Mann geschlafen. Mit anderen *Männern*, nach allem, was er von ihr wußte. So, wie er Jessie kannte, war ihm klar, daß sie es wahrscheinlich aus Rache getan hatte, weil er nicht auf jeden Wink herbeigesprungen war. Sie mobilisierte beinahe alles, wenn sie ihren Willen nicht bekam; aber der Gedanke an Betrug kam ihm niemals. Ihr Ruf in Tuscumbia und im Colbert County war ihr viel zu wichtig, und hier handelte es sich ja auch nicht um eine dieser schnellebigen Großstädte, wo man einen Liebhaber wechselte wie die Hemden, ohne daß sich jemand darum scherte. Das hier war der Süden, in vieler Hinsicht sogar noch der alte Süden, wo Ruf und Benehmen alles bedeuteten, zumindest auf den mittleren und oberen Sprossen der Gesellschaft.

Aber sie hatte nicht nur mit einem anderen geschlafen, sondern dabei nicht mal auf Verhütung geachtet. Auch aus Rache? Hatte sie gedacht, was für ein köstlicher Spaß es doch wäre, ihm einen Bastard unterzuschieben?

In einer einzigen, höllischen Woche war seine Frau ermordet worden, seine ganze Existenz zerstört, und seine Familie hatte sich gegen ihn gewandt. Er war vom Prinzen zum Geächteten geworden.

Das alles hatte er gründlich satt. Die Bombe, die Booley heute losgelassen hatte, bildete nur die Krönung. Er hatte jahrelang wie ein Wilder geschuftet, um der Familie den Lebensstil zu erhalten, an den sie gewöhnt war; nämlich ein Leben in Luxus! Dafür hatte er sein Privatleben und jede Chance, einen

Erfolg aus seiner Ehe mit Jessie zu machen, geopfert. Aber als er seine Angehörigen gebraucht hätte, als sie hinter ihm hätten stehen und ihn unterstützen müssen, war niemand dagewesen. Lucinda hatte ihn zwar nie direkt beschuldigt, doch auch nicht zu ihm gehalten, und er war es leid, nach ihrer Pfeife zu tanzen. Was Gloria und Harlan und den ganzen Haufen anging, mochten sie doch an ihrer Bosheit ersticken! Nur Mutter und Tante Sandra glaubten an ihn.

Roanna. Was war mit ihr? Hatte sie diesen ganzen Alptraum ins Rollen gebracht, hatte sie Jessie einen Schlag versetzen wollen, ohne an die Folgen für ihn zu denken? Irgendwie war Roannas Verrat bitterer als der der anderen. Er hatte sich so an ihre kritiklose Liebe gewöhnt und an den Trost, den ihm ihre Gesellschaft bot. Ihr Ungestüm, ihr Witz und ihre unvorsichtige Zunge hatten ihm Freude bereitet, hatten ihn zum Lachen gebracht, selbst wenn er vor Müdigkeit fast umfiel. *Penisverlängerung*, also wirklich, dieser Fratz!

Bei der Beerdigung hatte sie gesagt, daß sie die Szene in der Küche nicht absichtlich inszeniert hätte; aber die Schuldgefühle und die Verzweiflung waren nur zu deutlich in ihr Gesichtchen geschrieben gewesen. Vielleicht ja, vielleicht nein ... Aber auch sie war ihm aus dem Weg gegangen, wo er doch seine Seele für ein wenig Trost verkauft hätte. Booley hielt Roanna für unschuldig, aber Webb konnte den Ausdruck von Haß auf Roannas Gesicht einfach nicht vergessen oder die Tatsache, daß sie eine verführerische Gelegenheit gehabt hätte. Jeder im Haus hätte es sein können, aber einzig und allein Roanna haßte Jessie.

Es war ihm ein Rätsel. Er hatte seinen Mund gehalten, um sie zu schützen, obwohl sie nicht eindeutig seine Partei ergriff. Auch hatte er für sich behalten, daß Jessies Baby nicht seins war, und damit einen möglichen Mörder ungeschoren davonkommen lassen, weil der Hauptverdacht ohnehin auf ihm lag. Er war das alles so gottverdammt leid.

Zur Hölle mit ihnen allen!

Er hielt den Wagen auf der Auffahrt an und starrte zum Haus hinauf. Davenport. Es war die Verkörperung all seiner Ambitionen, ein Symbol seines Lebens, das Herz der Davenport-Familie. Es besaß eine ganz eigene Würde, ein altes Haus, das Generationen von Davenports in seinen eleganten Wänden beherbergt hatte. Wann immer er auf Geschäftsreise war und an Davenport dachte, sah er es stets von Blumen umringt. Im Frühling explodierten die Azaleen in einem wahren Farbenmeer. Im Sommer übertrumpften sich Rosen und Rittersporn gegenseitig. Im Herbst waren es die Chrysanthemen und im Winter rosarote und weiße Kamelienbüsche. Davenport stand rund ums Jahr in Blüte. Er liebte das Haus mit einer Leidenschaft, wie er sie nie für Jessie empfunden hatte. Die Schuld an alldem das konnte er nicht ganz auf jemand anderen abwälzen, denn auch er war letztendlich schuldig, weil er das Erbe und weniger die Frau geheiratet hatte.

Nun konnte ihm auch Davenport gestohlen bleiben.

Er parkte den Wagen vor dem Haus und betrat es durch die Vordertür. Die Gespräche im Wohnzimmer brachen abrupt ab, so wie schon die ganze letzte Woche über. Nicht einmal einen Blick warf er in den Raum, sondern marschierte stracks in sein Arbeitszimmer, wo er sich hinter seinem Schreibtisch verschanzte.

Stundenlang erledigte er Schreibkram, füllte Papiere aus und übergab jegliche Kontrolle über die weitreichenden Davenport-Unternehmungen wieder an Lucinda. Als er fertig war, stand er auf, verließ sein Daheim und fuhr davon, ohne auch nur einen einzigen Blick zurückzuwerfen.

Dritter Teil

Die Rückkehr

8

»Bring Webb zu mir zurück«, sagte Lucinda zu Roanna. »Ich möchte, daß du ihn überredest, nach Hause zu kommen.«

Roannas Gesicht zeigte nichts von dem Schock, den sie empfand, obwohl er sie zu überwältigen drohte. Mit geübter Selbstkontrolle stellte sie ihre Teetasse auf dem Unterteller ab, ohne sich auch nur durch das leiseste Zittern zu verraten. Webb! Allein sein Name besaß die Macht, ihr ins Herz zu fahren und all die alten Sehnsüchte und Schuldgefühle wieder aufzurühren; vor zehn Jahren hatte sie ihn zuletzt gesehen, wie alle anderen auch.

»Weißt du, wo er ist?« fragte sie gefaßt.

Im Gegensatz zu Roanna zitterte Lucindas Hand, als sie sich ihrer Teetasse entledigte. Die dreiundachtzig Jahre lagen ihr schwer auf den Schultern, und der leichte Tremor in ihren Händen zeigte des weiteren, daß ihr Körper sie allmählich im Stich ließ. Tatsächlich waren Lucindas Tage gezählt. Sie wußte es wie jeder in der Familie. Es würde nicht gleich geschehen, nicht einmal bald, aber jetzt war Sommer, und wahrscheinlich würde sie keinen zusätzlichen mehr erleben. Ihr eiserner Wille hatte einer Menge standgehalten, sich dem gnadenlosen Lauf der Zeit jedoch langsam und allmählich beugen müssen.

»Aber natürlich. Ich habe einen Privatdetektiv beauftragt, ihn ausfindig zu machen. Yvonne und Sandra wußten schon die ganze Zeit seine Adresse, aber sie wollten sie mir nicht sagen«, berichtete Lucinda irritiert. »Er ist immer mit ihnen in Verbindung geblieben, und beide haben ihn gelegentlich besucht.«

Roanna senkte die Wimpern, um nichts von ihren Gefühlen zu verraten. Es hatte also doch Kontakt bestanden. Im Gegensatz zu Lucinda konnte sie es ihnen nicht verargen. Webb hatte keinen Zweifel daran gelassen, daß er mit dem Rest der Familie nichts mehr zu tun haben wollte; er mußte seine Leute ja verabscheuen, und sie am allermeisten. Das nahm sie ihm nicht übel angesichts der damaligen Ereignisse. Trotzdem tat es weh. Ihre Liebe zu ihm hatte sie nicht ausschalten können. Seine Abwesenheit war wie eine ständig blutende Wunde für sie, die in den vergangenen zehn Jahren statt zu heilen immer noch schmerzte.

Aber sie hatte überlebt, irgendwie – indem sie sich nach außen hin unerschütterlich gab. Verschwunden war das temperamentvolle, überschwengliche junge Mädchen, das vor Energie und Fröhlichkeit platzte. An seine Stelle war eine kühle, beherrschte junge Frau getreten, die nie eilte, die nie die Beherrschung verlor, selten lächelte, geschweige denn laut lachte. Gefühle mußten teuer bezahlt werden, zu teuer; diese bittere Lektion hatte sie durch ihre Impulsivität, ihre kindische Gefühlsinbrunst gelernt. Sie hatte Webbs Leben ruiniert.

Die einstige Roanna war wertlos und unliebenswert gewesen, also hatte sie diese Person zerstört und einen neuen Menschen aus der Asche erstehen lassen; eine Frau, die nie mehr Gipfel und Höhepunkte erfahren würde, der aber auch solche Tiefpunkte erspart blieben. Irgendwie hatte sie eine Kette von Ereignissen in Gang gesetzt, die Jessie ums Leben brachte und Webb aus ihrer aller Nähe verbannte; also nahm sie grimmig die Aufgabe der Sühne auf sich. Sie konnte Jessie, was Lucindas Liebe zu ihr betraf, nicht ersetzen; aber zumindest konnte sie aufhören, permanent eine Last und Enttäuschung zu sein.

Sie war aufs College gegangen – an die University of Alabama und nicht auf das exklusive Mädcheninternat, mit dem die Familie vorher geliebäugelt hatte – und absolvierte ein Wirtschaftsstudium, damit sie Lucinda eine Hilfe bei der Führung des Unternehmens sein konnte – um Webb mehr schlecht als recht zu ersetzen. Roanna mochte ihr Studium überhaupt nicht, aber sie zwang sich, fleißig zu lernen und gute Noten zu bekommen. Die damit einhergehende Langeweile war wenig genug als Wiedergutmachung für das, was sie angerichtet hatte.

Sie zwang sich zu lernen, wie man sich kleidete, um Lucinda die häufigen Verlegenheiten zu ersparen. Auch einen Kurs machte sie, zur Verbesserung ihres lausigen Autofahrens; sie lernte tanzen und wie man sich schminkte, wie man höflich Konversation machte und gesellschaftlich akzeptabel wurde. Jenen Überschwang merzte sie aus, der sie als Kind so oft in Schwierigkeiten gebracht hatte – es war gar nicht schwer gewesen. Seit Webbs Weggang hatte sie mehr Probleme damit, überhaupt etwas Freude am Leben aufzubringen, als umgekehrt.

Nichts Schlimmeres konnte sie sich vorstellen, als Webb erneut gegenübertreten zu müssen.

»Und wenn er nicht will?« wandte sie ein.

»Dann überrede ihn«, schnauzte Lucinda. Dann seufzte sie und ihr Ton wurde sanfter. »Er hatte schon immer eine Schwäche für dich. Ich brauche ihn hier. *Wir* brauchen ihn. Du und ich, wir beide zusammen haben die Dinge am Laufen gehalten; aber mir bleibt wenig Zeit, und du bist nicht mit dem Herzen bei der Sache, so wie Webb. Wenn es um Geschäfte ging, hatte Webb das Gehirn eines Computers und das Herz eines Haifischs. Er war ehrlich, aber gnadenlos. Das findet man nur selten, Roanna, da gibt es nur schwer einen Ersatz.«

»Das könnte auch der Grund sein, warum er uns nicht verzeiht.« Roanna verriet keinerlei Reaktion auf die Art, wie Lucinda ihre Fähigkeiten, das Familienimperium zu leiten, abqualifizierte. Es war leider die Wahrheit; genau deshalb ruhte die überwiegende Last der Entscheidungen noch immer auf den zunehmend schwächer werdenden Schultern der Großmutter, während Roanna lediglich eine unterstützende Funktion erfüllte. Sie gab sich unerhörte Mühe, hatte sich mit eisernem Willen in die Arbeit gekniet, tat, was sie konnte – doch auch ihr Bestes würde nie genug sein, das mußte sie akzeptieren, und sie schützte sich, indem sie es nicht wirklich an sich heranließ. Seit zehn Jahren ließ sie nichts mehr an sich heran.

Lucindas runzliges Gesicht verzerrte sich vor Kummer. »Täglich fehlt er mir all die Jahre«, sagte sie leise. »Ich werde mir nie verzeihen, was ich ihm angetan habe. Es wäre an mir gewesen, ihm öffentlich mein Vertrauen auszusprechen; statt dessen habe ich mich in meinem Kummer gewälzt und nicht an seinen gedacht. Es macht mir nichts aus zu sterben; aber ich kann nicht in Frieden gehen, bevor ich die Dinge zwischen ihm und mir nicht ins Lot gebracht habe. Wenn ihn jemand zurückholen kann, dann nur du, Roanna.«

Roanna sagte Lucinda nichts davon, daß sie Webb auf Jessies Beerdigung die Hand geboten hatte und kalt abgewiesen worden war. Persönlich glaubte sie, daß sie weniger Chancen hatte, Webb zu einer Rückkehr zu bewegen, als jeder andere – aber da war noch etwas, was sie sich selbst beigebracht hatte: wenn sie ihre Gefühle nicht unterdrücken konnte, dann schloß sie sie tief in sich ein. Wenn sie sie nicht zeigte, bemerkte auch niemand deren Vorhandensein.

Ihr Inneres spielte keine Rolle; wenn Lucinda Webb zurückhaben wollte, dann würde sie tun, was sie konnte, ohne Rücksicht auf sich selbst. »Wo ist er?«

»In irgendeinem gottverlassenen Nest in Arizona. Ich werde dir die Akte zeigen, die der Privatdetektiv über ihn angelegt hat. Er ... er ist recht erfolgreich mit einer Ranch dort, nicht mit Davenport vergleichbar, natürlich; aber Webb gelingt immer etwas.«

»Wann soll ich hinfahren?«

»So bald wie möglich. Wir brauchen ihn. *Ich* brauche ihn – um Frieden mit ihm zu schließen, bevor ich sterbe.«

»Gut, ich werde es versuchen«, sagte Roanna.

Lucinda blickte ihre Enkelin lange an, dann lächelte sie müde. »Du bist die einzige, die mir nicht mit dieser falschen Munterkeit kommt und mir weismachen will, daß ich hundert Jahre alt werde«, sagte sie mit ironischer Billigung. »Verdammte Dummköpfe. Glauben sie, ich wüßte nicht Bescheid? Ich habe Krebs und bin zu alt, um meine Zeit und mein Geld mit einer teuren Behandlung zu verschwenden, wo mich die Jahre, die ich schon auf dem Buckel habe, sowieso bald kleinkriegen werden. Ich lebe in diesem alten Leib, verdammt nochmal, und weiß, daß er allmählich dichtmacht.«

Daraufhin hätte jeglicher Einspruch nach Heuchelei geklungen oder gleichgültig, also sagte Roanna gar nichts. Sie schwieg oft, ließ die Unterhaltung um sich herumfließen, ohne irgendwelche verbalen Ruder auszufahren, die die Strömung in ihre Richtung hätten lenken können. Es stimmte, daß jeder im Haus geflissentlich ihre Verfassung ignorierte, als ob sie wieder verschwinden würde, wenn man sie nicht beachtete. Es handelte sich jetzt nicht mehr nur um Gloria und Harlan; irgendwie hatte die Großtante es fertiggebracht, innerhalb eines Jahres nach Jessies Tod und Webbs Fortgang, mehr von ihrer Familie hier einzuschleusen. Ihr Sohn, Baron, hatte beschlossen, in Charlotte zu bleiben; aber alle anderen wohnten nun auf Davenport: Glorias Tochter, Lanette, mit ihrer ganzen Familie, Ehemann Greg und die Kinder Corliss und Brock, wobei letzterer auch schon dreißig war und Corliss in Roannas Alter. Lucinda hatte zugesehen, wie sich das Haus allmählich bevölkerte, vielleicht ja, weil sie die Leere, die Jessie und Webb hinterlassen hatten, auffüllen wollte. Angenommen, Roanna konnte Webb zur Heimkehr überreden – eine zugegebenermaßen verwegene Hoffnung –, dann fragte sie sich, was er wohl von dem allen halten würde. Sicher, es waren Verwandte, aber irgendwie bezweifelte sie sein Einverständnis mit dieser Invasion.

»Du weißt, daß ich mein Testament nach Webbs Fortgang geändert habe«, fuhr Lucinda wenig später fort und nahm noch einen Schluck Tee. Sie blickte aus dem Fenster auf das Meer pfirsichfarbener Rosen, ihre Lieblingsfarbe, und straffte ihre Schultern, wie um sich auf die Fortsetzung vorzubereiten. »Ich habe dich zur Haupterbin gemacht; Davenport und der größte Teil des Vermögens würden an dich gehen. Ich denke, es ist nur fair, dir zu eröffnen, daß ich, wenn Webb sich entschließt zurückzukommen, das Testament wieder zu seinen Gunsten abändern werde.«

Roanna nickte. Deshalb würde sie sich nicht weniger bemühen. Persönliche Gefühle in diesem Zusammenhang gestattete sie sich nicht. Roanna akzeptierte die Tatsache, daß sie trotz all ihrer Bemühungen nie den Geschäftssinn und das Talent entwickeln konnte wie Lucinda und Webb. Sie ging nicht gerne Risiken ein, und brachte auch keine Begeisterung für die Welt des Big Business auf. Davenport war bei ihm in besseren Händen, ebenso wie die zahllosen kleinen und größeren Unternehmungen.

»So haben wir es ausgemacht, als er vierzehn war«, fuhr Lucinda fort. Sie klang barsch und saß noch immer hochaufgerichtet und steif da. »Wenn er hart arbeitet und fleißig lernt, um schließlich die Zügel in die Hand zu nehmen, würde eines Tages alles ihm gehören.«

»Ich verstehe«, murmelte Roanna.

»Davenport ...« Lucinda starrte hinaus auf den perfekt geschnittenen Rasen, auf die Blumen, die Weiden im Hintergrund, wo ihre geliebten Pferde ihre glatten, glänzenden Hälse zum Grasen beugten. »Davenport verdient die beste Führung. Es ist nicht bloß ein Haus, sondern ein Vermächtnis. Davon gibt es nicht mehr viele, und ich muß denjenigen wählen, den ich für den besten Hüter dieses Vermächtnisses halte.«

»Was ich tun kann, tue ich«, versprach Roanna, und ihr Gesichtsausdruck war so still wie ein Teich an einem heißen Sommertag, an dem nicht die geringste Brise die glatte Oberfläche kräuselt. Das war ihr Gesicht, die Fassade, hinter der sie lebte, eine Fassade der Unbewegtheit, fern und gelassen. Nichts konnte den sicheren Kokon durchbrechen, den sie um sich gewoben hatte, niemand außer Webb, ihre einzige Schwäche. Ohne es zu wollen, begannen ihre Gedanken abzuschweifen. Ihn wieder hier zu haben ... es wäre gleichzeitig der Himmel und die Hölle auf Erden. Ihn jeden Tag zu sehen, seine Stimme zu hören, ihn nahe zu wissen in all den langen, dunklen Nächten, in denen ihre Alpträume wieder erwachten ... zu schön, um wahr zu sein. Aber unerträglich wäre auch sein Haß in jedem seiner Blicke, die er ihr zuwarf.

Doch nein, sie mußte realistisch denken. Sie würde nicht hierbleiben. Wenn Lucinda – sie betrachtete sie längst nicht mehr als Großmutter – starb, dann war auch für sie das Kapitel Davenport zu Ende. Webb würde sie wohl kaum unter seinem Dach dulden. Sie würde ihn nicht jeden Tag sehen, am besten überhaupt nicht mehr. Sie würde ausziehen müssen, sich einen Job suchen, sich der Welt da draußen stellen. Nun, mit ihrem Universitätsabschluß und ihren Erfahrungen auf dem Finanzsektor hatte sie Chancen, einen ordentlichen Job zu finden. Vielleicht ja nicht in dieser Gegend; vernünftigerweise zöge sie woanders hin und käme endlich zur Ruhe. Doch darüber würde sie sich später den Kopf zerbrechen. Hier gehörte er her. Ihr gedankenloses Verhalten hatte ihn zeitweise sein Erbe gekostet – da war es nur recht und billig, daß sie es ihm wieder zurückerstattete.

»Macht es dir denn gar nichts aus?« brach es abrupt aus Lucinda hervor. »Daß du Davenport verlierst, wenn du mir diesen Gefallen tust?«

Es ist alles egal. Das war ihr Mantra, ihre Litanei, seit zehn Jahren sagte sie sich das. »Du kannst es hinterlassen, wem immer du willst. Webb war dein gewählter Erbe. Und du hast recht; er ist viel besser dafür geeignet als ich.«

Sie sah, daß ihr emotionsloser Ton Lucinda irritierte, aber Leidenschaft, und wenn auch nur eine Andeutung, überstieg einfach ihre Kräfte.

»Aber du bist eine Davenport«, meinte Lucinda, als ob sie wollte, daß Roanna ihre Entscheidung für sie rechtfertigte. »Einige Leute werden sagen, daß Davenport von Rechts wegen dir zusteht, weil Webb ein Tallant ist. Er ist zwar mein Blutsverwandter, aber kein Davenport, und nicht annähernd so direkt dazugehörig wie du.«

»Aber er ist der bessere Kandidat.«

Gloria kam ins Wohnzimmer und hörte gerade noch Roannas letzte Bemerkung. »Wer ist der bessere Kandidat?« fragte sie und ließ sich in ihren Lieblingssessel sinken. Gloria war dreiundsiebzig, zehn Jahre jünger als Lucinda. Während die Ältere ihr Haar weiß ließ, trotzte Gloria den Jahren, indem sie ihre feinen Wellen regelmäßig in einem dezenten Blondton färbte.

»Webb«, antwortete Lucinda angespannt.

»Webb!« Schockiert starrte Gloria ihre Schwester an. »Um Himmels willen, wofür könnte jemand wie *er* bloß der bessere Kandidat sein, außer für den elektrischen Stuhl?«

»Um Davenport und unsere Geschäfte zu leiten.«

»Du machst wohl Witze! Es würde doch niemand etwas mit ihm zu tun ...«

»O doch«, sagte Lucinda mit einem stählernen Unterton in der Stimme, »das würden sie. Wenn er der Boß ist, wird *jeder* Geschäfte mit ihm machen, oder sich wünschen, nicht so dumm gewesen zu sein.«

»Ich verstehe nicht, warum du überhaupt seinen Namen erwähnst. Wir wissen doch nicht mal, wo er ...«

»Inzwischen schon«, unterbrach Lucinda. »Und Roanna wird versuchen, ihn zur Rückkehr zu überreden.«

Das war das Stichwort für Gloria, sich auf Roanna zu stürzen. »Bist du vollkommen wahnsinnig geworden?« keuchte sie. »Du kannst doch nicht wirklich einen Mörder in unsere Mitte bringen wollen! Himmel, ich würde nachts kein Auge mehr zukriegen!«

»Webb ist kein Mörder«, korrigierte Roanna schroff und nippte an ihrem Tee, ohne Gloria auch nur eines Blickes zu würdigen. Auch Gloria war für sie keine »Tante« mehr. Irgendwann in jener furchtbaren Nacht, nachdem Webb aus ihrer aller Leben verschwunden war, hatten die verwandtschaftlichen Bande aufgehört, für sie zu existieren – als ob sie sich emotional so weit von ihnen allen distanziert hatte, daß auch familiäre Namen ihre Bedeutung verloren. Die Menschen ringsum hießen nun einfach Lucinda, Gloria, Harlan.

»Warum ist er dann verschwunden? Nur jemand, der ein schlechtes Gewissen hat, läuft davon.«

»Hör auf damit!« fuhr Lucinda sie an. »Er ist nicht davongelaufen, sondern er hat uns satt gehabt und ist gegangen. Das ist etwas ganz anderes. Wir haben ihn im Stich gelassen, also kann ich es ihm kaum vorwerfen, daß er uns den Rücken kehrte. Aber Roanna hat recht; Webb ist kein Mörder. Das habe ich auch nie angenommen.«

»Nun, Booley Watts aber!«

Lucinda fegte Booleys Verdächtigungen mit einer Handbewegung beiseite. »Das spielt keine Rolle. *Ich* halte Webb für unschuldig! Es gab keinerlei Beweise gegen ihn, also ist er auch vor dem Gesetz unschuldig, und er soll wiederkommen.«

»Lucinda, sei doch nicht so eine alte Närrin!«

Lucindas Augen glitzerten auf einmal mit einer Intensität, die ihr Alter Lügen straften. »Ich glaube guten Gewissens sagen zu können«, meinte sie gedehnt, »daß noch niemand mich je für eine Närrin gehalten hat, alt oder sonstwie.« *Und damit ungeschoren davongekommen ist*, lautete die stumme Botschaft hinter ihren Worten. Sie mochte ja dreiundachtzig sein und dem Tode nahe, doch Lucinda war sich nach wie vor ihrer Machtstellung als Matriarchin des enormen Davenport-Imperiums bewußt; also scheute sie sich nicht, ihren Leuten diese Macht dann und wann unmißverständlich zu zeigen.

Gloria machte einen Rückzieher und wandte sich wieder Roanna, der leichteren Zielscheibe, zu. »Das meinst du sicher nicht im Ernst. Sag ihr, daß es Wahnsinn ist.«

»Selbstverständlich teile ich ihre Meinung.«

Glorias Augen flackerten zornig auf bei dieser gemurmelten Aussage. »Was *typisch* für dich ist«, fauchte sie. »Glaub bloß nicht, ich hab vergessen, daß du mit ihm ins Bett gehüpft bist, als ...«

»Schluß jetzt!« unterbrach Lucinda heftig und erhob sich halb aus ihrem Sessel, als ob sie vorhätte, ihre Schwester tätlich anzugreifen. »Booley hat erklärt, was wirklich zwischen den beiden vorgefallen ist, und ich lasse nicht zu, daß das ewig übertrieben wird. Und du wirst Roanna keinesfalls unter Druck setzen. Sie tut nur, worum ich sie bitte.«

»Aber wie kommst du überhaupt auf die *Idee*, ihn zurückholen zu wollen?« stöhnte Gloria verzweifelt. Sie nahm Abstand von ihrer Aggressivität, und Lucinda sank wieder in ihren Sessel zurück.

»Weil wir ihn brauchen. Ich kann Davenport nur zusammen mit Roanna leiten, und wenn ich tot bin, wird sie an der vielen Arbeit ersticken.«

»Ach was, Lucinda, du überlebst uns doch alle!«

»Nein«, erwiderte Lucinda kurzangebunden. Sie konnte es wirklich nicht mehr hören. »Ich werde euch *nicht* alle überleben. Das will ich auch gar nicht, selbst wenn ich könnte. Wir brauchen Webb. Roanna wird zu ihm fahren und ihn nach Hause holen – das ist mein letztes Wort.«

Am darauffolgenden Abend befand sich Roanna in der Nische einer finsteren, schmuddeligen Kneipe und beobachtete den Mann, der auf einem Hocker an der Bar saß. Sie beobachtete ihn schon so lange und intensiv, daß ihr die Augen von der Anstrengung und dem Rauch im Lokal wehtaten. Das meiste, was er sagte, wurde von der altersschwachen Jukebox in der Ecke, vom Klacken der Billardkugeln und dem Summen der Gespräche übertönt; doch gelegentlich konnte sie seine Stimme ausmachen, schnappte ein Wort, eine beiläufige Bemerkung auf, die er an seinen Nachbarn oder den Barmann richtete.

Webb. Es waren zehn Jahre vergangen, seit sie ihn zum letzten Mal gesehen hatte, zehn Jahre eines verschütteten Ichs. Sie wußte und akzeptierte, daß sie ihn immer noch liebte, daß sie verwundbar war, wenn es um ihn ging; doch irgendwie hatte die endlose Folge von Tagen und Jahren sie vergessen lassen, wie heftig sie immer auf ihn reagierte. Ein einziger Blick genügte, um sie jetzt wieder daran zu erinnern. Die Flut von Gefühlen, die über sie hereinbrach, war so intensiv, daß es sie umwarf – als ob sämtliche Zellen in ihrem Körper mit einem Schlag zum Leben erwachten. Nichts hatte sich geändert. Etwas in ihr gebärdete sich immer noch so wie früher, ihr Herz hämmerte dröhnend, und sie konnte die Aufregung in jeder Faser ihres Leibes spüren. Ihre Haut prickelte und zog sich zusammen, das Fleisch darunter fing qualvoll zu pulsieren an. Die Sehnsucht, ihn zu berühren, überwältigte sie fast – sie wollte ihm nahe sein, wollte seinen einzigartigen, nievergessenen, männlichen Duft einatmen. Ihr Verlangen nagelte sie förmlich auf dem Stuhl fest.

Infolgedessen brachte sie es nicht fertig, sich ihm zu nähern. Trotz Lucindas unerschütterlicher Überzeugung, daß sie die einzige wäre, die ihn nach Hause zurückbringen könnte, glaubte Roanna nicht, daß diese durchdringenden grünen Augen sie mit etwas anderem als mit Verachtung anblicken würden – sowie Abscheu und Abweisung. Obendrein war es diese Angst, die sie an ihren Platz bannte. Mit dem Schmerz über seinen Verlust lebte sie seit zehn Jahren, doch dieser Schmerz war ihr vertraut, und sie hatte gelernt, damit zu leben. Aber ein neuerlicher Schlag würde sie womöglich zerstören, vielleicht unwiderruflich.

Sie war nicht die einzige Frau in der Bar; doch es gab genug neugierige männliche Blicke, die sich immer wieder auf sie richteten, um sie nervös zu machen. Webb gehörte nicht dazu; er schien von ihrer Anwesenheit keine Ahnung zu haben. Nur weil sie sich bewußt bemühte, keine Aufmerksamkeit auf sich zu lenken, war sie bis jetzt noch nicht angesprochen worden. Sie trug schlichte, konservative Kleidung: dunkelgrüne Hosen, dazu eine cremefarbene, hochgeschlossene Seidenbluse, kaum die Aufmachung einer Frau, die auf eine schnelle Eroberung aus war. Strikt vermied sie jeden Blickkontakt und verkniff sich jegliches Interesse an der Umgebung. Im Lauf der Jahre hatte sie ziemlich perfekt gelernt, sich sozusagen »unsichtbar« zu machen, und das kam ihr heute abend sehr zugute. Es war jedoch unvermeidlich, daß sich früher oder später einer der Cowboys aufraffen und sie trotz ihrer deutlichen Abwehrsignale ansprechen würde.

Die Müdigkeit steckte ihr in den Knochen. Es war zehn Uhr abends und sie seit sechs Uhr morgens auf den Beinen. Von Huntsville ging der Flug über Birmingham und Dallas – mit einem Zwischenstopp in Jackson, Mississippi. In Dallas hatte es einen vierstündigen Aufenthalt gegeben, bis sie endlich mit dem Anschlußflug nach Tucson, Arizona, gelangte. Das war um sechzehn Uhr siebenundzwanzig, nach örtlicher Zeit, gewesen. Anschließend hatte sie sofort einen Wagen gemietet und war auf der Interstate 19 in Richtung Süden nach Tumacacori gefahren, wo Webb, laut Auskunft von Lucindas Privatdetektiv, nun lebte. Aus der Akte erfuhr sie auch, daß er eine kleine, aber gutgehende Ranch besaß.

Es war ihr jedoch nicht gelungen, sie zu finden. Trotz genauer Wegbeschreibung irrte sie stundenlang auf der Suche nach der richtigen Abzweigung umher, kehrte wieder und wieder zur Interstate zurück, um sich neu zu orientieren. Sie war den Tränen nahe, als sie zuletzt einen Mann befragte, der zufällig in der Gegend wohnte und der Webb nicht nur persönlich kannte, sondern sie auch gleich zu dieser schäbigen Kneipe dirigierte, gleich am Ortsrand von Nogales. Hier pflegte Webb einzukehren, wenn er, wie heute zufällig, in der Stadt zu tun hatte.

Die Dämmerung war in einem wahren Farbenrausch hereingebrochen, so wie man es nur in trockenen Wüstengegenden erlebt, und sie hatte sich auf der Fahrt nach Nogales angesichts dieser überwältigenden Pracht ein wenig beruhigt. Auch der samtige, dunkelblaue, sternenübersäte Nachthimmel, der sich bei ihrem Eintreffen über ihr wölbte, half ihr dabei, sich, äußerlich zumindest, nichts mehr von ihrem inneren Aufruhr anmerken zu lassen.

Webb war bereits dagewesen, als sie das Lokal betrat; gleich als erster fiel er ihr auf. Der Schock, der sie bei seinem Anblick durchfuhr, hätte sie beinahe umgeworfen. Er hatte das Gesicht von ihr abgewandt und sich bei ihrem Eintreten natürlich nicht umgedreht; aber sie erkannte ihn trotzdem, denn ihr Körper funkte unmißverständliche, heftige Signale. Eilig war sie zu einem der wenigen noch freien Tische gegangen, wobei sie automatisch die dunkelste Ecke angesteuert hatte. Und dort saß sie nun. Die Kellnerin, eine abgearbeitete Mexikanerin Ende Dreißig, kam immer mal wieder an ihrem Tisch vorbei, um zu fragen, ob sie noch etwas wollte. Roanna hatte zunächst ein Bier bestellt und daran genippt, bis es schal war. Dann bestellte sie noch eins, obwohl sie Bier gar nicht mochte, ja, eigentlich fast niemals Alkohol trank; aber sie fürchtete, daß man sie, falls sie nicht noch etwas bestellte, bitten würde, den Tisch für etwas trinkfreudigere Kundschaft zu räumen.

Abwesend musterte sie die verkratzte Platte, auf der jede Menge Initialen und Botschaften von zahlreichen Messerklingen eingeritzt waren. Weiteres Warten machte die Sache gewiß nicht leichter. Sie sollte einfach aufstehen, zu ihm hingehen und es hinter sich bringen.

Doch sie rührte sich nicht. Hungrig glitt ihr Blick zu ihm zurück, nahm die Veränderungen wahr, die diese endlosen zehn Jahre gebracht hatten.

Er war vierundzwanzig gewesen, als er Tuscumbia verlassen hatte, ein junger Mann, reif für sein Alter zwar und mit einer Verantwortungslast, die wohl jeden anderen in seinem Alter überfordert hätte, gleichwohl ein junger Mann. Mit vierundzwanzig war er sich seiner eigenen Stärke und Persönlichkeit noch nicht so bewußt gewesen, war noch formbar, ein wenig zumindest. Der Mord an Jessie und die Verdächtigungen der Polizei sowie die Art, in der sich sowohl Verwandte als auch Freunde von ihm zurückzogen wie von einem Pestkranken, hatten ihn verhärtet. Die zehn Jahre, die seitdem vergangen waren, sogar noch mehr. Das zeigte deutlich die grimmige Linie seines Mundes und seine kühle, angespannte Haltung. Hier sah sie einen Mann, der nicht nur bereit war, es mit der Welt aufzunehmen, sondern ihr auch seinen Willen aufzuzwingen. Was immer er hinter sich haben mochte, egal, welchen Herausforderungen er sich gestellt hatte, er war als Sieger hervorgegangen.

Roanna wußte über einige dieser Herausforderungen Bescheid, denn seine Akte förderte einiges zutage. Als Viehdiebe seine Rinderherde dezimierten und die örtlichen Gesetzeshüter außerstande gewesen waren, dem einen Riegel vorzuschieben, hatte sich Webb ganz allein an die Fersen der Halunken geheftet und war ihnen bis nach Mexiko gefolgt. Die Viehdiebe hatten ihn bemerkt und sofort das Feuer eröffnet. Webb hatte zurückgeschossen. Zwei Tage lang soll dieser Kampf gedauert haben. Am Ende war einer der Viehdiebe tot gewesen, einer schwer verletzt und ein Dritter hatte sich beim Sturz von einem Felsen eine Gehirnerschütterung zugezogen. Webb selbst war leicht verwundet gewesen, ein Streifschuß am Oberschenkel, und litt unter akutem Flüssigkeitsmangel. Die Viehdiebe hatten einsehen müssen, daß hier nichts auszurichten war, und machten sich ohne die gestohlenen Rinder aus dem Staub. Webb hatte voll Grimm seine Herde über die Grenze in die Staaten zurückgetrieben. Seitdem war er nie mehr von Viehdieben behelligt worden.

Irgendwie wirkte er gefährlich, bedrohlich – im Gegensatz zu früher. Er besaß die Aura eines Mannes, der meinte, was er sagte, und keinen Augenblick zögerte, dem auch Taten folgen zu lassen. Der stählerne Kern, der schon immer in ihm geruht hatte, war zum Vorschein gekommen. Webb besaß keine Schwächen mehr, und ganz bestimmt nicht für seine lästige kleine Cousine, die ihn in solche Schwierigkeiten gebracht hatte.

Er war nicht mehr der Mann, den sie gekannt hatte, sondern härter, rauher, ja vielleicht sogar gewalttätig geworden. Sie erkannte, daß die zehn Jahre sie beide einigermaßen umgekrempelt hatten – aber eins war geblieben: ihre Liebe zu ihm.

Physisch sah er erheblich massiver aus als früher. Er hatte schon immer einen muskulösen Körper besessen, der geborene Sportler; aber jahrelange, anstrengende körperliche Arbeit hatten ihn stahlhart werden lassen, wie eine sprungbereite Raubkatze. Seine Schultern und seine Brust waren breiter geworden. Er hatte die Ärmel aufgekrempelt, so daß sie seine Unterarme sehen konnte, und die wiesen starke Muskeln und dicke Venen auf. In der tiefen Bräune seiner Haut fanden sich an den Mund- und Augenwinkeln kleine Fältchen. Seine Haare waren länger und wirkten ein wenig ungepflegt, so als ob er nicht allzuoft zum Friseur käme. Mit seinem ehemaligen, aufwendigen »Styling« hatte das wenig zu tun. Auf Wangen und Kinn lag ein Bartschatten, der jedoch den fast verheilten Schnitt nicht verbergen konnte, der sich über seinen rechten Kiefer, vom Kinn bis zum Ohrläppchen zog. Roanna schluckte. Sie fragte sich, was ihm wohl zugestoßen sein mochte, ob die Verletzung gefährlich gewesen war.

In der Akte des Detektivs stand, daß Webb die kleine Ranch nicht nur gekauft und rasch zum Florieren gebracht hatte, sondern auch systematisch Land erwarb – nicht, wie sich herausstellte, um seine Ranch zu vergrößern, sondern wegen der Bodenschätze. Arizona war reich daran und Webb betrieb Investment. Sein Weggang von Davenport hatte ihn keineswegs in finanzielle Nöte gestürzt; er besaß eigene Ersparnisse, und die hatte er klug und weitsichtig angelegt. Wie Lucinda immer behauptete, verfügte Webb über eine ungewöhnliche Begabung für Geschäfte und Finanzen, und er hatte sie genutzt.

Seinen Wohlstand sah man ihm jedoch nicht an, nicht an seiner Kleidung zumindest. Die Cowboystiefel waren runtergewirtschaftet, die Jeans abgetragen und sein Karohemd vom vielen Waschen ausgebleicht. Er trug einen dunkelbraunen, staubigen Cowboyhut. Nogales stand im Ruf, eine Stadt zu sein, in der es für Weichlinge keinen Platz gab; und wenn man ihn so betrachtete, paßte er unbestreitbar zu der harten, rauhen Kundschaft in der schäbigen Kneipe dieser kleinen Grenzstadt, die sich so sehr von Tuscumbia unterschied wie der heimische Garten von den hiesigen Weiden.

Wenn er wollte, konnte er sie zerstören. Mit ein paar kalten, schneidenden Worten konnte er sie auslöschen. Ihr wurde ganz schlecht, wenn sie daran dachte; doch Lucindas Miene, so voller Hoffnung, als sie sich heute früh von ihr verabschiedet hatte, ging ihr einfach nicht aus dem Sinn – Lucinda, vom Alter gebeugt, von Kummer und Reue geplagt, noch willensstark, aber nicht mehr unbesiegbar. Das Ende lag vielleicht näher, als sie wissen lassen wollte. Möglicherweise war dies ihre letzte Chance, den Bruch mit Webb zu kitten.

Roanna wußte genau, was finanziell für sie auf dem Spiel

stand, wenn sie bei Webb ihr Ziel erreichte. Laut Lucindas Testament war sie im Moment die Haupterbin von Davenport und dem Finanzimperium. Bescheidene Summen würden an Gloria und ihre Familie gehen und an Yvonne und Sandra, sowie diverse Pauschbeträge und Renten an das langjährige Personal: Loyal, Tansy und Bessie. Aber Webb war der ursprüngliche Haupterbe gewesen, und wenn er zurückkehrte, würde er es wieder sein.

Sie würde Davenport verlieren. Lucinda gegenüber hatte sie sich nichts von ihren Gefühlen anmerken lassen, hatte die Angst und Panik, die sie bei dem Gedanken zu überwältigen drohten, energisch hinter ihrer kühlen Fassade verborgen. Sie war auch nur ein Mensch; natürlich bedauerte sie den Verlust des Geldes. Aber Davenport bedeutete ihr noch mehr als Reichtum. Davenport war ihr Heim, ihre Zuflucht, jeder Zentimeter war ihr vertraut, und sie liebte es innig. Es würde ihr das Herz brechen, das Haus zu verlassen; aber sie machte sich keine Illusionen darüber, was passieren würde, wenn Webb das Erbe antrat. Sie wäre dann nicht mehr willkommen. Er würde sie alle raushaben wollen, einschließlich ihrer selbst.

Außerdem würde er das Vermögen besser verwalten als sie. Webb wuchs im Bewußtsein auf, daß Davenport, durch seine Allianz mit Jessie, eines Tages ihm anvertraut würde. Er hatte seine Jugendzeit damit verbracht, um sich zum bestmöglichen Financier zu mausern, und es war ihre Schuld, daß er alles verloren hatte.

Was kostete sie also eine Wiedergutmachung?

Sie kannte den Preis, wußte genau, wieviel sie zu bezahlen hatte.

Aber da war Lucinda, die sich verzweifelt wünschte, ihn zu sehen, bevor sie starb. Und da war Webb selbst, der Kronprinz im Exil. Davenport gehörte ihm als rechtmäßiges Dach und Erbe. Sie schuldete ihm etwas, das sich nicht zurückerstatten ließ, und würde ihre Heimat aufgeben, um ihn zur Rückkehr zu bewegen. Ja, sie würde alles aufgeben, was sie besaß.

Irgendwie bewegte sie sich wie von selbst, ohne es zu wollen. Auf einmal war sie auf den Füßen und schwebte durch die Rauchschwaden auf ihn zu. Etwas rechts hinter ihm blieb sie stehen; ihr Blick war fiebrig auf ihn gerichtet, auf die harte Linie seiner Wangenknochen, seines Kiefers. Zögernd, sowohl sehnsüchtig als auch ängstlich, hob sie die Hand, um ihn an der Schulter zu berühren und auf sich aufmerksam zu machen. Bevor es jedoch dazu kam, drehte er den Kopf, als ob er ihre Anwesenheit gespürt hätte.

Mißtrauisch zusammengekniffene grüne Augen überflogen sie von Kopf bis Fuß. Eine schwarze Braue hob sich fragend. Er sah aus wie einer, der sich ausrechnete, ob die vor ihm stehende Frau für ein schnelles Abenteuer zu haben war oder nicht. Und ob es sich ihretwegen lohnte …

Er erkannte sie nicht.

Ihr Atem ging schnell und flach, und sie hatte das Gefühl, nicht genug Luft zu bekommen. Sie ließ ihre Hand sinken, und das Herz tat ihr weh, weil ihr die flüchtige Begrüßungsberührung, vor der sie sich gleichzeitig gefürchtet hatte, verwehrt blieb. Sie wollte sich so gerne in seine Arme schmiegen, wie in Kindertagen, wollte ihren Kopf an seine Schulter legen und Zuflucht vor der bösen Welt finden. Statt dessen rang sie um ihre hart erkämpfte Fassung und sagte in ruhigem Ton: »Hallo, Webb. Kann ich kurz mit dir sprechen?«

Seine Augen weiteten sich, und er schwang mit dem Barhocker zu ihr herum, so daß er sie genauer ins Blickfeld bekam. Ein kurzes Aufflackern in seinen Augen sagte ihr, daß er sie endlich erkannte; dann breiteten sich Unglauben und Fassungslosigkeit auf seinen Zügen aus. Sofort jedoch verhärtete sich seine Miene wieder. Erneut musterte er sie von oben bis unten, langsamer diesmal und absichtlich beleidigend.

Wortlos starrte er sie nur an. Roannas Herz hämmerte gegen ihre Rippen. »Bitte«, setzte sie hinzu.

Er zuckte die Schultern, wobei sich sein Hemd über seine mächtigen Muskeln spannte. Dann zog er ein paar Geldscheine aus seinen Jeans, warf sie auf den Tresen und erhob sich, türmte sich über ihr auf, und sie wich unwillkürlich einen Schritt zurück. Ohne ein Wort zu sagen, ergriff er sie beim Arm und lavierte sie zum Ausgang, wobei seine langen Finger sie wie ein Stahlband umschlossen.

Roanna hielt die Luft an. Ein tiefes Glücksgefühl durchrieselte sie, selbst bei dieser ungehobelten Berührung, und sie wünschte, eine ärmellose Bluse angezogen zu haben, um seine Hand auf ihrer Haut zu spüren.

Die Tür zu dem niedrigen Gebäude fiel krachend hinter ihnen zu. Drinnen war es nicht gerade hell gewesen, dennoch mußte sie blinzeln, um ihre Augen an die Dunkelheit draußen zu gewöhnen. Der Vorplatz war mit Autos vollgeparkt, und das rote Neonschild mit der Aufschrift BAR spiegelte sich in den Stoßstangen und Windschutzscheiben der Wagen. Nach der rauchigen, verbrauchten Luft in der Kneipe fühlte sich die frische Nachtluft kalt und dünn an, Roanna fröstelte es. Er ließ sie nicht los, sondern führte sie über den staubigen Parkplatz zu seinem Pickup. Nun fischte er die Schlüssel aus seiner Tasche, schloß die Fahrertür auf und schob sie nach vorn. »Los, steig ein!«

Sie gehorchte und rutschte über den Fahrersitz, bis sie auf der Beifahrerseite saß. Webb folgte ihr, faltete seine langen Beine unter dem Lenkrad zusammen und knallte die Wagentür zu. Jedesmal, wenn das Barschild blinkte, konnte sie seine zusammengebissenen Kiefer sehen. In der engen Wagenkabine roch sie auch den frischen, scharfen Duft des Tequilas, den er getrunken hatte. Er saß wortlos da und starrte aus der Windschutzscheibe. Sie verschränkte die Arme, weil ihr kalt war, und schwieg ebenfalls.

»Und?« raunzte er nach einer Weile, als klar wurde, daß sie sich mit dem Reden nicht gerade überstürzte.

Sie dachte an all die Dinge, die sie sagen könnte, all die Entschuldigungen und Ausflüchte, all die Gründe, warum Lucinda sie hergeschickt hatte; aber alles lief lediglich auf zwei simple Worte hinaus: »Komm heim!«

Webb lachte verächtlich auf und drehte sich zu ihr, so daß seine breiten Schultern zwischen Wagentür und Sitz klemmten. »Ich *bin* daheim, soweit man das sagen kann.«

Roanna schwieg, wie so oft. Je stärker ihre Gefühle waren, desto stiller wurde sie, als ob ihr Panzer, ihre innere Schale, jeden Gefühlsausbruch verhinderte – sie durfte sich nicht verwundbar zeigen. Seine Nähe, allein der Klang seiner Stimme, wollten sie schon aus der Fassung bringen. Sie war nicht einmal in der Lage ihn anzusehen, seinen Blick zu erwidern. Statt dessen hielt sie die Augen auf ihren Schoß gesenkt und kämpfte gegen ihr unkontrolliertes Zittern an.

Er stieß einen unterdrückten Fluch aus, steckte ungehalten den Schlüssel ins Schloß und ließ den Wagen an. Der Motor sprang sofort an und verfiel in ein tiefes angenehmes Schnurren. Den Temperaturregler stellte er auf die höchste Stufe und langte nach hinten, um eine Jeansjacke vom Rücksitz zu angeln. Er warf sie auf ihren Schoß. »Hier, zieh die an, bevor du blau anläufst.«

Die Jacke war ein wenig staubig, sie roch nach Schweiß und Pferden, und unbestreitbar nach Webb. Roanna hätte am liebsten ihr Gesicht darin vergraben, zog sie sich statt dessen jedoch dankbar um die Schultern.

»Wie hast du mich gefunden?« fragte er schließlich. »Hat Mutter dir erzählt, wo ich wohne?«

Sie schüttelte den Kopf.

»Tante Sandra?«

Wieder verneinte sie.

»Verdammt nochmal, ich bin nicht in der Stimmung für

Rätselraten«, fuhr er sie an. »Entweder du redest, oder du verschwindest aus meinem Wagen.«

Roannas Hände krampften sich um die Jackenaufschläge. »Lucinda hat einen Privatdetektiv beauftragt, dich ausfindig zu machen, und mich dann hergeschickt.« Die Feindseligkeit, die von ihm ausging, war greifbar, versengte sie wie ein Schwelbrand. Sie hatte gewußt, daß sie nicht viel Chancen hatte, ihn zu einer Rückkehr zu bewegen; aber sie hätte nicht gedacht, daß er sie so sehr verabscheute. Ihr Magen krampfte sich heftig zusammen, und ihre Brust fühlte sich ganz hohl an, als ob sie kein Herz mehr hätte.

»Dann bist du also nicht von allein gekommen?« fragte er scharf.

»Nein.«

Mit einer plötzlichen, unerwarteten Bewegung packte er sie beim Kinn. Seine Finger gruben sich schmerzhaft in ihre weiche Haut, als er ihren Kopf zu sich herumriß. Ein sanftes, bedrohliches Schnurren lag in seiner Stimme, als er nun sagte: »Sieh mich an, wenn du mit mir redest.«

Hilflos gehorchte sie ihm, verschlang ihn mit ihren Augen, jede geliebte Linie seines Gesichts, wie um ihn für immer in ihr Gedächtnis zu meißeln. Das war vielleicht das letzte Mal, daß sie ihn je sah, und wenn er sie fortschickte, würde noch ein wenig mehr von ihr sterben.

»Was will sie?« fragte er, ohne ihr Gesicht loszulassen. Seine große Hand umschloß ihren Kiefer von einem Ohr bis zum anderen. »Wenn sie bloß meine freundliche Visage vermißt hätte, dann hätte sie wohl kaum zehn Jahre gewartet, um nach mir zu suchen. Also, was will sie von mir?«

Seine Bitterkeit war heftiger als erwartet und seine Wut noch so heiß wie an dem Tag, an dem er aus ihrer aller Leben davonstürzte. Sie hätte es wissen müssen und Lucinda ebenfalls. Alle kannten ihn, seinen unbeugsamen Charakter; deshalb hatte ihn Lucinda im Alter von vierzehn zum Erben und

Verwalter von Davenport erkoren. Ihn zu verraten, hieß einen spielenden Tiger am Schwanz zu ziehen, und jetzt mußten sie mit den Konsequenzen rechnen.

»Sie möchte, daß du heimkommst und wieder alles übernimmst.«

»Was du nicht sagst! Und die guten Leutchen von Colbert County würden den angeblichen Mörder mit offenen Armen aufnehmen, um endlich wieder Geschäfte mit ihm zu machen.«

»Das würden sie auch. Geschäfte mit dir machen, meine ich. Sobald Davenport und alles, was dazugehört, wieder dir gehört, dann bleibt ihnen nichts anderes übrig, wenn sie die Butter auf dem Brot behalten wollen.«

Er stieß ein bellendes Lachen aus. »Mein Gott, es muß wirklich dringend sein, wenn sie bereit ist, mich damit zu kaufen! Ich weiß, daß sie ihr Testament geändert hat, wahrscheinlich zu deinen Gunsten. Was ist passiert? Hat sie ein paar falsche Entscheidungen getroffen und braucht mich nun, um den Arsch der lieben Familie wieder aus dem Feuer zu holen?«

Ihre Finger taten ihr weh, so gerne hätte sie das zornige Stirnrunzeln aus seinem Gesicht gewischt, aber sie beherrschte sich; die Anstrengung, die sie das kostete, war ihrer Stimme anzuhören. »Sie will, daß du heimkommst, weil sie dich liebt und bedauert, was passiert ist. Es eilt ihr, weil sie nicht mehr lange leben wird. Sie hat Krebs.«

Seine Augen funkelten sie im dunklen Wangeninnern böse an, dann ließ er abrupt ihr Kinn los und drehte den Kopf weg. Kurz darauf sagte er: »Gott*verdammt*!« und schlug heftig mit der Faust aufs Lenkrad. »Sie ist immer schon gut im Manipulieren von anderen gewesen. Der Himmel weiß, was Jessie alles von ihr gelernt hat.«

»Dann kommst du also?« fragte Roanna zögernd und wollte es kaum glauben.

Statt einer Antwort fuhr er wieder zu ihr herum und packte sie erneut beim Kinn. Er beugte sich vor, so nahe, daß sie das Glitzern in seinen Augen sehen, den Alkohol in seinem Atem riechen konnte. Erschrocken wurde ihr klar, daß er nicht gerade nüchtern war. Sie hätte es wissen müssen, hatte ihm ja lange genug beim Trinken zugesehen, aber war gar nicht auf die Idee gekommen, daß er ...

»Und was ist mit dir?« fragte er leise und hart. »Alles, was ich bis jetzt gehört habe, ist Lucindas Wille. Willst du auch, daß ich heimkomme, kleine ach-so-erwachsene Roanna? Wie hat sie dich dazu gebracht, ihren letzten Coup zu übernehmen, wo sie doch weiß, daß du jede Menge Geld und Besitz verlierst, wenn es dir gelingt?« Er hielt inne. »Ich nehme doch an, daß sie, wenn ich zurückkomme, ihr Testament wieder zu meinen Gunsten abändert?«

»Genau«, flüsterte sie.

»Dann bist du ein Dummkopf«, beschied er ihr verächtlich und ließ ihren Kiefer los. »Warum trottest du nicht einfach schön brav zurück, wie das zahme Schoßhündchen, in das du dich verwandelt hast, und sagst ihr, daß ich trotz deiner heftigsten Bemühungen kein Interesse habe?«

Auch diesen Schlag nahm sie hin und schob ihn tief in ihr Innerstes, wo man den Schaden, den er anrichtete, nicht sehen konnte. Der Gesichtsausdruck, mit dem sie ihm nun begegnete, war so glatt und ausdruckslos wie der einer Puppe. »Ich will auch, daß du heimkommst. Bitte!«

Sie fühlte, wie sein Blick schärfer wurde, wie ein auf sie gerichteter Laserstrahl. »Und warum, allerwerteste Cousine«, fragte er lauernd. »Außer du bist wirklich ein Dummkopf. Bist du das, Roanna?«

Sie öffnete den Mund, um zu antworten, doch er legte ihr einen schwieligen Finger auf die Lippen. »Vor zehn Jahren hast du alles angefangen, indem du mir deinen mageren kleinen Körper angeboten hast. Damals dachte ich, du wärst zu unschuldig, um zu wissen, was du da tust; aber seitdem habe ich oft und lange darüber nachgedacht, und jetzt glaube ich, daß du sehr wohl im Bilde warst, wie ich auf dich reagieren würde, oder?«

Sein Finger lag noch auf ihren Lippen, sanft zeichnete er den sensiblen Umriß ihres Mundes nach. Davor hatte sie sich am meisten gefürchtet, vor seinen bitteren Anschuldigungen. Sie schloß die Augen und nickte.

»Wußtest du, daß Jessie runterkommen würde?«

»Nein!« Bei dem Ausruf bewegten sich ihre Lippen unter seinem Finger, und ihr Mund begann zu kribbeln.

»Dann hast du mich also geküßt, weil du mich haben wolltest?«

Was spielt Stolz schon für eine Rolle, dachte sie. Sie liebte ihn auf die eine oder andere Weise schon ihr ganzes Leben lang. Zuerst mit der Heldenverehrung eines Kindes, dann mit der wilden Schwärmerei eines Teenagers und schließlich mit der Leidenschaft einer Frau. Die letzte Wandlung war wahrscheinlich eingetreten, als sie Jessie dabei beobachtete, wie sie Webb mit einem anderen Mann betrog. Wenn sie jünger gewesen wäre, wäre sie wahrscheinlich voller Schadenfreude zu den Erwachsenen gerannt. Dieses eine Mal jedoch hatte sie Webbs Befindlichkeit über ihre eigenen Impulse gestellt; doch dann hatte sie einem anderen Impuls nachgegeben, ihn geküßt und am Ende doch den Preis bezahlt.

Seine Finger preßten sich fester auf ihre Lippen. »Stimmt das?« beharrte er. »Hast du mich gewollt?«

»Ja«, hauchte sie und gab damit jeden Stolz, jeden Selbstschutz auf. »... immer schon ...«

»Was ist mit jetzt?« Seine Stimme war hart, fixierte sie auf etwas, das sie nicht erkennen konnte. »Willst du mich jetzt auch noch?«

Was bezweckte er damit? Vielleicht wollte er ja ihre totale Demütigung? Wenn er ihr die Schuld an allem gab, dann konnte dies unter Umständen seine Wiedergutmachungsforderung sein.

Sie nickte.

»Wie sehr willst du mich?« Abrupt glitt seine Hand unter ihre Jacke und schloß sich über einer Brust. »Genug, um mir einen kleinen Vorgeschmack auf zukünftige Quälereien zu geben? Oder genug, um das zu vollenden, was du mir vor zehn Jahren angeboten hast?«

Roanna hielt keuchend die Luft an. Sie war vor Schock wie gelähmt. Hilflos starrte sie ihn an; ihre dunklen Augen waren so weit aufgerissen, daß sie ihr blasses kleines Gesicht beinahe verschlangen.

»Ich will dir was sagen«, murmelte er, und seine große Hand lag noch immer brennend heiß auf ihrer Brust, drückte sie sanft, wie um ihre Festigkeit zu testen. »Vor zehn Jahren hab ich vorausbezahlt, aber nie was gekriegt. Ich werde zurückgehen und die Kastanien für Lucinda aus dem Feuer holen – wenn du mir das gibst, was jeder bereits als Tatsache ansah.«

Benommen wurde ihr klar, was er meinte, und sie erkannte, daß ihn die Jahre sogar noch härter gemacht hatten als angenommen. Der alte Webb hätte so etwas nie getan – oder vielleicht steckte ja immer schon solche Skrupellosigkeit in ihm, die jedoch nie zum Ausbruch kam. Die Schärfe war nun an die Oberfläche getreten.

Hier übte er also Rache für ihren unreifen, naiven Überfall, der ihn so viel gekostet hatte. Wenn er nach Hause zurückkehrte, würde er Davenport als Entschädigung bekommen; doch er wollte, daß auch Roanna bezahlte, und zwar beanspruchte er ihren Körper.

Sie blickte ihn an, den Mann, den sie liebte, seit sie denken konnte.

»Einverstanden«, flüsterte sie.

9

Das Motelzimmer war eng und schäbig und so kalt, daß sie bis auf die Knochen fror. Roanna überlegte, ob es nicht bessere Motels in Nogales gab; warum hatte er sie hierher geschleppt? Weil es näher lag oder weil er ihr zeigen wollte, wie wenig sie ihm wert war?

Man mußte schon ein gewaltiges Selbstbewußtsein besitzen, um das alles mitzumachen, und an dieser Eigenschaft mangelte es Roanna mehr als an allem anderen. Sie kam sich mickrig und kümmerlich vor, und neue Schuldgefühle gesellten sich zu den alten; er glaubte, sie zu bestrafen, und irgendwie tat er das auch – aber in einem versteckten Winkel ihres Wesens war sie überglücklich darüber, schon bald in seinen Armen zu liegen.

Diese Freude konnte sie kaum orten, doch sie war nichtsdestotrotz vorhanden. Sie empfand die Scham, die er ihr zufügen wollte, empfand die Demütigung. Da sie nicht wußte, ob sie genug Mut hatte, die Sache durchzustehen, dachte sie in ihrer Verzweiflung an Lucinda, die krank, zusammengesunken zuhause saß und Webbs Vergebung brauchte, damit sie in Frieden sterben konnte. Brachte sie das fertig, sich einfach hinzulegen, damit er sich eiskalt ihres Körpers bediente, selbst für Lucinda?

Aber sie tat es nicht nur für Lucinda. Webb brauchte Rache ebenso dringend wie Lucinda Vergebung; wenn es ihm half, die Dinge ein wenig ins Lot zu bringen, wenn er danach nach Davenport zurückkehren konnte, dann war Roanna zu allem bereit. Und tief in ihrem Innern, in jenem versteckten Winkel, schwindelte es sie vor Glück. Egal aus welchem Grund, eine kurze Zeitlang würde er ganz ihr gehören, eine Erfahrung, die sie für die zukünftigen, leeren Jahre in ihrem Herzen bewahren konnte.

Er warf seinen Hut auf den Stuhl, fläzte sich aufs Bett und knautschte das Kissen unter seinem Kopf, bevor er sich dagegen lehnte. Seine leicht verengten grünen Augen glitten hungrig über ihren Körper.

»Los, zieh dich aus!«

Benommen stand sie da, mit hängenden Armen, und wußte nicht, was sie sagen sollte. Wollte er wirklich, daß sie sich einfach so vor ihm auszog?

»Nun, anscheinend hast du deine Meinung geändert«, sagte er gedehnt, setzte sich auf und griff nach seinem Hut.

Roanna riß sich zusammen und fuhr mit den Händen an die Knöpfe ihrer Bluse. Sie hatte beschlossen, es zu tun, also was machte es schon aus, wenn er sie vorher ansehen wollte? In Kürze würde er viel mehr tun, als nur zuschauen. Fassungslos war sie hauptsächlich über ihre Bereitwilligkeit, und ihre Hände mühten sich zitternd mit den Knöpfen ab. Es war schon komisch, daß ihr das so schwerfiel, sich für ihn auszuziehen, wo sie doch seit Jahren von nichts anderem träumte. Lag es daran, daß sie immer gehofft hatte, er würde aus Liebe zu ihr kommen, und nun geschah das Gegenteil?

Aber es spielt keine Rolle, sagte sie sich wieder und wieder, wie eine Litanei, die sie davor schützte, zuviel nachzudenken. Es spielt keine Rolle, es spielt keine Rolle!

Die Knöpfe waren schließlich auf, und die Bluse hing offen. Sie durfte nicht innehalten, oder sie würde ihren Mut total verlieren. Mit raschen, nervösen Bewegungen zog sie die Bluse von ihren Schultern und ließ sie über ihre Arme zu Boden gleiten. Ansehen konnte sie ihn nicht, aber sie fühlte seinen Blick, bohrend, intensiv, wartend.

Ihr BH besaß einen Vorderverschluß. Flüchtig, vor Kälte zitternd, wünschte sie, es wäre ein sexy Spitzen-BH, doch bestand er aus einfacher, weißer Baumwolle, mehr zweckdienlich als verführerisch. Sie löste die Häkchen, zog die Träger von ihren Schultern und ließ das Kleidungsstück dann auf den

Boden gleiten. Die kalte Luft strich über ihre nackten Brüste, so daß sich ihre Warzen zu steifen Knospen verhärteten. Sie wußte, daß sie mit ihrem Busen keinen Staat machen konnte. Ob er sie ansah? Sie wagte nicht den Blick zu heben, weil sie schreckliche Angst davor hatte, Enttäuschung auf seinem Gesicht zu lesen.

Sie wußte nicht, wie man sich verführerisch entkleidete. Ihre Ungeschicklichkeit beschämte sie zutiefst, und sie wußte, daß man das Ganze viel anmutiger, verlockender machen konnte, so, daß dem Mann bei der langsamen Enthüllung von immer mehr nackter Haut ganz heiß wurde – aber das hatte sie leider nie geübt. Alles, was sie konnte, war, Knöpfe aufmachen, Reißverschlüsse herunterziehen wie ein Schulmädel, das sich für den Turnunterricht umzieht.

Da war es wohl am besten, das Ganze so schnell wie möglich hinter sich zu bringen, bevor sie noch die Nerven verlor. Eilig kickte sie ihre Sandalen von den Füßen, öffnete den Reißverschluß ihrer Hose und beugte sich vor, um sie runterzuziehen. Es war jetzt richtig eisig im Zimmer, und sie bekam überall Gänsehaut.

Nun stand sie im Höschen da, und der Mut war ihr inzwischen beinahe völlig abhanden gekommen. Ohne sich Zeit zum Überlegen zu lassen, fuhr sie mit dem Daumen unter den Bund und entledigte sich tapfer dieser letzten Bastion.

Immer noch sagte er kein Wort, rührte sich nicht. Ihre Hände zuckten kurz, als wollte sie sich bedecken, doch dann ließ sie die Arme hängen und starrte wie blind auf den schäbigen Teppich zu ihren nackten Füßen. Dabei fragte sie sich, ob es wohl möglich war, aus Scham zugrunde zu gehen. Sie zwang sich mittlerweile zum Essen, war aber immer noch recht dünn, eine magere Gabe auf dem Altar der Rache. Wenn nun ihre Nacktheit nicht begehrenswert genug für ihn war ... am Ende lachte er sie sogar aus?

Er war vollkommen still. Sie konnte ihn nicht einmal atmen

hören. Das Zimmer um sie herum begann sich zu drehen, und sie zwang sich, tief Luft zu holen und Sauerstoff in ihre zusammengepreßten Lungen zu saugen. Unfähig, ihn anzusehen, kam ihr auf einmal der panische Gedanke, er könne möglicherweise mehr getrunken haben, als sie gedacht hatte, und sei inzwischen eingeschlafen. Was für ein vernichtendes Urteil das über ihre ohnehin kaum existenten Reize wäre!

Doch dann hörte sie sein rauhes Flüstern und erkannte, daß er wach war. »Komm her!«

Sie schloß die Augen und wurde von einer so heftigen Erleichterung übermannt, daß ihr beinahe die Knie wegsackten. Zentimeter um Zentimeter schob sie sich zu der Ecke, aus der das Flüstern kam.

»Näher«, sagte er, und sie rückte vor, bis sie mit den Beinen ans Seitenbrett des Bettes stieß.

Er berührte sie, seine Hand glitt an der Außenseite ihres linken Oberschenkels entlang nach oben, schwielige Fingerspitzen, die über ihre weiche Haut strichen, Nerven zum Kribbeln brachten und einen feurigen Pfad hinterließen. Immer höher fuhr seine Hand, über die sanfte Wölbung ihres Oberschenkels und nach hinten zu ihrem wohlgerundeten Hinterteil. Seine langen Finger schmiegten sich an die kühle Unterseite beider Pobacken und verbrannten sie mit ihrer Hitze. Sie erbebte und rang mit dem plötzlichen, wilden Drang, sich an seiner Hand zu reiben. Es gelang ihr jedoch nicht ganz; ihre Hüften begannen unwillkürlich zu zucken.

Vergnügt lachte er auf, und seine Finger packten ihr festes Fleisch härter. Er streichelte ihre Pobacken, schmiegte seine Handflächen an die Unterseiten, als ob er einen Abdruck von ihren weichen weiblichen Formen machen wollte; sein Daumen fuhr in die köstliche Spalte dazwischen.

Roanna fing an zu schlottern, teilweise aus Schock, teilweise aus Erregung, und mit keiner noch so großen Willensanstrengung vermochte sie das verräterische Zittern zu unterdrücken. Noch nie hatte sie jemand dort berührt. Sie hatte nicht gewußt, daß sein langsames, zärtliches Streicheln eine Leere, ja fast einen Schmerz zwischen ihren Beinen hervorrufen würde oder daß sich ihre Brüste auf einmal so üppig anfühlen könnten. Sie kniff die Augen noch fester zusammen und fragte sich, ob er wohl nochmal über ihren Busen streifen würde und ob sie es ertragen könnte, wenn er es tat.

Doch nicht ihren Busen berührte er, sondern eine ganz andere Stelle.

»Spreiz die Beine.«

Seine Stimme war leise und so heiser, daß sie argwöhnte, ihn nicht richtig verstanden zu haben – doch irgendwie wußte sie, daß sie das hatte. In ihren Ohren fing es dumpf zu rauschen an, und sie merkte, wie sich ihre Beine von selbst öffneten, um seinem Befehl Folge zu leisten. Sie standen nun für seine forschenden Finger weit genug auseinander, und sie fühlte, wie seine Hand dazwischen glitt.

Er strich mit den Fingern über die Falten ihrer geschlossenen, zarten Spalte, fühlte ihre Weichheit, drückte sanft. Roanna hielt den Atem an. Eine heftige Spannung breitete sich in ihrem Körper aus, eine Sehnsucht, die sie zu übermannen drohte. Dann schlüpfte ein langer Finger unverfroren zwischen ihre Falten, öffnete sie, bohrte sich mit unbeirrbarer Sicherheit vorwärts, bis er mit einem raschen Stoß in sie eindrang.

Roanna konnte einen leisen Schrei nicht ganz unterdrücken, doch sie würgte ihn hastig ab. Ihre Knie zitterten und drohten, ihr den Dienst zu versagen. Sie hatte das Gefühl, nur noch von seiner Hand zwischen ihren Schenkeln, seinem Finger in ihrer Scheide, aufrecht gehalten zu werden. O Gott, es war ein so herrliches Gefühl, beinahe unerträglich, sein Finger, der dick und fest in ihr steckte und sich in ihrer zarten, engen Höhle bewegte. Er zog ihn fast ganz heraus und stieß ihn dann rasch wieder in sie hinein. Das wiederholte er unaufhörlich und rieb mit dem Daumen über die kleine Knospe in ihrem Schoß.

Hilflos fühlte sie, wie ihre Hüften zu kreisen anfingen, wie sie sich an seine Hand drückte und wie ihr Stöhnen um Stöhnen entschlüpfte. In der Stille hörte sie ihn atmen, hart und schnell. Sie fror nicht mehr; heftige Hitzewellen brachen über sie herein, und das Lustgefühl war so intensiv, daß es fast wehtat. Verzweifelt fuhr ihre Hand nach unten und packte sein Handgelenk, versuchte ihn von sich fortzuschieben, weil das alles einfach zu viel für sie war und sie es nicht mehr zu ertragen vermeinte. Etwas geschah mit ihr, etwas Drastisches, und es drohte immer schlimmer zu werden – und auf einmal stieß sie einen Angstschrei aus.

Er ignorierte ihr Zerren vollkommen, als ob sie seine Hand halten würde, anstatt sie fortzustoßen. Sie fühlte sein Drängen, fühlte, wie er versuchte, noch einen Finger in sie hineinzuschieben, fühlte den plötzlichen, panischen Widerstand ihres Körpers. Abermals drang er vor, und sie zuckte vor Schmerz zusammen.

Da hielt er inne, rührte sich nicht, und ein wüster Fluch zerriß die Stille.

Dann kippte auf einmal alles, denn er packte sie und zog sie aufs Bett, über sich hinweg und auf seine andere Seite, so daß sie neben ihm lag. Roanna sperrte Mund und Augen auf, um gegen das plötzliche Schwindelgefühl anzukämpfen; doch dann wünschte sie, sie hätte es nicht getan.

Er lehnte über ihr, so nahe, daß sie die schwarzen Flecken in seinen grünen Augen wahrnahm, so nahe, daß sie die Hitze seines Atems auf ihrem Gesicht fühlen, den Tequila riechen konnte. Sie lag auf dem Rücken, und ihr rechtes Bein hing über seiner Hüfte. Seine Hand befand sich noch immer zwischen ihren gespreizten Schenkeln, und ein Finger beschrieb rastlose kleine Kreise um die zarte Öffnung, die naß für ihn geworden war.

Wieder überfiel sie heftige Scham, daß sie nackt war und er noch vollkommen angezogen – daß er sie an ihrer intimsten Stelle berührte und dabei ihr Gesicht beobachtete. Sie fühlte, wie ihr die Röte in die Wangen und Brüste schoß.

Erneut bohrte er seinen Finger in sie hinein, bohrte tief, wobei er sie nicht eine Sekunde aus den Augen ließ. Roanna war wie hypnotisiert, vollkommen gefangen von seinem Blick. Sie stöhnte unwillkürlich und hätte sich am liebsten wieder hinter ihren geschlossenen Lidern versteckt; aber sie konnte nicht wegsehen, wie ein Kaninchen, das vor seinem Jäger steht. Seine schwarzen Augenbrauen zogen sich finster über den grünglitzernden Augen zusammen. Er ist wütend, erkannte sie verwirrt, aber es war eine heiße Wut anstelle der kalten Verachtung, die sie erwartet hatte.

»Du bist noch Jungfrau«, sagte er tonlos.

Das klang wie eine Anschuldigung. Roanna starrte ihn an und fragte sich, wie er das wohl erraten hatte und warum er darüber so zornig war. »Hm«, gab sie zu und schämte sich noch mehr.

Er sah, wie eine zarte Röte ihre Brüste überzog, und sie merkte, wie sich das Funkeln in seinen Augen intensivierte. Sein Blick konzentrierte sich ausschließlich auf ihre Brüste, auf die erregten Nippel. Er zog seine Hand zwischen ihren Schenkeln hervor. Sein Finger war ganz naß von ihrer Scheide. Langsam, immer noch wie verhext auf ihre Brüste starrend, strich er eine Warze mit seinem nassen Finger ein, verteilte ihre Körpersäfte auf der aufgerichteten Knospe. Ein rauher, gieriger Laut entrang sich der Tiefe seiner Brust. Er beugte sich über sie, umschloß die Warze, die er soeben gesalbt hatte, mit seinen Lippen und saugte kräftig daran, kostete ihren unvergleichlichen Geschmack.

Sie verging fast vor Lust. Das Saugen, seine rauhe Zunge und harten Zähne ließen Feuerwogen durch ihren Körper schießen. Roanna bäumte sich auf und schrie, ihre Hände verkrallten sich in seinem Haar, um ihn an ihrem Busen festzuhalten. Er wechselte zur anderen Brust und bearbeitete sie ebenso, bis auch sie dunkelrot, naß und diamantenhart war.

Zögernd hob er den Kopf und starrte sein Werk hungrig an. Seine leicht geöffneten Lippen waren, wie ihre Nippel, rot und naß. Sein Atem kam stoßweise. Die Hitze, die sein hünenhafter Körper verströmte, vertrieb auch das letzte bißchen Kälte aus ihren Gliedern.

»Du brauchst nicht mitzumachen«, sagte er so stockend, daß es ihr vorkam, als müßte er sich die Worte entreißen. »Es ist dein erstes Mal ... ich gehe auch so nach Hause zurück.«

Ihre Enttäuschung war so groß, daß sie es kaum ertragen konnte – als hätte ihr jemand einen Dolch ins Herz gestoßen. Sie wurde kreidebleich und starrte ihn fassungslos an. Sich vor ihm auszuziehen war ihr sehr schwergefallen; doch sobald er angefangen hatte, sie zu streicheln, geriet sie langsam aber sicher in den Strudel der Leidenschaft, auch wenn sie jede neue Berührung schockierte und erschreckte. Jener geheime Teil von ihr hatte frohlockt, war trunken vor Glück, hatte jede Berührung seiner begehrlichen Hände genossen, hatte mehr und immer mehr gewollt.

Aber er hatte die Nase voll, fand sie nicht begehrenswert genug!

Ihre Kehle war auf einmal wie zugeschnürt. Lediglich ein ersticktes Wispern brachte sie zustande. »W-willst du mich denn nicht?«

Das Flehen in ihrer Stimme erstarb fast, doch er hörte es. Seine Pupillen weiteten sich, bis nur noch ein schmaler grüner Ring die wildfunkelnden schwarzen Zentren umgab. Er packte ihre Hand und zog sie an seinen Körper hinab zu seinem Schoß. Ohne auf ihr instinktives Zurückweichen zu achten, eine Reaktion, die ihre Unschuld nur unterstrich, drückte er ihre kleine Hand über sein steinhartes, drängendes Geschlecht.

Roanna erstarrte vor Verblüffung. Sie fühlte die harte Ausbuchtung unter seinen Jeans. Sie war lang und fest und so heiß, daß sie ihre Hand durch den dicken Stoff verbrannte – und er pulste, als ob er dort ein eigenes Leben besäße. Sie drehte ihre Hand herum und packte ihn durch seine Jeans. »Bitte, Webb. Ich wünsche es mir so sehr«, stieß sie, nach Atem ringend, hervor.

Einen entsetzlichen Moment lang glaubte sie, er würde sich dennoch weigern; statt dessen fuhr er mit einer klappmesserartigen Bewegung vom Bett hoch und fing an, sich in aller Hast auszuziehen. Wie benommen nahm sie wahr, daß er sie ebenso anstarrte wie sie ihn. Ohne es zu wollen, breitete sich fassungslose Faszination auf ihren Zügen aus. Ihre weitaufgerissenen Augen hingen an seinem mächtigen Körper, an den breiten Schultern, der haarigen Brust, seinem Waschbrettbauch. Mit großer Vorsicht manövrierte er seinen Reißverschluß herunter, dann schob er eilig seine Jeans samt Slip herunter. Fassungslos blinzelte sie, als sie sah, wie sein pulsender Schaft, plötzlich befreit, hervorschnellte. Erneut stieg heiße Röte in ihre Wangen.

Er hielt inne und holte mehrmals rasch und tief Luft.

Roanna, die eine schreckliche Angst befiel, irgend etwas zu tun, was ihn zum Aufhören veranlassen könnte, verhielt sich vollkommen reglos und zwang sich, den Blick von seinem athletischen Körper abzuwenden. Aber er wollte sie auch, und sie wußte es. Unerfahren mochte sie ja sein, aber unwissend nicht. Er war sehr, sehr hart, und das wäre er wohl kaum, wenn er sich für sie nicht interessierte.

Die schäbige Deckenlampe schien ihr direkt in die Augen. Sie wünschte, er würde das Licht ausmachen, wagte aber nicht, ihn darum zu bitten. Die Matratze gab unter seinem Gewicht nach, und sie preßte die Hände flach auf das billige, dünne Ding, das kaum genug Halt bot, um nicht runterzurollen.

Er ließ ihr keine Zeit zum Nachdenken oder es sich doch

noch anders zu überlegen – und auch keine Zeit, in Panik zu geraten. Sofort schob er sich über sie, und seine harten Oberschenkel drängten sich rücksichtslos zwischen ihre Beine, drückten sie auseinander. Seine breiten Schultern überdeckten das blendende Deckenlicht. Roanna konnte kaum durchatmen, da nahm er auch schon ihren Kopf in beide Hände und drückte seinen Mund auf den ihren. Seine Zunge schoß vor, und sie öffnete ihre Lippen, um ihn einzulassen. Gleichzeitig fühlte sie, wie sein stahlharter Penis sich langsam in ihre weiche, enge Öffnung zu bohren begann.

Ihr Herz machte einen wilden Sprung und hämmerte dann wie ein Amboß gegen ihre Rippen. Sie stieß einen leisen Angstlaut aus, doch sein Mund erstickte ihre Sorge, und er vertiefte den Kuß, so daß sowohl Zunge als auch Penis in sie drangen.

Es war alles andere als einfach, trotz ihrer Erregung, trotz der Nässe, die sie für ihn bereit gemacht hatte. Irgendwie hatte sie angenommen, er würde ganz von alleine in sie kommen, doch so funktionierte es nicht. Mit kleinen, wiegenden Hüftbewegungen preßte er sich weiter und weiter, tiefer, immer tiefer in sie hinein. Ihr enger Schoß widersetzte sich der zunehmenden Dehnung – zu ihrer Überraschung und ihrem Entsetzen tat es furchtbar weh. Sie versuchte, sich nichts anmerken zu lassen, doch es wurde mit jedem Stoß schlimmer.

Vor Schmerz stöhnte sie und hielt die Luft an. Falls sie erwartet hatte, daß er aufhören würde, sah sie sich getäuscht. Webb schloß die Zange seiner Ellbogen nur noch enger und hielt sie mit seinem Gewicht und seiner Kraft unter sich fest. Alles, woran er denken konnte war, sie zu penetrieren. Sie vergrub ihre Nägel in seinem Rücken und weinte hilflos vor sich hin. Er drückte sich härter in sie hinein, und ihr zartes Fleisch gab unter dem überwältigenden Durck nach, dehnte sich und umschloß sein hartes Glied, das nun mit einem Mal endgültig in sie hineinglitt. Geschafft: er war bis zum Ansatz in ihr vergraben, und sie bäumte sich auf vor Schmerz unter ihm.

Jetzt, da er sein Ziel erreicht hatte, nahm er sich die Zeit, sie zu beruhigen, nicht etwa, indem er sich aus ihr zurückzog, sondern durch Streicheln und zärtliche Worte. Immer noch hielt er ihren Kopf zwischen seinen großen Händen und flüsterte ihr zärtliche Worte zu, während er ihr die salzigen Tränen von den Wangen küßte. »Sch, sch«, murmelte er. »Bleib ganz still liegen, mein Schatz. Ich weiß, es tut weh, aber es wird gleich besser, warte nur.«

Nichts hätte sie eher beruhigen können als diese Liebkosung. Er konnte sie doch nicht wirklich hassen, wenn er sie »mein Schatz« nannte, oder? Langsam wurde sie lockerer, quälte sich nicht mehr verbissen, ihm alles recht zu machen. Auch er verlor etwas von seiner Anspannung, und da merkte sie erst, wie sehr er seinen ganzen Körper verkrampft hatte. Keuchend rang sie nach Luft und gab allmählich unter ihm nach.

Ihr Atemrhythmus verlangsamte und normalisierte sich wieder. Jetzt, wo die Schmerzen allmählich nachließen, kam auch die Lust auf leisen Pfoten zurück. Mit fassungsloser Bewunderung fühlte sie ihn, wie er, mächtig vor Erregung, in ihr pulste. Das war Webb, der so tief in ihr war, Webb, der sie in seinen Armen hielt! Nur eine Stunde zuvor hatte sie ihn in einer rauchigen Kneipe angestarrt, voller Angst, sich ihm zu nähern, und nun lag sie nackt unter seiner herrlichen Männlichkeit. Sie hob die Augen zu ihm auf und fand seinen grünfunkelnden Blick auf sich gerichtet, so durchdringend, als wolle er ihr bis in die Seele schauen.

Er küßte sie, schnelle, eifrige Küsse, die den Wunsch nach mehr weckten, und sie versuchte, ihn mit ihren süßen Lippen festzuhalten. »Bist du bereit?« fragte er.

Sie wußte nicht, was er meinte. Ihre Verwirrung mußte ihr anzusehen sein, denn sein Mund verzog sich zu einem kleinen Lächeln.

»Für was?«

»Liebe zu machen?«

Ihre Verwirrung nahm noch zu. »Tun wir das denn nicht schon?« flüsterte sie.

»Nicht ganz. Beinahe.«

»Aber du ... du bist doch in mir.«

»Da kommt noch mehr.«

Ihre Verwirrung wich schlagartig einem alarmierten Ausdruck. »*Mehr?*« Sie versuchte zurückzuweichen, indem sie sich tiefer in die Matratze drückte.

Er grinste, auch wenn es ihn offenbar Mühe kostete. »Nicht mehr von mir ... mehr zu tun.«

»Ach!« Sie sagte das Wort gedehnt, voller Staunen. Wieder entspannte sie sich unter ihm, und ihre Schenkel umschlossen seine Hüften fester. Ihre Bewegung rief eine Reaktion in ihrer Scheide hervor; sein Penis zuckte, und ihre gedehnte Scheide zog sich noch enger um den dicken Eindringling zusammen, packte ihn weich wie ein Handschuh. Webb stieß ein Zischen aus. Roannas Lider senkten sich wohlig, und ihre Wangen wurden rot. »Zeig es mir«, hauchte sie.

Das tat er, mit köstlich langsamen, tiefen Stößen zunächst, dann allmählich schneller werdend. Sie reagierte zögernd, hob sich ihm dann jedoch entgegen und wurde erneut von einem seligen Glücksgefühl ergriffen. Er verlagerte sein Gewicht auf einen Ellbogen und griff dann zwischen ihre beiden Körper. Sie keuchte auf, als er behutsam ihre fast schmerzhaft gedehnte Öffnung streichelte; ihr Fleisch war so empfindlich, daß die leiseste Berührung sie wie ein Blitzschlag durchfuhr. Dann begann er sich der kleinen Knospe zu widmen, die er zuvor schon gestreichelt hatte. Er rieb mit der Fingerspitze darüber, wieder und wieder, und Roanna versank in einem Rausch von Gefühlen.

Es ging alles sehr rasch unter seiner erbarmungslosen Attacke. Er führte sie nicht behutsam zum Orgasmus, sondern schleuderte sie förmlich in ihren gierigen Schlund. Er kannte keine Gnade, nicht einmal, als sie unter seiner Hand bockte und sich aufbäumte, verzweifelt bemüht, der brennenden Lust, die sie zu zerreißen drohte, zu entkommen. Denn genau das war es, was geschah: es wurde heißer und heißer, brennender und brennender, und sie schmolz dahin, verging. Er ritt sie jetzt härter, rammte sich tief in sie hinein, und die Reibung wurde beinahe unerträglich. Doch er berührte sie tief in ihrem Innern, berührte sie auf eine Weise, daß sie nicht anders konnte, als sich heftig an ihn zu krallen und ihre Lust hemmungslos hinauszuschreien. Diesem Ansturm war sie hilflos ausgeliefert, wurde tiefer und tiefer hineingezogen wie in einen brüllenden Strudel, der schließlich zerplatzte und sie gewaltsam wieder ausspie. Blindlings bäumte sie sich unter ihm auf, und ihr zarter Körper wurde von Zuckungen geschüttelt, ihre Hüften kreisten und suchten gierig seinen plündernden Schaft. Sie hörte sich schreien, doch ihr war alles egal.

Sein mächtiger Körper drückte sie bleischwer in die Kissen. Er stieß die Hände unter ihre Pobacken und packte sie. Seine Hüften schossen vor und zurück wie Kolben, ihre Beine waren weit gespreizt und zuckten. Dann krampfte sich sein Leib auf einmal heftig zusammen, er rammte sich wieder und wieder in sie hinein, während sich krächzende Urlaute aus seiner Kehle lösten. Dann spürte sie die heiße Nässe seines Samens.

In der nachfolgenden Stille lag Roanna schlaff unter ihm. Sie war vollkommen ausgelaugt, ihr Körper so schwer und kraftlos, daß sie nur noch nach Luft schnappen konnte. Sie döste ein und merkte kaum noch, wie er sich vorsichtig aus ihr zurückzog und dann neben sie legte. Etwas später ging das Licht aus, und sie nahm kühle Dunkelheit ringsum wahr, als er die Bettdecke unter ihr wegzog, um sie damit zuzudecken.

Instinktiv kuschelte sie sich an ihn und spürte seine Arme um sich. Ihr Kopf rollte wie von allein in die Vertiefung unter seiner Schulter, und ihre Hand legte sich auf seinen Brustkorb, wo sie mit ihren Fingerspitzen in seine krausen Brusthaare fuhr. Zum ersten Mal seit zehn Jahren verspürte sie ein leises Gefühl von Frieden, von Richtigkeit.

Sie hatte keine Ahnung, wieviel Zeit vergangen war, als seine Hände mit zunehmender Dringlichkeit über ihren Körper glitten. »Kannst du nochmal?« bettelte er.

»Ja, bitte«, sagte sie höflich und hörte ihn leise lachen, bevor er sich auf sie rollte.

Roanna.

Webb lag im Dunkeln und fühlte ihren schmalen, weichen Körper an seiner Seite. Sie schlief; ihr Kopf ruhte an seiner Schulter, und ihr Atem strich sanft über seine Brust. Ihre Brüste, klein und perfekt geformt, drückten sich fest an seine Rippen. Sanft – weil er einfach nicht widerstehen konnte – streichelte er mit dem Fingerrücken über die seidige Außenwölbung, die ihm am nächsten lag. O Himmel, Roanna!

Er hatte sie zunächst überhaupt nicht erkannt. Obwohl zehn Jahre vergangen waren und er wußte, daß sie logischerweise erwachsen geworden sein mußte, hatte er sie immer noch als den dürren, unterentwickelten, unreifen Teenager mit dem schelmischen Grinsen in Erinnerung gehabt. Doch die Frau, die in der schäbigen Bar an ihn herantrat, besaß keine Spur von jenem Wesen. Statt dessen hatte die Lady derart zugeknöpft ausgesehen, daß er sich fragte, wie sie überhaupt auf die Idee gekommen war, ihn anzusprechen. Frauen wie sie betraten eine solche Kneipe doch höchstens, um sich an einem fremdgehenden Gatten zu rächen; etwas anderes konnte er sich beim besten Willen nicht vorstellen.

Aber da war sie gestanden, ein wenig zu dünn für seinen Geschmack, aber sehr elegant in einer teuren Seidenbluse und maßgeschneiderten Hosen. Ihr dichtes Haar trug sie in einem modischen Pagenschnitt. Aber ihr Mund ... nun, die vollen, breiten Lippen gefielen ihm, und ihm war der Gedanke gekommen, wie gut es sich anfühlen müßte, sie zu küssen, ihre Weiche zu spüren.

Sie paßte überhaupt nicht in diese Bar, sah eher aus wie eine Lady, die in einen vornehmen Country Club gehörte und aus irgendeinem Grund in diese heruntergekommene Gegend verschlagen worden war. Aber sie hatte die Hand ausgestreckt, wie um ihn zu berühren, und ihn mit einem seltsam ausdruckslosen, ja beinahe traurigen Ausdruck angesehen. Ihr voller, großer Mund lächelte nicht, und ihre rehbraunen Augen blickten so ernst, daß er sich unwillkürlich gewundert hatte, ob sie je lächelte.

Und dann sagte sie: »Hallo Webb. Kann ich kurz mit dir sprechen?«, und er wäre beinahe vom Stuhl gefallen. Für einen Sekundenbruchteil hatte er geglaubt, mehr gebechert zu haben, als ihm guttat; dann nannte sie ihn nicht nur beim Namen, wo er doch hätte schwören können, sie nie zuvor gesehen zu haben – sie benutzte auch noch Roannas Stimme, und die braunen Augen verwandelten sich auf einmal in die whiskeyfarbenen Strahler seiner Cousine.

Da zerriß der Nebel, der ihn umgab, und endlich erkannte er das Mädchen in der Frau wieder.

Merkwürdigerweise hatte er die letzten zehn Jahre beileibe nicht mit Grollen und Grübeln über die Vergangenheit vergeudet. Als er an jenem Tag die Haustür hinter sich zugemacht und Davenport den Rücken gekehrt hatte, war er fest entschlossen gewesen, nie wieder zurückzukehren, und er hatte sein Leben energisch in die Hand genommen. Er entschied sich für Arizona, weil es eine wilde, herbe Schönheit besaß – nicht weil es sich wie Tag und Nacht vom grünen, feuchten, fruchtbaren Alabama unterschied – und dennoch bewohnbar war. Die Arbeit als Rancher nahm ihn hart her, aber er genoß die physische Herausforderung ebenso sehr, wie er die mentale in der erbarmungslosen Geschäftswelt genossen hatte. Da er schon immer gut mit Pferden umgehen konnte, gelang ihm der Neuaufbau mühelos. Seine Familie schrumpfte auf seine Mutter und Tante Sandra zusammen, doch das genügte ihm.

Anfangs hatte er sich wie tot gefühlt. Obwohl sie sich ohnehin früher oder später getrennt hätten und sie ihn betrogen hatte, verfiel er in eine überraschend tiefe Trauer um Jessie. Sie war so lange Teil seines Lebens gewesen, daß er immer wieder morgens aufwachte und sich dabei ertappte, wie er sie vermißte. Doch dann, ganz allmählich, fielen ihm zu seiner Verwunderung immer öfter ihre Tücken ein, und er mußte lachen.

Das Bewußtsein, daß da draußen ein Killer herumlief, der wahrscheinlich nie gefaßt werden würde, hätte ihn sehr leicht zermürben können; doch am Ende akzeptierte er die Unlösbarkeit dieses Falles. Sie hatte ihre Affäre derart geschickt geheimgehalten, daß er keinerlei Hinweise auf den möglichen Täter besaß. Das Ganze endete in einer Sackgasse. Er konnte sich sein Leben dadurch zerstören lassen oder sich aufrichten und weitermachen. Webb war eine Kämpfernatur, deshalb krempelte er die Ärmel hoch.

Es gab Tage, ja Wochen, da dachte er kein einziges Mal an sein früheres Leben. Er ließ Lucinda und die anderen in der Versenkung verschwinden ... bis auf Roanna. Manchmal hörte er etwas, das wie ihr Lachen klang, und er drehte sich instinktiv um, um zu sehen, was sie nun schon wieder angestellt hatte, bevor er sich in die Realität zurückrief. Oder er versorgte ein verletztes Pferd und mußte daran denken, wie kummervoll ihre Miene ausgesehen hatte, wenn sie sich um ein krankes Tier kümmerte.

Irgendwie hatte sie sich tiefer in sein Herz geschlichen als die anderen, und sie zu vergessen fiel ihm schwerer. Immer wieder ertappte er sich dabei, wie er sich um sie Gedanken machte, wie er sich fragte, in welcher Tinte sie wohl gerade wieder stecken mochte. Und über die Jahre war es der Gedanke an sie, der ungeminderte Macht besaß, ihn in Rage zu bringen.

Er konnte Jessies Anschuldigung, Roanna hätte an jenem Abend absichtlich für eine Szene gesorgt, einfach nicht vergessen. Hatte Jessie gelogen? Es war ihr ganz gewiß zuzutrauen gewesen, aber Roannas offenes Gesicht hatte so schuldbewußt ausgesehen, daß es nicht wegzudiskutieren gewesen war. Im Lauf der Jahre hatte er die Erkenntnis gewonnen, daß Roanna, in Anbetracht der Tatsache, daß Jessie von einem anderen schwanger gewesen war, nichts mit dem Mord zu tun gehabt hatte; Jessie war vielmehr von ihrem mysteriösen Liebhaber ermordet worden. Dennoch konnte er seinen Zorn auf sie nicht ganz abschütteln. Irgendwie brachte ihn Roannas Verhalten, auch wenn es im Vergleich zu den anderen Ereignissen jener Nacht harmlos war, nach wie vor in Rage.

Vielleicht lag es daran, daß er sich ihrer Liebe und Ergebung stets so verdammt sicher gewesen war. Vielleicht hatte es seinem Ego geschmeichelt, so offen, so bedingungslos bewundert und verehrt zu werden. Niemand sonst hatte ihn auf diese Weise geliebt. Yvonnes Mutterliebe war stark und zuverlässig, aber sie hatte ihm auch als Kind den Hintern versohlt, wenn er ungezogen war – also sah sie seine Fehler. In Roannas Augen war er jedoch vollkommen gewesen, oder hatte es zumindest geglaubt, bis sie ihn derartig provozierte – nur um Jessie eins auszuwischen? Nun fragte er sich, ob er je mehr als nur ein Symbol, ein Besitzstück für sie bedeutete, etwas, das Jessie besaß und das sie haben wollte.

Seit Jessies Tod hatte er mit einer Reihe von Frauen geschlafen, darunter sogar ein oder zwei längere Beziehungen gehabt, obwohl er nie die Neigung verspürte, sich wieder zu verheiraten. Aber egal wie heiß der Sex auch war, was ihn in den frühen Morgenstunden schweißüberströmt und mit tobenden Lenden hochfahren ließ, waren Träume von Roanna.

Und dann stand sie leibhaftig vor ihm, in dieser Bar!

Sein erster Gedanke war gewesen, sie so rasch wie möglich von dort wegzubringen, wo sie nicht hingehörte. Widerstandslos und ohne ein Wort hatte sie sich rausführen lassen, die Roanna, die doch früher immer wie ein Wasserfall geredet hatte. Natürlich war er leicht angeheitert von etlichen Tequilas, aber ihr Gespräch auf morgen zu verschieben war ihm unmöglich gewesen.

Zuerst hatte er sich kaum auf das konzentrieren können, was sie sagte. Sie wollte ihn ja nicht einmal ansehen. Stumm saß sie einfach nur, zitternd vor Kälte, und schaute überall hin, bloß nicht zu ihm, wogegen er kaum die Augen von ihr abwenden konnte. Sie hatte sich verändert, jawohl, von Grund auf! Es gefiel ihm nicht, ihre Schweigsamkeit gefiel ihm nicht, wo sie früher ohne Punkt und Komma geplappert hatte, ihr ausdrucksloses Gesicht gefiel ihm nicht, wo man früher jedes Gefühl aus ihrer Miene ablesen konnte. In ihren Augen saß kein Schalk, kein Humor mehr, ihre Bewegungen waren kontrolliert, ohne die frühere Vitalität. Ihm kam es vor, als hätte jemand Roanna gestohlen und eine Puppe an ihre Stelle gesetzt.

Ihn hatten stets Erinnerungen an das Mädchen, das sie gewesen war, geplagt. Die erwachsene Frau jedoch brachte seine unterschwellig brodelnde Lust jäh zum Überkochen.

Sie schien ihn allerdings anders wahrzunehmen. Er sollte nach Alabama zurückkehren, weil Lucinda ihn brauchte. Lucinda liebte ihn, Lucinda bedauerte ihr Zerwürfnis. Lucinda würde ihm alles zurückgeben, was er verloren hatte. Lucinda war krank, würde bald sterben. Lucinda, Lucinda, Lucinda. Jedes Wort aus ihrem Mund handelte von Lucinda. Nichts über sie selbst, ob *sie* wollte, daß er zurückkehrte – als ob es niemals Bewunderung und Anbetung gegeben hätte.

Das hatte ihn sogar noch wütender gemacht; ihm geisterte sie jahrelang durchs Gemüt, während sie ihn vollkommen aus ihrem Leben verbannt zu haben schien. Er war nahe daran gewesen, die Beherrschung zu verlieren, und der genossene Tequila hatte zuletzt jegliche Skrupel, die er normalerweise gehabt hätte, ausgelöscht. Auf einmal hörte er sich von ihr verlangen, daß sie mit ihm ins Bett ging, als Honorar für seine Rückkehr. Natürlich war sie schockiert darüber, aber hatte sich auch rasch wieder in der Hand. Ganz ohne Frage würde sie ihn nun zum Teufel schicken! Statt dessen hatte sie ja gesagt.

Er war wütend und betrunken genug gewesen, um sie beim Wort zu nehmen. Kreuzdonnerwetter nochmal, wenn sie bereit war, für Lucinda mit ihm ins Bett zu gehen, dann würde er verdammt sein, den Noblen zu spielen. Mit einem Ruck hatte er den Gang eingelegt und war rasch zum nächstliegenden Motel gefahren, bevor sie ihre Meinung ändern konnte.

In der billigen kleinen Absteige hatte er sich dann gleich aufs Bett geworfen, weil ihm ein wenig der Kopf schwirrte, und ihr befohlen, sich auszuziehen. Wieder war er auf eine Weigerung gefaßt gewesen. Er hatte darauf gewartet, daß sie sich aus der Sache herauswinden oder zumindest die Beherrschung verlieren und ihm ordentlich die Meinung geigen würde. Feuer wollte er endlich in diesen ausdruckslosen, traurigen Puppenaugen sehen, die alte Roanna, verdammt nocheins!

Statt dessen hatte sie begonnen, sich wortlos auszuziehen.

Sie tat es hübsch ordentlich, ohne sich zu zieren, und von dem Moment an, als der erste Knopf aufging, hatte er an nichts anderes mehr denken können als an die weiche, zarte Haut, von der mit jeder ihrer Bewegungen mehr zum Vorschein kam. Sie hatte nicht versucht, die Kokette zu spielen, das war auch nicht im geringsten nötig. Seine Männlichkeit sprengte ohnehin schon fast seinen Reißverschluß, und es hätte ihn nicht gewundert, wenn es tatsächlich dazu gekommen wäre.

Roanna hatte wunderschöne Haut, ein bißchen golden mit

einem Hauch Sommersprossen auf ihren klassischen Wangenknochen. Sie war aus ihrer Bluse geschlüpft, und ihre Schultern besaßen einen mattsamtigen Glanz. Dann hatte sie ihren einfachen, zweckdienlichen weißen BH geöffnet und abgestreift, und ihre Brüste verschlugen ihm fast den Atem. Sie ragten nicht gerade weit hervor, waren jedoch überraschend rund und fest geformt, mit harten, rosigen Warzen, die ihm das Wasser im Munde zusammenlaufen ließen.

Stumm hatte sie sich auch Hose und Slip ausgezogen und war dann nackt vor ihm gestanden. Ihre Taille und Hüften waren schmal, aber ihre Hinterbacken waren genauso rund und fest wie ihre Brüste. Die Sehnsucht, sie zu berühren, hatte ihn beinahe qualvoll übermannt. Heiser hatte er ihr befohlen, zu ihm zu kommen, und sie folgte seiner Aufforderung, war vorgerückt, bis sie neben dem Bett stand.

Da hatte er sie angefaßt, und sie war unter seinen Händen erbebt. Ihr Oberschenkel hatte sich kühl und glatt angefühlt, ihre Haut ganz zart, verglichen mit seiner tiefgebräunten, von der Arbeit rauhen Hand. Langsam und genüßlich war er an ihrem Oberschenkel entlang nach oben geglitten und dann nach hinten, zu ihren Pobacken; sie hatte ein wenig gezuckt und sich an seiner Hand gerieben, was ihn zutiefst erregt und entzückt hatte. Er hatte daraufhin ihre festen Backen gepackt und gefühlt, wie sie sich anspannten und wie sie noch heftiger zu zittern begann. Er hatte ihr sanft, aber unverfroren in die Pospalte gegriffen und gefühlt, wie sie entsetzt zusammenzuckte. Als er daraufhin zu ihr aufblickte, hatte er festgestellt, daß sie die Augen fest zusammengekniffen hatte.

Irgendwie hatte er kaum glauben könne, daß da Roanna vor ihm stand und ihren Körper seinen suchenden Händen darbot, doch gleichzeitig war ihm alles an ihr unendlich vertraut und viel, viel erregender vorgekommen, als zehn Jahre frustrierender Träume hätten vermuten lassen.

Ihren Körper mußte er sich nicht mehr zusammenphantasieren; er lag vor ihm. Ihr ordentliches kleines Lockendreieck hatte seinen Blick unweigerlich auf sich gezogen, und ihre zarten, scheu geschlossenen Falten, die er unter den Schamhaaren erspähen konnte, hatten ihn vollkommen verzaubert. Die Geheimnisse ihres Körpers ließen ihn fast vergehen vor Begehren. Grob befahl er ihr, die Beine zu spreizen, damit er sie dort berühren konnte, und sie hatte gehorcht.

Daraufhin hatte er ihre intimste Körperstelle ertastet und ihre überraschte Reaktion gefühlt. Er streichelte sie, liebkoste und öffnete sie; dann hatte er behutsam einen Finger in ihre unglaublich enge Scheide geschoben. Sein Glied war so hart gewesen, daß er fürchtete, jeden Moment zu platzen; doch er hielt sich zurück, denn hier lag der Beweis vor ihm, daß die Erregung nicht nur von ihm ausging. Sie war naß und glitschig, und ihr lustvolles Stöhnen hatte ihn beinahe um den Verstand gebracht. Sie wirkte scheu und verwirrt angesichts der Dinge, die er mit ihr anstellte, angesichts ihrer Emotionen. Dann hatte er versucht, noch einen Finger in sie hineinzuschieben, und es war ihm nicht gelungen. Er hatte gefühlt, wie sie sich instinktiv verkrampfte, und ein alarmierender Verdacht war durch seinen Tequilanebel geschossen.

Sie tut so etwas zum ersten Mal. Unversehens war er sich dessen sicher gewesen. Ohne Zögern hatte er sie daraufhin gepackt, zu sich heruntergezogen und über seinen Körper auf die andere Bettseite gerollt. Entschlossen hatte er seinen Finger nochmal in sie hineingeschoben, wobei er ihr Gesicht, ihre Reaktion genau beobachtete. Er hatte sich zusammengerissen, hatte versucht, klar zu denken. Bei ein paar Mädchen war er tatsächlich der erste gewesen, in der High-School und auf dem College und sogar einmal, seit er Alabama verlassen hatte – also fiel ihm auf, wie sie errötete, wie sie zusammenzuckte, als sein großer, schwieliger Finger tiefer glitt. Wahrscheinlich hätte er sie überhaupt nicht öffnen können, wenn sie nicht eine so begeisterte Reiterin gewesen wäre.

Er hätte aufhören sollen. Sofort – aber der Gedanke war unerträglich frustrierend gewesen. Sein Körper revoltierte. Im Grund wollte er auch gar nicht so weit gehen, doch der Tequila und seine überwältigende Erregung hatten ihn im Griff. Genau diese Menge Alkohol vereitelte sein klares Denken und brachte seine Skrupel zum Verschwinden, genügte aber nicht, um seine Libido außer Betrieb zu setzen. Er haßte sich dafür, daß er sie zum Sex angestiftet hatte, und wollte ihr gerade sagen, sie solle ihre Klamotten wieder anziehen – als er plötzlich erkannte, wie schrecklich verletzlich sie war und wie leicht er sie mit einem gedankenlosen Rückzieher zerstören konnte, auch wenn es zu ihrem Besten war.

Roanna wuchs in Jessies Schatten heran. Jessie war immer die Attraktivere gewesen, Roanna die Unscheinbare. Ihr Selbstbewußtsein, außer wenn es um Pferde ging, befand sich auf dem Nullpunkt. Wie konnte es auch anders sein, wo sie doch permanent auf Ablehnung gestoßen war, egal von wem? Für einen Sekundenbruchteil hatte er den unglaublichen, ja verzweifelten Mut gesehen, den sie gebraucht haben mußte zu diesem Schritt. Sie hatte sich für ihn ausgezogen, etwas, das sie, wie er mit Sicherheit annahm, noch für keinen anderen Mann getan hatte, und war zu ihm gekommen. Er konnte sich gar nicht vorstellen, was sie das gekostet haben mochte. Eine Zurückweisung hätte verheerende Schäden anrichten können.

»Du bist noch Jungfrau«, sagte er daher in vor Frustration vorwurfsvollem Ton.

Sie hatte es nicht bestritten. Statt dessen war sie errötet, und ein zartrosa Hauch überzog ihre Brüste. Das hatte so köstlich ausgesehen, daß er einfach den Kopf verlor. Er hatte gewußt, daß er es nicht hätte tun sollen, aber er hatte ihre Brustwarze einfach berühren, sie kosten müssen. Auch sie war erregt gewesen, hatte sich seinem Mund sehnsüchtig entgegengebogen.

Er bot ihr an, aufzuhören. Es kostete ihn all seine Willenskraft, aber er tat es. Und Roanna hatte ausgesehen wie geohrfeigt. Sie war kreidebleich geworden und ihre Lippen hatten gezittert. »Willst du mich denn nicht?« hatte sie geflüstert, und das Flehen in ihrer Stimme war so erbarmungswürdig, daß ihm das Herz wehtat. Seine Skrupel, durch den Tequila ohnehin unterhöhlt, blieben endgültig auf der Strecke. Anstelle einer Antwort hatte er ihre Hand gepackt und sie an seine Lenden gezogen, an seine Erektion gepreßt. Er hatte auch dann noch nichts gesagt, sondern sie wortlos betrachtet, sah das Erstaunen und die Freude, die sich mit einem Mal auf ihrem Gesicht ausbreiteten und den verletzten Ausdruck vertrieben. Das glich einem puren Sonnenaufgang!

Sie hatte ihre Hand umgedreht, damit sie ihn umfassen konnte, und »bitte« gesagt – da war er verloren.

Dennoch hatte er grimmig um Beherrschung gerungen. Während er hastig aus seinen Klamotten stieg, kämpfte er mit sich, um das Feuer, das in ihm toste, ein wenig abzukühlen. Es hatte nicht funktioniert. Allmächtiger, er war derart bereit für sie gewesen, daß er geglaubt hatte, zu kommen, sobald er sich ihrer bemächtigte.

Und das mußte er, verdammt nochmal, ausprobieren!

Irgendwie schaffte er es, sich zurückzuhalten. Seine Beherrschung reichte jedoch nicht mehr für ein verlängertes Vorspiel. Er hatte sich einfach über sie geschoben, ihren zarten schmalen Körper unter sich geklemmt und sie geküßt, während er seinen Penis bis zum Ansatz in sie hineinzwängte.

Er hatte gewußt, daß er ihr wehtat, war aber außerstande gewesen, aufzuhören oder auch nur innezuhalten. Indessen konnte er es, sobald er einmal in ihr drin war, wenigstens gut für sie machen. »Ladys first« war schon immer seine Devise gewesen, und er besaß genug Erfahrung, um sein Ziel zu erreichen. Roanna reagierte unglaublich, ja überwältigend sensibel auf jede seiner Berührungen, ihre Hüften bewegten sich, sie hatte sich ihm dargeboten und spitze kleine Schreie ausgestoßen. Jessie hatte sich immer ein wenig zurückgehalten, aber Roanna gab sich ihm ohne Einschränkung hin. Sie war unglaublich schnell zum Höhepunkt gekommen, und dann hatte ihn sein eigener Orgasmus gepackt, härter und turbulenter als je zuvor. Er hatte sich wie ein Wilder in sie gerammt und sie mit seinem Samen überflutet.

Danach hatte sie sich nicht sofort von ihm zurückgezogen, war nicht aufgesprungen und ins Bad gegangen, um sich zu waschen. Statt dessen schlummerte sie ganz einfach ein, die Arme immer noch um seinen Hals geschlungen.

Vielleicht war er ja auch ein wenig eingedöst, er wußte es nicht. Doch schließlich hatte er sich aufgerafft, war von ihr heruntergestiegen, hatte das Licht ausgeknipst, sie zugedeckt und sich danebengelegt.

Binnen kürzestem regte sich sein Hunger wieder, herausgefordert von dem seidenweichen Körper in seinen Armen. Und Roanna hatte ihn bereitwillig willkommengeheißen, das erste Mal ebenso wie im folgenden, als er im Dunkeln nach ihr tastete.

Der Morgen dämmerte herauf.

Die Wirkung des Tequilas war verpufft, nun mußte er sich den vollendeten Tatsachen stellen. Ob es ihm gefiel oder nicht, er hatte Roanna erpreßt, mit ihm zu schlafen. Leider wäre es gar nicht nötig gewesen, sie hätte sich auch ohne Zwang hingegeben.

Etwas war mit ihr geschehen, etwas, das ihr ihre Lebendigkeit und Spontaneität geraubt hatte. Anscheinend hatte sie sich endgültig von all den Bemühungen, sie in eine bestimmte Form zu pressen, besiegen lassen.

Das gefiel ihm nicht. Es machte ihn wütend.

Am liebsten hätte er sich in den Hintern getreten, weil auch er nichts anderes getan hatte als all die anderen, nämlich sie zu etwas zu zwingen. Es spielte keine Rolle, daß es ihr offensichtlich gefallen hatte. Er mußte klarstellen, daß seine Rückkehr nicht von ihrer Willfährigkeit abhing. Selbstverständlich begehrte er sie – Teufel nochmal, das tat er –, aber er wollte es ohne Bedingungen oder Drohungen, und es war seine eigene gottverdammte Schuld, daß er sich nun in dieser Situation befand.

Dem Frieden mit Lucinda stand eigentlich gar nichts mehr im Wege. Es war höchste Zeit, und der Gedanke, daß sie bald sterben würde, ließ ihn all die verlorenen Jahre bereuen. Davenport und der ganze Haufen Geld interessierten ihn nicht. Jetzt nicht mehr. Sich wieder miteinander zu versöhnen, das zählte ... herauszufinden, warum das Licht in Roannas Augen erloschen war ...

Er fragte sich, ob sie wohl auf den neuen Webb vorbereitet waren.

Ich komme, kündete er innerlich an.

10

Roanna schlief selten gut, aber sie war so erschöpft von dem anstrengenden Reisetag und der emotionalen Achterbahnfahrt, daß sie, als Webb sie schließlich in Ruhe ließ, sofort in einen traumlosen Schlaf verfiel. Ganz benommen erwachte sie und blickte verwirrt um sich; aber sie hatte sich über die Jahre daran gewöhnt, an unvorhergesehenen Orten aufzuwachen, daher geriet sie nicht in Panik.

Statt dessen lag sie still da und ließ die Realität langsam in ihr Bewußtsein ein. Allmählich wurde sie nun doch einiger überraschender Dinge gewahr: erstens war dies nicht Davenport, zweitens war sie nackt und drittens *sehr, sehr* wund an gewissen Stellen.

Da fügte sich mit einem Mal wieder alles zusammen, und

sie schoß erschrocken hoch, um nach Webb Ausschau zu halten. Umsonst!

Er war aufgestanden, hatte sich angezogen und sie einfach in diesem schmierigen kleinen Motel alleingelassen. In der Nacht hatte seine Leidenschaft die dicken Eisschichten, die sie umgaben, ein wenig aufgetaut; doch während sie so dasaß in dem zerwühlten Bett, fühlte sie, wie sich diese Schicht allmählich wieder verhärtete.

Das war wohl ihr Schicksal, wie es schien. Von ihrer Seite bestanden keinerlei Vorbehalte, aber er konnte sie trotzdem nicht lieben. Nun, jetzt wußte sie es genau. Mit ihrem Körper hatte sie ihm auch ihr Herz geschenkt, während er sie einfach bloß benutzt hatte.

War sie wirklich so dumm gewesen, zu meinen, ihm würde tatsächlich etwas an ihr liegen? Warum auch? Sie hatte ihm nichts als Scherereien bereitet. Wahrscheinlich fand er sie nicht mal besonders anziehend. Webb hatte schon seit jeher jede Frau bekommen, die er haben wollte, selbst die Superstars. Sie konnte sich nicht mit dem Typ vergleichen, an den er normalerweise gewöhnt war, weder was ihr Gesicht noch was den Körper betraf; sie hatte bloß gerade den richtigen Moment erwischt, und er war geil genug gewesen, die Gelegenheit, sich ein wenig zu entspannen und zu amüsieren, zu ergreifen. Mehr erwarten durfte sie nicht.

Inzwischen vollkommen erstarrt, schälte sie sich aus den Laken. Sie achtete nicht auf das Brennen zwischen ihren Schenkeln. Da bemerkte sie den Zettel auf dem anderen Kissen, eine kurze Notiz, die auf einen Block mit dem Namen des Motels gekritzelt war. Sofort erkannte sie Webbs zackige, ausladende Schrift. »Bin bis zehn wieder zurück«, stand darauf. Es gab keine Unterschrift, aber das war ja auch nicht nötig. Roanna strich vorsichtig über den Zettel, riß ihn ab und faltete ihn sorgfältig zusammen. Dann steckte sie ihn in ihre Handtasche.

Sie warf einen Blick auf ihre Armbanduhr: halb neun. Noch anderthalb Stunden. Anderthalb Stunden Gnadenfrist, bevor sie sich anhören mußte, daß letzte Nacht ein Fehler war, den er nicht zu wiederholen gedächte.

Auf alle Fälle beschloß sie, sich wieder hinter ihrer zugeknöpften Fassade zu verstecken, damit sie wenigstens nicht mitleiderregend aussah, wenn er ihr den Laufpaß gab. Sein Mitleid konnte sie nicht auch noch ertragen.

Ihre Sachen waren ebenso schlaff wie zerknittert, wie sie sich fühlte. Zunächst einmal wusch sie ihre Unterwäsche aus und legte sie über die laut brummende Klimaanlage zum Trocknen; dann drehte sie das Ding auf Heizen und den Ventilator auf die höchste Stufe. Ihre Bluse und Hose nahm sie mit in das winzige Badezimmer und hängte sie an den Haken hinter der Tür. Dann betrat sie die Dusche. Die Kabine war so klein, daß man sich darin kaum umdrehen konnte, der Fliesenboden wies jede Menge Risse und gelbe Wasserflecken auf. Die Naßzelle füllte sich rasch mit Dampf, und bis sie fertig war, hatten sowohl Bluse als auch Hose ein frischeres, weniger zerknittertes Aussehen angenommen.

Die Klimaanlage arbeitete eher laut als wirkungsvoll, dennoch wurde es im Zimmer einigermaßen stickig. Sie schaltete das Gerät ab und prüfte ihr Höschen; es war trocken bis auf den Bund. Trotzdem zog sie es an und danach auch hastig den Rest ihrer Sachen, falls Webb früher zurückkäme. Zwar hatte er bereits alles an Roanna gesehen, was einen Mann interessierte, und es auch berührt, aber das war letzte Nacht gewesen. Sein heimlicher Aufbruch heute morgen bewies ihr unzweifelhaft, wieviel sie ihm bedeutete: ein vorübergehendes physisches Abenteuer, nicht mehr.

Sie kämmte ihr glattes Haar und ließ es von der Luft trocknen. Das war das Gute an einem perfekten Schnitt: Die Frisur saß von alleine. Das bißchen Gepäck, das sie mitgenommen hatte, lag noch im Kofferraum ihres Mietwagens, der wohl auf dem Parkplatz vor der gestrigen Schmuddelbar stand; leider wußte sie nicht genau, wo sie sich befand beziehungsweise wie weit davon entfernt. Alles, was sie an Schminke in ihrer Handtasche hatte, waren ein Kompaktpuder und ein Lippenstift. Rasch richtete sie sich her, denn sie wollte nicht länger in den Spiegel schauen als unbedingt nötig.

Durch die geöffnete Tür ließ sie frische Morgenluft herein und schaltete dann den kleinen Fernseher, der an der Wand festgekettet war, an. Sie setzte sich in den einzigen Stuhl, ein unbequemes Ding mit einem zerrissenen Vinylsitz, der aussah, als stammte er aus einem Krankenhauswartesaal.

Die laufende Talk-Show flimmerte unbeachtet über sie hinweg. Es war die Geräuschkulisse, die sie brauchte. Auch zu Hause schaltete sie oft zum Einschlafen ihren eigenen Fernseher an, damit sie die Stimmen hörte und das Gefühl los wurde, vollkommen verlassen zu sein.

So saß sie noch, als ein Wagen direkt vor der Tür anhielt. Eine Staubwolke wehte herein, und der Motor wurde abgeschaltet. Ausstiegsgeräusche und Schritte wurden laut auf dem Asphalt – dann tauchte Webb in der Tür auf. Er stand vor der blendenden Sonne, seine breiten Schultern füllten den Rahmen beinahe vollständig aus.

Das Zimmer betrat er nicht. Alles, was er sagte, war: »Bist du fertig?« Wortlos stand sie auf, schaltete das Licht und den Fernseher ab und nahm ihre Handtasche.

Er begleitete sie zur Beifahrerseite. Der Südstaaten-Gentleman war also doch noch nicht ganz verschwunden, trotz einer Dekade selbstauferlegten Exils. Roanna kletterte hinein, wobei sie darauf achtete, nicht durch ihre Mimik zu verraten, daß ihre Beweglichkeit litt. Jetzt, bei Tag, konnte sie sehen, daß sein Pick-up armeegrau war, auch im Innern, und noch ziemlich neu. Es gab einen extra Schaltknüppel, was bedeutete, daß er Vierradantrieb haben mußte, wahrscheinlich unverzichtbar auf den Viehweiden.

Als Webb hinters Lenkrad schlüpfte, warf er ihr einen rätselhaften Blick zu. Einerseits könnte sie ihn womöglich mit einem Hochzeitstermin überfallen, andererseits mit einem Wutanfall, weil er sich heute morgen einfach davongemacht hatte. Aber Roanna saß nur stumm da.

»Hast du Hunger?«

Sie schüttelte den Kopf. Dann fiel ihr ein, daß er immer gerne eine verbale Antwort haben wollte. »Nein, danke.«

Er preßte die Lippen zusammen, ließ den Motor an und fuhr dann rückwärts aus der Parklücke. »Du wirst aber was essen. Du hast ein bißchen zugenommen, und es steht dir gut. Ich lasse dich nicht ohne was im Magen zurückfliegen!«

Sie hatte noch keinen Rückflug gebucht, da ja der Ausgang der Dinge ungewiß war. Schon machte sie den Mund auf, um ihm das mitzuteilen, da sah sie den rebellischen Ausdruck in seinen Augen und erkannte, daß er sich wohl um den Rückflug gekümmert haben mußte.

»Wann fliege ich?«

»Um eins. Ich habe einen Direktflug von Tucson nach Dallas für dich ergattert. Der Anschluß in Dallas ist etwas knapp, nur eine Dreiviertelstunde, aber du wirst zu einer vernünftigen Zeit in Huntsville ankommen. Um zehn, halb elf kannst du heute abend zu Hause sein. Möchtest du anrufen, damit dich jemand abholt?«

»Nein.« Sie war selbst zum Flughafen gefahren, weil niemand bereit gewesen war, um halb vier Uhr morgens den Chauffeur zu spielen. Nein, das stimmte nicht ganz. Sie hatte niemanden darum gebeten, bat nie jemanden um irgend etwas.

Bis sie gegessen haben würde, worauf er anscheinend bestand, müßte sie fast sofort aufbrechen, damit sie ihren Mietwagen wieder abgeben und dennoch pünktlich am Flugsteig sein könnte. Er ließ ihr keine Zeit zum Atmen, wahrscheinlich mit Absicht. Reden war ihm sicher lästig, genauso wie ein längeres Zusammensitzen.

»Es gibt einen kleinen Club, nicht weit von hier, dort servieren sie Frühstück bis elf. Man ißt Hausmannskost, aber gute.«

»Laß mich einfach bei der Bar raus, wo mein Wagen parkt«, sagte sie und blickte dabei aus dem Seitenfenster, überall hin, bloß nicht zu ihm. »Ich halte dann mal bei einem McDonald's.«

»Das bezweifle ich«, erwiderte er grimmig. »Ich will mit eigenen Augen jeden Bissen in deinem Mund verschwinden sehen.«

»Hin und wieder esse ich schon«, meinte sie milde. »Ich kann es jetzt.«

»Dann macht es dir ja nichts aus, wenn ich zuschaue.«

Sie kannte diesen Ton; so klang er, wenn er etwas beschlossen hatte, und da konnte man sich das Argumentieren ebensogut sparen. Als sie noch jünger war, hatte ihr dieser Ton immer ein eigenartiges Gefühl der Sicherheit beschert: Er symbolisierte seine solide, unbeugsame Verläßlichkeit und Stärke, etwas, das sie nach dem Tod ihrer Eltern dringend gebraucht hatte. Irgendwie stellte er das noch immer dar; er mochte sie ja vielleicht nicht besonders, begehrte sie wohl nicht grundsätzlich; aber zumindest wollte er nicht zulassen, daß sie verhungerte.

Das kleine Restaurant, zu dem er sie brachte, war nicht viel größer als die Küche in Davenport: ein paar Sitznischen, ein paar Tische und vier Barhocker vor dem Tresen. Es roch herrlich nach gebratenem Speck und Würstchen, dazu nach Kaffee und scharfen Chillies. Zwei sonnenverbrannte alte Männer saßen in einer der hinteren Nischen, und beide blickten interessiert auf, als Webb Roanna in eine Ecke führte.

Eine dünne Frau unbestimmten Alters, deren Haut ebenso braun und ledrig war wie die der beiden Alten, kam zu ihnen. Sie zog einen grünen Block aus der Hüfttasche ihrer Jeans und hielt den Stift bereit, um ihre Bestellung zu notieren.

Anscheinend gab es keine Speisekarte. Roanna blickte Webb fragend an. »Ich nehme Pancakes, Spiegeleier mit Schinken, die große Portion«, sagte er, »und für sie ein Rührei mit Toast und Speck. Kaffee für uns beide!«

»Spiegeleier gibt es nur noch gewendet. Ist 'ne neue Vorschrift, wissen Sie«, erläuterte die Kellnerin.

»Also gut, dann gewendet, aber wachsweich bitte.«

»Null Problemo.« Die Bedienung riß das Blatt vom Block, während sie zu einer Durchreiche hinter dem Tresen ging. Sie legte den Zettel dorthin. »Betts! Hab 'ne Bestellung.«

»Du ißt wohl oft hier«, erkundigte Roanna sich.

»Fast immer, wenn ich in der Stadt bin.«

Ihr lag eine zweideutige Bemerkung über wachsweiche Eier auf der Zunge, doch sie beherrschte sich. Wie leicht es doch ist, bei ihm wieder in die alten Gewohnheiten zu verfallen, dachte sie traurig. Aber sie hatte gelernt, ihre flinke Zunge im Zaum zu halten, denn die meisten Leute stießen sich daran, sogar an ihren harmloseren Bemerkungen. Webb hatte nie zu ihnen gehört, aber vielleicht bloß aus Freundlichkeit.

Die Kellnerin stellte zwei dampfende Tassen Kaffee vor sie hin. »Milch?« fragte sie, und Webb verneinte, womit er für sie beide ablehnte.

»Ich brauche mindestens eine, vielleicht auch zwei Wochen, um hier alles zu regeln, damit ich wegkann«, fing er plötzlich an. »Die Ranch will ich behalten, also werde ich immer mal wieder pendeln müssen. Davenport wird nicht mein einziges Interesse sein.«

Sie nippte an ihrem Kaffee, um ihre Erleichterung zu verbergen. Er kam also doch nach Hause! Er hatte es bereits in Aussicht gestellt, wenn sie mit ihm ins Bett ging – doch bis jetzt war sie sich nicht sicher gewesen, ob er es ernst gemeint hatte. Für sie persönlich stand der Entschluß fest, selbst wenn sie gewußt hätte, daß er log; wie auch immer, letzte Nacht war ein Traum für sie wahr geworden, und sie hatte die Gelegenheit Hals über Kopf ergriffen.

»Lucinda würde nicht von dir erwarten, daß du die Ranch verkaufst«, sagte sie.

»Bullshit! Sie glaubt, die Welt dreht sich nur um Davenport. Es gibt nichts, das sie nicht tun würde, um den Fortbestand zu sichern.« Er lehnte sich zurück und streckte seine langen Beine aus, wobei er sorgfältig darauf achtete, nicht mit den ihren in Kontakt zu kommen. »Erzähl mir, was so los ist bei euch. Mutter hat mir ein paar Dinge berichtet und auch Tante Sandra, aber keine von beiden kennt euren Alltag. Ich weiß bloß, daß es Gloria geschafft hat, ihre ganze Sippschaft in Davenport einzuquartieren.«

»Nicht *alle*. Baron und seine Familie leben nach wie vor in Charlotte.«

»Die Aussicht, unter demselben Dach mit Lanette und Corliss leben zu müssen, könnte mich dazu verleiten, mir eine eigene Bleibe in der Stadt zu kaufen.«

Roanna sagte nicht, daß sie ihm beipflichtete; aber sie wußte genau, was er meinte.

»Was ist mit dir?« fuhr er fort. »Ich weiß, daß du in Tuscaloosa auf der Universität warst. Warum hast du deine Meinung geändert? Wolltest du nicht auf ein örtliches College gehen?«

Sie hatte die Ferne gewählt, weil das für lange Zeit einfacher gewesen war, als zu Hause zu bleiben. Ihre Schlafstörungen vergingen dort, und die Erinnerungen quälten sie nicht mehr so. Aber es hatte über ein Jahr gedauert, bis sie zum Studium abreisen konnte, und es war ein furchtbares Jahr gewesen.

Davon erzählte sie ihm jedoch nichts. Statt dessen zuckte sie mit den Schultern und sagte: »Du weißt ja, wie das ist. Man kann zwar vorwärtskommen – aber wenn man all die *richtigen* Leute kennenlernen will, muß man schon die Universität besucht haben.« Welche Universität, das brauchte sie nicht extra zu erwähnen, denn Webb war auf dieselbe gegangen.

»Hast du die Studentenclubs und all die gesellschaftlichen Aktivitäten mitgemacht?«

»Das wurde erwartet.«

Ein zögerndes Grinsen breitete sich auf seinen Zügen aus. »Irgendwie kann ich mir dich nicht so recht als Nachtschwärmer vorstellen. Wie bist du denn mit den vielen Society-Snobs zurechtgekommen?«

»Ganz gut.« Tatsächlich waren sie sehr nett zu ihr gewesen. Von ihnen hatte sie gelernt, wie man sich richtig anzog, schminkte und Small talk machte. Sie hatten sie wohl als Herausforderung betrachtet, als eine Art Vorher-Nachher-Projekt.

Die Bedienung brachte ein Tablett mit drei Tellern dampfend heißen Essens. Zwei davon stellte sie vor Webb hin, den anderen vor Roanna. »Rufen Sie mich, wenn Sie nachgeschenkt haben wollen«, sagte sie freundlich und ließ sie allein.

Webb stürzte sich auf sein Essen, strich seine Pancakes dick mit Butter ein und ertränkte sie anschließend in Sirup. Dann salzte und pfefferte er ausgiebig seine Eier. Die dicke Scheibe Schinken nahm fast die Hälfte des Tellers ein. Roanna starrte den Berg von Genüssen an und dann seinen stählernen Körper. Sie versuchte sich vorzustellen, wie hart man wohl arbeiten mußte, um eine solche Menge Kalorien zu brauchen, und ihre Achtung vor ihm wuchs noch.

»Iß«, knurrte er.

Gehorsam nahm sie ihre Gabel. Früher wäre ihr das unmöglich gewesen, aber dadurch, daß sie ihre Emotionen mittlerweile beherrschte, hatte auch ihr Magen sich ein wenig beruhigt. Der Trick war, sich Zeit zu lassen und ganz kleine Bissen zu nehmen. Normalerweise hatte sie, wenn jeder andere fertig war, die Hälfte ihrer Portion geschafft, und das genügte ihr.

Diesmal war es ebenso. Als Webb sich gesättigt zurücklehnte, legte Roanna ebenfalls die Gabel beiseite. Er musterte ihren Teller lange und eingehend, als ob er überlegte, wieviel in ihrem Magen gelandet war; aber zu ihrer Erleichterung beharrte er nicht darauf, daß sie weiteraß.

Nun, da sie gefrühstückt hatten, fuhr er sie zu der Bar. Ihr Mietwagen stand allein und verloren auf dem staubigen Parkplatz. Ein Schild mit der Aufschrift »GESCHLOSSEN« hing schief am Eingang. Bei Tageslicht sah die Kneipe sogar noch heruntergekommener aus als in der Nacht.

Staub wirbelte auf, als er bremste, und Roanna nutzte die Zeit, bis die Luft wieder klar war, um ihren Wagenschlüssel aus ihrer Handtasche zu fischen. »Danke für das Frühstück«, sagte sie, als sie die Tür aufmachte und ausstieg. »Ich werde Lucinda sagen, daß sie dich erwarten kann.«

Er verließ ebenfalls sein Gefährt und ging mit ihr zu ihrem Mietwagen. Vor der Fahrertür blieb er stehen, so daß sie sie nicht aufmachen konnte. »Wegen letzter Nacht«, begann er.

Ihr wurde schlecht. Himmel, sie konnte sich das nicht anhören. In der Hoffnung, daß er den Wink verstehen und beiseite gehen würde, steckte sie den Schlüssel ins Schloß. Er rührte sich nicht.

»Was ist damit?« gelang es ihr, in ausdruckslosem Ton herauszuquetschen.

»Das hätte nicht passieren dürfen.«

Sie ließ den Kopf hängen. Es war das Beste, was ihr je in ihrem Leben widerfahren war, und er wollte es ungeschehen machen!

»Verdammt noch mal, schau mich an, wenn ich mit dir rede!« Wie letzte Nacht packte er ihr Kinn und hob ihren Kopf, damit sie ihn anblicken mußte. Er hatte den Hut tief ins Gesicht gezogen, so daß seine Augen überschattet waren; doch trotzdem konnte sie seine grimmige Miene sehen und wie er seinen Mund zusammenkniff. Ganz sanft strich er mit dem Daumen über ihre Lippen. »Ich war zwar nicht betrunken, aber ich hatte trotzdem ein bißchen zuviel intus. Du warst noch Jungfrau. Ich hätte das nicht zu einer Bedingung für meine Rückkehr machen dürfen, und es tut mir aufrichtig leid.«

Roanna hielt sich ganz still. Ihr Rücken war kerzengerade. »Es war genauso meine Initiative wie deine.«

»Nicht ganz. Du wußtest nicht genau, worauf du dich einläßt. Ich andererseits war mir sicher, daß du nicht nein sagen würdest.«

Sie konnte seinem harten, grünfunkelnden Blick nicht entkommen. Es war ganz so wie letzte Nacht, als sie sich vor ihm ausgezogen hatte, nur daß sie sich jetzt emotional nackt fühlte. Ihre Unterlippe zitterte ein wenig, und sie riß sich sofort wieder zusammen. Abstreiten war sinnlos, denn ihr Verhalten hatte ihm bereits recht gegeben. Als er ihr die Gelegenheit gab, das Ganze abzublasen, hatte sie ihn praktisch gebettelt weiterzumachen.

»Aus dem, was ich für dich empfinde, habe ich nie ein Geheimnis gemacht«, sagte sie schließlich. »Du hättest nie mehr tun müssen, als mit dem Finger zu schnippen, und ich wäre angerannt gekommen; du hättest immer schon mit mir machen können, was du wolltest.« Mühsam rang sie sich ein Lächeln ab. Es war nicht viel, aber immer noch besser als Heulen. »Daran hat sich nichts geändert.«

Er forschte in ihren Zügen, versuchte die Distanz in ihrem Gesichtsausdruck zu durchdringen. Zorn und Frustration flammten in seinen Augen auf. »Jedenfalls sollst du wissen, daß meine Rückkehr nicht davon abhängt, ob du mit mir ins Bett gehst. Du mußt dich nicht zur Hure machen, bloß damit Lucinda bekommt, was sie will.«

Diesmal konnte sie ein leichtes Zusammenzucken nicht verhindern. Sie zog den Kopf weg und rang sich ein weiteres Lächeln ab. Es wirkte noch angespannter als das erste. »Alles klar«, sagte sie mit erzwungener Gelassenheit. »Ich werde dich nicht länger belästigen.«

»Aber das tust du, zum Teufel noch mal«, fuhr er auf. »Du belästigst mich schon fast dein ganzes Leben lang.« Er beugte sich vor und blickte sie böse an. »Du belästigst mich, wenn du dich im selben Raum aufhältst. Sogar dein Atmen belästigt mich.« Wütend riß er sie in seine Arme und preßte seinen Mund auf den ihren. Roanna war so überrascht, daß sie sich nicht wehrte. Sie hing einfach nur in seiner Umklammerung und öffnete ihren Mund unter seiner zornigen Attacke. Der Kuß war tief und leidenschaftlich, seine Zunge drang in sie ein und rieb sich an der ihren, und an ihrem Bauch fühlte sie seine eisenharte Erektion. Dann stieß er sie ebenso abrupt von sich, wie er sie gepackt hatte. »Und jetzt trotte schön brav zu Lucinda und melde: Mission erfüllt! Du kannst ihr erzählen, wie du es geschafft hast oder es bleibenlassen, das ist dein Bier!« Er öffnete die Wagentür und drängte sie hinein, stand daraufhin einen Moment lang da und blickte auf sie hinunter. »Aber du verstehst überhaupt nichts«, sagte er ungerührt.

Dann knallte er die Wagentür zu und marschierte zu seinem Pick-up zurück.

11

Roanna war total erschöpft von diesem zweiten, ebenso anstrengenden Reisetag, als sie am selben Abend die lange Auffahrt nach Davenport entlangrollte. Ärgerlich sah sie, daß im großen Haus noch Licht brannte. Besser hätte es ihr gefallen, wenn alle schon im Bett wären, so daß sie sich ein wenig sammeln konnte vor der zu erwartenden Inquisition. Sie hatte sogar gehofft, wenigstens so viel Schlaf zu bekommen wie in der Nacht zuvor – obwohl das ziemlich unwahrscheinlich war. Sollte sie keine Ruhe finden, so konnte sie zumindest noch einmal jene aufregenden Stunden an sich vorüberziehen lassen, konnte sich seinen herrlichen Körper vorstellen, wie er auf ihr lag, seine Küsse, seine Liebkosungen, die Momente absoluter Glückseligkeit, als er tatsächlich in sie eindrang. Und sobald sie etwas ruhiger war, würde sie über den Rest nachdenken, über die häßlichen Dinge, die er gesagt hatte, und die Tatsache, daß er sie kein zweites Mal haben wollte ... Aber warum hatte er sie dann geküßt? Sie war zu müde, um einen klaren Gedanken fassen zu können, also würde die Analyse wohl oder übel warten müssen.

Sie benutzte ihre Fernbedienung, um das Garagentor zu öffnen, und bremste dann abrupt, als ihre Scheinwerfer über einen Wagen glitten, der ihren Platz besetzte. Corliss schon wieder! Sie hatte sich ihre Abwesenheit zunutze gemacht, um ihr eigenes Auto in die Garage zu stellen. Die große Garage bot fünf Stellplätze, und die waren für Lucinda reserviert, obwohl sie mittlerweile nicht mehr selbst fuhr, sowie für Roanna, Harlan, Lanette und Greg, die jeder ihr eigenes Auto besaßen. Brock und Corliss sollten die ihren eigentlich draußen parken; aber Corliss hatte die schlechte Angewohnheit, ihren Wagen in jede Lücke zu plazieren, die gerade frei war.

Roanna stellte ihr Auto neben Brocks Fahrzeug und stieg müde aus, wobei sie mühsam ihre kleine Reisetasche mitzerrte. Sie spielte mit dem Gedanken, sich über die Außentreppe und den Balkon in ihr Zimmer zu schleichen; doch sie hatte vor ihrer Abreise die Balkontür innen zugeriegelt, also konnte sie diese Möglichkeit vergessen. Nun, dann würde sie eben durch die Küche ins Haus gehen und darauf hoffen, von dort aus unbemerkt nach oben zu gelangen.

Doch das Glück war ihr leider nicht hold. Als sie die Hintertür aufschloß, saßen sowohl Gloria als auch Harlan am Küchentisch und verputzten jeder ein dickes Stück von Tansys Kokosnußkuchen. Keiner von beiden hatte sich für die Nacht fertiggemacht, was bedeutete, daß sie bis jetzt vor dem großen Fernseher im Salon gesessen haben mußten.

Gloria schluckte hastig. »Du hast ihn nicht gefunden!« krähte sie freudig, als sie sah, daß Roanna allein war. Dann warf sie Roanna einen hinterhältigen Blick zu. »Hast dir wohl auch keine allzu große Mühe gegeben, was? Nun, *ich* werde dich bestimmt nicht verraten. Das Ganze ist ohnehin eine verrückte Idee von Lucinda. Warum, zum Teufel, sollte sie ihn zurückhaben wollen? Sicher, Booley hat ihn damals nicht verhaftet; aber jeder weiß doch, daß er schuldig war, man konnte es bloß nie beweisen ...«

»Ich habe ihn gefunden«, unterbrach Roanna sie. Ihr war ganz schwindlig vor lauter Müdigkeit, und sie wollte das Verhör so kurz wie möglich halten. »Er muß noch ein paar Dinge erledigen, kommt aber in den nächsten zwei Wochen nach Hause.«

Gloria erblaßte und starrte Roanna mit offenem Mund an. Mit den Kuchenkrümeln darin sah das nicht gerade appetitlich aus. Dann meinte sie: »Roanna, wie konntest du bloß so *blöd* sein?« Ihre Tonstärke steigerte sich mit jedem Wort, so daß sie am Ende beinahe kreischte. »Weißt du denn nicht, was für dich auf dem Spiel steht? Das alles hätte dir gehören können, aber Lucinda wird es jetzt ihm zurückgeben, darauf kannst du wetten! Und was wird aus uns? Lieber Himmel, wir könnten in unseren Betten ermordet werden, so wie die arme Jessie ...«

»Jessie wurde nicht in ihrem Bett ermordet«, winkte Roanna ab.

»Das ist doch unwichtig. Du weißt genau, was ich meine!«

»Webb hat sie nicht getötet.«

»Also, der Sheriff hat es jedenfalls geglaubt, und der versteht sicher mehr davon als du! Wir alle haben gehört, wie er sagte, er würde alles tun, um sie loszuwerden.«

»Aber wir haben auch alle gehört, daß er vorschlug, sie solle sich doch scheiden lassen.«

»Gloria hat recht«, mischte sich Harlan ein. Seine buschigen Augenbrauen waren sorgenvoll gerunzelt. »Wer weiß, wozu der fähig ist!«

Normalerweise ließ sich Roanna nicht auf eine Diskussion ein; aber sie war total erschöpft und nach ihrer aufreibenden Begegnung mit Webb mit den Nerven am Ende.

»In Wahrheit macht ihr euch bloß Sorgen«, sagte sie tonlos, »ob er sich daran erinnert, wie ihr ihm die kalte Schulter gezeigt habt während seiner Anklage – und daß er euch hinauswirft aus Davenport.«

»Roanna!« keuchte Gloria in höchster Empörung. »Wie kannst du es wagen, uns so etwas ins Gesicht zu sagen! Was hätten wir denn tun sollen – einen Mörder vor dem Gesetz schützen?«

Es gab nichts, womit man Gloria zur Vernunft brachte, und Roanna war auch viel zu müde, um es noch länger zu versuchen. Sollte sich doch Webb darum kümmern, wenn er wieder da war. Sie besaß gerade noch genug Energie, um bei diesem Gedanken einen Anflug von Schadenfreude zu empfinden. Wenn sie glaubten, er wäre zuvor schon einschüchternd gewesen, dann sollten sie ihn jetzt erst mal erleben. Nach diesen zehn Jahren Überlebenskampf.

Roanna ließ Gloria und Harlan in der Küche zurück, wo sie sich ihrer rechtschaffenen Verstimmung widmen konnten, und schleppte sich die Treppe in den ersten Stock hinauf. Lucinda war bereits zu Bett gegangen; sie ermüdete in letzter Zeit ziemlich rasch, ein weiterer Hinweis auf ihre nachlassende Gesundheit, und schlief schon oft um neun Uhr. Morgen reichte es auch noch, ihr die Nachricht von Webbs Rückkehr zu überbringen.

Roanna hoffte, bis dahin selbst ein wenig Schlaf zu finden.

Ein Wunschtraum, wie sich herausstellte.

Ein paar Stunden später blickte sie auf die Leuchtanzeige ihres Weckers und sah, daß es fast zwei Uhr morgens war. Ihre

Augen brannten, und ihr Kopf fühlte sich wattig an vor Schwäche, dennoch lag Schlafen ihr ferner denn je.

Nächte wie diese waren nichts Neues für sie, das Warten in der endlosen Dunkelheit auf den Morgen, der nicht kommen wollte. In sämtlichen Büchern über Schlaflosigkeit wurde empfohlen, aufzustehen und nicht das Bett zum Ort seiner Frustration zu machen. Roanna hatte sich das schon längst angewöhnt, auch wenn es nicht viel half. Manchmal las sie, um sich die langen Stunden zu vertreiben, manchmal legte sie Patiencen; aber meist saß sie einfach nur im Dunkeln und wartete.

Das tat sie auch jetzt, weil sie einfach zu müde für eine Tätigkeit war. Sie saß mit angewinkelten Beinen in einem Großraumsessel, der leicht Platz für zwei geboten hätte. Der Sessel war ein Weihnachtsgeschenk von ihr für sich selbst vor fünf Jahren, und sie mochte ihn nicht mehr missen. Wenn sie es doch einmal schaffte, ein wenig einzunicken, dann meist in diesem Sessel. Im Winter wickelte sie sich immer in ihre kuscheligste Decke und beobachtete vom Sessel aus, wie die Nacht langsam an ihrem Fenster vorbeikroch. Doch jetzt war Sommer, und sie trug nur ein dünnes, ärmelloses Nachthemd, daß sie allerdings bis über ihre Füße gezogen hatte. Sie hatte ihre Balkontür geöffnet, um den beruhigenden Lauten der warmen Sommernacht zu lauschen. In der Ferne tobte ein Gewitter; sie sah die Blitze über den nachtblauen Himmel zucken, Wolken purpurrot aufflammen; doch der Sturm war so weit weg, daß der Donner nur wie ein fernes Grollen zu ihr drang.

Wenn sie schon wach liegen mußte, dann wenigstens in lauen Sommernächten wie diesen. Und wenn sie die Wahl hatte zwischen Schlaflosigkeit und der anderen Alternative, dann bevorzugte sie erstere.

Denn wenn sie schlief, wußte sie nie, wo sie wieder aufwachen würde.

Sie glaubte nicht, daß sie je das Haus verlassen hatte. Normalerweise wachte sie irgendwo drinnen auf, und ihre Füße waren nie schmutzig; dennoch überfiel sie fast ein Gefühl von Panik, wenn sie daran dachte, daß sie nachts, ohne es zu wissen, herumgeisterte. Sie hatte auch darüber einiges gelesen. Schlafwandler waren offenbar in der Lage, Treppen zu steigen, Auto zu fahren, ja, sich sogar mit anderen zu unterhalten, während sie schliefen. Dieser Gedanke tröstete sie keineswegs, denn sie wollte so etwas nicht tun. Sie wollte genau dort aufwachen, wo sie sich niedergelegt hatte.

Falls sie je bei ihren nächtlichen Streifzügen gesehen worden war, so hatte nie jemand etwas davon erwähnt. Sie glaubte nicht, daß es jede Nacht passierte; aber wie sollte sie das auch wissen, und die Familie ging das auch nichts an. Alle wußten, daß sie Schlafprobleme hatte; also falls sie jemand mitten in der Nacht herumspazieren sah, anscheinend vollkommen wach, nahm man wohl an, daß sie nicht einschlafen konnte und kümmerte sich nicht weiter darum.

Wenn im Haus bekannt würde, daß sie Schlafwandlerin war ... sie wollte nicht schlecht über ihre Familie denken, hegte aber so ihre Zweifel hinsichtlich einiger Mitglieder. Besonders Corliss war nicht zu trauen – die Versuchung, ihr alle möglichen Streiche zu spielen, wäre einfach zu groß. Irgendwie erinnerte Corliss Roanna an Jessie, obwohl sie nur ihre Cousine zweiten Grades war – was bedeutete, daß sie nicht viele gleiche Gene besaßen. Jessie war kaltblütiger, raffinierter gewesen, aber auch aufbrausender. Corliss plante nie, sie handelte spontan und neigte auch nicht zu Wutausbrüchen. Meist war sie einfach nur rastlos und unglücklich, und es gefiel ihr, die Leute in ihrer Umgebung ebenfalls unglücklich zu machen. Was immer sie sich auch vom Leben erhoffte, sie hatte es nicht bekommen.

Roanna glaubte kaum, daß Webb sich mit Corliss vertragen würde.

Was sie wieder an den Ausgangspunkt ihrer Überlegungen zu den Ereignissen des vergangenen Tages zurückbrachte – nicht, daß ihre Gedanken je weit oder auch nur für längere Zeit davon abgeschweift wären.

Sie wußte nicht, was sie von all dem halten sollte. In Beziehungsfragen kannte sie sich nicht gut aus, da sie ja noch nie eine gehabt hatte. Sei es, wie es sei, Webb war zornig und ein wenig betrunken gewesen. Nüchtern und bei klarem Verstand, hätte er sie wahrscheinlich nicht auf diese Weise unter Druck gesetzt; doch das änderte nichts an der Tatsache, daß sie ohne den geringsten Widerstand mit ihm ins Bett gefallen war. Die Umstände mochten erniedrigend gewesen sein, doch in jenem kleinen, geheimen Winkel ihrer Seele frohlockte sie noch immer.

Sie bereute nichts. Auch wenn ihr nie wieder etwas Gutes im Leben widerfahren sollte, wußte sie jetzt zumindest, wie es war, in Webbs Armen zu liegen, mit ihm zu schlafen. Die Schmerzen waren anfangs schlimmer gewesen, als sie es sich vorgestellt hatte, doch letztlich tat das ihrer Freude und Erfüllung keinen Abbruch.

Der Tequila mochte ja für das erste Mal verantwortlich sein, vielleicht auch für das zweite, aber wie war es mit den folgenden Malen? Als er immer wieder, bis zum Morgengrauen, nach ihr verlangte, da war er doch ganz sicher wieder nüchtern gewesen, oder? Ihr Leib tat ihr immer noch weh, doch dieser Schmerz war kostbar für sie, erinnerte er sie doch an jene seligen Stunden.

Er war kein selbstsüchtiger Liebhaber. Trotz seines Zorns hatte er sie zärtlich befriedigt, manchmal sogar mehrfach hintereinander, bevor er sich seinen Höhepunkt erlaubte. Seine Hände und sein Mund waren so zart mit ihr umgegangen, so vorsichtig, um ihr nicht noch mehr wehzutun, als es leider durch sein Eindringen der Fall war.

Doch dann hatte er sie einfach in dem billigen Motel

zurückgelassen, hatte sich davongeschlichen, als ob sie ein Kojotenweib wäre. So nannten die Säufer und Rowdys eine Frau, die so häßlich war, daß ein Mann, der neben einer solchen Schreckschraube erwachte, sich lieber den eigenen Arm abbiß, als sie zu wecken. Nun, Webb hatte immerhin eine Nachricht hinterlassen. Zumindest *war* er zurückgekommen und hatte sie nicht dem Dilemma ausgesetzt, selbst zu ihrem Wagen zurückfinden zu müssen.

Er hatte gesagt, sie hätte sich zur Hure gemacht für Lucinda. Außerdem war sie ihm schon ihr ganzes Leben lang lästig gewesen, und das hatte mehr wehgetan als seine andere Bemerkung. Nach dem furchtbaren Ereignis hatte sie sich immer mit jenen Jahren vor Jessies Tod getröstet, die sie als ihre süße Jugend bezeichnete, weil sie ihn als Helden und Beschützer gehabt hatte. In jener schrecklichen Nacht, als Jessie ermordet worden war, begriff sie, daß er nur Mitleid mit ihr gehabt hatte, und das war schon entsetzlich genug. Jetzt jedoch mußte sie zu ihrer tiefsten Scham erkennen, daß sie sich offenbar von Anfang an etwas vorgemacht hatte. Freundlichkeit war nicht dasselbe wie Liebe, Geduld nicht dasselbe wie Zuneigung.

Unmißverständlich hatte er klargemacht, daß sie eine Fortsetzung ihrer Affäre nicht erwarten konnte. Es war ein einmaliger Ausrutscher gewesen und würde es auch bleiben. Es gab keine Beziehung zwischen ihnen, außer der von entfernten Verwandten.

Doch dann hatte er sie geküßt und gesagt, daß sie überhaupt nichts verstünde. Und er war erregt gewesen, darüber bestand kein Zweifel; nach jener Nacht kannte sie sich aus mit seiner Männlichkeit. Wenn er sie nicht mehr wollte, warum fühlte er sich dann so an?

Eins jedoch war sicher: immer noch hegte er großen Zorn.

Mit angezogenen Beinen saß sie in ihrem Sessel, beobachtete das ferne Gewitter und dachte an Webb. Irgendwann gegen Morgen fiel sie dann in einen unruhigen Schlummer.

Gloria versammelte an diesem Tag die gesamte Familie um den Frühstückstisch, was eine Seltenheit war, denn gewöhnlich trank jeder seinen Kaffee, wann es ihm paßte. Offenbar glaubte sie, Verstärkung nötig zu haben. Nach einer unruhigen Nacht, in der sie kaum ein Auge zugetan hatte, war Roanna zu Lucinda ins Zimmer gegangen, um ihr die Neuigkeit zu überbringen. Daraufhin stand Lucinda voller Vitalität auf. Ihre Bewegungen waren frischer, und ihr Gesicht besaß an diesem Morgen eine viel lebhaftere Farbe als sonst. Sie zog überrascht die Brauen hoch, als sie die versammelte Meute erblickte, dann grinste sie und zwinkerte Roanna zu, als wolle sie sagen: »Ich weiß, was die im Schilde führen.«

Da also im allgemeinen jeder frühstückte, wann es ihm gefiel, gab es morgens immer ein Büfett. Roanna füllte je einen Teller für sich und Lucinda und setzte sich an ihren Platz.

Gloria wartete, bis sie den Mund voll hatten, bevor sie das Feuer eröffnete. »Lucinda, wir haben uns alle darüber unterhalten, und wir wünschten, du würdest dir diese hirnrissige Idee, Webb die Geschäfte wieder zu überlassen, nochmal überlegen. Roanna macht ihre Sache doch gut, und wir brauchen ihn wirklich nicht.«

»Wir?« fragte Lucinda schluckend und musterte ihre Schwester über den Tisch hinweg. »Gloria, ich habe deine Gesellschaft in den letzten zehn Jahren wirklich geschätzt und genossen; doch anscheinend muß ich dich daran erinnern, daß dies nur die Davenports etwas angeht, und Roanna und ich sind die einzigen Davenports hier. Wir beide sind nun übereingekommen, daß Webb seinen angestammten Platz in der Familie wieder einnehmen soll.«

»Webb ist auch kein Davenport«, meinte Gloria, froh, sich wenigstens auf dieses unwichtige Detail stürzen zu können, »sondern als Tallant einer von *uns*. Davenport und das dazugehörige Vermögen sollten Roanna gehören. Es steht ihr rechtmäßig zu.«

Aha, alles, bloß nicht Webb, dachte Roanna. Gloria hätte es natürlich am liebsten, wenn ihre unmittelbare Familie erben würde, doch Roanna war offenbar die zweitbeste Wahl. Die Großtante nahm wohl an, daß sich Roanna leichter manipulieren und herumschubsen ließ als dieses Kaliber Webb. Das war es, worum es eigentlich ging, begriff sie, nicht etwa eine übertriebene Angst vor Webb, dem Killer. Alles lief im Grunde aufs Geld hinaus, und auf Luxus und Bequemlichkeit.

»Wie gesagt«, wiederholte Lucinda, »Roanna und ich sind uns einig.«

»Roanna war noch nie objektiv, wenn es um Webb ging«, schlug sich Harlan auf die Seite seiner holden Gattin. »Wir alle wissen, daß man ihrem Urteil nicht trauen kann, nicht, wenn es um Webb geht.«

Corliss beugte sich eifrig vor. Sie roch Streit, und ihre Augen funkelten. »Also, das stimmt. Wie war denn das damals – hat Jessie die beiden nicht beim Knutschen in der Küche erwischt?«

Brock blickte von seinem Teller auf und sah seine Schwester stirnrunzelnd an. Ihn mochte Roanna noch am liebsten von Glorias Brut. Brock war, genau besehen, ein guter Kerl und arbeitete fleißig. Er hatte nicht vor, auf Davenport zu bleiben, sondern nutzte nur die Gelegenheit, so viel wie möglich zu sparen für sein eigenes Haus. Er und seine Freundin wollten noch in diesem Jahr heiraten. Brock besaß mehr Rückgrat als sein Vater, der alle Parteinahmen Lanette überließ.

»Ich glaube, das wurde maßlos übertrieben«, sagte Brock.

»Wie kommst du denn darauf?« fragte Lanette und lehnte sich vor, um ihren Sohn streng zu fixieren. Corliss lächelte zufrieden. Endlich ging es zur Sache.

»Weil Webb nicht der Typ ist, der seine Frau betrügen würde. Im übrigen bin ich froh, daß er zurückkommt.«

Gloria und Lanette funkelten den Verräter in ihrer Mitte wütend an. Brock achtete nicht auf sie und aß weiter.

Roanna konzentrierte sich auf ihren eigenen Teller und tat ihr Bestes, die Diskussion zu ignorieren. Nichts würde Corliss mehr gefallen, als sie zu einer unvorsichtigen Antwort zu verleiten oder gar zu sehen, wie sie sich aufregte. Corliss fehlte Jessies Genialität, wenn es um Gemeinheiten ging, oder vielleicht lag es auch nur daran, daß Roanna sich jetzt besser in der Hand hatte – aber sie fand Corliss lediglich irritierend.

Die verbale Schlammschlacht setzte sich während der ganzen Mahlzeit fort, wobei Gloria und Harlan und Lanette abwechselnd mit den ihrer Meinung nach besten Argumenten gegen Webbs Rückkehr aufwarteten. Greg war schlicht desinteressiert und überließ Lanette das Protestieren. Brock aß fertig und entschuldigte sich, weil er zur Arbeit mußte.

Roanna konzentrierte sich auf die schwierige Aufgabe des Kauens und sagte nur wenig; Lucinda trotzte den Argumenten wie ein Fels. Webb wieder zurückzuhaben war wichtiger für sie als alles, was ihre Schwester vorbringen konnte; also machte sich Roanna auch keine Sorgen darüber, daß Lucinda möglicherweise ihre Meinung änderte.

Lucinda hatte heute morgen gestrahlt wie eine Weihnachtskerze, als ihr Roanna die gute Nachricht überbrachte. Sie wollte alles über ihn wissen, wie er aussah, ob er sich verändert hatte, alle seine Worte.

Sie schien nicht überrascht zu sein, als Roanna ihr erzählte, daß er immer noch grollte.

»Natürlich ist er immer noch böse auf mich«, hatte Lucinda befunden. »Webb ist nie ein Kriecher gewesen. Ich kann mir vorstellen, daß er mir jede Menge zu sagen hat, wenn er hier ist; auch wenn mir das nicht paßt, werde ich ihm wohl oder übel zuhören müssen. Es überrascht mich aber wirklich, daß er so schnell nachgegeben hat. Ich *wußte* doch, daß du die einzige bist, die es schaffen könnte.«

Nun, es war weniger das, was sie gesagt, als das, was er verlangt hatte, und als sie ihren Teil des Deals erfüllt hatte, fühlte er sich ebenso verpflichtet, dasselbe zu tun. Zum ersten Mal fragte sie sich, ob er nicht vielleicht erwartet hatte, daß sie rundweg ablehnen würde – ob er ihr dieses Geschäft nur deshalb angeboten hatte, weil er ohnehin nicht an sein Zustandekommen glaubte.

»Wie hat er ausgesehen? Los, erzähl schon«, drängte Lucinda und Roanna beschrieb ihn, so gut sie es vermochte. Konnte sie objektiv sein, wo sie ihn doch mit den Augen der Liebe betrachtete? Würden ihn die anderen eher als dominant und herrisch empfinden? Das konnte schon sein.

Gloria jedenfalls war geradezu erbittert über seine Rückkehr. Was nur zeigt, wie scheinheilig sie doch ist, dachte Roanna, denn vor Jessies Tod hatte Gloria immer ein Mordstheater um Webb gemacht, ja, ihn zu ihrem Lieblingsneffen erklärt. Doch dann ließ sie sich dazu verleiten, sich gegen ihn zu stellen, statt ihn zu verteidigen, und das würde er ihr nicht verzeihen.

»Wo soll er schlafen?« fragte Corliss gelangweilt und unterbrach damit ihre Großmutter mit einer neuerlichen Bombe. »Meine Suite gebe ich jedenfalls nicht auf, auch wenn es mal seine war.«

Ihr Schuß ging jedoch nach hinten los, denn sofort breitete sich Stille über die versammelte Gesellschaft. Irgendwann nach Jessies Tod hatte sich Lucinda schließlich aufgerafft, die Suite komplett zu renovieren, von den Teppichen bis zur Zimmerdecke. Als Lanette und ihre Familie dann einzogen, hatte sich Corliss diesen Teil sofort unter den Nagel gerissen. Sie meinte, ihr würde es nichts ausmachen, dort zu schlafen, was genau ihrer Kaltschnäuzigkeit entsprach. Es war typisch für sie, daß sie auch nur annehmen konnte, Webb würde sein altes Quartier wieder zurückhaben wollen.

Nun, leider konnten einzig Lucindas Räumlichkeiten es, was die Größe betraf, mit dieser aufnehmen. Gloria und Harlan bewohnten eine etwas kleinere Zimmerflucht, ebenso wie Lanette und Greg. Roanna hatte nur ein Zimmer, ein ziemlich großes zwar, aber eben keine Suite. Ebenso Brock. Abgesehen davon gab es noch vier Gästeunterkünfte. Es mochte ja Haarspalterei sein, doch der Status war eine subtile Angelegenheit. Roanna wußte, daß es Webb im Grunde nicht darauf ankam, welches Zimmer er bewohnte; doch er kannte sehr wohl die Zusammenhänge und wußte, wie wichtig Statussymbole sein konnten, wenn man seine Stellung festigen wollte.

»Selbst wenn er sie nicht will, kann es sein, daß er nicht möchte, daß jemand anderer darin wohnt«, sagte Lanette und beäugte ihre Tochter zweifelnd.

Corliss schmollte. »Ich gebe meine Suite auf keinen Fall auf!«

»Das wirst du aber, wenn es Webb sagt«, meinte Lucinda unnachgiebig. »Ich glaube zwar nicht, daß er sich groß etwas daraus macht; aber jeder hier muß verstehen, daß sein Wort gilt. Ist das klar?«

»Nein!« schrie Corliss aufmüpfig und warf ihre Serviette auf den Tisch. »Er hat seine Frau umgebracht! Es ist nicht fair, daß er einfach so hier hereinmarschieren kann und alles wieder an sich reißt ...«

Lucindas Stimme war schneidend. »Und noch etwas möchte ich verstanden wissen, und zwar hat Webb Jessie *nicht* ermordet! Wenn ich so etwas noch einmal höre, dann werde ich die betreffende Person bitten, das Haus umgehend zu räumen. Wir haben ihn im Stich gelassen, als er unsere Unterstützung am nötigsten gebraucht hätte, und ich schäme mich zutiefst dafür. *Er ist in diesem Haus willkommen*, oder ihr kriegt es mit mir zu tun!«

Alle schwiegen. Roanna wußte, daß hiermit Lucinda zum ersten Mal einen Rausschmiß androhte. Da sie bisher soviel Wert auf die Familie legte, zeigte diese Drohung, wie wichtig ihr Webbs Rückkehr war. Ob nun aufgrund von Schuld oder Liebe, Webb besaß ihre rückhaltlose Unterstützung.

Zufrieden über den Eindruck, den ihre Ankündigung bewirkte, nahm Lucinda ihre Serviette und tupfte sich umständlich den Mund ab. »Also ich weiß auch nicht, was wir in der Schlafzimmerfrage machen sollen. Was meinst du, Roanna?«

»Das soll Webb entscheiden, wenn er hier ist«, erwiderte diese. »Woher sollen wir wissen, was er will?«

»Das stimmt. Ich möchte ihm nur einen perfekten Empfang bereiten.«

»Aber das ist unmöglich! Außerdem würde er sicher nicht wollen, daß wir seinetwegen ein Theater veranstalten.«

»Nun, wir werden wohl kaum eine Party für ihn geben«, meinte Gloria schnippisch. »Ich wage kaum mir vorzustellen, was die Leute in der Stadt sagen werden.«

»Nichts, wenn sie wissen, auf welcher Seite ihr Brot gebuttert ist«, fuhr Lucinda ihr über den Mund. »Unsere Freunde und Geschäftspartner sollen unverzüglich davon in Kenntnis gesetzt werden, daß sie Webb gefälligst willkommen zu heißen haben, wenn ihnen etwas an unserer Verbindung liegt.«

»Webb, Webb, Webb«, fauchte Corliss auf einmal. »Warum ist er so etwas Besonderes? Und wir? Warum hinterläßt du nicht einfach alles Brock, wenn du wirklich so sicher bist, daß Roanna nicht zurechtkommt? Wir gehören ebenso zur Familie wie Webb!«

Sie sprang auf und rannte hinaus. Alle schwiegen betreten. Selbst Gloria, die normalerweise eine Haut wie ein Rhinozeros besaß, war nicht wohl bei diesem so unverhüllt vorgetragenen Eigennutz.

Roanna zwang sich, noch ein paar Bissen zu essen, bevor sie endgültig aufgab. Es sah so aus, als würde Webbs Rückkehr noch schlimmer werden als sein Weggang.

12

Zehn Tage später spazierte Webb durch die Haustür, als ob das Anwesen ihm gehörte, was ja auch neuerdings wieder stimmte.

Es war acht Uhr in der Früh und die Sonne schien hell und fröhlich durch die Fenster, so daß die beigen Fliesen in der Diele einen goldenen Glanz annahmen. Roanna stieg gerade die Treppe herunter. Sie hatte um neun ein Treffen mit ihrem Börsenmakler, der aus Huntsville herüberkam, und wollte vor seinem Eintreffen noch einiges mit Lucinda durchsehen. Für diesen Termin hatte sie ein leichtes, eng geschnittenes, pfirsichfarbenes Seidenkleid gewählt mit einem dazu passenden Blazer; danach mußte sie eine Landratsversammlung besuchen. Sandfarbene Schlangenlederpumps und Perlohrringe komplettierten ihr Outfit. Sie trug nur ganz selten Schmuck, doch ihre Kommilitoninnen hatten ihr beigebracht, wie wichtig gediegener, unauffälliger Schmuck für ein Geschäftstreffen sein konnte.

Die Haustür ging auf, und sie blieb auf der Treppe stehen, weil die unversehens hereinflutende Sonne sie vorübergehend blendete. Sie blinzelte und starrte die dunkle Gestalt an, deren breite Schultern und breitkrempiger Hut sich dort aufbauten. Dann trat er ein, schloß die Tür hinter sich und ließ eine lederne Reisetasche auf den Boden plumpsen. Ihr blieb fast das Herz stehen, als sie ihn erkannte.

Es war zehn Tage her, seit er sie nach Hause geschickt hatte, und seine Ankunft kam nun überraschend. Sie hatte schon angefangen zu fürchten, daß er sich am Ende doch anders entschiede, obwohl Webb bisher immer sein Wort gehalten hatte. Vielleicht hielt er Davenport ja doch nicht für der Mühe wert; sie hätte es ihm kaum vorwerfen können.

Aber da war er, nahm seinen Hut ab und blickte sich mit verengten Augen um, als ob er jede Veränderung, die die letzten zehn Jahre gebracht hatten, in sich aufnehmen wollte. Es waren nur ein paar, aber sie hatte das Gefühl, daß er jede einzelne wahrnahm. Sein Blick verharrte sogar einen Augenblick lang auf dem Treppenläufer. Der war früher dunkler gewesen, jetzt erinnerte er an Hafermehl und besaß ein engeres Webmuster.

Sein plötzliches Auftauchen warf sie beinahe um. Ihn tatsächlich dort unten stehen zu sehen, mit derselben natürlichen Autorität wie eh und je, vermittelte ihr das unheimliche Gefühl, die Zeit wäre stillgestanden.

Aber die Veränderung konnte sie nicht leugnen. Er war nicht nur älter, sondern trug jetzt auch Jeans und Cowboystiefel statt der Leinenhosen und Halbschuhe. Früher hatte er seine starke Persönlichkeit mit gutem alten Südstaatencharme gebremst, jetzt bremste er sie nicht mehr. Er strahlte eine unheimliche Autorität aus, ein Mann, der sich nicht die Bohne darum scherte, was andere von ihm dachten.

Ihre Brust fühlte sich auf einmal recht eng an, und sie mußte sich anstrengen, genug Luft zu bekommen. Sie hatte ihn nackt gesehen, hatte nackt in seinen Armen gelegen. Er hatte an ihren Brustwarzen gesaugt, war in sie eingedrungen. Die Unwirklichkeit des Ganzen machte sie aufs neue schwindlig. In den anderthalb Wochen, seit sie ihn zum letzten Mal gesehen hatte, war ihr Abenteuer mehr und mehr in Traumnähe gerückt; doch sein Anblick, wie er so leibhaftig vor ihr stand, brachte ihr Blut sofort wieder in Wallung und ihren Körper zum Kribbeln, als ob er sich gerade erst aus ihr zurückgezogen hätte und sie ihn noch zu spüren glaubte.

Sie fand ihre Stimme wieder. »Warum hast du nicht angerufen? Es hätte dich jemand vom Flughafen abholen können. Du bist doch geflogen, oder?«

»Gestern. Ich hab mir einen Wagen gemietet. Mutter und ich sind gestern abend in Huntsville mit Tante Sandra zusammen gewesen, und vorhin bin ich dann losgefahren.«

Seine durchdringenden grünen Augen waren nun auf sie gerichtet, nahmen ihr Kostüm in sich auf, verglichen vielleicht ihre modische Erscheinung mit dem linkischen, ungeschickten Geschöpf von einst. Oder vielleicht verglich er sie ja mit der nackten Frau, die sich unter ihm gewunden und aufgebäumt hatte, die schrie, als er sie zum Höhepunkt brachte. Nun, er hatte sie schnell genug wieder fallengelassen, also konnte der Anblick nicht allzu faszinierend gewesen sein.

Sie errötete heftig und wurde dann ebenso schnell wieder blaß.

Aber einfach so dastehen und ihn anstarren, das ging auch nicht. Roanna holte tief Luft, riß sich zusammen und kam die wenigen verbliebenen Stufen zu ihm hinunter. »Lucinda ist im Arbeitszimmer. Wir wollten gerade einige Papiere durchsehen, aber ich bin sicher, daß sie lieber mit dir allein reden möchte.«

»Ich bin zurückgekommen, um mich um die Geschäfte zu kümmern«, sagte er kurzangebunden und marschierte auch schon mit langen Schritten den Flur entlang zum Arbeitszimmer. »Bring mich auf den neuesten Stand. Die Willkommensparty kann warten.«

Irgendwie schaffte sie es, ihre ausdruckslose Fassade aufrechtzuerhalten, während sie ihm folgte. Sie warf sich nicht schluchzend an seinen Hals und schrie: »Du bist wieder daheim, du bist wieder daheim!«, obwohl das ihr erster Impuls gewesen wäre. Weder jauchzte sie vor Freude, noch heulte sie. Sie sagte einfach zu seinem Rücken: »Ich freue mich, daß du wieder da bist. Willkommen daheim.«

Lucinda saß nur selten an dem riesigen Schreibtisch, der ihrem Mann gehört hatte, da das Sofa viel bequemer für ihre alten Knochen war. Dort saß sie auch jetzt und blätterte die neuesten Börsenberichte durch. Sie blickte bei Webbs Eintreten auf, und Roanna, die direkt hinter ihm stand, sah die Verwirrung, die beim Anblick des großen, kühlen Fremden, der in ihre Domäne eindrang, über ihre Züge glitt. Dann blinzelte sie und das Wiedererkennen breitete sich wie die Sonne auf ihrem runzligen Gesicht aus. Freudige Erregung verjagte den grauen Schleier, den das Alter und die schlechte Gesundheit über sie geworfen hatten. Sie kämpfte sich auf die Beine, wobei die Blätter achtlos auf den schweren Aubusson-Teppich fielen.

»Webb! Webb!«

Da war sie, die enthusiastische, tränenreiche Begrüßung, die Roanna ihm so gerne bereitet hätte, es aber nicht wagte. Lucinda eilte mit ausgebreiteten Armen auf ihn zu, ohne seine stumme Zurückhaltung zu sehen oder zu beachten. Er breitete seine Arme nicht aus, aber das hielt sie nicht davon ab, ihm die ihren um den Hals zu werfen und ihn ganz fest und mit Tränen in den Augen zu umarmen.

Roanna wandte sich zum Gehen, um ihnen einen privaten Moment zu gönnen; wenn sie und Webb ein besonderes Verhältnis zueinander gehabt hatten, als sie noch jünger war – zumindest ihrer Auffassung nach –, dann hatte er ganz gewiß ein besonderes und sehr enges Verhältnis zu Lucinda gehabt – eins, das dem zu seiner Mutter fast gleichkam. Auch wenn Webb wegen Lucinda zurückgekommen war, so standen immer noch viele unausgesprochene Dinge zwischen ihnen, die erst bereinigt werden mußten.

»Nein, bleib«, sagte Webb, als er merkte, was Roanna vorhatte. Er nahm Lucinda bei den Armen und rückte sie sanft von sich ab, ohne sie jedoch loszulassen. Er blickte erst auf sie nieder. »Wir unterhalten uns später«, versprach er. »Zunächst mal habe ich jede Menge aufzuholen. Wir können hiermit anfangen.« Er nickte in Richtung der Papiere, die auf dem Teppich verstreut lagen.

Wenn Lucinda etwas verstand, dann die Notwendigkeit, sich ums Geschäftliche zu kümmern. Sie wischte sich die Tränen aus den Augen und nickte energisch. »Natürlich. Unser Makler kommt um neun. Roanna und ich haben es uns zur

Gewohnheit gemacht, zuvor immer noch unsere Börsengeschäfte durchzugehen, damit wir uns einig sind, bevor der junge Mann eintrifft.«

Er nickte und bückte sich, um die Papiere aufzusammeln. »Ist es immer noch Lipscomb?«

»Nein, mein Lieber, er starb, das war, nun ... ach ja, vor drei Jahren, nicht wahr, Roanna? Herzkrankheiten liegen in seiner Familie, weißt du. Unser Makler ist jetzt Sage Whitten, von den Birmingham Whittens. Wir sind recht zufrieden mit ihm, meistens jedenfalls; aber er neigt ein wenig zum Konservativen.«

Roanna sah den trockenen Ausdruck, der über Webbs Züge huschte. Er mußte sich erst wieder an die Art, wie man im Süden Geschäfte abwickelte, gewöhnen. Hier vermengte man eben alles mit Bekanntschaft und Familienangelegenheiten. Wahrscheinlich war er inzwischen an eine viel direktere, ehrlichere Methode, die Dinge zu erledigen, gewöhnt.

Er hatte sich bereits in die Papiere, die er aufgehoben hatte, vertieft, während er zum Schreibtisch schlenderte. Schon wollte er in den Sessel sinken, als er gerade noch innehielt und Roanna einen fragenden Blick zuwarf, wie sie auf seine spontane Art der Übernahme von Macht und Territorium reagierte.

In ihr stritten sich das Lachen und das Weinen. Sie hatte ihre Arbeit nie wirklich gemocht, sich aber dennoch ihren Platz darin erobert. Weil dies das einzige war, wozu sie sie je in ihrem Leben gebraucht hatten, ob Lucinda oder irgend jemand anderes, hatte sie sich mit großem Fleiß und enormer Willenskraft ihrer neuen Aufgabe gewidmet. Mit Webbs Rückkehr verlor sie dieses Betätigungsfeld; bald war sie überflüssig. Andererseits würde es sie ziemlich erleichtern, nicht mehr diese endlosen Konferenzen mit Geschäftsleuten und Politikern durchstehen zu müssen, die ihren Entscheidungen und ihrer Kompetenz höchstens mit Nachsicht begegneten. Auf diese lästigen Pflichten konnte sie gerne verzichten, hatte aber gleichzeitig keine Ahnung, was sie danach mit sich anfangen sollte.

Sie ließ sich allerdings nichts vom Widerstreit ihrer Gefühle anmerken; sorgfältig achtete sie darauf, der Welt ihre übliche glatte Fassade zu präsentieren. Lucinda nahm wieder auf dem Sofa Platz und Roanna ging zu einem der Aktenschränke, wo sie eine dicke Mappe herauszog.

Die Faxmaschine piepte und produzierte schnurrend eine Nachricht. Webb warf einen Blick darauf und ließ ihn dann über die übrige elektronische Ausstattung schweifen, die seit seinem Weggang angeschafft worden war. »Sieht aus, als befänden wir uns jetzt auf dem Informations-Superhighway.«

»Nun, ohne die Geräte müßte ich die meiste Zeit mit Herumreisen verbringen«, erwiderte Roanna. Auf dem Schreibtisch stand ein kleiner PC. »Wir verfügen über zwei getrennte Systeme. Dieser Computer samt Drucker ist für unsere privaten Zwecke. Mit dem anderen ...«, sie wandte sich den Geräten zu, die auf einem speziell angefertigten Computertisch aus massiver Eiche standen, »halten wir Kontakt zur Außenwelt.« Der zweite Computer war an ein Modem angeschlossen. »Wir haben eine eigene Faxleitung, E-Mail und zwei Laserdrucker. Ich kann dir die Programme erklären, wann immer du willst. Außerdem haben wir noch einen Laptop, den wir auf Reisen mitnehmen.«

»Selbst Loyal hat mittlerweile auf Computer umgerüstet«, sagte Lucinda lächelnd. »Die Stammbäume sind sorgfältig aufgelistet und dokumentiert, und er hält außerdem auf den Disketten Zuchtzeiten, Zuchtergebnisse, tierärztliche Behandlungen und eventuelle Krankheitsverläufe fest sowie die Identifikationsmarken. Er ist so stolz auf sein System, als ob es vier Beine hätte und wiehern könnte.«

Webb warf einen Blick auf Roanna. »Reitest du immer noch so viel wie früher?«

»Dafür ist keine Zeit.«

»Vielleicht jetzt wieder!« Daran hatte sie noch gar nicht gedacht, daß mit Webbs Rückkehr auch das Reiten wieder möglich wurde. Ihr Herz machte einen aufgeregten kleinen Satz. Sie vermißte die Pferde schrecklich, aber was sie gesagt hatte, war die reine Wahrheit: ihr blieben nur wenige Stunden für sich. Sie ritt, wann immer sie konnte, was ausreichte, um nicht aus der Übung zu kommen, aber lange nicht genug für ihre Bedürfnisse. Jetzt mußte sie Webb erst mal alles zeigen und erklären, doch schon bald – bald! – könnte sie wieder anfangen, Loyal zu helfen.

»Wie ich dich kenne«, sagte Webb gemächlich, »planst du bereits bald wieder deine Tage im Stall zu verbringen. Glaub ja nicht, du könntest alles mir aufhalsen und dich davonstehlen! Ich werde alle Hände voll zu tun haben mit den Belangen hier und dann auch noch mit meiner Ranch in Arizona – also wirst du aller Voraussicht nach bestimmte Ressorts behalten müssen.«

Sie würde weiterarbeiten? Zusammen mit Webb? Nie hätte sie damit gerechnet, daß er sie um sich haben wollte oder daß sie danach noch irgendwie von Nutzen wäre. Bei der Aussicht, ihn jeden Tag sehen, mit ihm zusammensein zu können, vollführte ihr Herz einen weiteren Purzelbaum.

Nun konzentrierte er sich auf die Diagramme und Analysen ihrer Aktien und deren weitere Handhabung. Als Sage Whitten schließlich eintraf, wußte Webb ziemlich genau, wo sie auf dem Aktienmarkt standen.

Mr. Whitten war Webb noch nie begegnet; aber seinem überraschten Ausdruck bei der Vorstellung nach zu schließen, hatte er den Klatsch gehört. Falls er von Lucindas Erklärung, Webb würde in Zukunft alle Davenport-Geschäfte handhaben, irgendwie betroffen war, so ließ er sich nichts anmerken. Egal, was die Leute glauben mochten, Webb Tallant war nie wegen Mordes an seiner Frau angeklagt worden, und Geschäft blieb Geschäft.

Sie waren schneller fertig als gewöhnlich. Kaum hatte Mr. Whitten das Haus verlassen, als schon Lanette ins Arbeitszimmer geschneit kam. »Tante Lucinda, da steht so eine Art Reisetasche im Flur. Hat Mr. Whitten vielleicht ...?« Abrupt brach sie ab und starrte Webb an, der hinter dem Schreibtisch saß.

»Die Tasche gehört mir.« Er blickte kaum vom Computer auf, wo er gerade ein paar Aktiendividenden studierte. »Ich trage sie später nach oben.«

Lanette erbleichte, doch sie fing sich rasch wieder und stieß ein gekünsteltes Lachen aus. »Webb! Ich wußte gar nicht, daß du angekommen bist. Keiner hat uns verraten, daß du heute eintreffen würdest.«

»Nun, ich hab es auch niemandem gesagt.«

»Oh, ach so! Also dann, willkommen daheim!« Ihre Begrüßung war ebenso verlogen wie ihr Lachen. »Ich werde Mama und Daddy Bescheid sagen. Sie sind gerade mit dem Frühstück fertig und werden dich sicher begrüßen wollen.«

Webb zog sarkastisch die Augenbrauen hoch. »Wirklich?«

»Ich gehe sie schnell holen«, sagte sie und floh.

»Also, was die Tasche betrifft ...« Webb lehnte sich zurück und drehte sich mit dem Stuhl, so daß Lucinda, die noch auf der Couch saß, in sein Blickfeld geriet. »Wo soll ich sie hinbringen?«

»Wo immer du willst«, erwiderte Lucinda in festem Ton. »Deine alte Suite ist vollkommen neu hergerichtet worden. Corliss wohnt jetzt darin, aber wenn du sie willst, bekommt sie ein anderes Zimmer.«

Er lehnte ihr Angebot mit einem leichten Kopfschütteln ab. »Ich nehme an, Gloria und Harlan haben auch eine Suite, und Lanette und Greg die vierte.« Roanna warf er einen rätselhaften Blick zu. »Du bist natürlich immer noch in deinem alten Gemach im rückwärtigen Teil des Hauses!«

Das schien er zu mißbilligen, obwohl sich Roanna beim besten Willen nicht vorstellen konnte, warum. Da sie nicht wußte, was sie sagen sollte, hielt sie den Mund.

»Und Brock bewohnt ein Einzelzimmer auf der linken Seite«, ergänzte Lucinda und bestätigte somit seine vorherigen Vermutungen. »Das Ganze ist aber wirklich kein Problem. Ich habe mir überlegt, was man tun könnte, und das beste wäre wohl, einfach zwei einzelne Räume mit einer Tür zu verbinden und eins davon in ein Wohnzimmer zu verwandeln. Das wäre in einer Woche zu erledigen.«

»Nicht notwendig! Ich wohne gern in den hinteren Zimmern ... das neben Roannas würde mir gefallen. Es hat doch ein Doppelbett, oder?«

»Alle Zimmer sind jetzt damit ausgestattet, außer Roannas.«

Wieder erfolgte eine Musterung. »Magst du keine großen Betten?«

Die Motelliege, auf der sie sich geliebt hatten, war auch nichts Besonderes gewesen. Eigentlich zu schmal für zwei, doch wenn der eine auf dem anderen lag, brauchte man nicht so viel Platz. Roanna konnte ein Erröten gerade noch abwenden. »Für mich genügt etwas Kleineres.« Sie warf einen Blick auf ihre Uhr und stand erleichtert auf, als sie sah, wie spät es war. »Ich muß zur Landratsversammlung, dann habe ich eine Verabredung zum Lunch mit dem Krankenhausverwalter in Florence. Um drei bin ich wieder da.«

Sie beugte sich vor und küßte die faltige Wange, die Lucinda ihr entgegenhielt. »Fahr vorsichtig«, mahnte Lucinda wie gewöhnlich.

»Das werde ich.« Ihr Aufbruch besaß etwas Fluchtartiges, und so wie Webb sie ansah, schien es ihm aufgefallen zu sein.

Nach dem Lunch kehrten Webb und Lucinda ins Arbeitszimmer zurück. Er hatte Gloria und Harlans peinlich heuchlerische Begrüßung über sich ergehen lassen, Corliss' Geschmolle und schlechtes Benehmen ignoriert, und sich von Tansy und Bessie umsorgen und betüteln lassen. Es war sonnenklar, daß ihn nur Roanna und Lucinda hatten zurückhaben wollen; der Rest der Familie wünschte unumwunden, er wäre in Arizona geblieben. Der Grund dafür lag ebenfalls auf der Hand: Seit Jahren schon schnorrten sie sich auf Lucindas Kosten durch und hatten nun Angst, daß er sie mit einem Tritt hinausbefördern würde. Und es reizte ihn auch, das mußte er zugeben. Oh, nicht Gloria und Harlan. So wenig wie er sie auch ausstehen konnte, sie waren beide über siebzig, und die Gründe, die er Roanna vor zehn Jahren genannt hatte, als sie einzogen, galten heute mehr denn je. Doch was die anderen betraf ...

Er hatte nicht vor, sofort etwas zu unternehmen. Noch wußte er nicht genau über jede einzelne Situation Bescheid, und es war vernünftiger, sich vorher zu informieren und dann zu handeln – als durch vorschnelle Entschlüsse angerichtete Schäden wiedergutmachen zu müssen.

»Sicherlich möchtest du mir ein paar Dinge vorhalten«, gab Lucinda sich reumütig und nahm wieder auf dem Sofa Platz. »Der Himmel weiß, ich habe es verdient. Nun, hier ist deine Chance, dir alles von der Seele zu reden, also laß es ruhig raus. Ich werde einfach sitzenbleiben und dir aufmerksam zuhören.«

Sie ist genauso willensstark und unbeugsam wie früher, dachte er, aber erschreckend eingefallen. Als sie ihn umarmte, hatte er gespürt, wie zerbrechlich ihre alten Knochen waren, hatte die fast durchsichtige Blässe ihrer Haut bemerkt. Sie sah gar nicht gut aus, und ihr Energiepegel war ziemlich niedrig. Aus den Briefen von Yvonne wußte er, daß Lucindas Gesundheit rapide abnahm; aber er hätte nicht gedacht, daß es so schlecht um sie stand. Ihr Tod war nur mehr eine Frage von Monaten; er bezweifelte, daß sie den Frühling noch erleben würde.

Sie war ein Markstein in seinem Leben gewesen, ein Fels. Zwar hatte sie ihn im Stich gelassen, als er sie am meisten brauchte; doch nun war sie bereit, sich seinem Zorn zu stellen. Er kannte ihren Charakter, hatte seine eigene Stärke und wachsende Männlichkeit immer daran gemessen, ob er sich ihr gegenüber durchsetzte. Verdammt nochmal, er war noch nicht bereit, sie gehen zu lassen.

Webb lehnte sich an eine Schreibtischkante. »Darauf komme ich noch«, sagte er und fuhr dann mit kaum unterdrückter Wut fort: »Aber zuerst möchte ich wissen, was, zur *Hölle*, ihr mit Roanna gemacht habt!«

Lucinda dachte lange still nach, und Webbs Anschuldigung stand bedrohlich zwischen ihnen. Sie starrte aus dem Fenster, hinaus auf das sonnenüberflutete Land, über das die Schatten flockiger Schäfchenwolken hinwegzogen.

Davenport-Land, so weit das Auge reichte. Stets hatte sie Trost geschöpft aus diesem Anblick und liebte ihn immer noch; aber nun, da ihr Leben sich neigte, waren ihr andere Dinge wichtiger.

»Ich habe zunächst gar nichts bemerkt«, sagte sie schließlich, den Blick in die Ferne gerichtet. »Jessies Tod war – nun, darüber reden wir später. Ich steckte so tief in meinem eigenen Kummer, daß ich Roanna erst bemerkte, als es schon fast zu spät war.«

»Wie – zu spät?« bellte er.

»Sie wäre beinahe gestorben«, gestand Lucinda. Ihr Kinn zitterte, aber sie hatte sich rasch wieder unter Kontrolle. »Ich dachte immer, Jessie wäre diejenige, die unbedingt Liebe bräuchte, wegen der Umstände ihrer Geburt, weißt du ... dabei übersah ich, daß Roanna sie sogar noch dringender brauchte; doch sie verlangte nicht danach, nicht so wie Jessie. Seltsam, nicht wahr? Ich liebte Jessie vom ersten Augenblick an – aber sie hätte mir niemals so geholfen wie Roanna, oder auch nur annähernd eine so wichtige Rolle in meinem Leben übernommen. Roanna bedeutet mir mehr als meine rechte Hand; ich wüßte nicht, wie ich die letzten Jahre ohne sie hätte überstehen sollen.«

Webb wischte das alles ungeduldig beiseite. Ihn interessierte nur eins. »Wie konnte sie fast sterben?« Der Gedanke erschütterte ihn in seinen Grundfesten, und eine eiskalte Angst keimte in ihm auf, als er an ihr verzweifeltes, schuldbewußtes Gesicht dachte, an dem Tag von Jessies Beerdigung. Sie hatte doch nicht etwa versucht, sich umzubringen?

»Sie hörte auf zu essen. Hat ja auch davor schon oft gestreikt, also fiel mir lange Zeit nichts auf, fast zu lange. Alles war so durcheinander, jeder aß, wann es ihm einfiel, und ich nahm wohl an, sie würde dasselbe tun. Sie hielt sich überwiegend in ihrem Zimmer auf, gar nicht mal absichtlich, glaube ich«, erklärte Lucinda leise. »Sie ... sie hat eben einfach das Interesse an allem verloren. Als du gingst, zog sie sich vollkommen zurück. Sie gibt sich an allem die Schuld, weißt du.«

»Warum?« fragte Webb. Roanna hatte gesagt, sie hätte es nicht absichtlich gemacht, aber vielleicht ja doch – und es Lucinda anvertraut?

»Es dauerte lange, bevor sie darüber reden konnte; erst vor ein paar Jahren hat sie mir dann erzählt, was in der Küche geschehen ist, daß sie sich dir buchstäblich an den Hals geworfen hat. Sie wußte nicht, daß Jessie herunterkommen würde, und natürlich war es typisch Jessie, eine Riesenszene daraus zu machen; aber Roanna glaubt, sie wäre an allem schuld, weil sie dich geküßt hat. Wenn sie es nicht getan hätte, dann hätte Jessie keinen Streit angefangen, du wärst nicht des Mordes an ihr beschuldigt worden und hättest auch nicht die Stadt verlassen. Doch als du fort warst ...« Lucinda schüttelte den Kopf. »Sie hat dich immer innig geliebt. Als sie noch klein war, haben wir uns alle lustig darüber gemacht, haben gedacht, du seist ihr edler Ritter, eine fixe Idee – aber das war es nicht, stimmt's?«

»Keine Ahnung!« Doch er wußte es. Roanna hatte ihm gegenüber nie irgendwelche Ausflüchte benutzt. Lieber Himmel, sie hatte ja nicht mal lügen können. Ihre Gefühle standen ihr immer vollkommen offen ins Gesicht geschrieben. Ihre Bewunderung war permanent dagewesen, wie ein Sonnenstrahl in seinem Leben; er hatte sie als selbstverständlich hingenommen, kaum darauf geachtet, nicht erkannt, wieviel sie ihm bedeutete. Und deshalb war er auch so verdammt wütend gewesen, als er glaubte, sie hätte ihn hintergangen, bloß um Jessie eins auszuwischen.

Lucinda warf ihm einen weisen Blick zu, der ihm verriet, daß sie sich von seiner Antwort nicht täuschen ließ. »Nach Davids und Karens Tod wurden wir beide, du und ich, zu den Zentralfiguren in ihrem Leben. Sie brauchte unsere Liebe und unseren Beistand, die wir ihr größtenteils vorenthielten. Nein, das stimmt nicht: *ich* habe sie ihr vorenthalten, die Schuld trifft in erster Linie mich. Aber so lange du da warst, um sie zu beschützen, kam sie zurecht. Als du gingst, gab es niemanden mehr für sie, und da hat sie kapituliert. Sie hing nur noch an einem seidenen Faden, als ich endlich aufmerksam wurde«, sagte Lucinda traurig. Eine Träne kullerte über ihre runzlige Wange, und sie wischte sie unwirsch fort. »Sie wog nur noch knapp vierzig Kilo. Vierzig Kilo! Bei ihren einsdreiundsiebzig sollte sie mindestens sechzig wiegen. Du kannst dir gar nicht vorstellen, wie bejammernswert sie aussah. Aber eines Tages habe ich sie wirklich angesehen, sie mir zum ersten Mal wirklich vorgeknöpft, und mir war klar, daß ich etwas unternehmen mußte, wenn ich sie nicht auch noch verlieren wollte.«

Webb fehlten die Worte. Er stand auf und trat ans Fenster. Die Hände hatte er zu Fäusten geballt und tief in die Taschen seiner Jeans geschoben. Stockstef stand er mit dem Rücken zu

Lucinda und rang nach Luft. Panik stieg in ihm auf und drohte ihn zu ersticken. Mein Gott, sie war fast gestorben, und er hatte nichts davon gewußt.

»Einfach nur zu sagen, ›du mußt essen‹, hätte nichts genützt«, fuhr Lucinda fort, und die Worte purzelten aus ihr hervor, als ob sie sie zu lange in sich verschlossen gehalten hätte und sich nun unbedingt jemandem anvertrauen mußte. »Sie brauchte einen Grund zum Weiterleben, ein Ziel. Also sagte ich, ich bräuchte ihre Hilfe.«

Sie hielt inne und schluckte hart, bevor sie fortfuhr. »Keiner hat je zu ihr gesagt, daß er sie braucht. Ich wußte doch gar nicht ... Nun, jedenfalls machte ich ihr verständlich, daß ich nicht ohne sie auskam, daß mir allein alles zuviel wird. Mir war gar nicht bewußt, wie recht ich damit hatte«, fügte Lucinda trocken hinzu. »Sie hat sich wieder erholt. Es war ein langer, harter Kampf, und eine Weile fürchtete ich, daß es zu spät wäre – doch sie schaffte es. Es dauerte ein Jahr, bevor sie sich so weit erholt hatte, daß sie aufs College gehen konnte, ein Jahr, bevor sie aufhörte, uns nachts mit ihren Schreien zu wecken.«

»Schreie?« fragte Webb. »Alpträume?«

»Ja – von Jessie.« Lucindas Stimme war ganz leise, voller Gram. »Sie hat sie gefunden, weißt du noch? Und so schrie sie immerfort wie damals, als ob sie gerade erst ins Zimmer marschiert und – und in Jessies Blut getreten wäre.« Ihre Stimme zitterte, festigte sich dann jedoch wieder, als ob sich Lucinda solche Schwächen nicht erlauben dürfte. »Aus den Alpträumen wurde Schlaflosigkeit, als ob Wachbleiben die einzige Methode wäre, ihnen zu entkommen. Sie leidet immer noch darunter, und in manchen Nächten kann sie überhaupt nicht schlafen. Sie macht hier und da ein Nickerchen. Wenn du sie also tagsüber irgendwo schlafen siehst, dann wecke sie, um Gottes willen, nicht auf; denn wahrscheinlich ist das die einzige Ruhe, die sie finden kann. Ich habe es zur Regel gemacht, daß sie von niemandem, unter keinen Umständen, geweckt werden darf. Corliss ist die einzige, die sich nicht daran hält. Sie läßt etwas fallen oder knallt eine Tür zu – und behauptet dann, es wäre ein Versehen.«

Webb drehte sich vom Fenster zu ihr herum. Seine Augen sprühten grünes Feuer. »Vielleicht passiert ihr das noch einmal, aber das ist dann garantiert das letzte Mal«, schnaubte er.

Lucinda lächelte schwach. »Gut. Es fällt mir nicht leicht, das von meiner eigenen Familie zu sagen – aber Corliss hat eine gemeine, hinterhältige Ader. Es ist gut für Roanna, daß du wieder da bist.«

Aber ich bin nicht dagewesen, als sie mich am meisten gebraucht hätte, klagte es in seinem Innern. Er hatte sich aus dem Staub gemacht, hatte sie mit ihrer Angst und ihren Alpträumen allein gelassen. Was mußte er da noch hören? Roanna war in Jessies Blut getreten? Das hatte er nicht gewußt und auch nichts von dem enormen Streß, unter dem sie offenbar stand. Seine Frau war gerade ermordet worden, und man beschuldigte ihn; er hatte selbst genug Probleme um die Ohren und ihren Streß als Schuldgefühle interpretiert. Er hätte es besser wissen müssen, denn er stand Roanna näher als jeder andere.

Es fiel ihm ein, wie sie die einhellige Verdammung der Stadt ignoriert und ihre magere Hand in die seine geschoben hatte, damals bei Jessies Beerdigung, um *ihm* Trost zu spenden. In Anbetracht der wilden Gerüchte, die um sie kursierten, daß Jessie ihn angeblich beim Bumsen mit Roanna erwischt hatte, mußte es sie schon eine ganze Menge Mut gekostet haben, so auf ihn zuzugehen. Aber sie hatte es trotzdem getan, ohne Rücksicht auf ihren Ruf – weil sie glaubte, er würde sie brauchen. Statt ihre Hand zu drücken, irgend etwas zu tun, das ihr Vertrauen signalisiert hätte, stieß er sie damals zurück.

Sie war für ihn dagewesen, aber er nicht für sie.

Überlebt hatte sie, aber um welchen Preis?

»Ich hab sie zuerst gar nicht erkannt«, überlegte er fast abwesend. Sein Blick ließ Lucinda keine Sekunde los. »Sie ist nicht nur älter geworden, sondern hat sich vollkommen verschlossen.«

»Nur so konnte sie mit allem zurechtkommen. Sie ist jetzt stärker; ich glaube es hat ihr einen ganz schönen Schrecken eingejagt, als ihr klar wurde, wie nah sie am Abgrund stand. So weit hat sie es nie wieder kommen lassen. Aber sie schaffte es nur, indem sie die Außenwelt auf Distanz hielt und sich innerlich vollkommen verschloß. Mir scheint, sie fürchtet sich, zu viel zu empfinden, also läßt sie überhaupt keine Gefühle mehr zu. Ich dringe nicht zu ihr durch, und der Himmel weiß, ich habe es versucht – aber auch das geht auf mein Konto.«

Lucinda straffte ihre Schultern, wie um eine Altlast zurechtzurücken, die ihr so vertraut geworden war, daß sie sich an sie gewöhnt hatte. »Als sie Jessie fand und schrie, sind wir alle ins Zimmer gerannt und haben sie bei der Leiche stehen sehen. Gloria nahm sofort an, daß Roanna Jessie getötet hätte, und das haben sie und Harlan auch dem Sheriff erzählt. Booley hat einen Deputy zu ihrer Bewachung abgestellt, während er die Sache näher untersuchte. Wir saßen alle auf der einen Seite des Wohnzimmers und Roanna auf der anderen, ganz allein, bis auf den Deputy. Ich werde nie vergessen, wie sie uns angesehen hat, als ob wir ihr ein Messer in den Rücken gejagt hätten. Ich hätte zu ihr gehen müssen, so wie ich zu dir hätte gehen müssen, aber ich habe es nicht getan. Seitdem hat sie mich nie wieder Großmutter genannt«, flüsterte Lucinda nun. »Ich dringe einfach nicht zu ihr durch. Sie tut, was nötig ist, aber ihr liegt gar nichts mehr an Davenport. Als ich zu ihr sagte, daß ich mein Testament wieder zu deinen Gunsten ändern würde, wenn sie es schaffte, dich zurückzuholen – da hat sie nicht einmal mit der Wimper gezuckt. Ich wollte, daß sie mir widerspricht, daß sie wütend wird, daß es ihr *nicht egal ist*. Aber sie rührte sich nicht!« Lucindas Stimme machte ihre

Fassungslosigkeit deutlich, denn wie konnte jemandem ihr geliebtes Davenport egal sein?

Dann seufzte sie. »Weißt du noch, wie sie früher war, ein kleiner Schachtelteufel, ein Stehaufmännchen? Immer ist sie gerannt, die Treppen rauf und runter, hat Türen geknallt, war zu laut ... Also ich schwöre, sie hatte überhaupt kein Benehmen. Nun, jetzt würde ich alles darum geben, sie nur einmal wieder hüpfen zu sehen. Immer hat sie die falschen Dinge zur falschen Zeit gesagt, und jetzt sagt sie gar nichts mehr. Man kann unmöglich wissen, was in ihr vorgeht.«

»Lacht sie überhaupt noch jemals?« fragte Webb mit heiserer Stimme. Er vermißte ihr Lachen, ihr ansteckendes Kichern, wenn sie wieder irgendwelchen Unsinn aushecken wollte, oder ihr herzliches, kehliges Lachen über einen Witz, den er gerade erzählt hatte, ihr glückliches Glucksen, wenn sie den Fohlen auf der Weide beim Herumtoben zusah.

Lucindas Augen verschatteten sich. »Nein. Sie lächelt fast nie, und das Lachen hat sie ganz verlernt. Seit zehn Jahren lacht sie nicht mehr.«

13

Roanna warf einen Blick auf ihre Armbanduhr. Die Landratsversammlung dauerte länger als üblich, und sie mußte bald aufbrechen, wenn sie nicht zu spät zu ihrer Lunchverabredung in Florence kommen wollte. Offiziell hatten die Davenports keinen Sitz im Landrat; aber es war beinahe Tradition, daß ein Mitglied der Familie die Versammlungen besuchte. Die Unterstützung der Davenports entschied nicht selten über das Ende oder den Fortgang eines Gemeindeprojekts.

Als Roanna anfing, an Lucindas Stelle die Versammlungen zu besuchen, ignorierte man sie größtenteils oder tat sie mit einer Art Kopftätscheln ab. Sie hörte nur zu und berichtete Lucinda alles; zu mehr raffte sie sich immer noch nicht auf. Aber wenn Lucinda sich zu einem Vorhaben äußerte, pflegte sie zu sagen, »Roanna glaubt« oder »Roanna hatte den Eindruck«, und die braven Landratsmitglieder begriffen bald, daß sie gut daran taten, die verschlossene junge Frau, die sich fast nie äußerte, ernstzunehmen. Und was Lucinda sagte, war auch nicht erfunden; Roanna erzählte ihr tatsächlich, was sie dachte und wie sie Dinge beurteilte. Sie war schon immer eine aufgeweckte Beobachterin gewesen, doch viel zu lebhaft, so daß ihr die Einzelheiten oft entgingen, als führe sie mit überhöhter Geschwindigkeit an einem Autobahnschild vorbei: Sie sah es zwar, konnte aber nicht lesen, was darauf stand. Jetzt jedoch war Roanna ruhig und schweigsam, und ihre braunen Augen glitten von Gesicht zu Gesicht, absorbierten die Nuancen, den Tonfall, die Reaktionen der Leute. Und alles wanderte stracks zu Lucinda, die ihre Entscheidungen, basierend auf Roannas Eindrücken, fällte.

Jetzt, wo Webb wieder da war, würde er die Versammlungen an ihrer Stelle besuchen, so wie früher. Wahrscheinlich saß sie hier zum Zuhören und Beobachten das letzte Mal – noch eine Aufgabe, die sie in Zukunft nicht mehr zu erfüllen brauchte. In einem fernen Winkel spürte sie ein Ziehen, spürte die Angst davor, überflüssig zu sein; doch sie ließ sie nicht an die Oberfläche.

Die Versammlung ging endlich ihrem Ende zu. Sie blickte nochmals auf ihre Uhr und sah, daß sie vielleicht noch fünf Minuten hatte, bevor sie *wirklich* gehen mußte, um nicht zu spät zu kommen. Normalerweise nahm sie sich die Zeit, mit jedem ein Schwätzchen zu halten, aber heute konnte sie höchstens noch ein Wort mit dem Landratsvorsitzenden wechseln.

Er kam soeben auf sie zu, ein kleiner, untersetzter Mann mit einer beginnenden Glatze und einem zerfurchten Gesicht. Die Furchen zogen sich zu einem breiten Lächeln auseinander, als er sich ihrem Stammplatz in der letzten Sitzreihe, nahe dem Ausgang, näherte. »Wie geht es Ihnen heute, Roanna?«

»Danke gut, Chet«, erwiderte Roanna und beschloß, ihm gleich Webbs Rückkehr mitzuteilen. »Und Ihnen?«

»Kann nicht klagen. Nun, ich könnte vielleicht, aber meine Frau sagt, Jammern interessiert keinen!« Er lachte über seinen Witz, und seine Augen funkelten. »Und wie geht es Miss Lucinda?«

»Viel besser, jetzt wo Webb wieder da ist«, sagte sie ruhig.

Erstaunt riß er den Mund auf, und eine Sekunde stand ihm das Entsetzen deutlich auf der Stirn geschrieben. Ohne zu überlegen, stieß er hervor: »Du liebe Güte, was werdet ihr jetzt bloß tun?« bevor ihm der Sinn ihrer Bemerkung aufging und sich demnach Beileidsbezeugungen erübrigten. Er wurde krebsrot und fing an zu stottern. »Ich – äh, also das heißt ...«

Roanna hob die Hand, um seinen verbalen Bauchaufschwüngen Einhalt zu gebieten. »Natürlich übernimmt er wieder die Zügel«, sagte sie, als ob Webbs Rückkehr das Selbstverständlichste wäre von der Welt. »Er wird wohl ein paar Wochen brauchen, um sich zu informieren; aber ich bin sicher, daß er sich bald mit Ihnen in Verbindung setzt.«

Der Vorsitzende kämpfte mit seiner Fassung. Er sah aus, als ob ihm ein wenig übel wäre, doch energisch riß er sich zusammen. »Roanna, ich glaube wirklich nicht, daß das eine so gute Idee ist. Sie haben die Dinge doch prächtig für Miss Lucinda erledigt, und die Leute hier würden sich mit Ihnen viel wohler fühlen ...«

Roanna blickte ihn sehr direkt an. »Webb übernimmt Davenport wieder«, sagte sie leise. »Es würde Lucinda zwar Kummer bereiten, wenn gewisse Leute ihre Geschäfte mit uns aufkündigen würden, doch das muß natürlich jeder selbst entscheiden.«

Er schluckte, und sein Adamsapfel schoß auf und nieder.

Roanna hatte soeben klargestellt, daß jeder, der Webb nicht akzeptierte, auf die Unterstützung der Davenports verzichten mußte. Sie wurde niemals zornig, erhob nie ihre Stimme, beharrte nie auf ihrer Meinung, ja, äußerte sie kaum einmal; aber die Leute hatten gelernt, den Einfluß, den diese ernste junge Frau auf Lucinda Davenport hatte, nicht zu unterschätzen. Außerdem mochten die meisten sie – so einfach war das. Und niemand wünschte sich einen offenen Bruch mit der alteingesessenen Familie.

»Das ist wahrscheinlich die letzte Monatsversammlung, die ich besuche«, fuhr sie fort.

»Sei da mal nicht so sicher«, ertönte eine tiefe, gemächliche Stimme von der Tür gleich hinter ihr.

Überrascht wirbelte Roanna herum und sah Webb eintreten. »Wie bitte?« sagte sie. Was tat er hier? Er hatte sich nicht mal umgezogen. Hatte er solche Angst, daß sie etwas Falsches machen würde, daß er zur Versammlung gerast war, ohne vorher auch nur auszupacken?

»Hallo, Chet«, sagte Webb leutselig und hielt dem Vorsitzenden die Hand hin.

Das Gesicht das Mannes lief rot an. Er zögerte, doch dann gewann sein Politikerinstinkt die Partie, und er schüttelte Webb die Rechte. »Webb! Wenn man vom Teufel spricht! Roanna hat mir gerade erzählt, daß Sie wieder zu Hause sind. Sie sehen gut aus, wirklich gut!«

»Danke. Ihnen scheint es ja auch nicht gerade schlecht zu gehen.«

Chet tätschelte liebevoll sein Bäuchlein und lachte herzlich. »Zu gut geht es mir sogar! Willadean sagt immer, wenn Liebe wirklich durch den Magen geht, dann liebe ich sie von Tag zu Tag mehr!«

Die Leute hatten Webb inzwischen bemerkt, und ein aufgeregtes Tuscheln, das immer lauter wurde, durchzog den Saal. Roanna blickte Webb an, und das Funkeln in seinen grünen Augen verriet ihr, daß er sich des Aufruhrs, den er verursachte, durchaus bewußt war und diebisch darüber freute.

»Glaub ja nicht, du könntest einfach untertauchen«, warnte er Roanna lächelnd. »Bloß weil ich wieder daheim bin, heißt das noch lange nicht, daß du dir von jetzt an einen schönen Lenz machen kannst. Wir werden in Zukunft eher zusammen auf die Versammlungen gehen.«

Trotz ihres Schocks nickte Roanna ernst.

Webb warf einen Blick auf seine Uhr. »Hast du nicht eine Verabredung in Florence? Du wirst zu spät kommen, wenn du dich nicht beeilst.«

»Bin schon unterwegs. Tschüs, Chet!«

»Ich sehe Sie ja dann beim nächsten Mal«, sagte der Landratsvorsitzende in der aalglatten Freundlichkeit, um die er sich die ganze Zeit schon bemühte. Roanna schlüpfte an ihm vorbei in den Gang hinaus.

»Ich bringe dich zu deinem Wagen.« Webb nickte dem Vorsitzenden zu und schloß sich Roanna an.

Es machte sie ganz nervös, daß er so nahe neben ihr herging, während sie den Korridor entlangschritten. Mit seiner Größe überragte er sie spielend, obwohl sie hohe Absätze trug. Sie wußte nicht, was sie von alldem halten sollte, also verkniff sie sich etwaige voreilige Schlüsse. Vielleicht wollte er ja wirklich mit ihr zusammenarbeiten, oder er sagte das nur, um sich die Sache zu erleichtern. Nun, kommt Zeit, kommt Rat, und sie würde sich hüten, allzu große Hoffnungen zu nähren. Wenn sie sich keinen Illusionen hingab, konnte sie auch nicht enttäuscht werden.

Sämtliche Leute, denen sie begegneten, drehten sich um und starrten Webb nach. Roanna beschleunigte ihre Schritte, um aus dem Gebäude herauszukommen, bevor sich irgendwelche Szenen ergaben. Sie war am Ende des Gangs angelangt, und Webbs Arm schoß an ihr vorbei, um die Tür für sie zu öffnen. Sie fühlte seinen muskulösen Körper in ihrem Rücken.

Gemeinsam traten sie in den blendenden, erstickend schwülen Sommermorgen hinaus. Roanna förderte die Autoschlüssel zutage und setzte ihre Sonnenbrille auf. »Was hat dich hergeführt?« fragte sie »Eigentlich hatte ich dich nicht erwartet.«

»Ich dachte, ich könnte ebensogut gleich das Eis brechen, wie später.«

Seine langen Beine hielten mühelos mit ihrem Eiltempo Schritt. »Langsam, es ist zu heiß zum Joggen.«

Gehorsam verlangsamte sie ihre Gangart. Ihr Wagen stand am Ende einer langen Reihe parkender Autos, und wenn sie den ganzen Weg bis dorthin hetzte, würde sie in Schweiß gebadet ankommen. »Hast du das ernst gemeint, was du über die Versammlungen gesagt hast?« fragte sie.

»Todernst!« Auch er hatte seine Sonnenbrille aufgesetzt, so daß sie den Ausdruck in seinen Augen nicht sehen konnte. »Lucinda hat ein Loblied auf dich gesungen. Du weißt bereits über alles Bescheid – ich wäre ein Dummkopf, wenn ich das nicht ausnützen würde.«

In Geschäftsangelegenheiten war Webb alles andere als ein Dummkopf. Roanna wurde ganz schwindlig bei dem Gedanken, tatsächlich mit ihm zusammenarbeiten zu dürfen. Sie hatte sich auf alles vorbereitet, vom Ignoriertwerden bis zum Rausschmiß, aber daß er ihre Hilfe in Anspruch nehmen würde, das gewiß nicht.

Sie kamen bei ihrem Wagen an, und Webb nahm ihr die Schlüssel aus der Hand. Er schloß die Tür auf und öffnete sie für sie, dann gab er ihr die Schlüssel wieder. Einen Moment lang wartete sie, damit die im Innern aufgestaute Hitze etwas entweichen konnte, dann schlüpfte sie hinters Lenkrad. »Sei vorsichtig«, bat er sie und schloß die Wagentür.

Roanna sah in den Rückspiegel, während sie aus der Parklücke steuerte. Er ging zurück zum Rathaus; vielleicht hatte er weiter oben geparkt oder wollte nochmals in das Gebäude. Sie ließ ihren Blick hungrig über ihn gleiten, über den muskelbepackten Rücken und die langen Beine, einen herrlichen Augenblick lang – dann zwang sie ihre Aufmerksamkeit wieder auf die Straße und fädelte sich in den Verkehr ein.

Webb schloß sein eigenes Auto auf und klemmte sich hinters Steuer. Der Grund, der ihn in die Stadt getrieben hatte, war einfach, aber zwingend. Er hatte Roanna sehen wollen. Sie bloß sehen, nicht mehr. Nach all den entsetzlichen Dingen, die ihm Lucinda erzählt hatte, war sein alter Beschützerinstinkt wiedererwacht, und er hatte sich mit eigenen Augen davon überzeugen müssen, daß mit ihr alles in Ordnung war.

Selbstverständlich kam sie bestens zurecht. Er hatte gesehen, wie geschickt sie mit Chet Forrister fertiggeworden war. Keine Sekunde lang hatte sie sich von dem Protest des Landratsvorsitzenden aus der Ruhe bringen lassen – und zwar um seinetwillen. Jetzt verstand er genau, was Lucinda damit meinte, wenn sie sagte, Roanna wäre stärker geworden, hätte sich in dieser Hinsicht verändert. Sie brauchte ihn nicht mehr!

Diese Erkenntnis traf ihn überraschend schmerzlich.

Eigentlich sollte er froh sein, um ihretwillen. Die junge Roanna war schrecklich verletzbar gewesen, ein leichtes Ziel für jeden, der einen Schuß auf ihre zarte Gefühlswelt abgab. Andauernd hatte er sich für sie in die Bresche werfen, sie beschützen müssen, und als Belohnung bekam er ihre uneingeschränkte Bewunderung und Liebe.

Jetzt hatte sie sich einen inneren Schutzpanzer zugelegt. Sie war kühl und beherrscht, fast emotionslos, und hielt die Leute auf Distanz, so daß ihre Pfeile und Sticheleien sie nicht treffen konnten. Roanna hatte wahrhaft für diesen Panzer bezahlt, beinahe mit ihrem Leben, aber er war zuverlässig. Allerdings peinigte sie immer noch Schlaflosigkeit, und wenn sie es schaffte einzuschlafen, quälten sie Alpträume – aber sie wurde allein damit fertig.

Als er heute morgen durch die Tür gekommen war und sie dort auf der Treppe hatte stehen sehen, in ihrem eleganten, enganliegenden Seidenkleid und den Perlohrringen, das kastanienbraune Haar zu einer glatten Frisur gekämmt, hatte es ihm beinahe die Sprache verschlagen: angesichts des Gegensatzes zwischen dem einstigen unordentlichen, zerzausten Mädchen und der beeindruckenden, klassisch-eleganten Frau, die sie nun war.

Wenn er sie jetzt anblickte, sah er nicht den kleinen Fratz mit dem ungezähmten Mundwerk oder den linkischen Teenager. Er mußte an den schlanken Leib unter dem Seidenkleid denken, an ihre Haut, die ebenso samtig und zart war wie ihr Gewand, mußte daran denken, wie sich ihre Brustwarzen bei der kleinsten Berührung verhärtet hatten, in jener langen Nacht in Nogales.

Er hatte seinen nackten Körper über den ihren geschoben, hatte ihr Beine weit auseinandergedrückt und sie entjungfert. Selbst jetzt, in der erstickenden Hitze unter dem Blech, lief ihm bei dieser Erinnerung ein Schauder über den Rücken. Herrje, jede kleine Einzelheit hielt er sich vor Augen – wie es war, sich in sie hineinzuwinden, ihr weicher, heißer, enger Schaft, der ihn umschloß wie eine zweite Haut. Er erinnerte sich, wie zart sie war, als sie unter ihm lag, ihr schmaler Körper war von seiner Größe und seinem Gewicht fast erdrückt worden. Er hatte sie in seinen Armen wiegen, sie beschützen, beruhigen wollen, sie glücklich machen – alles, bloß nicht aufhören. Aufhören hätte er beim besten Willen nicht gekonnt.

Diese Bilder machten ihn schon seit zehn Tagen ganz verrückt, raubten ihm den Schlaf, störten ihn bei der Arbeit. Als er sie heute wiedersah, traf ihn schlagartig der Gedanke, daß sie ihm gehörte. Sie war sein, und er wollte sie. Er begehrte sie so sehr, daß seine Hände zu zittern angefangen hatten. Nur unter Aufbietung seiner gesamten Willenskraft konnte er sich daran hindern, die paar Stufen zu ihr raufzuspringen, sie am Arm zu packen und zum nächsten leeren Schlafzimmer zu dirigieren, egal welches, wo er ihr den Rock hochziehen und sich wieder in ihr vergraben wollte.

Er hatte sich nur aus einem einzigen Grund zurückgehalten. Roanna hatte ihren inneren Schutzwall sorgfältig wieder aufgebaut. Aber jede Festung besaß einen Schwachpunkt, und er wußte genau, wo ihrer lag.

Bei ihm.

Gegen jeden anderen konnte sie sich abgrenzen, nur nicht gegen ihn.

Sie hatte gar nicht erst versucht, es zu verbergen oder zu leugnen. Mit niederschmetternder Ehrlichkeit hatte sie zugegeben, daß er nur mit dem Finger zu schnippen brauchte und sie würde angerannt kommen. Sie wäre ihm die Treppe hinauf gefolgt und hätte ihn alles mit sich machen lassen, was er wollte.

Webb trommelte mit den Fingern auf das glühende Lenkrad. Es schien, als ob er noch einen Drachen für Roanna würde besiegen müssen, und das war sein eigenes Verlangen nach ihr.

Er hatte ihr gesagt, daß er heimkommen würde, wenn sie ihm im Gegenzug ihren Körper anbot, und sie hatte ohne Zögern eingewilligt. Wenn er sexuell Dampf ablassen mußte, dann stände sie ihm zur Verfügung. Sie tat es für Lucinda, für Davenport, für ihn – aber was war mit ihr?

Er wußte, daß er jederzeit in Roannas Zimmer marschieren und sie sich nehmen konnte, und die Versuchung nagte jetzt schon an ihm. Aber er wollte nicht, daß Roanna aus Schuld oder Pflicht oder gar aus irregeleiteter Heldenverehrung mit ihm ins Bett ging. Er war kein Held, verdammt nochmal, sondern ein Mann. Sie sollte ihn als Mann begehren, als männliche Ergänzung zu ihrer Weiblichkeit. Wenn sie in sein Bett kam, nur weil sie geil war und sich nach der Befriedigung sehnte, die er ihr verschaffen konnte – nun, auch darüber würde er sich freuen, ja entzückt sein; denn dieses Motiv war simpel und unkompliziert.

Und wie stand es mit seinen eigenen Motiven?

Er blinzelte, weil ihm der Schweiß in die Augen rann und brannte. Mit einem unterdrückten Fluch startete er den Motor und damit auch die Klimaanlage, deren Gebläse sich sofort lautstark bemerkbar machte. Wahrscheinlich traf einen der Hitzschlag, wenn man mitten im Sommer in einem geschlossenen Wagen saß und versuchte, sich über seine Gefühle klarzuwerden.

Seine Liebe hieß Roanna, sein Leben lang hatte er sie geliebt – aber wie eine Schwester: mit amüsierter Nachsicht und brüderlichem Beschützerinstinkt.

Auf das heftige, überwältigende Aufflammen körperlicher Leidenschaft war er nicht gefaßt gewesen, als sie ihm damals, vor zehn Jahren, die Arme um den Hals geworfen und ihn geküßt hatte. Aus dem Nichts überfiel sie ihn, diese Leidenschaft – wie ein Wirbelsturm, der eingeschlossen gewesen war, bis er seinen Höhepunkt erreichte, um dann mit einem Mal in einen Rausch auszuarten. Es hatte ihn zutiefst erschüttert, heftige Schuldgefühle plagten ihn. Alles an der Sache hing schief. Sie war viel zu jung, für ihn immer wie eine kleine Schwester, und er war verheiratet, zum Teufel nochmal. Die eigentliche Schuld ging auf sein Konto. Auch wenn seine Ehe praktisch nicht mehr existierte, so *war* er immer noch verheiratet gewesen. Und er besaß die Erfahrung; er hätte aus dem Kuß auf sanfte Weise eine Geste mit impulsiver Zuneigung machen müssen, irgendwas, das sie nicht in Verlegenheit gebracht hätte. Statt dessen hatte er sie fester an sich gezogen und den Kuß vertieft, einen Kuß, wie ihn sich nur Erwachsene gaben, aufgeladen mit Sexualität. Was passiert war, hatte er auf seine Kappe zu nehmen, nicht Roanna, die sich immer noch damit herumschlug.

Die meisten der ursprünglichen Barrieren, die einer sexuellen Beziehung zwischen ihm und Roanna im Weg standen, gab es nicht mehr. Roanna war jetzt eine erwachsene Frau, er Witwer; und er konnte beim besten Willen nicht behaupten, daß er noch brüderliche Gefühle für sie hegte. Doch jetzt bestanden andere Hindernisse: die Familie, Roannas Pflichtgefühl, sein Stolz.

Mit einem verächtlichen Schnauben legte er den Gang ein. Lieber Himmel, ja, laß uns bloß nicht meinen männlichen Stolz vergessen! Er wünschte sich, daß sie mit ihm schlief, weil sie *ihn* wollte – aus keinem anderen Grund. Nicht für Davenport, nicht für die Familie oder aus ähnlich abwegigen Gründen. Ausschließlich um ihrer beider selbst willen!

Der Bastard war wieder da. Die Neuigkeit hatte sich im ganzen Landkreis verbreitet und erreichte an diesem Abend auch die Bars und Kneipen. Harper Neeley zitterte jedesmal vor Wut, wenn Webb Tallants Name fiel. Tallant hatte Jessie ermordet und war ungestraft davongekommen, und jetzt tauchte er einfach wieder auf, frech und unverfroren – als wäre nichts geschehen. Dieser blöde, fette Sheriff hatte ihn nicht verhaftet, hatte geschleimt, es gäbe nicht genügend Beweise für eine Anklage. Aber jeder wußte doch, daß er gekauft war. Die Davenports und die Tallants dieser Welt mußten nie für den Bockmist zahlen, den sie anrichteten. Nur die Hinze- und-Kunze kamen in den Knast, nicht die Schicki-Micki-Reichen, in ihren protzigen Häusern, mit ihren Superschlitten, die glaubten über dem Gesetz zu stehen.

Webb Tallant hatte Jessie mit einem Feuerhaken den Schädel eingeschlagen. Er weinte immer noch, wenn er daran dachte, seine wunderschöne Jessie, das Haar voller Blut und Gehirnmasse, eine Hälfte des Schädels zerquetscht. Irgendwie mußte der Bastard die Sache zwischen ihm und Jessie spitzgekriegt und sie deshalb umgebracht haben. Oder vielleicht hatte Tallant ja auch herausgefunden, daß der kleine Braten im

Ofen nicht von ihm stammte. Jessie hatte gemeint, sie würde schon damit fertigwerden – und sie war eine ganz Raffinierte, das schwor er, doch diesmal schaffte sie es nicht.

Jessie hatte ihm gehört wie nie eine Frau zuvor. Sie war wild, dieses Mädchen, wild und verdorben; das hatte ihn so errregt, daß es ihm beim ersten Mal, als sie sich an ihn ranmachte, beinahe in der Hose gekommen wäre. Auch sie war erregt gewesen, ihre Augen hatten hell und heiß gefunkelt. Sie liebte die Gefahr, das Verbotene an der Sache. Das erste Mal war sie wie ein Tier gewesen, hatte gebockt und gekratzt, aber war nicht gekommen. Er hatte eine Weile gebraucht, um den Grund dafür herauszufinden. Jessie mochte das Bumsen, sie bumste aus allen möglichen Gründen; Lust und Erfüllung gehörten aber nicht dazu. Sie benutzte ihren Körper, um Männer zu manipulieren, um Macht über sie zu erringen. Sie bumste mit ihm, um es ihrem Hurenbock von Ehemann heimzuzahlen, um es ihnen allen heimzuzahlen und ihnen zu zeigen, daß sie sich einen Dreck um sie scherte. Sie wollte nie, daß es jemand erfuhr, es genügte ihr, daß *sie* es wußte – das genoß sie.

Doch sobald er das einmal herausgefunden hatte, ließ er sie nicht länger damit durchkommen. Niemand benutzte ihn unentgeltlich, nicht mal Jessie. Ganz besonders nicht Jessie! Er kannte sie auf seine Weise, wie sie sonst niemand kannte oder je kennen würde, denn im Innern war sie wie er.

Mit schmutzigen Spielchen hatte er angefangen, wobei er darauf achtete, es zunächst nie zu weit zu treiben. Sie war darauf abgefahren wie eine Katze auf die Sahneschüssel, und dann auf noch verbotenere Dinge, über die sie insgeheim hämisch triumphieren konnte, wenn sie in dem großen Haus saß und die perfekte Dame mimte. Insgeheim lachte sie die anderen aus, weil sie sich so leicht täuschen ließen: hatte sie doch gerade den Nachmittag damit zugebracht, sich von dem einen Mann durchficken zu lassen, bei dem sie sich garantiert in die Hosen pissen würden.

Sie mußten vorsichtig sein; in keins der örtlichen Motels konnten sie gehen, und sie fand auch nicht immer eine Entschuldigung, sich für mehrere Stunden am Tag fortzuschleichen. Gewöhnlich trafen sie sich einfach irgendwo im Wald. Dort hatten sie sich auch getroffen, als er endgültig die Schnauze voll hatte von ihren Spielchen und ihr zeigen wollte, wer der Boß war.

Als er sie endlich gehen ließ, war sie grün und blau, und von Bißwunden übersät; aber sie war so oft gekommen, daß sie kaum mehr auf dem Pferd sitzen konnte. Sie hatte sich bitter beklagt, weil sie nun aufpassen mußte, daß niemand die Spuren sah, doch ihre Augen hatten geglänzt. Er hatte sie so lange und so brutal hergenommen, daß er vollkommen leergepumpt und sie total wund gewesen war, aber sie hatte es genossen – und wie! Die Frauen, die er kannte, fingen immer an zu jammern und zu winseln, wenn er sie ein wenig härter anfaßte, aber nicht seine Jessie! Sie kam wieder und wollte mehr, und nicht nur das: sie verpaßte ihm ihre eigene Medizin. Mehr als einmal war er mit blutig zerkratztem Rücken nach Hause gegangen, und jeder brennende Kratzer hatte ihn an sie erinnert und den Hunger nach mehr angestachelt.

Noch nie hatte er eine gehabt wie sein Mädchen. Sie wollte immer mehr, immer rauhere, schmutzigere Tricks, je schmutziger desto besser. Sie waren zum Arschficken übergegangen, und das hatte sie wirklich abgehen lassen wie eine Rakete, das Verbotenste, das sie mit dem verbotensten Mann der Welt machen konnte. Schmutzige kleine Jessie! Er hatte sie so geliebt!

Es gab keinen Tag, an dem er nicht an sie dachte, sie nicht vermißte. Keine Frau hatte ihn so angetörnt wie sie.

Und dann brachte dieser gottverdammte Webb Tallant sie einfach um, sie und das Kind. Anschließend spazierte er davon, frei wie ein Vogel verließ er die Stadt, ohne dafür zu büßen.

Aber er war wieder da.

Und diesmal würde er bezahlen.

Harper Neeley durfte sich nicht erwischen lassen; er hatte jedoch das Davenport-Anwesen oft genug umschlichen, damals, um sich mit Jessie zu treffen; also kannte er sich gut aus auf dem Grundstück. Es war groß genug, Hunderte von Hektar, daß er sich dem Haus aus jeder beliebigen Richtung nähern konnte. Allerdings lag es eine Weile zurück, seit er das letzte Mal dortgewesen war, zehn Jahre, um genau zu sein. Als erstes mußte er rausfinden, ob die alte Dame nicht einen Wachhund angeschafft oder gar eine Alarmanlage hatte installieren lassen. Damals gab es noch keine; denn Jessie hatte mehr als einmal versucht, ihn dazu zu überreden, sich zu ihr ins Schlafzimmer zu schleichen, wenn ihr Mann auf Geschäftsreise war. Ihr gefiel der Gedanke, es im Haus ihrer Großmutter mit ihm zu treiben und noch dazu im Bett ihres Mannes. Er war vernünftig genug abzulehnen, aber, Himmel nochmal, der Versuchung konnte er seinerzeit kaum widerstehen.

Sollte es keine Alarmvorrichtung geben, war es babyleicht, in das alte Haus reinzukommen. Bei all den Türen und Fenstern ...

Wirklich ein Kinderspiel! Er war schon in weit besser bewachte Häuser als Davenport eingebrochen. Diese Dummköpfe fühlten sich wahrscheinlich sicher, so weit außerhalb der Stadt. Die Leute auf dem Land hatten eben einfach nicht genug Grips, um die nötigen Vorsichtsmaßnahmen zu treffen, wie die Stadtleute.

O ja, er würde Webb Tallant zur Kasse bitten!

14

»Ich denke, ich werde eine Willkommensparty für Webb geben«, überlegte Lucinda und schob ihre Brille zurecht. »Keiner würde es wagen, die Einladung abzulehnen – denn dann weiß ich genau, wer gegen uns ist. Deshalb müssen sie höflich zu ihm sein, und wir hätten gleichzeitig all die unangenehmen Erstbegegnungen hinter uns.«

Manchmal fühlte sich Roanna besonders daran erinnert, daß Lucinda, obwohl sie schon vor über sechzig Jahren in die Familie Davenport eingeheiratet hatte und sich selbst für eine Davenport hielt, in bestimmten Situationen unweigerlich wieder eine Tallant wurde. Letztere waren allesamt willensstark und eigensinnig – und liebten die Herausforderung. Sie mochten nicht immer recht haben, doch das war auch gar nicht nötig. Man brauchte sie nur in eine bestimmte Richtung auf ein Ziel hin zu drehen, und sie überrollten prompt jedes Hindernis, das sich ihnen in den Weg stellte. Lucindas Ziel war es, Webbs Position in der Region wieder zu festigen, und sie würde dafür auch ein paar Christenmenschen in die Zange nehmen.

Wer zu den besten Kreisen des Distrikts gehören wollte, mußte nicht unbedingt reich sein, obwohl das natürlich hilfreich war. Einige Familien mit durchaus bescheidenem Einkommen durften sich ebenfalls zu diesem elitären Zirkel zählen, weil sie beispielsweise einen Vorfahren hatten, der tatsächlich in *dem* Krieg mitgekämpft hatte, und damit meinte man nicht etwa einen der beiden Weltkriege, sondern den Sezessionskrieg. Die jungen Leute heutzutage bezeichneten ihn doch tatsächlich als »Bürgerkrieg«, doch die feinere Gesellschaft nannte ihn nur den »Krieg der nördlichen Aggressoren«, und die Allerfeinsten sprachen geziert von jener »leidigen Affäre«.

Die Geschäftspartner würden sofort sehen, wie die Dinge standen bei den Davenports, und Webb behandeln, als ob nichts geschehen wäre. Immerhin war er nie verhaftet worden, also warum sollte der Tod seiner Frau etwas mit ihren Interessen zu tun haben?

Jene jedoch, die die High Society beherrschten, legten

strengere Maßstäbe an. Webb würde nicht zu den Dinners und Parties eingeladen werden, bei denen so viele Geschäftsabschlüsse getätigt wurden, was sich auf die Davenport-Unternehmen recht nachteilig auswirken könnte. Lucinda machte sich Sorgen um das Vermögen, doch noch mehr sorgte sie sich um Webb, und niemand durfte ihn schneiden! Sie würde jeden in ihr Heim einladen, und sie würden kommen, weil sie ihre Freunde waren. Ihre Gesundheit ließ sie im Stich, und es konnte sehr wohl ihre letzte Party sein. Typisch Lucinda, daß sie nicht einmal davor zurückschreckte, ihr bevorstehendes Ableben für ihre Zwecke auszunutzen! Ihren Freunden mochte es nicht gefallen, aber sie würden kommen. Und sie würden Webb höflich behandeln, da sie unter seinem Dach weilten; auch wenn es, technisch gesehen, noch Lucinda gehörte. Ohne Zweifel war Webb nach Hause zurückgekehrt, um sein Erbe anzutreten – denn das lag eindeutig in der Luft. Und nachdem sie *seine* Gastfreundschaft angenommen hatten, würden sie ihm wohl oder übel die ihre anbieten müssen.

Sobald das einmal geschehen war, würden alle so tun, als ob sie nie irgendwelche Vorbehalte gegen ihn gehegt hätten, und er würde überall willkommen sein. Schließlich konnte man schlecht über jemanden herziehen, den man in sein Haus eingeladen hatte. Das gehörte sich einfach nicht.

»Hast du den Verstand verloren?« fuhr Gloria auf. »Niemand wird kommen. Wir werden uns bis auf die Knochen blamieren.«

»Mach dich nicht lächerlich. Natürlich werden sie kommen, sie würden es nicht wagen, fernzubleiben. Es ging doch gestern recht gut mit Mr. Whitten, nicht wahr, Roanna?«

»Mr. Whitten lebt in *Huntsville*«, platzte ihr Gloria ins Wort und ersparte Roanna somit eine Antwort. »Was weiß der schon?«

»Er wußte Bescheid, soviel war sicher, das konnte man ihm ansehen. Und da er ein intelligenter Mann ist, hat er sich Webb gegenüber absolut korrekt verhalten; denn diese schlimmen Anschuldigungen konnten ja gar nicht wahr sein. Was schließlich zutrifft«, setzte Lucinda fest hinzu.

»Ich muß Mutter beipflichten«, sagte Lanette. »Denk doch nur an die Blamage.«

»Du teilst ja immer ihre Meinung«, erwiderte Lucinda, und ein kampflustiges Funkeln trat in ihre Augen. Sie hatte ihre Beschlüsse gefaßt und würde sich nicht mehr umstimmen lassen. »Wenn du je anderer Ansicht wärst, meine Liebe, dann würde deine Meinung mehr Gewicht haben. Also, würde meinetwegen Roanna mir erklären, warum die Party keine gute Idee ist, dann wäre ich viel eher geneigt hinzuhören.«

Gloria schnaubte verächtlich. »Roanna widerspricht dir ja auch nie!«

»Nun, das tut sie, und zwar regelmäßig. Wir sind uns nur selten in jedem Punkt einer geschäftlichen Abwicklung einig. Und zu meinem Leidwesen muß ich gestehen, daß meistens sie recht hat.«

Das war vielleicht keine unbedingte Lüge, dachte Roanna, aber die Wahrheit auch nicht zur Gänze. Sie widersprach Lucinda tatsächlich nie; die Dinge sah sie halt einfach gelegentlich anders, doch das setzte sie Lucinda geduldig auseinander, und diese fällte anschließend die endgültige Entscheidung. Dieses Vorgehen konnte man beim besten Willen nicht als Opposition bezeichnen.

Alle drei blickten nun Roanna an, Lucinda mit unverhohlener Genugtuung, Gloria und Lanette verärgert, weil ihre Meinung weniger galt als die von Miss Davenport jun.

»Ich denke, Webb sollte das entscheiden«, sagte sie leise. »Er ist derjenige, der auf dem Tablett herumgereicht werden soll.«

Lucinda runzelte die Stirn. »Das stimmt! Wenn er keine Lust hat, dann erübrigt es sich, überhaupt darüber zu reden. Warum fragst du ihn nicht gleich, meine Liebe? Vielleicht kannst du seine Aufmerksamkeit ja mal für fünf Minuten von diesem ewigen Computer ablenken.«

Sie hatten eine Pause fürs Mittagessen eingelegt und saßen nun über ihrem Eistee. Webb hatte lediglich ein paar Sandwiches und Kaffee gewollt, bevor er weiterarbeitete. Er war am Abend zuvor bis elf Uhr im Büro gesessen und um sechs schon wieder aufgestanden, um voranzukommen. Roanna wußte das, denn sie war beide Male wach gewesen, hatte sich schweigend in ihren Sessel gekuschelt und die langsam verrinnenden Stunden gezählt. Es war eine besonders schlimme Nacht gewesen; sie hatte überhaupt nicht schlafen können und war jetzt so müde, daß sie befürchtete, sofort tief und fest einzuschlafen, wenn sie ins Bett ging. Dann war es wahrscheinlich, daß sie aufgrund ihres Schlafwandelns irgendwo anders im Haus wieder aufwachte ...

Webbs Anwesenheit war es, die sie so nervös machte, daß sie nicht einmal mehr dösen konnte. Sie und Lucinda hatten gestern abend noch mit ihm gearbeitet, waren ein paar Berichte durchgegangen, bis Lucinda ihnen schließlich eine gute Nacht wünschte. Roanna war allein mit ihm zurückgeblieben, was sie zunehmend verunsicherte. Wollte er lieber nicht mit ihr allein sein, nach den unliebsamen Intimitäten? Glaubte er vielleicht, sie würde sich ihm wieder aufdrängen, wenn sie hierbliebe ohne Lucinda als Puffer?

Nach etwa einer Dreiviertelstunde hatte sie sich entschuldigt und war auf ihr Zimmer gegangen. Sie hatte ein Bad genommen, um ihre Nerven ein wenig zu beruhigen und es sich dann mit einem Buch in ihrem Sessel gemütlich gemacht. Die Sätze auf den Seiten ergaben jedoch keinen Sinn; sie konnte sich einfach nicht konzentrieren. Webb war im Haus. Er hatte seine Sachen in den Raum nebenan gebracht. Warum? In Nogales hatte er keinen Zweifel daran gelassen, daß er alles andere als eine Affäre mit ihr anstrebte. Es gab noch drei leere Zimmer, die er hätte nehmen können, aber er hatte sich das hier ausgesucht. Wahrscheinlich war ihm das Ganze völlig gleichgültig.

Ich werde versuchen, ihm so weit wie möglich aus dem Weg zu gehen, dachte sie. Sobald er alle wichtigen Akten und Vorgänge kennt und ich alle seine Fragen beantwortet habe, werde ich ihn in Ruhe lassen.

Um elf Uhr hörte sie, wie er sein Zimmer betrat, sah, wie das Licht anging und auf den Balkon hinausschien. Sofort hatte sie ihre Leselampe ausgeknipst, damit er ihr Licht nicht bemerkte; sonst würde er gleich wissen, daß sie noch wach war, nachdem sie sich anderthalb Stunden zuvor unter dem Vorwand, müde zu sein, entschuldigt hatte. Im dunklen Zimmer hatte sie dann ihren Kopf zurückgelehnt, die Augen geschlossen und auf seine Schritte im Nebenraum gelauscht; sie malte sich aus, was er wohl gerade machte. Sie hörte, wie er die Dusche aufdrehte, und wußte, daß er nackt war. Ihr Herz hatte bei dem Gedanken wild zu hämmern begonnen. Sein großer, muskulöser Körper erstand vor ihren Augen, und ihre Brüste waren ganz hart geworden. Es kam ihr kaum glaubhaft vor, daß sie tatsächlich mit ihm geschlafen hatte, daß sie ihre Unschuld in einem billigen Motelzimmer an der mexikanischen Grenze an den Nagel hängte – daß es das Wundervollste gewesen war, das sie je erlebt hatte. Seine dichten, schwarzen Brusthaare fielen ihr ein und sein festes Gesäß. Seine kräftigen, haarigen Schenkel hatten ihre Beine weit auseinandergeschoben, als sie ihre Finger in die Muskeln auf seinem Rücken krallte. Eine herrliche, unvergeßliche Nacht lang hatte sie in seinen Armen gelegen und Glück und Erfüllung erfahren.

Die Dusche wurde abgedreht, und etwa zehn Minuten später sah sie, wie der Lichtschein auf dem Balkon verschwand. Durch ihre offene Tür hörte sie, wie er die seine öffnete, um die frische Nachtluft hereinzulassen. Schlief er nackt oder in seiner Unterwäsche? Vielleicht trug er auch Pyjamahosen. Es kam ihr komisch vor, daß sie zehn Jahre lang mit ihm unter einem Dach gelebt hatte und nicht wußte, was er zum Schlafen anzog.

Dann wurde es still. Lag er im Bett oder stand er an der Balustrade und blickte in die friedvolle Nacht hinaus? Sicher war er barfuß; da konnte sie ihn keinesfalls hören. Ob er jetzt, in diesem Moment, dort stand? Hatte er gesehen, daß ihre Tür auch offen war?

Schließlich hielt Roanna es nicht mehr aus, schlich sich zur Balkontür und lugte vorsichtig hinaus. Niemand stand draußen, weder nackt noch angezogen, um die Sommernacht zu genießen. Da machte sie so leise wie möglich ihre Tür zu und schlich sich wieder zu ihrem Sessel. Einschlafen konnte sie danach jedoch nicht mehr, und wieder einmal mußte sie das langsame Verrinnen der Zeit ertragen ...

»Roanna?« sagte Lucinda fragend, und Roanna merkte erst jetzt, daß ihre Gedanken ganz woanders geweilt hatten.

Sie murmelte eine vage Entschuldigung, schob ihren Stuhl zurück und erhob sich. Sie mußte zu einem Treffen der Veranstalter des Jazzfestivals, das im August stattfand; also würde sie bloß kurz den Kopf ins Arbeitszimmer stecken, Webb fragen, was er von Lucindas Plan hielt, und sich dann rasch umziehen. Bis zu ihrer Rückkehr wäre er den Papierkram vielleicht leid, so daß sie nicht noch einen Abend voll süßer Qual ertragen müßte: die Qual, neben ihm zu sitzen, seiner tiefen Stimme zu lauschen und ihn zu bewundern, wie schnell er Informationen einordnete – kurz gesagt, in seiner Anwesenheit zu schwelgen –, sich jedoch gleichzeitig fragen zu müssen, ob er sie als aufdringlich empfand. Oder noch schlimmer, vielleicht wünschte er ja, sie würde endlich abhauen und ihn nicht ständig belästigen.

Als sie die Tür aufmachte, blickte er fragend von den Papieren auf, die er gerade studierte. Er hatte sich im Schreibtischsessel zurückgelehnt und die Stiefel auf den Tisch gelegt, ganz Herr seines Reichs.

»Tut mir leid«, entfuhr es ihr. »Ich hätte anklopfen sollen.«

Schweigend starrte er sie einen Moment lang an, die dunklen Brauen mißbilligend zusammengezogen. »Warum«, fragte er schließlich.

»Das gehört jetzt alles dir.« Sie sagte es einfach so dahin, mit ausdrucksloser Stimme.

Er nahm die Füße vom Schreibtisch. »Komm rein und mach die Tür zu.«

Sie gehorchte, blieb aber fluchtbereit stehen. Webb erhob sich und ging um den Schreibtisch herum, dann lehnte er sich mit verschränkten Armen und gekreuzten Beinen an die Kante. Es war eine lässige Haltung, doch sein Blick, mit dem er sie von oben bis unten musterte, durchbohrte sie förmlich.

»Du wirst nie mehr an dieser Tür anklopfen«, sagte er schließlich. »Und laß mich ein für alle Mal klarstellen: Ich nehme nicht deinen Platz ein, sondern Lucindas. Du hast gute Arbeit geleistet, Ro. Ich habe dir gestern schon gesagt, daß ich dumm wäre, wenn ich dich von künftigen Entscheidungen ausschließen würde. Vielleicht hast du ja gedacht, du könntest dich von jetzt an wieder bei den Pferden herumtreiben; dafür wirst du in Zukunft auch mehr Zeit haben, das verspreche ich dir – aber hier brauche ich dich auch noch.«

Roanna blinzelte überrascht. Sie wußte nicht, was sie davon halten sollte, und war wie vor den Kopf geschlagen. Er hatte zwar nach der Landratsversammlung dasselbe gesagt, doch das schien ihr wenig glaubhaft. Ein Teil von ihr hatte sofort angenommen, daß er sie damit bloß beruhigen wollte; sie sollte sich nicht aufregen und noch ein wenig nützlich fühlen. Aber seit jener Nacht, als sie in eine Blutlache gestolpert war, hatte sie aufgehört an Märchen zu glauben. Aller Voraussicht nach gewöhnte Webb sich im Handumdrehen ein, und dann wäre sie überflüssig. Er hatte schon früher fast alles allein gemacht…

Nein, das stimmte nicht ganz, korrigierte sie sich mit einem

Mal. Er hat *den größten Teil* der Arbeit auf seine Schultern genommen, aber mit Lucinda im Hintergrund. Und das war, bevor er seine Ranch in Arizona hochbrachte. Eine große, stille Freude breitete sich in ihr aus und erwärmte ihr Herz, das bereits zu erkalten begonnen hatte, während sie sich innerlich auf ihren Abschied vorbereitete. Er brauchte sie tatsächlich!

Erstens hatte er ihre Arbeit gelobt. Und zweitens nannte er sie Ro.

Er beobachtete sie immer noch mit jenem bohrenden Blick. »Wenn du nicht lächelst« sagte er leise, »dann weiß ich nicht, ob du froh darüber bist oder nicht.«

Verblüfft und verständnislos starrte sie ihn an, suchte in seinen Zügen nach einer Erklärung. Lächeln? Warum sollte sie das?

»Lächeln«, wiederholte er. »Du erinnerst dich doch daran, oder? Man zieht die Mundwinkel hoch ... so!« Er schob seine Mundwinkel mit zwei Fingern hoch, um es ihr zu demonstrieren. »Das tut man, wenn man sich über etwas freut. Oder hast du was gegen Arbeit, ist es das? Willst du mir nicht helfen?«

Versuchsweise kräuselte sie ihre Mundwinkel. Es war ein zögerndes, flüchtiges Lächeln, das kaum auftauchte, als es auch schon wieder verschwunden war, und sie ihn erneut mit ernstem Blick ansah.

Doch offenbar genügte es ihm. »Gut«, sagte er und richtete sich auf. »Bist du bereit, wieder weiterzumachen?«

»Ich habe um zwei eine Verabredung, tut mir leid.«

»Was für eine Verabredung?«

»Mit den Veranstaltern des Jazzfestivals.«

Desinteressiert zuckte er die Schultern, Webb war kein Jazz-Fan.

Roanna fiel wieder ein, weshalb sie gekommen war. »Lucinda hat mich gebeten, dich zu fragen, was du von einer Willkommensparty hältst.«

Er stieß ein kurzes Schnauben aus, denn er wußte sofort, was das bedeutete. »Sie geht zum Angriff über, hm? Und Gloria und Lanette versuchen, es ihr auszureden?«

Doch er schien keine Antwort zu erwarten, oder nahm ihr Schweigen als solche. Er dachte ganze fünf Sekunden lang eifrig nach. »Sicher, warum nicht, zum Teufel? Es ist mir scheißegal, wenn sich die anderen unbehaglich fühlen dabei. Ich hab schon vor zehn Jahren aufgehört, mir Gedanken darüber zu machen, was die Leute von mir halten. Wenn jemand glaubt, ich wäre nicht gut genug für ihn, dann werde ich unser Geld eben abziehen und woanders investieren.«

Sie nickte, ergriff den Türknauf und schlüpfte hinaus, bevor er noch mehr so komische Forderungen, wie zu lächeln, an sie stellen konnte.

Webb kehrte wieder zu seinem Sessel zurück: aber er nahm die Akte, die er vor Roannas Auftauchen studiert hatte, nicht gleich wieder zur Hand. Er starrte zur Tür, wo sie gestanden hatte, fluchtbereit wie ein scheues Reh. Sein Herz tat immer noch weh, wenn er an ihr jämmerliches kleines Lächeln dachte und den Ausdruck von – Angst – in ihren Augen. Es war dieser Tage nicht einfach, zu raten, was sie fühlte; sie hielt so viel in sich verschlossen und schenkte der Welt so wenig. Das ärgerte ihn, denn die Roanna, die er gekannt hatte, war offen wie ein Buch gewesen, offener als jedermann sonst. Wenn er jetzt hingegen wissen wollte, was sie dachte oder fühlte, dann mußte er sie aufmerksamt studieren, mußte auf jede noch so kleine Nuance ihres Gesichtsausdrucks und ihrer Körpersprache achten, bevor sie wieder hinter ihrem Schutzwall verschwand.

Sie war völlig verdattert gewesen, als er ihr sagte, daß er nicht auf ihre Hilfe verzichten könne. Insgeheim dankte er Lucinda dafür, daß sie ihm den Schlüssel zu Roanna in die Hand gegeben hatte. Mit dem Appell, daß man sie brauchte, drang man schneller zu ihr durch als mit allem anderen; sie konnte nicht anders, als darauf zu reagieren. Für einen ganz kurzen Augenblick hatte er tiefe Freude in ihren Augen aufleuchten sehen; doch dann hatte sie sie so rasch wieder unterdrückt, daß sie ihm entgangen wäre, hätte er sie nicht so genau beobachtet.

Freilich war es eine Notlüge. Er wurde auch ohne ihre Hilfe mit allem fertig, selbst mit der zusätzlichen Belastung durch die Ranch. Streß liebte er, liebte es, sich durch einen Berg Arbeit zu kämpfen; sein Energiepegel schien sich dann erst recht zu heben, statt abzusinken. Aber sie brauchte das Gefühl, unabkömmlich zu sein, und er brauchte sie in seiner Nähe. Und wollte sie!

Dieser Satz geisterte durch seinen Verstand, durch sein Blut, durch jede Zelle seines Körpers. Er brauchte und wollte sie. In Nogales hatte er sie nicht etwa aus Rache genommen oder wegen des verteufelten Handels, den er mit ihr abgeschlossen hatte – oder um nicht etwa ihre Gefühle durch einen Rückzieher zu verletzen, nachdem er schon so weit gegangen war. Es gab nichts daran zu rütteln: er hatte sie genommen, weil er sie wollte und rücksichtslos genug war, sie sich mit allen Mitteln zu erobern. Der Tequila war keine Entschuldigung, auch wenn der seine Beherrschung gelockert und seine animalischen Instinkte verschärft hatte.

Letzte Nacht war er wachgelegen, hatte überlegt, ob sie wohl schlief. Seine verdammten Phantasien hatten ihn ganz verrückt gemacht.

Zu wissen, daß er Roanna jederzeit haben konnte, übte eine stärkere Wirkung auf ihn aus als jedes Aphrodisiakum, das es je auf dem Markt gab. Alles, was er tun mußte, war, aufzustehen, auf den Balkon hinauszutreten und dann durch die offene Fenstertür in ihr Zimmer. Sie litt unter Schlaflosigkeit, würde also wach sein und sehen, wie er auf sie zukam. Er könnte sich einfach zu ihr ins Bett legen, und sie würde in seine Arme sinken und ihn ohne Fragen und ohne Zögern in ihrem Körper empfangen.

Jahrelang hatten ihn erotische Träume von jenem einen Kuß damals geplagt. Das war schon schlimm genug gewesen, gleichwohl handelte es sich bloß um Wunschvorstellungen. Jetzt, wo er *wußte*, wie es war, mit ihr zu schlafen, jetzt, wo die Realität an die Stelle der Phantasie getreten war, nagte ein Hunger an ihm, der seine Selbstbeherrschung immer mehr unterhöhlte.

Himmel, sie war so süß, so scheu gewesen und so verdammt eng, daß ihm jetzt noch der Schweiß ausbrach, wenn er daran dachte. Er hatte sie dabei angesehen, hatte ihr Gesicht beobachtet, hatte bemerkt, wie ihre Brüste rosig und ihre Nippel steif wurden. Obwohl er ihr wehtat, hatte sie sich an ihn geklammert, hatte ihm ihre Hüften entgegengebogen, um ihn noch tiefer in sich aufzunehmen. Es ging so leicht, sie zum Orgasmus zu bringen, daß er vollkommen hingerissen gewesen war. Er hatte es wieder und wieder tun wollen, um ihr Gesicht beobachten zu können, wenn es sie lustvoll schüttelte bei seinem Eindringen in ihre Jungfräulichkeit.

Letzte Nacht war die reinste Folter gewesen, und er wußte, daß es in der kommenden Nacht nicht besser werden würde, sondern schlimmer; sein Verlangen quälte ihn immer mehr, und er wußte nicht, wie lange er das aushielt, bevor er die Kontrolle verlor. Doch um Roannas willen mußte er sich zurückhalten.

Seit etwas mehr als vierundzwanzig Stunden war er wieder daheim, und es kam ihm so vor, als ob er die überwiegende Zeit mit einem enormen Ständer zugebracht hätte, bestimmt jedoch, während er mit ihr zusammen war. Wenn sie auch nur im mindesten mit ihm geflirtet, wenigstens andeutungsweise signalisiert hätte, daß sie sich ebenfalls nach ihm sehnte, hätte er der Versuchung wohl kaum widerstehen können. Aber Roanna schien ihn als Mann überhaupt nicht wahrzunehmen, trotz der gemeinsam im Bett verbrachten Stunden. Dieser Gedanke machte ihn fuchsteufelswild: Hatte sie vielleicht wirklich nur mit ihm geschlafen, damit er nach Davenport zurückkehrte?

Doch selbst dieser Gedanke erhöhte seine Lust eher, als sie zu dämpfen. Er hätte sie am liebsten gepackt, über die Schulter geworfen und an irgendeinen Ort gebracht, wo es ein riesiges Bett gab; hier würde er ihr gründlich zeigen, ja *beweisen*, daß sie ihn ganz unabhängig von Davenport und Lucinda wollte. Im Zusammenhang mit Roanna waren seine sexuellen Triebe so primitiv, daß er fürchtete, jeden Moment in Grunzen auszubrechen und sich die nächste Keule zu schnappen.

Und dabei war erst ein Tag vergangen!

Den Groll, den er all die Jahre ihr gegenüber gehegt hatte, gab es nicht mehr. Wahrscheinlich war er während jener gemeinsamen Nacht verschwunden, und Webb hatte es bloß nicht gleich bemerkt. Alte Gewohnheiten klebten mächtig an einem. Sie gehörten irgendwann einmal völlig selbstverständlich dazu. Falls also noch ein wenig davon übriggeblieben war, so hatte sie ihm den Rest am nächsten Morgen ausgetrieben, mit ihrer ruhigen Würde und entwaffnenden Ehrlichkeit, mit der sie sagte: »Du hättest nie mehr tun müssen, als mit dem Finger zu schnippen, und ich wäre angerannt gekommen«. Nicht viele Frauen hätten so etwas zugegeben; keine, die er kannte, jedenfalls – außer Roanna. Ihr Mut hatte ihn beinahe umgehauen, wo sie doch wußte, was für eine Waffe sie ihm damit in die Hand gab – falls er geneigt war, sie zu gebrauchen.

Aber das klappte nicht so einfach mit dem Fingerschnippen – sie sich auf diese Weise zu holen. Er wollte sie, jawohl, er wollte sie so sehr, daß es wehtat. Aber mehr als alles andere, sogar mehr, als mit ihr ins Bett zu gehen, wollte er sie wieder lachen sehen.

Als Roanna sich an diesem Nachmittag endlich auf dem Nachhauseweg befand, war sie abermals zum Umfallen müde. Organisationsveranstaltungen fand sie ohnehin tödlich langweilig, und diese hier hatte sich endlos hingezogen, lauter hitzige Debatten über Nebensächlichkeiten. Wie üblich war sie still im Hintergrund gesessen, doch diesmal hatte sie sich mehr darauf konzentrieren müssen, den Kopf hoch und die Augen offen zu halten, als auf das, was die Leute sagten.

Als sie endlich nach Süden in ihren heimischen Highway einbog, überstiegen Sonne und Hitze beinahe ihre Kräfte. Sie blinzelte schläfrig und war froh, gleich am Ziel zu sein. Es war fast Abendessenszeit, aber sie würde sich lieber ein wenig hinlegen. Essen konnte sie immer, schlafen nicht.

Nun hatte sie nur noch das letzte Stück auf ihrer Privatstraße vor sich, die nach Davenport führte. Wenn sie nicht so müde gewesen wäre, wäre sie wahrscheinlich schneller gefahren und hätte die Bewegung jenseits des Felds auf der anderen Straßenseite übersehen. Sie drosselte ihr Tempo und wandte den Kopf, um zu sehen, was ihre Aufmerksamkeit auf sich gelenkt hatte.

Zunächst sah sie nur das Pferd, das sich aufbäumte und bockte; wahrscheinlich hatte es seinen Reiter abgeworfen, war davongaloppiert und nun mit den Zügeln im Gebüsch hängengeblieben. Ihre Müdigkeit verflog mit einem Schlag. Sie trat hart auf die Bremse, legte hastig den Parkgang ein und sprang aus dem Auto, ohne den Motor abzustellen oder die Fahrertür hinter sich zuzuschlagen. Sie konnte das angstvolle, schmerzliche Wiehern und Schnauben des sich aufbäumenden Tiers kaum mitanhören.

Roanna verschwendete keinen Gedanken an ihre teuren Schuhe oder ihr Seidenkleid. Sie dachte an überhaupt nichts, außer zu dem Pferd zu gelangen, bevor es sich ernstlich verletzte. Hastig sprang sie über den Straßengraben und rannte dann keuchend über das Feld auf die Bäume zu. Ihre hohen Absätze versanken in der weichen Erde, und das kniehohe Unkraut zerriß ihre Strümpfe und zerkratzte ihre Beine. Sie trat in ein Loch und verstauchte sich den Fuß – doch das alles ignorierte sie, während sie, so schnell sie konnte, auf das Pferd zurannte.

Das Tier tänzelte zur Seite, und da sah sie den Mann.

Bis jetzt hatte sie ihn nicht bemerkt, weil er auf der anderen Seite des Tieres gestanden und durch das Gebüsch verdeckt gewesen war.

Das Dilemma lag nicht an den Zügeln. Der Mann hielt sie in der Faust und in der anderen einen Ast, mit dem er roh auf das Pferd einschlug.

Blinde Wut flammte in Roanna empor und erfüllte sie mit neuer Kraft. Sie hörte sich laut rufen, sah, wie der Mann überrascht in ihre Richtung blickte; dann schoß sie auch schon durchs Unterholz, warf sich mit ihrem ganzen Gewicht gegen ihn und stieß ihn beiseite. Das hätte sie nie geschafft, wenn er darauf gefaßt gewesen wäre – doch sie hatte ihn unvorbereitet erwischt. »Hören Sie sofort auf!« kreischte sie und stellte sich zwischen ihn und das verängstigte Pferd. »Wagen sie es ja nicht, dieses Tier nochmals zu schlagen!«

Er fing sich wieder und hob den Arm, als ob jetzt sie an der Reihe wäre. Roanna sah sein wutverzerrtes Gesicht, die gefährlich blitzenden Augen, doch sie wich nicht vor ihm zurück. Vor eigenen Gefühlsausbrüchen mochte sie sich ja hüten; doch das hieß noch lange nicht, daß sie zusah, wie ein unschuldiges Tier, ganz besonders ein Pferd, mißhandelt wurde. Sie wappnete sich gegen einen möglichen Schlag. Wenn er sie angriff, konnte sie sich ducken und versuchen, seinen Hieb zu unterlaufen, wodurch er vielleicht nochmals aus dem Gleichgewicht geriete. Wenn ihr das gelang, würde sie keine Zeit mehr verlieren, sich rasch aufs Pferd schwingen und davonreiten, was das Zeug hielt.

Seine Augen besaßen eine stählerne, hellblaue Farbe, sehr außergewöhnlich. Mit erhobenem Arm trat er einen Schritt auf sie zu. Sein Gesicht war dunkelrot angelaufen, der Mund geifernd verzogen, und er fauchte: »Du miese elende Schlampe ...«

»Wer sind Sie?« zischte Roanna und trat ihrerseits einen Schritt vor, um ihm zu zeigen, daß sie keine Angst hatte. Es war nur ein Bluff – auf einmal fürchtete sie sich ganz grauenhaft –, aber ihre Wut war immer noch so groß, daß sie nicht zurückwich. »Was haben Sie auf unserem Grund zu suchen?«

Vielleicht dachte er ja, daß es doch keine so gute Idee war, sie zu schlagen. Auf alle Fälle blieb er stehen und ließ den Arm zögernd sinken. Er stand etwa einen halben Meter von ihr entfernt und schleuderte ihr zornige Blicke zu. Sein Atem ging schwer und keuchend.

»Wer sind Sie?« wiederholte sie bellend. Etwas an ihm kam ihr fast unheimlich vertraut vor. Aber sie wußte ganz genau, daß sie *ihn* noch nie gesehen hatte, denn diese messerscharfen Augen und den dicken Schopf grauer Haare hätte sie bestimmt nicht vergessen. Er war sehr kräftig gebaut und mußte bereits über die Fünfzig sein. Seine breiten Schultern und der massige Brustkorb verliehen ihm eine Erscheinung von primitiver Kraft. Was sie jedoch am meisten verstörte, war das Böse, das ihn irgendwie greifbar umgab. Nein, nicht ganz, es war unpersönlicher als das – es war eine vollkommene Amoralität, ein Fehlen jeglichen Gewissens. Ja, genau. Seine hellen Augen funkelten, doch es war ein kaltes, totes Gleißen.

»Wer ich bin, geht Sie nichts an«, schnauzte er. »Und was ich tue, genausowenig.«

»Wenn Sie es auf unserem Grund und Boden tun, dann schon. Wagen Sie es ja nicht, dieses Pferd nochmal zu schlagen, haben Sie verstanden?«

»Das ist mein Pferd, und ich mach, verdammt nochmal, was ich will mit ihm. Das Biest hat mich abgeworfen.«

»Dann sollten Sie vielleicht erst mal reiten lernen«, erwiderte sie hitzig. Sie drehte sich um und schnappte sich die herunterhängenden Zügel. Dann sprach sie beruhigend auf das

Tier ein, während sie ihm den Hals klopfte. Es schnaubte nervös, beruhigte sich aber allmählich unter ihrer Hand. Das Pferd war kein teures Vollblut, wie Lucindas verhätschelte Babys; von Rasse und Herkunft konnte keine Rede sein; doch für Roanna war das noch lange kein Grund, es zu mißhandeln.

»Warum kümmern Sie sich nicht um Ihre eigenen Angelegenheiten, Allergnädigste ... dann verzichte ich vielleicht darauf, Ihnen Manieren beizubringen!«

Seine bedrohliche Stimme ließ sie herumfahren. Er war nähergekommen, und sein Gesicht besaß nun einen fast mörderischen Ausdruck. Roanna wich rasch einen Schritt zurück, so daß das Pferd zwischen ihr und dem Mann stand.

»Verschwinden Sie von unserem Privatgrund«, sagte sie kalt. »Oder ich lasse Sie verhaften.«

Sein sinnlicher Mund verzog sich höhnisch. »Das würden Sie wohl. Der Sheriff ist ein verdammter Arschkriecher, besonders wenn es sich um einen Davenport-Arsch handelt. Es macht wohl keinen Unterschied für Sie, daß ich aus Versehen auf Ihren edlen Boden geraten bin?«

»Nicht wenn Sie ihr Pferd schlagen«, erwiderte Roanna, immer noch in schneidendem Ton. »Und jetzt verschwinden Sie!«

Er lachte scheppernd auf. »Das kann ich nicht, solange Sie da mitmischen.«

Roanna ließ die Zügel los und trat vorsichtshalber noch einen Schritt zurück. »Bitte! Aber jetzt will ich Sie hier nicht mehr sehen – falls ich Sie je nochmal dabei erwische, wie Sie ein Tier mißhandeln, zeige ich Sie an wegen Grausamkeit. Ich kenne vielleicht nicht ihren Namen, aber ich kann Sie beschreiben, und wahrscheinlich sehen nicht sehr viele Leute aus wie Sie.« Keiner, den sie kannte, jedenfalls; seine Augen fielen wirklich aus dem Rahmen.

Wieder wurde er rot vor Wut, und seine Augen flackerten gefährlich, doch offenbar besann er sich erneut eines Besseren und langte nach den Zügeln. Er schwang sich mit einer Mühelosigkeit in den Sattel, die ihn als erfahrenen Reiter auswies. »Wir sehen uns wieder, irgendwann«, versprach er finster und grub die Fersen in die Flanken seines Tieres. Das überraschte Pferd sprang vorwärts und schnellte so dich an ihr vorbei, daß es sie umgeworfen hätte, wenn sie nicht geistesgegenwärtig beiseitegesprungen wäre.

Er ritt in Richtung Highway und duckte sich, damit ihm die niedrig hängenden Äste nicht ins Gesicht klatschten. Kurz darauf war er außer Sicht, doch der Hufschlag war noch ein Weilchen zu hören.

Roanna wankte auf eine dicke Eiche zu und lehnte sich zitternd dagegen. Sie schloß die Augen.

Das war unbestreitbar das Dümmste, Leichtsinnigste, was sie je in ihrem Leben vollbracht hatte. Ihr Schutzengel mußte auf sie aufgepaßt haben. Dieser Mann hätte ihr beinahe alles antun können, sie verprügeln, vergewaltigen, vielleicht sogar töten. Kopfüber hatte sie sich in eine Bedrohung gestürzt, ohne auch nur eine Sekunde lang nachzudenken. Diese Impulsivität war der Hauptgrund für ihre Schwierigkeiten als Kind gewesen und ebenfalls der Auslöser für die schlimme Tragödie von Jessies Tod und Webbs Weggang.

Sie hatte geglaubt, ihren Leichtsinn für immer ausgemerzt zu haben, doch nun mußte sie zu ihrem Kummer feststellen, daß er immer noch in ihr schlummerte, bereit, jederzeit hervorzutreten. Vielleicht hätte sie das schon eher festgestellt, wenn irgend etwas sie jemals so aufgebracht hätte. Aber Pferde wurden auf Davenport nicht mißhandelt, und es war lange her, seit sie sich irgendwelche Gefühle erlaubte. Webb war fort und die Tage nichts als endlos und trübe.

Vor Wut und Angst, die sie ausgestanden hatte, waren ihre Knie ganz weich. Sie holte ein paarmal tief Luft und zwang sich zur Ruhe. So konnte sie unmöglich heimgehen, so aufgelöst. Jeder, der sie sah, würde wissen, daß etwas passiert war, und sie wollte das alles nicht auch noch erzählen und sich die Vorwürfe anhören müssen. Wie dumm sie gewesen war und welches Glück sie gehabt hatte, wußte sie selbst.

Doch wichtiger dabei war ihr, daß niemand sie so sah, in diesem beschämenden Schwächezustand. Die unvermutete Verletzlichkeit war ihr peinlich und erschreckte sie zutiefst. Sie mußte sich wirklich besser schützen. Gegen ihre Gefühle für Webb war sie machtlos, aber weitere Risse in ihrem Panzer konnte sie unter gar keinen Umständen verkraften.

Als sich ihre Beine wieder einigermaßen stabil anfühlten, verließ sie den Wald und stakste durch das Feld zurück zur Straße. Diesmal achtete sie jedoch darauf, daß sie nicht wieder an Dornen oder sonstigem Unkraut hängenblieb. Ihr rechtes Fußgelenk tat weh und erinnerte sie daran, daß sie es sich verstaucht hatte.

Als sie bei ihrem Wagen angekommen war, setzte sie sich seitlich auf den Fahrersitz und ließ ihre Beine draußen. Sie beugte sich vor und zog ihre Schuhe aus. Dann schüttelte sie die Erde aus. Nach einem raschen Rundumblick, der sie davon überzeugt hatte, daß sie allein war, griff sie sich rasch unters Kleid und zog ihre zerrissenen Seidenstrümpfe aus. Sie benutzte sie, um ihre Schuhe notdürftig damit zu reinigen, dann schlüpfte sie barfuß wieder hinein.

In ihrer Handtasche fand sie eine Packung Tempos. Sie nahm eins heraus, befeuchtete es mit Spucke und rieb über die Kratzer an ihren Beinen, bis die Blutspuren verschwunden waren. Das und ein paar Bürstenstriche durch ihr zerzaustes Haar schaffte sie gerade noch. Um ganz sicher zu gehen, würde sie jedoch den alten Trick aus ihrer Kindheit benutzen und sich über die Außentreppe in ihr Zimmer retten.

Inbrünstig hoffte sie, diesen Mann nie wiedersehen zu müssen.

15

Es war ganz wie in alten Zeiten, sich unbemerkt ins Haus zu schleichen. Damals hatte sie sich gewöhnlich nur wegen irgendeines Mißgeschicks, Streichs oder Ausrutschers versteckt. Der Zusammenstoß mit dem unbekannten Rohling jedoch war etwas weit Ernsteres. Außerdem begriff sie jetzt auch ihren Leichtsinn und wollte sich daher keine faustdicken Lügen mehr als Entschuldigung ausdenken. Zwar würde sie sich nicht herausreden, wenn sie jemand fragte; doch von sich aus etwas über den Vorfall zu erzählen, plante sie auch nicht.

Roanna schaffte es ohne weitere Zwischenfälle bis hinauf in ihr Zimmer. Rasch zog sie sich aus und trat unter die Dusche, das Wasser brannte auf ihren zerkratzten Beinen. Sie schrubbte sich sorgfältig ab – das beste Heilmittel gegen eine unfreiwillige Begegnung mit Giftsumach, der in dieser Gegend gerne zwischen anderem Unkraut im Unterholz wucherte –, und tupfte die Kratzer anschließend mit Jodtinktur ab. Schließlich cremte sie die Beine mit reinem Aloegel ein, und das Brennen ließ sofort nach. Nun, da sie ihre Haut nicht länger an ihren aufwühlenden Zusammenstoß mit dem Mann erinnerte, beruhigten sich auch ihre Nerven ein wenig.

Rasch kämmte sie sich die Haare, und drei Minuten Schminken verbargen auch noch die letzten Spuren der unangenehmen Begegnung. Roanna starrte in den Spiegel, auf das klassische Gesicht, das ihr daraus entgegenblickte; manchmal überraschte die Person sie, die sie dort sah, fast so, als ob das nicht wirklich sie selbst wäre. Dem Himmel sei dank für meine Studienkameradinnen, dachte sie. Sie hatte in ihrem Leben schon so viele Verluste hinnehmen müssen: der Tod ihrer Eltern, Jessies Ermordung, Webbs Abschied. Ihre Collegezeit dagegen war schön gewesen, was sie hauptsächlich jenen kühlen, scharfzüngigen, feinen jungen Damen zu verdanken hatte, die das häßliche Entlein unter ihre Fittiche nahmen und, wenn auch nicht in einen Schwan, so doch in eine ganz passable Erscheinung verwandelten. Komisch, wie ein wenig Puder und Mascara einem zu so etwas wie Selbstbewußtsein verhelfen und das Erlernen von ein paar anmutigen Tanzschritten einem die Zunge lösen konnten, so daß man auf einmal in der Lage war, sich zu unterhalten wie alle anderen.

Sie steckte sich einfache Goldcreolen in die Ohren und drehte ihren Kopf nach allen Seiten, ob es hübsch wirkte. Es gefiel ihr, wie sich ihr Haar duftig nach innen rollte und die Ohrringe liebkoste; es sah aus, als wäre ihre Frisur genau zu diesem Zweck entstanden. Das hatten ihr die Studienkameradinnen übrigens auch noch beigebracht: die guten Dinge, die sie aufzuweisen hatte, auch zu präsentieren. Alles in allem konnten sie ihr gar nichts Wertvolleres beibringen als wie man tanzte, sich schminkte, vorteilhaft kleidete, Konversation machte. Dieser Grundstock hatte so langsam und heimlich Gestalt angenommen, daß sie gar nichts davon bemerkt hatte, ein Steinchen nach dem anderen war auf seinen Platz gerutscht und nun war das Bild auf einmal komplett – es verblüffte sie.

Selbstbewußtsein!

Wie sehr sie immer die Menschen beneidet hatte, die es besaßen! Webb und Lucinda beispielsweise verfügten beide über ein dynamisches, aggressives Selbstbewußtsein von der Art, das Nationen und Großreiche erstehen ließ. Gloria war meist blind gegenüber allen anderen außer der eigenen Person, kam sich in jedem Fall besser vor als alle anderen. Jessies Selbstbewußtsein erhob sich in ihr wie ein Monument. Loyal war vollkommen sicher im Umgang mit den Tieren, die unter seiner Obhut standen, und Tansy regierte die Küche. Selbst die Mechaniker, die bei dem Autohändler arbeiteten, wo sie ihren Wagen gekauft hatte, waren sich sicher, jeden Schaden reparieren zu können.

Das, was so langsam und allmählich in ihr heranwuchs, was sie jetzt so deutlich fühlte, war *ihr* erwachendes Selbstbewußtsein. Diese Erkenntnis traf sie vollkommen überraschend, und die Augen, die ihr so ernst aus dem Spiegel entgegenblickten, weiteten sich erstaunt. Wenn es allerdings um Pferde ging, gab es für sie noch nie Probleme. Sie hatte das Selbstbewußtsein oder auch den unglaublichen Leichtsinn besessen, jenen schrecklichen Mann im Wald zu konfrontieren und ihm die weitere Mißhandlung seines Gauls zu verwehren.

Schock und Wut waren so groß gewesen, daß sie einfach, ohne zu überlegen, dazwischenfuhr – ein Charakterzug, von dem sie nie gedacht hätte, daß sie ihn noch besaß. Natürlich war das Pferd der Auslöser gewesen; sie liebte die Tiere so sehr, daß es sie immer schon fuchsteufelswild gemacht hatte, wenn sie Grobheiten mitansehen mußte. Und dennoch überraschte sie ihre Handlungsweise; sie wurde unversehens mit einem Teil ihres Ichs konfrontiert, den sie längst für tot oder zumindest für begraben gehalten hatte. Sie regte sich nie mehr über irgend etwas auf oder beharrte auf ihrer Meinung; höchstens machte sie hin und wieder deutlich, was ihr nicht in den Kram paßte. Sie behielt sehr viel für sich, aber das war ihre Entscheidung, ihre Art, mit den Härten des Lebens umzugehen. Gefühle erlaubte sie sich nicht mehr oder ließ zumindest keinen wissen, was sich in ihr abspielte; in der Regel genügte die Zurschaustellung von Gleichgültigkeit.

Sie starrte immer noch in den Spiegel, auf dieses Gesicht, das sie so gut kannte – aber die dahinter liegenden Dinge waren neu, so als ob sie soeben eine Tür geöffnet hätte und lauter Unbekanntes entdeckte.

Die Leute in der Stadt behandelten sie mit Respekt, hörten zu, wenn sie etwas sagte, so selten das auch sein mochte. Es gab sogar eine Gruppe junger Geschäftsfrauen, die sie regelmäßig zu ihren samstäglichen Lunch-Treffen im Callahan's einlud, nicht etwa, um über Geschäfte zu reden, sondern um zu plaudern, zu lachen und zu scherzen ... aus reiner Freundschaft. Sie luden sie nicht ein, weil sie Lucindas rechte Hand war, oder weil sie ihr irgendwelche geschäftlichen Ideen unterbreiten oder sie um einen Gefallen bitten wollten – sondern weil sie sie mochten.

Das war ihr überhaupt nicht bewußt gewesen. Roannas Lippen öffneten sich erfreut. Sie war so daran gewöhnt, sich als Lucindas Laufburschen zu sehen, daß sie sich bis jetzt noch nie als Individuum wahrgenommen hatte.

Seit wann entwickelte sie sich eigentlich selbstständig? Das alles war ziemlich unterschwellig vor sich gegangen; ihr fiel einfach kein besonderer Anlaß oder Vorfall ein, den sie als Markstein hätte datieren können.

Ein Gefühl tiefen Friedens breitete sich auf einmal in ihr aus, wie eine warme Flüssigkeit. Webb würde Davenport bekommen, so wie es Lucinda immer geplant hatte; aber die tiefsitzende Angst, die Roanna bei dem Gedanken, den Schutz der vertrauten Umgebung aufgeben zu müssen, überfallen hatte, begann langsam zu weichen. Freilich würde sie gehen, daran hatte sich nichts geändert; sie liebte ihn so sehr, daß sie sich selbst nicht über den Weg traute, was ihn betraf. Wenn sie hierbliebe, würde sie doch bloß eines Nachts in sein Bett kriechen und sich ihm aufdrängen.

Das wollte sie nicht. Auf diese Weise wollte sie ihn nicht in Verlegenheit bringen, und sich selbst auch nicht. Ihr neues Bewußtsein war zu wackelig, zu unerprobt, um eine weitere niederschmetternde Zurückweisung verkraften zu können.

Sie begann sich ihre Zukunft zu überlegen. In der Gegend wollte sie schon bleiben, soviel war sicher; ihre Wurzeln befanden sich hier, seit Generationen, ja Jahrhunderten. Geld besaß sie genug mit dem Nachlaß ihrer Eltern, und sie würde in jedem Fall einen Teil von Lucindas Vermögen erben, wenn auch das meiste an Webb ging. Ihr stand alles offen; dieser Gedanke war unglaublich befreiend.

Sie wollte Pferde züchten und trainieren.

Wenn Lucinda starb, war die Dankesschuld einer verängstigten, von Kummer zerrissenen Siebenjährigen, die ihre Großmutter hatte sagen hören, daß sie bei ihr leben könne, beglichen. Doch sie schuldete ihr nicht nur Dank, sondern auch Liebe! Diese Schuld hatte sie an der Seite ihrer Großmutter festgehalten, hatte sie allmählich zu Lucindas Beinen, Ohren und Augen werden lassen, als deren Gesundheit nachließ. Doch wenn Lucinda von ihnen gegangen und Davenport sicher in Webbs Hände übergeben war, dann begann Roannas Freiheit.

Freiheit. Das Wort durchrieselte sie wie warmer Sommerregen, breitete seine zarten Schmetterlingsflügel, die soeben ihrem Kokon entschlüpft waren, aus.

Sie würde sich ein eigenes Heim schaffen, etwas ganz für sich allein, und sie würde nie wieder auf andere angewiesen sein. Dank Lucindas Lektionen wußte sie nun über Investitionen und Finanzen Bescheid; sie war sicher, daß sie ihr Geld krisensicher anzulegen wußte. Die eigene Zucht wollte sie als Hobby betreiben. Ihr Hauptschwerpunkt wäre das Trainieren von Pferden; die Leute würden ihre Pferde zu ihr bringen. Selbst Loyal sagte, daß er nie jemanden gesehen hatte, der ein verängstigtes oder auch nur bockiges Tier besser beruhigen konnte als sie.

Jawohl, sie besaß das nötige Talent und hatte durchaus Chancen auf Erfolg. Und zum ersten Mal in ihrem Leben würde sie für sich allein verantwortlich sein, alleine leben.

Die alte Uhrenglocke in der Diele gongte leise. Hier im Hinterhaus war sie kaum zu hören. Hastig warf sie einen Blick auf ihre Armbanduhr und sah, daß bereits Abendessenszeit und sie noch nicht mal angezogen war. Hinlegen konnte sie sich in ihrer Aufregung jetzt natürlich nicht mehr, also ging sie lieber hinunter und aß ein paar Happen.

Rasch eilte sie zu ihrem Schrank und nahm das erste heraus,

das ihr in die Hände fiel, eine Seidenhose mit einer dazu passenden ärmellosen Bluse. Die Hose würde die Kratzer an ihren Beinen verbergen, und das war die Hauptsache. Sie wußte sich jetzt gut und vorteilhaft zu kleiden, doch Spaß machte es ihr immer noch nicht.

»Tut mir leid, daß ich zu spät bin«, sagte sie, als sie das Eßzimmer betrat. Alle saßen bereits am Tisch; nur Brock und Corliss fehlten, doch sie waren ohnehin nur selten zum Abendessen zu Hause. Brock verbrachte so viel Zeit, wie er konnte, mit seiner Verlobten, und der Himmel allein wußte, wo Corliss sich herumtrieb.

»Seit wann bist du wieder da?« fragte Webb. »Ich habe dich nicht reinkommen hören.« Er blickte sie mit zusammengekniffenen Augen an, so wie früher immer, als sie noch ein Kind war und er sie dabei erwischte, wie sie sich unbemerkt ins Haus schleichen wollte.

»Seit zirka halb sechs, glaube ich.« Sie hatte nicht auf die genaue Zeit geachtet, weil sie noch so durcheinander gewesen war. »Ich bin gleich nach oben gegangen, weil ich noch duschen wollte vor dem Abendessen.«

»Also diese Schwüle ist so schlimm, ich geh direkt zweimal am Tag unter die Brause«, pflichtete Lanette ihr bei. »Gregs Firma wollte ihn nach Tampa versetzen. Könnt ihr euch vorstellen, wie heiß und stickig es dort erst ist? Ich könnte das einfach nicht ertragen.«

Greg warf seiner Frau einen kurzen Blick zu und konzentrierte sich dann wieder auf seinen Teller. Er war ein großer, schlanker Mann, der nur selten etwas sagte. Sein graumeliertes Haar trug er in einem kurzen Bürstenschnitt. Roanna hatte noch nie gesehen, daß er sich je ausspannte oder irgendwie Spaß hatte. Greg ging zur Arbeit, kehrte mit noch mehr Arbeit in seiner überquellenden Aktenmappe zurück und verbrachte die Zeit zwischen dem Abendessen und dem Zubettgehen über diverse Papiere gebeugt. So weit sie wußte, gehörte er zu einer Horde von Bleistiftstemmern im mittleren Management; doch auf einmal wurde ihr klar, daß sie eigentlich überhaupt nicht wußte, was er in seinem Büro tat. Greg sprach nie über seine Arbeit, gab nie witzige Stories über seine Kollegen zum besten. Er war einfach nur da, ein Boot im Schlepptau von Lanette.

»Nur eine Versetzung?« fragte Webb, und seine tiefgrünen Augen glitten kühl von Greg zu Lanette und wieder zurück. »Oder eine Beförderung?«

»Beförderung«, erwiderte Greg kurz angebunden.

»Aber es hieße, daß wir umziehen müßten«, maulte Lanette. »Und unsere Lebenshaltungskosten wären dann soviel höher, daß wir bei dieser sogenannten Beförderung tatsächlich noch *draufzahlen* müßten. Er hat den Posten natürlich abgelehnt.«

Mit anderen Worten, sie wehrte sich strikt gegen einen Neubeginn, dachte Roanna, während sie sich methodisch der schweren Aufgabe des Essens widmete. Hier auf Davenport mußten sie keine Miete oder sonstige Unkosten bezahlen; und Lanette nutzte das gesparte Geld, in ihren sogenannten gehobenen Zirkeln herumzuflattern. Wenn sie umzogen, würden sie sich eine eigene Wohnung suchen müssen, und Lanettes Lebensstandard würde entsprechend darunter leiden.

Greg sollte einfach gehen und es seiner Frau überlassen, ob sie ihm folgte oder nicht, fand Roanna. Wie sie, so müßte auch er sich von Davenport lösen und sich ein anderes Zuhause suchen. Vielleicht war Davenport ja *zu* schön; es bot mehr als nur ein Dach für seine Bewohner – man könnte es für ein Lebewesen halten, das man besitzen wollte! Doch statt dessen gehörte man dem Haus, denn im Vergleich hierzu verblaßte jedes andere Heim.

Aber sie würde sich losmachen, das versprach sie sich energisch. Ohnehin hatte sie nie wirklich geglaubt, daß Davenport je ihr gehören würde, also empfand sie auch keinen Neid.

Angst hatte sie hier festgehalten, Pflichtbewußtsein und Liebe. Der erste Grund hatte sich bereits davongemacht, die beiden anderen würden bald folgen, und sie wäre erlöst.

Nach dem Abendessen sagte Webb zu Lucinda: »Falls du nicht zu müde bist, möchte ich noch über eine Investition mit dir sprechen, die mir im Kopf herumgeht.«

»Aber gerne«, sagte sie, und sie erhoben sich gemeinsam.

Roanna blieb unbewegt sitzen. Sie zwang sich zu einem letzten Bissen von dem Erdbeerkuchen, den Tansy als Nachspeise serviert hatte. Er schmeckte ihr ebensowenig wie die vorangegangenen Speisen.

Webb blieb an der Tür stehen und blickte sich mit einem Stirnrunzeln zu ihr um, als ob er soeben gemerkt hätte, daß sie noch fehlte. »Was ist, kommst du nicht?«

Wortlos stand sie auf und folgte ihnen. Sie fragte sich, ob er wirklich von ihr erwartet hatte, daß sie sich automatisch eingeladen fühlte, oder ob sie ihm nur plötzlich in den Sinn gekommen war. Wahrscheinlich letzteres; Webb unterbreitete aus alter Gewohnheit Lucinda seine Geschäftsentscheidungen, und trotz all seiner Beteuerungen, daß er Roanna nichts von ihrer Verantwortung wegnehmen wollte, hielt er sicher keine großen Stücke auf ihre Entscheidungskraft und Autorität.

Damit hat er recht, dachte sie, ohne sich etwas vorzumachen. Sie selbst besaß wenig Einfluß, wurde sozusagen von Lucinda und Webb lediglich vorgeschoben. Jeder der beiden konnte sie zurückreißen, wann immer es ihm oder ihr beliebte, und das war keine echte Autorität.

Im Arbeitszimmer nahmen sie die gewohnten Plätze ein: Webb am Schreibtisch, dem Platz, der noch vor so kurzer Zeit der ihre gewesen war, Roanna in einem der Ohrenbackensessel und Lucinda auf der Couch. Roanna war innerlich aufgewühlt, als ob auf einmal alles durcheinandergeraten und irgendwie umgedreht worden wäre. In den letzten paar Stunden hatte sie einige wesentliche Einblicke in ihren Charakter gewonnen, nichts Spektakuläres, aber doch kleine Erleuchtungen, die ihr das Gefühl gaben, schärfere Augen zu besitzen als vorher; ja, die Dinge waren eigentlich nie so gewesen, wie sie sie immer gesehen hatte.

Webb sprach, doch zum ersten Mal in ihrem Leben hing Roanna nicht an seinen Lippen, als ob der Allmächtige selbst das Wort schwänge. Sie hörte ihm kaum zu. Heute hatte sie erkannt, daß die Leute sie um ihrer selbst willen mochten, und war mit einem Rohling fertig geworden. Außerdem hatte sie eine Entscheidung für ihr weiteres Leben gefällt. Als Kind war sie ein Spielball gewesen, dem Willen und der Willkür Erwachsener ausgeliefert. Auch während der letzten zehn Jahre hatte sie das Leben an sich vorbeiziehen lassen, von ihrem sicheren Zufluchtsort aus zugeschaut, wo ihr niemand weh tun konnte. Doch jetzt war *sie* der Herr über ihr Leben; sie mußte sich niemandem mehr beugen, konnte ihre eigenen Entscheidungen treffen, ihre eigenen Regeln befolgen. Das Machtgefühl, das sie dabei durchdrang, war schwindelerregend und beängstigend, doch die freudige Erregung ließ sich ebensowenig leugnen.

»... eine beträchtliche Investition unsererseits«, sagte Webb gerade, »aber Mayfield war immer ein verläßlicher Mann.«

Roannas Interesse erwachte bei der Erwähnung dieses Namens mit einem Mal; ihr fiel ein, was sie erst heute nachmittag gehört hatte.

Lucinda nickte. »Klingt interessant, doch wir müßten natürlich ...«

»Nein«, schaltete Roanna sich ein.

Stille senkte sich über den Raum, nur die alte Standuhr tickte unverdrossen weiter.

Man konnte nicht sagen, wer am meisten überrascht war, Lucinda, Webb oder Roanna selbst. Schon öfter hatte sie Lucinda dazu bewogen, sich eine Geschäftsentscheidung nochmal zu überlegen, und erklärte ihr dies in ihrer ruhigen Art auch. Doch hatte sie noch nie etwas rundweg abgelehnt! Das Nein war ihr einfach so herausgerutscht. Sie hatte es nicht mal vorsichtig formuliert, hatte nicht gesagt, man solle sich das Ganze nochmal überlegen, sondern einfach ihr Nein hinausposaunt.

Lucinda lehnte sich baß erstaunt im Sofa zurück. Webb drehte seinen Stuhl ein wenig, damit er sie voll ansehen konnte, und starrte sie nur eine ganze Weile wortlos an, bis Roanna so nervös wurde, daß sie anfing zu schwitzen. Ein seltsames, heißes Funkeln stand in seinen Augen. »Warum nicht?« fragte er schließlich leise.

Roanna wünschte verzweifelt, sie hätte den Mund gehalten. Ihr impulsives Nein beruhte auf Klatsch, den sie heute nachmittag auf dem Organisatorentreffen des Jazzfestivals aufgeschnappt hatte. Wenn Webb sie nun anhörte und dann mit einem nachsichtigen Lächeln abtat, wie man es mit einem Kind machte, das eine amüsante Schnapsidee auftischte – was dann? Ihr kostbares neues Selbstwertgefühl würde den Kopf hängen lassen wie eine Blume.

Lucinda war es gewöhnt, sich Roannas Beobachtungen anzuhören; aber diese hatte sich bisher stets unter Vorbehalt geäußert; die letzte Entscheidung hatte sie immer ihrer Großmutter überlassen. Nie zuvor hatte sie unmißverständlich »nein« gesagt.

»Komm schon, Ro«, meinte Webb. »Du beobachtest die Leute, dir fallen Dinge auf, die uns entgehen. Was weißt du über Mayfield?«

Sie holte tief Luft und straffte ihre Schultern. »Heute nachmittag sind mir bloß Gerüchte zu Ohren gekommen. Mayfield braucht dringend Geld. Naomi hat ihn gestern verlassen; sie soll eine enorme Abfindung verlangen, weil sie ihn mit einer von Amelias Collegekommilitoninnen, die für ein paar Wochen auf Besuch war, in der Wäschekammer erwischt hat.

Außerdem munkelt man, daß das Techtelmechtel schon seit Weihnachten im Gange ist, und obendrein soll diese Neunzehnjährige schwanger sein.«

Schweigen legte sich auf den Raum, dann sagte Lucinda: »Ja, ich glaube, ich kann mich erinnern, daß Amelia tatsächlich ihre Schulfreundin über die Osterferien zu Besuch hatte.«

Webb schnaubte, und ein anzügliches Grinsen breitete sich auf seinen verführerischen Zügen aus. »Klingt, als ob Mayfield seine ganz persönliche Auferstehung erlebt hätte, oder?«

»Sei bitte nicht blasphemisch, Junge!« Doch trotz ihrer offensichtlichen Entrüstung über seine Bemerkung konnte Lucinda, die selbst einen eher deftigen Humor besaß, ein Lächeln nicht ganz unterdrücken. Sie warf Roanna einen raschen Blick zu.

»Sorry«, entschuldigte Webb sich prompt, doch in seinen Augen stand immer noch dieses freche Funkeln. Er hatte Lucindas Blick auf Roanna bemerkt: eindeutig machte sie sich Sorgen, daß Roanna etwas Ungehöriges aufschnappen könnte. Es war eine altmodische Einstellung, daß eine Jungfrau, egal wie alt, vor sexuellen Anspielungen abgeschirmt werden müßte. Daß Lucinda Roanna immer noch für eine Jungfrau hielt, bedeutete, daß diese nie irgendwelche romantischen Neigungen und Interessen an den Tag gelegt haben mußte, nicht mal während ihrer Collegezeit.

Lucinda hat absolut recht, dachte Webb, und sein Herz klopfte schneller, als er an jene Nacht in Nogales dachte. Roanna war tatsächlich noch Jungfrau gewesen, bis ungefähr eine Stunde nach ihrer Begrüßung in jener Bar. Länger hatte es nicht gedauert, bis sie nackt und mit gespreizten Beinen unter ihm lag und er ihrem Zustand ein rasches Ende bereitete.

Die Erinnerung daran durchglühte ihn wie ein feuriger Sonnenuntergang, brachte sein Blut in Wallung und ließ ihn ganz krank werden vor Sehnsucht. Ihr weicher, schlanker Körper unter ihm hatte sich so ... perfekt angefühlt. Ihre Brüste, so rund und köstlich und zart ... unwiderstehlich. Ihre enge, heiße Scheide, die sein Glied wie ein seidener Handschuh umschloß ... absolut hinreißend. Und wie sie ihre Arme so vertrauensvoll um seinen Nacken geschlungen, sich unter ihm aufgebäumt hatte, der ekstatische Ausdruck auf ihrem süßen Gesicht, als sie kam ... Himmel, da hatte es ihm ganz schön den Atem verschlagen!

Seine Erektion fühlte sich an wie ein Eispickel. Er rückte unbehaglich auf seinem Stuhl hin und her und war froh, daß er hinter dem Schreibtisch saß. Das hatte er nun davon, daß er Erinnerungen an jene Nacht aufsteigen ließ, an den unglaublichen Höhepunkt in ihr. Und das gleich mehrmals! Nicht ein einziges Mal hatte er, o Schreck, einen Gummi benutzt!

Noch nie zuvor war er so nachlässig gewesen, egal wieviel er auch getrunken haben mochte. Ein beinahe elektrisierender Schauder überrann ihn, und seine Nackenhaare sträubten sich. Der Gedanke an Verhütung war ihm kein einziges Mal gekommen in jener Nacht; mit einem geradezu archaischen männlichen Instinkt hatte er sie wieder und wieder genommen, ihr seinen Stempel aufgedrückt, sie zur Seinen gemacht, indem er seinen Samen in sie goß. In dieser langen Nacht hatte sein Körper total die Herrschaft übernommen und sein Verstand einfach abgeschaltet – nicht daß jener gerade in Topform gewesen wäre. Das Fleisch kannte kein Gewissen; aus Instinkten heraus, die sich in Jahrtausenden herangebildet hatten, hatte er sie für sich beansprucht und versucht, dieses Band zu festigen, indem er sie schwanger machte und damit zwei Menschen zu einem einzigen verschmolz.

Es kostete ihn alle Mühe, nicht aufzuspringen und sie zu packen, um hier und jetzt herauszufinden, ob sie sein Baby in sich trug. Himmel nochmal, es war ja noch nicht einmal zwei Wochen her; wie sollte sie es also wissen?

»Webb?«

Lucindas Stimme riß ihn aus seiner Grübelei, und er richtete seine Gedanken wieder von der erschütternden Richtung, die sie eingeschlagen hatten, auf die Realität. Lucinda und Roanna sahen ihn an. Roannas Miene ließ keine Regung erkennen, wie immer; doch in diesem Moment war er so sehr mit ihr verbunden, daß er glaubte, Furcht und Besorgnis in ihren Augen zu lesen. Erwartete sie etwa, daß er ihre Äußerungen als Klatsch abtat? Wappnete sie sich vielleicht mit dieser Unbeweglichkeit gegen einen weiteren persönlichen Schlag?

Nachdenklich rieb er sich das Kinn, während er sie betrachtete. »Deines Wissens ist also das Mayfieldsche Privatleben ein einziges Chaos, und er braucht so dringend Geld, daß sein Urteil in Frage zu stellen ist.«

Sie wich seinem Blick nicht aus. »Genau!«

»Und das alles hast du heute nachmittag auf der Versammlung gehört?«

Bestätigend nickte sie.

Er grinste. »Dann kann ich nur sagen, dem Himmel sei Dank für Klatsch und Tratsch! Wahrscheinlich hast du uns vor einem großen Verlust bewahrt – und Mayfield wohl auch, wie es aussieht – denn er braucht unsere Unterstützung, um den Deal durchzuziehen.«

Lucinda schnaubte. »Ich bezweifle, daß uns dieser Herr besonders dankbar sein wird ... aber seine privaten Probleme sind wirklich sein Bier.«

Roanna lehnte sich ein wenig schwindlig zurück. Sie konnte kaum fassen, mit welcher Selbstverständlichkeit beide ihre Analyse der Situation akzeptiert hatten. Sie wußte nicht so ganz, was sie davon halten sollte – also saß sie einfach nur still da und sagte gar nichts. Gelegentlich spürte sie Webbs Blick auf sich, wagte jedoch nicht, ihn anzusehen. Ihre Gefühle waren im Moment viel zu dicht an der Oberfläche, zu instabil; sie wollte ihn nicht belästigen oder in Verlegenheit bringen, indem sie ihn mit hündischer Ergebenheit anstarrte. Der Streß der vergangenen Stunden forderte ohnehin langsam seinen Tribut; ihr Adrenalin-Hoch war abgeebbt, und sie fühlte sich völlig zerschlagen. Ob sie würde schlafen können, ließ sie dahingestellt. Tatsächlich war sie so müde, daß sie sich davor fürchtete, sofort in einen tiefen Schlaf zu verfallen, sobald ihr Kopf das Kissen berührte; denn das Schlafwandeln passierte meist dann, wenn sie halb bewußtlos vor Erschöpfung war und den Schlaf nicht mehr abwehren konnte. Doch ob sie nun tatsächlich zur Ruhe käme oder nicht, sie wünschte inbrünstig, sich ein wenig hinlegen und ausruhen zu können.

Auf einmal war Webb bei ihr, ergriff sie am Arm und zog sie hoch. »Du bist so müde, daß du fast aus dem Sessel kippst«, sagte er barsch. »Los, marsch ins Bett! Mayfields Vorschlag war alles, was wir noch zu besprechen hatten.«

Diese eine Berührung reichte, um in Roanna den unwiderstehlichen Wunsch zu wecken, sich an seine starke Schulter zu lehnen und die Hitze und Härte seines Körpers noch einmal zu spüren. Um dem Impuls nicht auf der Stelle nachzugeben, zwang sie sich dazu, ein wenig vor ihm zurückzuweichen. »Ja, mir fallen gleich die Augen zu«, gestand sie. »Wenn du sicher bist, daß das alles ist, gehe ich jetzt.«

»Tu das bitte«, sagte Webb mit einem leichten Stirnrunzeln.

Roanna murmelte Lucinda ein Gute-Nacht zu und ging. Webb starrte ihr mit zusammengekniffenen Augen nach. Sie war vor ihm zurückgewichen. Zum ersten Mal, seit er denken konnte, hatte Roanna seine Berührung gemieden.

»Wird sie schlafen können?« fragte er laut, ohne Lucinda anzusehen.

»Wahrscheinlich nicht.« Sie seufzte. »Nicht viel, jedenfalls. Sie scheint ein bißchen – ich weiß nicht, ja, nervös zu sein. So ist sie schon seit Jahren nicht mehr aus sich herausgegangen. Es freut mich, daß du ihr zugehört und sie nicht einfach abgewimmelt hast. Ich mußte erst lernen, das ernsthaft zu beachten, was sie zu sagen hat. Es ist nämlich so, daß ihr viele

Dinge auffallen, weil sie ja meist nur zuhört und den anderen das Reden überläßt. Roanna sieht dadurch eine Menge Details.«

Sie plauderten noch ein paar Minuten, dann erhob sich Lucinda mit gemessenen Bewegungen, da sie zu stolz war, um sich anmerken zu lassen, wie schwer ihr mittlerweile alles fiel. »Ich bin auch ein wenig müde, muß ich gestehen«, sagte sie. »Die Zeiten, in denen ich die Nächte durchgetanzt habe, sind vorbei.«

»Bei mir gab es die ohnehin nie«, erwiderte Webb trocken. »Es war immer zu viel zu tun.«

Sie hielt inne und musterte ihn besorgt. »Hat es dich belastet?« fragte sie auf einmal. »Du warst so jung, als ich dir Davenport übergab. Niemals hattest du Zeit, einfach nur ein Teenager zu sein.«

»Es war nicht leicht«, räumte er schulterzuckend ein. »Aber ich wollte es auch nicht anders. Ich bedaure nichts.« Hart arbeiten zu müssen hatte ihm nie leid getan. Er bereute einiges, aber nicht die Erregung, die er dabei empfand, seine Grenzen auszuloten, sich etwas zu erkämpfen, Erfolg zu haben. Die ganzen Angelegenheiten hatte er nicht nur für Davenport erledigt, sondern auch und vor allem für sich selbst: Denn er war süchtig gewesen nach Macht und nach der Aufregung des Rampenlichts. Er war der goldene Junge gewesen, der Kronprinz, und hatte die Rolle in vollen Zügen genossen. Sogar die Kronprinzessin hatte er geheiratet, und was für ein Desaster war daraus geworden! Er konnte Lucinda nicht die Schuld dafür in die Schuhe schieben, auch wenn sie seine und Jessies Heirat nach Kräften gefördert hatte. Vor allem sein blinder Ehrgeiz hatte ihn willig zum Altar geführt.

Lucinda tätschelte ihm im Vorübergehen den Arm, und er blickte ihr nach, als sie den Raum verließ. Sorgfältig setzte sie jeden einzelnen Schritt. Entweder litt sie unter Schmerzen oder war weit schwächer, als sie ihre Umgebung wissen lassen wollte. Weil es ihr gar nicht gefallen würde, wenn man ein Theater um sie machte, ließ er sie wortlos gehen.

Er seufzte, und der Laut verklang leise in dem stillen Raum. Früher einmal war dies hier seine ureigene Domäne gewesen, und es herrschte noch immer die kompromißlose Handschrift eines Mannes. Viel verändert war nicht worden, bis auf die Computer und das Fax, denn in Davenport neigte man nicht zu raschen, dramatischen Veränderungen. Es alterte allmählich, ganz subtil. Trotzdem kam ihm dieser Raum jetzt weicher vor, femininer. Die Vorhänge waren ein wenig anders, etwas heller, dazu gesellte sich noch etwas anderes. Der Geruch dieser vier Wände hatte sich verändert, als ob er die Süße von weiblicher Haut in sich aufgesogen hätte, von den Parfums und Lotionen, die Lucinda und Roanna benutzten. Er roch deutlich Lucindas Chanel; seit er denken konnte, betupfte sie sich damit. Roannas Duft war leichter, süßer, und er bemerkte ihn am stärksten, wenn er am Schreibtisch saß.

Das zarte Parfum lockte ihn unwiderstehlich. Er setzte sich also wieder hin und sah einige Papiere durch; doch schon nach wenigen Minuten gab er es auf und lehnte sich zurück. Stirnrunzelnd dachte er über Roanna nach.

Sie war noch nie vor ihm zurückgewichen. Das konnte er einfach nicht begreifen. Es verstörte ihn zutiefst, als ob er etwas Kostbares verloren hätte. Er hatte sich geschworen, sie nicht mehr auszunützen; Teufel nochmal, er war sich sogar ein wenig nobel dabei vorgekommen, weil er sich etwas versagte, was er sich wirklich sehnlichst wünschte: sie. Aber sie war so verdammt *distanziert*, als ob es diese Nacht in Nogales nie gegeben hätte, als ob sie nie jahrelang hinter ihm hergedackelt wäre und ihn angehimmelt hätte.

Warum war sie nur so schrecklich beherrscht, so verschlossen? Immer wieder grinste er sie an und erwartete ihre Erwiderung so wie früher, wenn sie miteinander scherzten; doch ihr glattes, unbewegliches Gesicht blieb immer ernst, als ob sie wahrhaftig das Lachen verlernt hätte.

Wiederum spukte ihre einmalige Liebesnacht durch sein Gedächtnis. Er wollte Roanna wieder lächeln sehen, doch inzwischen wünschte er sich noch mehr zu wissen, ob sein Baby in ihr wuchs. Sobald er es schaffte, würde er sie für ein kleines privates Gespräch beiseite nehmen – was möglicherweise ein weit schwierigeres Unterfangen zu werden versprach, als er sich je hätte vorstellen können, so, wie sie ihm in letzter Zeit aus dem Weg ging.

Am darauffolgenden Nachmittag lehnte Roanna sich ermattet in dem ledernen Drehstuhl zurück und massierte ihren steifen Nacken. Ein ordentlicher Stapel adressierter Einladungen lag auf dem Schreibtisch; aber ein Blick auf die Gästeliste verriet ihr, daß noch mindestens ein Drittel nicht geschrieben war.

Sobald Lucinda einmal Webbs Einwilligung für die Party besaß, machte sie sich unverzüglich einen Schlachtplan. Jeder, der auch nur irgend etwas darstellte, mußte eingeladen werden, was die Gästeliste auf veritable fünfhundert Personen hochtrieb. Eine solche Menge Leute konnte unmöglich im Haus untergebracht werden, nicht einmal in einem vom Davenports Größe, außer man öffnete auch die Privatzimmer. Lucinda entmutigte das jedoch keineswegs; sie beschloß, auch den Garten mit einzubeziehen, Veranda und Bäume mit Lichterketten zu schmücken und die Leute nach Belieben ein- und ausgehen zu lassen. Draußen war es ohnehin schöner zum Tanzen.

Roanna hatte sich sofort an die Arbeit begeben. Tansy konnte unmöglich so viele Leute verköstigen; also mußte ein Partyservice gefunden werden, der eine so große Festgesellschaft versorgen konnte und das auch noch in Bälde, da das Ereignis auf Lucindas Drängen schon in knapp zwei Wochen stattfinden sollte. Ihr Hintergedanke dabei war, den Leuten nicht zuviel Zeit zum Überlegen zu geben, aber dennoch genug, sich neue Kleider schneidern oder Friseurtermine geben zu lassen. Die wenigen Partydienste in der Gegend waren für diesen Tag bereits ausgebucht; daher mußte Roanna eine Firma aus Huntsville für den Job engagieren. Da sie noch keine Erfahrungen mit diesem speziellen Service gemacht hatte, konnte sie nur hoffen, daß alles gutging.

Auf dem Speicher waren massenweise Lichterketten und Dekorationsstücke verstaut; doch Lucinda bestand diesmal auf ausschließlich pfirsichfarbenen Lichtern: Es war eine so weiche, schmeichelnde Farbe, nicht wahr? Auf dem Speicher gab es jedoch keine entsprechende Dekoration. Nach einem Dutzend Telefonanrufen hatte Roanna ein Geschäft in Birmingham ausfindig gemacht, das diese Sorte auf Lager hatte, und sie würden schon am nächsten Tag geliefert werden.

Außerdem fehlten Stühle, auch wenn man in Betracht zog, daß nie alle auf einmal sitzen würden. Also mußten mehr Stühle herbeigeschafft werden, eine Band wurde engagiert, Blumen wurden bestellt, und eine Druckerei mußte gefunden werden, die bereit und in der Lage war, die Einladungen *auf der Stelle* zu drucken. Nachdem auch letzteres abgehakt werden konnte, war Roanna nun mit dem Adressieren der Umschläge beschäftigt. Schon seit drei Stunden saß sie daran und und war total fertig.

Sie erinnerte sich noch, Lucinda vor Jahren bei dieser Aufgabe gesehen zu haben. Einmal hatte sie sie gefragt, warum sie nicht jemanden anstellte, der das für sie erledigte; denn ihr kam es unheimlich langweilig vor, stundenlang dazusitzen und Hunderte von Umschlägen zu adressieren. Lucinda hatte geantwortet, daß eine Lady sich die Mühe machte, ihre Gäste persönlich einzuladen – was Roanna als einen jener alten Bräuche auffaßte, von denen es im Süden so viele gab und die allesamt in die Mottenkiste gehörten. Sie hatte sich damals geschworen, selbst *nie* so etwas Langweiliges zu tun.

Und jetzt saß sie geduldig da und rackerte sich durch die Gästeliste. Es war immer noch todlangweilig, aber jetzt verstand sie, warum Bräuche so wichtig waren: Sie schenkten einem das Gefühl von Kontinuität, von Verbundenheit mit jenen, die schon gegangen waren. Ihre Großmutter hatte das getan, so wie ihre Urgroßmutter und ihre Ururgroßmutter vor ihr, das reichte Generationen zurück. Jene Frauen waren auch ein Teil von ihr, ihre Gene lebten in ihr fort, obwohl es so aussah, als würde die Linie mit ihr aussterben. Für sie hatte es immer nur einen Mann im Leben gegeben, und der war nicht interessiert. Ende der Geschichte, Ende der Familie!

Resolut verbannte Roanna alle Gedanken an Webb, um sich nicht unnötig abzulenken. Sie war es gewöhnt, ihren Papierkram am Schreibtisch zu erledigen, doch an diesem hatte Webb heute vormittag gearbeitet. Immer noch traf sie ein kleiner Schock, wenn sie ihn in dem Stuhl sitzen sah, der vor so kurzer Zeit noch der ihre gewesen war – was nichts mit dem freudigen Herzklopfen zu tun hatte, das sie jedesmal bei seinem Anblick überfiel.

Sie hatte sich in das sonnige Morgenzimmer im hinteren Teil des Hauses zurückgezogen, weil sie dort am meisten Ruhe hatte, und sich an das Pult gesetzt, das dort stand. Wie sich herausstellte, war der Sitz jedoch das reinste Folterinstrument für jeden, der sich mehr als fünfzehn Minuten darin aufhielt, also hatte sie sich eine Unterlage geholt und aufs Sofa gesetzt. Ihre Beine waren schon bald eingeschlafen. Als Webb daher nach dem Lunch Yvonne besuchen ging, ergriff Roanna erleichtert die Gelegenheit, wieder ins Arbeitszimmer umzuziehen. Sie machte es sich auf ihrem Stuhl bequem, und alles entsprach wieder der Ordnung. Dieses Möbelstück besaß gerade die richtige Höhe, und der Stuhl war bequem und vertraut.

Dieser »Thron« hat kürzlich noch mir *gehört*, dachte sie. Sie ließ jedoch keinerlei Mißgunst aufkommen. Man hatte sie hier zum ersten Mal in ihrem Leben gebraucht, doch schon bald würde sie etwas ganz Eigenes besitzen. Lucindas Tod würde das Ende eines Lebensabschnitts und den Beginn eines neuen einleiten. Warum sich also Gedanken über dieses Machtsymbol machen, wenn sie ohnehin bald auszöge? Webb war der einzige, dem sie es ohne allzu großen Kummer und ohne Bedauern überlassen konnte; denn ihm war das alles schon versprochen gewesen, bevor sie, notgedrungen, mit einsprang in die Leitung von Davenport.

Es bestand ein großer Unterschied zwischen dem Erledigen von geschäftlichem Papierkram und dem Adressieren von Umschlägen, zumindest, was die Wichtigkeit betraf – doch die physischen Anforderungen waren dieselben. Nun, da sie endlich bequem saß, verbannte sie alle anderen Gedanken aus ihrem Hirn und arbeitete sich durch die Gästelisten.

Zunächst merkte sie gar nicht, wie die Müdigkeit langsam von ihr Besitz ergriff, da sie sie schon so gewöhnt war. Sie zwang sich, sie zu ignorieren, und schrieb ein paar weitere Umschläge; doch auf einmal wurden ihr die Lider so schwer, daß sie sie kaum mehr offenhalten konnte. Ihre Angst, so tief einzuschlafen, daß sie wieder schlafwandelte, hatte sich als grundlos erwiesen; trotz ihrer enormen Überanstrengung hatte sie in der vergangenen Nacht nur kurzfristig und in kleinen Dosen geschlafen. Sie glaubte nicht, in den letzten zwei Nächten auf mehr als insgesamt jeweils zwei Stunden Schlaf gekommen zu sein. Auch gestern abend war sie sich Webbs Anwesenheit im Nebenzimmer wieder auf beinahe quälende Weise bewußt gewesen und immer wieder hochgeschreckt bei den geringsten Geräuschen von nebenan.

Jetzt empfand sie die Ruhe im Haus als wohltuend. Webb machte seinen Besuch und Lucinda ein Nickerchen. Greg und Brock waren bei der Arbeit. Gloria und Lanette mochten ja gegen die Party sein; doch waren beide in die Stadt gefahren, um sich neue Kleider zu besorgen, und Harlan hatte sie begleitet. Corliss war gleich nach dem Frühstück mit der Bemerkung, »bin später wieder zurück«, verschwunden.

Trotz der kühlenden Klimaanlage war es warm im Arbeitszimmer, da die Sonne durch die großen Fenster hereinschien. Roannas Lider wurden noch schwerer, bis sie schließlich ganz zufielen. Sie versagte sich tagsüber normalerweise ein Päuschen, da es sonst noch schwerer für sie war, nachts einzuschlafen; aber manchmal überwältigte sie die Müdigkeit einfach. Die Stille, die Wärme des Zimmers, der bequeme Schreibtischsessel, das alles führte dazu, daß Roanna ihren Kampf gegen Morpheus' Arme verlor.

Als Webb seinen Wagen in die Garage lenkte, sah er Roannas Wagen und den von Corliss ebenfalls; doch Gloria und Lanette waren immer noch beim Shopping. Angesichts des Autos seiner Cousine schlug sein Herz schneller. Seit er nach Hause gekommen war, hatte sie ständig Termine außer Haus, und da gäbe es wohl auch heute keine Ausnahme, obwohl sie nichts derartiges erwähnt hatte. In kleineren Städten und Gemeinden lebte man so familiär miteinander, daß Geschäft und Geselligkeit oftmals verbunden wurden. Aber bevor er nicht wieder voll dazugehörte, mußte Roanna diesen Verpflichtungen allein nachkommen.

Irgendwie hätte er nicht erwartet, sie nur so selten zu sehen. Roanna war ihm früher immer an den Hacken geklebt, egal, was er gerade tat. Die Sieben- oder Achtjährige mußte er sogar daran hindern, ihm bis aufs Klo zu folgen; dann kauerte sie sich draußen vor der Tür auf den Boden und wartete auf ihn. Damals hatte sie jedoch eben erst ihre Eltern verloren, und er war der einzige Anker in ihrem Leben; im Laufe der Zeit hatte ihre panische Anklammerung etwas nachgelassen. Aber selbst als Teenager war sie immer um ihm herum gestrolcht, ihr schlichtes Gesichtchen zu ihm aufgereckt wie eine Blume, die sich dem Licht zuwendet.

Jetzt war sie alles andere als schlicht; sie hatte sich zu einer überraschend eindrucksvollen Person gemausert. Ihr Antlitz besaß die Art von starker, gemeißelter Knochenstruktur, der das Alter kaum etwas würde anhaben können. Webb hatte sich darauf gefaßt gemacht, permanenter Versuchung widerstehen zu müssen; er konnte doch ihre Schwäche und Verletzlichkeit nicht ausnützen, bloß um seine Lust zu befriedigen! Verdammt nochmal, anstatt sich verletzlich und schwach zu zeigen, verhielt sie sich indessen ihm gegenüber absolut distanziert, und meistens war sie sowieso nicht da. Es kam ihm vor, als würde sie ihm absichtlich aus dem Weg gehen, und dieser Gedanke verstörte ihn mehr, als er zugeben wollte. War es ihr peinlich, mit ihm geschlafen zu haben? Er konnte sich erinnern, wie zugeknöpft er sie am nächsten Morgen antraf. Oder mißfiel es ihr, daß er Davenport erben würde und nicht sie?

Lucinda hatte gesagt, Roanna hätte kein Interesse an dem Besitz, aber wenn sie sich nun irrte? Roanna versteckte so viel hinter ihrer ausdruckslosen, kühlen Fassade. Früher einmal hatte er in ihr wie in einem Buch lesen können; doch nun erforschte er unentwegt ihre Züge, sobald er die Gelegenheit dazu hatte – um endlich ein etwaiges Aufflackern von Gefühlen zu erhaschen. Meist jedoch sah er nur, wie müde und erschöpft sie war, und die stoische Geduld, mit der sie ihren Zustand ertrug.

Wenn er geahnt hätte, wieviel Arbeit ihr diese verdammte Party machen würde, hätte er nie seine Einwilligung erteilt. Falls sie jetzt immer noch damit beschäftigt wäre, würde er ein Machtwort sprechen. Die Erschöpfung und Anspannung war ihr heute deutlich anzusehen, dunkle Ringe zeichneten sich unter ihren Augen ab; offenbar hatte sie also wieder nicht schlafen können. Schlaflosigkeit war eine Sache, nachts wachzuliegen und trotzdem tagsüber bis zur Erschöpfung zu arbeiten jedoch eine ganz andere. Sie brauchte etwas Abwechslung, etwas Entspannung, und er dachte, daß ein langer, gemütlicher Ausritt hier genau das Richtige wäre. Nicht nur liebte sie das Reiten, die körperliche Aktivität würde ihr heute nacht ja vielleicht auch zu ein wenig Ruhe verhelfen. Er selbst verspürte auch allmählich Hummeln im Hintern, da er daran gewöhnt war, täglich viele Stunden im Sattel zu verbringen; ihm fehlten die physische Herausforderung ebenso wie die erfreuliche Gesellschaft der Pferde.

Er betrat das Haus durch den Hintereingang und lächelte Tansy zu, die summend, scheinbar ziellos und niemals in Eile, herumging und dennoch köstliche, viergängige Mahlzeiten auf den Tisch zauberte. Tansy hat sich in all den Jahren am wenigsten verändert, dachte er. Sie mußte jetzt wohl auf die Sechzig zugehen; aber ihr Haar war ebenso graumeliert wie schon damals bei ihrem Dienstantritt. Sie war klein und pummelig, und die Freundlichkeit strahlte ihr geradezu aus ihrem gutherzigen Gesicht.

»Heute abend gibt es Zitronencremeschnitten als Nachspeise«, verkündete sie zwinkernd, weil sie wußte, daß ihm bei dieser Aussicht das Wasser im Mund zusammenlief. »Paß auf, daß du nachher noch genug Platz dafür hast.«

»Ich werde es mir zu Herzen nehmen.« Tansys Zitronencremeschnitten schmeckten so köstlich, daß er sich ausschließlich davon hätte ernähren können. »Weißt du, wo Roanna ist?«

»Aber sicher. Bessie war gerade hier und hat gesagt, daß Miss Roanna im Arbeitszimmer eingeschlafen ist. Das überrascht mich gar nicht, muß ich sagen. Man konnte es dem armen Kind ansehen, daß die letzten Nächte schlimm gewesen sein müssen, noch schlimmer als sonst.«

Sie schlief. Er wußte nicht, ob er sich darüber freuen oder enttäuscht sein sollte, denn er hatte sich auf den Ausritt mit ihr gefreut. »Dann werde ich sie auch nicht stören«, versprach er. »Und wie steht es mit Lucinda?«

»Ich glaube, sie ist noch nicht wieder runtergekommen.«
Tansy schüttelte traurig den Kopf. »Miss Lucinda hat es nicht leicht, dieser Tage. Man merkt immer, wenn alte Leute bereit sind zu gehen – denn dann schmeckt ihnen auf einmal ihr Lieblingsessen nicht mehr. Nun, so hat es die Natur wohl eingerichtet, daß man sich allmählich von allem löst. Meine Mama, der Herr möge ihrer Seele gnädig sein, mochte Würstl mit Sauerkraut mehr als alles andere; aber ein paar Monate vor ihrem Ableben hat sie gesagt, daß sie ihr einfach nicht mehr so richtig schmecken, und wollte sie auf einmal nicht mehr ...«

Lucindas Lieblingsgericht waren Okraschoten, Okra in jeder Form, ob gedünstet, gekocht oder eingemacht, jede Zubereitungsart war ihr recht. »Ißt Lucinda noch ihr Okragemüse?« fragte er ruhig.

Tansy schüttelte traurig den Kopf. »Sie meint, heuer hat es irgendwie den falschen Geschmack.«

Webb verließ die Küche und ging leise durch den Flur. Er bog um eine Ecke und blieb abrupt stehen, als er Corliss sah, die mit dem Rücken zu ihm dastand und soeben die Tür zum Arbeitszimmer geöffnet hatte, um hineinzuspähen. Sofort wußte er, was sie vorhatte; das Biest wollte die Tür zuschlagen und Roanna aufwecken. Heiße Wut schoß in ihm hoch, und er zögerte keine Sekunde. Während sie noch zurücktrat und die Tür so weit aufmachte, wie ihr Arm es erlaubte, kam er auch schon dahergestürmt. Er sah, wie sich die Muskeln in ihrem Unterarm anspannten, um ihr Vorhaben auszuführen, da war er bereits bei ihr und packte sie mit eisernem Griff im Nacken. Sie stieß ein ersticktes Quieken aus und erstarrte.

Webb schloß die Tür vorsichtig und zerrte sie dann, immer noch am Genick festhaltend, ein paar Meter weiter. Mit einem Ruck drehte er ihren Kopf zu sich herum, so daß sie ihn ansehen mußte. Selten war er so empört, und am liebsten hätte er sie geschüttelt wie einen nassen Lappen. Wenn man es genau betrachtet, war ihr Vergehen, verglichen mit anderen Dingen, eher geringfügig; Roanna aus dem Schlaf zu reißen, egal wie dringend sie ihn brauchte, konnte man höchstenfalls als Gemeinheit bezeichnen. Aber der Grad ihres Vergehens tat überhaupt nichts zur Sache! Für Roanna war das bißchen Schlaf *lebensnotwendig*, und Corliss' Gemeinheit ärgerte ihn vor allem wegen ihrer Sinnlosigkeit. Sie erreichte doch nichts damit, wollte es auch gar nicht; Corliss war einfach eine elende Laus, und das würde er ihr nicht durchgehen lassen.

Zutiefst erschrocken starrte sie ihn an, den Kopf natürlich zurückgelegt, da er ihr Genick nach wie vor fest im Griff hielt. Sie hatte sich vollkommen allein gewähnt, und die Tatsache, daß Webb sie bei ihrer kleinen Attacke überrascht hatte, brachte sie vorübergehend aus dem Gleichgewicht. Mit weit aufgerissenen blauen Augen starrte sie zu ihm auf; doch schon machte sich ein verschlagener Ausdruck bemerkbar, während sie überlegte, wie sie sich am besten aus der Sache herauswand.

»Bemüh' dich gar nicht erst«, drohte er leise, um Roanna nicht aufzuwecken. »Damit du absolut klarsiehst: du betest besser, daß der Wind nie eine Tür zuschlägt, wenn Roanna schläft, oder daß keine streunende Katze etwas umstößt und, der Himmel möge es verhüten, du vergißt, auf Zehenspitzen zu gehen. Denn egal was passiert, wenn du irgendwo in der Nähe bist, werde ich dir die Schuld geben. Und weißt du, was dann passiert?«

Ihr Gesicht war wutverzerrt, weil er sich ihre Entschuldigungen gar nicht erst anhören wollte. »Na was denn?« fragte sie höhnisch. »Holst du dann deinen heißgeliebten Feuerhaken wieder hervor?«

Sein Griff um ihr Genick verstärkte sich, und sie zuckte zusammen. »Noch schlimmer«, antwortete er in seidigem Ton. »Zumindest von deiner Sicht aus. Ich werde dich so rasch aus diesem Haus werfen, daß dein Arsch Bremsspuren auf der Treppe hinterläßt, ist das klar? Ich habe verdammt wenig Geduld mit Parasiten, und du stehst so hart an der Grenze, daß ich das Ungezieferspray schon fast in der Hand halte.«

Ihr Gesicht lief dunkelrot an vor Verdruß, und sie wollte sich von ihm losreißen. Webbs Griff lockerte sich jedoch kein bißchen. Mit leicht hochgezogener Braue wartete er auf ihre Antwort.

»Du Bastard«, zischte sie. »Tante Lucinda glaubt, sie könnte die Leute dazu zwingen, dich wieder zu akzeptieren – aber das werden sie nie tun, niemals. Sie werden nett zu dir sein, ihr zuliebe; aber sobald sie tot ist, wirst du schon sehen, was sie von dir halten! Du bist ja bloß zurückgekommen, weil sie bald stirbt und weil du dir Davenport und das ganze Geld unter den Nagel reißen willst.«

»Und ich werde es auch kriegen!« Er verzog die Mundwinkel. Es war kein freundliches Lächeln, doch er war auch kaum in einer freundlichen Stimmung. Angewidert ließ er sie los. »Lucinda hat gesagt, sie wird ihr Testament ändern, wenn ich wieder zurückkomme. Davenport wird mir gehören, und du fliegst in hohem Bogen raus! Aber du bist nicht nur ein Biest, sondern obendrein noch dumm. Wie die Dinge zuvor standen, war Roanna die Alleinerbin, nicht ich – aber du benimmst dich ihr gegenüber wie ein bösartiges Luder. Glaubst du etwa, sie würde dich weiter hier wohnen lassen?«

Corliss warf verächtlich den Kopf zurück. »Roanna ist ein Jammerlappen. Mit ihr werde ich jederzeit fertig.«

»Wie ich schon sagte: du strohdumme Gans! Sie hält im Moment nur deshalb den Mund, weil sie Lucinda sehr mag und nicht will, daß sie sich aufregt. Doch wie auch immer, du solltest dich besser nach einer neuen Bleibe umsehen.«

»Meine Großmutter wird nicht zulassen, daß du mich rauswirfst.«

Webb schnaubte nachdrücklich. »Davenport gehört nicht Gloria. Es ist nicht an ihr, das zu entscheiden.«

»Und dir gehört es auch nicht! Noch nicht, jedenfalls. Es

kann noch eine Menge passieren, bis Tante Lucinda stirbt.« Sie gab sich triumphierend, und Webb fragte sich, was sie nun schon wieder aushecke.

Er hatte es satt, sich mit der albernen Schlampe rumzuärgern. »Dann sollte ich vielleicht noch etwas hinzufügen; wenn du anfängst, deine große Klappe aufzureißen und Probleme zu machen, dann fliegst du erst recht raus. Und jetzt geh mir aus den Augen, bevor mich noch der Ekel vor dir übermannt.«

Sie schlenderte von dannen, wobei sie frech mit dem Hintern wackelte, um ihm zu zeigen, daß sie sich nicht von ihm einschüchtern ließ. Vielleicht stimmte das für den Moment, aber sie würde es ganz bestimmt nicht endgültig darauf ankommen lassen.

Behutsam öffnete er die Arbeitszimmertür einen Spalt, um sich davon zu überzeugen, daß sie Roanna nicht aufgeweckt hatten. Er hatte zwar seine Stimme gedämpft, aber Corliss hegte solche Skrupel nicht. Grimmig schwor er sich, sie noch heute abend auf die Straße zu setzen, falls Roannas Augen offen waren.

Doch sie schlief friedlich, den Kopf in die breite Ohrenbackenlehne des bequemen Bürostuhls gekuschelt. Er stand in der Tür und betrachtete sie. Ihr dichtes, kastanienbraunes Haar war leicht zerzaust und ihre Wangen vom Schlaf rosig überhaucht. Ihre Brüste hoben und senkten sich mit ihrem langsamen, ruhigen Atem.

So hatte sie auch in der Nacht geschlafen, die sie gemeinsam verbracht hatten – jedenfalls, so lange er sie in Ruhe ließ. Wenn er gewußt hätte, wie kostbar so eine Erholungsphase für sie war, hätte er sie bestimmt nicht so oft aufgeweckt. Doch danach hatte sie jedesmal den Kopf an seine Schulter gelegt und sich an ihn geschmiegt.

Mit einem Mal erfüllte ihn eine tiefe Sehnsucht. *So würde ich sie gerne wieder halten*, dachte er. *Das nächste Mal kann sie in meinen Armen schlafen, so lange sie will!*

16

Corliss zitterten noch die Knie, als sie die Treppe erklomm, doch das Zittern war nicht nur äußerlich. Sie brauchte etwas, und zwar schnell. Sie hetzte in ihre Suite, schloß die Tür zu und durchwühlte all ihre Verstecke: das Loch, wo die Naht im Sofa ein wenig aufgerissen war, ihre leere Gesichtscremedose, unter dem Lampenfuß, in dem Schuhfach. Leider fand sie erwartungsgemäß nichts – aber sie brauchte so dringend eine Nase Kokain, daß sie trotzdem nachgesehen hatte.

Wie konnte er es wagen, so mit ihr zu sprechen? Sie hatte ihn schon immer gehaßt, Jessie auch und ebenso Roanna. Das war einfach unfair! Warum sollten sie auf Davenport leben dürfen, während sie in einer blöden Hütte hatte aufwachsen müssen? Ihr ganzes Leben lang hatten die Leute, die Schulkameraden arrogant auf sie herabgesehen, weil sie bloß eine arme Verwandte der Davenports war. Aber manchmal geschahen eben doch Wunder, wie der Mord an Jessie und daß man Webb dafür verantwortlich machte. Corliss hatte sich insgeheim diebisch gefreut; Himmel, es war so schwer gewesen, nicht zu jubilieren bei dieser Wendung der Ereignisse! Aber sie hatte schön brav die Kummervolle gespielt und ihre Beileidsbezeugungen heruntergeschnurrt. Als Webb dann fortgegangen war, hatten sich die Dinge rasch ins rechte Lot gerückt, und sie und ihre Familie waren auf Davenport eingezogen, wo sie ohnehin längst hingehörten.

Danach hatte sie auf einmal jede Menge Freunde gehabt, und zwar solche, die wußten, wie man sich amüsierte, nicht die hochnäsigen Snobs mit ihren stolzen Ahnengalerien – »mein Urgroßvater hat noch im Krieg mitgekämpft!« –, deren Männer nicht wagen würden, in Gegenwart von Ladies zu fluchen. Was für ein Haufen Bockmist! Ihre Freunde dagegen wußten, wie man sich einen schönen Lenz machte.

Sie war nicht dumm, hielt sich von den harten Drogen fern. Kein harter Stoff, keine Spritzen für sie, nein danke! Dieser Shit brachte einen nur um. Alkohol ging einigermaßen, aber ihre wahre Liebe galt dem süßen weißen Pulver. Ein Zug und alle Sorgen verflüchtigten sich; dann war man die Größte, die Beste, die Schönste! Einmal war sie so verdammt heiß gewesen, daß sie es gleich mit drei Typen aufgenommen hatte, einen nach dem anderen und dann gleich alle drei auf einmal. Und sie hatte sie alle fertiggemacht. Sie war einfach umwerfend gewesen, ganz fantastisch, so tollen Sex hatte sie seitdem nie mehr gehabt. Das würde sie gerne nochmal erleben, doch mittlerweile brauchte sie mehr zum Abheben, und außerdem genoß sie nun lieber ihr Hochgefühl alleine, als sich aufs Bumsen konzentrieren zu müssen. Im übrigen hatte sie danach ein paarmal ein kleines Problem gehabt und nach Memphis fahren müssen, um es aus der Welt zu schaffen. Ein Balg war wirklich das letzte, was sie gebrauchen konnte – das verdarb einem nur den ganzen Spaß.

Aber all ihre schönen Verstecke waren leer. Sie hatte kein Koks und auch kein Geld. Verzweifelt durchmaß sie die Suite und zermarterte sich das Hirn. Tante Lucinda schleppte immer einen schönen Batzen Geld in der Brieftasche mit sich rum, aber die lag auch immer in ihrem Zimmer; und die alte Dame befand sich noch dort, also konnte sie da im Moment nicht ran. Großmutter und Mama waren in die Stadt zum Einkaufen gefahren und hatten mit Sicherheit ihre Börsen mitgenommen. Aber Roanna war im Arbeitszimmer und schlief ... Corliss lachte laut auf und schlüpfte auf den Flur. Sie eilte den Gang entlang nach hinten, zu Roannas Reich. War wohl doch nicht so schlecht, daß Webb mich davon abgehalten hat, die dumme Kuh aufzuwecken, dachte sie. Wir wollen sie doch schlafen lassen, die süße reiche Roanna. Doofe Henne!

Leise öffnete sie Roannas Tür und schlich sich hinein. Roanna bewahrte ihre Handtasche immer im Schrank auf, wie es sich gehörte. Corliss brauchte nur einen Moment, um die Brieftasche zu filzen und das Geld darin zu zählen. Nur dreiundachtzig Dollar, verdammt nocheins! Selbst jemand, der so beschränkt war wie Roanna, würde merken, wenn ein paar Zwanziger fehlten. Aus diesem Grund lohnte sich auch die Mühe bei der Cousine selten, denn diese Ziege trug normalerweise nie viel Geld bei sich.

Corliss beäugte nachdenklich die Kreditkarten, widerstand jedoch der Versuchung. Zum Abheben brauchte man eine Unterschrift, und außerdem erkannte der Bankangestellte sie vielleicht. Das war der Nachteil an diesen verkackten Kleinstädten: Jeder kannte jeden.

Die EC-Karte war dagegen etwas anderes. Wenn sie jetzt noch Roannas Geheimnummer rauskriegte ... Rasch durchsuchte sie jedes Brieftaschenfach. Eigentlich sollte niemand seine Nummer notieren, doch jeder tat es. Sie entdeckte ein kleines Blatt Papier, schön ordentlich gefaltet, mit vier Zahlen darauf. Hämisch grinsend fischte sie einen Kugelschreiber aus Roannas Handtasche und schrieb sich die Zahlen auf die Handfläche. Möglicherweise half ihr diese dämliche Nummer nicht weiter, aber was machte das schon? Im Zweifelsfall spuckte halt der Automat kein Geld; es war ja nicht so, daß er anrufen und sie bei Roanna verpfeifen würde!

Lächelnd steckte sie die Karte in ihre Tasche. Das war besser, als hie und da einen Zwanziger zu klauen. Sie könnte gleich ein paar Hunderter abheben, die Karte zurücklegen, bevor Roanna etwas auffiel, und sich heute abend ein wenig amüsieren. Teufel nochmal, sie würde sogar den Quittungsabschnitt in die kleine Mappe tun, in der Roanna solche Dinge aufbewahrte; auf diese Weise fiele ihr bestimmt nichts auf, wenn sie den Kontoauszug erhielt. Ein verflucht guter Plan; sie würde öfter davon Gebrauch machen ... obwohl es nicht dumm wäre, auch gelegentlich Tante Lucindas EC-Karte zu benützen, falls sie an sie rankommen konnte – aus taktischen

Gründen. Abwechslung war die Würze des Lebens. Außerdem verringerte sich dadurch das Risiko, erwischt zu werden, was am allerwichtigsten war – das und das Geld!

Um acht Uhr an diesem Abend ging es Corliss schon bedeutend besser. Nachdem sie das Geld aus dem Automaten bekommen hatte, hatte sie ein Weilchen gebraucht, um ihren Dealer zu finden, doch schließlich war es ihr gelungen. Das weiße Pulver lockte sie, und sie hätte am liebsten gleich alles aufgeschnüffelt; doch zweckmäßigerweise rationierte sie es brav, da sie nicht wußte, wie oft sie die EC-Karte würde benutzen können. Also erlaubte sie sich nur eine einzige Line, um ihre Nerven zu beruhigen.

Dann war sie in der Stimmung für ein wenig Amüsement. Sie suchte ihre Lieblingsbar auf, aber keiner von ihren Freunden war dort, also nahm sie, leise vor sich hinsummend, allein an der Theke Platz. Sie bestellte ihren Standarddrink, einen Erdbeerdaiquiri, den sie deshalb so gern mochte, weil ihn der Barmann immer extra stark für sie mixte – der aber dennoch aussah wie einer von diesen harmlosen Cocktails, die feine junge Damen ruhigen Gewissens trinken durften.

Je länger sie indessen herumsaß, desto schlechter wurde ihre Stimmung. Sie versuchte, sich an ihrem Kokain-Hoch festzuhalten; aber es verging, so wie es immer der Fall war, und am liebsten hätte sie geheult. Der Daiquiri war gut, aber Alkohol hatte leider nicht dieselbe Wirkung wie Schnee. Vielleicht sollte sie sich richtig einen anzwitschern ...

Es verging eine Stunde, und noch immer tauchte keiner ihrer Freunde auf. Waren sie heute abend woanders hingegangen und hatten ihr nicht Bescheid gesagt? Panik wallte in ihr auf bei dem Gedanken, im Stich gelassen worden zu sein. Ganz sicher hatte noch niemand Wind davon bekommen, daß Webb gedroht hatte, sie aus Davenport rauszuwerfen – das konnte doch gar nicht sein ...

Verzweifelt nippte sie an ihrem Drink und mußte dabei ständig diesem dummen grünen Papierschirmchen ausweichen. Entweder war der Strohhalm kürzer als gewöhnlich oder das verdammte Schirmchen größer geworden. Mit den ersten zwei Drinks hatte sie keine solchen Probleme gehabt. Sie warf dem Barmann einen bösen Blick zu und fragte sich, ob er ihr wohl einen Streich spielen wollte; doch er sah überhaupt nicht in ihre Richtung, also konnte es das wohl nicht sein.

Die beiden anderen Schirmchen lagen vor ihr auf dem Tresen, der eine gelb, der zweite pink. Wenn man alle zusammennahm, hatte man ein hübsches kleines Schirmchenbouquet. Jippie. Vielleicht sollte sie sie für Tante Lucindas Grab aufheben. Kein schlechter Gedanke: wenn die alte Schachtel endlich abkratzte, hätte sie genügend Schirmchen beisammen, um einen entzückenden Kranz daraus zu basteln.

Oder vielleicht sollte sie sie ja Webb Tallant in den Rachen stecken? Erstickt an einem Schirmchen – klang gar nicht so schlecht.

Der Bastard hatte sie heute nachmittag beinahe zu Tode erschreckt, wie er sie so hinterrücks packte. Und dieser Ausdruck in seinen Augen – lieber Himmel! Das war der kälteste, gemeinste Ausdruck, den sie je gesehen hatte, und das wegen nichts! Das Nickerchen von Miss Rühr-mich-nicht-an war beinahe gestört worden, und sie brauchte doch, ach du liebe Güte, allen Schlaf, den sie kriegen konnte. Corliss kicherte spöttisch, wurde jedoch rasch wieder ernst, als sie an die Drohungen dachte, die Webb geäußert hatte. Allmächtiger, wie sie ihn *haßte*! Warum mußte er alles haben? Er verdiente es nicht. Seit jeher ging es ihr gegen den Strich, daß er der erwählte Alleinerbe sein sollte, wo er doch auch nicht enger mit Tante Lucinda verwandt war als sie. Diesem selbstsüchtigen Affen würde die alte Schachtel Davenport vermachen, und er würde Corliss nicht länger dort wohnen lassen, wenn Tante Lucinda nicht mehr lebte. Das war einfach nicht fair!

So sehr sie Roanna auch verabscheute, sie gehörte zumindest zur direkten Verwandschaft, und es wäre nicht ganz so schlimm, wenn sie Davenport erben würde. Teufel nochmal, auch das widerte sie an. Roanna war ein elender Jammerlappen und verdiente Davenport genausowenig. Bloß gut, daß Corliss Roanna mit links unterbuttern konnte, das wußte sie genau. Man mußte die traurige graue Maus so überfahren, daß Roanna ihr noch Geld aufdrängte, statt sie irgendwie ständig zum Klauen zu zwingen.

Aber wenn Tante Lucinda Davenport nun doch nicht Roanna überlassen wollte, dann sollte es Webb erst recht nicht kriegen! Tante Lucinda mochte ja an Webbs Unschuld glauben, aber Corliss hatte ihre eigene Meinung darüber, besonders nach dem Blick, mit dem er sie heute nachmittag bedacht hatte. Sie hegte keine Zweifel, daß er jemanden umbringen konnte. Ja, einen Augenblick lang hatte sie sogar gefürchtet, daß er *sie* umbringen wollte, und das bloß wegen einem kleinen Spaß, den sie sich hatte gönnen wollen: Das bißchen Türknallen! Aber er hatte sie im Genick gepackt und ihr wehgetan, der Bastard.

Jemand setzte sich auf den Barhocker neben ihr. »Sie sehen aus, als ob Sie noch einen Drink vertragen könnten«, schnurrte eine dunkle männliche Stimme. Corliss warf einen abschätzenden Blick auf ihren Nachbarn. Er sah ganz okay aus, wie sie fand, aber viel zu alt. »Verpiß dich, Opa!«

Er gluckste vergnügt. »Laß dich nicht von meinem grauen Haar täuschen. Bloß weil Schnee auf dem Dach liegt, heißt das noch lange nicht, daß kein Feuer mehr im Ofen brennt.«

»Ja, ja, alles schon mal dagewesen«, sagte sie gelangweilt. Sie nahm noch einen Zug von ihrem Daiquiri. »Zu alt zum Ernten, aber nicht zu alt zum Säen. Ganz toll! Mach 'ne Fliege – und das kannst du auffassen, wie du willst.«

»Ich will dich ja nicht gleich bumsen«, sagte er ebenso gelangweilt wie sie.

Sie war so schockiert über seine Unverblümtheit, daß sie sich ihm zuwandte, um ihn unter die Lupe zu nehmen. Er besaß dichtes, leicht ergrautes Haar und einen Körper, der immer noch kräftig und in Form war, obwohl er schon über fünfzig sein mußte. Was sie jedoch am meisten faszinierte, das waren seine Augen: die blauesten Augen, die man sich vorstellen konnte, und gleichzeitig fast die eines Reptils; sie waren vollkommen ausdruckslos, bar jeden Gefühls. Corliss erschauerte, war aber unwillkürlich in Bann geschlagen.

Er wies mit einer Kopfbewegung auf die Schirmchen, die vor ihr auf der Bar lagen. »Du bist ja schon ein Weilchen bei der Sache, wie es aussieht. Schlechten Tag gehabt?«

»Du hast ja keine Ahnung«, sagte sie, mußte dann jedoch lachen. »Könnte schlimmer sein.«

»Warum erzählst du mir nicht einfach davon?« lud er sie ein. »Du bist Corliss Spence, stimmt's? Wohnst du nicht auf Davenport?«

Das wurde sie oft als erstes gefragt, wenn sie jemanden kennenlernte. Corliss liebte dieses Gefühl, etwas Besonderes zu sein, etwas Besseres als die anderen. Webb wollte ihr das nehmen, und deswegen haßte sie ihn. »Ja, ich wohne dort«, sagte sie. »Jedenfalls noch für 'ne Weile.«

Der Mann hob sein Glas an die Lippen. Aus der Farbe der Flüssigkeit zu schließen, handelte es sich um puren Bourbon. Er nippte daran und musterte sie mit seinen kalten blauen Augen. »Sieht so aus, als würdest du deinen hübschen Hintern schon halbwegs draußen haben. Kann nicht leicht sein, mit einem Killer zusammenzuleben.«

Corliss dachte daran, wie brutal Webb sie am Genick geschüttelt hatte. »Er ist ein Bastard«, giftete sie. »Ich werde bald ausziehen. Heute hat er mich ohne jeden Grund angegriffen!«

»Erzähl mir davon«, drängte er in sie und hielt ihr seine Rechte hin. »Übrigens, mein Name ist Harper Neeley.«

Corliss schüttelte ihm die Hand, und ein erregender Schauder durchfuhr sie. Er mochte ja ein ziemlich alter Knacker sein, aber immerhin brachte er einen ganz schön auf Touren. Im Moment war sie daher mehr als willens, ihrem neuen Freund so viel über den verhaßten Webb Tallant zu erzählen, wie er hören wollte.

Roanna wünschte, sie hätte nicht das kleine Nickerchen gemacht. Es hatte ihr vorübergehend zwar unglaublich gutgetan, doch nun stand ihr eine weitere endlose Nacht bevor. Sie war um zehn auf ihr Zimmer gegangen, hatte sich wie immer geduscht, ihr Nachthemd angezogen, die Zähne geputzt und sich ins Bett gelegt, alles umsonst. Natürlich würde sie jetzt nicht einschlafen können: also war sie wieder aus dem Bett geschlüpft und machte es sich mit angewinkelten Beinen auf ihrem Sessel bequem. Das Buch, das sie schon seit zwei Nächten zu lesen versuchte, lag bereit, und schließlich schaffte sie es, sich darin zu vertiefen.

Webb war um elf nach oben gekommen, und rasch hatte sie ihre Leselampe ausgeknipst. Dann hörte sie, wie er duschte. Sie beobachtete den Lichtkegel, der von seinem Zimmer auf den Balkon fiel, und fragte sich, ob er wohl in dessen Schein treten würde, so daß sie seinen Schatten sehen konnte. Das tat er nicht; sein Licht ging aus und im Nebenzimmer wurde es still.

Der Schein ihrer Lampe zog die Mücken an, daher machte Roanna ihre Balkontür immer zu, wenn sie lesen wollte – bekam also nicht mit, ob er seine aufgemacht hatte. Still saß sie im Dunkeln und wartete, um ihm Zeit zum Einschlafen zu lassen und vielleicht selbst ein wenig schläfrig zu werden. Doch diese Hoffnung erwies sich als trügerisch. Geduldig sah sie zu, wie die Leuchtzeiger ihrer Uhr über das Zifferblatt wanderten; es war bereits nach Mitternacht. Erst dann knipste sie ihre Lampe wieder an und beugte sich erneut über ihre Lektüre.

Eine Stunde später ließ sie das Buch gähnend in den Schoß sinken. Auch wenn sie nicht einschlafen konnte, war sie jetzt so müde, daß sie sich einfach hinlegen mußte. Sie warf einen Blick nach draußen und sah, daß sich ein nächtlicher Sturm zusammenbraute; ein roter Blitz zuckte auf, doch er war so fern, daß sie kein Donnern vernahm. Vielleicht sollte sie ihre Tür aufmachen, sich ins Bett legen und den näherkommenden Sturm abwarten, der angenehmen Regen brächte. Regen war das beste Schlafmittel, das sie kannte.

Sie war so müde, daß es eine ganze Weile dauerte, bis ihr klar wurde, daß es sich nicht um Blitze handelte. Das mit dem Gewitter stimmte gar nicht.

Jemand stand auf dem Balkon; die große Gestalt verschwamm völlig in den Schatten.

Er beobachtete sie.

Webb.

Da sie ihn unvermittelt erkannte, brauchte sie auch gar nicht zu erschrecken über einen etwaigen Fremden auf ihrem Balkon. Er rauchte, und die Zigarette beschrieb einen roten Bogen, als er sie an die Lippen hob. Die feurige rote Spitze glühte noch heller, als er daran zog, und in dem kurzen Aufleuchten konnte sie deutlich seine harten Züge, seine hervortretenden Wangenknochen wahrnehmen.

Aber er lehnte außerhalb des Lichtscheins aus ihrem Zimmer an der Balkonbrüstung. Ein weiches, silbriges Licht schien auf seine breiten Schultern; es kam von den zahlreich am Himmel stehenden Sternen. Er trug eine dunkle Hose, Jeans wahrscheinlich, aber sonst nichts.

Sie hatte keine Ahnung, wie lange er schon dort draußen stand, rauchte und sie schweigend durch die Balkontür beobachtete. Auf einmal stand ihr Körper unter Feuer, so lodernd, daß es fast wehtat. Langsam ließ sie den Kopf an die Sessellehne sinken und starrte ihn ebenfalls an. Auf einmal wurde sie sich überdeutlich bewußt, daß sie nichts unter ihrem

Nachthemd trug und daß er diesen Körper bereits kannte: die Brüste, die er geküßt, die Schenkel, die er auseinandergeschoben hatte. Ob auch er an jene Nacht dachte?

Warum schlief er nicht? Es war schon fast halb zwei.

Er drehte sich um und warf die Zigarette über die Brüstung ins taufeuchte Gras hinunter. Roannas Blick folgte unwillkürlich dem Feuerbogen, und als sie wieder aufsah, war er verschwunden.

Von dem Klappen seiner Tür bekam sie nichts mit. War er in sein Zimmer zurückgegangen, oder spazierte er noch auf dem Balkon herum? Da sie alles zugemacht hatte, konnte sie ohnehin nichts hören. Sie griff nach oben und knipste ihre Lampe aus. In der plötzlichen Dunkelheit wurde nun die Umgebung deutlich sichtbar, denn die Sterne schienen hell und silbrig herab. Er war nicht mehr da.

Zitternd kroch sie ins Bett zurück. Warum hatte er sie beobachtet? Hatte er es absichtlich getan, oder war er einfach nur nach draußen gegangen, um zu rauchen, und bemerkte dann das Licht bei ihr?

Sie sehnte sich qualvoll nach ihm und verschränkte die Arme vor ihren geschwollenen Brüsten. Es waren zwei Wochen vergangen seit jener Nacht in Nogales, und sie verzehrte sich danach, seine heiße, nackte Haut nochmals zu fühlen, sein Gewicht zu spüren, wie er sich über sie schob, in sie eindrang. Sie war schon längst nicht mehr wund zwischen den Schenkeln und wollte ihn wieder dort haben. Am liebsten wäre sie in der Stille der Nacht zu ihm gegangen, zu ihm ins Bett geschlüpft und hätte sich ihm geschenkt.

Der Schlaf war ihr nie ferner gewesen.

Als sie am nächsten Morgen das Arbeitszimmer betrat, musterte er sie mit einem scharfen Blick. Sie hatte Make-Up aufgelegt, um die dunklen Ringe unter ihren Augen zu kaschieren; aber er bemerkte ihre Bemühungen sofort. »Du hattest eine schlimme Nacht, oder?« fragte er brüsk. »Hast du überhaupt nicht geschlafen?«

Sie schüttelte den Kopf und achtete darauf, keine Emotionen zu zeigen, weil sie nicht wollte, daß er ihre Qualen durchschaute. »Nein, aber irgendwann kippe ich dann doch mal um. Ich bin daran gewöhnt.«

Er klappte die Akte zu, die offen auf dem Schreibtisch lag, drückte auf die Escape-Taste und schaltete den Computer aus. Entschlossen erhob er sich.

»Geh und zieh dich um«, befahl er. »Jeans und Stiefel. Wir gehen reiten.«

Das Wort *reiten* erfüllte sie urplötzlich mit Energie und Kraft. Trotz ihrer Erschöpfung klang ein Ausritt himmlisch. Ein Pferd unter sich zu fühlen, eine frische Brise im Gesicht, die Morgenluft einzuatmen! Keine Meetings, kein Zeitdruck. Doch dann fiel ihr ein, daß da doch ein Termin war, mehrere sogar, und sie seufzte. »Ich kann nicht. Ich muß …«

»Vergiß bitte den ganzen Kram«, unterbrach er sie. »Ruf an und sag, daß du nicht kommst. Heute wirst du nichts als ausspannen, das ist ein Befehl!«

Unschlüssig zögerte sie. Zehn Jahre lang hatte sie nur ihre Pflicht gekannt, das Geschäft – die Lücke zu füllen, die er hinterlassen hatte. Es war schwer, dem mir nichts dir nichts den Rücken zu kehren.

Er legte seine Hände auf ihre Schultern und schob sie zur Tür. »Das ist ein Befehl«, wiederholte er streng und gab ihr einen leichten Klaps auf den Po, um seinen Worten Gewicht zu verleihen. Es hätte ein Klaps sein sollen, doch wurde ein Streicheln daraus. Eilig zog er seine Hand zurück, bevor sie sich noch an die feste Rundung schmiegen konnte, die er dort fühlte.

Sie blieb an der Tür stehen und blickte blutübergossen zu ihm um. Weil er ihren Hintern getätschelt hatte? »Ich wußte gar nicht, daß du rauchst«, sagte sie.

»Tu ich normalerweise auch nicht. Ein Päckchen reicht mir gewöhnlich einen Monat oder länger. Oft muß ich sie wegwerfen, weil sie trocken geworden sind.«

Schon wollte sie ihn fragen, warum er dann letzte Nacht geraucht hatte, doch sie hielt sich zurück. Es ging nicht mehr, ihn mit persönlichen Fragen zu belästigen, so wie früher. Er hatte eine Menge Geduld mit ihr gehabt; aber mittlerweile wußte sie ja, daß sie ihm im Grunde nur auf die Nerven gefallen war.

Schwamm drüber, ohne ein weiteres Wort ging sie nach oben und zog sich um. Das Herz wurde ihr auf einmal viel leichter. Ein ganzer Tag Urlaub, den sie mit Reiten verbringen durfte! Einfach himmlisch!

Webb mußte im Stall Bescheid gegeben haben, denn Loyal erwartete sie bereits mit zwei gesattelten Pferden. Roanna warf ihm einen entsetzten Blick zu. Sie hatte sich immer selbst um ihr Pferd gekümmert, seit sie groß genug war, einen Sattel zu heben. »Ich hätte mich doch um alles gekümmert«, protestierte sie.

Loyal grinste sie an. »Klar! Aber ich dachte, ich erspare dir ein bißchen Zeit. Du reitest ohnehin viel zu wenig, da wollte ich dir ein paar Extraminuten verschaffen.«

Buckley, ihr früheres Lieblingspferd, war mittlerweile fünfzehn Jahre alt, und sie ritt ihn nur mehr auf einfachen Strecken. Das Pferd, das Loyal für sie ausgesucht hatte, war ein kräftiger Brauner, nicht gerade ein Ausbund an Geschwindigkeit, aber mit Beinen aus Eisen und einer gehörigen Portion Durchhaltevermögen. Webbs Pferd besaß, wie sie bemerkte, so ziemlich dieselben Eigenschaften. Loyal dachte offenbar, daß sie mehr als nur einen Spazierritt im Sinn hatten.

Webb kam aus einer der Boxen, wo er nach einem temperamentvollen Jährling schaute, der sich bei einer Balgerei mit einem Artgenossen eine leichte Verletzung am Bein zugezogen hatte. »Deine Salbe wirkt noch immer Wunder«, sagte er zu

Loyal. »Die Verletzung sieht aus, als wäre sie eine Woche alt anstatt zwei Tage.«

Er übernahm die Zügel, und sie schwangen sich in ihre Sättel. Roanna fühlte, wie sie eine Wandlung durchmachte, wie die alte Magie wieder über sie kam und sich ihre Muskeln automatisch an die Bewegungen anpaßten. Instinktiv verschmolz ihr Körper vom ersten Schritt an mit dem Rhythmus des Pferdes; seine Kraft und Stärke gingen in ihre anmutigen, schlanken Glieder über.

Webb hielt sein Pferd ein wenig hinter dem ihren, hauptsächlich weil er ihr beim Reiten zusehen wollte, und das bereitete ihm wahrhaftig Genuß. Sie war die beste Reiterin, die er je gesehen hatte, Punktum. Selbst machte er auch eine gute Figur und hätte sich mühelos für jede der beiden Disziplinen entscheiden können: Kunstspringen oder Rodeo – mit Erfolg! Aber Roanna war besser. Manchmal, etwa alle zehn Jahre einmal, tauchte ein Reiter auf der Bildfläche auf, dessen Grazie der Bewegungen alles andere in den Schatten stellte, der jede Veranstaltung, jeden Wettbewerb in ein Erlebnis verwandelte, und so war es, wenn man Roanna beim Reiten zusah. Selbst bei langsamem Tempo, so wie jetzt, wo sie bloß dahinschritten, paßte sich ihr Körper wie selbstverständlich den Bewegungen des Pferdes an. Unglaublich geschmeidig schaukelte sie im Sattel vor ihm her.

Ob sie ebenso aussah, wenn sie ihn ritt? Webb stockte der Atem. Würden ihre glatten Schenkel sich anspannen, würde sie sich erheben und langsam an seiner Erektion niedergleiten, so daß sie ihn mit einer einzigen, willigen Bewegung in sich aufnahm, während ihr Rücken sich anmutig wiegte.

Entschieden riß er sich zusammen, als er spürte, wie sich Hitze in seinen Lenden breitmachte, und er rückte seine Position zurecht. Beim Reiten einen Ständer zu bekommen war alles andere als empfehlenswert, aber die Vorstellungen in seinem Hirn bedrängten ihn hartnäckig. Jedesmal, wenn sein

Blick auf die Rundung ihres Hinterns fiel, dachte er daran, wie er ihn berührt und gestreichelt hatte, wie er sich mit harten, wilden Stößen in ihr vergraben hatte, wie er machtvoll in ihr gekommen war, daß er glaubte, es müßte ihn gleich zerreißen.

Er würde sich noch ernsthaften Ärger einhandeln, wenn er seine Gedanken nicht sofort in eine andere Richtung lenkte. Ungeduldig wischte er sich den Schweiß von der Stirn und riß seinen Blick mühsam von den perfekten Bewegungen ihres Hinterteils los. Statt dessen schaute er die Bäume an, die Ohren seines Pferdes, alles, außer sie, bis sich seine Vernunft zurückmeldete und er wieder bequem sitzen konnte.

Sie sprachen nicht. Roanna war ohnehin meistens still, und jetzt schien sie vollkommen in ihrem Ausflug aufzugehen – da wollte er sie nicht stören. Auch er genoß es in vollen Zügen. Seit dem Moment, an dem er Davenport betreten hatte, arbeitete er, ohne sich etwas Eingewöhnungszeit zu nehmen. Seine Augen waren vertraut mit der gewaltigen Weite Arizonas, mit den Bergketten am Horizont, dem endlosen blauen Himmel, den Kakteen und Dornenbüschen, Wolken, Staub und einer Luft, die so klar war, daß man fünfzig Meilen weit sehen konnte. Seine vorige Umgebung bestand aus trockener, sengender Hitze, trockenen Bachbetten, die sich wie aus dem Nichts füllten, wenn weiter oben, ihren Quellen zu, Regen fiel.

Er hatte ganz vergessen, wie verflucht *grün* hier alles war, alle Schattierungen von Grün, die es nur gab. Das Grün wanderte in seine Augen, in seine Poren. In der Luft lag Schwüle. Laub- und Nadelbäume wisperten in einer Brise, die so leicht war, daß er sie kaum spürte, Wiesenblumen nickten mit ihren leuchtend bunten Köpfen, Vögel flogen auf und sangen, Insekten summten.

Da traf es ihn auf einmal mit aller Wucht bis tief in sein Inneres! Er hatte eine ehrliche Liebe zu Arizona entwickelt und würde diesen Teil seines Lebens niemals aufgeben – aber das hier war seine *Heimat*. Hier lagen seine Wurzeln, generationentief, in der fruchtbaren Erde. Tallants lebten schon seit bald zweihundert Jahren hier und Hunderte von Jahren mehr, wenn man die Cherokee und Choctaw dazurechnete, mit denen sich seine Vorfahren vermischt hatten.

Er hatte erst gar kein Heimweh aufkommen lassen, als er Alabama verließ. Unbeirrt konzentrierte er sich damals auf seine Zukunft und auf das, was er mit seinen Händen als neue Bleibe aufbauen wollte. Doch nun, da er wieder zurückgekehrt war, kam es ihm vor, als wüchsen seiner Seele Flügel. Mit der Familie würde er schon fertigwerden, so mißlaunig und undankbar einige von ihnen auch sein mochten. Es gefiel ihm nicht, daß so viele Tallants auf Kosten von Davenports lebten und keinen verdammten Finger krumm machten, um sich ihre Unterkunft auch zu verdienen. Lucinda war die Verbindung zwischen den Davenports und den Tallants, und wenn sie starb ...

Er warf einen Blick auf die schlanke Gestalt, die vor ihm ritt. Die Familie war nicht fruchtbar gewesen, und der vorzeitige Tod mehrerer Mitglieder hatte ihre Reihen dezimiert. Roanna war die letzte der Davenports, und mit ihr würde die Linie aussterben.

Egal, was man ihm auch abverlangte, er würde das Erbe der Davenports für sie intakt halten.

Sie ritten stundenlang, dachten nicht einmal daran, zum Mittagessen zurückzukehren. Es gefiel ihm nicht, daß sie eine Mahlzeit ausließ; aber sie sah so entspannt aus, ihre Wangen besaßen eine so frische Röte, daß es zweifellos ein Labsal für ihre Gesundheit sein mußte. Von jetzt an würde er dafür sorgen, daß sie, wenn sie wollte, jeden Tag Zeit für einen Ausritt hatte – dasselbe konnte auch ihm nicht schaden.

Sie sprudelte nicht über vor Begeisterung, so wie früher, redete nicht ohne Punkt und Komma und brachte ihn nicht zum Lachen mit ihrem flinken, manchmal deftigen Humor.

Diese Roanna war ein für allemal verschwunden, dachte er mit einem schmerzlichen Stich. Es war nicht nur ihr Trauma, das sie in jene beherrschte, reservierte Frau verwandelt hatte, sondern sie war erwachsen geworden. In jedem Fall hätte sie sich geändert, wenn auch nicht so drastisch; die Zeit und das Übernehmen von Verantwortung machten einen Menschen reifer. Er vermißte die mutwillige Göre, aber die Frau zog ihn auf eine Weise an wie nie eine andere zuvor. Diese explosive Mischung aus Leidenschaft und Beschützerinstinkt trieb ihn noch in den Wahnsinn; er fühlte sich ständig zwischen beiden hin- und hergerissen.

Letzte Nacht war er am Balkon gestanden und hatte sie durchs Fenster beobachtet, wie sie las. Einsam hockte sie da im Schein ihrer Lampe in diesem riesigen Sessel, die Beine angewinkelt. Ihr kastanienbraunes Haar hatte in dem gedämpften Lichtschein rötlich gefunkelt. Ihr hochgeschlossenes Nachthemd bedeckte sie vom Hals bis zu den Zehen; doch er hatte durch den dünnen Stoff die Kreise ihrer Brustwarzen und die dunkle Stelle zwischen ihren Schenkeln erkennen können. Da wußte er, daß sie darunter nichts anhatte.

Sicherlich hätte er in ihr Zimmer gehen, vor dem Sessel hinknien und die Hände unter ihr Nachthemd schieben können, um ihren Po zu umfassen und sie nach vorn zu ziehen; sie hätte nicht protestiert. Bei dem Gedanken war er eisenhart geworden. Er hatte sich vorgestellt, wie es sich anfühlte, wenn sie auf seine Erektion niederglitt.

Plötzlich blickte sie auf, als ob sie die Intensität seiner Gedanken gespürt hätte. Ihre whiskeybraunen Augen richteten sich rätselhaft auf ihn. Ihre Nippel waren unter dem weißen Stoff ihres Nachthemds mit einem Mal zu kleinen Pfeilspitzen geworden.

Einfach so. Ein Blick von ihm und ihr Körper reagierte. Ein Blick, eine Erinnerung. Er hätte sie sofort haben können. Oder jetzt, dachte er, und betrachtete sie sinnend.

War sie schwanger?
Noch konnte man keinerlei Anzeichen erkennen; doch verspürte er den heftigen Wunsch, sie jetzt, im hellen Schein der Sonne, nackt auszuziehen, sie mit seinen großen Händen minutiös zu untersuchen, sich jeden Zentimeter ihrer Haut, ihres Körpers einzuprägen, damit ihm später aber auch jegliche Veränderung auffallen würde.

Allmählich wurde er verrückt.

Roanna zügelte ihr Pferd. Sie war erfrischt von dem Ritt, aber ihre Muskeln verrieten ihr, daß sie sie allzu lange vernachlässigt hatte. »Ich muß mir ein wenig die Beine vertreten«, sagte sie und stieg ab. »Mir fehlt tatsächlich die Übung. Du kannst weiterreiten, wenn du willst.«

Beinahe hoffte sie, daß er das tat; es kostete Mühe, mit ihm allein zu sein, in so perfektem Einklang mit ihm zu reiten wie früher. Allerdings war sie jetzt lockerer und daher nicht mehr so auf der Hut wie sonst. Bereits mehrmals hatte sie sich gerade noch bremsen können, eine neckische Bemerkung zu machen. Aber es war nicht leicht gewesen, und das strengte sie an. Ohne ihn würde sie sich noch besser erholen.

Doch er stieg ebenfalls ab und ging neben ihr her. Roanna warf ihm einen Seitenblick zu und sah dann rasch wieder weg. Er hatte die Kiefer zusammengepreßt und schaute starr geradeaus, als ob er es nicht ertragen könnte, sie anzusehen.

Ängstlich fragte sie sich, was sie wohl falsch gemacht hatte. Schweigend schritten sie dahin und führten die Pferde hinter sich her. Sie konnte überhaupt nichts falsch gemacht haben, beschwichtigte sie sich, wo sie doch kaum miteinander gesprochen hatten. Seine Verstimmung begriff sie nicht; aber sie war nicht mehr bereit, automatisch die Schuld auf sich zu nehmen, so wie früher immer.

Unvermutet legte er die Hand auf ihren Arm und brachte sie zum Halten.

Die Pferde blieben stehen und tänzelten unruhig hin und

her. Sie sah ihn fragend an und erstarrte. Seine tiefgrünen Augen glühten, doch das hatte nichts mit Zorn zu tun. Er stand sehr dicht vor ihr, so dicht, daß sie seinen Schweiß roch und sah, wie sich seine breite Brust unter den heftigen Atemzügen hob und senkte.

Die männliche Begierde, die er wellenförmig aussandte, traf sie wie ein Hammerschlag und brachte sie ins Wanken. Benommen fahndete sie nach ihrem Verstand, wich zurück, aber etwas in ihrem Innern reagierte wie von selbst. *Er wollte sie!* Ein unglaubliches Glücksgefühl durchströmte sie mit flüssiger Wärme, das all die traurigen Jahre mit einem Schlag fortwischte. Die Zügel entglitten ihren tauben Fingern und sie flog vorwärts, wie von einer unsichtbaren Kette gezogen, stellte sich auf die Zehenspitzen, schlang die Arme um seinen Hals und reckte ihm ihren weichen Mund entgegen.

Er zögerte, doch nur für eine Sekunde, dann ließ auch er die Zügel fallen, umfing sie und riß sie verzweifelt an sich. Mit verzehrender Leidenschaft bohrte sich seine Zunge tief in ihre warme Höhle. Er war wild, außer sich vor Lust, sein Kuß so besitzergreifend, daß er ihr wehtat, und mit den Armen drückte er ihr beinahe die Rippen ein. Sie fühlte die harte Wölbung in seinem Schoß, die sich an die weiche Falte zwischen ihren Schenkeln preßte.

Sie bekam keine Luft mehr; ihr wurde schwindlig, und sie fürchtete ohnmächtig zu werden. Abrupt löste sie ihren Mund von seinem, und ihr Kopf fiel zurück wie der einer Blume, deren Blüte zu schwer für den zarten Stengel war. Sie verbrannte vor Sehnsucht nach ihm, er konnte tun mit ihr, was er wollte, konnte sie nehmen, gleich hier, auf der Erde, ohne Decke, wie auch immer. Sie hielt es kaum mehr aus, so sehr verlangte sie nach ihm ...

»*Nein!*« stieß er heiser hervor, legte die Hände an ihre Hüften und stieß sie von sich. »Verdammt nochmal, nein!«

Ihr Schock war ein ebensolcher Schlag für sie wie sein

glühend leidenschaftlicher Blick vorhin. Roanna stolperte, weil ihr die Knie wegzuknicken drohten. Sie klammerte sich verzweifelt an die Mähne ihres Pferdes und überließ es dem großen Tier, ihr Gewicht zu stützen, während sie sich anlehnte. Mit kreidebleichem Gesicht starrte sie Webb an. »Was?« keuchte sie.

»Ich hab es dir gesagt«, meinte er wild. »Was in Nogales passiert ist, kommt nicht nochmal vor!«

Ihr Magen krampfte sich zusammen, und Übelkeit stieg in ihr auf. Himmel, sie hatte ihn mißverstanden, hatte den Ausdruck auf seinem Gesicht falsch gedeutet. Er wollte sie überhaupt nicht, war bloß zornig über irgend etwas gewesen. Sie sehnte sich so sehr nach ihm, wünschte sich so inbrünstig, daß er sie begehrte, daß sie alles ignoriert hatte, was er sagte, und nur noch ihren eigenen hoffnungslos naiven Sehnsüchten lauschte. Soeben hatte sie sich wieder mal zu einem Volltrottel gemacht und wäre vor Scham am liebsten im Boden versunken.

»Es tut mir leid«, stieß sie erstickt hervor und wich vor ihm zurück. Das gut trainierte Pferd machte es ihr nach. »Ich wollte nicht – ich weiß, ich hab versprochen – o *Gott*!« Mit diesem Verzweiflungsschrei warf sie sich aufs Pferd und galoppierte davon.

Zwar rief er ihr etwas hinterher, aber sie hielt nicht an. Tränen schossen ihr in die Augen, und sie beugte sich dicht über den Hals ihres Tieres. Sie glaubte nicht, ihm je wieder ins Gesicht sehen zu können, und wußte nicht, ob sie diese neuerliche Zurückweisung jemals überwand.

Webb starrte ihr nach; auch er war kreidebleich. Seine Arme hingen herunter, und er hatte die Hände zu Fäusten geballt. Er verwünschte sich, mit jedem Schimpfwort, das ihm in den Sinn kam. Kreuzdonnerwetter, blöder hätte er sich wirklich nicht verhalten können! Aber er sehnte sich schon den ganzen Tag geradezu qualvoll nach ihr, und als sie sich ihm so an den

Hals warf, da war seine Beherrschung vollends flöten gegangen. Blinde, zügellose Leidenschaft hatte ihn übermannt, und er hatte aufgehört zu denken, so standen die Dinge. Er hätte sie zu Boden gestoßen, gleich an Ort und Stelle genommen, sie in die Erde gerammt, wenn sie den Kuß nicht unterbrochen hätte; ihr Kopf war zurückgefallen wie der einer Puppe, und da hatte er erst gemerkt, wie grob er mit ihr umging.

In Nogales hatte er sie gezwungen, mit ihm ins Bett zu gehen, hatte Erpressung benutzt, um seine Lust zu befriedigen. Diesmal wäre er beinahe gewalttätig geworden. Er hatte sich noch einmal zusammengerissen, aber wirklich erst im letzten Moment. Herrje, war das knapp gewesen. Bei diesem Kuß hatte er nicht mal ihre Brüste berührt oder ihr irgendwas ausgezogen, und dennoch wäre er beinahe gekommen. Er konnte die Nässe des Vorsamens in seinem Slip spüren.

Und dann hatte er sie von sich gestoßen – Roanna, die bereits so viel Ablehnung erfahren hatte, daß sie lieber vollkommen versteinerte, als sich weiteren Verletzungen auszusetzen. Nur er besaß noch die Macht, ihr wehzutun, er war ihre einzige Schwäche, und aus rohem, blinden Frust hatte er sie von sich gestoßen. Er wollte ihr alles erklären, ihr sagen, daß er sie nicht noch einmal auszunutzen gedachte wie in Nogales. Dennoch mußte jene Nacht analysiert werden; er wollte sie fragen, wann ihre Periode fällig war und ob sie den Termin bereits überschritten hatte. Aber die ungeschickten Worte, zu denen er ansetzte, hatten sie erneut wie Dolche getroffen, und sie war geflohen, bevor er sich noch rechtfertigen konnte.

Es war sinnlos, hinter ihr herzujagen. Ihr Pferd war nicht gerade ein Flieger auf vier Beinen, aber seins ebensowenig. Sie hatte den Vorteil, nur etwa die Hälfte von dem zu wiegen, was er auf die Waage brachte, und war obendrein die wendigere Reiterin. Hinter ihr herzujagen bedeutete also reine Zeitverschwendung und bei dieser Hitze eine Tortur für sein Pferd.

Aber er mußte mit ihr reden, mußte etwas sagen, irgendwas, das den endgültig verlorenen Ausdruck ihrer Augen wiederbelebte.

Roanna ritt nicht zum Haus zurück. Sie wollte sich nur verstecken und Webb nie wieder gegenübertreten. Sie fühlte sich innerlich ganz wund und zerrissen, und der Schmerz war so frisch und scharf, daß sie einfach niemandem begegnen wollte.

Selbstverständlich konnte sie ihm nicht ewig aus dem Weg gehen. So lange Lucinda noch lebte, war sie an Davenport gebunden. Morgen, ja morgen, würde sie irgendwie die Kraft aufbringen, ihn zu begrüßen und so zu tun, als ob nichts geschehen wäre, als ob sie sich ihm nicht erneut buchstäblich an den Hals geworfen hätte. Morgen wäre ihre Fassade wieder an ihrem Platz und ihr Panzer zurechtgerückt; vielleicht würden sich ein paar Risse bemerkbar machen, dort, wo sie ihn geflickt hatte – aber die Wände würden halten. Sie würde sich entschuldigen und es damit auf sich beruhen lassen. Durchhalten, weitermachen!

Den Rest des Nachmittags trieb sie sich herum, machte an einem schattigen Bächlein halt, um ihr Pferd trinken und auf der saftigen Uferwiese grasen zu lassen. Sie setzte sich in den Schatten und versuchte an gar nichts zu denken, ließ einfach die Zeit verrinnen wie nachts, wenn sie allein war und sich die Stunden endlos vor ihr erstreckten. Alles ließ sich ertragen, wenn man einen Augenblick nach dem anderen hinnahm und keine Gefühle aufkommen ließ.

Aber als die purpurroten Schatten der Dämmerung die Welt um sie herum verdunkelten, wußte sie, daß sie es nicht länger hinausschieben konnte und bestieg zögernd ihr Pferd. Dann lenkte sie es zurück nach Davenport. Loyal erwartete sie bereits mit besorgter Miene.

»Alles in Ordnung mit dir?« fragte er. Webb mußte bei seiner Rückkehr in einer mörderischen Stimmung gewesen sein, aber Loyal bohrte nicht weiter nach; das war ihre Angelegenheit. Sie würde es ihm schon sagen, wenn sie wollte. Aber er wollte wenigstens wissen, ob sie physisch in Ordnung war, und Roanna brachte ein tapferes Nicken zustande.

»Ich bin okay«, sagte sie mit fester, wenn auch ein wenig heiserer Stimme. Komisch: sie hatte nicht geweint, aber an ihrer Stimme merkte man die Anspannung.

»Du gehst am besten gleich ins Haus«, sagte er mit sorgenvoll gerunzelter Stirn. »Ich kümmere mich schon um das Pferd.«

Nun, das war dann gleich zweimal an einem Tag. Ihre Fassade mußte löchriger sein, als sie vermutet hatte. Sie war jedoch so müde und niedergeschlagen, daß sie sich lediglich bedankte, bevor sie mit schweren Schritten zum Haus ging.

Sie überlegte, ob sie sich über die Außentreppe hineinschleichen sollte, doch irgendwie kam ihr das zu mühsam vor. Ich habe mich schon viel zu oft in meinem Leben vor etwas gedrückt, dachte sie, statt mich den Dingen zu stellen. Also trat sie durch die Vordertür ein und nahm die Haupttreppe nach oben. Kaum, daß sie einige Stufen erklommen hatte, hörte sie das Geräusch von Stiefelschritten und Webbs Stimme aus der Diele: »Roanna, wir müssen miteinander reden!«

Es kostete sie alle Kraft, die sie noch besaß; doch sie schaffte es, sich umzudrehen und ihn anzublicken. Er sah sogar noch angespannter aus, als sie sich fühlte. Auf dem untersten Absatz stand er, gleichsam marschbereit, als ob er sie sich schnappen wollte, wenn sie nicht gehorchte. Sein Blick war wachsam, sein Mund zu einer dünnen Linie zusammengepreßt.

»Morgen«, sagte sie leise und wandte sich ab ... er ließ sie gehen. Mit jedem Schritt erwartete sie, seine Verfolgung zu hören – aber sie erreichte ungehindert das obere Stockwerk und dann ihr Zimmer.

Sie duschte ausgiebig, zog sich an und eilte zum Abendessen hinunter. Wenn es nach ihr gegangen wäre, hätte sie sich am liebsten verkrochen, so wie sie vorher die Hintertreppe nehmen wollte; aber diese Zeiten waren endgültig vorbei. Kein Verstecken mehr, ermahnte sie sich. Ab sofort stellte sie sich den Dingen, egal was kommen mochte, sie würde damit fertigwerden, und dann war sie frei.

Webb beobachtete sie während des Dinners mit brütendem Gesichtsausdruck; doch danach versuchte er nicht, sie in ein Vieraugengespräch zu drängen. Sie war furchtbar müde, so erschöpft wie noch nie; doch nach allem, was heute passiert war, glaubte sie kaum, auch nur eine Sekunde Schlaf zu finden. Dennoch wollte sie sich hinlegen, mußte es unbedingt. Sie sagte Gute Nacht und zog sich still zurück.

Sobald sie sich auf ihrem bequemen Lager ausgestreckt hatte, fühlte sie, wie die eigenartige Schwere der Schläfrigkeit sie überkam. Ob es nun an dem Ausritt lag, an dem Schlafmangel der letzten Tage, am Streß oder an einer Mischung aus allem, jedenfalls fiel sie sofort in einen tiefen Schlaf.

Sie merkte nicht, als Webb leise durch die Balkontür in ihr Zimmer trat, um nach ihr zu sehen, ihrem regelmäßigen Atem zu lauschen und um sie ein wenig zu betrachten, bevor er sich ebenso behutsam wieder zurückzog. In dieser Nacht lag sie eindeutig nicht wach, um dem langsamen Weg des Uhrzeigers zuzusehen.

Sie merkte nicht, wie sie anfing zu träumen; nie erinnerte sie sich an ihre Träume.

In den dunkelsten Stunden der Nacht richtete sie sich auf und verließ das Bett. Ihre Augen waren offen, aber eigenartig blicklos, ihre Schritte ruhig. Ganz ohne Hast ging sie zur Tür und öffnete sie. Ihre nackten Füße glitten sicher und geräuschlos über den dicken Teppich. In ihrem dünnen weißen Nachthemd sah sie aus wie ein Geist.

Sie merkte nichts, bis auf einmal ein scharfer Schmerz in ihrem Kopf explodierte und wie aus weiter Ferne ein Schrei ertönte; dann umfing sie schwarze Nacht.

17

Webb erwachte schlagartig und schoß wie von der Tarantel gestochen aus dem Bett; die entsetzliche Gewißheit, Roannas Stimme gehört zu haben, durchzuckte ihn, doch der Schrei war nicht aus ihrem Zimmer gekommen. Er langte nach seinen Jeans, stieg hastig hinein und zog den Reißverschluß hoch, während er auch schon zur Tür rannte. Von der Treppe her mußte der Hilferuf gekommen sein. Hatte sie sich womöglich verletzt …?

Die anderen waren ebenfalls aufgewacht. Er hörte ein Gewirr von Stimmen, sah, wie die Lichter in den Zimmern angingen, wie sich Türen öffneten. Gloria streckte ihren Kopf heraus, als er gerade an ihr vorbeirannte. »Was ist los?« fragte sie ängstlich.

Webb nahm sich nicht lange die Zeit zu antworten, sondern wollte sich nur so schnell wie möglich einen Überblick verschaffen. Dann sah er sie leblos wie eine Puppe daliegen, nicht weit von ihm entfernt in dem Flur, der im rechten Winkel abzweigte. Er schaltete das Deckenlicht ein, und der Kristallüster strahlte so hell, daß er einen Moment völlig geblendet war. Dann blieb ihm fast das Herz stehen. Blut, dunkles dickes Blut rann aus ihrem Haar in den Teppich.

Vom Fuße der Treppe drang Geschepper zu ihm herauf, als ob jemand über etwas gestolpert wäre.

Da sah er Brock schläfrig blinzelnd in seiner offenen Tür stehen; er schien noch nicht ganz aufgewacht zu sein. »Brock«, zischte er. »Schau mal nach!«

Sein Cousin blinzelte nochmal, dann glitt ein Ausdruck des Verstehens über sein Gesicht. Ohne ein weiteres Wort rannte er die Treppe hinunter. Greg, der ebenfalls aufgetaucht war, folgte seinem Sohn.

Webb kniete bei Roanna nieder und preßte sanft zwei Finger an ihre Halsschlagader. Er wagte kaum zu atmen. Panik schwoll in ihm an wie ein Ballon und drohte ihn zu ersticken. Dann fühlte er ihren Puls unter seinen Fingern. Er war überraschend kräftig, und ihm wurde ganz schwach vor Erleichterung. Das lauter werdende Stimmengewirr ignorierte er, und drehte Roanna vorsichtig auf den Rücken. Harlan riß wie immer lautstark seine Klappe auf, Gloria und Lanette klammerten sich hysterisch aneinander und Corliss glotzte mit weitaufgerissenen Augen Roannas leblose Gestalt an.

Lucinda kämpfte sich durch den Ring, der sich gebildet hatte, und sank schwer neben Webb nieder. Ihr Gesicht war ganz grau; wie eine Ertrinkende klammerte sie sich an seinen Arm. »Roanna!« flüsterte sie erstickt. »Sag mir, ist sie …?«

»Nein, sie lebt.« Er wollte sagen, daß sie bloß eins über den Schädel bekommen hatte, doch ihr konnte mehr fehlen als das. Sie hatte das Bewußtsein noch nicht wiedererlangt, und erneut wallte die Angst in ihm auf. Ungeduldig ließ er den Blick über Gloria und Lanette schweifen, die sich gegenseitig in immer größere Hysterie trieben. Die waren absolut unbrauchbar. Sein Blick blieb auf Corliss haften.

»Corliss! Ruf den Notarzt und auch den Sheriff.« Sie starrte ihn nur an und rührte sich nicht. »Beweg' dich!« bellte er. Krampfhaft schluckend huschte sie zurück in ihr Zimmer. Webb hörte, wie sie mit hoher Stimme in den Hörer jaulte.

»Was ist passiert?« ächzte Lucinda und strich Roanna mit zitternden Fingern übers Gesicht. »Ist sie gestürzt?«

»Ich glaube, sie hat einen Einbrecher überrascht«, sagte Webb mit zugleich zornbebender und besorgter Stimme; auch seine Angst, die er nur mühsam unterdrückte, war deutlich daraus zu hören. Am liebsten hätte er Roanna in seine Arme genommen und nie mehr losgelassen; aber sein gesunder Menschenverstand sagte ihm, daß es besser wäre, sie nicht zu bewegen.

Sie blutete unaufhörlich. Der Fleck auf dem Teppich vergrößerte sich zusehends.

»Corliss!«, brüllte er. »Bring eine Decke und ein sauberes Handtuch!«

Einen Augenblick später war sie zur Stelle. Stolpernd, weil sie sich in der Decke verfangen und gleichzeitig versucht hatte, einen Morgenmantel über ihr reichlich knappes Nachthemdchen zu ziehen, reichte sie ihm das Gewünschte. Webb wickelte Roanna behutsam ein, faltete dann das Handtuch zusammen und schob es so vorsichtig wie möglich unter ihren Hinterkopf, so daß sie weicher lag und auch die Blutung ein wenig gestoppt wurde.

»K-kommt sie w-wieder in Ordnung?« fragte Corliss mit klappernden Zähnen.

»Das hoffe ich«, antwortete er grimmig. Eine Faust rammte sich in sein Herz. Und wenn nun doch etwas Schlimmes geschehen war? Was würde er dann tun?

Lucinda sackte um, weil ihre Beine sie nicht mehr tragen wollten. Sie vergrub das Gesicht in den Händen und schluchzte bitterlich.

Gloria hörte sofort auf zu heulen, wie eine Sirene, die abrupt abgestellt wird. Sie ging neben ihrer Schwester in die Knie und nahm sie in die Arme. »Natürlich wird alles gut, ganz bestimmt«, sagte sie wieder und wieder und strich Lucinda übers weiße Haar.

Roanna regte sich und stöhnte leise. Sie versuchte, die Hand an den Kopf zu heben. Da sie jedoch weder die Kraft noch die Kontrolle besaß, fiel ihr Arm leblos auf den Teppich zurück. Webbs Herz machte einen wilden Satz. Er ergriff ihre Hand und hielt sie ganz fest. »Roanna?«

Bei seinen Worten riß Lucinda sich von Gloria los und kroch hektisch näher. Auf ihrem Gesicht zeichneten sich sowohl Schrecken als auch Hoffnung ab.

Roanna holte zweimal tief Luft, dann flatterten ihre Lider

auf. Ihr Blick war noch ganz verwirrt und benebelt, aber sie kam langsam wieder zu sich, und das war das Wichtigste.

Webb mußte einen Kloß hinunterschlucken. »Roanna«, flehte er und beugte sich über sie. Mühsam versuchte sie, sich auf ihn zu konzentrieren – sie blinzelte.

»Du siehst schwammig aus«, murmelte sie.

Vor lauter Herzklopfen bekam er kaum Luft. Er legte ihre Hand an seine stoppelige Wange. »Ja, ich weiß. Hab in letzter Zeit nicht viel Schlaf gekriegt.«

»Das – meine – ich – nicht«, lallte sie. Sie holte noch einmal tief Luft, als ob sie total erschöpft wäre. »... deine vier Augen ...«

Lucinda schluckte die Tränen herunter; mit einem erstickten Lachen ergriff sie Roannas andere Hand.

Roanna runzelte die Stirn. »Mein Kopf tut weh«, verkündete sie mühsam und machte die Augen wieder zu. Sie sprach jetzt deutlicher. Wieder versuchte sie, sich an den Kopf zu greifen, aber sowohl Webb als auch Lucinda hielten eine Hand fest, und keiner von beiden schien sie loslassen zu wollen.

»Das muß er wohl«, sagte Webb und zwang sich zur Ruhe. »Du hast eine höllische Beule abgekriegt.«

»Bin ich gestürzt?« murmelte sie.

»Höchstwahrscheinlich«, erwiderte er, weil er sie nicht unnötig beunruhigen wollte, bevor er etwas Genaues wußte.

Brock und Greg kamen keuchend die Treppe hochgestampft. Brock trug nur Jeans; den Reißverschluß hatte er zwar zugemacht, aber der Knopf stand noch offen. Seine breite Brust war schweißnaß. Er hatte sich von irgendwo einen Schürhaken geschnappt, und Greg hatte die Zeit genutzt, sich mit der Jagdflinte vom Wohnzimmerkamin zu bewaffnen. Webb blickte sie fragend an, und sie schüttelten die Köpfe. »Er ist weg«, formte Gregs Mund unhörbar.

In der Ferne ertönte Sirenengeheul. Greg sagte: »Ich bring die hier wohl besser wieder an ihren Platz, bevor der Sheriff kommt. Ich werde sie reinlassen.« Er marschierte los, um die Flinte wieder über den Kamin zu hängen, damit nicht etwa ein überängstlicher Deputy zu ballern anfing, bevor er etwas erklären konnte.

Roanna versuchte sich aufzusetzen. Webb drückte sie an der Schulter zurück. Es erschreckte ihn, wie leicht das ging. »O nein, das funktioniert nicht! Du wirst schön hier liegenbleiben, bis der Notarzt da ist und seine Anweisungen gibt.«

»Mein Kopf tut weh«, sagte sie fast aufsässig.

Es war so lange her, seit er zum letzten Mal diesen Ton bei ihr gehört hatte, daß er trotz seiner panischen Angst, die erst jetzt langsam nachließ, grinsen mußte. »Ich weiß, mein Schatz. Aufsetzen macht es aber nur noch schlimmer. Bleib ruhig liegen.«

»Ich will jetzt aufstehen.«

»Gleich. Laß erst den Arzt nach dir sehen.«

Sie stieß einen ungeduldigen Seufzer aus. »Na, meinetwegen.« Doch bevor die Sirenen mit der Ankunft der Wagen abgeschaltet wurden, versuchte sie bereits wieder, sich aufzusetzen, und da wußte er, daß sie noch desorientiert war. Das hatte er zuvor schon bei anderen Verletzten beobachtet; es war ein Instinkt: Aufstehen und sich so schnell wie möglich vom Ort der Gefahr entfernen!

Er hörte, wie Greg die Lage schilderte, während er eine wahre Parade von Leuten hinter sich her in den ersten Stock schleppte. Sechs Mann waren mit dem Notarztwagen gekommen und mindestens ebensoviele Deputies; außerdem waren noch mehr unterwegs, wie man aus dem nichtendenwollenden Sirenengeheul schließen konnte.

Webb und Lucinda wurden ohne viel Federlesens beiseitegeschoben, und vier Männer und zwei Frauen vom Notfalldienst scharten sich um Roanna. Webb wich zur Wand zurück. Lucinda klammerte sich zitternd an ihn, und er legte liebevoll den Arm um sie. Als sie sich mit ihrem ganzen Gewicht an ihn lehnte, merkte er, wie zerbrechlich ihr einst kräftiger Körper sich anfühlte.

Noch mehr Deputies erschienen auf der Bildfläche und mit ihnen der Sheriff. Booley Watts befand sich jetzt im Ruhestand; aber der neue Sheriff, Carl Beshears, war neun Jahre lang Booleys Stellvertreter gewesen, bevor er selbst zum Sheriff gewählt wurde; auch an Jessies Fall hatte er seinerzeit schon mitgearbeitet. Er war ein kompakter, muskulöser Mann mit eisgrauen Haaren und einem mißtrauischen Blick. Booleys Stil war der eines netten Onkels gewesen, ganz Südstaaten-Charme und Gutmütigkeit; Beshears war brüsker, kam gleich zur Sache, obwohl auch er hatte lernen müssen, seinen Kasernenhofstil, den er bei den Marines eingetrichtert bekommen hatte, ein wenig zu modifizieren. Er begann damit, die Familie um sich zu sammeln und ein wenig beiseite zu führen. »Leute, wir wollen dem Notarzt nicht im Weg stehen, nicht wahr? Die kümmern sich schon um Miss Roanna.« Sein stahlharter Blick fiel auf Webb. »Also, was ist hier vorgefallen?«

Bis jetzt waren Webb die Ähnlichkeiten zwischen dieser Situation und dem Geschehnis vor zehn Jahren mit Jessie noch gar nicht aufgefallen. Er hatte sich ausschließlich auf Roanna konzentriert, hatte sich um sie geängstigt und um sie gekümmert. Die alte, kalte Wut glimmte wieder in ihm auf, als ihm klarwurde, daß Beshears also ihn im Verdacht hatte.

Unter Aufbietung aller Kräfte beherrschte er sich, denn jetzt war nicht der Zeitpunkt für eine Szene. »Ich hörte, wie Roanna schrie«, sagte er so ruhig wie möglich. »Es kam von vorne, vom Treppenabsatz her, und ich hatte Angst, daß sie, ohne das Licht anzumachen, durchs Haus gegangen und runtergefallen war. Aber als ich hinkam, lag sie am Boden, so wie jetzt.«

»Woher wußten sie, daß es Roanna war, die geschrien hat?«

»Ich wußte es einfach«, antwortete er gepreßt.

»Sie glaubten nicht, daß jemand anders im Haus aufgestanden sein könnte?«

Lucinda, die das unüberhörbare Mißtrauen in Beshears Stimme hörte, riß sich aus ihrer Erstarrung. »Das gibt es nicht«, sagte sie in festem Ton. »Roanna leidet unter Schlaflosigkeit. Wenn nachts jemand im Haus herumgeistert, dann sie.«

»Aber sie waren wach«, sagte Beshears zu Webb.

»Nein, ich bin aufgewacht, als ich sie schreien hörte.«

»Wir alle sind davon aufgewacht«, mischte sich Gloria ein. »Roanna litt eine Zeitlang unter Alpträumen, und ich dachte, sie hätte wieder einen gehabt. Webb rannte gerade an meiner Tür vorbei, als ich rausschaute.«

»Sind Sie sicher, daß es Webb war?«

»Ich weiß es«, meinte Brock energisch und blickte dem Sheriff gerade in die Augen. »Weil ich direkt hinter ihm war.«

Beshears sah ein wenig frustriert drein, mußte dann jedoch mit einem Schulterzucken einräumen, daß wohl doch keine Verbindung zwischen den beiden Vorfällen bestand. »Also ist sie gestürzt oder nicht? In der Zentrale sagte man, sie haben nach dem Notarzt *und* der Polizei verlangt.«

»Gerade als ich sie fand, hörte ich unten ein Geräusch«, berichtete Webb.

»Was für ein Geräusch?« Beshears' Gesichtsausdruck war mit einem Schlag wieder wachsam.

»Ich weiß nicht ... so, als ob etwas runtergefallen wäre.« Webb sah Brock und Greg an.

»Brock und ich sind nach unten gerannt«, übernahm Greg das Wort. »Eine Wohnzimmerlampe war umgestoßen. Ich raste nach draußen, während Brock sich im übrigen Haus umsah.« Er zögerte unentschlossen. »Mir kam es so vor, als sähe ich jemanden davonlaufen, aber ich bin mir nicht sicher. Meine Augen hatten sich noch nicht an die Dunkelheit gewöhnt.«

»In welche Richtung?« fragte Beshears rasch und winkte auch schon einem Deputy.

»Nach rechts, Richtung Highway.«

Der Deputy trat heran und Beshears wandte sich an ihn. »Nehmt eure Taschenlampen und überprüft mal den Hof auf der gegenüberliegenden Seite der Auffahrt. Das Gras ist taufeucht; wenn also jemand über die Wiese gelaufen ist, dann sieht man es noch. Es ist möglich, daß ein Einbrecher im Haus war.« Der Deputy nickte und verschwand mit ein paar seiner Kollegen.

Einer der Notärzte kam herbei. Er war offenbar aus dem Bett geholt worden; auf dem Kopf hatte er eine Baseballmütze, und seine Augen waren etwas verquollen. Seinem scharfen Blick entging jedoch nichts. »Es ist halb so schlimm, wie es aussieht«, sagte er, »aber ich möchte trotzdem, daß man sie im Krankenhaus gründlich durchcheckt; außerdem muß die Kopfwunde genäht werden. Sieht so aus, als hätte sie eine leichte Gehirnerschütterung davongetragen. Die werden sie wohl für vierundzwanzig Stunden zur Beobachtung dabehalten wollen.«

»Ich werde sie begleiten«, sagte Lucinda, doch dann wankte sie auf einmal, und Webb mußte sie festhalten.

»Legen Sie sie auf den Boden«, sagte der Arzt und streckte ebenfalls die Hand nach ihr aus.

Aber Lucinda wimmelte alle Hilfe ab und richtete sich alleine auf. Sie sah nach wie vor ziemlich grau aus, funkelte die beiden jedoch grimmig an. »Junger Mann, ich werde mich nicht auf den Boden legen. Ich bin alt, und ich habe mich aufgeregt, das ist alles. Kümmern Sie sich um Roanna und vergeuden Sie ihre Zeit nicht mit mir.«

Er konnte sie schlecht ohne ihre Erlaubnis abhorchen, und das wußte sie. Webb blickte die kleine, gebeugte Gestalt an; vielleicht sollte er sie einfach hochheben und selbst ins Krankenhaus verfrachten, damit ein Arzt nach ihr schaute. Sie mußte seine Gedanken erraten haben, denn sie blickte zu ihm auf und lächelte schief. »Kein Grund zur Sorge«, winkte sie ab. »Roanna braucht Hilfe, nicht ich.«

»Ich werde sie ins Krankenhaus begleiten, Tante Lucinda«, sagte Lanette zur allgemeinen Überraschung. »Du mußt dich ausruhen. Du und Mama, ihr bleibt hier. Ich ziehe mir etwas an, dann könnt ihr inzwischen Roannas Sachen heraussuchen.«

»Ich fahre«, sagte Webb. Lucinda wollte schon protestieren, aber Webb legte den Arm um sie. »Lanette hat recht, du brauchst Ruhe. Du hast gehört, was der Arzt gesagt hat: es sieht schlimmer aus, als es ist. Wenn sie sich in Lebensgefahr befände, wäre es etwas anderes! Lanette und ich bleiben bei ihr.«

Lucinda umklammerte seine Hand. »Du rufst mich vom Krankenhaus an, ja? Läßt mich mit ihr reden?«

»Sobald sie dort auf Station ist«, versprach er. »Man wird sie wohl zuerst röntgen, nehme ich an, und das kann eine Weile dauern. Und vielleicht ist ihr dann nicht nach Reden zumute«, warnte er. »Roanna wird höllische Kopfschmerzen haben.«

»Sag' mir einfach, wie es um sie steht.«

Nach diesen Worten machten sich Lucinda und Gloria über den langen Flur auf den Weg zu Roannas Zimmer, um die paar Sachen zusammenzusuchen, die sie für einen kurzen Aufenthalt im Krankenhaus benötigen würde. Webb und Lanette gingen ebenfalls los, um sich anzukleiden. Er brauchte dafür weniger als zwei Minuten und kam gerade wieder heraus, als man Roanna auf eine Transportbahre legte.

Sie war jetzt bei vollem Bewußtsein. Mit schreckgeweiteten Augen blickte sie ihn an. Er nahm ihre kalten Finger in seine warme Hand. »Das gefällt mir nicht«, sagte sie ängstlich. »Wenn ich genäht werden muß, dann kann ich doch selbst zur Notaufnahme fahren. Ich will nicht auf einer *Bahre* hingebracht werden.«

»Du hast eine Gehirnerschütterung«, erläuterte er, »und kannst nicht fahren.«

Seufzend gab sie nach. Er drückte tröstend ihre Hand. »Lanette und ich kommen mit. Wir fahren gleich hinter euch.«

Sie protestierte nicht mehr, und er wünschte beinahe, sie täte es doch. Erneut überfiel ihn Panik. Rings um die blutigen Stellen war sie kreidebleich. Das dunkle, fast schwarze Blut zog sich von der Kopfwunde in ihrem Haar über eine Gesichtshälfte und ihren Hals.

Lanette eilte mit einer kleinen Reisetasche herbei. Sie kam gerade rechtzeitig, um zu sehen, wie Roannas Trage in den Notarztwagen geschoben wurde. »Ich bin fertig«, sagte sie zu Webb, der sich daraufhin sofort zur Garage begab.

Sheriff Beshears ging neben Webb her. »Die Jungs haben Spuren im Gras gefunden«, sagte er. »Sieht aus, als ob jemand über die Wiese gelaufen wäre. Abgesehen davon haben wir Kratzer am Küchenschloß entdeckt. Miss Roanna kann noch von Glück sagen, wenn sie wirklich einen Einbrecher überrascht hat und mit einer harmlosen Kopfwunde davongekommen ist.«

Wenn er daran dachte, wie sie dagelegen hatte, die leblose Gestalt mit dem Kopf in einer Blutlache, dann stellte er, Webb, sich unter *Glück* etwas anderes vor.

»Ich komme später ins Krankenhaus, um ein paar Fragen an sie zu richten«, fuhr der Sheriff fort. »Inzwischen werden wir uns hier noch umsehen.«

Die Ambulanz verließ die Auffahrt. Webb wandte sich ab und schritt eilig zur Garage, wo Lanette ihn bereits erwartete.

Es dauerte mehrere Stunden, inklusive eines Schichtwechsels, bevor Roanna geröngt, genäht und in ein Privatzimmer des Helen-Keller-Hospitals verlegt worden war. Webb wartete ungeduldig im Gang, während Lanette ihr beim Waschen und in ein frisches Nachthemd half.

Die Morgensonne schien bereits hell durchs Fenster, als

Webb endlich den Raum betreten durfte. Sie lag im Bett und sah beinahe wieder normal aus, jetzt wo das meiste Blut weggewaschen war. In ihren Haaren klebten zwar noch die Krusten, doch darum konnte man sich später kümmern. Ein weißes Mullpflaster bedeckte die Wunde und wurde mit Gazebandagen um ihren Kopf festgehalten. Sie war ziemlich blaß, aber alles in allem bestand kein Grund zur Besorgnis.

Er setzte sich vorsichtig auf die Bettkante, immer darauf bedacht, sie ja nicht zu erschüttern. »Der Doktor hat uns angewiesen, dich jede Stunde aufzuwecken. Ganz schön höllisch für jemanden, der unter Schlafproblemen leidet, stimmt's?« neckte er sie.

Sie lächelte nicht, wie er gehofft hatte. »Ich glaube, ich erspare euch die Mühe, und bleibe einfach wach.«

»Kannst du telefonieren? Lucinda plagen lauter Schreckgespenster.«

Vorsichtig schob sie sich höher. »Es geht mir gut, hab bloß Kopfschmerzen. Wählst du bitte die Nummer für mich?«

Bloß Kopfschmerzen, weil ihr so ein Bastard eins über den Schädel gehauen hat, dachte er grimmig und nahm den Hörer ab. Er wählte die Null für eine Außenleitung und dann die Nummer von Davenport. Sie dachte immer noch, sie wäre gestürzt, und bisher hatte sie niemand eines besseren belehrt. Sheriff Beshears würde nicht viel aus ihr herausbekommen.

Roanna telefonierte kurz, versicherte, daß es ihr gutging, was eine blanke Lüge war, dann gab sie den Hörer an Webb zurück. Er wollte Lucinda selbst noch beruhigen, doch zu seiner Überraschung war Gloria in der Leitung.

»Lucinda hatte einen Schwächeanfall, als ihr weg wart«, teilte sie ihm mit. »Sie ist zu dickköpfig, um sich ins Krankenhaus bringen zu lassen; aber ich habe ihren Hausarzt angerufen, und er wird nachher vorbeischauen.«

Er warf einen Blick auf Roanna; das letzte, was sie im Moment brauchen konnte, waren auch noch Sorgen um Lucinda.

»Kümmere dich um sie«, sagte er kurz, drehte sich dann von Roanna weg und fügte leise, so daß sie ihn nicht hören konnte, hinzu: »Ich werde den anderen vorläufig nichts sagen, also schweig du auch solange. Ich ruf' in ein paar Stunden nochmal an, um zu sehen, wie es ihr geht.«

Gerade legte er den Hörer auf, als Sheriff Beshears hereinplatzte und sich in einen der beiden Stühle sinken ließ. Lanette saß in dem anderen. Webb wollte ohnehin nicht sitzen, er wollte ganz nahe am Bett sein.

»Nun, Sie sehen schon viel besser aus«, sagte Beshears zu Roanna. »Wie fühlen Sie sich?«

»Ich glaube nicht, daß ich heute abend in die Disko gehe«, sagte sie auf ihre ernste Art, und er lachte.

»Verständlich! Ich möchte Ihnen ein paar Fragen stellen, wenn Sie nichts dagegen haben.«

Sie blickte ihn verblüfft an. »Aber bitte!«

»Woran können Sie sich in bezug auf letzte Nacht noch erinnern?«

»Als ich gestürzt bin? An nichts. Ich weiß nicht, wie es passiert ist.«

Beshears warf Webb einen raschen Blick zu, und dieser schüttelte unmerklich den Kopf. Der Sheriff räusperte sich. »Also, die Sache ist die, sie sind nicht gestürzt. Sieht aus, als wäre letzte Nacht jemand eingebrochen, und wir nehmen an, daß Sie ihn überrascht haben.«

Roanna war zuvor schon blaß gewesen, doch nun wurde sie kalkweiß. Ihr Gesicht nahm einen angespannten, ängstlichen Ausdruck an. »Jemand hat mir auf den Kopf geschlagen«, murmelte sie. Mehr sagte sie nicht. Sie lag vollkommen bewegungslos da. Webb, der sie genau beobachtete, hatte den Eindruck, daß sie sich definitiv in sich selbst zurückzog, und das gefiel ihm ganz und gar nicht. Entschieden nahm er ihre Hand und drückte sie, um ihr zu sagen, daß sie nicht allein war; mochte doch Beshears davon halten, was er wollte.

»Sie können sich an *überhaupt nichts mehr* erinnern?« beharrte der Sheriff, obwohl sein Blick kurz über die verschlungenen Hände flackerte. »Ich weiß, daß Sie im Moment ziemlich durcheinander sind; aber vielleicht haben Sie ihn ja doch kurz gesehen und nur noch nicht daran gedacht. Wir wollen die Sache der Reihe nach angehen. Wissen Sie noch, wie Sie Ihr Zimmer verließen?«

»Nein«, erwiderte sie tonlos. Die Hand, die Webb hielt, lag unbewegt in der seinen. Früher einmal hätte sie sich an ihm festgehalten, aber jetzt nicht mehr. Weder schien sie ihn zu brauchen, noch wollte sie mehr in seiner Nähe sein. Vor wenigen Stunden war sie offen und verletzlich gewesen, da schien seine Anwesenheit sie getröstet, schien sie ihn gebraucht zu haben. Doch nun verschloß sie sich wieder, brachte emotionale Distanz zwischen sich und ihn, selbst wenn sie rein äußerlich keinen Versuch machte, ihm ihre Hand zu entziehen. Lag es an dem gestrigen Ereignis oder an etwas anderem, etwas, das mit dem nächtlichen Überfall zu tun hatte? Hatte sie am Ende doch irgendeinen Fetzen im Gedächtnis? Warum wollte sie dann dem Sheriff nichts darüber sagen?

»Was ist das letzte, woran sie sich erinnern?« fragte Beshears.

»Wie ich ins Bett ging.«

»Ihre Leute sagen, sie leiden unter Schlaflosigkeit. Vielleicht waren sie ja wach, haben etwas gehört und sind aufgestanden, um nachzusehen.«

»Ich erinnere mich nicht«, sagte sie. Die Anspannung in ihrem Gesicht war jetzt noch deutlicher.

Er seufzte und erhob sich. »Nun, lassen Sie sich mal deswegen keine grauen Haare wachsen. Eine Menge Leute wissen zunächst nicht mehr, was passierte, bevor sie eins über die Birne bekamen – aber manchmal fällt es einem später wieder ein. Ich werde nochmal auf Sie zukommen, Miss Roanna.

Webb, könnten wir bitte draußen noch ein paar Dinge besprechen!«

Webb schloß sich ihm an, und Beshears schlenderte den Gang entlang in Richtung Aufzug. »Wir haben die Spur durch den Garten und über die Wiese bis zu dem Feldweg verfolgt, der gleich nach der Davenportausfahrt vom Highway abzweigt«, sagte er. »Ich nehme an, dort hatte er seinen Wagen abgestellt; aber durch diese wochenlange Dürreperiode war die Erde zu hart, um irgendwelche Spuren erkennen zu können. Sicherheitshalber haben wir ein paar Hunde angesetzt, und die sind der Spur ebenfalls bis zu dem Feldweg gefolgt; aber danach war Sense. Ein sehr praktisches Versteck! Das Gebüsch ist so dicht, daß man nicht mal was sehen könnte, wenn das Auto zwanzig Meter weiter hinten geparkt wäre – auch nicht am hellichten Tag, geschweige denn bei Nacht.«

»Er hat sich durch die Küchentür reingeschmuggelt?«

»So sieht es aus. Andere Einbruchsspuren gibt es nicht.« Beshears schnaubte. »Ich hielt ihn zunächst für einen Schwachkopf, weil er nicht eine dieser schicken Glastüren genommen hat, die ihr ja überall im Haus habt – aber vielleicht war er doch nicht so dumm. Wenn man es genau bedenkt, ist die Küche der beste Eingang. Alle liegen oben im Bett und schlafen; also wird er wohl kaum riskieren wollen, jemanden aufzuwecken, indem er durch eine der Balkontüren geht. Die Terrassentüren, die zum Garten hinausführen, sind von den Ställen aus zu sehen. Aber die Küchentür befindet sich hinter dem Haus und liegt weder von der Auffahrt noch von den Ställen her im Blickfeld.«

Sie hatten den Aufzug erreicht, aber Beshears blieb nicht stehen, um ihn zu holen. Er und Webb schlenderten bis zum Ende des Gangs, wo niemand sie hören konnte.

»Ist etwas gestohlen worden?« fragte Webb.

»Meines Wissens nicht. Die Lampe im Wohnzimmer wurde

umgestoßen; aber abgesehen davon und vom Küchentürschloß sieht alles unberührt aus. Ich weiß nicht, was er im Wohnzimmer zu suchen hatte, außer, daß er durch Miss Roannas Schrei in Panik geriet. Ich nehme an, er rannte nach unten, um so schnell wie möglich das Haus zu verlassen; aber die Vordertür hat ein doppeltes Schloß, und im Dunkeln kam er nicht damit zurecht. Da ist er ins Wohnzimmer gerannt, sah, daß von dort keine Tür nach draußen führt und hat aus Versehen die Lampe umgerempelt. Schließlich muß er doch wieder durch die Küchentür verschwunden sein, so, wie er reingekommen ist.«

Webb raufte sich die Haare. »Das ist ja unerhört«, beklagte er sich. »Ich werde noch diese Woche eine Alarmanlage installieren lassen.«

»Das hättet ihr längst tun sollen.« Beshears warf ihm einen mißbilligenden Blick zu. »Booley hat dauernd gesagt, wie leicht es ist, bei euch einzubrechen; aber er konnte Miss Lucinda nie davon überzeugen, etwas dagegen zu unternehmen. Sie wissen ja, wie alte Leute sind. Da das Haus so weit außerhalb der Stadt liegt, fühlte sie sich sicher.

»Sie wollte nicht das Gefühl haben, in einer Festung zu leben«, sagte Webb und mußte an die Kommentare denken, die Lucinda über die Jahre von sich gegeben hatte.

»Nun, das hier wird ihre Meinung wohl ändern. Halten Sie sich erst gar nicht mit einem der Systeme auf, bei denen automatisch die Polizei alarmiert wird; denn ihr wohnt viel zu weit draußen, also wäre das reine Geldverschwendung. Lassen Sie einen möglichst lauten Alarm installieren, der jeden im Haus aufweckt, wenn Sie wollen; aber vergessen Sie nicht, daß Leitungen durchschnitten werden können! Am allerbesten wäre es, wenn Sie gute Schlösser an alle Türen und Fenster machen ließen und sich einen Hund anschafften. Jeder sollte einen Hund haben.«

»Lucinda ist allergisch gegen Hunde«, meinte Webb

trocken. Er würde ihr kaum die letzten Monate schwermachen, indem er jetzt noch so einen Kläffer daherbrachte.

Beshears seufzte. »Aha, deshalb habt ihr wohl nie einen gehabt. Na schön, vergessen Sie das.« Sie kehrten um und schlenderten wieder zum Aufzug zurück. »Miss Lucinda hatte einen Schwächeanfall, nachdem ihr alle weg wart.«

»Ich weiß. Gloria hat es mir gesagt.«

»Störrische alte Dame«, meinte Beshears. Sie blieben vor dem Aufzug stehen, und diesmal drückte der Sheriff auf den Knopf. »Rufen Sie mich an, wenn sich Roanna doch an etwas erinnern sollte ... ansonsten haben wir nämlich gar nichts in der Hand.«

Roanna ruhte sich den Rest des Tages aus. Weil sie von Übelkeit geplagt wurde, ließ ihr der Arzt ein mildes Magenmittel geben, so daß sie ihr Mittagessen, eine leichte Suppe und etwas Obst, fast ganz aufessen konnte. Lanette war eine überraschend gute Pflegerin. Sie sorgte dafür, daß Roanna immer genügend Eiswasser in dem Krug auf ihrem Nachttischchen hatte und daß sie sich jederzeit bedienen konnte. Auch half sie ihr ins Badezimmer, wenn sie aufs Klo mußte. Ansonsten saß sie geduldig da und las in einer Zeitschrift oder sah fern, aber so leise, daß Roanna nicht gestört wurde.

Webb dagegen war rastlos. Er durchquerte die Gänge und kam immer wieder herein, um zu sehen, wie es Roanna ging – wobei er sie jedesmal mit einem brütenden Ausdruck musterte. Etwas an ihrem Verhalten störte ihn mehr und mehr. Sie war *zu* ruhig. Eigentlich hätte sie Grund gehabt, sich aufzuregen oder zu ängstigen; doch sie zeigte fast keine Regung. Seinem Blick wich sie aus und wenn er mit ihr reden wollte, schob sie ihre Kopfschmerzen vor. Die Schwestern sahen regelmäßig nach ihr und meinten, es ginge ihr den Umständen entsprechend ganz gut, ihre Pupillenreaktion wäre in Ordnung; aber ihm kam die Sache nicht geheuer vor.

Er rief zweimal an, um sich nach Lucindas Befinden zu erkundigen; beide Male war sie selbst am Telefon und ließ ihn nicht mit Gloria sprechen. »Mir geht es gut«, erklärte sie unwirsch. »Glaubst du nicht, der Doktor hätte mich ins Krankenhaus eingewiesen, wenn mir wirklich etwas fehlen würde? Ich bin alt, habe Krebs und mein Herz ist auch nicht mehr das, was es mal war. Was sollte sonst mit mir los sein? Offen gestanden weiß ich nicht, warum ich überhaupt noch Medikamente nehme – sogar gegen Erkältung!«

Beide Male wollte sie Roanna sprechen, und beide Male beharrte Roanna darauf, selbst mit Lucinda zu reden. Webb hörte ihrer Seite des Gesprächs zu und merkte, wie wachsam sie klang, als ob sie etwas herausfinden wollte.

Hatte sie ihren Angreifer am Ende doch gesehen? Wenn ja, warum hatte sie Beshears dann nichts erzählt? Er konnte sich nicht zusammenreimen, warum sie so etwas für sich behalten wollte. Er kannte niemanden, den sie schützen müßte. Doch sie verschwieg ganz sicher etwas, und er war fest entschlossen, dahinterzukommen. Nicht jetzt, in ihrem wackeligen Zustand, aber sobald sie wieder daheim war; dann würde er sie beiseite nehmen und sich ein wenig mit ihr unterhalten.

Lanette sagte, sie würde über Nacht bei Roanna bleiben, und Webb ging schließlich um neun. Am nächsten Morgen um halb sieben war er jedoch schon wieder da, um Roanna mitzunehmen, sobald der Doktor seine Einwilligung erteilte. Komplett angezogen wartete auch sie bloß noch auf den Arzt. Sie sah viel besser aus als am Tag zuvor. Vierundzwanzig Stunden Zwangsruhe hatten ihr gutgetan, selbst unter den gegebenen Umständen.

»Hast du ein bißchen schlafen können?« fragte er.

Sie zuckte mit den Schultern. »So viel, wie man nun mal in einem Krankenhausbett schläft, nehme ich an.«

Lanette, die hinter ihr stand, schüttelte wortlos den Kopf, als Webb sie ansah.

Kurz nach acht Uhr tauchte der Doktor auf und überprüfte ihre Pupillenreaktion; dann lächelte er und sagte, sie dürfe heim. »Schonen Sie sich noch etwa eine Woche lang«, sagte er, »dann lassen Sie sich nochmal von Ihrem Hausarzt untersuchen.«

Webb fuhr sie nach Davenport, wobei er auf jede Unebenheit in der Fahrbahn achtete, um ihren Kopf nicht unnötig zu erschüttern. Jeder, der um diese Zeit daheim war, kam herbei, um sie zu begrüßen, und sein Vorhaben, sie zu einem kurzen Gespräch beiseite zu nehmen, verlief gründlich im Sande. Den ganzen Tag über ergab sich keine Gelegenheit, mit ihr allein zu sein. Sie wurde sofort ins Bett gesteckt, obwohl sie ein wenig säuerlich klagte, sie säße lieber in ihrem Sessel. Lucinda beharrte jedoch eisern auf Bettruhe. Lucinda und Gloria umsorgten und bemutterten sie, Bessie kam mindestens zehnmal herein, um zu fragen, ob sie etwas brauchte, und Tansy verließ sogar ihre geliebte Küche, um Roanna höchstpersönlich das Tablett mit ihren Lieblingsspeisen zu servieren. Selbst Corliss rang sich zu einem kurzen Besuch durch und erkundigte sich verlegen nach ihrem Befinden.

Webb wartete geduldig; er wußte, daß seine Chance kommen würde.

Sie kam, aber erst spät am Abend, als sich alle zurückgezogen hatten. Er wartete im Dunkeln und beobachtete den Balkon. Natürlich dauerte es nicht lange, als im Nebenzimmer das Licht anging.

Er wußte, daß ihre Balkontür zugeschlossen war, denn er hatte selbst dafür gesorgt, bevor auch er sich verabschiedete. Webb ging über den Gang, in dem nun neuerdings das Licht nachts angelassen wurde. Leise betrat er ihr Zimmer.

Sie war aufgestanden und hatte es sich wieder in ihrem weichen Sessel bequem gemacht – ohne zu lesen indessen. Er nahm an, daß ihr der Kopf dafür noch zu weh tat. Statt dessen lief der Fernseher, aber so leise, daß man kaum etwas verstand.

Schuldbewußt blickte sie auf, als er hereinkam. »Hab ich dich erwischt«, sagte er und machte die Tür zu.

Sofort sah er, wie ein gewisses Unbehagen über ihr Gesicht glitt, bevor es wieder unter seiner üblichen Maske verschwand. »Ich habe das Herumliegen satt«, erklärte sie. »Diese Tage bin ich so faul gewesen, daß ich keinesfalls schlafen kann.«

»Das verstehe ich«, sagte er. Sie lag seit zwei Tagen im Bett, kein Wunder, daß sie sich langweilte. »Aber darüber wollte ich gar nicht mit dir reden.«

»Ja, Ja!« Sie sah ihre Hände an. »Ich habe mich vorgestern sehr dumm benommen. Es wird nicht wieder vorkommen.«

So viel war seitdem geschehen, daß er sie einen Moment lang verständnislos anstarrte, bevor ihm klarwurde, daß sie ihren desaströsen Ausritt meinte. Entschieden war er der ungeschickte Idiot gewesen, und – typisch für Roanna – prompt nahm sie die Schuld auf sich.

»Damit liegst du total daneben«, sagte er ärgerlich und ging zur Balkontür, um nochmal zu prüfen, ob sie auch wirklich verschlossen war. »Mir ging es darum, dich zu schonen – aber ich habe das verdammt falsch rübergebracht.« Er blieb stehen und starrte ihr Bild in der Glastür an. »Aber auch darüber reden wir ein andermal. Im Moment möchte ich wissen, was du dem Sheriff verschweigst.«

Sie hob den Blick nicht von ihren im Schoß gefalteten Händen, aber er sah, wie sie erstarrte. »Nichts.« Sie sah so unbehaglich drein, daß er es sogar in der Scheibe erkennen konnte.

»Roanna.« Er drehte sich um und schritt zu ihrem Sessel, wo er vor ihr in die Hocke ging und ihre Hände ergriff. Sie saß in ihrer Lieblingsposition, die Beine angewinkelt, das Nachthemd über die Füße gezogen. Eisern fixierte er ihren Kopfverband, um sich nicht von den dunklen Brustwarzen, die sich unter dem dünnen Stoff abzeichneten, ablenken zu lassen. Allein diese Nähe war schon schlimm genug. »Du kannst den anderen vielleicht etwas vormachen, aber sie kennen dich nicht so gut wie ich. Ich weiß, daß du etwas verbirgst. Hast du gesehen, wer dich angegriffen hat? Weißt du mehr, als du uns verrätst?«

»Nein«, erwiderte sie kläglich.

»Was dann?«

»Nichts ...«

»Ro«, sagte er warnend, »lüg mich nicht an. Ich durchschaue dich ja doch. Was verbirgst du vor mir?«

Sie biß sich auf die Lippe, kaute daran, und ihre goldbraunen Augen blickten ihn mit einem so verzweifelten Ausdruck an, daß er sie am liebsten in die Arme genommen und gewiegt hätte wie ein Baby. »Ich bin eine Schlafwandlerin«, sagte sie.

Er starrte sie verblüfft an. Das hatte er ganz bestimmt nicht erwartet. »Wie bitte?«

»Ich bin eine Schlafwandlerin. Das ist sicher teilweise der Grund für meine Ruhelosigkeit«, erklärte sie leise mit gesenktem Blick. »Ich kann dir gar nicht sagen, wie ich es *hasse*, an anderen Orten aufzuwachen und nicht zu wissen, wie ich dorthingekommen bin – was ich angestellt habe, ob mich jemand gesehen hat. Ich tu das nur, wenn ich fest schlafe, also ...«

»Also schläfst du lieber gar nicht«, ergänzte er. Er war wie vom Donner gerührt, als ihm das Ausmaß der Bürde aufging, die sie mit sich herumschleppte, der Druck, unter dem sie permanent stand. Lieber Gott, wie hielt sie das bloß aus? Wie konnte sie unter diesen Bedingungen überhaupt leben? Zum ersten Mal ahnte er den stählernen Kern, der in ihr wohnte. Sie war nicht mehr die kleine unsichere Roanna, sondern eine erwachsene Frau, eine Davenport, Lucindas Enkelin – und sie besaß, weiß der Himmel, eine gehörige Portion Davenport-Stärke. »Du bist in dieser Nacht schlafgewandelt?«

Sie holte tief Luft. »Muß ich wohl! Ich war so müde, daß ich sofort einschlief. Ich erinnere mich an gar nichts mehr, bis ich dann im Gang mit schrecklichen Kopfschmerzen aufwachte, und du und Lucinda, ihr habt euch über mich gebeugt. Ich dachte, daß ich tatsächlich gestürzt wäre, obwohl mir beim Schlafwandeln zuvor nie etwas passiert ist.«

»Ach, du große Güte!« Entsetzt starrte er sie an. Sie war dem Einbrecher in die Hände gelaufen, wie ein Lamm dem Schlächter, hatte ihn nicht gesehen, obwohl ihre Augen offen waren. Schlafwandler *sahen aus*, als wären sie wach, aber der Schein trügte. Vielleicht dachte der Einbrecher ja sogar, daß sie ihn identifizieren konnte. Versuchter Einbruch und Körperverletzung – vielleicht würde der Betreffende ja nicht gleich einen Mord planen, um der Verhaftung zu entgehen; aber sie konnte dennoch in Gefahr sein. Webb würde nicht nur Schlösser an sämtlichen Türen und Fenstern anbringen lassen und eine Alarmanlage, die Tote aufweckte; darüber hinaus sollte der ganze elende Distrikt erfahren, daß sie eine Gehirnerschütterung erlitten hatte und sich an nichts mehr erinnern konnte. Ein Artikel über den versuchten Einbruch war bereits in der Zeitung erschienen, und er würde als Fortsetzung auch diese Information verbreiten.

»Warum hast du dem Sheriff nicht gesagt, daß du Schlafwandlerin bist?«

»Lanette war da«, sagte sie, als ob das Erklärung genug wäre. Das war es auch, aber er brauchte einen Moment, bis er kapierte. »Keiner weiß es, stimmt's?«

Sie schüttelte den Kopf, zuckte jedoch zusammen und hielt sofort wieder still. »Es ist mir furchtbar peinlich, daß ich nachts im Hemd herumgeistere, aber es kommt noch was dazu. Wenn die anderen davon erfahren ...«

Wieder brauchte es kein Genie, um ihren Gedankengängen zu folgen. »Corliss«, meinte er grimmig. »Du hast Angst, daß dieses Luder dir häßliche Streiche spielt.« Er rieb mit den Daumen über ihre Handrücken und spürte die feinen Knochen unter ihrer Haut.

Nochmals wiederholte sie: »Es ist besser, wenn es niemand weiß.«

»Corliss wird sowieso nicht mehr lange hier wohnen.« Er war froh, ihr zumindest das versprechen zu können.

Roanna blickte ihn überrascht an. »Nicht? Warum?«

»Weil ich ihr gesagt habe, daß sie ausziehen muß. Sie kann bleiben, bis Lucinda ... Sie kann noch ein paar Monate bleiben, wenn sie sich anständig benimmt. Wenn nicht, fliegt sie schon vorher raus. Lanette und Greg werden sich auch eine neue Bleibe suchen müssen. Greg verdient nicht schlecht, und es gibt keinen Grund, Lucinda ewig auf der Tasche zu liegen.«

»Ich glaube, es war Lanettes Entscheidung, hier einzuziehen, ihre und Glorias.«

»Kann sein, aber Greg hätte nein sagen können. Und Brock verstehe ich auch nicht. Ich mochte ihn eigentlich immer. Hätte ihn nie für einen Schnorrer gehalten.«

»Brock hat Pläne«, erklärte Roanna, und ganz überraschend glitt ein leises Lächeln über ihre blassen Züge. »Er wohnt im Moment nur hier, weil er so viel wie möglich beiseite legen will, bevor er heiratet. Sein Traum ist ein eigenes Haus. Er und seine Verlobte haben bereits einen Architekten mit dem Zeichnen der Baupläne beauftragt.«

Webb starrte wie verzaubert auf ihren Mund. Ihr kleines, spontanes Lächeln hatte ihn wie ein Blitz getroffen. Es war ganz von selbst gekommen, ohne daß er es aus ihr herauslocken mußte. »Nun, da besteht also Hoffnung«, brummte er, um seine Reaktion zu verbergen. »Gloria und Harlan sind über siebzig; sie kann ich unmöglich rausschmeißen. Sie dürfen für den Rest ihres Lebens hier wohnen bleiben, wenn sie wollen.«

»Selbstverständlich kann sich nicht die ganze Verwandschaft hier einnisten«, sagte sie. »Ich werde auch ausziehen ...«

»Du gehst nirgendwohin«, unterbrach er sie barsch, und erhob sich abrupt.

Verwirrt blickte sie ihn an.

»Davenport ist dein Zuhause, verdammt nochmal. Hast du etwa geglaubt, ich würde auch *dich* raushaben wollen?« Er konnte seine Wut nicht ganz verbergen, nicht nur, weil sie vorhatte wegzuziehen, sondern weil sie doch glatt annahm, daß er das wünschte.

»Ich bin auch bloß deine Cousine zweiten Grades«, erinnerte sie ihn. »Wie würde das aussehen, wenn wir beide hier wohnen, selbst wenn Gloria und Harlan sozusagen aufpassen? Jetzt ist das anders, weil das Haus so voll ist; aber wenn die anderen ausziehen, werden sich die Leute das Maul zerreißen, wenn ich nicht auch gehe. Du willst schließlich irgendwann wieder heiraten und ...«

»Du gehörst hierher und nirgendwo sonst«, stieß er zwischen zusammengebissenen Zähnen hervor und mußte sich Mühe geben, nicht laut zu werden. »Wenn einer von uns auszieht, dann ich.«

»Das kannst du nicht«, sagte sie schockiert. »Du mußt hier alles übernehmen. Es wäre nicht richtig, daß du Platz machst, bloß damit ich ein Zuhause habe.«

»Hast du nie daran gedacht, daß dieses Anwesen eigentlich dir gehören sollte?« fuhr er auf. »Du bist eine Davenport. Haßt du mich denn nicht dafür, daß ich da bin und dir alles wegnehme?«

»Nein. Ja.« Die Worte hingen zwischen ihnen, und sie blickte ihn einen Moment lang mit einem undurchdringlichen Ausdruck an. »Ich hasse dich nicht, aber ich beneide dich ein wenig um den ganzen Komplex. Mit diesem Versprechen bist du großgeworden. Du hast dein Leben darauf abgestimmt, hast immer gewußt, daß du eines Tages für diese Familie sorgen müßtest. Und genau deshalb hast du dir das Haus und das Vermögen auch verdient, es steht dir zu. Ich wußte, bevor ich nach Arizona fuhr, daß Lucinda ihr Testament ändern und alles wieder dir überschreiben würde; darüber haben wir ja bereits gesprochen. Aber auch wenn es mir um Davenport leid tut, so habe ich es doch nie als mein Eigentum betrachtet. Es war seit meiner Kindheit mein Zuhause, aber es *gehörte* mir nie. Erst war Lucinda dran, und bald wirst du es sein.«

Sie seufzte und lehnte vorsichtig den Kopf zurück. »Ich habe ein abgeschlossenes Wirtschaftsstudium, und zwar weil Lucinda Hilfe brauchte. Wirtschaft und Finanzen haben mich nie interessiert, wogegen du ganz wild darauf bist. Das einzige, was ich je tun wollte, war Pferde zu trainieren. Und ich will nicht den Rest meines Lebens an Geschäftskonferenzen teilnehmen; das kannst gerne *du* übernehmen. Außerdem stehe ich bekanntlich nicht mittellos da. Ich habe mein eigenes Erbe.«

Er klappte den Mund auf, um etwas zu sagen, aber sie hob abwehrend die Hand. »Ich bin noch nicht fertig. Wenn ich hier nicht mehr gebraucht werde ...« Sie hielt inne, und er wußte, daß sie an Lucindas Tod dachte, so wie er. Ständig dachten sie daran, wie an eine ferne Bedrohung, ob sie es nun offen aussprachen oder nicht. »Wenn alles vorbei ist, werde ich selbst eine Pferdezucht gründen und mir ein Haus kaufen. Zum ersten Mal in meinem Leben wird etwas wirklich *mir* gehören, und niemand wird es mir je wieder wegnehmen können.«

Webb ballte die Fäuste. Sie sah ihn sehr direkt an, doch ihr Blick war gleichzeitig ein wenig entrückt, als ob sie sich an all die Dinge, an all die Menschen erinnern würde, die ihr das Leben bereits genommen hatte – dem hilflosen, allen Stürmen ausgesetzten Kind: die Eltern, das Zuhause, den sicheren Hafen überhaupt. Jessie hatte ihr Selbstwertgefühl systematisch zerstört und Lucinda ihr unbewußt Hilfestellung geleistet. Dann hatte sie ihn als ihren Beschützer, als Schutzwall gehabt, bis auch er sich von ihr abwandte – danach ließ Roanna nie wieder jemanden an sich heran. Tatsächlich versank sie in eine Art Winterstarre. Und während ihr eigenes Leben stillstand, hatte sie sich uneingeschränkt Lucindas angenommen, doch dieses Kapitel ging nun auch seinem Ende zu.

Wenn Lucinda starb, würde Roanna Abschied nehmen.

Er blickte grimmig auf sie nieder. Alle wollten sich Davenport unter den Nagel reißen, und keinem stand es zu.

Einzig sie besaß einen legalen Anspruch darauf, und ausgerechnet *sie wollte weg!*

Da der Zorn ihn zu übermannen drohte, war es besser, in sein Zimmer zurückzugehen, bevor er noch wirklich die Beherrschung verlor. Und das könnte sie jetzt unter gar keinen Umständen verkraften. Er stürmte wütend zur Tür, doch dann drehte er sich noch einmal um. »Über die Einzelheiten reden wir später weiter«, schnauzte er. »Aber du wirst *auf keinen Fall* ausziehen.«

18

Heute fand seine Willkommensparty statt, und Webb, der sich auf dem Heimweg befand, fragte sich, wie groß die Katastrophe wohl ausfallen würde. Ihm war es egal, aber er wußte, daß es Lucinda sehr viel ausmachen würde, wenn die Dinge nicht nach Plan verliefen. Und nach dem, was er heute nachmittag erlebt hatte, sahen seine Chancen recht bedenklich aus.

Es war an sich nur eine Kleinigkeit gewesen, nicht einmal eine Auseinandersetzung, aber als Barometer für die Einstellung der Leute wohl recht vielsagend. Beim Lunch hatte er neben dem Vorsitzenden der Landwirtschaftskommission gesessen und die Kommentare der zwei Frauen am Tisch hinter ihm deutlich hören können.

»Auf jeden Fall besitzt er allerhand Unverfrorenheit«, hatte die eine gesagt. Sie äußerte ihre Meinung ziemlich ungeniert.

»Wenn er glaubt, zehn Jahre sind genug, um zu vergessen, was er angestellt hat ... Nun, er wird schon sehen, wie sehr er sich da täuscht.«

»Lucinda Davenport war schon immer blind, wenn es um ihre Favoriten ging«, meinte die andere.

Webb hatte den Vorsitzenden angesehen, dessen Gesicht krebsrot geworden war, während er sich hingebungsvoll seinem Teller widmete und so tat, als habe er ausschließlich sein Steak in Sinn.

»Man könnte wirklich meinen, daß selbst die Davenports davor zurückscheuen würden, uns einen Mörder aufzudrängen«, fuhr die erste fort.

Webbs Augen verengten sich, doch er drehte sich nicht um und reagierte auch sonst nicht. Ob man ihn nun des Mordes verdächtigt hatte oder nicht, er war als Gentleman erzogen worden, und das hieß, eine Dame nicht vor der Öffentlichkeit in Verlegenheit zu bringen. Einem Mann hätte er wohl die Zähne gezeigt; aber die beiden Klatschbasen waren nicht nur weiblich, sondern darüber hinaus auch eher ältlich, wie er an ihren Stimmen erkannte. Sollten sie doch reden; er hatte eine dicke Haut.

Aber die Society-Matronen besaßen nicht wenig Einfluß, und wenn alle so dachten wie sie, dann würde Lucindas Party ein böser Reinfall werden. Ihm selbst war es egal; wenn die Leute nichts mit ihm zu tun haben wollten, dann würde er sich eben woanders umsehen. Aber Lucinda wäre nicht nur enttäuscht, sondern auch zutiefst verletzt, und würde sich die Schuld geben, weil sie ihn damals nicht beherzter verteidigt hatte. Um ihretwillen hoffte er ...

Die Windschutzscheibe zerbarst und überschüttete Webb mit Glassplittern. Etwas Heißes zischte an seinem Ohr vorbei, aber er hatte keine Zeit, sich weiter Gedanken darüber zu machen. Instinktiv duckte er sich, wobei er jedoch versehentlich das Lenkrad bewegte, was seinen Wagen nach rechts von der Fahrbahn und zur Hälfte auf den unebenen Seitenstreifen schleuderte. Grimmig versuchte er, den schlingernden Wagen wieder unter Kontrolle zu bekommen, bevor er noch mehr ins Rutschen geriet und im Straßengraben landete. Er konnte kaum etwas sehen durch die zerstörte Frontscheibe, deren zersplittertes Verbundglas wie ein milchiger Schleier vor seinen Augen hing. Ein Stein, dachte er, von dem vor ihm fahrenden Lastwagen. Da er jedoch auf einen genügenden Sicherheitsabstand geachtet hatte, überraschte es ihn, wie so etwas passieren konnte. Nun, vielleicht war es auch ein Vogel gewesen, obwohl er etwas so Großes hätte bemerken müssen.

Endlich brachte er alle vier Reifen sicher auf die Fahrbahn zurück, und der Wagen glitt wieder ruhiger dahin. Automatisch trat er auf die Bremse und blickte durch die noch relativ gut erhaltene rechte Ecke der Splitterwirtschaft vor ihm; er wollte sehen, wieviel Abstand er zum Seitenstreifen hatte und ob eventuell die Möglichkeit bestand, an den Straßenrand zu fahren. Es war nicht mehr weit bis zu der Abzweigung, die schließlich zum Davenport'schen Besitz führte. Wenn er diese Kreuzung erreichen könnte, dann hätte er den Verkehr hinter sich ...

Wieder krachte es vor ihm, diesmal mehr rechts. Ein paar größere Glasstücke fielen aus der Scheibe, die ansonsten jedoch noch von der Verbundglasschicht zusammengehalten wurde. *Verflucht nochmal!* dachte er zornig.

Jemand schoß auf ihn.

Rasch beugte er sich vor und schlug auf das zertrümmerte Glas ein, riß es so weit heraus, daß er auf die Straße sehen konnte, dann gab er Vollgas. Das Auto schoß derartig vorwärts, daß er in seinen Sitz zurückgedrückt wurde. Wenn er anhielt und dem Schützen ein unbewegliches Ziel bot, war es aus mit ihm – wohingegen es verdammt hart war, jemanden zu treffen, der mit hundertzwanzig Sachen dahinpreschte.

Wenn er an das heiße Zischen an seinem rechten Ohr beim

ersten Schuß dachte und die Flugbahn der ersten Kugel abschätzte, dann mußte sich der Schütze wohl hinter der Erhebung kurz nach der abzweigenden Seitenstraße versteckt haben. Er hatte diese Stelle nun beinahe erreicht, und wenn er sie nahm, dann bot er dem Schützen seine Breitseite. Webb hielt den Fuß fest auf dem Gaspedal und raste an der Abzweigung vorbei und dann auch an dem dicht bewachsenen Feldweg, wo nach Beshears Ansicht neulich der Einbrecher seinen Wagen parkte ...

Webb kniff die Augen gegen den heftigen Fahrtwind zusammen, trat auf die Bremse und riß das Lenkrad herum, so daß er eine verfolgungsjagdreife Wende hinlegte, ein Manöver, das er sich bereits in seiner Jugend auf derselben geraden, langen Straße beigebracht hatte. Seine Reifen rauchten und hinterließen Gummi auf der Fahrbahn. Ein Auto raste laut hupend an ihm vorbei. Sein Wagen zitterte und bockte und blieb dann mit der Schnauze in der Richtung, aus der er gerade gekommen war, stehen. Auf dem vierspurigen Highway befand er sich nun auf der falschen Seite mitten im Gegenverkehr. Zwei Autos fuhren direkt auf ihn zu. Er trat aufs Gas.

Im letzten Moment erreichte er den Feldweg, gerade noch bevor er in die beiden Autos hineingerast wäre, und nahm die Kurve auf zwei Reifen. Dann kam er quietschend zum Halten und warf den Parkgang ein. Er sprang aus dem Wagen, bevor dieser richtig stillstand, und duckte sich mit einem Hechtsprung ins dichte Gebüsch am Wegrand. Sein Wagen versperrte nun die Auffahrt zur Straße, eine Sicherheitsmaßnahme, falls der Schütze seinen Wagen hinter diesem Weg abgestellt hatte. War es derselbe Mann, der ins Haus eingebrochen war, oder war es bloß ein Zufall? Jeder, der regelmäßig den Highway benutzte, immerhin Tausende täglich, konnte den Feldweg bemerkt haben. Er sah aus wie ein Jägersteig, der in den Wald führte; aber er verlief sich nach etwa einem Kilometer, und ein Feld begann, das an den riesigen Privatgrund der Davenports angrenzte.

»Scheißzufall!« flüsterte er, während er sich leise durch die Bäume schlängelte, wobei er jede natürliche Deckung ausnutzte, um dem Schützen möglichst kein Ziel zu bieten.

Webb wußte nicht, was er tun würde, wenn er mit jemandem zusammenrumpelte, der eine Jagdflinte bei sich hatte – er mit nichts anderem bewaffnet als der Tageszeitung! Er war ziemlich normal aufgewachsen, hatte die hier übliche Kindheit auf dem Lande verbracht, trotz oder auch gerade wegen der Privilegien von Davenport. Lucinda und Yvonne hatten beide Wert darauf gelegt, daß er sich nicht groß von seinen Klassenkameraden unterschied, mit denen er ja sein Leben lang auskommen müßte und später auch geschäftlich zu tun haben würde. Er war auf Eichhörnchen- und Rotwildjagd gegangen und hatte früh gelernt, geräuschlos durch die dichten Wälder zu schleichen und sich an Geschöpfe heranzumachen, deren Augen und Ohren weit schärfer waren als seine eigenen. Die Viehdiebe, die seine Rinder gestohlen und nach Mexiko getrieben hatten, hatten sehr schnell kapiert, wie gut er im Spurensuchen war – und im Verstecken, wenn er nicht gesehen werden wollte. Sollte sich der Schütze hier irgendwo verbergen, dann würde er ihn finden, und der Mann begriffe seine Lage entschieden zu spät!

Kein anderes Auto war auf dem Feldweg abgestellt worden. Sobald das einmal feststand, kauerte sich Webb nieder und lauschte auf die Geräusche seiner Umgebung. Fünf Minuten später wußte er, daß er dem Wind hinterherjagte. Er war allein. Wenn er die Flugbahn der Kugel richtig geschätzt hatte, dann war der Schütze wohl anderwärts über den Hügel geflohen.

Webb erhob sich und schritt zu seinem Wagen zurück. Er kontrollierte die zerschossene Windschutzscheibe mit den zwei kleinen Einschußlöchern. Das Ganze war einfach zum Kotzen, ekelte ihn förmlich an. Da hatte jemand gezielt, einer der Treffer oder beide hätten ihn töten können, wenn der Schußwinkel auch nur um Haaresbreite genauer gewesen wäre. Er öffnete die Fahrertür und beugte sich hinein, um die Sitze zu untersuchen.

In seiner Kopfstütze befand sich ein großes, ausgefranstes Loch, nur gut einen Millimeter von der Stelle entfernt, an der sein rechtes Ohr gewesen war. Die Kugel hatte sogar nach dem Durchschießen der Windschutzscheibe noch genug Kraft gehabt, um via Kopfstütze durch die Heckscheibe wieder auszutreten. Von der zweiten Kugel sah er ein Loch im Rücksitz, wo sie eingetreten war.

Er nahm sein Mobiltelefon zur Hand, zog die Antenne heraus und rief Carl Beshears an.

Carl kam auf Webbs Bitte hin ohne Sirene angefahren. Er hatte nicht mal einen Deputy dabei. »Ich möchte, daß Sie die Sache für sich behalten«, hatte Webb gesagt. »Je weniger Leute davon wissen, desto besser.«

Grimmig stampfte der Polizist um den Wagen herum und schaute sich jede Einzelheit sehr gründlich an. »Verdammt nochmal, Webb«, sagte er schließlich. »Da hat es aber jemand ernsthaft auf Sie abgesehen.«

»Sein Pech! Ich bin nicht in der Stimmung für solche Scharmützel.«

Carl warf Webb einen raschen Blick zu. Auf seinem Gesicht lag ein gefährlicher Ausdruck, ein Ausdruck, der jedem eine Warnung sein mußte, der sich ihm in den Weg stellte. Webb Tallants aufbrausendes Temperament kannte jeder, doch das hier war etwas anderes, kalt Berechnendes.

»Irgendwelche Ideen?« fragte er. »Sie sind jetzt seit wie lange wieder in der Stadt? Eine Woche? Anderthalb? Und machen sich so schnell Feinde?«

»Ich glaube, es war der Mann, der bei uns eingebrochen ist«, sagte Webb.

»Interessante Theorie.« Carl strich sich übers Kinn und überlegte. »Ihrer Meinung nach handelt es sich also nicht bloß um einen Dieb?«

»Nein, leider nicht. In den letzten zehn Jahren ist nicht das geringste vorgekommen – erst seitdem ich wieder aufgetaucht bin.«

Carl grunzte zustimmend und fuhr fort, sich übers Kinn zu streichen, während er Webb begutachtete. »Wollen Sie damit auf etwas anderes hinweisen?«

»Ich habe Jessie nicht umgebracht«, knurrte Webb. »Es muß jemand gewesen sein, dem unser Zimmer bekannt war. Normalerweise verbrachte ich meine Abende in Davenport, ich ging fast nie aus – und habe mich auch nicht mit anderen Frauen rumgetrieben. Vielleicht hat Jessie ihn ja damals überrascht, so wie jetzt Roanna. Roanna ist oben an der Treppe auf ihn gestoßen; meine und Jessies Suite ist die erste links, wissen Sie noch? Inzwischen bewohnt Corliss diese Räume, und mein Zimmer liegt im hinteren Teil des Hauses. Aber der sogenannte Einbrecher wird das wohl nicht gewußt haben, oder?«

Carl pfiff leise durch die Zähne. »Dann wären ja Sie von Anfang an das Ziel gewesen, womit Sie nun zum dritten Mal die Zielscheibe abgegeben haben. Ich neige dazu, Ihnen zu glauben, hauptsächlich deshalb, weil sie keinen Grund hatten, Miss Jessie umzubringen. Das nämlich kam uns vor zehn Jahren so spanisch vor. Ihr hartnäckiger Verfolger muß es ziemlich witzig gefunden haben, als man Ihnen den Mord in die Schuhe schob. Das war sogar noch besser, als Sie selbst umzubringen. Also wer könnte Sie so sehr hassen, der Ihnen schon vor zehn Jahren aufgelauert hat und jetzt immer noch wütend auf Sie ist?«

»Wenn ich das, verdammt noch eins, doch wüßte«, grollte Webb. Jahrelang hatte er gedacht, Jessies heimlicher Geliebter hätte sie umgebracht, aber angesichts dieser neuerlichen Entwicklung machte das keinen Sinn mehr. Ihm leuchtete ein, daß der Mörder versucht hatte, ihn zu töten, aber nicht Jessie. Es wäre sogar noch einleuchtender gewesen, wenn alle beide geplant hätten, ihn um die Ecke zu bringen. Damit wäre er aus dem Weg gewesen und Jessie hätte mehr vom Davenport-Vermögen geerbt. Eine Scheidung hätte ihr nicht so viel eingebracht; denn sie mußte gewußt haben, daß Lucinda ihn bloß wegen einer Scheidung niemals enterbt hätte. Dennoch glaubte er nicht, daß Jessie fähig gewesen wäre, einen kaltblütigen Mord zu planen. Sie war einfach nur, wie Roanna, zur falschen Zeit am falschen Ort gewesen – und für Jessie mit tödlichem Ausgang!

Carl holte eine Schnur aus seiner Hosentasche und band ein Ende davon an einen Kugelschreiber. »Halten Sie die Windschutzscheibe bitte so gerade, wie Sie können«, sagte er und Webb gehorchte. Carl fädelte das lose Ende durch das erste Einschußloch und zog, bis der Kugelschreiber an der Außenseite hängenblieb. Dann knüpfte er das andere Ende ebenfalls um einen Kuli, aber diesmal um den Clip, dann steckte er den Stift durch das Loch in der Kopfstütze.

Er sah sich den Einschußwinkel an und stieß einen leisen Pfiff aus. »Aus der Entfernung hätte er bloß ein bißchen genauer zielen müssen, und die Kugel wäre direkt zwischen Ihren Augen eingedrungen.«

»Hab gemerkt, daß es kein schlechter Schuß war«, sagte Webb sarkastisch.

Carl grinste. »Dachte mir schon, daß Sie gute Arbeit zu schätzen wüßten. Wie sieht es mit der zweiten Kugel aus?«

»Die ist durch den Kofferraum wieder rausgegangen.«

»Nun, jede gute Jagdflinte hätte auf die Entfernung eine solche Durchschlagskraft. Keine Chance, die Waffe zu identifizieren, nicht mal, wenn wir eine der Kugeln hätten sicherstellen können.« Er beäugte Webb. »Sie sind ein ganz schönes Risiko eingegangen, hier einfach so anzuhalten.«

»Ich war stinksauer.«

»Nun ja, aber nächstes Mal beruhigen Sie sich lieber vorher, bevor Sie sich entschließen, einen bewaffneten Mann zu verfolgen. Ich werde den Wagen abschleppen und meine Jungs einen Blick darauf werfen lassen – aber ich fürchte, wir werden nicht viel finden.«

»In dem Fall wär es mir lieber, wenn sonst keiner mehr etwas von der Sache erfährt. Ich kümmere mich schon um die Karre.«

»Würde es Ihnen etwas ausmachen, mir zu verraten, warum Sie so ein Geheimnis daraus machen wollen?«

»Erstens mal soll er nicht vorgewarnt werden. Wenn er sich sicher fühlt, macht er vielleicht einen Fehler. Zweitens können Sie ohnehin nicht viel ausrichten. Sie können mich schließlich nicht vierundzwanzig Stunden am Tag überwachen lassen, und Davenport ebensowenig. Und drittens muß Lucinda unbedingt von der Sache verschont bleiben.«

Carl grunzte erneut. »Webb, aber es ist unerläßlich, Ihre Leute zu warnen.«

»Sie sind ohnehin auf der Hut, seit diesem sogenannten Einbrecher; der hat ihnen einen ganz schönen Schrecken eingejagt. Wir haben jetzt solide Schlösser an allen Türen und sogar an den Fenstern – außerdem eine Alarmanlage, die jeden Hund im Umkreis von dreißig Meilen zum Heulen bringt, wenn sie losgeht. Und wir haben kein Geheimnis daraus gemacht. Die Leute in der Gegend wissen, daß bei uns jetzt eine Sirene installiert ist.«

»Sie glauben also nicht, daß er wieder einen Vorstoß macht?«

»Er ist schon zweimal ohne Schwierigkeiten reingekommen. Statt es nochmal zu probieren, hat er diesmal versucht, mich von der Straße aus zu killen. Klingt, als hätte er die Neuigkeit mitbekommen.«

Carl verschränkte die Arme und starrte ihn an. »Heute abend ist Miss Lucindas Party.«

»Das heißt, er könnte unter den Gästen sein«, nahm Webb ihm das Wort aus dem Mund. Er hatte selbst bereits daran gedacht.

»Ich würde sagen, es besteht die Möglichkeit. Wäre gut, wenn Sie mal einen Blick auf die Gästeliste werfen; unter Umständen spring Ihnen jemand ins Auge, mit dem Sie früher nicht gut auskamen, jemand, dem Sie das Geschäft versaut haben, oder sowas. Zur Hölle mit ihm, er muß nicht mal auf der Gästeliste stehen; dem Hörensagen nach kommen so viele Leute, daß er einfach hereinspazieren könnte, ohne daß es jemandem auffiele.«

»Sie sind auch eingeladen, Carl. Werden Sie kommen?«

»Keine zehn Pferde könnten mich davon abhalten. Booley will ebenfalls dabei sein. Paßt es Ihnen, daß ich mit ihm darüber rede? Der alte Fuchs ist immer noch ziemlich gerissen, vielleicht sieht er ja was, das uns entgangen wäre.«

»Sicher, sagen sie Booley Bescheid. Aber sonst niemandem, hören Sie?«

»Gut, gut«, brummte Carl. Wieder musterte er Webbs Auto. »Möchten Sie, daß ich Sie nach Hause bringe?«

»Nein, daß gäbe bloß jede Menge Fragen. Fahren Sie mich bitte in die Stadt zurück. Ich muß mir sowieso einen anderen Wagen besorgen; da kann ich dann auch gleich dafür sorgen, daß dieser hier abgeschleppt wird. Wenn jemand nachhaken sollte, hatte ich einfach Probleme mit Steinschlag.« Er warf einen Blick auf seine Armbanduhr. »Ich muß mich beeilen, sonst komme ich zu spät zur Ouvertüre.«

Die Gäste wurden in einer halben Stunde erwartet, und Webb war immer noch nicht aufgetaucht. Die ganze Familie versammelte sich um Lucinda, einschließlich seiner Mutter und Tante Sandra. Yvonne begann unruhig auf und ab zu laufen, denn Webb kam eigentlich nie zu spät, und auch die alte Dame wurde zunehmend nervös.

Roanna saß ganz still da und unterdrückte ihre Besorgnis. Sie ließ erst gar keine Gedanken an einen Autounfall aufkommen, denn das konnte sie nicht ertragen. Ihre Eltern waren auf diese Weise ums Leben gekommen, und seitdem schrak sie allein vor der Eventualität zurück. Wenn sie auf der Autobahn an einem Unfall vorbeikam, starrte sie nie neugierig hin wie die anderen, sondern fuhr so rasch sie konnte mit abgewandtem Blick vorbei. Webb durfte keinen Unfall haben, so einfach war das.

Sie hörten, wie die Haustür aufging, und Yvonne eilte ihm sofort entgegen. »Wo *warst* du bloß so lange?« überfiel sie ihn mit der Ungeduld einer besorgten Mutter.

»Ich hatte eine Panne«, erwiderte Webb und rannte auch schon, zwei Stufen auf einmal nehmend, die Treppe hinauf. Fünfzehn Minuten später war er wieder da, frisch rasiert und – auf Lucindas Geheiß – im Smoking.

»Entschuldigt, daß ich mich verspätet habe«, verkündete er seinen Angehörigen und ging zum Likörschränkchen. Er goß sich einen Tequila ein und trank ihn mit einem Schluck aus. Dann setzte er das Glas ab und grinste frech in die Runde. »Die Show kann beginnen.«

Roanna vermochte die Augen nicht von ihm abzuwenden. Trotz des feinen Smokings sah er aus wie ein Seeräuber. Sein dunkles, ordentlich zurückgekämmtes Haar war noch feucht von der Dusche. Er bewegte sich mit der Grazie und dem Selbstbewußtsein eines Mannes, für den offizielle Abendkleidung zur Tagesordnung gehörte. Sein Jackett saß perfekt auf den breiten Schultern, und die Hose war weder zu weit noch zu eng. Webb sah immer gut aus, egal, was er anzog; er konnte sich alles leisten. Sie hätte gedacht, daß keiner besser aussah in Karohemd, Jeans und Cowboystiefeln; doch nun mußte sie zugeben, daß er auch im Smoking eine perfekte Figur machte. Glänzende schwarze Knöpfe zogen sich in schnurgerader Linie über sein makellos weißes Smokinghemd, das an der Verschlußleiste gefältelt war. Dieselben Knöpfe glänzten auch an den weißen Manschetten.

Sie hatte seit der Nacht, in der er in ihr Zimmer gekommen war und sie ihm ihr Schlafwandeln gebeichtet hatte, nicht mehr allein mit ihm gesprochen. Webb untersagte ihr jede Arbeit, bis der Hausarzt sie untersuchte und grünes Licht gäbe – was erst gestern der Fall gewesen war. Sie hatte sich in den ersten Tagen auch gar nicht nach Arbeit oder überhaupt irgendwelchen Aktivitäten gesehnt. Sie rührte sich kaum von der Stelle, denn die Kopfschmerzen waren doch ziemlich stark, und bei der geringsten Bewegung wurde ihr wieder übel. Erst in den letzten zwei Tagen waren die Kopfschmerzen verschwunden, und mit ihnen auch die Übelkeit. Aber das Tanzen würde sie heute abend sicher noch nicht riskieren.

Webb war sehr beschäftigt gewesen und nicht nur mit Geschäftlichem. Er mußte den Einbau von stahlverstärkten Türen an den Haupteingängen überwachen, das Anbringen von Sicherheitsschlössern an den Fenstern und auch an den Terrassen- und Balkontüren – sowie die Installation einer Alarmanlage, die derart schrill war, daß sie den Kopf unter ein Kissen stecken mußte, als sie getestet wurde. Wenn sie nicht schlafen konnte und ihre Balkontür aufmachen wollte, mußte sie künftig zuerst eine Zahlenkombination in die kleine Box eintippen, die nun neben den Fenstern eines jeden Zimmers hing. Wenn sie die Tür ohne Eingabe der Zahlen öffnete, ging der Alarm los, ein schrilles Läuten, das jeden senkrecht aus dem Bett katapultierte.

Bei seiner ganzen Arbeit und ihren Kopfschmerzen hatte sich einfach keine Gelegenheit mehr für ein Gespräch unter vier Augen ergeben. Nach all der Aufregung und ihrer Verletzung war ihr der Vorfall beim Ausritt auch irgendwie gar nicht so peinlich. Seit seinem mitternächtlichen Besuch in ihrem Zimmer hatten beide das Thema gemieden, als ob sie am liebsten gar nicht mehr daran denken wollten.

»Allmächtiger, siehst du gut aus«, sagte Lucinda und musterte Webb von Kopf bis Fuß. »Besser als früher, wenn du es mir nicht übelnimmst. Kühe in Schach zu halten, oder was immer du im Wilden Westen gemacht hast, hat dir jedenfalls gutgetan; du bist wahrlich in Bestform!«

»Stiere«, korrigierte er und seine Augen funkelten vergnügt. »Und ja, einige davon habe ich kleingekriegt.«

»Du sagtest, du hättest eine Panne gehabt?« fragte Yvonne. »Was war los?«

»Die Gangschaltung ist kaputtgegangen«, erläuterte er bereitwillig. »Ich mußte die Karre abschleppen lassen.«

»Mit was für einem Wagen fährst du jetzt?«

»Mit einem Pickup.« Seine tiefgrünen Augen glitzerten, als er das sagte; Roanna bemerkte die feine Anspannung in ihm, eine Art erhöhter Wachsamkeit, als ob er auf eine unsichtbare Herausforderung wartete. Zugleich sah sie auch seine heimliche Freude, das versteckte kleine Lächeln um seinen Mund. Er blickte erwartungsvoll auf Gloria.

»Ein Kleinlaster«, sagte Gloria angewidert. »Ich hoffe nur, daß die Reparatur nicht zu lange dauert.«

Er wurde immer vergnügter, und Roanna fragte sich, ob sie das als einzige bemerkte. »Spielt keine Rolle«, sagte er und grinste breit. »Ich hab den Pickup gekauft.«

Falls er eine Tirade von Gloria erwartete, so enttäuschte sie ihn nicht. Sie hielt ihm eine Standpauke, in der es hauptsächlich darum ging, wie es aussah, wenn »einer von *uns* so ein *vulgäres* Auto fährt.«

Als sie zu dem Teil kam, in dem es um das Image ging, das sie zu vertreten hätten, glänzten Webbs Augen vor Übermut. Stolz ergänzte er: »Und er hat sogar Vierradantrieb. Fette Reifen, du weißt schon, solche wie die Schnapsbrenner sie benutzen, um in den Wald reinzukommen.« Gloria starrte ihn vollkommen entsetzt an; ihr Gesicht lief hochrot an, und sie war einen Moment lang sprachlos.

Lucinda verbarg ihr Lächeln hinter ihrer Hand. Greg hustete und schaute angelegentlich aus dem Fenster.

Corliss blickte ebenfalls in die andere Richtung. Sie sagte: »Himmel, das ist ja wie eine Szene aus einer Fernsehserie.«

Lucinda verstand genau, was sie meinte, und erhob sich mit unübersehbarer Genugtuung. »Aber sicher. Wenn ich eine Party gebe, dann kommen alle möglichen Leute!«

Erleichtertes Gelächter ging durch die Reihe der Versammelten, nur Roanna war still; doch Webb bemerkte, daß ein kleines Lächeln über ihre Züge huschte. Nummer drei, zählte er.

Schon bald füllte sich das Haus mit lachenden, lärmenden Gästen. Einige Männer trugen Smokings, die meisten jedoch einfache dunkle Anzüge. Die Frauen erschienen in allen Rocklängen, von kniekurzen Cocktailkleidern bis zu wallenden Abendroben. Die Davenports und Tallants trugen allesamt lange Dinnerkleider, wieder auf Lucindas Geheiß. Sie wußte genau, wie man Eindruck machte und ein Zeichen setzte.

Lucinda sah besser aus als seit langem. Ihr weißes Haar war zu einem eleganten Knoten frisiert, und ihr zart pfirsischfarbenes Gewand unterstrich ihren Teint und ihr dezent geschminktes Gesicht. Indem sie auf pfirsischfarbener Beleuchtung beharrt hatte, bewies sie wieder einmal ihre Erfahrung.

Während Lucinda mit ihren Freundinnen Hof hielt, ging Roanna herum und sorgte stillschweigend dafür, daß alles glatt lief. Der Partyservice war äußerst tüchtig, aber auch das bestorganisierte Fest konnte unversehens schiefgehen. Kellner, die für den Abend angeheuert worden waren, machten mit Tabletts voll blaßgolden funkelndem Champagner samt köstlichen Hors d'œuvres die Runde. Für diejenigen mit deftigerem Appetit stand ein riesiges Büfett bereit. Draußen auf der Terrasse spielte die Band ein paar langsame Melodien zum

Einstimmen der Gäste, und viele hatten sich bereits zum Tanz unter dem warmen Lichterschein verlocken lassen.

Roanna sah Webb durch die Menge gehen, sah, wie er bei jeder Gruppe stehenblieb und ein paar Worte sagte, einen Scherz oder ein paar Bemerkungen über Politik machte, um dann zur nächsten Gruppe zu schlendern. Er wirkte vollkommen entspannt, als ob er überhaupt nicht auf den Gedanken käme, daß jemand ihn schief ansehen könnte; dennoch bemerkte sie die zunehmende Anspannung in ihm, in dem harten, hellen Funkeln seiner Augen. Niemand würde es wagen, in seiner Gegenwart etwas Abfälliges über ihn zu äußern, das wurde ihr in diesem Moment klar. Es umgab ihn eine Aura von Souveränität und Autorität, die ihn sogar in dieser Ansammlung von Society-Stars und hohen Tieren hervortreten ließ. Er besaß eine Art von Selbstbewußtsein wie sonst nur wenige. Es kümmerte ihn wirklich keinen Deut, was die Leute von ihm hielten. Aber er wirkte auch handlungsbereit, falls nötig.

Um etwa zehn Uhr, die Party war schon seit etwa zwei Stunden in vollem Gange, trat er von hinten an sie heran, als sie gerade das Büfett inspizierte, ob auch alles ausreichend vorhanden war. Er stand so dicht bei ihr, daß sie die Hitze seines mächtigen Körpers spürte. Er legte die rechte Hand an ihre Taille. »Geht es dir gut?« fragte er leise.

»Alles in Ordnung, danke«, antwortete sie mechanisch und drehte sich zu ihm um. Dieselben Worte wiederholte sie nun zum hundertsten Mal. Jeder hatte natürlich von dem Einbruch und ihrer Gehirnerschütterung erfahren und wollte wissen, wie es ihr ging.

»Sie sehen auch gut aus«, bestätigten ihr alle, aber nicht Webb. Statt dessen schaute er auf ihr Haar.

Die Fäden der Schädelwunde waren erst gestern von ihrem Hausarzt entfernt worden. Heute hatte sie sich von ihrem Friseur eine elegante Hochfrisur machen lassen, die die kleine kahle Stelle auf ihrem Kopf effektiv kaschierte.

»Sieht man es?« fragte sie ängstlich.

Er wußte, was sie meinte. »Nein, überhaupt nicht. Hast du noch Kopfschmerzen?«

»Nur noch ein bißchen, aber es stört kaum.«

Er hob die Hand von ihrer Taille und stubste einen ihrer Ohrringe, so daß die goldenen Sternchen zu tanzen und zu funkeln anfingen. »Du siehst zum Anbeißen aus«, sagte er bewundernd.

Sie errötete, denn das hatte sie gehofft ... Ihr sand- und goldfarbenes Abendkleid harmonierte wunderbar mit dem Goldton ihrer Haut und ihrem dichten, kastanienbraunen Haar.

Scheu hob sie den Blick, und ihr stockte der Atem. Er sah mit einem intensiven, *hungrigen* Ausdruck auf sie herab. Auf einmal stand die Zeit still, die Menge ringsum trat in den Hintergrund, die Geräusche und die Musik verklangen in der Ferne. Ihr Blut pulste langsam und kräftig durch ihren Körper.

So hatte er sie auch angesehen, als sie ausgeritten waren. Sie hatte es irrtümlich für Verlangen gehalten ... oder wo lag der Fehler?

Auf einmal waren sie vollkommen isoliert, inmitten der Menge. Hitze wallte in ihr auf, ihr Atem kam rasch und flach, und ihre Brüste reckten sich ihm entgegen. Sie sehnte sich so sehr nach ihm, daß sie glaubte zu vergehen. »Nicht«, flüsterte sie. »Wenn du es nicht ernst meinst ... tu es nicht«.

Er schwieg. Sein Blick glitt langsam zu ihrem Busen, wo er verharrte. Sie wußte, daß sich ihre Brustwarzen unter ihrem Kleid abzeichnen mußten. Irgendwie kniff er den Mund zusammen und ein Wangenmuskel zuckte.

»Ich möchte einen Toast aussprechen.«

Lucinda wußte, wie sie sich in einer Menschenmenge Gehör verschaffte, auch ohne die Stimme zu heben. Langsam erstarb das Summen der Gespräche, und jeder wandte sich ihr zu. Sie stand ein wenig abseits von den anderen, zerbrechlich, aber dennoch königlich.

Der Bann, unter dem Roanna und Webb gestanden hatten, löste sich, und Roanna erschauerte, während sich beide zu Lucinda unwandten.

»Auf meinen Großneffen, Webb Tallant«, sagte Lucinda mit klarer Stimme, hob ihr Champagnerglas und prostete Webb zu. »Ich habe dich schrecklich vermißt, all die Jahre, und jetzt, wo du wieder zurück bist, bin ich die glücklichste alte Dame in ganz Colbert County.«

Das war wieder eins ihrer Meisterstückchen, so daß die Leute ihn willkommen heißen und akzeptieren mußten. Überall wurden die Gläser gehoben, um Webb zuzuprosten, Champanger floß auf seine glückliche Heimkehr durch die Kehlen, und ein Chor von »Willkommen in Colbert County« erhob sich. Roanna, die kein Glas hielt, schenkte ihm ein flüchtiges, trauriges Lächeln.

Das war Nummer vier, dachte er, und davon zwei in einer Nacht.

Jener spannungsgeladene Moment zwischen ihr und Webb hatte sie ganz schön aufgewühlt. Leise verschwand sie in der Menge und kämpfte sich nach draußen, um zu sehen, ob im Garten alles in Ordnung war. Die Gäste schlenderten paarweise umher. Überall in den Bäumen und Büschen leuchteten zauberhafte Lichterketten, und das Labyrinth elektrischer Leitungen war sorgfältig abgedeckt worden, damit ja niemand stolperte. Die Band ging nun zu etwas lebhafteren Stücken über, nachdem sie die Tänzer mittlerweile aufgewärmt hatte und spielte gerade den alten Bill-Haley-Song »Rock Around the Clock«. Mindestens fünfzig Leute tanzten sich auf der Tanzfläche die Seele aus dem Leib.

Das Lied endete und wurde mit Applaus und Gelächter quittiert. Dann gab es einen jener plötzlichen Momente der Stille, in der klar die Worte »hat seine Frau umgebracht« zu hören waren.

Wie erstarrt blieb Roanna stehen. Die Stille breitete sich

aus, während sich die Leute unbehaglich zu ihr umdrehten. Selbst die Bandmitglieder verstummten in dem Bewußtsein, daß etwas nicht in Ordnung war. Die Frau, die sich da verplappert hatte, drehte sich zu ihr um. Ihr Gesicht war hochrot vor Verlegenheit.

Roanna blickte die Person, ohne mit der Wimper zu zukken, an. Sie war eine Cofelt, die zu den ältesten Familien im ganzen Distrikt gehörten. Dann überflog sie all die anderen Gesichter, die wie Wachsfiguren im zarten pfirsichfarbenen Licht standen und sie ansahen. Diese Leute waren in Webbs Haus gekommen, genossen seine Gastfreundschaft und zerrissen sich trotzdem hinter seinem Rücken die Mäuler. Es war nicht nur Cora Cofelt, die sich dabei hatte erwischen lassen. Auf allen Mienen zeichnete sich Schuldbewußtsein ab, denn alle redeten so. Wenn sie auch nur ein bißchen gesunden Menschenverstand besäßen, dachte Roanna mit zunehmender Wut, dann hätten sie schon vor Jahren erkannt, daß Webb unmöglich seine Frau umgebracht haben konnte.

Selbstverständlich verhielt sich eine Gastgeberin gegenüber ihren Gästen stets taktvoll, aber jetzt konnte Roanna ihre Wut nicht mehr zügeln. Sie zitterte, wuchs förmlich vor Energie und Intensität über sich selbst hinaus. Sogar ihre Fingerspitzen kribbelten.

Sie hatte eine Menge ertragen müssen. Aber entschieden würde sie nicht herumstehen und zuhören, wie sie über Webb herzogen.

»Ihr Leute hättet eigentlich Webbs Freunde sein sollen«, sagte sie mit klarer, kräftiger Stimme. Sie war selten in ihrem Leben zorniger gewesen – außer vielleicht auf Jessie –, aber hier handelte es sich um eine andere Art von Empörung. Roanna war kühl, gelassen, hatte sich vollkommen in der Hand. »Ihr hättet schon vor zehn Jahren wissen müssen, daß er Jessie niemals etwas angetan hätte – ihr hättet ihm beistehen müssen, statt eure Köpfe zusammenzustecken und über ihn herzuziehen. Keiner von euch – *nicht ein einziger* – hat ihm auf Jessies Beerdigung sein Beileid ausgesprochen. Keiner von euch hat sich für ihn eingesetzt. Aber heute abend seid ihr in sein Haus gekommen, als seine Gäste, habt gegessen und getrunken und getanzt ... und immer noch redet ihr schlecht über ihn.«

Sie hielt inne und musterte jeden einzelnen. »Vielleicht sollte ich ja unsere Position darlegen«, fuhr sie fort, »falls es noch irgendwelche Unklarheiten gibt. Meine Familie und ich, wir stehen hinter Webb! Punktum. Wenn einer von Ihnen das Gefühl haben sollte, nichts mehr mit ihm zu tun haben zu wollen, dann gehen Sie bitte jetzt, und Ihre Verbindung mit den Davenports und Tallants hat ein Ende.«

Die Stille auf der Terrasse wog schwer, die Betroffenheit lag in der Luft. Roanna wandte sich an die Band. »Spielen Sie ...«

»... etwas Langsames«, sagte Webb hinter ihr. Seine Hand schloß sich warm und fest um ihren Ellbogen. »Ich möchte mit meiner Cousine tanzen, aber ohne sie zu sehr durchzuschütteln; sie ist noch nicht ganz wieder auf dem Posten.«

Verlegenes Lachen ertönte an mehreren Stellen, und die Band begann »Blue Moon« zu spielen. Webb drehte sich zu Roanna um und umfing sie zum Tanz. Andere Paare folgten ihrem Beispiel und begannen sich im Takt der Musik zu wiegen. Die Krise war gemeistert.

Er hielt sie mit der Distanz eines Verwandten, nicht mit der Intimität eines Paares, das nackt ineinander verschlungen im Bett gelegen hat. Roanna starrte seinen Hals an, während sie tanzten. »Wieviel hast du gehört?« fragte sie. Ihre Stimme klang wieder vollkommen ruhig.

»Alles«, erwiderte er leichthin. »Aber in einem Punkt hast du Unrecht.«

»In welchem?«

Von Ferne ertönte ein leises Donnergrollen, und er blickte in den schwarzen Nachthimmel hinauf, als auf einmal eine frische Brise über sie hinwegstrich, die das Kommen von Regen ankündigte. Endlich, nach all der drückenden Schwüle, schien das Wetter ernst zu machen. Als er den Blick wieder zu ihr senkte, funkelten seine grünen Augen. »Es gab doch jemanden, der mir auf Jessies Beerdigung sein Beileid ausgedrückt hat.«

19

Die Party war vorüber, die Gäste waren fort. Die Band hatte die Instrumente abgebaut, eingeladen und war ebenfalls davongefahren. Das Personal des Partyservice hatte alles aufgeräumt, das Geschirr abgewaschen und in zwei Lieferwagen verstaut; hundemüde, aber gut bezahlt, machten auch sie sich auf die Socken.

Lucinda, die sich an dem Abend bis zur Erschöpfung verausgabt hatte, war sofort auf ihr Zimmer gegangen, und die anderen folgten ihr bald darauf.

Das Gewitter hatte die Erwartungen nicht enttäuscht und war mit spektakulären Blitzen, ohrenbetäubendem Donner und einer wahren Sintflut über sie hereingebrochen. Roanna beobachtete das alles von ihrem großen gemütlichen Sessel aus. Sie hatte ihre Balkontür weit geöffnet, saß im Dunkeln und ließ die Naturgewalten auf sich wirken. Sie sog tief den Duft des frischen Regens ein und sah zu, wie der Wind über das Land peitschte. Eingehüllt in eine leichte, babyweiche Decke genoß sie die kühle Luft. Die hypnotische Wirkung des Regengeprassels entspannte sie und machte sie ein wenig schläfrig; voller Zufriedenheit kuschelte sie sich tiefer in ihren Stammsitz.

Der schlimmste Teil des Gewitters war vorüber, der Regen in ein zwar heftiges, aber stetiges Rauschen übergegangen, das gelegentlich noch von einem Blitz durchbrochen wurde. Es genügte ihr vollkommen, einfach so dazusitzen und an den vergangenen Abend zu denken – nicht an den Vorfall auf der Terrasse, sondern an jenen Moment, kurz vor Lucindas Trinkspruch; als die Zeit für sie und Webb stillgestanden zu haben schien und die Luft zwischen ihnen geradezu geknistert hatte vor Leidenschaft.

Unmißverständlich, oder? Süße Leidenschaft! Sein Blick war heiß wie eine Fackel über sie geglitten. Ihre Nippel hatten sich sofort aufgerichtet. Sie irrte sich nicht, was seine Absichten betraf, konnte sich gar nicht irren. Webb begehrte sie.

Früher einmal wäre sie zu ihm gegangen, nur von dem einen Wunsch beseelt, bei ihm zu sein. Jetzt jedoch blieb sie besonnen in ihrem Zimmer und träumte in den Regen hinaus. Sie würde nicht mehr hinter ihm herjagen. Er wußte, daß sie ihn liebte, hatte es sein Leben lang gewußt. Nun lag es an ihm, etwas zu unternehmen oder nicht. Sie wußte nicht, was er tun würde und ob überhaupt, aber auf der Party hatte sie offen und ehrlich gesprochen. Wenn er es nicht ernst mit ihr meinte, dann wollte sie ihn nicht.

Ihre Augen schlossen sich wie von selbst, während sie dem stetigen Rauschen des Regens lauschte. Es klang so beruhigend, so friedvoll; sie war vollkommen zufrieden, egal ob sie nun Schlaf finden würde in dieser Nacht oder nicht.

Der Geruch von Zigarettenrauch drang schwach zu ihr. Sie öffnete die Augen, und da stand er, in ihrer Balkontür, und beobachtete sie. Sein Blick bohrte sich durch die Dunkelheit. Das sporadische Aufflammen der Blitze erleuchtete den Raum; sie wirkte ruhig und unergründlich, vollkommen entspannt – und wartete. Auf ihn.

Dieselben Blitze machten auch ihn sichtbar, so daß sie erkennen konnte, wie er mit einer Schulter lässig im Türrahmen lehnte – eine Haltung, die jedoch keineswegs über die Anspannung in seinem eindrucksvollen Körper hinwegtäuschte und auch nicht über die Intensität seines Blickes: ein Raubtier, das seine Beute nicht aus den Augen ließ.

Seine Smokingjacke hatte er ausgezogen; das schneeweiße Hemd stand offen, die Fliege war verschwunden. Er hatte es aus der Hose gezogen, so daß seine breite, haarige Brust zu sehen war. Zwischen den Fingern hielt er eine halb geraucht Zigarette. Er drehte sich um und schnippte sie über das Balkongeländer. Dann kam er langsam und geschmeidig auf sie zu, anmutig und bedrohlich wie ein Panther.

Roanna rührte sich nicht, sagte nichts. Er war am Zug. Webb kniete vor ihrem Sessel nieder, legte die Hände auf ihre Beine und strich über die weiche Decke. Seine Hitze spürte sie durch und durch.

Sein Lachen klang rauh. »Der Himmel ist mein Zeuge, ich hab versucht, mich von dir fernzuhalten«, murmelte er.

»Warum?« fragte sie einfach.

»Der Himmel ist mein Zeuge«, wiederholte er.

Dann zog er ihr sanft die Decke von den Knien und warf sie neben dem Sessel auf den Boden. Ebenso sanft fuhr er mit den Händen unter ihr Nachthemd und ergriff ihre Fußgelenke. Er zog ihre Beine aus ihrer angewinkelten Position und spreizte sie, so daß er nun zwischen ihren Schenkeln kniete.

Roanna rang tief und zitternd nach Atem.

»Sind deine Brustwarzen hart?« flüsterte er.

Sie konnte kaum sprechen. »Ich weiß nicht ...«

»Laß mich sehen.« Und seine Hände glitten unter dem Nachthemd über ihre Schenkel, ihren Bauch, bis hinauf zu ihren Brüsten, wo sich seine Finger über ihrem drängenden Fleisch schlossen. Bis jetzt hatte sie gar nicht gewußt, wie sehr sie sich nach seiner Berührung gesehnt hatte. Vor Wonne stöhnte sie laut auf. Ihre Nippel preßten sich in seine Handflächen. Er rieb mit den Daumen darüber und lachte leise.

»Das sind sie wohl wirklich«, flüsterte er. »Ich weiß noch, wie sie schmecken, wie es ist, sie in den Mund zu nehmen.«

Ihre Brüste hoben sich mit jedem schnellen, hektischen Atemzug seinen Händen entgegen. Ihr Magen krampfte sich lustvoll zusammen, und ihr Schoß wurde warm und sehnsüchtig.

Genüßlich schob er ihr Nachthemd hoch und zog es ihr über den Kopf. Dann ließ er es neben die Decke fallen. Jetzt saß sie nackt vor ihm in dem riesigen Sessel. Ihr Körper wirkte schmal und zerbrechlich in dem Paradestück. Ein Blitz zuckte auf und enthüllte für einen Augenblick ihre Brüste und das dunkle Dreieck ihres Schoßes. Er sah, wie hart ihre Brustwarzen waren, sah ihre gespreizten Schenkel. Hilflos schnappte er nach Luft, und seine breite Brust hob sich. Langsam tasteten sich seine Hände über ihre Beine, bogen ihre Schenkel weiter und weiter auseinander, bis sie vollkommen entblößt vor ihm saß.

Der feuchte Nachthauch strich kühl über ihren erhitzten Bauch. Sie kam sich ihm so ausgeliefert vor, daß sie panisch versuchte, ihre Schenkel zu schließen.

Sein Griff verstärkte sich. »Nein«, bat er. Langsam beugte er sich vor, ließ sie seinen starken Körper spüren, preßte sie sanft in den Sessel und legte seine Lippen mit einer so süßen Zärtlichkeit über die ihren, daß sie es beinahe nicht ertragen konnte. Sein Kuß war so sanft und leicht wie Schmetterlingsflügel, so träge wie diese Sommernacht. Mit äußerster Zartheit liebkoste er ihren Mund, kostete den Kuß aus. Gleichzeitig bohrten sich seine neugierigen Finger zwischen ihre Schenkel und öffneten die zarten Falten, die die weiche Öffnung ihrer Scheide behüteten. Ein großer Finger drängte sich vor und bohrte sich mit einem Mal tief in sie hinein, so daß sie erschrocken zusammenzuckte. Roanna bäumte sich hilflos auf und stöhnte in seinen Mund, als sie die herrliche Penetration seines Fingers spürte.

Er hörte nicht auf sie zu küssen, auf jene flehende Weise, die sie beruhigen wollte, damit sie sich nicht gegen das unverfrorene Vordringen seiner Finger wehrte. Dieser Gegensatz, der sanfte, verführerische Kuß einerseits und das heftige Bohren und Reiben seines Fingers andererseits, war unwiderstehlich und entflammte jeden ihrer Sinne. Sie wurde gleichzeitig verführt und geschändet, gelockt und genommen.

Seine Lippen lösten sich von ihrem Mund und glitten, eine heiße, nasse Spur hinterlassend, zu ihrem Hals und dann hinab zu ihren Brüsten. Zunächst nippte er zärtlich an ihnen, dann saugte er heftig daran. Roanna versank in einem dunklen Wirbelsturm der Leidenschaft; sie zitterte am ganzen Leib vor Erregung. Sie nahm seinen Kopf in die Hände, grub sich in die dichte, seidige Masse seines Haars. Ihr war schwindlig, sie war trunken vor Lust und von dem heißen Moschusduft seiner Haut.

Sein Mund glitt tiefer, über ihre zitternden Bauchmuskeln. Seine Zunge bohrte sich in ihren flachen Nabel, so daß sich ihr Bauch heftig zusammenkrampfte und sie eine beinahe unerträgliche Lustwelle durchzuckte. Und tiefer, tiefer …

Er packte ihre Pobacken und zog sie vor, so daß sie mit dem Hintern auf dem Sesselrand saß, dann legte er sich ihre Beine über die Schultern. Sie stieß einen erstickten Paniklaut aus, bebte hilflos vor Erwartung.

»Ich hab es dir gesagt«, murmelte er. »Zum Anbeißen!«

Und dann küßte er sie, sein Mund war heiß und naß, seine Zunge zwirbelte und umkreiste ihre sehnsüchtig hervortretende Knospe. Sie schob ihm wild die Hüften entgegen, und ihre Fersen gruben sich in seinen Rücken. Sie schrie auf und versuchte, den Laut mit ihrem Handrücken zu ersticken. Es kam ihr beinahe unerträglich vor, war zu heftig, Folter und Seligkeit in einem; ihre Hüften bockten und zuckten in dem Versuch, dem Gefühlssturm zu entkommen. Er packte ihren Hintern noch fester, zog sie hart an seinen Mund, und seine Zunge bohrte sich tief in sie. Unverzüglich kam sie zum Höhepunkt und biß in ihre Hand, um ihre Lust nicht laut in die Welt hinaus zu schreien.

Als die Wellen der Wonne allmählich abebbten und sie aus dem dunklen Strudel der Lust wieder auftauchte, lag sie schwer und wie leblos im Sessel. Ihre Beine hingen noch über seinen breiten Schultern. Sie konnte sich nicht rühren, hatte überhaupt keine Kraft mehr, nicht mal mehr, um die Augen zu öffnen. Was immer er jetzt von ihr verlangte, würde sie ihm gewähren.

Er hob ihre Schenkel von seinen Schultern, und sie fühlte, wie er sich aufrichtete, wie seine nackte Haut ihre Schenkel streifte, während er aus seinem Hemd schlüpfte. Sie zwang sich, die bleischweren Augenlider zu heben und sah gerade noch, wie er hastig seine Hose aufmachte und runterschob. In seiner Ungeduld konnte er es kaum abwarten. Ein Arm schlang sich um ihre Hüften und zog sie noch weiter vor, zog sie fast vom Stuhl und auf seine Schenkel, auf seinen harten, hochaufgerichteten Penis. Er bohrte sich wie ein Speer in sie hinein, so eilig, daß es wehtat, und so heiß, daß es sie verbrannte. Ihr Gewicht half ihm beim Eindringen, sie sank auf ihn herab, und ihr entrang sich ein erstickter Schrei.

Webb stöhnte tief auf und lehnte sich auf die Hände zurück, so daß sie auf seinem mächtigen Körper saß. »Du weißt, was du zu tun hast«, stieß er zwischen zusammengepreßten Lippen hervor. »Los, reite.«

Sie gehorchte. Ihr Körper reagierte ganz von allein, er hob und senkte sich, ihre Schenkel schlossen sich um seine Hüften und spannten sich an, während sie sich erhob und dann wieder auf ihn hinabglitt. Gemächlich ritt sie ihn, hob sich und nahm ihn Zentimeter um Zentimeter wieder in sich auf. Ihr Körper war wundervoll, magisch, er bewegte sich mit einer solchen Grazie und Anmut, daß ihm der Atem stockte; mit einem seidigen Gleiten empfing sie ihn, und er stöhnte gequält auf, weil es ihn beinahe zum Höhepunkt brachte; dann ging sie wieder nach oben, immer weiter, verließ ihn fast ... *nein, nein!* ... und wieder hinab; abermals ächzte er vor Wonne, in ihren nassen, engen, heißen Schoß aufgenommen zu werden. Er war prügelhart in ihr, und endlich fing sie an, ihn hart und schnell zu reiten, wie wild schoß sie auf ihm auf und nieder. Seine Lust wurde unerträglich, und er bäumte sich steil auf, stieß tief in sie hinein. Hilflos wimmerte sie los, und ihr süßes Fleisch begann zu zucken und ihn pulsend zu umkrallen, während sie erneut zum Höhepunkt kam.

Er gab einen kehligen Laut von sich, sprang hoch und warf sie in den Sessel zurück. Dort drückte er sie mit seinem Gewicht nieder, während sein Leib bockte und zuckte und sein Samen tief in ihre enge Höhle sprudelte.

Schwer und zitternd lag er auf ihr, sein Atem ging stoßweise. Er war so heftig gekommen, daß er nicht sprechen und nicht mehr denken konnte. Etwas später gelangte er wieder ein wenig zu Kräften und zog sich zitternd aus ihr zurück. Murmelnd protestierte sie. Er erhob sich, schüttelte die Hose von seinen Füßen und hob Roanna hoch. Dann trug er sie zum Bett und streckte sich neben ihr aus. Sie kuschelte sich sofort in seine Arme und war auch schon eingeschlafen. Webb barg sein Gesicht in ihrem Haar und überließ sich ebenfalls dem süßen Nichts.

Irgendwann im Lauf dieser Nacht löste sie sich aus seiner Umarmung und verließ ihr gemeinsames Lager. Webb erwachte sofort, als er sie nicht mehr spürte. Er blinzelte schläfrig die bleich schimmernde Gestalt an. »Ro?« murmelte er.

Sie antwortete nicht, sondern ging ruhig und unbeirrt zur Tür. Ihre nackten Füße glitten geräuschlos über den Teppich. Es sah fast so aus, als schwebte sie.

Seine Nackenhaare sträubten sich. Er schoß wie ein Blitz aus dem Bett. Seine Hand klatschte in dem Moment an die Tür, als sie die Hand schon am Griff hatte. Forschend blickte er ihr ins Gesicht. Ihre Augen waren offen und starr, wie bei einer Statue.

»Ro«, sagte er mit rauher Stimme. Er nahm sie in die Arme

und zog sie an sich. »Wach auf, mein Liebling. Komm schon, Baby, wach auf!« Sanft schüttelte er sie.

Sie blinzelte einmal, dann noch einmal. Schließlich gähnte sie und drängte sich an ihn. In seiner festen Umarmung spannte sie sich langsam an, als ihr bewußt wurde, daß sie nicht mehr im Bett lag.

»Webb?« fragte sie mit einer kindlichen Stimme. Sie bebte vor Kälte und bekam eine Gänsehaut. Er hob sie hoch und trug sie zum Bett zurück. Dann zog er die warme Decke über sie und legte sich zu ihr. Fürsorglich nahm er sie in seine Arme und drückte sie eng an seinen warmen Körper. Sie begann immer stärker zu zittern, bis sie schließlich von heftigen Krämpfen geschüttelt wurde.

»O Gott«, stieß sie verzweifelt hervor, den Kopf an seiner Schulter geborgen, »ich habe es schon wieder getan. Und ohne mein Nachthemd wäre ich beinahe *splitternackt* aus dem Zimmer marschiert.« Sie begann ihn von sich zu schieben, versuchte, sich aus seiner Umarmung zu befreien. »Ich muß mir etwas anziehen«, stammelte sie. »So kann ich nicht schlafen.«

Webb hielt sie mühelos fest, drückte ihre Arme in die Matratze. »Hör mir zu«, sagte er, doch sie hörte nicht auf, sich gegen ihn zu wehren, und da rollte er sich kurzerhand auf sie und hielt ihren schmalen Körper unter seinem großen gefangen.

»Sch, sch«, murmelte er an ihrem Ohr. »Bei mir bist du sicher, Baby! Ich bin sofort aufgewacht, als du dich von mir gelöst hast. Du mußt dir keine Sorgen machen, ich lasse dich schon nicht als Gespenst rumrennen.«

Sie keuchte vor Anstrengung, und zwei Tränen kullerten aus ihren Augenwinkeln in ihre Schläfenhaare. Er rieb die Nässe mit seiner stoppeligen Wange fort und küßte dann noch den letzten Rest salziger Feuchtigkeit weg. Sie war so weich unter ihm und sein Penis erneut hungrig. Er schob ihre Beine auseinander. »Sei jetzt still«, sagte er, und triumphierend nahm er sie wieder.

Als er so plötzlich in sie eindrang, keuchte sie auf; dann wurde sie still. Er lag auf ihr und fühlte, wie sie sich langsam beruhigte. Es ging schrittweise vor sich, ihr Körper entspannte sich, während ihre Verzweiflung wich und sie sich mehr und mehr bewußt wurde, was er tat und was sie dabei fühlte. »Ich laß dich nicht aus meiner Reichweite«, wisperte er und fing an, sich in ihr zu bewegen.

Zuerst war sie nur passiv und akzeptierte ihn, was ihm auch genügte. Doch dann wuchs seine Sehnsucht nach ihr, und er wollte sich nicht länger mit Passivität begnügen. Er begann sie zu streicheln und zu liebkosen, so daß sie langsam erregt wurde, zu stöhnen begann und sich hungrig an ihn drängte. Sie fing an zu krampfen, und da fuhr er so tief in sie ein, wie er nur konnte; dann pulste und zuckte auch er der Erlösung entgegen.

Danach versuchte sie erneut, aufzustehen und ihr Nachthemd anzuziehen, doch er ließ es nicht zu. Sie mußte lernen, ihm zu vertrauen, in dem Bewußtsein einzuschlafen, daß er aufwachen würde, wenn sie versuchen sollte, das Bett zu verlassen; sie mußte begreifen, daß er sie keinesfalls hilflos im Haus umhergeistern lassen würde. Erst wenn sie diese Sicherheit besaß, würde sie ruhig schlafen können, vorher nicht.

Roanna klammerte sich verzweifelt an ihn. Was ihr beinahe wieder passiert wäre, erschütterte sie bis in ihre Grundfesten. Sie fing an zu weinen, erstickte Schluchzer, die sie zu unterdrücken versuchte. Seit Jahren hatte sie nicht mehr geweint, doch nun öffneten sich die Schleusen – als ob das tiefe Glück, die Erfüllung, die sie in seinen Armen erfahren hatte, das jahrealte Eis aufgetaut, ihren Panzer eingerissen hätte und sich die Gefühlsflut unaufhaltsam Bahn brach.

Es war einfach zu viel für sie, all die sich jagenden Ereignisse, seit Lucinda sie nach Arizona geschickt hatte, um Webb aufzustöbern. Innerhalb einer Stunde, nachdem sie ihn gefunden hatte, war sie unter ihm gelegen, und seitdem stand ihre Welt auf dem Kopf. Wie lange war das her? Drei Wochen? Drei Wochen, in denen sie höchste Glückseligkeit und tiefe Ekstase erfahren hatte, aber auch schlimme Verletzungen; drei Wochen Anspannung und schlaflose Nächte, und dann die letzten Tage, in denen ihr so viele Dinge klar wurden; sie hatte angefangen, sich dem Leben zu stellen, hatte angefangen, wieder mitzumachen.

Sie liebte Webb, liebte ihn so sehr, daß sie es in jeder Pore ihres Körpers fühlte, in jedem Winkel ihrer Seele. Heute nacht hatte er sie erobert, nicht zornig, sondern mit atemberaubender Sensibilität und Männlichkeit. Nicht sie war zu ihm gegangen – er war zu ihr gekommen und hielt sie nun fest, als ob er sie nie wieder loslassen wollte.

Aber wenn er es tat – wenn er morgen sagen würde, daß es ein Fehler gewesen war –, dann würde sie überleben. Freilich würde es wehtun, aber sie würde weiterleben. Inzwischen wußte sie, daß sie beinahe alles ertragen konnte und trotzdem eine Zukunft auf sie wartete.

Komisch, das Bewußtsein, auch ohne ihn weiterleben zu können, machte seine Anwesenheit nur um so süßer. Schließlich hatte sie keine Tränen mehr, und er hielt sie die ganze Zeit in den Armen, streichelte ihr übers Haar, sprach beruhigend auf sie ein. Am Ende schlief sie, sowohl physisch als auch emotional vollkommen erschöpft, ein.

Es war sechs Uhr, als sie wieder erwachte, und das Morgenlicht schien hell und fröhlich herein; das Gewitter war längst vorbei und die Vögel zwitscherten mit süßer Inbrunst. Ihre Balkontür stand offen, und Webb beugte sich über sie.

»Gott sei Dank«, brummte er, als er sah, daß sie die Augen aufschlug. »Ich weiß nicht, wie lange ich es noch ausgehalten hätte.« Dann umwarb er sie wieder, und sie vergaß alles andere, vergaß den sonnigen Morgen, vergaß den Haushalt, der um sie herum erwachte. Trotz seiner anfänglichen Ungeduld liebte er sie mit einer Zärtlichkeit und genießerischen Freude, die sie in der vergangenen Nacht nicht hatten aufbringen können.

Nach dem Höhepunkt zog er ihren zitternden Leib an sich und wischte ihr die Tränen, eindeutige Glückstränen diesmal, von den Wangen. »Ich glaube, wir haben das Heilmittel gegen deine Schlaflosigkeit gefunden«, neckte er sie mit einer Stimme, die noch heiser von der erlebten Ekstase war.

Sie stieß einen seligen Jauchzer aus und vergrub ihren Kopf an seiner Schulter.

Webb schloß die Augen und fühlte dieses kleine Lachen bis in die Zehenspitzen. Auf einmal hatte er einen Kloß im Hals und seine Augen brannten. Roanna hatte wieder gelacht!

Ihr Übermut verflog. Sie hielt ihr Gesicht an seiner Brust versteckt, und ihre feingliedrige Hand strich über seinen Brustkorb. »Mit der Schlaflosigkeit werde ich fertig«, sagte sie leise, »aber nicht zu wissen, wann ich schlafwandle, das ... das ist entsetzlich.«

Er zeichnete mit der Hand den sanften Schwung ihrer Wirbelsäule nach. Sie dehnte sich wie eine Katze und drängte sich dichter an ihn. »Versuch nicht mich abzulenken«, sagte sie. »Ich würde mich wirklich besser fühlen, wenn ich ein Nachthemd anhätte.«

Er rückte ein wenig ab, so daß er auf der Seite lag und sie ansehen konnte. Dann zog er sie wieder an sich. »Aber ich will kein Nachthemd zwischen uns«, murmelte er liebevoll. »Ich will deine Haut spüren und deine Brüste. Du sollst in dem Bewußtsein einschlafen, daß dir nichts mehr zustoßen kann – außer durch mich, natürlich.«

Sie schwieg, und er wußte, daß er sie noch nicht überzeugt hatte; doch im Moment widersprach sie ihm nicht weiter. Langsam kämmte er mit den Fingern durch ihr zerzaustes Haar, und die Sonne verfing sich in den satten Rot-, Gold-

und Brauntönen. Er dachte an das erste Mal, als er mit ihr geschlafen hatte, und schalt sich wegen seiner Rohheit. Seitdem waren viele leere Nächte, in denen er sie hätte lieben können, und ärgerte sich über seine Dummheit.

»Und ich hielt mich für wer weiß wie nobel, weil ich dich nicht ausnützen wollte«, sagte er wehmütig.

»Dumm«, tadelte sie ihn und rieb ihre Wange an seiner haarigen Brust. Sie nuckelte an einer flachen Brustwarze, nahm sie dann zwischen die Zähne und knabberte daran. Er rang nach Luft, ihre zutrauliche Sinnlichkeit überwältigte ihn.

Doch es drängte ihn, sein Verhalten zu erklären. »Ich habe dich in der ersten Nacht erpreßt, mit mir zu schlafen. Aber eigentlich solltest du dich selbst entscheiden.«

»Hirnrissig!« Sie legte den Kopf in den Nacken und sah ihn an. Ihre whiskeybraunen Augen hatten diesen schwerlidrigen Schlafzimmerblick. »Und ich dachte, du willst mich nicht.«

»Du liebe Güte«, murmelte er. »Und du nennst *mich* dumm!«

Sie lächelte und legte ihren Kopf wieder auf seinen rechtmäßigen Platz an seiner Brust. Nummer fünf! Sie kommen jetzt öfter, dachte er, sind aber nicht weniger kostbar.

Ihm fielen die Schüsse ein, die gestern jemand auf ihn abgefeuert hatte, die Gefahr, in die sie wegen ihm bereits geraten war. Er sollte verdammt nochmal aus Davenport verschwinden, und aus ihrem Leben, um ihrer Sicherheit willen und der aller Hausbewohner. Aber das konnte er nicht mehr, denn er war bereits vor seiner Rückkehr nach Davenport leichtsinnig gewesen.

Er legte seine Hand auf ihren Bauch. Seine gespreizten Finger überspannten beinahe die schmale Distanz zwischen ihren Hüftknochen. Einen Moment lang bewunderte er den Gegensatz zwischen seiner rauhen, sonnengebräunten Pranke und der seidigen Glätte ihres Bauchs. Sein Leben lang hatte er es sich zur Regel gemacht, eine Frau vor Schwangerschaft zu schützen, und das Aufkommen von AIDS hatte diese Gewohnheit noch unumgänglicher gemacht. Alle seine feinen Prinzipien waren jedoch beim Teufel, sobald er Roanna unter sich gehabt hatte; keinmal hatte er bei ihr einen Gummi getragen, weder in Nogales noch letzte Nacht. Sanft drückte er seine Handfläche auf ihren Bauch. »Hast du seit Nogales schon deine Periode gehabt?«

Sein Ton war leise und unbewegt, doch die Worte hingen zwischen ihnen, als ob er sie gebrüllt hätte. Sie wurde ganz still, wie das so ihre Art war, nur ihr Atem ging regelmäßig weiter. Schließlich erwiderte sie vorsichtig: »Nein, aber ich bekomme sie nie regelmäßig. Oft lasse ich einen ganzen Monat aus.«

Er hätte sich Gewißheit gewünscht, doch merkte er, daß er sich fürs erste gedulden mußte. Innig liebkoste er ihren Bauch und umfing dann ihren Busen. Diese so festen, exquisit geformten Brüste liebte er. Mit sinnlichem Entzücken bemerkte er, wie ihre Warzen sofort steif wurden und sich aufrichteten, als ob sie um seine Aufmerksamkeit bettelten. Waren sie nicht vielleicht ein wenig dunkler als in jener Nacht? Himmel, gefiel ihm das, wie sie auf ihn reagierte, so unmittelbar und ohne Zögern. »Waren deine Brüste schon immer so sensibel?«

»Ja«, wisperte sie und hielt den Atem an, weil sie von einer Lustwelle überrollt wurde. Zumindest wenn *er* ihre Brüste ansah oder berührte. Sie konnte ihre Reaktion ebensowenig steuern, wie sie eine Flut aufzuhalten vermochte.

Auch er war alles andere als immun. Obwohl es nicht lange her war, seit sie sich zuletzt geliebt hatten, erwachte sein Geschlecht, als er sah, wie ihre Brüste und Wangen sich mit Röte überzogen. »Wie hast du es bloß geschafft, siebenundzwanzig Jahre lang Jungfrau zu bleiben?« staunte er und rieb sich heftig an ihren Schenkeln.

»Du warst nicht da«, erwiderte sie, und ihre schlichte Ehrlichkeit überwältigte ihn.

Er rieb sein Gesicht an ihrem dichten Haar und wurde immer hungriger. »Kannst du nochmal?« fragte er. Um noch deutlicher zu werden, stieß er mit seiner Erektion heftig gegen ihren Schoß.

Anstelle einer Antwort hob sie ein Bein und glitt mit dem abgewinkelten Schenkel über seine Hüfte bis zu seiner Taille. Webb faßte seinen Penis und dirigierte ihn an ihre geschwollene Öffnung; dann drängte er sich verliebt in sie.

Im Augenblick hatte er gar nicht die Sehnsucht nach einem Höhepunkt, bloß nach *ihr*. Sie lagen eng übereinander und schaukelten leise, um ihre Erregung aufrechtzuerhalten. Die Sonne stieg höher, und damit wuchs auch die Gefahr, daß man sie zusammen im Bett erwischte. Aber natürlich würden die anderen nach der Party letzte Nacht länger schlafen als sonst – also hielt er es für einigermaßen sicher, noch ein Weilchen bei ihr zu bleiben. Er wollte sie nicht in eine peinliche Situation bringen, doch ebensowenig wollte er sie jetzt schon verlassen.

Es war herrlich, in ihr zu sein, er liebte ihre enge Öffnung, die ihn so perfekt umschloß. Langsam rutschten sie auseinander, deshalb nahm er ihren Hintern und zog sie wieder an sich. Sie mochte vielleicht anderer Meinung sein, doch er würde seine Ranch darauf verwetten, daß sie schwanger war; bei dem Gedanken, daß sie möglicherweise sein Baby in sich trug, war er einerseits außer sich vor Freude und andererseits zu Tode erschrocken.

Vielleicht war es ja nicht gerade romantisch, folgendes einer Frau zu sagen, wenn man sie gerade liebte – doch er hob ihr Kinn und blickte ihr ernst in die Augen: »Du mußt einfach mehr essen. Ich möchte, daß du mindestens fünfzehn Pfund zunimmst.«

Unsicherheit breitete sich auf ihrem Gesicht aus, und er fluchte laut, während er sich nachdrücklich in ihr versenkte. »Sieh mich nicht so an, verdammt nochmal! Nach letzter

Nacht solltest du wirklich keinen Zweifel mehr daran haben, wie du mich erregst. Teufel nochmal, was ist mit *jetzt*? Ich wollte dich schon, als du siebzehn warst, und ich will dich immer noch. Aber ich will auch, daß du stark und gesund genug bist, um ein Baby auszutragen.«

Sie brauchte einen Moment, um wieder zu Atem zu kommen, nach seinem heftigen Stoß. Dann schmiegte sie sich verführerisch an ihn und wand sich ein wenig, um es sich bequemer zu machen. »Ich glaube nicht, daß ...« begann sie, hielt dann inne und ihre whiskeybraunen Augen weiteten sich. »Du wolltest mich damals schon?« flüsterte sie.

»Du bist doch auf meinem Schoß gesessen«, sagte er trocken. »Was hast du geglaubt, daß ich in der Hose hatte, ein Bleirohr?« Erneut stieß er zu, gab ihr jeden Zentimeter seiner harten Lust zu spüren. »Und so wie ich dich geküßt habe ...«

»Ich habe dich geküßt«, korrigierte sie ihn. Ihre Wangen röteten sich, und sie klammerte sich an ihn.

»Du hast angefangen, aber ich habe dich nicht gerade abgewiesen, stimmt's? So weit ich mich erinnere, hat es nur ein paar Sekunden gedauert, bevor meine Zunge mit deiner spielte.«

Roanna stieß ein genüßliches kleines »Mmmm« aus, vielleicht weil sie an jenen Tag dachte, wahrscheinlich aber wegen dem, was er im Moment mit ihr machte. Er war jetzt so erregt, daß er nicht mehr warten wollte; und sie ebensowenig, wie es schien. Er streichelte ihren Hintern, strich mit den Fingerspitzen durch ihre Spalte bis an den Punkt, an dem sie miteinander vereinigt waren. Sanft rieb er sie dort und spürte, wie straff sich ihr weiches Fleisch um ihn dehnen mußte. Wimmernd bäumte sie sich auf und schmolz dahin. Auch er brauchte nur noch zwei Stöße, um es ihr gleichzutun, und zusammen erreichten sie den Höhepunkt.

Lange Zeit später löste er sich schwitzend und keuchend aus ihren Armen und erhob sich. »Wir müssen aufhören, bevor jemand nach uns sucht«, brummte er. Rasch schlüpfte er in seine Sachen. Seine schwarze Smokinghose und das weiße Hemd waren völlig zerknittert. Er beugte sich zu ihr hinab und küßte sie. »Heute abend komme ich wieder.« Nach einem zweiten Kuß richtete er sich auf, zwinkerte ihr zu und schlenderte lässig auf den Balkon hinaus, als ob es die selbstverständlichste Sache von der Welt wäre, um acht Uhr morgens merkwürdig bekleidet aus ihrem Zimmer zu spazieren. Sie wußte nicht, ob ihn jemand gesehen hatte, denn gleich darauf sprang sie ebenfalls aus dem Bett, raffte ihr Nachthemd an sich und eilte ins Bad.

Innerlich bebte sie vor Erregung und Glück, als sie unter die Dusche trat. Ihre Haut war so sensibilisiert von ihrem Liebesspiel, daß sich selbst das Duschen erotisch anfühlte. Sie konnte die blanke, ungehemmte Sexualität der letzten Nacht kaum fassen, aber ihr Körper strotzte vor Leben.

Ihre Hände glitten über den nassen Bauch. Könnte sie wirklich schwanger sein? Nogales war jetzt drei Wochen her. Sie fühlte sich nicht anders als sonst, glaubte sie zumindest; aber sie hatte ja auch kaum Zeit gehabt, sich auf ihren Eisprung zu konzentrieren, bei all der Aufregung der letzten Wochen. Ihre Menstruation kam ohnehin so unregelmäßig, daß sie nie groß auf den Kalender oder darauf achtete, wie sie sich fühlte. Er schien jedoch seltsam sicher zu sein, und sie schloß die Augen, als süße Seligkeit sie zu übermannen drohte.

Sie glühte geradezu, als sie nach unten zum Frühstück kam. Webb saß bereits am Tisch und war schon halb fertig mit seiner üblichen Holzfällerportion. Seine Gabel blieb mitten auf dem Weg zum Mund stehen, als sie hereinkam. Sie sah, daß sein Blick einen Moment lang auf ihrem Gesicht ruhte, um dann über ihren Körper zu gleiten. Heute abend, dachte sie. Heute abend, hat er versprochen. Sie füllte ihren Teller ein wenig mehr als sonst und schaffte es auch, fast alles aufzuessen.

Es war Samstag, dennoch gab es jede Menge Arbeit. Webb

war bereits im Büro verschwunden und Roanna hielt sich noch bei einer zweiten Tasse Kaffee auf, als Gloria erschien. »Lucinda geht es gar nicht gut«, sagte sie ängstlich, während sie sich mit Rührei bediente. »Letzte Nacht war einfach zu anstrengend für sie.«

»Sie wollte es nicht anders«, sagte Roanna. »Es lag ihr sehr am Herzen.«

Gloria blickte auf. Sie hatte Tränen in den Augen. Ihr Kinn zitterte ein wenig, bevor sie sich wieder faßte. »Trotzdem hat sie sich übernommen«, jammerte sie. »All die Aufregung, bloß wegen einer Party«.

Aber Gloria wußte ebenso wie die anderen, daß dies Lucindas letztes Fest gewesen war, und natürlich hatte sie es für alle unvergeßlich machen wollen. Es sollte ihre Wiedergutmachung sein für das Unrecht, das sie Webb vor zehn Jahren angetan hatte.

Lucinda stemmte sich mit schierer Willenskraft gegen ihren Verfall, denn es gab bis dahin noch so viel zu erledigen. Das war jetzt geschehen, und nun hatte sie keinen Grund mehr zu kämpfen. Der Schneeball war ins Rollen geraten und würde immer schneller werden, bis er sein unvermeidliches Ziel erreichte. Aus langen, ausführlichen Gesprächen wußte Roanna, daß Lucinda es so wollte – aber es war nicht leicht, die alte Dame, die so lange das Bollwerk der Familie gebildet hatte, loszulassen.

Booley Watts rief Webb am Nachmittag an. »Carl hat mir erzählt, was passiert ist«, meinte er. »Verdammt interessant.«

»Danke«, erwiderte Webb trocken.

Booley gluckste und mußte husten. »Carl und ich, wir haben uns die Leute gestern abend ganz genau angesehen; aber uns ist nichts Ungewöhnliches aufgefallen, bis auf den kleinen Vorfall auf der Veranda. Roanna ist schon was Besonderes, nicht wahr?«

»Mir ist die Luft weggeblieben«, murmelte Webb, und er dachte dabei nicht an ihre Liebesnacht. Sie war wie eine Amazone inmitten der Leute gestanden, den Kopf hoch erhoben, die Stimme laut und klar. Keine Sekunde hatte sie gezögert, für ihn in den Kampf zu gehen, und damit verabschiedete sich auch der letzte Rest der »kleinen Roanna« von ihm. Jetzt war sie eine Frau, und zwar stärker, als ihr dies bewußt sein mochte; dennoch fing sie wohl an, diese Stärke in sich zu spüren. Bereits jetzt zeigte sie die königliche Würde Lucindas.

Booleys Stimme unterbrach seine Gedanken. »Ist Ihnen irgend jemand eingefallen, der sie über so lange Zeit hassen und deshalb auch Jessie hätte umbringen können?«

Webb seufzte müde. »Nein, und ich hab mir in der Tat das Hirn zermartert; aber ich wüßte niemanden. Sogar ein paar alte Akten habe ich durchgesehen, in der Hoffnung, dort vielleicht auf etwas zu stoßen, das Aufschluß in diesem ganzen Schlamassel geben könnte.«

»Nun, überlegen Sie weiter. Das war es, was mich von Anfang an an der Sache gestört hat: die Überflüssigkeit dieses Mordes. Ich konnte jedenfalls keinen Sinn darin entdecken. Wer immer Jessie auch getötet hat – und ich will damit bestätigen, daß Sie es nicht gewesen sein können –, hat sie aus einem unerfindlichen Grund getötet. Wenn Ihre Theorie stimmt, dann ging es ohnehin nicht um sie. Dann war also jemand hinter Ihnen her, und sie ist dazwischengeraten.«

»Sobald wir das Motiv haben«, stimmte Webb ihm zu, »finden wir auch den Killer.«

»Tja, so könnte es laufen.«

»Dann wollen wir hoffen, daß wir draufkommen, bevor er nochmal auf mich schießt ... oder ihm sonst jemand in die Quere kommt.«

Nach dem Telefonat rieb er sich ungeduldig die Augen. So sehr er auch grübelte, die einzelnen Teile wollten einfach nicht zusammenpassen. Er streckte sich und stand auf, um sich anzukleiden für eine Fahrt in die Stadt. Jetzt hatte er die Wahl: entweder auf Nummer Sicher gehen und einen Umweg machen oder den üblichen Weg nehmen und hoffen, daß man auf ihn schoß, so daß er eine zweite Chance bekam, den Schützen zu fangen – vorausgesetzt, der Schuß verfehlte ihn. Schöne Wahl!

Lucinda kam zum Abendessen herunter. Das war das erste Mal, daß sie heute ihr Zimmer verließ. Sie sah wächsern aus, und das Zittern in ihren Händen war stärker als vorher, doch sie strahlte über den Erfolg ihrer Party. Mehrere Freunde hatten sie im Laufe des Tages angerufen, um sich überschwenglich zu bedanken – was bedeutete, daß sie ihr Ziel erreicht hatte.

Alle saßen bereits am Tisch, nur Corliss fehlte. Sie war irgendwann ausgegangen und noch nicht wieder eingetrudelt. Nachdem alle ein paar Minuten lang aufgeregt durcheinandergeschwatzt hatten, blickte Lucinda Roanna an: »Ich bin so stolz auf dich, meine Liebe. Was du letzte Nacht gesagt hast, war einfach wundervoll!«

Jeder außer Webb und Roanna sah verwirrt aus. Lucinda war noch nie viel entgangen, obwohl sie in diesem Fall wahrscheinlich von einer oder mehreren Busenfreundinnen über den Verandavorfall aufgeklärt werden mußte.

»Was?« fragte Gloria, und ihre Blicke huschten zwischen Lucinda und Roanna hin und her.

»Oh, Cora Cofelt hat eine abfällige Bemerkung über Webb gemacht, und Roanna ist für ihn auf die Barrikaden gestiegen. Sie hat es geschafft, daß sich alle geschämt haben.«

»Cora Cofelt?« Lanette war entsetzt. »O nein! Sie wird Roanna nie verzeihen, daß sie sie blamiert hat.«

»Ganz im Gegenteil, Cora hat mich heute nachmittag angerufen und sich persönlich für ihr schlechtes Benehmen entschuldigt. Einen Fehler einzugestehen ist das Kriterium einer wahren Lady.«

Roanna wußte nicht, ob diese Bemerkung auf Gloria gemünzt war oder nicht, denn Gloria hatte ganz sicher noch niemals einen Fehler zugegeben. Lucinda und Gloria waren einander sehr zugetan und hielten in einer Krise immer zusammen, aber in ihrer Beziehung gab es auch Ecken und Kanten.

Webb und Roanna sahen einander an, und er lächelte. Roanna errötete und lächelte zurück.

Nummer sechs, dachte er triumphierend.

Die Vordertür wurde krachend zugeschlagen, und Bleistiftabsätze klapperten übers Parkett. »Juhuu!« rief Corliss. »Wo seid ihr? Ju ...«

»Verdammt!« rief Webb und stieß zornig seinen Stuhl zurück. Der Alarm schrillte los, ein ohrenbetäubender Lärm. Alle sprangen auf und hielten sich die Ohren zu. Webb rannte aus dem Raum, und Brock folgte ihm einen Augenblick später.

»O nein, die Pferde«, rief Roanna und schoß zur Tür. Beim Test der Alarmanlage waren alle Pferde in Panik geraten. Webb hatte überlegt, ob er eine weniger schrille Sirene installieren sollte, hatte sich dann jedoch für die Sicherheit der Familie entschieden.

Der Höllenlärm brach abrupt ab, als sie die Halle erreichte. Statt dessen hörte sie Corliss vor Vergnügen wiehern und Webb fluchen wie einen Postkutscher. »Halt's Maul!« schrie Brock Corliss an.

Die anderen drängten hinter ihr nach; Corliss hatte sich aufs Treppengeländer gestützt und hielt sich den Bauch vor Lachen. Jetzt richtete sie sich allerdings entrüstet auf. Ihr Gesicht war krebsrot und wutverzerrt. Ihr Mund arbeitete hart, dann spuckte sie ihren Bruder unversehens an. »Erzähl mir bloß nicht, daß ich mein Maul halten soll!« fauchte sie ihn an. Die großzügige Menge Spucke hatte Brock verfehlt, doch sein Blick war angewidert auf den nassen Fleck am Boden gerichtet.

Lanette starrte ihre Tochter entsetzt an. »Du bist betrunken!« zischte sie.

»Na und?« meinte Corliss streitsüchtig. »'N bißchen Spaß hat noch keinem was geschadet.«

Webb sah sie mit einem Blick an, der Frostschutzmittel hätte gefrieren lassen. »Dann kannst du dich woanders amüsieren. Ich habe dich gewarnt, Corliss. Du hast eine Woche Zeit, um dir eine neue Bleibe zu suchen, danach bist du draußen.«

»Ach ja?« Sie lachte. »Du kannst mich nicht rausschmeißen, Big Boy. Tante Lucinda steht ja vielleicht mit einem Bein im Grab, aber solange nicht beide Beine dort sind, gehört dieses Haus nicht dir.«

Gepeinigt preßte Lanette die Hand vor den Mund und maß Corliss so verstört, als ob sie sie nicht wiedererkannte. Greg nahm einen bedrohlichen Schritt auf sie zu, aber Webb stoppte ihn mit erhobener Hand. Lucinda richtete sich stolz auf und wartete stoisch auf Webbs Reaktion.

»Drei Tage«, sagte er zu Corliss. »Und wenn du dein großes Maul nochmal aufmachst, bist du schon morgen draußen.« Er blickte Roanna an. »Komm, schauen wir nach den Pferden!«

Sie verließen das Haus durch die Vordertür und gingen über den Hof zu den Ställen; die Luft war erfüllt von dem ängstlichen Wiehern der Pferde und dem Donnern ihrer Hufe gegen die Boxen. Roanna mußte zwei Schritte machen für jeden von Webb und rannte praktisch, um sein Tempo zu halten. Loyal und die paar Stallburschen, die zu dieser späten Stunde noch Dienst taten, versuchten ihr bestes, die in Panik geratenen Tiere zu beruhigen. Sie fluchten, doch sie befleißigten sich eines ruhigen Tonfalls, da es ja nicht auf die Worte ankam, sondern auf die Wirkung.

Roanna rannte in den Stall und schloß sich dem Chor zärtlicher Laute an. Die Pferde draußen auf der Koppel waren ebenso verängstigt wie die Tiere in den Boxen, aber sie hatten genug Bewegungsfreiheit. Die Pferde in den Boxen dagegen waren zumeist Tiere mit kleinen oder größeren Verwundungen und konnten sich in ihrer Panik noch mehr Schaden zufügen.

»Sch«, sagte Loyal zu seinen Stallburschen, und alle verstummten, damit Roanna singen konnte. Alle fuhren fort, die Tiere zu streicheln und ihrem eigenartigen Singsang zu lauschen, der die Aufmerksamkeit jedes Tieres im Stall erregte. Dieses Talent besaß sie seit ihrer Kindheit, und Loyal hatte es mehr als einmal genutzt, um einen verängstigten Gaul in den Griff zu bekommen.

Webb ging wie die anderen von Box zu Box und streichelte glatte, schweißglänzende Pferdehälse. Roanna schritt leise singend durch den Stall, und alle spitzten bei ihrer schönen Stimme die Ohren, als ob sie sich keine Note entgehen lassen wollten. Innerhalb von fünf Minuten waren sämtliche Tiere ruhig, wenn sie auch noch schwitzten.

»Los, holt ein paar Lumpen, Jungs«, brummte Loyal. »Wir wollen meine Babys trockenreiben.«

Roanna und Webb halfen auch mit, während Loyal jedes Tier untersuchte, um festzustellen, ob sich eines vielleicht etwas getan hatte. Alle schienen bis auf ihre ursprünglichen Verletzungen in Ordnung zu sein, aber Loyal blickte Webb dennoch kopfschüttelnd an. »Ich hasse dieses schrille Läuten«, sagte er unverblümt. »Und die Pferde werden sich auch nicht dran gewöhnen, der Ton ist einfach zu hoch. Tut ihren Ohren weh – meinen auch, wo wir schon davon reden. Was ist passiert, zum Teufel?«

»Corliss«, sagte Webb ärgerlich. »Sie ist blau und hat vergessen, den Code einzugeben, bevor sie reinkam.«

Loyal runzelte zornig die Stirn. »Ich weiß wirklich nicht, was sich Miss Lucinda dabei denkt, dieses Luder, Sie entschuldigen schon, auf Davenport wohnen zu lassen.«

»Ich auch nicht, aber in drei Tagen ist sie raus.«

»Nicht früh genug, wenn Sie mich fragen.«

Webb blickte sich um und sah, daß Roanna am anderen Ende des großen Stalls stand. »Es gibt Probleme, Loyal. Bis die nicht geklärt sind, lasse ich die Alarmanlage, wie sie ist – weil der Lärm laut genug ist, um sogar dich hier hinten zu wecken; und es könnte sein, daß wir deine Hilfe brauchen.«

»Was sind das für Probleme, Boss?«

»Gestern hat jemand auf mich geschossen. Ich glaube, es ist derselbe, der sich letzte Woche ins Haus geschmuggelt und vielleicht sogar der, der Jessie umgebracht hat. Nach Corliss' Auszug geht der Alarm wirklich nur noch in Notfällen los. Wenn es zum Schlimmsten kommt, bist du vielleicht der einzige, der uns helfen kann.«

Loyal beäugte ihn nachdenklich, dann nickte er kurz. »Ich werd wohl am besten mein Gewehr putzen und dafür sorgen, daß es geladen ist«, sagte er.

»Das wäre gut.«

»Miss Roanna weiß nichts davon, stimmt's?«

»Keiner außer mir, Sheriff Beshears und Booley Watts weiß Bescheid. Und jetzt du. Jemanden, der auf der Hut ist, erwischt man schwer.«

»Na, ich hoffe, ihr schnappt euch diesen Bastard möglichst bald; denn solange unsere verdammte Alarmanlage jeden Moment losgehen und die Pferde aufscheuchen kann, krieg ich kein Auge zu.«

20

Drinnen herrschte noch Aufruhr, als Webb und Roanna zurückkehrten. Corliss hockte hysterisch heulend auf der Treppe und flehte Lucinda um ein Dach überm Kopf an. Doch nicht einmal ihre eigene Mutter stellte sich diesmal auf ihre Seite; betrunken zu sein war schlimm genug, aber den Bruder *anzuspucken* überstieg alles bisher Dagewesene.

Von Brock fehlte jede Spur; wahrscheinlich hatte er sich klugerweise entfernt, bevor er sich noch an seiner Schwester vergreifen konnte.

Lucinda musterte die heulende Corliss mit einem kalten Blick. »Du hast recht, Corliss. Auch wenn ich schon mit einem Bein im Grab stehe, gehört das Haus immer noch mir. Und als Eigentümerin von Davenport erteile ich Webb uneingeschränkte Vollmacht, in meinem Namen zu handeln – ohne irgendwelche Rückfragen!«

»Nein, nein«, heulte Corliss. »Ich kann nicht ausziehen, du verstehst nicht ...«

»Selbstverständlich ziehst du aus!« erwiderte Lucinda absolut unnachgiebig. »Du widerst mich an. Ich empfehle dir, jetzt gleich auf dein Zimmer zu gehen, bevor mir Webbs Vorschlag, dich bereits morgen vor die Tür zu setzen, noch verlockender erscheint als ohnehin schon.«

»O Mom!« wandte sich Corliss mit tränenüberströmten Wangen flehentlich an ihre Mutter. »Sag ihr, daß sie mich bleiben lassen soll!«

»Ich bin zutiefst von dir enttäuscht!« Lanette machte kehrt und ging an ihrer Tochter vorbei die Treppe hinauf.

Greg beugte sich vor und riß Corliss auf die Füße.»Ab mit dir«, sagte er streng, drehte sich herum und stieß sie die Stufen hinauf. Alle sahen zu, bis die beiden oben waren und bis zu Corliss' Zimmer miteinander rangelten. Ihr ungezogenes Geheule brachte alle nur noch mehr auf.

Lucinda sank erschöpft in sich zusammen. »Dieses Biest«, murmelte sie. Ihr Gesicht wirkte noch wächserner als vorher. »Ist mit den Pferden alles in Ordnung?« fragte sie Roanna.

»Keins hat sich verletzt, und alle sind wieder ruhig.«

»Gut.« Lucinda fuhr sich mit zitternder Hand an die Stirn, holte dann tief Luft und straffte ihre Schultern.

»Webb, könnte ich dich kurz sprechen, bitte? Wir müssen uns über ein paar Dinge unterhalten.«

»Aber sicher.« Er ergriff ihren Ellbogen und stützte sie auf dem Weg zum Arbeitszimmer. Kurz bevor er die Tür erreichte, warf er einen Blick über die Schulter auf Roanna. Sie sahen sich an. Seine Augen waren zärtlich und voller Verheißung. »Iß du bitte fertig«, sagte er mit Nachdruck.

Als er und Lucinda allein im Arbeitszimmer waren, ließ sie sich schwer auf die Couch sinken. Ihr Atem kam stoßweise, und der Schweiß stand ihr auf der Stirn. »Der Arzt sagte, mein Herz läßt auch langsam nach, verdammt nochmal«, schimpfte sie. »Siehst du, jetzt habe ich auch noch geflucht.« Sie warf einen verstohlenen Blick auf Webb, um zu sehen, wie er reagierte.

Unfreiwillig grinste er. »Das hast du früher auch, Lucinda. Diesen Rotschimmel, dein Leib-und-Magen-Roß, hast du doch verflucht, daß ihm von Rechts wegen die Ohren hätten abfallen müssen.«

»War schon ein Prachtstück, dieses Tier, nicht wahr?« meinte sie liebevoll. So starrköpfig das Pferd auch gewesen sein mochte, Lucinda hatte immer die Oberhand behalten. Noch vor wenigen Jahren war sie mit beinahe jedem Exemplar fertiggeworden, auf das sie sich setzte.

»Also worüber wolltest du mit mir reden?«

»Über mein Testament«, sagte sie direkt. »Morgen werde ich den Anwalt kommen lassen. Besser, ich mache es gleich; denn es sieht so aus, als ob mir weniger Zeit bleibt, als ich glaubte.«

Webb setzte sich neben sie auf das Sofa und nahm eine ihrer knochigen, zittrigen Hände in die seinen. Sie war zu gerissen und auch zu stolz, als daß sie sich mit Platitüden von ihm hätte trösten lassen; daher versuchte er es erst gar nicht. Aber es gefiel ihm nicht, sie gehen lassen zu müssen. Ganz und gar nicht! »Ich liebe dich«, sagte er. »Damals war ich stinkwütend auf dich, weil du bei dem Mord an Jessie nicht zu mir gehalten hast. Es hat verteufelt weh getan, daß du mich dazu für fähig gehalten hast. Ganz bin ich immer noch nicht drüber weg, aber ich hab dich trotzdem lieb.«

Tränen traten ihr in die Augen, doch sie blinzelte sie energisch weg. »Natürlich bist du noch nicht drüber weg. Ich habe nie angenommen, daß du mir endgültig verzeihen würdest, und der Himmel weiß, ich hab es auch nicht verdient. Aber ich liebe dich auch, Webb, und halte dich seit jeher für Davenports besten Treuhänder.«

»Überlaß es Roanna«, sagte er. Diese Worte sprudelten von ganz allein aus seinem Mund. Er hatte Davenport immer als sein Eigen betrachtet, als etwas, das einmal ihm gehören würde, und alle seine Kräfte darin investiert. Aber ganz plötzlich wußte er, daß es anders richtiger war. Davenport stand Roanna zu. Trotz allem, was Lucinda dachte, ja auch trotz allem, was Roanna dachte, war sie mehr als in der Lage, die Zügel zu übernehmen.

Roanna war stärker und klüger, als alle annahmen, einschließlich ihrer selbst. Webb begann erst jetzt langsam ihren Charakter zu begreifen. Jahrelang hatte sie jeder für zart und schwach gehalten, alle hatten gedacht, daß das emotionale Trauma von Jessies Ermordung Roannas Ruin war; doch statt dessen hatte sie sich in sich selbst zurückgezogen, ausgeharrt, Kraft gesammelt. Man brauchte schon eine besondere Art von Stärke zum Ausharren in unabänderlichen Situationen – sich sozusagen einfach hinzuhocken und die Sache auszusitzen. In letzter Zeit jedoch kam Roanna mehr und mehr aus ihrem Panzer hervor, zeigte stückweise ihre Persönlichkeit, stand mit einer Reife und Gelassenheit für sich ein, die eher unauffällig sein mochte, aber gleichwohl vorhanden war.

Lucinda blinzelte ihn überrascht an. »Roanna? Glaubst du nicht, ich hätte nicht schon längst mit ihr darüber geredet? Sie will Davenport nicht. «

»Nein, sie will bloß nicht ihr Leben mit Finanz- und Papierkram verbringen sowie dem Studium von Börsenberichten«, korrigierte er. »Aber sie liebt Davenport. Überlaß es ihr.«

»Du meinst, das Erbe aufsplitten?« fragte Lucinda vollkommen verwirrt. »Ihr das Haus überlassen und dir alles übrige?« Sie klang geschockt; das war unausdenkbar. Davenport und alles was dazugehörte, hatte immer in einer Hand gelegen.

»Nein, ich meine, überlaß alles ihr. Es steht ihr auch rechtmäßig zu.« Roanna brauchte ein Zuhause, das hatte sie ihm selbst gesagt; sie brauchte etwas, das nur *ihr* gehörte, was ihr niemand mehr wegnehmen konnte. »Sie hat nie das Gefühl gehabt, irgendwo daheim zu sein; wenn du alles mir überläßt, wird sie glauben, sie wäre nicht tüchtig genug gewesen, um Davenport zu bekommen – natürlich würde sie sich mit jedem Testament einverstanden erklären. Aber dann fehlt ihr ihr Nest, Lucinda. Auf Davenport sollten Davenports leben, und sie ist die letzte.«

»Aber ... aber selbstverständlich wird sie hier leben.« Lucinda blickte ihn unsicher an. »Du würdest sie nie wegschicken. Ach, du meine Güte! Das wird komisch aussehen, nicht wahr? Die Leute hätten was zum Tratschen.«

»Sie hat mir erzählt, sie möchte sich etwas Eigenes kaufen.«

»Und Davenport verlassen?« Allein der Gedanke erschreckte Lucinda. »Aber hier ist doch ihr Zuhause.«

»Genau«, erwiderte Webb leise.

»Also, sieh mal an!« Lucinda lehnte sich zurück und dachte über diese Wendung der Dinge nach. Doch eigentlich war es ja ganz einfach. Sie würde alles so belassen, wie es war, mit Roanna als Alleinerbin. »Aber ... was wirst du tun?«

Er lächelte, ein langsames Lächeln, das sich über sein ganzes Gesicht ausbreitete. »Sie kann mich anheuern, um den Geschäftskram für sie zu erledigen«, sagte er leichthin. Auf einmal wußte er ganz genau, was er wollte, und ihm war, als würde ihm endlich eine Erleuchtung zuteil. »Oder noch besser, ich heirate sie!«

Das verschlug Lucinda wirklich die Sprache. Sie brauchte eine volle Minute, bevor sie ein »Wie bitte?« hervorkrächzen konnte.

»Ich heirate sie«, wiederholte Webb mit wachsender Entschlossenheit. »Gefragt hab ich sie noch nicht, also sag vorerst nichts.« Ja, er würde sie ehelichen, so oder so. Ihm war, als ob auf einmal der Groschen gefallen wäre, als ob die Dinge zu guter Letzt an ihren richtigen Platz rückten. Es *fühlte* sich richtig an. Nichts war ihm je richtiger vorgekommen. Roanna hatte immer zu ihm gehört – und er immer zu ihr.

»Webb, bist du dir sicher?« fragte Lucinda besorgt. »Roanna liebt dich, aber sie verdient es, wiedergeliebt zu werden ...«

Er betrachtete sie vollkommen ernst. Seine grünen Augen funkelten, und sie verfiel in erstauntes Schweigen. »Da sieh mal einer an«, wiederholte sie.

Nun begann er zu erklären. »Jessie – ich war besessen von ihr, glaube ich, und irgendwie habe ich sie wohl geliebt, weil wir zusammen aufgewachsen sind; aber das Ganze stimmte später nicht mehr. Ich hätte sie nie heiraten dürfen; aber ich war derart verrannt in die Idee, Davenport zu erben und die Kronprinzessin zu heiraten, daß ich über den Verlauf unserer Ehe nie genügend nachdachte. Aber Roanna ... ich glaube, ich liebe sie schon, seit sie auf der Welt ist. Als sie noch klein war, habe ich sie wie ein großer Bruder geliebt; aber jetzt ist sie erwachsen, und unsere Beziehung hat sich geändert.« Er seufzte und dachte an all die Jahre, in denen seine Gefühle und sein Erbe miteinander rangen. »Wenn Jessie nicht getötet worden wäre, hätten wir uns scheiden lassen. Ich hab das ernst gemeint, was ich an dem Abend sagte. Wir hatten uns gegenseitig satt. Und wenn wir amtlich auseinandergegangen wären, hätte ich Roanna schon vor langer Zeit geheiratet. Jessies Tod stellte ein unüberwindliches Hindernis zwischen uns dar, und ich hab wegen meines Grolls zehn Jahre vergeudet.«

Lucinda blickte forschend in sein Gesicht, und was sie dort fand, ließ sie erleichtert zusammensinken. »Du liebst sie wirklich!«

»So sehr, daß es weh tut.« Sanft drückte er Lucindas Hand. »Sie hat mich sechsmal angelächelt«, gestand er. »Und einmal gelacht.«

»Gelacht!« Wieder schossen Lucinda die Tränen in die Augen, und diesmal ließ sie sie rinnen. Ihre Lippen zitterten. »Ich würde sie so gerne wieder lachen hören, bloß noch einmal.«

»Sie wird wieder glücklich werden«, versprach Webb.

»Wann wollt ihr heiraten?«

»So bald wie möglich; das heißt, wenn ich sie dazu überreden kann.« Er wußte, daß Roanna ihn liebte; aber sie davon zu überzeugen, daß er sie ebenfalls liebte, mochte einige Mühe kosten. Früher einmal hätte sie ihn mit fliegenden Fahnen genommen; doch nun würde sie vermutlich schweigen und auf stur schalten, wenn sie mißtrauisch war. Andererseits wollte er jedoch, daß Lucinda ihre Hochzeit noch erlebte, also mußte es rasch gehen – ihre Kräfte verlöschten zusehends. Und vielleicht gab es ja noch einen privateren Grund für eine unverzügliche Eheschließung.

»Ach was!« meinte Lucinda wegwerfend. »Du weißt, sie würde durchs Feuer gehen, um dich heiraten zu können!«

»Ich weiß, daß sie mich liebt; aber ich habe einsehen müssen, daß sie nicht mehr blindlings alles tut, worum ich sie bitte. Die Zeiten sind längst vorbei. Außerdem hätte ich ungern eine Fußmatte zur Frau. Sie soll selbstbewußt sein und für das einstehen, was *sie* will.«

»So, wie sie für dich einstand.«

»Wie sie immer für mich eingestanden ist!« Als er verlassen

auf dem Friedhof stand, war Roanna an seiner Seite gewesen, hatte ihre schmale Hand in die seine geschoben und ihm Trost geboten, soweit sie ihn geben konnte. Sie war weit stärker als er, stark genug gewesen, um als erste auf ihn zuzugehen und ihm ihre Rechte zu reichen. »Sie verdient das Erbe«, beharrte er. »Außerdem möchte ich nicht, daß sie je das Gefühl hat, es mir recht machen zu müssen, nur um ihr Zuhause zu behalten.«

»Möglicherweise denkt sie dasselbe im Hinblick auf dich«, meinte Lucinda. »Immer wenn du nett zu ihr bist, wird sie sich fragen, ob du es vielleicht nur deshalb bist, weil sie die Hand auf dem Geldbeutel hat. Ich befinde mich selbst in dieser Situation«, fügte sie trocken hinzu, wobei sie zweifelsohne an Corliss dachte.

Webb zuckte mit den Schultern. »Naja, sie hat es nicht gerade mit einem armen Schlucker zu tun, wie du verdammt gut weißt, da du mir ja so einen dezenten Privatdetektiv nachgeschickt hast. Ich hab meine Grundstücke und Investitionen in Arizona, und die werden ein hübsches Vermögen wert sein, bevor ich mit ihnen fertig bin. Sicherlich hat Roanna den Bericht auch gelesen, also weiß sie über meine finanzielle Lage Bescheid. Insofern sind wir uns ebenbürtig; sie wird hoffentlich merken, daß ich mit ihr zusammen bin, weil ich sie liebe, und aus keinem anderen Grund. Wenn sie wirklich nicht daran interessiert sein sollte, werde ich mich um die Geschäfte kümmern, aber das ist gar nicht gewiß, daß sie damit aufhören will. Sie sagt es zwar, aber hat trotzdem das Davenport-Händchen, wenn es um Geschäfte geht, nicht wahr?«

»Ein etwas anderes allerdings!« Lucinda lächelte. »Sie achtet mehr auf die Leute als auf die Zahlen in den Bilanzen.«

»Du weißt, was sie wirklich tun möchte, nicht wahr?«

»Nein, was?«

»Pferde trainieren.«

Lucinda lachte leise. »Das hätte ich eigentlich wissen können! Loyal arbeitet seit Jahren mit ihren Trainingstips, und ich muß sagen, daß wir fast die mustergültigsten Pferde in der Gegend haben.«

»Sie kann einfach wundervoll mit Tieren umgehen. Dort liegt ihr Herz, also soll sie das meinetwegen auch in die Tat umsetzen. Du hast Pferde immer aus Liebhaberei gehalten, weil du verrückt nach ihnen bist; aber Roanna möchte einen Beruf daraus machen.«

»Du hast dir alles schon zurechtgelegt, stimmt's?« Sie lächelte ihn liebevoll an, denn schon als Junge war Webb immer strategisch vorgegangen und, ohne nach rechts oder links zu blicken, dabei geblieben. »Keiner hier weiß, daß du Grundstücke in Arizona besitzt. Die Leute werden sich das Maul zerreißen, das ist dir doch hoffentlich klar.«

»Du meinst, sie bringen das Geld ins Spiel? Daß ich mir Davenport mit allem Mitteln aneignen wollte? Daß ich Jessie deswegen geheiratet hätte, um mich dann, nachdem sie tot war, an Roanna ranzumachen?«

»Wie ich sehe, hast du alle Fallstricke bedacht.«

Webb winkte ab. »Die Fallstricke sind mir scheißegal, solange Roanna es nicht auch glaubt.«

»Das wird sie nicht. Sie liebt dich seit zwanzig Jahren und wird dich noch weitere zwanzig lieben.«

»Mehr als das, hoffe ich doch.«

»Weißt du eigentlich, wieviel Glück du hast?«

»Oh, ich ahne es ungefähr«, sagte er leise. Es überraschte ihn, daß er so lange gebraucht hatte, bis er auf den Gedanken gekommen war. Auch wenn er *gewußt* hatte, daß er Roanna liebte, so hatte er diese Liebe nie als eine romantische, erotische Liebe betrachtet; er hatte sich immer für ihren großen Bruder gehalten, selbst nachdem sie sich das erste Mal geküßt hatten und er beinahe die Beherrschung verlor. Erwacht war er erst – und das mit einem kräftigen Ruck –, als sie in dieser Bar in Nogales auf ihn zukam, eine erwachsene Frau, die er zehn Jahre lang nicht gesehen und somit auch ihre Entwicklung nicht mitbekommen hatte. Diese Nacht war unauslöschlich in sein Gedächtnis gebrannt, und trotzdem hatte er danach mit der Fehlannahme, Roanna vor seiner Lüsternheit beschützen zu müssen, zu kämpfen gehabt. Gott, was für ein Schwachkopf er doch gewesen war. Sie *liebte* seine Lüsternheit geradezu, was ihn zum glücklichsten Mann auf Gottes Erdboden machte.

Jetzt mußte er sie nur noch dazu überreden, ihn zu heiraten, und diesen kleinen Mordversuch an ihm klären.

Roanna stand auf dem Balkon und beobachtete den Sonnenuntergang, als er ihr Zimmer betrat. Sie warf einen Blick über ihre Schulter, als sie die Tür aufgehen hörte. Die letzten Strahlen der Sonne schienen auf sie nieder und verwandelten ihre Haut in goldenen Samt und ihr Haar in ein schimmerndes Meer. Er kam durch den Raum und trat zu ihr hinaus auf den Balkon. Mit dem Rücken lehnte er sich ans Geländer, so daß er das Gesicht dem Haus und ihr zuwandte. Sie anzusehen gefiel ihm so verdammt gut. Immer wieder entdeckte er Neues in ihren ausgeprägten Zügen, mit den feingemeißelten Wangenknochen, den tanzenden Lichtern in ihren whiskeyfarbenen Augen. Der Kragen ihrer Bluse stand offen, so daß er ein Stück seidiger Haut sehen konnte, das ihn daran erinnerte, wie seidig sie überall sonst noch war.

Er fühlte, wie er allmählich hart wurde, stellte ihr aber dennoch eine knurrige Frage. »Hast du aufgegessen?«

Sie zog die Nase kraus. »Nein, das Essen war kalt, also hab ich mir statt dessen eine Zitronencremeschnitte genehmigt.«

Er runzelte die Stirn. »Tansy hat nochmal Schnitten gemacht? Davon hat sie mir gar nichts gesagt.«

»Es ist bestimmt noch was übrig«, tröstete sie ihn. Sie blickte in den rot-lila-streifigen Himmel hinauf. »Willst du Corliss wirklich rausschmeißen?«

»O ja!« Erleichterung und Entschlossenheit waren aus diesen zwei kurzen Worten zu hören.

Sie wollte etwas sagen, hielt jedoch inne.

»Sag es ruhig«, ermutigte er sie, »... wenn du glaubst, daß ich unrecht habe.«

»Nein, das glaube ich nicht. Lucinda braucht jetzt ihren Frieden und nicht dauernde Querelen.« Ihre Gedanken wanderten in die Ferne. »Bloß, ich weiß noch, wie es ist, kein Zuhause zu haben und nicht zu wissen, wo man hin soll.«

Er streckte die Hand aus und wickelte sich eine Haarlocke um den Finger. »Als deine Eltern starben?«

»Ja, und auch später, bis – bis ich siebzehn war.« Bis Jessie starb, meinte sie, sagte es jedoch nicht. »Ich hab mich immer davor gefürchtet, fortgeschickt zu werden, wenn ich es nicht recht machte.«

»Das wäre niemals geschehen«, meinte er in felsenfester Überzeugung. »Du bist hier zu Hause. Lucinda hätte dich nie fortgeschickt.«

Sie zuckte mit den Schultern. »Sie haben darüber gesprochen. Lucinda und Jessie, meine ich. Sie wollten mich in einem College anmelden. Nicht bloß Tuscaloosa, sondern in einem Mädchencollege irgendwo in Virginia, glaube ich. Weit genug weg, damit ich nicht regelmäßig nach Hause kommen konnte.«

»Das war nicht der Grund.« Er klang geschockt. An die Debatte erinnerte er sich durchaus. Lucinda hatte gedacht, es wäre gut für Roanna, einmal von ihnen allen fortzukommen, damit sie erwachsen werden konnte, und Jessie hatte natürlich in dasselbe Horn getutet. Im nachhinein verstand er, daß Roanna den Eindruck gehabt hatte, man wollte sie loswerden.

»So hab ich es jedenfalls aufgefaßt«, setzte sie hinzu.

»Warum hat sich das geändert, als du siebzehn wurdest? Lag es daran, daß Jessie tot war und das Thema nicht mehr zur Sprache bringen konnte?«

»Nein.« Wieder trat jener entrückte Ausdruck in ihre Augen. »Auf einmal war es mir egal. Fortzugehen erschien mir das Beste. Ich wollte weg von Davenport, von den Leuten, die mich kannten und bemitleideten, weil ich so beklagenswert aussah, ein linkischer Trampel war und mich nicht vernünftig unterhalten konnte.« Ihr Ton blieb ganz sachlich, als ob sie eine Speisekarte herunterleierte.

»Teufel nochmal«, sagte er müde. »Jessie hatte sich es wirklich zur Lebensaufgabe gemacht, dich runterzudrücken, nicht wahr? Eine fürchterliche Lage. Es sollte ein Gesetz dagegen geben, daß Leute unter fünfundzwanzig heiraten. Ich hab mich für den reinsten King gehalten, als ich Anfang zwanzig war. Glaubte fest daran, daß ich Jessie zähmen und in eine passende Ehefrau verwandeln könnte – was ich für passend hielt, natürlich. Aber Jessie hat immer etwas gefehlt, die Fähigkeit zu lieben vielleicht, denn geliebt hat sie niemanden. Weder mich, noch Lucinda, ja nicht mal sich selbst. Und ich war zu jung, um das zu erkennen.« Er rieb sich die Stirn und dachte an jene schrecklichen Tage nach dem Mord zurück. »Nun, vielleicht hat sie am Ende ja doch jemanden geliebt. Vielleicht den Mann, dessen Kind sie erwartete. Aber das werde ich nie erfahren.«

Roanna schnappte geschockt nach Luft. Sie drehte sich zu ihm. »Du wußtest Bescheid?« fragte sie fassungslos.

Webb stieß sich vom Geländer ab und blickte sie scharf an. »Ich hab es nach ihrem Tod erfahren.« Er packte sie aufgeregt bei den Schultern. »Und woher wußtest du es?«

»Ich – ich hab sie im Wald zusammen gesehen.« Sie wünschte, sie hätte sich nicht verraten; doch zu hören, daß er über Jessies Affäre im Bilde war, kam allzu überraschend. All die Jahre hatte sie dieses Geheimnis für sich behalten, und er hatte es die ganze Zeit über gewußt! Ihr hingegen hatte niemand verraten, daß Jessie schwanger gewesen war bei ihrer Ermordung, und deshalb wurde ihr jetzt speiübel.

»Wer war es?« fragte er hart.

»Ich weiß nicht, hab ihn nie zuvor gesehen.«

»Kannst du ihn beschreiben?«

»Eigentlich nicht, nein!« Sie biß sich auf die Lippe und dachte an jenen Tag. »Es war nur ein kurzer Blick auf die beiden, an Jessies Todestag, und das auch nur aus der Ferne. Ich habe es dir damals nicht erzählt, weil ich Angst hatte ...« Sie hielt inne und ein Ausdruck tiefer Traurigkeit glitt über ihre Züge. »Ich hatte Angst, du würdest ausrasten und etwas Dummes tun, dich in Schwierigkeiten bringen. Also hab ich den Mund gehalten.«

»Und nachdem Jessie getötet worden war, hast du auch nichts gesagt; du dachtest, man würde mich dann verhaften und behaupten, ich hätte sie aus Eifersucht umgebracht.« Aus demselben Grund hatte er geschwiegen und war beinahe daran erstickt. Ihm tat das Herz weh, wenn er daran dachte, das Roanna das gleiche Geheimnis bewahrt hatte, und zwar aus demselben Beweggrund. Sie war noch so jung gewesen, außerdem unter Schock angesichts der Leiche ihrer Cousine – und weil man sie vorübergehend des Mordes verdächtigt hatte; hinzu kam die Kränkung seiner Zurückweisung, und trotz allem hatte sie den Mund gehalten.

Roanna nickte und blickte ihm forschend ins Gesicht. Die Sonne verschwand jetzt rasch hinter dem Horizont, und die Dämmerungsschatten drangen mit ihren mysteriösen, blaulila Schleiern hervor. Es war jener kurze Moment, in dem die Erde zwischen Tag und Nacht verharrte, als würde die Zeit stillstehen und alles ringsum süßer und reicher werden. Von seiner undurchdringlichen Miene ließ sich nicht ablesen, was er dachte oder fühlte.

»Also hast du es für dich behalten«, sagte er leise. »Um mich zu schützen. Ich wette, du bist beinahe daran erstickt, als Jessie reinkam und uns lauthals beschuldigte, miteinander zu schlafen, wo du sie erst wenige Stunden zuvor mit einem anderen ertappt hast.«

»Ja«, sagte sie kläglich; diesen Alptraum würde sie nie vergessen.

»Hat sie dich gesehen?«

»Nein, ich hab mich nicht gemuckst. Damals war ich ziemlich gut im Anschleichen.« Sie warf ihm einen Blick zu, der sagen wollte, was für ein verwegenes Ding sie doch damals gewesen war.

»Ich weiß«, bestätigte er ihr trocken. »Erinnerst du dich noch, wo sie sich getroffen haben?«

»Es war auf irgendeiner Waldlichtung. Ich könnte dich ungefähr hinführen, glaube aber nicht, daß ich die exakte Stelle wiederfinden würde. Es ist zehn Jahre her und die Lichtung wahrscheinlich längst zugewachsen.«

»Wenn sie auf der Lichtung waren, warum kannst du den Mann dann nicht beschreiben?«

»Weil sie Sex hatten!« stieß sie heftig hervor. »Er war nackt. Ich hatte noch nie einen nackten Mann gesehen. Offen gestanden hab ich nicht auf sein Gesicht geachtet!«

Webb ließ erstaunt die Hände sinken und sah sie im schwindenden Licht der Dämmerung mit zusammengekniffenen Augen an. Dann fing er an zu lachen. Er lachte nicht bloß einmal auf, sondern röhrte vor Vergnügen, und es schüttelte ihn geradezu. Eigentlich wollte er aufhören, doch sie zeigte einen so verdatterten Blick, daß er fröhlich weiterwieherte.

Sie boxte ihn an die Schulter. »Hör auf«, brummte sie.

»Also ich kann mir Booley so richtig vorstellen«, keuchte Webb prustend. »T-tut mir leid, Sheriff, ich hab sein Gesicht nicht gesehen, weil ich seinen – Whoff!« Diesmal versetzte sie ihm einen Magenschwinger. Er stieß zischend die Luft aus und klappte, sich den Bauch haltend, zusammen.

Roanna reckte das Kinn. »Ich hab mir nicht«, sagte sie würdevoll, »seinen Whoff angesehen.« Sie stapfte in ihr Zimmer und machte Anstalten, ihm die Balkontür vor der Nase zuzuknallen. Im letzten Moment zwängte er sich durch den verbleibenden Spalt. Roanna stellte den Alarm an und zog die Vorhänge zu.

Er schlang den Arm von hinten um sie, bevor sie ihm entschlüpfen konnte, und zog sie fest an sich. »Tut mir leid«, entschuldigte er sich. »Ich weiß, daß dich das Ganze ziemlich aus der Fassung gebracht haben muß.«

»Es hat mich *krank* gemacht«, sagte sie heftig. »Ich haßte sie dafür, daß sie dich betrog.«

Mit gesenktem Kopf rieb er sein stoppeliges Kinn in ihrem Haar. »Ich glaube, sie hatte vor, mir das Baby unterzuschieben und mir weiszumachen, daß es meins wäre. Dafür mußte sie mich aber erst dazu bringen, mit ihr zu schlafen, und ich hatte sie seit vier Monaten nicht mehr angerührt. So, wie die Dinge standen, konnte sie es unmöglich als meins deklarieren. Als sie uns beim Küssen erwischte, hat sie wahrscheinlich ihren ausgeklügelten Plan in Rauch aufgehen sehen. Sie wußte verdammt gut, daß ich das Baby nicht als meins ausgeben würde, bloß um einen Skandal zu vermeiden. Ich hätte mich so schnell von ihr scheiden lassen, daß sie nicht mehr gewußt hätte, wo vorn und hinten ist. Ohnehin war sie krankhaft eifersüchtig auf dich. Wenn sie mich mit einer anderen erwischt hätte, wäre sie längst nicht so wütend gewesen.«

»Auf mich?« fragte Roanna fassungslos und schaute verwundert auf. »Eifersüchtig auf *mich*? Aber warum denn? Sie hatte doch alles.«

»Aber dich habe ich immer beschützt – und das meistens vor ihr. Grundsätzlich stand ich auf deiner Seite, und das konnte sie einfach nicht ertragen. Sie mußte überall und bei jedem an erster Stelle rangieren.«

»Kein Wunder, daß sie immer versucht hat, Lucinda dazu zu überreden, mich aufs College zu schicken!«

»Sie wollte dich aus dem Weg haben.« Er strich ihr Haar beiseite und küßte ihren Hals. »Bist du sicher, daß du den Mann nicht beschreiben kannst?«

»Er war mir völlig unbekannt. Und da sie am Boden lagen, kam sein Gesicht fast überhaupt nicht in Sichtweite. Damals hielt ich ihn für älter, aber ich war ja erst siebzehn. In dem Alter erscheint einem Dreißig schon hoffnungslos.«

Zärtlich knabberte er an ihrem Hals, und sie erschauerte genüßlich. Sie fühlte, wie er buchstäblich das Interesse an seinen Fragen verlor; seine Erektion wuchs alarmierend und stieß an ihr Hinterteil. Mit geschlossenen Augen lehnte sie sich an ihn. Eine wohlige Wärme breitete sich in ihr aus.

Langsam glitten seine Hände über ihren Leib und umfingen ihre Brüste. »Genau wie ich dachte«, murmelte er und verlagerte seine Liebesbisse an ihr Ohrläppchen.

»Was?« keuchte sie, griff nach hinten und stützte sich mit den Händen an seinen harten Oberschenkeln ab.

»Deine Nippel sind schon steif.«

»Bist du etwa auf meine Brüste fixiert?«

»Muß wohl so sein«, murmelte er. »Und auf andere erlesene Regionen.«

Er war jetzt sehr hart. Roanna begann zu zappeln, und er drängte sie rückwärts zum Bett. Sie fielen darauf nieder, wobei Webb sich mit den Armen abstützte, um sie nicht zu erdrücken; in der kühlen Dunkelheit fanden ihre Körper mit einer Leidenschaft zueinander, die sie schwach und zitternd in seinen Armen zurückließ.

Eng schmiegte sie sich an ihn; ihr Kopf ruhte an seiner Schulter. Roanna, deren Glieder sich wie Gummi anfühlten, war vollkommen entspannt und merkte, wie ihr die Augen zufielen. Offenbar hatte er recht, was ihre Schlaflosigkeit betraf; der Streß und die Anspannung hatten sie zehn Jahre lang nicht einschlafen lassen – aber wenn er sie geliebt hatte, überließ sie sich bereitwillig ihren Träumen. Aber schlafen war eine Sache, im Schlaf zu wandeln eine ganz andere. Es verstörte sie auf einer weit peinlicheren Ebene. Sie sagte: »Ich muß mein Nachthemd anziehen.«

»Keinesfalls.« Das kam entschieden und ohne Umschweife. Seine Arme schlossen sich fester um sie, als ob er sie davon abhalten wollte, aufzustehen.

»Aber wenn ich wieder schlafwandle ...«

»Das wirst du nicht. Ich halte dich die ganze Nacht lang fest. Du kommst nicht aus dem Bett, ohne mich aufzuwecken.« Er küßte sie lange und gründlich. »Schlaf jetzt, mein Süßes. Ich werd' schon auf dich aufpassen.«

Aber sie konnte nicht. Sie fühlte, wie die Anspannung langsam wieder von ihr Besitz ergriff, wie ihre Muskeln sich erneut verkrampften. Eine zehn Jahre alte Gewohnheit ließ sich nicht in wenigen Nächten austreiben. Webb mochte ja verstehen, wie sehr ihr davor graute, hilflos durch die Nacht zu geistern; aber er konnte ihre Panik, ihre Hilflosigkeit nicht *nachempfinden*, wenn sie an einem anderen Ort als dem erwachte, an dem sie sich schlafen gelegt hatte. Nicht zu wissen, wie sie dahin gekommen oder was in der Nacht passiert war!

Da er ihre Nervosität spürte, umarmte er sie fester, versuchte sie mit zärtlichen Worten zu beruhigen; doch schließlich sah er ein, daß wohl nichts half, außer kompletter Erschöpfung.

Sie hatte geglaubt, sich an seine Art zu lieben gewöhnt zu haben, das Ausmaß seiner Sinnlichkeit zu kennen. Aber das stellte sich als Irrtum heraus.

Er brachte sie zuerst mit seinen Fingern zum Orgasmus, dann mit seinem Mund. Dann ließ er sie auf seinem harten, muskulösen Oberschenkel zur Erfüllung reiten, obwohl sie sich an ihn klammerte und ihn anflehte, sie zu nehmen. Schließlich tat er es, indem er sie vom Bett herunterzog und umdrehte, so daß sie davor kniete, das Gesicht ins Laken gedrückt. Nun drang er von hinten in sie ein, stieß klatschend an ihren Po, griff gleichzeitig um sie herum und streichelte ihre nasse Scheide. Sie keuchte auf, was von der Matratze erstickt wurde, und kam ein viertes Mal; aber immer noch war er nicht fertig mit ihr. Roanna zerschmolz, erreichte einen Zustand, in dem ihr Orgasmus gar nicht mehr abklang, sondern andauerte, endlos, wie die Wellen von Ebbe und Flut. Es passierte von neuem, und sie griff nach hinten, packte seine Hüften, um ihn kräftig in sich zu ziehen, während sie um ihn zitterte und pulste. Ihre Bewegung traf ihn unerwartet, er stieß einen tiefen, gutturalen Schrei aus, zuckte, bockte und schleuderte seinen Samen tief in sie hinein.

Beide schlotterten danach förmlich und waren so geschwächt, daß sie kaum mehr aufs Bett zurückkriechen konnten. Ihre Körper troffen vor Schweiß, und sie klammerten sich aneinander wie Schiffbrüchige. Diesmal konnte sie den Schlaf ebensowenig abwehren, wie sie Webb hatte abwehren können.

Einmal wachte sie auf, um festzustellen, daß er sie noch hielt, wie er es versprochen hatte.

Beim nächsten Erwachen wollte sie sich erheben, und Webbs lange Finger schlossen sich fest um ihr Handgelenk. »Nein«, flüsterte er bestimmt. »Du gehst nirgendwo hin.«

Aufatmend überließ sie sich wieder ihrer Nachtruhe.

Das letzte Mal, als sie erwachte, dämmerte es, und er verließ das Bett. »Wohin gehst du?« fragte sie gähnend und setzte sich auf.

»In mein Zimmer«, erwiderte er und streifte sich die Hose über. Er lächelte sie an, und wieder wallten Glücksgefühle in ihr auf. Wie er so vor ihr stand, mit zerzaustem Rabenhaar und Ein-Tage-Bart, sah er rauh und sexy aus. Seine Stimme war noch heiser vom Schlaf und seine Lider ein wenig geschwollen, was ihm einen trägen Hatte-gerade-Sex-Look verlieh. »Ich muß was holen«, sagte er. »Bleib liegen, hörst du? Rühr dich nicht vom Fleck.«

»Okay, ich bin ganz brav.« Leise stakste er hinaus, und sie kuschelte sich wieder unter die Decke. Sie war gar nicht sicher, ob sie überhaupt aufstehen *konnte*. Die vergangene Nacht hatte ihr allerhand Freuden beschert. Ihre Scheide war ganz wund, und ihre Oberschenkel zittrig und überdehnt. Es gab also Intimitäten zwischen Mann und Frau, die sie sich nie hätte erträumen lassen, und doch wußte sie, daß noch ein tieferes Glück, grenzenlosere Seligkeit darauf warteten, von ihnen entdeckt zu werden.

Einen Augenblick später war er wieder zurück, in der Hand eine Plastiktüte mit dem Namen einer Apotheke darauf. Die Tüte wanderte auf das Nachtkästchen.

»Was ist das?« fragte sie.

Er schlüpfte wieder aus der Hose und zu ihr ins Bett. Dann nahm er sie in die Arme. »Ein Schwangerschaftsfrüherkennungstest.«

Sie erstarrte. »Webb, ich glaube wirklich nicht ...«

»Es ist möglich«, unterbrach er sie. »Warum willst du es nicht wissen?«

»Weil ich ...« Diesmal hielt sie inne und blickte mit ernsten Augen zu ihm auf. »Weil ich nicht will, daß du dich verpflichtet fühlst.«

Er wurde ganz still. »Verpflichtet?« hakte er vorsichtig nach.

»Wenn ich schwanger bin, wirst du dich verantwortlich fühlen.«

»Verdammt richtig. Ich *bin* auch dafür verantwortlich«, schnaubte er.

»Ich weiß, aber ich will nicht ... du sollst mich um meiner selbst willen nehmen«, sagte sie leise und versuchte die Sehnsucht in ihrer Stimme zu verbergen, was ihr nicht ganz gelang. »... nicht weil wir unvorsichtig waren und ein Baby gemacht haben!«

»Dich um deiner selbst willen nehmen«, wiederholte er ebenso leise. »Haben dir das die letzten Nächte denn nicht bewiesen?«

»Körperlich begehrst du mich freilich.«

»Ich begehre dich ganz und gar.« Er nahm ihr Gesicht in seine großen Hände und strich mit dem Daumen über ihren weichen Mund. Dann hub er feierlich an: »Ich liebe dich, Roanna Frances. Willst du meine Frau werden?«

Ihre Lippen zitterten unter seinem Daumen. Als sie siebzehn war, liebte sie ihn mit einer solchen Verzweiflung, daß sie jede Gelegenheit zu einer Hochzeit mit größtem Jubel ergriffen hätte, egal unter welchen Umständen. Jetzt war sie siebenundzwanzig und liebte ihn immer noch verzweifelt – so sehr, daß sie ihn nicht in eine weitere Ehe drängen wollte, in der er bloß unglücklich werden würde. Sie kannte Webb, wußte, wie tief sein Verantwortungsgefühl reichte. Wenn sie schwanger war, würde er alles tun, um für sein Kind zu sorgen, und das beinhaltete auch, die Mutter über seine Gefühle für sie anzulügen.

»Nein«, sagte sie mit fast unhörbarer Stimme und lehnte das ab, was sie sich am meisten auf der Welt wünschte. Eine Träne kullerte ihr aus dem Auge.

Er drängte sie nicht, verlor nicht die Beherrschung, wie sie es fast befürchtet hatte, sondern blickte sie nach wie vor aufmerksam an. Die Träne wischte er sanft mit dem Daumen fort. »Warum nicht?«

»Weil du mich bloß fragst, weil du ein Baby witterst.«

»Falsch. Ich frage, weil ich dich liebe!«

»Das sagst du bloß so!« Und sie wünschte, er würde mit diesem Thema aufhören. In wievielen Träumen hatte sie ihn eben jene Worte flüstern hören? Es war einfach nicht fair, daß er sie jetzt äußerte, in ihrer prekären Lage. Gar keine Frage, sie liebte ihn – aber auch sie wollte unbedingt um ihrer selbst willen geliebt werden. Zumindest das war ihr vollkommen klar, und auf diesen letzten Traum würde sie niemals verzichten.

»›Bloß so‹ sage ich überhaupt nichts! Ich liebe dich, Ro, und du mußt mich heiraten.«

Hinter seinem ernsten Gesichtsausdruck lauerte eine gewisse Selbstzufriedenheit. Sie blickte ihm forschend in die

Augen, blickte ihm mit ihrem tiefen Ernst in die Seele. Ja, da stand definitiv ein selbstzufriedenes Glitzern in seiner Miene, ein wilder Triumph, wie sie ihn immer dann an ihm beobachtete, wenn er ein besonders raffiniertes Geschäft über die Bühne gebracht hatte.

»Was hast du angestellt?« fragte sie alarmiert.

Er grinste. »Als Lucinda und ich uns gestern abend unterhielten, sind wir übereingekommen, das Testament in seiner jetzigen Ausführung zu belassen. Davenport ist bei dir besser aufgehoben.«

Sie wurde kreidebleich. »Was?« flüsterte sie, und so etwas wie Panik stahl sich in ihren Ausdruck. Als sie versuchte, sich von ihm loszumachen, hielt er sie nur noch fester, drückte sie an sich, so daß ihr nächster Protest gedämpft von seinem Hals erklang.

»Aber das alles ist dir versprochen, seit du vierzehn warst! Du hast dafür gearbeitet, ja sogar ...«

»... sogar Jessie deswegen geheiratet«, beendete er ruhig ihren Satz. »Ich weiß.«

»So war es abgemacht. Du kommst zurück, wenn Lucinda ihr Testament wieder zu deinen Gunsten abändert.« Angst krallte sich um ihr Herz. Davenport war der Köder, der ihn wieder zurückgeholt hatte; aber sie und Lucinda wußten, daß er sich ein eigenes Leben in Arizona aufgebaut hatte. Vielleicht mochte er Arizona ja lieber als Alabama. Ohne Davenport als Anreiz würde er, wenn Lucinda starb, wahrscheinlich wieder fortgehen – und nach den letzten beiden Nächten würde sie das nie und nimmer ertragen können.

»Das ist nicht ganz richtig. Ich bin nicht wegen dieser Abmachung zurückgekommen, sondern weil ich alte Wunden heilen wollte. Es ging mir vor allem um Frieden mit Lucinda; sie war lange Zeit ein sehr wichtiger Teil meines Lebens, und ich schulde ihr eine ganze Menge. Sie sollte nicht das Zeitliche segnen, bevor die Dinge zwischen uns geklärt waren. Davenport ist etwas Besonderes, aber ich habe mir in Arizona auch etwas aufgebaut«, sagte er gelassen. »Ich brauche Davenport nicht, und Lucinda dachte, du willst es nicht ...«

»Das ist richtig«, sagte sie energisch. »Ich hab dir doch gesagt, daß ich kein Leben will mit Geschäftskonferenzen und mit dem Studieren von Börsenberichten.«

Er lächelte sie zärtlich an. »Ein Jammer, wo du so gut darin bist. Nun, dann wirst du mich leider heiraten müssen, damit ich es für dich erledige! Wenn wir dann getraut sind, kannst du von mir aus gerne dein Leben mit der Erziehung unserer Kinder und unserer Pferde verbringen; letzteres hättest du ohnehin getan, auch wenn Lucinda Davenport mir überlassen hätte. Der einzige Unterschied ist, daß das Ganze jetzt mit allem Drum und Dran doch dir gehören wird. Du bist der Boß.«

Ihr schwirrte der Kopf. Sie war sich nicht sicher, ob sie richtig verstanden hatte oder nicht. Davenport würde ihr gehören und er blieb auch? Davenport würde ihr gehören ...

»Ich kann die Rädchen in deinem Kopf schnurren hören«, murmelte er. Er bog ihren Kopf zurück, so daß sie ihn ansehen mußte. »Und ich bin noch aus einem anderen Grund zurückgekommen, dem wichtigsten von allen: Nämlich wegen dir!«

Sie schluckte. »Wegen mir?«

»Richtig!« Behutsam strich er mit einem Finger an ihrer Wirbelsäule entlang bis zu ihrem Po und wieder zurück. Sie erschauerte leicht und schmolz in seinen Armen dahin. Er wußte genau, was er mit dieser kleinen Liebkosung bezweckte. Sie sollte nicht erregt, sondern beruhigt werden, Sicherheit spüren und jenes Vertrauen in jeder Hinsicht empfinden, mit dem sie ihm ihren Körper beim Liebesakt schenkte. Allein die Tatsache, daß er in diesem Moment nicht mir ihr schlafen wollte, war ein Beweis für seine Aufrichtigkeit.

»Wollen sehen, ob ich die Dinge für dich noch ein wenig klarer machen kann«, überlegte er leise und hauchte einen Kuß auf ihre Stirn. »Ich habe dich geliebt, als du eine Rotznase warst, die so viel angestellt hat, daß mein Haar vorzeitig hätte ergrauen können. Als du ein Teenager warst, liebte ich deine dünnen Streichholzbeine und deine Augen, die einem das Herz brachen, wenn man sie erblickte. Und jetzt bist du eine Frau, die mein Gehirn in Mus verwandelt, die mir die Knie weich und den Schwanz hart macht. Wenn du einen Raum betrittst, dann will mir fast mein Herz in der Brust zerspringen. Lächelst du mich an, habe ich das Gefühl, den Nobelpreis gewonnen zu haben. Und deine Augen sind zutiefst in meinem Gemüt verankert.«

Seine romantische Liebeserklärung war der süßeste Balsam für ihre Seele; sie saugte sie in sich auf, in jede Zelle ihres Körpers, in ihr ganzes Inneres. Sie wollte ihm so gerne glauben, und genau deshalb hatte sie Angst, es zu tun, mißtraute ihrer Sehnsucht.

Da sie weiterhin schwieg, fuhr er fort, sie auf diese zarte, zurückhaltende Weise zu streicheln. »Jessie hat es dir ganz schön gegeben, nicht wahr? Ihretwegen bist du dir immer so ungeliebt und ungewollt vorgekommen, daß du heute noch nicht damit fertig bist. Hast du denn nicht kapiert, daß Jessie *log*? Ihr ganzes Leben war eine einzige Lüge. Weißt du nicht, daß Lucinda ganz vernarrt in dich ist? Nachdem Jessie tot war, hat sie dich endlich so kennenlernen können wie du bist, ohne daß jemand ständig Gift versprühte. Sie hält verdammt große Stücke auf dich.« Er zog ihre Hand an die Lippen und küßte jeden einzelnen Finger, dann knabberte er an den weichen Handballen. »Jessie ist seit zehn Jahren unter der Erde. Wie lange willst du dir noch dein Leben von ihr vergällen lassen?«

Roanna legte den Kopf zurück und erforschte mit einigem Erstaunen sein Gesicht. Verblüfft erkannte sie, daß er nie entschlossener, nie resoluter ausgesehen hatte. Seine Miene verkündete, daß er sich entschieden hatte und verdammt nochmal alles tun würde, um an sein Ziel zu gelangen. Er wollte sie nicht heiraten, weil Davenport ihr gehören würde, denn er hätte selbst alles haben können. Lucinda hätte sich in jedem Fall an ihre Abmachung gehalten. Auch wegen einer etwaigen Schwangerschaft wollte er sie nicht heiraten ...

Als ob er ihre Gedanken lesen könnte, und vielleicht konnte er das ja tatsächlich, sagte er: »Ich liebe dich. Ich kann dir gar nicht sagen, wie sehr, denn mir fehlen die Worte. Ich würde es gerne versuchen, aber ich bin kein Poet. Es spielt keine Rolle, ob du schwanger bist oder nicht. Ich will dich heiraten, *weil ich dich liebe*. Punktum.«

»Also gut«, wisperte sie und fing an zu zittern, als ihr klar wurde, was für einen Sprung ins Glück diese Entscheidung bedeutete. Reinste Seligkeit breitete sich in ihr aus.

Sie ächzte, als er sie mit einem Mal an seinen breiten Brustkorb quetschte. »Du weißt aber wirklich, wie du einen Mann zum Jaulen bringst«, sagte er leidenschaftlich. »Beinahe wollte ich schon verzagen. Was hältst du davon, wenn wir gleich nächste Woche heiraten?«

»Nächste Woche?« quiekte sie so laut, wie es ihr in diesem Schwitzkasten möglich war.

»Du glaubst doch nicht etwa, daß ich dir Zeit lasse, es dir nochmal zu überlegen?« Sie konnte das Lächeln in seiner Stimme hören. »Wenn du wirklich auf eine Riesenhochzeit versessen bist, dann werde ich mich wohl oder übel ein wenig gedulden – aber nur wenn die Vorbereitungen nicht zu lange dauern. Lucinda ... Also, ich finde, wir sollten es auf jeden Fall noch in diesem Monat über die Bühne bringen.«

Tränen schossen ihr in die Augen. »So bald? Ich hatte gehofft ... ich hatte gehofft, daß sie wenigstens den Winter noch übersteht, vielleicht den Frühling erlebt ...«

»Das glaube ich nicht. Der Arzt hat gesagt, daß ihr Herz auch langsam nachläßt.« Er rieb sein Gesicht trostsuchend in ihrem seidigen Haar. »Sie ist ein zäher alter Vogel«, sagte er heiser vor Rührung. »Aber sie hat ihren Frieden gemacht. Man kann es in ihren Augen sehen.«

Schweigend hielten sie einander einen Moment lang fest und trauerten jetzt schon um die Gestalt, die so lange der Mittelpunkt der großen Familie war. Aber Webb gehörte nicht zu den Leuten, die sich lange von einem gesteckten Ziel abhalten ließen. Er lehnte sich zurück und blickte sie fragend an. »Also, was diese Hochzeit angeht ...«

»Ich will keine Riesenhochzeit«, sagte sie heftig und erschauderte schon bei dem bloßen Gedanken. »So was hattest du mit Jessie, und das will ich nicht nochmal erleben. Der Tag war einfach schrecklich für mich.«

»Was für eine Hochzeit willst du dann? Wir könnten hier im Garten heiraten oder im Country Club. Willst du nur Verwandtschaft dabeihaben oder auch unsere Freunde? Ich weiß, daß *du* welche hast, und vielleicht kann ich ja auch ein paar auftreiben.«

Für diese Bemerkung zwickte sie ihn. »Du weißt verdammt gut, daß du welche hast, wenn du dich bloß dazu durchringen könntest, ihnen zu verzeihen – und sie wieder Freunde sein *läßt*. Ich will im Garten heiraten und will unsere Freunde dabeihaben. Und dann will ich auch noch, daß mich Lucinda zum Altar führt, wenn sie es schafft. Eine Riesenhochzeit wäre sowieso zu viel für sie.«

Seine Mundwinkel zuckten, als er all diese »Ich-wills« vernahm. Er befürchtete, daß Roanna, obwohl sie behauptete, jedenfalls geschäftlich gar nichts zu wollen, über kurz oder lang ihre hinreißende Nase in die Davenport-Unternehmungen stecken und ihm wegen einiger seiner Finanzentscheidungen ganz schöne Duelle liefern würde.

Aber der Gedanke, daß Roanna endlich mal wieder aus der Haut fuhr, machte ihn so selig, daß er am liebsten in die Luft gesprungen wäre. Ihren Sturkopf hatte er schon immer gemocht und hoffte nur auf ein wenig veränderte Methoden. »Über die Einzelheiten unterhalten wir uns noch«, sagte er. »Aber nächste Woche wird geheiratet, spätestens jedoch in zwei, okay?«

Sie nickte und lächelte gerührt.

Nummer sieben, registrierte er begeistert. Und dieses Lächeln war ganz spontan gekommen, als ob sie auf einmal keine Angst mehr hätte, Freude zu zeigen.

Er reckte sich und langte nach der Plastiktüte auf dem Nachtkästchen. Der Inhalt purzelte aufs Bett, Webb öffnete die Schachtel, las den Beipackzettel und reichte ihr dann den kleinen Plastikstab mit dem Loch an einem Ende. »Also«, sagte er streng, »jetzt mach schön Pipi auf den Stab.«

Zehn Minuten später klopfte er an die Badezimmertür. »Was treibst du da drinnen?« fragte er ungeduldig. »Ist alles in Ordnung?«

»Ja«, ertönte es dumpf.

Als er die Tür öffnete, fand er sie nackt vor dem Waschbecken, wie sie schockiert auf das Plastikstäbchen starrte, das auf dem Beckenrand lag. Sie war ganz blaß.

Webb folgte ihrem Blick. Der Schlitz war weiß gewesen – und jetzt blau! Es handelte sich um einen einfachen Test: die Farbveränderung am Schlitz wies auf positiv. Er schlang die Arme von hinten um sie und zog sie an seinen großen, warmen Körper. Sie erwartete sein Baby! »Du hast wirklich nicht daran geglaubt, stimmt's?« fragte er neugierig.

Fassungslos schüttelte sie den Kopf. »Ich ... ich fühl mich gar nicht anders.«

»Das wird sich höchstwahrscheinlich bald ändern.« Seine großen Hände glitten hinab zu ihrem flachen Bauch, wo sie sie zärtlich massierten. Sie konnte fühlen, wie sein Herz an ihrem Rücken hämmerte. Sein Penis wurde steif und drückte sich beharrlich an ihren Hüftknochen.

Er war aufgeregt und zugleich stimuliert. Das verblüffte

sie. Sie hatte geglaubt, er würde sich für das Baby verantwortlich fühlen, nicht mehr; nie wäre ihr auch nur im Traum eingefallen, daß ihn die Aussicht, Vater zu werden, mit Freude und Erregung erfüllte. »Du wünschst dir das Baby«, zweifelte sie etwas. »Es gefällt dir, daß ich schwanger bin?«

»Weiß Gott, das tut es!« Seine Stimme war rauh, und er umarmte sie fester. »Magst du es denn nicht?«

Ihre Hand glitt tiefer und legte sich leicht über die Stelle, an der ihr Kind, sein Kind, in ihr wuchs. Überraschung und Glück breiteten sich auf ihrem Gesicht aus, und ihr strahlender Blick begegnete Webbs im Spiegel. »O doch«, beteuerte sie leise.

21

Corliss schlüpfte in Roannas Schlafzimmer. Sie war ganz allein im oberen Stockwerk, da alle anderen entweder zur Arbeit gegangen waren oder beim Frühstück saßen. Sie hatte versucht, etwas zu essen, war jedoch kaum imstande dazu gewesen bei ihren hämmernden Kopfschmerzen und der Übelkeit. Sie brauchte ein bißchen Koks, bloß um sich ein wenig besser zu fühlen, aber ihr ganzes schönes geklautes Geld war schon wieder futsch.

Als Webb und Roanna das Frühstückszimmer betraten, hatte sie sich demonstrativ erhoben und war mit stummer, empörter Würde aus dem Raum marschiert – aber den verdammten Bastarden war das völlig egal gewesen. Gleich hinter der Tür hatte sie gelauscht, ob sie etwas über sie sagten. Doch die erwähnten nicht einmal ihren Namen ... als ob sie Luft wäre. Webb hatte ihr befohlen, Davenport zu verlassen und *puff!*, einfach so, existierte sie nicht mehr. Statt dessen hatte Webb verkündet, daß er und Roanna heiraten würden.

Heiraten! Corliss konnte es kaum fassen. Der Gedanke empörte sie dermaßen, daß sie sich völlig zerschlagen fühlte. Warum sollte jemand, besonders ein Mann wie Webb, eine graue Maus wie Roanna heiraten wollen? Corliss haßte den Bastard, aber sie unterschätzte ihn keinesfalls. Bis dahin hatte sie sich in der Gewißheit gewiegt, Roanna mit links handhaben zu können, wenn es einmal so weit war. Mit Webb jedoch funktionierte das nicht. Er war viel zu abgebrüht, zu gemein. Unnachgiebig würde er sie aus Davenport davonjagen. Und genau deshalb mußte sie ihn loswerden.

Sie konnte hier nicht einfach weg. Der bloße Gedanke machte sie schon krank vor Panik. Keinen schien es zu bekümmern, daß sie hier wohnen *mußte*. Niemals konnte sie in dieses armselige kleine Haus in Sheffield zurückziehen und wieder die arme Verwandte der reichen Davenports sein. Jetzt war sie jemand, Miss Corliss Spence von Davenport! Webbs Rausschmiß machte sie erneut zu einem Nichts, einem Niemand. Sie hätte dann keine Möglichkeit mehr, an Geld für ihr teures Laster heranzukommen. Diese Aussicht war unerträglich. Also war Webb aus dem Weg zu räumen. Hastig sah sie sich in Roannas Zimmer um. Sie brauchte dringend Geld, aber zuerst wollte sie ein wenig herumschnüffeln. Vorher war sie in Webbs Zimmer gegangen, in der Hoffnung, dort etwas von *seinem* Kram zu finden, das sie sich unter den Nagel reißen konnte, aber – welche Überraschung! Es sah nicht so aus, als hätte er dort geschlafen. Das Bett war sauber gemacht und vollkommen unberührt. Irgendwie konnte sie sich nicht vorstellen, daß er seine häuslichen Angelegenheiten selbst in Ordnung brachte, nicht der arrogante Webb Tallant.

Na, war er nicht ein Schlauberger? Kein Wunder, daß er auf seine alte Suite verzichtete. Er hatte sich diesen Raum gleich neben Roannas geschnappt, ein gemütliches Arrangement hier hinten im Haus, wo man nicht gestört wurde.

Danach schaute sie sich bei Roanna um, und wie nicht anders zu erwarten, war das Bett vollkommen zerwühlt, und auf beiden Kissen befanden sich Kopfabdrücke. Wer hätte so etwas von der prüden Cousine gedacht, die nie mit Männern ausging? Gegen das Bumsen schien sie trotzdem nichts einzuwenden zu haben, wenn man sich diese Bescherung so ansah. Ganz schön clever außerdem! Corliss gab es nur ungern zu, aber dieses eine Mal war Roanna die Klügere gewesen. Sie hatte dafür gesorgt, daß Webb sie nicht rausschmiß, indem sie sich als bequeme Anlaufstelle für Sex zur Verfügung stellte, und irgendwie hatte sie es geschafft, ihn zu einer Heirat zu überreden. Vielleicht war sie ja besser im Bett, als sie aussah. Corliss hätte selbst mit ihm geschlafen, wenn sie daraufgekommen wäre. Es ärgerte sie, daß sie nicht daran gedacht hatte.

Nun spazierte sie ins Badezimmer und öffnete das Spiegelschränkchen. Roanna bewahrte nie irgendwas Interessantes darin auf, keine Anti-Baby-Pillen, kein Kondom oder Diaphragma, bloß Zahnpasta und ähnlich langweiliges Zeugs. Sie besaß nicht mal anständige Kosmetika, die sie sich hätte ausborgen können.

Corliss warf einen Blick in den kleinen Abfalleimer und erstarrte. »Also sieh mal einer an«, sagte sie leise und bückte sich, um die Schachtel herauszunehmen. Ein Schwangerschaftstest.

Auf diese Weise hatte Roanna es geschafft!

Sie arbeitete wirklich umsichtig, das mußte Corliss zugeben. Also hatte sie geplant, mit ihm ins Bett zu gehen, sobald sie ihn in Arizona ausfindig machte. Wahrscheinlich hatte sie nicht damit gerechnet, so rasch schwanger zu werden, aber, Teufel nochmal, manchmal half einem das Glück und man knackte den Jackpot.

Na, das würde Harper Neeley interessieren, soviel war sicher.

Sie hielt sich nicht länger mit der Suche nach Geld auf. Das hier duldete keinen Aufschub. Rasch schlüpfte sie aus Roannas Zimmer und zurück in ihr eigenes. Harper war ihre letzte Hoffnung. Dieser seltsame Kerl flößte ihr zwar Angst ein, aber immerhin war er alles andere als langweilig. Er sah aus, als gäbe es nichts, wovor er zurückschreckte. Ihr erschien es fast komisch, wie sehr er Webb haßte, fast bis zur Besessenheit, aber das diente nur ihrem Interesse. Harper hatte es zweimal vermasselt, aber er würde es immer wieder versuchen. Er war wie eine Knarre: Sie mußte ihn lediglich auf das Ziel lenken und den Abzug betätigen.

Telefonisch vereinbarte sie einen Treffpunkt.

Harpers Augen glühten auf eine mörderische Weise, die Corliss frösteln ließ. Sie fürchtete sich, aber war auch zufrieden. Daß er so darauf reagieren würde, hätte sie nicht erwartet; es übertraf bei weitem ihre Hoffnungen.

»Bist du sicher, daß sie schwanger ist?« fragte er lauernd und lehnte sich in seinem Stuhl zurück, der sogleich nach hinten kippte. Er hockte auf dem Stuhl wie ein sprungbereites Raubtier.

»Ich hab den verdammten Test gesehen«, erklärte Corliss. »Er lag ganz oben im Abfalleimer, also muß sie ihn erst heute morgen vorgenommen haben. Dann kamen sie die Treppe runter, idiotisch grinsend, und Webb hat verkündet, daß sie heiraten wollen. Was ist jetzt mit meinem Geld?

Harper lächelte sie mit seinen eisblauen Augen an. »Geld?«

Sie wehrte einen Anflug von Panik ab. Geld war im Moment ihr einziges Thema; sie hatte es furchtbar eilig gehabt herzukommen, und jetzt brauchte sie wirklich ein oder zwei Nasen, um wieder einigermaßen standfest zu werden. Leider war sie am Rande ihrer Beherrschung angelangt; ihr blieben nur noch zwei Tage zum Verlassen von Davenport. Harper mußte etwas tun, das Warten brachte sie um. Sie schaffte es nicht, wenn sie nicht zumindest ihre Dosis bekam, um sich wieder zu beruhigen.

»Du hast nie was von Geld gesagt«, meinte er seelenruhig, und sein Lächeln ging ihr durch Mark und Bein. Nervös blickte sie sich um. Es gefiel ihr hier nicht. Sie trafen sich jedesmal woanders, aber bisher waren es immer öffentliche Orte gewesen; ein Truckstop, eine Bar oder Ähnliches. Nach dem ersten Mal verlegten sie auch ihre Begegnungen stets in Vororte.

Heute fand sie sich in einem schäbigen, total einsam stehenden kleinen Trailer wieder. Auf dem staubigen Vorplatz rosteten Schrottautos vor sich hin, und kaputte Stühle und Springfedern lagen um den Trailer verstreut, als wären sie achtlos rausgeworfen und dann vergessen worden. Der Wohnwagen war winzig; er bestand aus einer kleinen Kochnische mit einem lächerlichen Tischchen und zwei Hockern, einer riesigen Kunstledercouch und einem kleinen Fernseher auf einem wackeligen Beistelltischchen. Dann gab es noch eine kloschüsselgroße Naßzelle und eine Schlafnische, die im Prinzip lediglich aus einem großen Bett bestand. Überall sah sie gebrauchtes Geschirr, leere Bierflaschen, zerdrückte Zigarettenschachteln oder überquellende Aschenbecher, und dort, wo noch Platz war, lag irgendein schmutziges Kleidungsstück.

Das war nicht Harpers Zuhause. Ein anderer Name stand auf dem grob zusammengezimmerten Briefkasten; aber sie kam nicht darauf, wie er lautete. Er hatte ihr weisgemacht, der Trailer gehöre einem Freund. Jetzt fragte sie sich, ob dieser »Freund« je von Harper Neeley gehört hatte.

»Ich muß das Geld haben«, stieß sie hervor. »So war es abgemacht.«

»Nö. Abgemacht war, daß du mir Informationen über Tallant lieferst und ich mich dafür deines Problems annehme.«

»Ja, und das hast du bis jetzt verdammt schlecht gemacht!« fauchte sie.

Er blinzelte einmal, zweimal, und seine unheimlichen, hellblauen Augen wurden noch kälter. Zu spät wünschte sie, den Mund gehalten zu haben.

»Also schade, daß es länger dauert, als ich erwartet habe«, versuchte sie ihn zu beschwichtigen. »Ich bin total pleite und brauche unbedingt ein paar Klamotten. Du weißt ja, wie Frauen sind ...«

»Ich weiß, wie Kokser sind«, sagte er gleichgültig.

»Das ist doch absurd!« fuhr sie auf. »Ich nehme nur ab und zu was für meine Nerven.«

»Sicher, und deine Scheiße stinkt auch nicht.«

Sie wurde rot, aber etwas an der Art, wie er sie ansah, empfahl ihr, ihn nicht weiter zu reizen. Nervös erhob sie sich von der Couch, und es gab ein schmatzendes Geräusch, weil ihre nackten Schenkel an dem verdammten Ding festgeklebt waren. Sie sah, wie sein Blick zu ihren Beinen glitt und wünschte, etwas anderes als Shorts angezogen zu haben. Aber es herrschte diese elende Hitze, und sie hatte wirklich nicht damit gerechnet, auf Kunstleder sitzen zu müssen, verdammt nochmal! Sie wünschte auch, sie hätte nicht gerade diese Shorts angezogen, weil sie so extrem kurz und eng waren. Außerdem brachte deren weiße Farbe ihre langen gebräunten Beine einfach toll zur Geltung ...

»Ich muß gehen«, sagte sie und unterdrückte ihre Nervosität. Harper hatte noch nie was bei ihr versucht, aber es hatte ja auch nie eine Gelegenheit gegeben. Nicht, daß er häßlich war, im Gegenteil – er sah ziemlich gut aus für einen alten Kerl; aber sie schlotterte bei ihm einfach immer vor Angst. Wenn sie doch bloß an einem weniger abgelegenen Ort gewesen wären, einem Motel zum Beispiel, wo man sie notfalls schreien hörte – denn Harper sah aus wie ein Mann, der Frauen wehtat.

»Du trägst keinen Slip«, bemerkte er nachlässig und beobachtete sie von seinem gekippten Stuhl aus. »Ich kann deine Muschihaare durch die Shorts sehen.«

Das wußte sie; es war der Grund, warum sie die Shorts so gerne mochte. Sie liebte es, wie die Männer sie ansahen, dann nochmal hinstarrten und wie ihnen dabei fast die Augen herausquollen. Dann fühlte sie sich immer richtig sexy. Aber wenn Harper sie ansah, wurde ihr gar nicht heiß, sondern angst und bange.

Er kippte seinen Stuhl noch weiter zurück und griff in seine rechte Jeanstasche. Daraus förderte er einen Plastikbeutel mit ein paar Gramm weißem Pulver zutage. Dieser war hübsch ordentlich mit einer roten Schnur zugebunden. Die Schnur zog ihren Blick magisch an. Sie hatte noch nie einen Kokainbehälter gesehen, der mit einer roten Schnur zugebunden war. Es sah komisch aus, irgendwie irreal.

Lockend schwenkte er die Ration vor ihr auf und ab. »Hättest du lieber das hier oder Geld?«

Geld, versuchte sie zu formulieren, aber das Wort wollte ihr nicht über die Lippen. Vor und zurück schwang der kleine Beutel, vor und zurück. Wie hypnotisiert starrte sie ihn an. Darin befand sich Schnee, das reinste Weihnachtsgeschenk, verschnürt mit einem roten Band.

»V-vielleicht bloß ein bißchen«, flüsterte sie. Bloß ein bißchen. Mehr brauchte sie nicht. Eine Nase voll, um ihre Nerven zu beruhigen.

Lässig beugte er sich vor und fegte mit einem Wisch alles von dem dreckigen Tisch. Zeitschriften, Aschenbecher und schmutziges Geschirr flogen zu Boden, wo sie neben all dem anderen Müll wie zu Hause aussahen. Dem Eigentümer des Trailers würde es vielleicht nicht mal auffallen. Dann knüpfte er die rote Schnur auf und Corliss trat eifrig vor, doch er stoppte sie mit einem kalten Blick. »Nur die Ruhe«, mahnte er. »Es ist noch nicht bereit für dich.«

Eine Abokarte, wie sie immer in den Zeitschriften steckten, um neue Abonnenten zu werben, lag auf dem Boden. Harper hob sie auf und begann das winzige Häufchen in gleichmäßige Lines aufzuteilen. Corliss sah, wie rasch und geschickt er das tat. Er machte das keinesfalls zum ersten Mal. Das erstaunte sie, denn sie hätte gedacht, daß sie einen Kokser erkannte, wenn sie einen vor sich hatte; doch ihm merkte man nichts an.

Die kleinen Lines lagen jetzt perfekt da, genau vier davon. Sie waren nicht sehr lang, aber es würde reichen. Innerlich bibberte Corliss vor Erregung und starrte die weiße Verheißung aufgeregt an; sie wartete auf das Signal von Harper, daß sie vortreten konnte.

Er fischte einen Strohhalm aus der Hosentasche. Es handelte sich um einen ganz normalen Plastikstrohhalm, aber zugeschnitten auf etwa drei Zentimeter Länge. Das war verdammt kurz, kürzer, als sie es mochte, so kurz, daß sie sich tief über den Tisch beugen und aufpassen mußte, daß sie die Lines nicht mit ihrer Hand verwischte. Trotzdem brauchte Sie diesen Strohhalm und lechzte danach.

Er wies auf eine Stelle vor dem Tischchen. »Du kannst dich hier hinstellen.«

Mit nur einem Schritt hastete sie herbei und blickte sich zu ihm um. Sie würde sich weit vorbeugen und dann noch weiter strecken müssen, um die Lines zu erreichen. »Es ist zu weit weg«, maulte sie.

Er zuckte mit den Schultern. »Du wirst es schon schaffen.«

Also beugte sie sich vor, stützte sich mit der linken Hand auf den Tisch und hielt den kleinen Strohhalm in ihrer Rechten. Sie streckte sich vorsichtig und hoffte, daß der Tisch nicht umkippte. Die Lines kamen immer näher, und sie hob den Strohhalm an ihre Nase. Schon glaubte sie den Rausch zu spüren, die Ekstase, das Glühen, wenn ihr Kopf explodierte ...«

»Du machst es falsch«, sagte er plötzlich.

Den Blick auf das süße Pulver fixiert, erstarrte sie. Sie mußte es haben, konnte keine Sekunde mehr warten. Aber sie hatte Angst, sich zu rühren, Angst etwas zu tun, bevor Harper es erlaubte.

»Erst mußt du die Shorts ausziehen.«

Seine Stimme war vollkommen ausdruckslos, als ob sie sich über irgend etwas Belangloses unterhielten. Aber jetzt wußte sie, was er wollte, und ihr wurden die Knie weich vor Erleichterung. Es war bloß Bumsen, nichts weiter. Was machte es schon, daß er älter war als alle, mit denen sie es bisher getrieben hatte? Die hübschen Lines waren so verlockend und sein Alter vollkommen belanglos.

Hastig richtete sie sich auf, knöpfte ihre Shorts auf und ließ sie fallen. Gerade wollte sie mit den Füßen raustreten, doch wieder hielt er sie auf. »Laß sie, wo sie sind. Ich will nicht, daß du die Beine spreizt; es ist enger, wenn du sie zusammenhältst.«

Sie zuckte die Achseln. »Was immer deinen Motor zum Laufen bringt ...«

Es war ihr gleichgültig, daß er im Nu hinter sie trat. Sie beugte sich eifrig vor, ganz auf die Kokainlines konzentriert. Mit der Linken stützte sie sich auf den Tisch, mit der Rechten hielt sie den Strohhalm. Die Spitze des Halms erreichte das weiße Pulver, und sie sog scharf die Luft ein, doch gleichzeitig rammte er sich brutal von hinten in sie, so daß sie nach vorn gestoßen wurde, der Strohhalm über den Tisch hüpfte und das Kokain sich auf der Platte ausbreitete. Sie war trocken und er tat ihr weh. Panisch jagte sie dem Kokain mit dem Halm hinterher; er stieß erneut zu und wieder verfehlte sie. Wimmernd suchte sie nach einer Position, das Pulver zu erreichen. Sie inhalierte so tief sie konnte, um jedes bißchen aufzusaugen, das sie mit dem Röhrchen erwischte.

Das Kokain war über den ganzen Tisch verstreut. Es erübrigte sich, es anzupeilen; das einzige, was sie tun konnte, war immer dann zu inhalieren, wenn er sie vorstieß. Corliss hielt sich den Strohhalm an die Nase und fuhr mit der Spitze über die Tischplatte, wobei sie verzweifelt durch die Nase atmete, während sie vor- und zurück gestoßen wurde, vor und zurück; es machte jetzt auch nichts mehr, daß er ihr wehtat, der verdammte Bastard, denn es gelang ihr, genug zu inhalieren, um den Rausch, die Ekstase zu fühlen, die Wärme, die in ihr aufstieg. Sie ließ ihn gewähren, so lange er ihr Koks beschaffte und Webb Tallant aus dem Weg räumte, bevor der Hundesohn sie aus Davenport werfen konnte.

Als Roanna an diesem Nachmittag von einer Sitzung der Historischen Gesellschaft zurückkehrte und die Garagentür öffnete, sah sie, daß Corliss ihr zuvorgekommen war und ihre Abwesenheit ausgenützt hatte, um sich, wie so oft, auf ihren Platz zu stellen. Seufzend drückte sie auf den Fernbedienungsknopf, um das Garagentor wieder zu schließen, und parkte ihren Wagen irgendwo am Rand. Corliss würde in zwei Tagen ohnehin fort sein; so lange konnte sie sich gedulden. Wenn sie jetzt etwas wegen der Garage sagte, würde es bloß erneut zu einem häßlichen Streit kommen, und das wollte sie vermeiden, da es Lucinda schon schlecht genug ging.

Sie schritt zum Hintereingang des Hauses, als auf einmal ein seltsamer Zauber sie ergriff. Träumerisch blickte sie sich um. Der Tag war so schön, wie sie lange keinen mehr gesehen hatte. Der Himmel strahlte tiefblau und wolkenlos, und in der Luft fehlte die übliche feuchte Schwüle. Die Hitze war so intensiv, daß sie das Gefühl hatte, von brennenden Fackeln umgeben zu sein; die Rosenbüsche, die über Generationen hinweg sorgfältig kultiviert worden waren, gaben ihre schweren Düfte frei. Drunten hinter den Ställen sprangen die Pferde über die Koppel und warfen die Hälse voller Energie und Übermut zurück. Heute morgen hatte Webb sie gefragt, ob sie ihn heiraten wollte. Und zu ihrem Entzücken erwartete sie sein Kind.

Tatsächlich schwanger! Sie war immer noch ein wenig fassungslos, als ob das alles unmöglich ihr widerfahren konnte. Bei der Sitzung hatte sie sich soeben überhaupt nicht konzentrieren können. Sie war es so gewöhnt, ihren Körper als einzige zu bewohnen – wie machte man sich da mit dem Gedanken vertraut, daß da ein eigenständiges Lebewesen in ihr heranwuchs? Wie kam so etwas Seltsames nur zustande? Sie war so glücklich, daß sie hätte heulen können.

Auch dieses Gefühl war komisch. Glück kannte sie bis dahin wenig. Sie würde Webb heiraten, Kinder und Pferde aufziehen! Bei einem Blick hinauf zu dem großen alten Haus übermannte sie ein Gefühl unendlicher Erleichterung, und auch Besitzerstolz. Davenport gehörte ihr, stellte jetzt ihr Zuhause dar. Ja, sie war glücklich. Auch wenn Lucindas Tod immer näher rückte, erfüllte sie eine tiefe Zufriedenheit.

Es stimmte: Jessie hatte ihr Leben lange genug vergiftet, hatte ihr eingeredet, sie wäre zu häßlich und ungeschickt, als daß irgend jemand sie lieben könnte. Nun, Jessie war ein Biest gewesen und log permanent. Das begriff Roanna auf einmal. Sie war eine tüchtige, sympathische Person und besaß ein besonderes Gespür für Pferde. Außerdem liebte Lucinda sie, Loyal liebte sie, Bessie und Tansy liebten sie. Gloria und Lanette hatten sich um sie gesorgt, als sie verletzt war, und Lanette hatte sich als überraschend hilfsbereit erwiesen. Brock und Greg mochten sie. Harlan – nun, wer wußte schon, was in Harlan vorging? Aber vor allem liebte Webb sie. Irgendwann während des Tages hatte diese Erkenntnis Eingang in ihre Seele gefunden. Er liebte sie schon sein Leben lang, wie er es ausgedrückt hatte. Ganz sicher erregte sie ihn, was bedeutete, daß sie gar nicht so häßlich kein konnte.

Ein wissendes Lächeln huschte über ihre Züge, als sie daran dachte, wie er sie letzte Nacht geliebt hatte und dann noch einmal heute morgen, nachdem der Schwangerschaftstest positiv ausgefallen war. Es bestand kein Zweifel an seiner physischen Reaktion auf sie, genausowenig wie an ihrer auf ihn.

»Das hab ich gesehen«, ertönte eine vertraute männliche Stimme von der Küchentür. Webb lehnte im Türrahmen. Sie hatte ihn überhaupt nicht bemerkt. »Du stehst seit fünf Minuten da und träumst, und jetzt hast du dieses komische kleine Lächeln auf dem Gesicht. Woran denkst du?«

Roanna stapfte vergnügt auf ihn zu. Ihre rehbraunen Augen waren halb geschlossen und blickten ihn mit einem Ausdruck an, daß ihm die Luft wegblieb. »Ans Reiten«, murmelte sie, während sie an ihm vorbeischlüpfte, wobei sie ihn absichtlich ein wenig anrempelte. »Und an Whoffs.«

Auch seine Lider senkten sich auf Halbmast, und eine warme Röte trat in seine Wangen. Das war das erste Mal, daß Roanna auch nur ansatzweise die Initiative ergriff, und ihr Verhalten brachte ihn schlagartig zu einer Erektion. Tansy machte sich hinter ihm bei den Töpfen zu schaffen; doch im Moment hatte er nur Augen und Ohren für Roanna.

Sie warf ihm einen Blick über die Schulter zu, während sie die Treppe erklommen. Ihr Gesicht glühte vor Erwartungsfreude, und sie beschleunigte ihre Schritte.

Die Schlafzimmertür war kaum hinter ihnen geschlossen, als er auch schon seine Arme um sie schlang.

Eine Heirat erfordert mehr Vorbereitung als man denkt, ging es Roanna am nächsten Vormittag durch den Kopf, während sie über die lange, gewundene Privatstraße fuhr. Die Gästeliste war zwar weit kürzer als die für die Party, insgesamt nur vierzig Personen, einschließlich Familie und Verwandtschaft; doch es gab trotzdem jede Menge zu erledigen.

Sie und Webb waren für heute nachmittag zur Blutuntersuchung angemeldet, und am Vormittag hatte sie sich um den Blumenschmuck, den Dinnerservice und die Hochzeitstorte bemüht. Normalerweise brauchte eine richtige Hochzeitstorte mehrere Wochen; aber Mrs. Turner, die sich auf solche Gebilde spezialisiert hatte, meinte, sie könnte in den elf Tagen, die bis zum gewählten Termin verblieben, eine »schlichte, elegante Version« zaubern. Roanna begriff, daß »schlicht und elegant« eine taktvolle Art war zu sagen, daß der

Kuchen recht einfach ausfallen würde; doch das war ihr ohnehin lieber. Sie mußte sich nur noch das entsprechende Expreßmodell aussuchen.

Außerdem galt es ein Hochzeitskleid aufzutreiben. Falls sie hier in der Eile nichts fand, mußte sie nach Huntsville oder Birmingham fahren.

Glücklicherweise war Yvonne entzückt, als sie von Webbs neuerlichen Hochzeitsplänen erfuhr. Sie hatte Jessie zwar toleriert, aber nie richtig gemocht. Roanna jedoch paßte ihr bis aufs I-Tüpfelchen, und sie hatte sogar zugegeben, daß sie damals ihren Sohn viel lieber mit Roanna liiert gesehen hätte statt mit Jessie. Seine Mutter hatte sich mit Enthusiasmus bereit erklärt, die lästige Aufgabe der Einladungen zu übernehmen und sich außerdem auch um alles weitere zu kümmern; Roanna brauchte ihr nur zu sagen, was sie wollte.

Sie erreichte die Landstraße und hielt an, um ein sich näherndes Fahrzeug vorbei zu lassen. Ihre Bremsen fühlten sich irgendwie weich an, sie runzelte die Stirn und probierte es nochmal. Diesmal schien alles in Ordnung zu sein. Vielleicht war ja zu wenig Bremsflüssigkeit drin, obwohl sie eigentlich ihr Auto sehr regelmäßig zum Service brachte. Am besten führe sie gleich bei einer Tankstelle vorbei und ließe die Bremsen überprüfen.

Inzwischen bog sie nach rechts auf die Landstraße ab und fuhr in Richtung Highway. Das Auto, das sie zuvor überholt hatte, befand sich etwa hundert Meter vor ihr. Roanna gab vorsichtig Gas, und ihre Gedanken wanderten wieder zu dem Kleid zurück, das sie sich für die Hochzeit vorstellte: Auf alle Fälle elfenbeinfarben, nicht weiß. Sie besaß ein Paar Perlenohrringe mit einem raffinierten Goldschimmer, die phantastisch zu solch einer Robe passen würden. Und sie stellte sich ein lang fließendes Gewand vor, das ihre schmale Figur betonte, vielleicht im Empire-Stil, statt dieser aufgebauschten Rüschenkleider à la Cinderella.

Die Straße beschrieb eine Kurve und endete schließlich an einem Stopschild, wo sie in den Highway Nr. 43, eine stark befahrene vierspurige Autobahn, mündete. Roanna nahm die Kurve und sah, daß der vor ihr fahrende Wagen den linken Blinker gesetzt und an dem Stopschild angehalten hatte, um auf eine Lücke im Verkehr zu warten.

Ein anderes Auto bog gerade vom Highway in die Landstraße ein und kam auf sie zugefahren; aus dem dichten Verkehr fädelte sich das ihr entgegenkommende Fahrzeug recht zügig aus. Roanna setzte den Fuß auf die Bremse, um langsamer zu werden, doch sie trat vollkommen durch; das Pedal zeigte überhaupt keinen Widerstand.

Entsetzt trat sie erneut aufs Pedal, allerdings ohne Erfolg, ja, der Wagen schien sogar noch schneller zu werden. Ihre Bremsen waren kaputt und beide Highway-Richtungen dicht befahren.

Die Zeit schien auf einmal wie in Zeitlupe dahinzufließen, zäh wie Kaugummi. Die Straße erstreckte sich vor ihr, und das Auto, das an der Kreuzung wartete, sah plötzlich doppelt so groß aus wie vorher. Blitzartig schossen ihre Gedanken durchs Hirn: Webb, das Baby, ihre Zukunft. Rechts von ihr war ein tiefer Straßengraben und der Seitenstreifen praktisch nicht vorhanden; sie hatte keinen Platz, um an dem wartenden Auto vorbeizugelangen, selbst wenn sie dadurch nicht Gefahr gelaufen wäre, auf eine vierspurige, stark befahrene Autobahn zu schlittern.

Webb! Lieber Gott, Webb. Sie umkrallte das Lenkrad und erstickte fast vor Panik, während die Sekunden vorübertickten und die Zeit immer knapper wurde. Sie durfte jetzt nicht sterben, nicht jetzt, wo sie Webb hatte, wo sein Kind in ihr zu wachsen begann. Es mußte etwas geschehen ...

Aber ich weiß ja, was zu tun ist, kam ihr die Erinnerung wie eine Erleuchtung, die die sich anbahnende Lähmung wegfegte. Sie war eine schreckliche Fahrerin gewesen, deshalb hatte sie im College einen Wiederauffrischungskurs belegt. Daher wußte sie auch, wie man einen ins Schleudern geratenen Wagen wieder unter Kontrolle brachte, und was im Falle von Bremsversagen zu tun war.

Das hatte sie geübt!

Ihr Auto schoß dahin, als ob es bergab ginge und die Fahrbahn seifenglatt wäre.

Sie hörte die ruhige, klare Stimme ihres Fahrlehrers: *vermeiden Sie, wenn irgend möglich, eine direkte Kollision, denn auf diese Weise passieren die schlimmsten Unfälle. Steuern Sie den Wagen in die Parallele und kollidieren Sie breitseitig, das verringert den Aufprall.*

Also griff sie nach dem Knüppel der Automatikschaltung. Ja nicht den Parkgang einlegen! ermahnte sie sich, während ihr Gedächtnis die vor langer Zeit eingeschärften Instruktionen wieder freigab. Ihr Fahrlehrer hatte gesagt, daß sie den Parkgang wahrscheinlich ohnehin nicht reinbekommen würde. Sie hörte seine Stimme so deutlich, als würde er neben ihr sitzen: *Legen Sie den niedrigstmöglichen Gang ein und ziehen Sie die Notbremse. Diese Bremse funktioniert mit einem Stahlkabel, nicht mit Pneumatik, Bremsflüssigkeitsverlust steht hier nicht zur Debatte.*

Das wartende Auto war jetzt nur mehr etwa fünfzig Meter von ihr entfernt – der auf sie zufahrende Wagen noch weniger.

Sie legte einen niedrigeren Gang ein und griff nach der Notbremse. Mit aller Kraft zog sie daran. Der Motor protestierte laut quietschend, und Rauch stieg von ihren Reifen auf. Der Geruch nach verbranntem Gummi lag in der Luft.

Das Heck des Wagens wird wahrscheinlich ins Schleudern geraten. Jetzt gegenlenken, wenn Sie können. Falls Sie keinen Platz haben und merken, daß Sie mit einem anderen Wagen zusammenstoßen werden, dann steuern Sie so, daß es eine indirekte Kollision wird. So haben Sie beide bessere Chancen, lebend davonzukommen.

Ihr Heck schlingerte auf die andere Fahrbahnseite, vor das auf sie zufahrende Auto. Eine Hupe blökte, und Roanna erhaschte einen Blick auf ein zorniges, erschrockenes Gesicht, das jedoch schon wieder weg war, bevor sie es richtig durch die Windschutzscheibe wahrnahm. Sie warf das Lenkrad herum und merkte, wie der Wagen in die andere Richtung rutschte, dann wiederholte sie das Manöver, um auch diese Bewegung zu korrigieren.

Das herankommende Auto schoß laut hupend, nur wenige Zentimeter entfernt, an ihr vorbei. Jetzt blieb noch der Pkw, der auf ihrer Seite stand und geduldig auf eine Lücke im Verkehr wartete, um nach links abbiegen zu können.

Zwanzig Meter. Kein Platz mehr, keine Zeit! Jetzt, wo die linke Fahrbahn frei war, riß Roanna das Steuer herum und lenkte den eiernden Wagen zur anderen Seite. Ein Maisfeld erstreckte sich dort, schön groß und flach. Sie rumpelte von der Fahrbahn und pflügte sich in das Feld. Mutig ließ sie sich in den Holzzaun krachen – ein großes Stück davon ging zu Boden. Das Gefährt schoß in die mannshohen Maisstengel und mähte sie nieder, Erdklumpen flogen in alle Richtungen. Durch die Wucht wurde sie nach vorn geschleudert, ihr Sicherheitsgurt rastete ein und riß sie beim Anhalten hart zurück.

Ihr Kopf sank auf das Lenkrad, und sie saß wie betäubt da, zu schwach, um auszusteigen. Benommen untersuchte sie sich. Alles schien noch heil zu sein.

Sie merkte, daß sie am ganzen Leib zitterte. Aber es war tatsächlich geschafft!

Jemand rief etwas, dann ertönte ein Klopfen an ihrer Seitenscheibe. »Ma'am? Ma'am? Ist alles in Ordnung?«

Roanna hob den Kopf und starrte in das verängstigte Gesicht eines jungen Mädchens. Mit übermenschlicher Willensanstrengung zwang sie sich, den Sicherheitsgurt zu öffnen. Als sie versuchte, die Tür aufzumachen, merkte sie, daß es nicht ging. Sie stemmte sich dagegen, und das Mädchen zog von außen; gemeinsam bekamen sie die Tür so weit auf, daß sie sich hinauszwängen konnte. »Bin okay«, stieß sie mühsam hervor.

»Ich hab gesehen, wie sie von der Straße abdrifteten. Sind Sie sicher, daß Sie nicht verletzt sind? Sie haben diesen Zaun direkt von vorne genommen.«

»Ja, und er hat das Schlimmste abgefangen.« Roannas Zähne begannen zu klappern; sie mußte sich an den Wagen lehnen, um nicht umzukippen. »Meine Bremsen haben versagt.«

Das junge Mädchen riß entsetzt die Augen auf. »O Mann! Sie sind von der Straße gefahren, damit Sie nicht auf mich draufkrachten, stimmt's?«

»Es erschien mir immer noch das kleinere Übel«, ächzte sie und ihre Knie gaben nach.

Das Mädchen sprang vor und schlang einen Arm um ihre Taille. »Sie sind *doch* verletzt!«

Roanna schüttelte den Kopf und zwang sich, kräftig durchzuatmen, als sie sah, daß das Mädchen jeden Moment in Tränen ausbrechen würde. »Nein, ich hab bloß einen Riesenschreck gekriegt, das ist alles. Meine Beine fühlen sich an wie Spaghetti.« Sie holte nochmal tief Luft und beruhigte sich etwas. »Ich habe ein Handy im Auto. Wir rufen einfach jemanden an, der mich abholen kommt ...«

»Moment, ich hol es gleich«, erbot sich das Mädchen und zerrte die Tür weiter auf, so daß sie hineinkriechen und nach dem Handy suchen konnte. Zu guter Letzt fand sie es unter dem Beifahrersitz.

Roanna gab sich einen Ruck, bevor sie zu Hause anrief. Das letzte, was sie jetzt wollte, war Webb oder Lucinda unnötig zu beunruhigen; also mußte sie zusehen, daß ihre Stimme einigermaßen gefaßt klang.

Bessie nahm ab, und Roanna fragte nach Webb. Er war einen Augenblick später am Telefon. »Du bist keine fünf Minuten weg«, neckte er sie. »Was ist dir jetzt schon wieder eingefallen?«

»Nichts«, erwiderte sie und war stolz, wie ruhig sie klang. »Komm zur Highwayeinmündung und hol mich ab. Ich hatte Probleme mit den Bremsen und bin von der Straße abgekommen.«

Er erwiderte nichts darauf. Sie hörte ihn wild fluchen, dann ertönte ein Klappern und die Leitung war tot. »Es ist schon jemand unterwegs«, teilte sie dem Mädchen mit und drückte auf den Ende-Knopf.

Webb verfrachtete Roanna in seinen Truck und bedankte sich bei der jungen Dame, die sich Roannas angenommen hatte. Dann raste er nach Davenport zurück. Er fuhr so schnell, daß Roanna sich am Haltegriff oben an der Beifahrertür festklammertn mußte. Als sie vor dem Eingang anlangten, bestand er darauf, sie hineinzutragen.

»Laß mich sofort runter!« zischte sie, als er sie auf seine Arme hob. »Du wirst noch alle zu Tode erschrecken.«

»Sei still«, sagte er und küßte sie gebieterisch. »Ich liebe dich und du bist schwanger. Dich reinzutragen beruhigt *mich*.«

Sie schlang die Arme um seinen Hals und verstummte. Und sie mußte zugeben, daß die Wärme und Kraft seines starken Körpers ungemein tröstlich auf sie wirkten, als ob etwas von seiner Stärke in sie eindränge. Aber wie erwartet brachte die Tatsache, daß sie nicht auf ihren eigenen zwei Beinen hereinspazierte, alle im Sturmschritt herbei.

Webb trug sie ins Wohnzimmer und setzte sie so vorsichtig auf einem Sofa ab, als ob sie aus Porzellan wäre. »Ich bin okay, ich bin okay«, beantwortete sie ohne Unterlaß den Chor besorgter Fragen. »Nicht mal blaue Flecken hab ich!«

»Bring ihr was Heißes und Süßes zum Trinken«, befahl er Tansy, die spornstreichs davoneilte.

»Entkoffeiniert!« rief Roanna ihr hinterher, die an ihr Kind dachte.

Nachdem er sich nochmal abschließend bei ihr erkundigt hatte, ob sie auch wirklich wieder auf dem Damm sei, erhob sich Webb und sagte, daß er rausfahren und sich den Wagen einmal ansehen wollte. »Ich komme mit«, sagte Roanna erleichtert und stand auf. Sie war heilfroh, von all der Fürsorge um sie herum wegzukommen. Sofort fielen die weiblichen Bewohner des Hauses mit Protesten über sie her.

»Das wirst du ganz sicher nicht, junge Dame«, sagte Lucinda streng. »Du hast einen Schock erlitten und brauchst jetzt Ruhe.«

»Mir fehlt nicht das geringste«, begehrte Roanna auf und fragte sich, ob ihr auch nur einer zuhörte.

»Dann schone dich mir zuliebe! Es würde mich zutiefst beunruhigen, wenn du durch die Weltgeschichte gondelst, während dir der gesunde Menschenverstand sagen müßte, erhol dich jetzt zuerst mal von deinem Schock!«

Roanna warf Webb einen flehentlichen Blick zu. Er zog eine Augenbraue hoch und zuckte ohne eine Spur von Mitleid mit den Schultern. »Kann echt nicht zulassen, daß du durch die Weltgeschichte gondelst«, echote er und wies mit einem vielsagenden Blick auf ihren Bauch.

Roanna setzte sich wieder hin, und ein Gefühl von Wärme breitete sich in ihr aus bei diesem heimlichen Einverständnis zwischen ihnen. Und obwohl Lucinda Erpressung anwendete, um ihren Willen durchzusetzen, so tat sie dies aus aufrichtiger Sorge. Roanna sah ein, daß es auch nicht unbedingt schadete, sich für den Rest des Tages verwöhnen zu lassen.

Webb ging hinaus zu seinem Pickup. Nachdenklich starrte er auf die Stelle, an der zuvor Roannas Wagen gestanden hatte. Ein dunkler, nasser Fleck war zu sehen, sogar aus diesem Abstand. Er marschierte dorthin und bückte sich, um den Fleck einen Moment lang zu betrachten, bevor er ihn mit dem Finger berührte und dann an der öligen Flüssigkeit roch. Bremsflüssigkeit, ohne Zweifel, und zwar jede Menge. Es mußte nur noch ein jämmerlicher Rest in ihren Bremsen gewesen sein, den sie schon beim ersten Bremsversuch hinausgepumpt hatte.

Sie hätte umkommen können. Wenn sie statt in das Maisfeld auf den Highway geschlittert wäre, dann wäre sie jetzt wahrscheinlich schwer verletzt, wenn nicht gar tot.

Eine kalte Angst krampfte seinen Magen zusammen. Der unheimliche Unbekannte konnte wieder zugeschlagen haben, doch diesmal war Roanna sein Ziel gewesen. Warum auch nicht? Mit Jessie hatte er es ja auch geschafft.

Er benutzte nicht das schnurlose Telefon in seinem Auto, da es zu leicht abgehört werden konnte, und ging auch nicht zurück ins Haus, da er bloß alle möglichen Fragen hätte beantworten müssen. Statt dessen hastete er zu den Ställen und benutzte Loyals Telefon. Der Pferdetrainer hörte zu, als Webb den Sheriff anrief, und seine buschigen Brauen zogen sich zornig zusammen.

»Sie glauben, jemand hat versucht, Miss Roanna etwas anzutun?« fragte er, sobald Webb aufgelegt hatte.

»Ich weiß nicht. Es ist möglich.«

»Vielleicht derselbe, der ins Haus eingebrochen ist?«

»Könnte zutreffen, wenn an ihren Bremsen herumgepfuscht wurde.«

»Das würde bedeuten, jemand war letzte Nacht hier und hat sich an ihrem Auto vergriffen.«

Webb nickte. Sein Gesichtsausdruck war steinern. Er wollte keine vorschnellen Schlüsse ziehen, solange er nicht sicher wußte, daß Roannas Wagen sabotiert worden war; dennoch überfiel ihn kalte Wut und Panik bei dem Gedanken, daß sich der Mann in ihrer Nähe herumtrieb.

Er fuhr zu der Kurve, wo die Landstraße in den Highway einmündete, und achtete wie ein Habicht auf seine Umgebung. Hier konnte es sich kaum um eine Falle handeln, die ihn aus dem Haus locken sollte; denn der Täter war nicht in der Lage vorauszusehen, wo Roanna der Unfall passieren würde. Obwohl es bei ihm klingelte, daß dies auch die ungefähre Stelle war, an der man auf ihn geschossen hatte – fürchtete er doch, daß der Anschlag diesmal speziell Roanna gegolten hatte und nicht ihm. Vielleicht war sie auch neulich nicht zur falschen Zeit am falschen Ort gewesen, als sie im Haus niedergeschlagen worden war. Vielleicht hatte sie statt dessen ja Glück gehabt, daß sie schreien und die Familie alarmieren konnte, bevor der verdammte Bastard sein Vorhaben beendete.

Jessie war umgebracht worden, aber das schwor er: Er würde nicht zulassen, daß Roanna etwas geschah. Egal was er tun mußte, für ihre Sicherheit würde er sorgen!

Er parkte den Pickup am linken Straßenrand, gleich bei dem umgefahrenen Zaunstück, und wartete auf den Sheriff. Es dauerte nicht lange, bis Beshears auftauchte, und Booley hockte neben ihm auf dem Beifahrersitz. Die beiden Männer stiegen aus und gingen zu Webb. Zusammen schritten sie über das niedergemähte Maisfeld zu dem verunglückten Wagen. Alle schwiegen grimmig. Nach den beiden anderen Vorfällen war es ein wenig zuviel verlangt, das hier für Zufall zu halten, und alle wußten es.

Webb legte sich auf den Rücken und glitt vorsichtig unter den Wagen. Umgeknickte Maisstengel stachen ihn in den Rücken, und winzige Insekten umschwirrten ihn. Der Geruch von Öl und Bremsflüssigkeit stieg ihm in die Nase. »Carl, reichen Sie mir doch mal ihre Taschenlampe«, sagte er, und die große Stablampe wurde ihm ausgehändigt.

Er knipste sie an und leuchtete damit auf die Bremsleitung. Der Schnitt war nicht schwer zu entdecken; er erblickte ihn beinahe sofort. »Ihr solltet euch das einmal ansehen«, bellte er.

Carl legte sich nieder und robbte mühsam unter das Auto.

Er fluchte, als ihm die scharfen Maisstengel die Haut aufkratzten. »Ich bin einfach zu alt für sowas«, brummte er. »Autsch!« Booley verzichtete darauf, sich zu ihnen zu gesellen; denn die Pfunde, die er seit seiner Pensionierung zugelegt hatte, verweigerten ihm soviel Akrobatik.

Carl rückte neben Webb und verzog finster das Gesicht, als er die Bremsleitung sah. »Der verdammte Hundesohn«, knurrte er und hob den Kopf, um sich die Leitung so genau wie möglich anzusehen, ohne sie dabei jedoch zu berühren. »Fast ganz durchgeschnitten. Ein frischer, sauberer Schnitt. Selbst wenn sie es bis auf den Highway geschafft hätte, hätte es spätestens an der Kreuzung zum 157er gekracht. War wohl reines Glück, daß sie ins Maisfeld gesaust ist.«

»Geschicklichkeit, nicht Glück«, sagte Webb. »Sie hat auf dem College einen Schleuderkursus belegt.«

»Ohne Scheiß. Ich wünschte, mehr würden das machen, dann müßten wir vielleicht nicht so viele vom Asphalt klauben.« Er warf einen Blick auf Webb, sah seinen zusammengekniffenen Mund und entschuldigte sich. »Tut mir leid.«

Vorsichtig robbten sie wieder unter dem Wagen hervor, und Carl fluchte erneut, als ihm ein Maisstengel ein Loch ins Hemd riß.

»Haben Sie sich die anderen Fahrzeuge Ihrer Angehörigen auch angesehen?« fragte Booley.

»Ich hab einen raschen Blick unter jedes geworfen. Roannas war das einzige, an dem rumgemacht wurde. Sie stellt es normalerweise in der Garage ab, aber letzte Nacht hat sie es draußen gelassen.«

»Also, das ist doch schon sehr seltsam.« Carl kratzte sich am Kinn, was er immer tat, wenn er nachdachte. »Warum hat sie nicht in der Garage geparkt?«

»Corliss stand auf ihrem Platz. Wir hatten in letzter Zeit ein paar Probleme mit ihr, also hab ich ihr gesagt, sie müßte ausziehen. Ich wollte noch hinzufügen, daß sie ihren Wagen wegfahren muß; aber Ro meinte, ich soll es bleibenlassen, denn es gäbe ja doch bloß wieder Streit und Lucinda würde sich aufregen.«

»Vielleicht hätten Sie es trotzdem tun sollen. Trauen Sie Corliss so etwas zu?«

»Es würde mich überraschen, wenn Corliss eine Bremsleitung von einer Wasserleitung unterscheiden könnte.«

»Hat sie vielleicht Freunde, die sowas für sie erledigen würden?«

»Die letzten zehn Jahre war ich in Arizona«, erwiderte Webb. »Ich weiß nicht, mit welchen Leuten sie sich rumtreibt. Aber wenn sie jemanden darum bäte, eine Bremsleitung zu beschädigen, dann meine und nicht Roannas.«

»Aber Ihr Auto war in der Garage.«

»Corliss hat einen automatischen Türöffner. Wir alle haben einen. Wenn sie dahintersteckt, dann wär es egal, ob der Wagen in der Garage steht oder nicht.«

Carl kratzte sich wieder am Kinn. »Also, paßt einfach gar nichts zusammen. Mir kommt es vor, als hätten wir Teile aus zehn verschiedenen Puzzles, die alle woanders hingehören. Das hier macht einfach keinen verdammten Sinn!«

»Oh, es paßt schon«, meinte Booley grimmig. »Wir wissen bloß nicht, wie.«

22

Im Haus war schon alles ruhig, als Webb schließlich Roannas Zimmer betrat. Wie gewöhnlich hatte sie sich in ihren Sessel gekuschelt und ein Buch auf dem Schoß; sofort blickte sie mit einem zärtlichen Ausdruck auf, als er hereinkam. »Was hat dich so lange aufgehalten?«

»Ich mußte dringend noch einigen Papierkram erledigen.

Bei all der Aufregung heute hätte ich es beinahe vergessen.« Er kniete vor ihrem Stuhl und blickte sie forschend an. »Fühlst du dich wirklich in Ordnung? Du verbirgst nichts vor mir?«

»Mir geht es *gut*. Kein einziger Kratzer. Willst du, daß ich mich ausziehe, um es dir zu beweisen?«

Seine Augen begannen heiß zu funkeln, und sein Blick glitt zu ihren Brüsten. »O bitte!«

Sie fühlte, wie ihr selbst ganz warm wurde. Ihre Brustwarzen verhärteten sich, so wie immer, wenn er sie ansah. Er lachte leise, doch dann stand er auf und zog sie ebenfalls auf die Füße. »Komm.«

Roanna dachte, er würde sie zum Bett führen, doch statt dessen dirigierte er sie zur Tür. Verwirrt sah sie ihn an. »Wohin gehen wir?«

»In einen anderen Raum.«

»Warum?« fragte sie entgeistert. »Was stimmt nicht mit diesem hier?«

»Ich will ein neues Bett ausprobieren.«

»Deins?«

»Nein«, erwiderte er kurzangebunden.

Er wollte sie mit einer Hand im Rücken zur Tür drängen, doch das Schätzchen leistete Widerstand. Sie drehte sich um und musterte ihn ruhig. »Etwas ist hier im Busch.« Es war keine Frage, sie wußte es einfach. Sie kannte Webb viel zu gut: hatte ihn wütend gesehen und belustigt; spürte, wann er müde war, sich Sorgen machte, ihn etwas irritierte. Bisher hatte sie geglaubt, alle seine Stimmungen zu kennen, doch diese war neu. In seinen Augen stand ein kalter, stählerner Glanz; er wirkte so wachsam wie eine hungrige Raubkatze, die eine Beute verfolgte.

»Nun, laß mich soviel sagen: ich fühle mich besser, wenn du heute nacht woanders schläfst.«

»*Falls* ich mitkomme, verrätst du mir dann den Grund?«

Sein Stahlblick wurde noch härter. »Du wirst es tun«, bestimmte er leise.

Sie straffte die Schultern und blickte ihm direkt in die Augen; so leicht ließ sie sich nicht einschüchtern. »Du kannst mit mir reden, Webb Tallant, aber nicht mich rumkommandieren. Ich bin weder blöd noch ein Kind. Nun sag schon, was los ist.« Bloß weil sie ihn bis zum Wahnsinn liebte, hieß das noch lange nicht, daß sie nicht mehr eigenständig denken konnte.

Einen Moment lang sah er frustriert aus, denn früher wäre sie ihm aufs Wort gefolgt. Doch da war sie tatsächlich ein Kind gewesen, jetzt hingegen eine erwachsene Frau; daran mußte er ab und zu erinnert werden. Rasch faßte er einen Entschluß. »Gleich – aber komm erst mit. Und sei so leise, wie du kannst; ich möchte niemanden aufwecken. Wenn wir angelangt sind, mach auch das Licht nicht an.«

»In den leeren Zimmern ist kein Bettzeug«, warnte sie ihn.

»Dann nimm was mit, in das du dich einwickeln kannst, falls dir kalt wird.«

Sie nahm ihre weiche Decke und folgte ihm schweigend hinaus in den Gang und in einen der unbewohnten Räume; es war der letzte auf der linken Seite. Natürlich hatte niemand die Vorhänge zugezogen, und mit Hilfe des Mondlichts fanden sie sich leicht im Dunkeln zurecht. Webb schritt ans Fenster und blickte hinaus, während Roanna sich aufs Bett setzte.

»Erzähl es mir«, sagte sie.

Er spähte weiterhin durch die Scheibe. »Ich fürchte, wir bekommen heute nacht Besuch.«

Sie dachte ein paar Sekunden lang nach, dann zog sich ihr Magen ängstlich zusammen. Die Antwort lag auf der Hand. »Du glaubst, der Einbrecher kommt wieder?«

Webb warf ihr einen raschen Blick zu. »Du bist ganz schön clever, weißt du das? Ich glaube nicht, daß es ein Einbrecher war. Aber ja, ich glaube, der will was.«

Von diesem Raum aus konnte er den Garten beobachten, kombinierte sie. Die Fenster ihrer beiden Zimmer gingen dagegen nach vorne hinaus. »Wenn es kein Einbrecher war, warum sollte er dann wiederkommen?«

Webb schwieg einen Moment lang, dann erklärte er: »Jessies Mörder ist nie gefaßt worden«.

Auf einmal lief ihr ein kalter Schauder über den Rücken, und sie zog die Decke enger um ihre Schultern. »Du glaubst ... du glaubst, wer immer ihr Mörder war, hat es auch auf mich abgesehen?«

»Ich halte es für möglich. Der Unfall, den du heute hattest, Ro, war kein Unfall. Und an dem Tag, an dem ich zu spät zur Party kam, war ich an der Reihe. Ich hatte keine Panne; meine Windschutzscheibe wurde weggepustet.«

Entsetzt rang Roanna nach Luft. Ihr Kopf schwirrte. Sie wäre am liebsten aufgesprungen und hätte ihn angeschrien, warum er ihr nichts gesagt hatte – hätte am liebsten etwas zerschlagen. Wenn sie diesen Bastard in die Hände bekam, der ihn umbringen wollte ... Doch sie riß sich zusammen. Wenn sie auch noch der Rest interessierte, dann mußte sie auf ihrem Hintern sitzen und ruhig bleiben. Sie versuchte, über das Gesagte nachzudenken. »Aber ... warum will derjenige, der Jessie auf dem Gewissen hat, auch noch dir an den Kragen? Und mir?«

»Ich weiß es nicht«, gestand er niedergeschlagen. »Das alles hab ich mir tausendmal durch den Kopf gehen lassen – alles, was vor dem Mord passiert ist –, aber ich komme einfach nicht drauf. Ich wußte nicht, daß sie fremdging, bevor Booley mir sagte, daß sie schwanger war, als sie starb; aber warum legte der Mann Jessie gleich um? Wenn er versucht hätte, mich zu killen, ja – aber Jessie? Und wenn sie aus einem anderen Grund dran glauben mußte, dann hat der Mörder keinen Grund, sich auch an mich und an dich ranzumachen. Wir wissen nicht, wer er ist, und nach zehn Jahren sollte er sich eigentlich in Sicherheit fühlen; warum also riskieren, das Ganze nochmal aufzurollen?«

»Du glaubst nicht, daß es ihr Liebhaber ist?«

»Mir ist das alles ein Rätsel. Er hat kein Motiv. Auf der anderen Seite, falls ich das eigentliche Ziel war und bin, dann bedeutet das, daß Jessie sterben mußte, weil sie meine Frau war. Ich dachte immer, sie hat den Killer vielleicht überrascht – so wie du –, und dann hat er sie erschlagen, damit sie ihn nicht verraten konnte. Ich habe in der ganzen Gegend herumposaunt, daß du dich an nichts mehr erinnern kannst, was den nächtlichen Überfall betrifft, damit er endlich Ruhe gibt. Aber da nun deine Bremsleitung durchgeschnitten wurde, muß mehr dahinterstecken. Dieser Anschlag war direkt auf dich abgezielt.

»Weil wir heiraten wollen«, sagte sie, und ihr wurde ganz schlecht. »Aber woher hat er das so schnell erfahren? Wir haben uns doch erst gestern vormittag entschieden!«

»Du hast gestern mit den Vorbereitungen angefangen«, sagte Webb mit einem Schulterzucken. »Denk an all die Leute, die du angerufen hast, und an all die, denen sie es weitererzählt haben. Neuigkeiten sprechen sich schnell herum. Wer immer es auch ist, er muß mich ganz schön hassen, daß er zuerst Jessie aus dem Weg räumt und jetzt dich.«

»Aber Jessies Ermordung kann nicht geplant gewesen sein«, meinte Roanna. »Keiner wußte, daß ihr an dem Abend Streit bekommen würdet und du dich in eine Bar flüchtest. Normalerweise wärst du zu Hause gewesen.«

»Das ist es ja«, gab er müde zu. »Ich kann mir das alles auch nicht erklären. Egal, von welcher Seite ich die Sache betrachte, irgend etwas paßt immer nicht.«

Sie erhob sich vom Bett und ging zu ihm, weil sie auf einmal seine Nähe brauchte. Er legte die Arme um sie und hielt sie ganz fest, zog ihr die Decke noch fester um die Schultern. Mit dem Kopf an seiner Brust atmete sie tief seinen herben, männlichen Duft ein. Es war unausdenkbar, daß ihm etwas zustieß ...

»Warum glaubst du, daß er gerade heute nacht wiederkommt?«

»Weil er mehrere Anschläge innerhalb kurzer Zeit verübt hat. Er kommt immer wieder, probiert jedesmal was anderes. Loyal paßt von den Ställen aus auf. Wenn ihm etwas auffällt, ruft er mich über mein Handy an und benachrichtigt auch den Sheriff.«

»Bist du bewaffnet?«

Mit dem Kopf wies er zur Wäschekommode: »Dort!«

Sie drehte sich um, und im Halbdunkel entdeckte sie einen dunklen Gegenstand dort liegen. Ganz plötzlich wußte sie, was heute so anders an ihm war. So mußte er gewesen sein, als er die Viehdiebe nach Mexiko verfolgte: der Jäger, die Raubkatze. Webb konnte man normalerweise nicht als gewalttätig bezeichnen; aber er würde ohne Zögern töten, um die Seinen zu schützen. Er war nicht aufgeregt oder nervös; sein Herz schlug ruhig und gleichmäßig unter ihrer Wange. Trotzdem wirkte er unnachgiebig und zu allem entschlossen.

»Und wenn nun heute nacht nichts geschieht?« fragte sie.

»Dann versuchen wir es morgen nochmal. Irgendwann werden wir ihn kriegen.«

Lange Zeit stand sie mit ihm vorm Fenster und blickte in die Mondnacht hinaus, bis ihr die Augen wehtaten. Nichts regte sich, und die Grillen zirpten ohne Unterlaß.

»Bist du sicher, daß die Alarmanlage eingeschaltet ist?«

An der kleinen Box neben der Balkontür leuchtete ein grünes Licht. Es wurde rot, wenn eine Tür aufging, und wenn man nicht innerhalb von fünfzehn Sekunden den Code eingab, ging der Alarm los.

Webb schien eine Geduld wie Hiob zu haben und eine Ausdauer wie ein Marathonläufer. Regungslos stand er da und hielt Wache, aber Roanna konnte nicht so lange stillhalten. Sie durchmaß, fest in die Decke gewickelt, langsam den Raum. Schließlich schlug Webb vor: »Warum legst du dich nicht ein wenig hin und versuchst zu schlafen?«

»Ich leide unter Schlaflosigkeit, schon vergessen?« schoß sie zurück. »Einschlafen kann ich nur, wenn ...«

Sie hielt inne, und er lachte leise. »Jetzt könnte ich fast etwas Unfeines sagen, aber das tue ich nicht. Ich mag diese komische Art von Schlaflosigkeit«, neckte er sie, »verschafft mir einen Anreiz.«

»Als ob ausgerechnet du sowas nötig hättest!«

»Wenn wir erst mal dreißig Jahre verheiratet sind, dann ...« Er brach ab, und jeder Muskel seines Körpers spannte sich an.

Roanna eilte nicht zum Fenster, obwohl das ihr erster Gedanke war. Sie trug ein weißes Nachthemd; man könnte sie leicht erkennen. Statt dessen flüsterte sie: »Siehst du was?«

»Der Hurensohn kommt über die Außentreppe raufgeschlichen«, murmelte er. »Hab ihn erst jetzt gesehen. Aber Loyal vielleicht nicht ...« Er nahm sein Handy heraus, wählte Loyals Privatnummer und machte seine Meldung: »Er ist hier, kommt die Außentreppe hoch.« Das war alles. Webb schob die Klappe zu und steckte das Handy wieder in die Tasche.

»Was sollen wir tun?« flüsterte sie.

»Abwarten, was er vorhat. Loyal ruft den Sheriff an, dann kommt er rüber zur Verstärkung.« Er drehte sich ein wenig, um den Eindringling besser im Auge zu haben. Das Mondlicht fiel auf sein Gesicht. »... geht ums Haus zur Vorderseite ... Jetzt sehe ich ihn nicht mehr ...«

Ein rotes Licht blinkte auf und zog Roannas Aufmerksamkeit auf sich. Sie starrte auf die Alarmbox. »Webb, er ist im Haus! Das Licht blinkt.«

Fluchend holte sich Webb die Pistole von der Kommode.

Roanna, die noch das Licht beobachtete, sagte überrascht: »Jetzt hat es aufgehört zu blinken. Es ist wieder grün«.

Er fuhr herum und starrte die Box an. »Jemand hat ihn reingelassen.« Seine Stimme klang bedrohlich. Dieser Jemand mußte sich auf etwas gefaßt machen. »*Corliss.*«

Er schüttelte die Schuhe von den Füßen und tappte geräuschlos zur Tür.

»Was hast du vor?« wisperte Roanna, und versuchte nicht zu laut zu werden. Es war nicht leicht, wenn man vor Wut und Angst beinahe erstickte. Sie zitterte am ganzen Körper und mußte die Fäuste ballen, so gerne wäre sie mit ihm gegangen – doch sie zwang sich stillzuhalten. Sie konnte sich nicht allein verteidigen, und das letzte, was er jetzt noch brauchte, war eine zusätzliche Last am Hals.

»Versuche, unbemerkt an ihn ranzukommen!« Er öffnete die Tür einen winzigen Spalt und spähte den Gang entlang. Nichts. In der Hoffnung, daß der Mann seine Position verraten würde, beschloß er zu warten. Er glaubte, ein leises Flüstern gehört zu haben, doch das konnte eine Täuschung sein. Die Sekunden tickten vorüber, und Webb riskierte einen größeren Spalt. Jetzt konnte er den ganzen Gang bis zur Treppe überblicken, aber er war leer. Er schlüpfte hinaus und schlich dann auf nackten Füßen über den mit Teppich ausgelegten Gang, immer dicht an der Wand entlang. Als er an die Ecke kam, blieb er stehen, hob die Pistole und entsicherte sie. Mit an die Wand gepreßtem Rücken riskierte er einen kurzen Blick um die Mauer. Eine dunkle Gestalt lauerte am anderen Ende des Flurs. Webb zuckte zurück, aber nicht schnell genug – er war entdeckt! Ein ohrenbetäubender Knall ertönte, und Putz flog ihm um die Ohren.

Webb fluchte wie ein Postkutscher, warf sich mit einem Hechtsprung über den Gang, rollte herum und hob seine Waffe. Er drückte ab, und die schwere Pistole schlug seinen ausgestreckten Arm hoch, aber die dunkle Gestalt am anderen Ende rannte auf Lucindas Tür zu. Rauchschwaden vernebelten die Sicht, doch Webb kämpfte sich hastig auf die Füße und warf sich erneut nach vorn.

Wie erwartet öffneten sich nach den Schüssen sämtliche Türen, und Köpfe wurden herausgestreckt. »Verflucht nochmal, alle zurück in die Zimmer!« brüllte er.

Gloria ignorierte ihn und trat heraus in den Gang. »Du sollst nicht fluchen!« keifte sie entrüstet. »Was, um alles in der Welt, ist los?«

Hinter ihr trat der Eindringling wieder auf den Gang hinaus, aber Gloria stand dazwischen, so daß Webb keinen Schuß abfeuern konnte. Grob stieß er sie beiseite, und sie landete mit einem Schrei rücklings auf dem Boden.

Webb erstarrte. Der Mann hatte den Arm um Lucindas Hals geschlungen und schob die alte, gebrechliche Frau wie einen Schild vor sich her. In der anderen Hand hielt er seine Pistole; die Mündung war an Lucindas Schläfe gedrückt. Ein teufliches Grinsen lag auf seiner Miene.

»Die Waffe ganz langsam entladen«, befahl er und wich zum vorderen Gang zurück. Webb gehorchte ohne Zögern. Auf dem Gesicht des Mannes lag ein Ausdruck, der besagte, daß Lucinda tot war, wenn er nicht gehorchte. Mit langsamen Bewegungen öffnete er den Zylinder und nahm alle Kugeln heraus.

»Jetzt wirf sie hinter dich«, sagte der Mann, und Webb warf die Kugeln gehorsam zu Boden. »... und schieb die Pistole zu mir rüber!«

Er bückte sich langsam und legte die leere Waffe auf den Teppich, dann stieß er sie mit einem Fußtritt zu dem Mann, der jedoch keine Anstalten machte, sie aufzuheben. Das brauchte er auch gar nicht; er hatte die Kugeln von der Waffe separiert, was eine effektive Bedrohung unmöglich machte.

Lucinda stand stocksteif in seinem Würgegriff; ihr Gesicht war so weiß wie ihr Nachthemd. Ihr Haar stand zerzaust um ihren Kopf, als ob er sie aus dem Bett gezerrt hätte; vielleicht hatte er das auch, obwohl es wahrscheinlicher war, daß sie bei den Schüssen aufgestanden war, um nach dem Rechten zu sehen, und ihm buchstäblich in die Arme gelaufen war.

Der Mann blickte sich mit einem wölfischen Grinsen um. Sein Grinsen wurde noch breiter, als er all die Leute wie erstarrt in den Türen stehen sah; nur Gloria lag noch auf dem Teppich und wimmerte leise.

»Alles herhören!« bellte er plötzlich. »Ich will jeden sehen! Da ich euch kenne, braucht ihr euch nicht lange zu verstecken – oder die alte Schachtel kriegt eine Kugel in den Kopf! Ihr habt fünf Sekunden! Eins – zwei – drei ...«

Harlan trat aus dem Zimmer und bückte sich, um Gloria auf die Beine zu helfen. Sie klammerte sich heulend an ihn. Greg und Lanette traten kreidebleich aus ihrem Zimmer.

»– vier ...«

Webb sah Corliss und Brock aus dem anderen Gang hervortreten.

Der Mann blickte sich um. »Da fehlt noch eine«, höhnte er. »Wo ist deine kleine Zuchtstute, Tallant? Glaubst du, ich würde die alte Schlampe nicht umbringen? Glaubst du das?«

Nein, dachte Webb. *Nein.* So sehr er Lucinda auch liebte, Roanna konnte er einfach nicht riskieren. Lauf, dachte er inbrünstig. Lauf, mein Schatz. Hol Hilfe. *Lauf!*

Der Mann blickte nach links und stieß ein zufriedenes Grunzen aus. »Da ist sie ja. Komm nur raus, Allerschönste! Schließ dich uns an.«

Roanna kam vor und blieb zwischen Corliss und der vorderen Balkontür stehen. Sie war ebenso bleich wie Lucinda, und ihre schmale Gestalt in dem weißen Nachthemd wirkte fast unwirklich. Sie rang nach Luft, und alles Blut wich ihr aus dem Gesicht, als sie den Mann erblickte.

»Na, ist das nicht nett?« krähte der Mann und grinste Roanna an. »Wie ich sehe, erinnerst du dich an mich!«

»Ungefähr«, erwiderte sie schwach.

»Das ist gut, denn du bist mir noch sehr gut im Gedächtnis. Wir beide haben da bis heute eine kleine Rechnung offen. Du hast mir einen ganz schönen Schrecken eingejagt, als du in der

Nacht einfach auf mich zukamst; aber wie ich hörte, hast du von der kleinen Beule, die ich dir verpaßte, eine Gehirnerschütterung bekommen – und erinnerst dich an nichts mehr. Stimmt das?«

»Ja«, hauchte sie. Ihre braunen Augen wirkten riesig in ihrem weißen Gesicht.

Er lachte zufrieden über diese Ironie. Seine kalten Augen glitten über die Anwesenden. »Ein richtiges Familientreffen. Jetzt stellt euch alle zusammen, dort unter dem Licht im vorderen Gang, damit ich euch ordentlich sehen kann.« Er wich ein wenig zurück, so daß er außer Reichweite war. Lucindas Kopf hielt er noch immer im Würgegriff. Webb drängte die anderen wortlos nach vorn, wo sie nun mit Corliss, Brock und Roanna eine Gruppe bildeten.

Er warf Corliss einen mörderischen Blick zu. Sie starrte den Mann wie fasziniert an und hatte offensichtlich keine Angst. Natürlich hatte sie ihn reingelassen und war zu vernagelt, um zu begreifen, daß er sie ebenfalls umbringen würde. Alle würden sterben, wenn ihm nicht etwas einfiel.

Wenigstens an Roanna wollte er näher herankommen, damit er sie notfalls mit seinem Körper abschirmen konnte.

»Mm-mm«, machte der Mann und schüttelte den Kopf. »Bleib schön stehen, du Bastard!«

»Wer *sind* Sie?« kreischte Gloria nun. »Lassen Sie sofort meine Schwester los!«

»Halt's Maul, Schlampe, oder du kriegst die erste Kugel zu fressen.«

»Eine gute Frage«, sagte Webb. Er starrte den Mann kühl und durchdringend an. »Wer, zum Teufel, sind Sie?«

Lucinda meldete sich zu Wort. Ihre blutleeren Lippen bewegten sich. »Sein Name«, sagte sie klar und deutlich, »ist Harper Neeley«.

Der Mann stieß ein rauhes Lachen aus. »Wie ich sehe, hast du von mir gehört.«

»Leider weiß ich, wer Sie sind. Ich habe mir die Mühe gemacht, es herauszufinden.«

»Hast du das? Also das ist wirklich interessant. Und warum wolltest du mich dann nie besuchen? Schließlich gehöre ich zur Familie.« Wieder lachte er.

Webb bezweckte, seine Aufmerksamkeit von Lucinda abzulenken, so daß er ausschließlich ihn im Visier hatte. »Warum, zum Teufel?« fauchte er. »Was wollen Sie? Ich kenne Sie nicht, hab nie von Ihnen gehört.« Wenn er ihn lange genug hinhielt, dann kam Loyal ihnen vielleicht zu Hilfe, oder der Sheriff würde eintreffen. Auf alle Fälle mußte er Zeit gewinnen.

»Weil du sie umgebracht hast«, erwiderte Neeley zornesrot. »Du hast meine Kleine umgebracht, du verfluchter Bastard!«

»Jessie?« Webb starrte ihn erstaunt an. »Aber das war ich nicht.«

»Verdammt nochmal, lüg mich nicht an!« brüllte Neeley und riß die Pistole von Lucindas Schläfe, um damit auf Webb zu zielen. »Du hast das über uns rausgekriegt und hast sie umgebracht!«

»Niemals«, erwiderte Webb scharf, »niemals habe ich das. Ich hatte keine Ahnung, daß sie mich betrog. Ich habe es erst nach der Autopsie erfahren, als der Sheriff mir ihre Schwangerschaft mitteilte. Ich wußte nur, daß es nicht meins sein konnte.«

»Du wußtest es! Du wußtest alles und hast sie getötet! Du hast meine Kleine getötet und mein Baby, und jetzt wirst du zusehen, wie ich *dein* Baby töte. Ich werde deiner herrlichen Schlampe in den Bauch schießen, und du wirst dastehen und zuschauen, wie sie stirbt, und dann bist du dran ...«

»Er hat Jessie nicht umgebracht!« Lucindas Stimme übertönte Neeleys. Sie hielt ihr weißes Haupt sehr gerade. »Ich hab es getan.«

Die Pistole zitterte leicht. »Versuch nicht, mich reinzulegen, Alte«, keuchte Neeley.

Webb ließ Neeley keine Sekunde lang aus den Augen; die Augen des Mannes glühten, und der Schweiß stand ihm auf der Stirn, während er sich mehr und mehr erregte. Er hatte vor, neun Menschen umzubringen. Einen Schuß hatte er bereits vergeudet. Die Pistole war eine Automatik; wieviele Kugeln waren im Clip? Manche verfügten über bis zu siebzehn Schuß – aber er konnte wohl kaum erwarten, daß sie nach dem ersten Schuß dastehen würden wie die Lämmer auf der Schlachtbank. Zweifellos war ihm klar, daß er sich in einer fast ausweglosen Situation befand, aber das machte ihn im Grunde noch unberechenbarer. Er hatte nichts zu verlieren.

»Ich habe sie getötet«, wiederholte Lucinda.

»Du lügst. Er war es, jeder weiß, daß er es war!«

»Ich wollte sie nicht umbringen«, sagte Lucinda ruhig. »Es war ein Unfall. Irgend etwas in mir begann Amok zu laufen. Wenn man Webb tatsächlich verhaftet hätte, hätte ich ein Geständnis abgelegt; aber Booley konnte keine Beweise finden, weil es keine gab. Webb hat es nicht getan!« Sie blickte Webb voller Kummer, Liebe und Reue an. »Es tut mir leid«, flüsterte sie.

»Du lügst!« heulte Neeley und riß sie an sich; sein Arm lag immer noch um ihren Hals. »Ich breche dir dein verdammtes Genick, wenn du nicht dein Maul hältst!«

Greg stürzte sich auf ihn. Der ruhige, unauffällige Greg, der Lanette grundsätzlich alle Entscheidungen überließ, ohne auch nur den Mund aufzumachen, um seine Meinung zu äußern! Lanette schrie, Neeley zuckte zurück und gab einen Schuß ab. Greg stolperte und fiel nach vorn. Seine Arme und Beine zuckten krampfhaft. Er lag ausgestreckt auf dem Boden, die Augen überrascht aufgerissen. Dann stieß er ein komisches kleines Husten aus, das zu einem Stöhnen wurde, und Blut sickerte auf den Teppich.

Verwirrt stopfte sich Lanette die Finger in den Mund und starrte ihren Mann fassungslos an. Dann wollte sie instinktiv zu ihm eilen.

»Rühr dich nicht vom Fleck!« brüllte Neeley und wedelte wild mit der Pistole. »Der nächste, der sich rührt, beißt ins Gras!«

Auch Corliss glotzte ihren Vater mit offenem Mund an. Auf ihrem Gesicht lag ein Ausdruck vollkommener Verblüffung. »Du hast auf meinen Daddy geschossen«, sagte sie erstaunt.

»Halt's Maul, du dumme Schlampe. Du bist ja so blöd«, höhnte er. »Zum Weinen blöd!«

Webb erhaschte aus dem Augenwinkel ein kaum merkliches Gleiten. Er wagte nicht, sich zu rühren oder dort hinzusehen. Blankes Entsetzen ergriff ihn. Roanna bewegte sich erneut, ein winziges Stückchen, wodurch sie sich noch ein wenig näher an die Balkontür manövrierte.

Dann sah er, wie das Licht auf der Alarmbox links von der Tür von Grün auf Rot wechselte.

Roanna hatte die Tür aufgeschubst.

Fünfzehn Sekunden. Das ohrenbetäubende Schrillen würde zur allgemeinen Ablenkung dienen. Er fing an zu zählen und hoffte, daß er die Zeit richtig kalkulierte.

Tränen strömten über Corliss' Gesicht, während sie auf ihren Vater blickte, der sich vor Schmerzen wand. »Daddy«, schluchzte sie. Sie blickte wieder zu Neeley, und ihr Gesicht verzerrte sich vor Wut. »*Du hast auf meinen Daddy geschossen!*« kreischte sie und stürzte sich mit gezückten Krallen auf Neeley.

Wieder schoß er.

Corliss kam taumelnd zum Halten, und ihr Oberkörper zuckte zurück, während sich ihre Beine noch weiterzubewegen versuchten. Lanette stieß einen heiseren Schrei aus, und die Pistole richtete sich schwankend auf sie.

Da ging der Alarm los, so schrill, daß es einem die Ohren

zerriß. Neeleys Finger krampften am Abzug, Webb hechtete nach vorn, und die Kugel drang dicht über Lanettes Kopf in die Wand. Neeley stieß Lucinda beiseite, hielt sich mit der freien Hand ein Ohr zu und wollte die Pistole auf Webb richten. Dieser rammte ihm mit voller Kraft eine Schulter in den Bauch, so daß er gegen die Mauer geschleudert wurde. Webb packte mit der linken Hand Neeleys rechtes Handgelenk und hielt es nach oben, damit er nicht noch jemanden treffen konnte, selbst wenn er nochmal am Abzug drückte.

Neeley wehrte sich. Er raste vor Zorn und war stark wie ein Ochse. Brock warf sich ins Gemenge und half Webb, der Neeleys Arm blockierte. Doch der Mann wehrte sich wie ein Berserker. Dann stieß Webb ihm das Knie mit aller Kraft in die Genitalien. Neeley entrang sich ein ersticktes Grunzen, und er schnappte lautlos nach Luft, wie ein Fisch auf dem Trockenen. Er sank an der Wand abwärts und zog sie mit sich, wodurch auf einmal sein Arm wieder freikam.

Webb angelte nach der Pistole, während sie zu dritt über den Boden rollten. Neeley holte tief Luft und stieß ein hohes, irres Lachen aus – erst jetzt merkte Webb, daß der Alarm verstummt war. Roanna hatte ihn ebenso rasch wieder abgestellt, wie sie vorher den Auslöser betätigte.

Neeley wand sich schlangenartig unter ihnen und bäumte sich auf, während er unentwegt dieses durchdringende Gekicher ausstieß, das ihnen allen die Haare zu Berge stehen ließ. Er grinste in die Runde und bockte wie ein störrisches Pferd. Abermals versuchte er zu zielen ...«

Roanna!

Mit tränenüberströmten Gesicht kniete sie neben Lucinda und blickte unentschlossen zwischen ihrer Großmutter und Webb hin und her, der mit Neeley rang.

Sie bot ein perfektes Ziel, wie sie dort kauerte, ein wenig abseits von den anderen; denn Lanette, Gloria und Harlan waren sofort zu Greg und Corliss geeilt. Ihr Nachthemd leuchtete wie eine schneeweiße Fahne und war auf diese Entfernung unmöglich zu verfehlen.

Das graue Metallrohr der Pistole rückte seinem Ziel trotz Brocks und Webbs Bemühungen, sie ihm zu entwinden, immer näher, Millimeter um Millimeter.

Webb brüllte vor Wut, und Adrenalin schoß wie eine Flutwelle in ihm hoch, in seine Muskeln, in sein Hirn. Da er buchstäblich rot sah, warf er sich den fehlenden Zentimeter nach vorn und umklammerte Neeleys Hand mit seiner großen Pranke. Langsam, langsam, zwang er die Waffe wieder zurück, bis schließlich Neeleys dicke Finger dem Druck nicht mehr standhielten und mit lautem Knacken brachen.

Vor Schmerz bäumte er sich erneut auf.

Webb kam schwankend und keuchend auf die Beine. Die Waffe hielt er in der Hand. »Brock«, befahl er, »aus dem Weg!«

Brock kroch hastig zurück.

Webbs Augen blickten kalt, und Neeley mußte seinen Tod darin gelesen haben, denn er fuhr hoch und reckte sich nach der Waffe. Webb zog am Abzug.

Auf diese kurze Entfernung machte ein einziger Schuß der Szene ein Ende.

Als der verhallte, näherte sich aus der Ferne das Aufheulen von Sirenen.

Mit letzter Kraft versuchte Lucinda, sich aufzurichten. Roanna half ihr und stützte die alte Frau im Rücken ab. Lucinda rang keuchend nach Luft, und ihr Gesicht war ganz grau, während sie die Hand auf ihr Herz preßte. »Er – er war ihr Vater«, keuchte sie und streckte die Hand verzweifelt nach Webb aus, dem sie sich unbedingt verständlich machen mußte. »Ich konnte – ich konnte doch nicht zulassen, daß sie dieses Kind bekam.« Sie würgte mit verzerrtem Gesicht und preßte auch die andere Hand auf ihre Brust. Dann sank sie ohnmächtig in Roannas Armen zusammen.

Webb ließ den Blick über die Familie, das Blut und die Zerstörung gleiten. Über das Stöhnen und Schluchzen hinweg ordnete er, ohne Widerspruch zu dulden, an: »Das hier bleibt unter uns, verstanden? Ich übernehme das Wort. Neeley war Jessies Vater. Er dachte, ich hätte sie umgebracht und war auf Rache aus. Das ist alles, habt ihr verstanden? Ihr alle, *habt ihr das begriffen?* Keiner hat etwas anderes vorzubringen, keiner!«

Sie blickten ihn an, die Überlebenden, und begriffen. Lucindas schreckliches Geständnis würde ein Geheimnis bleiben.

Drei Tage später saß Roanna in der Intensivstation an Lucindas Krankenbett, hielt ihre Hand und streichelte sie liebevoll, während sie leise auf sie einsprach. Ihre Großmutter hatte einen schweren Herzinfarkt erlitten, und da sie zuvor schon so geschwächt gewesen war, standen ihre Chancen ziemlich schlecht.

Roanna war in jener Nacht nicht von ihrer Seite gewichen, hatte ihr flüsternd von ihrem Urenkel erzählt, der unterwegs war, und Lucinda hatte die Nacht wider aller ärztlichen Prognosen und Erwartungen überlebt. Roanna war so lange geblieben, bis Webb sie zwang, sich zu Hause ein wenig auszuruhen; doch sie eilte gleich herbei, sobald er es ihr erlaubte.

Alle hörten jetzt auf Webbs Kommando; die Familie hatte sich wie ein Mann hinter ihn gestellt. Es gab so viel durchzustehen, daß alle wie betäubt waren vor Kummer. Am Tag zuvor hatten sie Corliss beerdigt. Greg lag auf der Intensivstation in Birmingham. Die Kugel hatte seine Wirbelsäule gestreift, und die Ärzte prognostizierten eine Lähmung – waren jedoch der Ansicht, daß er wieder würde gehen können, wenn auch mit Hilfe eines Stocks. Nun, das mußte man der Zeit überlassen.

Lanette bewegte sich wie ein Zombie zwischen der Beerdigung ihrer Tochter und dem Krankenlager ihres Mannes hin und her. Gloria und Harlan befanden sich in fast demselben Zustand der Fassungslosigkeit. Um die Beerdigungsformalitäten und sonstigen Erledigungen kümmerte sich Brock. Seinem gutgeschnittenen Gesicht sah man Trauer und Erschöpfung an, doch seine Verlobte wich keinen Moment von seiner Seite, was ihm Kraft und Stärke zu geben schien.

Roanna blickte ihm entgegen, als Webb den Raum betrat. Lucindas Augen leuchteten auf, als sie ihn erblickte, dann kamen ihr die Tränen. Es war das erste Mal, daß sie wach war während einer seiner Besuche. Zitternd tastete sie nach seiner Hand, und er nahm sie sanft in die seine.

»So leid«, flüsterte sie, nach Atem ringend. »Tut mir so leid. Ich ... hätte etwas ... sagen sollen. Niemals ... wollte ... ich ... daß dich die Schuld ... traf ...«

»Ist doch klar«, murmelte er.

»Ich hatte solche Angst«, fuhr sie fort, entschlossen, sich nach all den Jahren endlich alles von der Seele zu reden. »Damals bin ich ... in euer Zimmer gegangen ... nachdem du weg warst ... wollte ... mit ihr reden ... Vernunft einbleuen. Sie ... war total außer sich ... hörte nicht einmal ... zu. Sagte ... sie würde ... dir eine Lehre erteilen ...« Die Beichte war eine Tortur für Lucinda. Sie mußte alle paar Sekunden nach Luft ringen, und die Anstrengung trieb ihr den Schweiß auf die Stirn. Doch ihr Blick ließ Webb nicht los, und sie sprach weiter. »Sie sagte ... sie würde ... Harper Neeleys Baby bekommen ... und es ... als deins ausgeben. ... konnte das nicht zulassen ... wußte, er war ... ihr eigener Vater ... Blutschande ...«

Lucinda bebte von Kopf bis Fuß. Roanna, die auf der anderen Seite saß, hielt ihre Hand ganz fest.

»Hab nein ... gesagt. Mußt ... das Kind loswerden. Abtreibung! Sie lachte ... und ich gab ihr ... eine Ohrfeige. Da wurde sie wild ... hat mich umgestoßen ... mich getreten ... Trachtete mir nach dem Leben ... glaube ich. Hab dann den Schürhaken ... genommen ... wieder wollte sie sich ... auf mich stürzen. Da habe ich ... zugeschlagen«, sagte sie, und die Tränen rannen über ihre runzligen Wangen.

»Ich ... habe sie geliebt«, ihre Stimme erstarb, und sie schloß die Augen. »Aber ich konnte ... nicht zulassen, daß sie dieses Kind austrug.«

Ein leises Füßescharren war von der Glastür her zu vernehmen. Webb drehte sich um und sah einen völlig übermüdeten Booley dort stehen. Er fixierte ihn kurz und wandte sich wieder Lucinda zu.

»Du hast recht gehabt«, murmelte er und beugte sich über sie. »Ich verstehe schon. Jetzt werd erst mal wieder gesund. Du mußt auf unserer Hochzeit dabeisein, oder ich bin schwer enttäuscht. Und *das* würde ich dir nie verzeihen!«

Er schaute zu Roanna hinüber, die ebenfalls Booley anstarrte. Ihre braunen Augen blickten kühl, ein Blick, der ihn davor warnte, etwas zu tun oder zu sagen, das Lucinda aufregen könnte.

Booley bedeutete Webb, daß er ihn draußen sprechen wollte. Webb tätschelte Lucindas Hand und legte sie vorsichtig aufs Bett zurück. Dann schloß er sich dem ehemaligen Sheriff an.

Schweigend verließen sie die Intensivstation und gingen den langen Gang entlang am Wartezimmer vorbei, wo zahlreiche Angehörige unermüdlich ausharrten. Booley warf einen Blick auf die Versammelten und schlurfte weiter.

»Macht jetzt wohl alles einen Sinn«, sagte er ernst.

Webb schwieg.

»Hat keinen Zweck, die Sache weiterzuverfolgen«, überlegte Booley. »Neeley ist tot, und es wäre sinnlos, Lucinda vor Gericht zu zerren. Gibt ohnehin keine Beweise, bloß das Geschwätz einer sterbenden Frau. Warum unnötig Staub aufwirbeln, wegen nichts ...«

»Ich wäre Ihnen wirklich dankbar, Booley«, seufzte Webb. Der alte Mann schlug ihm auf den Rücken und maß ihn mit einem forschenden Blick. »Es ist vorbei, mein Sohn«, sagte er. »Zeit, die Vergangenheit hinter sich zu lassen und weiterzugehen.« Damit drehte er sich um und schleppte sich zum Aufzug, und Webb kehrte auf die Intensivstation zurück. Er wußte, was Booley ihm damit signalisieren wollte. Beshears hatte nicht allzu viele Fragen über Neeleys Tod gestellt, ja sogar ein paar Routinepunkte gemieden.

Carl Beshears war kein Greenhorn. Er erkannte eine Exekution, wenn er eine vor sich hatte.

Webb trat erneut an Lucindas Bett, wo Roanna saß und ihrer Großmutter leise Trost zusprach. Diese schien eingeschlafen zu sein. Roanna blickte auf, und ihm stockte der Atem, als er sie so ansah. Am liebsten hätte er sie in seine Arme gerissen und nie mehr losgelassen; um Haaresbreite hätte er sie verloren. Als sie ihm danach von ihrem Zusammenstoß mit Neeley erzählte, weil dieser sein Pferd mißhandelte, da war Webb fast das Blut in den Adern gefroren. Denn schon kurz danach ereignete sich dieser sogenannte Einbruch, und Roanna war dem Killer buchstäblich in die Arme gelaufen. Natürlich mußte er geargwöhnt haben, daß sie ihn bestimmt wiedererkannte. Er hätte sie damals umgebracht, dessen war sich Webb sicher, wenn Roanna nicht kurz wach geworden wäre und geschrien hätte. Seine Idee, zu verbreiten, daß sie durch die Gehirnerschütterung teilweise ihres Gedächtnisses verlustig gegangen sei, hatte ihr zweifellos das Leben gerettet; denn Neeley würde sich sonst weit früher wieder an sie herangemacht haben, bevor Webb die Alarmanlage hätte installieren lassen können.

Doch dann nahm Neeley sie tatsächlich ein zweites Mal aufs Korn, und damit hatte er sein Todesurteil unterschrieben.

Webb ging zu ihr und strich ihr zärtlich über Haar und Wange. Sie legte den Kopf an seine Brust und rieb sich erleichtert an seinem Hemd. Nichts hatte da lange erklärt werden müssen – als er sich zu ihr umdrehte, nachdem es vorbei war, hatte sie ihm unmerklich zugenickt.

»Sie schläft«, flüsterte Roanna leise. »Aber sie wird wieder heimkommen. Ich weiß es.« Sie hielt inne. »Ich habe ihr von dem Baby erzählt.«

Webb kniete nieder und schlang die Arme um sie, und sie neigte den Kopf auf sein Haar. Da wußte er, daß er seine ganze Welt in Armen hielt.

Ihre Hochzeit ging in aller Stille vonstatten. Es war eine sehr kleine Feier, über einen Monat später als ursprünglich geplant.

Sie wurde im Garten abgehalten, kurz nach Sonnenuntergang. Die weichen Dämmerungsschatten lagen über dem Land, und pfirsichfarbene Lichterketten beleuchteten den Baum, unter dem Webb sie neben dem Pfarrer erwartete.

Einige wenige Reihen weißer Stühle standen beiderseits eines langen Teppichs, und jedes Gesicht war Roanna zugewandt, die soeben auf der Bildfläche erschien. Alle strahlten.

Greg und Lanette saßen in der ersten Reihe, Greg in einem Rollstuhl, aber seine Aussichten waren gut. Mit Physiotherapie würde er aller Voraussicht nach sein linkes Bein wieder benutzen können, wenn auch etwas eingeschränkt. Lanette hatte sich ihrem Gatten mit eiserner Hingabe gewidmet und nicht zugelassen, daß er wegen seines Kummers um Corliss aufgab.

Gloria und Harlan saßen ebenfalls in der ersten Reihe und hielten sich bei den Händen. Beide sahen älter aus als vorher, doch auch sie lächelten.

Brock schob Lucindas Rollstuhl, und Roanna schritt würdevoll und anmutig neben ihnen her. Lucinda trug ihre Lieblingsfarbe, ein pfirsichfarbenes Kleid, sowie Perlen und Makeup. Sie lächelte entrückt, während sie den Gang entlang gefahren wurde. Ihre zerbrechliche, knotige Hand lag in den schlanken Fingern ihrer Enkelin, und beide bewegten sich zum Altar, so wie Roanna es sich gewünscht hatte.

Als sie den Baum erreichten, ergriff Webb Roannas Hand und zog sie an seine Seite. Brock schob Lucinda so hin, daß Roanna die Mitte bildete; dann bezog er selbst Position als Webbs Trauzeuge.

Webbs Blick ruhte kurz auf der alten Dame und ihrer zerbrechlichen Erscheinung. Die Ärzte meinten, sie hätte nicht mehr lange zu leben, aber sie hatte sie erneut eines Besseren belehrt; vielleicht schaffte sie es doch noch durch diesen Winter. Nun behauptete sie, warten zu wollen, bis sie wußte, ob ihr Urenkel ein Junge oder ein Mädchen werden würde. Daraufhin hatte Roanna sofort erklärt, daß sie sich weder vom Arzt noch von der Ultraschalltechnik das Geschlecht des Kindes verraten ließe, bevor es auf die Welt kam. Lucinda hatte nur gelacht.

Längst hatte Webb ihr aufrichtig vergeben. Er durfte nicht mehr zornig oder nachtragend sein, da doch so viele Freuden vor ihm lagen.

Roanna blickte mit strahlendem Gesicht zu ihm auf, und beinahe hätte er sie auf der Stelle geküßt, noch bevor die Zeremonie überhaupt begonnen hatte. »Whoff«, flüsterte er so leise, daß nur sie ihn hören konnte, und sie unterdrückte ein Kichern über das, was zu ihrem Geheimwort für »ich will dich« geworden war.

Mittlerweile lächelte sie viel öfter. Er hatte aufgehört mitzuzählen, zumindest die jeweiligen Male. Sein Herz allerdings registrierte nach wie vor jede Bewegung ihres schönen Mundes.

Sie faßten sich bei den Händen, und er versank in ihren whiskeyfarbenen Augen. Dann vernahm er die Worte des Pfarrers im violetten Licht der Dämmerung: »Liebes Brautpaar, wir versammeln uns heute um euch ...«

Mein Dank gilt

Beverly Beaver, einer wundervollen Frau und Freundin, und allzeit guten Kameradin – für ihre Unterstützung und getreuliche Begleitung durch Tuscumbia und Florence. Ohne sie hätte ich nie erfahren, wer mit wem ins Bett geht und wo all die Leichen begraben liegen. (Bloß ein Scherz, Leute! ... oder hättet ihr das gern?)

Und Joyce B. R. Farley, meinem außergewöhnlichen Schwesterlein. Ein Hoch auf Puppen, ob blond oder rothaarig; auf Dreiräder ohne Bremsen; auf Kampfhähne; auf Friedhöfe für Socken; auf Lockenwickler und Feuerwerk; auf Make-up und Molotowcocktails. Du bist die einzige, die versteht, warum jemand mit einer Grouchomaske und einer Tiara rumlaufen sollte – und die einzige Person in meiner Bekanntschaft, die es getan hat.

(Für Topfgucker: wenn man eine Grouchomaske und eine Tiara aufhat, dann halten einen die Leute entweder für ungeheuer wichtig oder für verrückt. In jedem Fall hat man seine Ruhe vor ihnen. Sie sollten es mal versuchen, wenn Sie Ihre Lieben satt haben und nicht behelligt werden wollen.)